퓨처
워커

3

이영도 판타지 장편소설

퓨처
워커

3

거짓된 사랑의 진실

황금가지

차 례

제5장
거짓된 사랑의 진실 (하)
7

제6장
잊혀진 것을 부르는 목소리
151

제7장
멸망은 완성의 귀결
343

제5장
거짓된 사랑의 진실 (하)

3

 레이저가 파하스를 찾지 못하고 애태우고 있을 때, 파하스와 네리아는 사실 그에게서 100큐빗도 떨어지지 않은 거리에 있었다. 다만 그들 사이에 담장과 약간의 나무가 있었기 때문에 레이저가 발견하지 못했던 것이다.
 그들이 들어와 있는 곳은 턴빌의 시청 정원이었다. 나머지 일행들, 즉 운차이와 파, 아달탄, 그리고 쳉은 먼저 이곳에 도달해 있었다. 파는 걸어오는 파하스를 보며 물었다.
 "뭐였는데요?"
 "아아, 별것 아니었습니다, 파 양. 어떤 몰지각한 사내가 자신의 존엄성을 땅에 팽개친 것에 불과하지요. 그것은 참으로 애달픈……."
 파하스는 거창한 어조로 설명하려 했지만 운차이가 그의 말을 자르고 들어왔다.

"곧 해가 지겠군. 시청이 언제까지 업무를 보는지는 모르겠지만 서두르는 것이 어떻겠나?"

파하스는 씩씩거렸지만 이미 운차이는 황혼빛을 받아 붉게 물들고 있는 시청 건물 안으로 들어가고 있었다. 나머지 일행들도 그 뒤를 따라 걸어갔다.

운차이의 예상대로 오늘의 업무를 마치는 것인지, 시청 안은 고요했다. 긴 복도에는 창문에서 쏟아져 들어오는 햇살 이외에 아무것도 없었다. 운차이는 잠시 주위를 둘러보다가 눈앞에 보이는 첫 번째 문을 열고 들어섰다. 안에는 여러 개의 책상이 규칙적으로 놓여 있었지만 대부분 비어 있었고, 두어 명의 시청 직원들만이 자리에 앉아 뭔가를 쓰다가 고개를 돌려 운차이를 보았다.

"실례하겠소. 나는 신스라이프의 문제에 대해 물어보려고 왔는데, 어디를 찾으면 됩니까?"

직원들 중 가까이 앉아 있던 남자가 말했다.

"아……, 그게 어떤 문제인지는 알고 있소? 하도 이상한 소문이 많이 퍼져서 별별 뜨내기들이 다 찾아오거든."

"문제를 풀면 신스라이프가 남긴 재산을 가지고, 풀지 못하면 목숨을 내놓는 거 아니오?"

시청 직원은 운차이의 차가운 대답에 눈살을 찌푸리더니 그를 위아래로 훑어보고, 그 뒤의 일행들도 주욱 둘러보고 나서 대답했다.

"음, 정확하게 알고 있군요. 목숨이 걸린 문제라는 것을 알고 찾아왔단 말이지요?"

"나는 그 문제를 풀겠다고 말한 적은 없소."

"예?"

"물어보러 왔다고 하지 않았습니까."

"물어보다니, 뭘 말입니까? 당신이 알아야 할 것은 당신이 알고 있는 것이 전부입니다. 시청에 정식으로 요청하지 않는 이상 그 문제에 대해 뭔가 더 설명해 준다거나 할 수는 없습니다."

운차이는 잠깐 고민하다가 질문했다.

"내가 신청하면, 당장이라도 그 문제에 도전할 수 있는 거요?"

"음, 그건 안 되겠군요. 당신 앞에 신청한 사람이 있어요."

운차이는 속으로 쾌재를 올리면서도 무표정한 얼굴로 말했다.

"다른 사람이 있다고?"

"예. 모레 정오에 신스라이프 씨의 집에서 유언장이 집행될 겁니다. 그 사람은 이미 세 명의 턴빌 시민들을 공증인으로 선임했고, 서류를 작성하여 시장님과 신스라이프 씨의 유가족 대표들에게 심사도 받았습니다. 당신도 그 문제를 풀어보고 싶다면 그런 일들을 해야 되지요."

모레 정오라, 좋아. 운차이는 회심의 미소를 지었다. 물론 속으로만.

"흐음. 만일 그 친구가 문제를 풀어버리면 내겐 기회가 없겠군. 그런 거요?"

"그렇습니다."

"그래요······. 구경할 수 있소?"

"물론입니다. 그날은 아마도 많은 턴빌 시민들이 신스라이프 저택에 모여들 겁니다."

시청 직원은 히죽 웃으며 덧붙였다.

"개인적인 충고를 하자면, 꼭 와서 구경하라고 말하고 싶습니다."

"왜지요?"

"소중한 목숨이 얼마나 쉽게 달아나는지를 눈으로 봐야 헛된 꿈을 포기하게 되니까요. 다른 사람은 몰라도 자신만은 그 문제를 풀 수 있다고 여기는 작자들이 많지요. 하지만 그런 작자들도 한번 눈앞에서 단지 문제를 풀지 못했다는 이유로 사람이 그런 식으로 죽는 것을 보게 되면 진저리를 치고 달아나 버립니다. 옛말에 있는 것처럼, 가지고 태어나는 것 이외엔 자신의 재산은 없는 법이죠."

운차이의 눈이 날카로워졌다.

"그런 식이라니?"

"아아, 실패한 도전자에게는 좀 희귀한 사형법이 적용됩니다. 척살법이지요."

다른 사람들은 무슨 말인지 몰라 의아한 표정을 지었지만 운차이와 파하스는 움찔했다. 운차이는 미심쩍은 표정으로 질문했다.

"자이편식 척살법 말이오?"

"어? 그걸 압니까? 예, 그런 방식으로 합니다."

네리아는 운차이의 허리를 쿡 찔렀다. 긴장하고 있던 운차이는 욱하며 돌아보았지만 네리아는 천진스러운 얼굴로 질문했다.

"척살법이 뭔데?"

"……때려 죽이는 거야."

"뭐?"

운차이는 착잡한 표정으로 설명했다.

"머리나 복부, 심장 등은 때리지 않아. 치명적이지 않은 팔 다리부터 시작하지. 메이스 같은 것으로 말단부부터 때리기 시작해. 죄수는 자신의 뼈가 으스러지는 소리를 들을 수 있지. 한 마디로 고기 다지는 식이야. 그렇게 팔다리를 계속 후려치다가 차츰 몸을 때리지. 결국 죽기 직전에야 머리를 때려서 끝장내 주는 거야. 사형 집행인도 죽도록 힘든, 아주 골치 아픈 사형법이지."

사람들의 얼굴이 해쓱해졌다. 시청 직원은 고개를 끄덕이며 말했다.

"뭐, 당신이 그걸 끔찍스럽게 여기지 않을지는 모르겠지만 대부분의 사람들은 끔찍해합니다. 그래서 어린애를 데리고 구경 오는 사람은 아무도 없습니다."

그때 쳉이 느닷없이 말했다.

"문제를 풀려고 했던 자가 죽음을 당한다는 말씀이지요?"

"예? 물론 그렇습니다만."

"만일 그 문제 풀이에 도움을 준 사람이 있다면, 그 사람에게는 아무런 위해가 가지 않을 겁니다. 그렇지요?"

"아아, 예. 그렇습니다. 예를 들어, 신스라이프 저택에 오기 전에 어떤 사람에게 답이 뭐냐고 물어볼 수는 있겠지요. 그런 경우라면 조언을 해준 사람에게는 아무 해도 가지 않습니다. 만일 여러분이 그 문제에 도전할 경우, 여러분들이 합의 하에 어떤 대답을 찾아낼 수는 있겠지요. 하지만 그 문제에는 여러분들 중 한 사람만이 나서야 하고 대답이 틀렸을 경우 처형당하는 것도 그 사람뿐입니다."

시청 직원은 '너희들 중 하나가 희생양이 될 뿐이니 그런 짓엔 나서고 싶지 않겠지?' 하는 눈빛으로 일행을 죽 둘러보았다. 그러나 문제를 푸는 일에 관심이 있는 유일한 사람인 네리아만이 잔뜩 겁먹은 표정을 지었을 뿐 다른 사람들은 별 표정이 없었다. 네리아는 포기하지 않겠다는 결의가 돋보이는 얼굴로 질문했다.

"어, 저, 그런데요. 이거 하나 물어봐요. 가령 내가 그 문제에 대해 대답을 말했다고 치고, 그 답이 맞는지 틀리는지는 누가 판단하지요? 아무도 답을 모른다면, 그게 맞는지 틀리는지도 역시 아무도 모르는 거 아니에요?"

"물론이죠, 아가씨. 우리도 역시 어떤 것이 정답일지는 모릅니다. 하지만 유언장에 의하면 정답이 말해졌을 경우 모종의 상징이 나타나게 됩니다. 상징은 뭐 별거 아닙니다. 유언장과 함께 남겨진 상자입니다."

"상자요?"

"예. 그 상자는 마법으로 잠겨 있어서 정답을 말했을 경우에만 열린다고 합니다. 그리고 그 안에 신스라이프의 제2유언장이 들어 있다고 하더군요. 하지만 아무도 못 열어봤으니 안에 뭐가 있을지야 나도 모르지요."

그러자 운차이가 눈살을 찌푸리며 말했다.

"잠깐만. 마법으로 잠긴 것이라면 역시 마법으로 풀 수 있을 텐데? 만일 어떤 마법사가 정답을 말하는 척하면서 사실 마법 해제의 주문을 외워버린다면 어떻게 할 겁니까?"

시청 직원은 조금씩 귀찮은 표정을 지었지만 질문들이 모두 흥미로운 것이라 선선히 대답했다.

"아, 그런 시도도 몇 번인가 있었습니다. 하지만 어떤 마법사도 그런 시도에 성공하지는 못했습니다."

"아무도?"

"예. 아무도."

운차이는 다시 한번 확인했다.

"모레 정오라고 했지요?"

"예, 그렇습니다."

"혹시 그 사람, 그러니까 나보다 앞서 신청했다는 사람의 이름이나 그를 만나보려면 어떻게 하면 되는지 압니까? 그 친구에게 내가 먼저 시도해 보고 싶다고 말하고 싶소만."

"글쎄요. 여기 사람이 아니어서 모르겠군요. 어이, 그 사람 이름이 뭐였지?"

조금 떨어진 책상에 앉아 있던 직원 하나가 고개도 돌리지 않은 채 말했다.

"궤헤른."

"아, 그래. 궤헤른이라고 하더군요."

궤헤른이라. 이 자식들이 설마 본명을 남길 줄은 몰랐는데. 운차이는 공증인들에 대해 물어볼까 하다가 관뒀다. 공증인들이라고 해서 후작의 위치를 알고 있지는 않을 것이다. 가르쳐줬을 리가 없으니까. 운차이는 시청 직원의 친절에 대충 감사의 말을 중얼거린 다음 몸을 돌렸다.

질감을 가지고 대기 속으로 스며드는 듯한 어스름에 사위는 어두웠다. 그 어둠을 바라보며 운차이는 눈을 빛냈다. 모레 정오라. 어떻게 할까. 그것은 공식 행사니만큼 후작은 모습을 드러낼 것이다. 저격할까? 하지만 후작에게는 미라는 인질이 있다. 똑똑하군. 미는 후작이 공개된 장소에 몸을 드러내기 위한 인질로서도 작용하는군. 일석 이조를 노린 것인가.

후작이 반드시 나온다고 보기도 어렵지는 않을까. 궤헤른의 이름으로 신청했다면 후작 대신 궤헤른이 나올지도 모른다. 이 경우 저격은 더욱 어렵군.

운차이는 고개를 조금 가로저었다. 쳉이 눈에 들어왔다.

쳉에게는 그의 내면을 알고 싶어 할 사람에게 도움이 될 표정이라는 것이 전혀 없었다. 하지만 운차이는 그의 주위를 흐르는 기류를 읽을 수 있었다. 어둡고 쓸쓸한 기류였다. 그때 시청 건물을 다시 빠져나오는 동안 내내 볼이 부어 있던 네리아가 입술을 잔뜩 내민 채 말했다.

"씨이. 때려 죽이느니 어쩌니 해도 후작은 그 문제를 맞출 수 있을 거야. 미가 있으니까……."

미의 이름을 거론하던 네리아는 흠칫하며 쳉을 바라보았다. 무표정하던 쳉은 고통스러운 표정으로 입술을 깨물고 있었다. 어쩌면 후작은 미를 고문하거나 할지도 모른다. 네리아가 어떻게 사과하나 고민하고 있을 때 파하스가 분위기를 바꾸기 위해 재빨리 한탄하듯 말했다.

"아아, 정말이지 괴악하군, 괴악해!"

"무슨 말씀이세요, 파하스?"

"네리아 양, 나는 몹시 슬픕니다. 내 아름다운 고향에 이따위 흉물스러운 관습이 생기다니! 재물을 미끼로 사람을 때려죽이는 관습이 어디 인간이 생각해 낼 수 있는 관습이오! 그 신스라이프라는 놈, 도대체 정신 구조가 어떻게 되어 있는 녀석인지 궁금하외다."

운차이도 차가운 화법이나마 합세했다.

"글쎄. 타인의 생명보다야 자신의 생명이 더 소중한 것은 당연하겠지."

"모든 이가 그렇게 말할 수 있지. 그런데 모든 이가 그렇게 말할 수 있다는 것은, 바꿔 말하면 다른 사람의 생명보다 특별히 더 소중한 생명 따위는 없다는 말이지. 하! 모르지. 나 같은 사람의 생명이라면 덜 소중할지도."

"무슨 말이지?"

"나는 이미 내 생을 다 살았다. 지금 내가 영위하고 있는 삶은 내 의사와 상관없이 주어진 삶이지."

운차이는 심드렁하게 질문했다.

"호된 일이라도 겪었던가."

"응. 죽었지."

운차이는 잠시 걸음을 멈추고 파하스를 바라보았다.

"언제?"

"108년 전에."

"또 그 헛소리를 할 생각인가, 당신이 144세라는?"

"헛소리라니! 무엄한 놈. 내가 왜 그런 헛소리를 한단 말이냐? 너 나를 미치광이로 생각하고 있었던 모양인데, 말해 봐. 지금까지 짧은 기간이긴 하지만 그 동안 보아온 내가 미친 녀석처럼 보이더냐?"

"아니."

"그럼 내 말을 믿겠군?"

"그것도, 아니."

파하스는 잠시 볼 근육을 실룩거리면서 운차이를 바라보았다. 하지만 운차이는 정면만 보며 말했다.

"모든 면에서 온전할 수야 없지. 한 군데쯤 돌아버린 곳이 있는 것도 개성일 수 있겠지. 당신도 자기 나이를 제외한 부분에선 정상이군."

"도대체 어떻게 하면 믿겠냐? 내가 108년 전의 사람이라는 것을!"

운차이는 고개를 살짝 돌려 파하스를 바라보았다.

"당신을 144세라고 믿어주면 행복하겠나?"

"뭐? 아니. 말했잖아, 36세라고. 나는 108년 전에 죽었고 얼마 전에 부활……"

"그럼 36세로 대접해도 불만은 없겠군. 됐나?"

"이놈아! 그렇게 간단한 것이 아니다. 내가 이 시간에 익숙하지 못해서 벌일 수 있는 수많은 오류가 있을 게야. 그리고 또 내가 느끼는 괴리감……"

"당신이 어떤 멍청한 짓을 하더라도, 가령 셔츠를 뒤집어 입는다거나 신발끈을 풀고 다니거나 하더라도 그건 모두 108년 동안 죽었다가 부활한 후유증이라고 생각해 주면 되겠군. 됐나?"

파하스는 분노하기에 앞서 재미있다고 생각해 버렸다.

"이 녀석아, 그런 식이라면 세상에 많은 사람들은 모두 한두 번씩은 자기가 부활했다고 주장할 수 있겠다!"

"그 사람들은 나름의 변명거리를 가지고 있겠지. 정신이 혼란스럽다거나 건망증이 심하다거나. 그리고 당신의 변명은 108년 동안의 죽음 때문이었다고 해두지."

파하스는 낄낄거리기 시작했다. 정신이 혼란스럽다거나 건망증이 심하다는 말은 심각한 변명거리로 최악이다. 왜냐하면 아무도 그런 변명에 대해 심각하게 생각하지 않고 그냥 넘어가 버리니까. 그러니 운차이는 파하스의 부활에 대해 심각하게 생각하지 않겠다고 말한 것이다. 이건 부캐넌 백작만큼이나 재미있는 녀석이군.

"좋아, 벽창호 군. 내가 자네를 이해시키느니보다는 자네가 제시한 의견을 내가 수용하는 편이 낫겠다고 여겨지기 시작하는군. 좋을 대로 하게!"

그러지 않아도 나 좋을 대로 하려던 참이다, 인마. 운차이는 속으로 그렇게 튕겨준 다음 후라마의 곁으로 발걸음을 옮겼다. 네리아는 트라이던트를 겨드랑이에 낀 채 어슬렁어슬렁 걸어왔고 파와 쳉, 그리고 아달탄은 맨 뒤에서 따라왔다.

하늘은 짙은 버밀리온으로 물들어, 파는 쳉의 얼굴에 윤곽이 더 짙어지는 것을 볼 수 있었다. 붉게 물든 이마 아래 눈두덩은 어둡다. 그리고 그 위로 늘어진 앞머리는 검붉은 폭포처럼 흔들리고 있다. 쳉은 그렇게 높은 곳에 얼굴을 둔 채 허공을 걷듯 걸어가고 있었다.

쳉의 옆에서 걸으며 그를 올려다보던 파는 조용히 말했다.

"걱정 마. 언니는 괜찮을 거야."

쳉은 잠시 고개를 돌려 파를 내려다보았다. 파는 갑자기 그의 얼굴이 작아 보인다는 느낌을 받았다. 그것은 그만큼 멀다는 뜻일까. 파는 발돋움을 해서라도 쳉의 얼굴을 가까이 보고 싶어졌다.

쳉이 말했다.

"그렇겠지. 네가 하는 말이니 믿어야지."

"응?"

"봤지?"

"무슨 말이야?"

"그날 밤……, 내가 파하스와 함께 돌아왔을 때 너는 한 마디를 실수했어. 언니는 복면 괴한이 따라다닐 사람이 아니라고 했지. 어떻게 알았지? 나는 물론이거니와 파하스 역시 미를 납치한 사람들을 보지는 못했어. 그런데 너는 그들이 복면을 하고 있다는 것을 알고 있더군. 그냥 짐작인가?"

미워. 못됐어. 그냥 끝내도 될 말을 '그냥 짐작인가?'라는 한 마디를 덧붙여서는 변명을 못하게 만들어. 나쁜 놈. 파는 고개를 숙였다. 쳉은 그녀의 정수리를 내려다보다가 무심하게 한 마디 했다.

"숙소로 돌아가거든, 짐을 챙겨."

파는 흠칫하면서 고개를 들었다.

"쳉?"

"오늘 밤으로 스카니아 마을로 돌아가. 길은 잘 알고 있겠지? 아달탄은……, 여기 남겨두면 도움이 되겠지만 어차피 내 말은 듣지도 않는 녀석이니 네가 데리고 가도록 해."

파는 잠시 제자리에 멈춰 서 버리고 말았다. 하지만 쳉은 발걸음을 멈추지 않고 계속 걸어갔다. 파는 당황해 달려 쫓아가 쳉의 팔을 부여잡고 확 끌어당겼다.

"무슨 말이야, 쳉!"

쳉이 휘청하는 모습은 장관이었다. 그 껑충한 키가 조그마한 파에 의해 휘둘리는 것이었으니까. 쳉은 똑바로 서서는 파를 내려다보다가 조용히 입을 열었다.

"지금까지……."

쳉은 주머니에 손을 꽂아넣었다. 키 큰 소나무가 휘적휘적 걷는 것 같던 모습이 조금은 사람이 서 있는 것처럼 보이게 되었다. 쳉은 고개를 들어 파의 머리 너머로 노을진 하늘을 바라보며 말했다.

"지금까지 어떻게 해야 될지 몰라서 그냥 내버려두었지. 나는 항상 그게 문제야. 내 감정 결핍 때문일까. 언젠가 킬로이가 설명해 준 적이 있어. 사람들이 행동을 취할 때 이성도 물론 중요한 원동력이지만 그보다는 감정이 더 강력한 원동력이라고. 그래서 응원가를 부르고 군가를 부르고, 싸울 땐 욕을 하는 거라더군. 사실 나는 싸울 때 욕을 해봐도 힘이 더 나거나 하지는 않던데. 다른 사람은 그런가 보지."

쳉은 무덤덤하게 말했다. 조금 전 자신이 파에게 준 충격 같은 것은 전혀 고려하지 않는 것처럼 보였다. 그리고 파는 쳉이 실제로 그런 것에 전혀 관심이 없다는 걸 깨달을 수 있었다. 저 녀석은 다른 사람의 감정을 몰라. 자기 감정도 모르니까.

"그래서 킬로이는 감정 결핍인 나는 중요하고 귀중한 행동은 할 수 없는 사내라고 말해 주더군. 결정적인 순간에 판단을 맡기기에는 불안한 녀석이라던가. 그 말이 맞을 거라고 생각해. 나를 방해하고 있는 너를 여기까지 데리고 다닌 것을 보면 아마도 판단이 빠르다는 평가는 절대 받을 수 없겠지."

"방해……, 내가……! 아냐, 쳉. 그건 오해야……."

"무슨 말을 하더라도 듣지 않을 테니 말하지 마."

파는 입을 다물었다. 쳉은 여전히 그녀의 머리 너머를 바라보고 있었고 그래서 파는 쳉의 눈을 들여다볼 수가 없었다.

"나는 네 행동을 이해할 수도 없고 이해하고 싶지도 않아. 내가 판단하거나 설명할 수 있을까. 다른 사람의 행동, 그것도 감정에 의해 이루어지는 행동들을. 하지만 요구할 수는 있겠지."

"요구……, 뭘……."

"내 주위에서 사라져줘."

파는 쳉의 턱을 올려다보며 주먹을 불끈 쥐었다. 앞서 가던 사람들은 파와 쳉이 뒤처진 것을 깨닫고 잠시 멈춰 서서 돌아보고 있었다. 하지만 파는 그쪽에는 일별도 보내지 않은 채 쳉의 턱만을 올려다보았다.

파는 갑자기 어깨를 뒤로 힘껏 당겼다. 그녀를 보고 있진 않았지만 쳉은 파의 동작을 충분히 알아차렸고, 그래서 주머니 속에 넣은 손에 힘을 주며 조용히 눈을 감았다. 퍼억! 쳉은 입술을 지그시 깨물며 복부의 고통을 견뎌냈다.

"네가 뭐라고 하더라도 나는 안 갈 테니 내게 명령하지 마!"

멀리서 보고 있던 운차이와 네리아, 그리고 파하스는 깜짝 놀랐다. 쳉의 상체가 휘청할 정도로 강렬한 일격을 날린 파는 고함을 지르고는 그대로 몸을 돌려 달려오기 시작했다.

"어, 파 양?"

파하스가 '저 골렘 같은 녀석의 복부를 치고도 파 양의 손이 괜찮냐?'는 둥의, 쳉이 들으면 한숨밖에 내쉴 것이 없는 말을 꺼내기도 전에 파는 그대로 사람들을 지나쳐 달려갔다. 아달탄은 무턱대고 그녀의 뒤를 따라 달려갔고, 잠시 턴빌의 행인들은 발광한 키타나 하운드가 한 처녀를 잡아먹으려고 쫓고 있는 것이 아닌가 하는 무서운 생각을 떠올렸다.

쳉은 아무 일도 없다는 듯이 터덜터덜 걸어왔다. 네리아는 조금 전의 일격 때문에 어디가 부서지지 않았는지 궁금하다는 듯이 쳉을 위아래로 훑어보며 말했다.

"물어도 되는 일이에요?"

"아니오."

"그럼 묻지 않을게요. 그렇지만 좀 심하네요. 싸우면서 정든다는 이야기엔 나도 동감이지만, 그런 식으로 맞다가는 정이 들기에 앞서 명이 들겠네요. 괜찮아요?"

쳉은 별 대답 없이 시익 웃어버렸다. 네리아는 그런 쳉을 이해할 수 없다는 듯이 쳐다보다가 어깨를 으쓱이고는 운차이를 돌아보았다.

"이봐, 운."

"운차이!"

"쳇. 운차이. 미인이 정답게 불러주면 고마워할 줄 알아야지, 숙맥 같긴. 잠깐! 너 여기 미인이 어디 있냐고 말하려고 했지?"

그렇게 말하려 했던 운차이는 입을 다물어버렸다. 네리아는 눈꼬리를 치켜올렸다.

"흐응. 별명이 아깝다, 별명이. 눈앞의 미인도 못 알아보는 눈에 어떻게 그런 별명이."

네리아는 별명이라는 단어를 무려 세 번이나 사용했다. 운차이는 흠칫하며 네리아를 쏘아보았지만 이미 늦었다. 파하스는 호기심으로 얼굴 전체를 채색하고 네리아에게 질문했다.

"이 친구 별명이 뭔데 그럽니까?"

"쓸데없는 말 하지……" "아, 괴물 눈알이에요."

파하스는 후라마의 펍으로 돌아온 후 운차이에게 상당히 많은 이야기를 건네었다. 물론 그가 갑자기 이 남부의 전사에게 깊은 우정을 느꼈기 때문은 아니다. 그것은 오로지 '이봐, 괴물 눈알. 그러니까 말이야……' 등으로 운차이의 별명을 불러대기 위한 이야기들이었다. 운차이는 자신이 그 별명을 싫어한다는 것을 분명히 말했고, 그래서 계속해서 그 별명으로 불리게 되었다.

낄낄거리던 파하스는 간신히 호흡을 가누며 말했다.

"그래, 어쩌다가 그런 별명을 얻게 되었지? 괴물 눈알?"

"……부르지 마."

"응? 뭐 말인가, 괴물 눈알?"

"그거 부르지 마."

"그러니까 그게 뭐냐고, 괴물 눈알?"

운차이는 거창한 한숨을 내쉬고 나서 자신이 왜 그런 별명을 얻게 되었는지를 가르쳐주었다(물론 그 나름의 방식대로.). 운차이의 살기 어린 눈빛을 마주한 파하스는 그에게 그런 별명이 붙은 이유를 단숨에 알아차리게 되었다.

운차이는 그런 식으로 파하스의 입을 다물게 만들어놓은 다음 그란에게 경과를 이야기해 주었다. 모레 정오에 후작이 나타날 거라는 말에 그란은 고개를 끄덕였고, 구석 자리에서 듣고 있던 돌맨은 불안한 표정이 되었다.

남자들이 이야기를 나누는 동안 네리아는 조용히 자리에서 빠져나와 방으로 돌아갔다. 어젯밤까지만 해도 미와 그녀가 쓰고 있던 방에 이제 파가 미 대신 들어와 있었다. 네리아는 문을 열었다.

파는 침대에 걸터앉은 채 납치당한 미의 소지품인 물그릇을 만지작거리고 있었고, 그 옆에는 아달탄이 침대 위에 길게 엎드린 채 파의 무릎 위에 머리를 올려놓고 있었다. 네리아는 잠시 문턱에서 그 모습을 바라보았지만 파는 고개를 들지 않고 물그릇만 쳐다볼 뿐이었다. 네리아는 어떻게 인기척을 낼까 하다가 그냥 방안으로 들어섰다.

네리아는 먼저 들고 다니던 트라이던트를 침대 옆의 벽에 세워두었다. 그리고 침대에 걸터앉아 신발을 벗었다. 그 동안에도 파는 여전히 물그릇만을 내려다보고 있었다. 네리아는 참을성 있게 벗어든 신발 두 짝을 가지런히 침대 옆에 놓았다. 가지런히 놓은 신발을 내려다보고 있던 네리아는 손을 뻗어 오른쪽 신발을 조금 당겼다가, 잠시 후 다시 조금 밀었다. 한참 후, 네리아는 다시 그것을 조금 당겼다.

파는 결국 입을 열었다.

"돌아왔나요."

"야! 그래요! 돌아왔어요. 파는 못 봤죠? 묘지에서는 좀비들이 무도회를 개최했고 낚시꾼들은 도랑에서 크라켄을 몇 마리 낚아올렸어요. 트롤 서른여섯 마리가 물구나무 선 채로 시내를 활보했고 두 발로 선 암소들이 피리를 불며 행진했어요. 하지만 서쪽 하늘에서 날아온 드래곤이 '후욱!' 해서는 다 태워버렸죠. 그리고 나는 돌아왔죠."

"그런가요."

아달탄의 송곳니에 동상이 걸리더라도 이상할 것이 하나도 없을 정도로 냉랭한 분위기라고 네리아는 생각했다. 네리아는 헛기침을 몇 번 한 다음 힘들게 말했다.

"아, 음, 흠! 저녁 안 먹어요? 뭐라도 좀 가져다줄까요?"

파는 고개도 들지 않은 채 말했다.

"생각이 없어요."

"그래요? 음음. 술 잘해요? 내려가서 나랑 술이나 할래요?"

"싫어해요."

"네에, 네에. 냐암……. 아까는 왜 쳉이랑 싸운 건지 물어봐도 돼요?"

"아니오."

이런, 이런. 침대 위에 가부좌를 틀고 앉은 네리아는 아랫입술을 만지작거리다가 결국 체념한 목소리로 말했다.

"친해 봐요."

"예?"

"난 당신이랑 친하고 싶어요."

바보 같은 말을 하고 말았어. 이건 뭐야, 동정심인가? 언제 죽을지 알고 있어서, 불쌍해서? 네리아는 속으로 그런 말을 한 것을 후회했다. 하지만 파는 이미 고개를 들고 있었다. 파는 멀거니 네리아를 바라보았고 네리아는 수줍게 미소지었다.

"나쁠 거 없잖아요? 나는 보통 사람들이 어떻게 우정을 만들어 가는지에 대해 잘 아는 척하고 싶지는 않아요. 그러니 내 마음대로 할 수 있는 거죠. 나는 반짝거리는 것을 좋아하지만 번개는 싫어해요. 나는 맛있는 것을 좋아하지만 음식 솜씨는 엉망이에요. 나는 삼사십 년쯤 후에 예쁘게 늙은 할머니가 되어서 손자들에게 동전이나 욕설을 던져주는 일을 생각하지는 않아요. 대개의 사람들처럼 서너 시간 뒤의 일에 관심이 많지요. 특별히 값진 친구가 되긴 어렵겠지만, 친하지 않을래요?"

파는 다시 고개를 숙였다. 그녀는 물그릇의 모양을 손에 익히고 말겠다는 듯이 계속해서 만지작거렸다. 네리아가 무시당한 기분을 느낄 때쯤, 파는 나직하게 말했다.

"쳉은 나보고 가버리라고 했어요."

"음. 아까 들었어요. '네가 뭐라고 하더라도 나는 안 갈 테니 내게 명령하지 마!'라고 했죠? 멋진 말이었어요."

"나는 그런 사람이에요. 오랫동안 보아왔던 친구도 감당할 수 없는. 나는 제멋대로이고 끔찍한 성격을 가지고 있어요. 아달탄이 말을 할 줄 안다면 내 욕을 하느라 하루 해를 그냥 넘길 수도 있을 거예요."

파는 자신의 말을 증명이라도 하듯이 무릎에 기댄 아달탄을 밀어 버렸다. 아달탄은 침대 아래로 떨어져서 깽깽거리더니 다시 길게 엎드렸다. 네리아는 그 모습을 보며 웃을까 했지만 웃을 기분이 들지 않았다. 무시무시한 키타나 하운드는, 그 주인이 사라진 것 때문에 낙심하고 절망한 모습으로 추욱 늘어져 있었던 것이다. 그러나 파는 아달탄에게는 시선도 주지 않은 채 물그릇만을 계속 바라보았다.

"나를 친구로 생각하지 말아요. 언젠가 큰 낭패를 당하게 해줄 테니까."

"당신이 뭔데요?"

"예?"

"당신이 뭔데 다른 사람에게 함부로 낭패를 주느니 마느니 할 수 있다는 거죠? 당신은 자유자재로 다른 사람들을 기쁘게도 슬프게도 할 수 있나 보죠? 나는 그렇게 못해요. 그리고 당신도 그럴 수 있을 거라고는 생각하지 않아요. 당신은 친구들에게 낭패를 끼치면서도 자신은 아무렇지도 않을 수 있단 말이에요?"

파는 다시 고개를 들어 네리아를 바라보았다. 네리아의 얼굴에는 뜻밖에도 웃음이 떠올라 있었다.

"하, 하, 하! 웃겨요. 그렇게는 안 될걸요. 아마도 당신은 주위 사람들에게 여러 번 아픔을 줬던 과거가 있나 보지요. 하지만 그게 그걸로 끝나던가요? 당신 자신에게는 아무런 아픔도 없었어요? 아닐걸요. 당신이 주위의 사람들을 아프게 할 때마다 당신 자신도 아팠을걸요."

"어떻게 그렇게 생각하죠?"

"당신이 아니까! 당신이 다른 사람들에게 낭패를 끼치고 슬픔을 줬다는 것을 당신 자신이 알고 있으니까요. 정말 다른 사람에게 깊은 상처를 주는 사람은 자기가 그러고 있다는 것도 몰라요. 그런 사람들은 자기도 모르는 사이에 다른 사람들을 아프게 만들어요. 하지만 당신은 알고 있어요. 그건, 당신도 그때마다 아프고 슬펐다는 증거지요."

파의 눈이 커졌다. 네리아는 따스한 표정으로 말했다.

"난 아무것도 아니지만, 당신 죄를 사할게요. 왜냐하면 당신이 저지른 죄에 대해 이미 죗값을 지불했으니까. 헬카네스의 눈길은 넓고, 유피넬의 저울은 길지요. 당신은 당신이 한 행동들에 대해 충분한 슬픔을 지불했을 거예요. 하하, 나 프리스트 같지 않아요?"

계속 커지던 파의 눈에서 마침내 투명한 눈물이 흐르기 시작했다. 와락 고개를 숙인 파의 손에서 물그릇이 떨어졌다. 땡그르르! 바닥에 떨어진 물그릇은 뱅글뱅글 돌기 시작했다. 네리아는 무의식중에 돌고 있는 물그릇을 바라보았다. 따르르르……! 느리게 돌고 있던 물그릇이 점점 빠르게 요동치다가 마침내 진정되는 짧은 시간 동안 네리아는 목이 옭죄이는 기분을 느꼈다. 고개를 든 네리아는 두 손에 얼굴을 파묻은 채 크게 흐느끼고 있는 파를 보았다.

파는 소리 높이 울거나 하지는 않았지만 그렇다고 해서 주위에 신경을 쓰지도 않았다. 네리아는 파에게 다가가서 그녀의 어깨를 안아주고 싶었지만 꾹 참았다. 그녀가 자신의 행동을 파악할 만큼 현명하다면, 울음도 혼자 울 수 있게 놔두는 것이 좋겠지. 하지만 그건 생각일 뿐이었다. 네리아는 그녀가 숨이 막히도록 안아주고, 그건 아무것도 아니라고, 원래 모두들 그렇게 사는 거라고, 다들 살아가는 것 자체만으로 주위에 아픔을 주는 것을 피할 수 없기에 그런 것들에 무심해지려 노력한다고 고함질러 주고 싶었다.

"하지만 나는 그럴 수밖에 없었어요……. 그럴 수밖에는."

흐느낌의 도중에 파는 밑도끝도없이 말했다. 네리아는 아무 말도 못한 채 그저 모두 이해한다는 표정으로 고개를 끄덕일 도리밖에 없었다. 그렇게 하더라도 고개를 파묻고 있는 파가 볼 리야 없지만, 네리아는 열심히 고개를 끄덕였다.

"난 싫어요. 쳉도 싫고, 미도 싫고, 내가 가장 싫어요……. 싫어요!"

"그렇지 않아요. 쳉도 당신을 좋아하고, 미도 당신을 좋아하고, 당신도 당신을 좋아할 거예요."

"네리아는 몰라요……. 아무것도 모른다고요."

네리아는 다시 그 말에 대답하는 대신 몹시 원하던 행동을 실천에 옮겼다. 그녀는 침대에서 일어나 파에게 다가서서는 그녀의 어깨에 손을 얹었다.

파는 피하려는 듯이 움찔했지만 동시에 그녀에게 안겨들어 왔다. 네리아는 조용히 그녀의 어깨를 쓸어내렸다. 어느덧 네리아의 속눈썹에도 눈물이 아롱져 맺혀 있었다.

4

 미는 꿈을 꾸었다. 하지만 도대체 무슨 꿈이었는지 기억이 하나도 나지 않았다. 다만 누군가가 쳉의 이름을 계속해서 부르고 있는 것을 들었다. 잠시 후 미는 그것이 자신이라는 것을 알아차리면서 잠에서 깨어났다.
 "이 엉터리 약사 같으니라고. 하루 만에 깨어나는군."
 갑자기 들려온 무시무시한 목소리에 미는 깜짝 놀랐다. 미는 깨어날 때 허락을 받아야 되나 하는 생각을 하면서 조심스럽게 눈꺼풀을 열었다.
 탁. 타다닥. 마른 나뭇가지들이 타는 소리와 함께 구수한 모닥불의 향기가 미의 코를 간지럽혔다. 미는 머리를 감싸쥐며 일어났다. 그때 다시 그 무시무시한 목소리가 들려왔다.
 "일어나는 것은 좋지만, 그 다음부턴 아무 짓도 하지 마."

"숨은 쉬게 해주시겠어요? 숨을 못 쉬면 미는 죽거든요."

미는 그렇게 대답하며 목소리가 들려온 쪽을 바라보았다. 그쪽에는 조금 이상한 표정을 한 중년 남자가 그녀를 바라보고 있었다. 어둠을 배경으로 모닥불 빛을 받아 번득이는 나무를 보고 미는 이곳이 어딘가의 숲속이라는 것을 알아차렸다. 왜 자고 일어났는데 이상한 남자와 함께 숲속에 있는 걸까. 남자는 고개를 조금 갸웃하며 말했다.

"당돌하군……. 놀라지도 않고."

"아, 미안해요. 다시 할까요? 어머나! 여긴 어디고 당신은 누구시죠? 미는 왜 여기에 있는 거예요? 미한테 무슨 나쁜 짓 하시려는 건 아니죠? 안 돼요! 살려주세요! 이제 만족하세요?"

남자의 고개가 더욱 옆으로 기울었다. 남자는 그런 식으로 비스듬히 그녀를 노려보다가 억눌린 목소리로 말했다.

"이상한 느낌이군."

"뭐가요?"

"다른 사람이 내 앞에서 그따위 짓거리를 했다가는 이마에서부터 턱까지 쪼개놓았을 거야. 그리고 나는 여자라고 특별 취급하지도 않고. 그런데 너는 분명히 장난치고 있는 건데, 장난친다는 느낌이 없군. 퍽 이상해."

"이름을 모르는 분도 마찬가지세요. 이를 부득부득 갈면서 말씀하시는 것 같은데 화가 난 것처럼 보이지는 않는군요. 미가 잘못 봤나요?"

"화가 나긴 했어. 네게는 아니지만."

"아아, 그 약사라는 분에게 화가 나신 모양이군요, 이름을 모르는 분."

"……할슈타일 후작이지만, 그냥 후작이라고 부르도록."

"할슈타일 후작?"

미는 깜짝 놀랐다. 후작은 이를 드러내며 웃었다.

"들었나."

"들었어요. 바이서스의 반역자시죠?"

"그래."

"미는 납치된 건가요? 다른 분들은 어떻게 되었어요?"

"네가 자고 있을 때 훔쳐왔지. 다른 녀석들은 떨쳐버렸고."

"왜 미를……? 미는 아무 관련이 없잖아요. 후작님을 쫓는 것은 그 사람들인데?"

"앞으로 몇 개 남았지."

"예?"

"질문할 것이 앞으로 몇 개 남았지."

"아기는 어떻게 해서 생기는 건지까지만 여쭤볼게요."

후작은 다시 고개를 들어 미를 보았다. 하지만 이번에도 분노는 느낄 수 없었다. 왜일까. 이 무녀의 화법은 신경 건드리기 딱 좋은 형태인데 왜 신경질이 나지 않는 거지. 그보다는…….

후작은 웃어본 지가 너무 오래되었다는 느낌을 받았다. 비웃는 웃음이나 쓴웃음이 아닌, 마음 편하게 즐겁게 웃는 것.

"하하하……."

모닥불가로 돌아오고 있던 궤헤른은 깜짝 놀랐다. 어깨에 커다란 사슴을 둘러메고 걸어오던 니크는 궤헤른이 갑자기 멈춰 서는 바람에 하마터면 그와 부딪힐 뻔했다. 손에 장작으로 쓸 잔가지들을 모아들고 돌아오고 있던 사무엘과 가이버 역시 제자리에 멈춰 서서 어처구니없는 표정으로 멀리 나무들 사이로 비치는 불빛을 바라보았다.

니크는 사슴을 다시 추슬러 올리면서 말했다.

"웃으시는군요?"

궤헤른은 의아한 표정으로 고개를 끄덕였다. 이상하군. 사람이 좀 모자라는 편인 니크는 주인이 웃자 자신도 즐겁다는 듯이 해죽 웃으며 그대로 모닥불가로 걸어갔고 가이버와 사무엘, 그리고 궤헤른은 고개를 갸웃거리며 그 뒤를 따랐다.

부하들이 돌아오는 것을 보자 후작의 얼굴은 다시 차가워졌다. 하지만 니크는 벌쭉벌쭉 웃으면서 사슴을 내려놓고는 세상이 참 즐겁지 않으냐고 말하는 듯이 웃어 보였다. 후작은 그를 향해 싸늘한 표정을 보냈다.

"이빨에 열 나냐."

"예?"

"왜 그렇게 이를 드러내냐."

"아아, 후작님. 사슴입니다요. 멋진 저녁이잖습니까? 모닥불도 좋고, 봄의 밤도 좋군요. 거의 숲속의 파티로군요. 하하하! 잠시만 기다리십시오. 곧 고소한 냄새가 날 겁니다."

후작은 넌더리가 난다는 표정으로 고개를 돌렸다. 하나같이 얼간이

들만 남았군. 쫓기는 범죄자의 신세로 타국의 숲에서 밤을 보내야 하는 처지에 사슴고기를 맛볼 수 있다는 따위로 눈이 뒤집히는 바보라니! 하긴 그런 멍청이니까 아직껏 그의 옆에 남아 있는 것이기도 하겠지만. 분노에 의해 촉발된 맹렬한 사고 과정을 거치고 있던 후작은 그 마지막 결론에 배치되는 인물을 떠올렸다.

그는 고개를 돌려 궤헤른을 바라보았다. 다친 팔이 불편한 것인지 표정이 창백한 궤헤른은 힘들게 자리에 앉았다. 니크와 가이버는 시시덕거리며 사슴을 해체하고 있었고 사무엘은 고기를 굽기 위해 불을 맹렬하게 일으키고 있었지만, 궤헤른은 우울한 표정으로 아무 일도 하지 않고 있었다. 그리고 그것이 후작에게는 마음에 들었다. 궤헤른은 최소한 현재 맛볼 사슴고기 때문에 자신의 절망적인 상황이나 내일의 고통을 까먹지는 않을 것이다.

궤헤른은 그런 고상한 절망 속에서 고개를 들어 미를 바라보았다. 그는 눈살을 조금 찌푸리면서 말했다.

"벌써 일어날 줄은 몰랐는데."

"그 약사라는 분이 잘못했다나 봐요. 뭘 잘못했는지는 미는 모르겠지만."

궤헤른은 약 10분 전 후작의 얼굴에 떠오른 표정을 그대로 되풀이했다. 그가 뭐라고 자신의 감정을 정리하기에 앞서 미는 고개를 까닥이며 말했다.

"미 V. 그라시엘이에요. 당신도 반역자인가요?"

"반역자 궤헤른이라고 하면 조금 낭만적으로 들리겠소?"

"예. 궤혜른 씨. 미를 놓아달라고 부탁하려면 어느 분에게 말해야 하지요?"

"아마 들어주진 않겠지만, 당신이 부탁하겠다면 후작님이라고 알려주겠소."

미는 고개를 뱅그르르 돌려서 후작을 바라보았고 후작은 쏩쏠한 표정으로 안 된다고 말할 준비를 갖추었다.

"미도 식사는 시켜줄 거죠?"

"안……, 뭐?"

"어머, 밥도 안 줘요? 잔인하네요."

미가 동그랗게 뜬 두 눈으로 바라보는 가운데 후작은 황당한 심정으로 여러 가지 생각을 동시에 떠올리느라 머리가 아파왔다. 하지만 그중에서도 궤혜른이 저런 표정으로 자신을 바라보지 말아줬으면 하는 생각이 지배적으로 떠올랐다. 결국 후작은 화를 내고 말았다.

"넌 도대체 지독하게 용감한 거냐, 자기 보호 본능이 없는 거냐!"

안타깝게도 후작의 분노는 무시무시한 반역자의 분노라기보다는 처녀의 잔인함에 대한 청년의 분노처럼 표현되었다. 같은 어조로 '나의 태양이여, 왜 내게 눈길을 주지 않는 겁니까!'라고 외쳤어도 퍽 어울렸을 것이다. 궤혜른은 실소하지 않기 위해 아랫입술을 지그시 깨물어야 했다.

미는 고개를 갸웃하다가 말했다.

"글쎄요. 미는 별로 용감하지는 않아요. 다리가 여섯 개 이상인 것이 미의 목덜미에 앉기라도 하면 기절할 정도니까요. 우훗! 말하다 보니 소름 끼치네. 후작님이 그 둘 중의 하나를 원하신다면, 보호 본능이 없다고 생각하세요. 그런데 후작님도 지네나 거미 같은 것이 무서워요?"

후작은 끔찍한 기분을 느끼며 앞머리를 맹렬히 움켜쥐었다. 그 모습을 보며 궤헤른은 어찌해야 좋을지 모를 난감함과 기이한 유쾌함을 동시에 느꼈다. 자기 코를 구워버릴 정도로 요란하게 불길을 일으키고 있던 사무엘이나 사슴 고기를 부위별로 잘라내는 일에 과도한 열의를 보이고 있던 니크와 가이버는 북부의 무녀가 무슨 말을 하든 신경 쓰지 않고 있었기에 후작을 안쓰러워할 사람은 궤헤른뿐이었다.

후작의 격조가 더 떨어져 봐야 보기에 즐거울 뿐 도움될 것은 없다고 판단한 궤헤른은 자신이 대화의 주도권을 쥐기로 결정했다.

"미 V. 그라시엘 양."

"미라고 부르세요."

"미. 우리가 납치자의 저열한 즐거움을 만끽하고픈 생각은 없으니 당신이 포로나 인질이 보여줄 여러 가지 모습을 보여주지 않는다고 해서 나쁠 것은 없겠지요."

"심술궂게 굴지 않을 거니 겁먹지 않아도 된다는 말씀이죠?"

미는 그란의 말을 번역하던 그 실력을 십분 발휘하여 궤헤른의 말을 대폭 축약했다. 궤헤른은 고개를 끄덕이며 말했다.

"그래요. 뭐 시키지 않아도 그럴 것처럼 보이긴 하지만, 낙천적으로 있고 싶다면 그렇게 있어도 좋습니다. 하지만 우리가 요구하는 일은 해주는 편이 당신의 낙천성을 유지하는 데 도움이 될 겁니다."

"청소와 빨래는 잘해요. 요리도 괜찮은 정도고."

궤헤른은 잠시 당황하다가 자신을 내려다보았다. 그리고 피식 웃어버렸다. 농담을 하며 동시에 꼬집는군. 머리가 좋은가 본데.

"……남자끼리, 그것도 쫓겨다니는 사람들끼리 긴 시간 황야와 언덕, 숲속을 전전하게 된다면 옷차림이나 청결에는 신경 쓰지 않게 됩니다. 불쾌합니까?"

"불쾌하지는 않아요. 미도 물 구하기 힘든 겨울철에 양떼들 몰고 다닐 때는 지금의 궤헤른 씨보다 훨씬 지저분해져요."

갑자기 어디선가 쿵쿵거리는 소리가 들려와 궤헤른은 고개를 돌렸다. 그리고 사무엘이 소맷자락에 코를 묻고 있는 것을 보게 되었다. 사무엘은 궤헤른의 시선을 느끼자 재빨리 팔을 내리고 모닥불을 쏘아보기 시작했다. 궤헤른은 다시 미를 돌아보며 말했다.

"우리가 바라는 것은 가사에 전념해 줄 노예는 아닙니다. 그 정도 일에 목숨을 걸고 납치 같은 것을 시도하지는 않아요. 내 팔이 보입니까? 당신 개가 내게 남겨준 선물입니다."

"설마."

"정말입니다."

"그럴 리가 없어요. 아달탄이 깨물었으면 팔이 잘렸을 거예요. 미는 믿지 않아요."

"……보호대를 하고 있었습니다."

"아, 진작 말씀하시지 그러셨어요."

궤헤른은 진작 말하지 않은 것에 대해 사과할까 생각하고 있는 자신을 깨닫고 어이가 없었다. 이런, 이상하게 휘말리고 있는 건가? 후작은 조금 전 궤헤른의 표정을 조금 더 과장해서 돌려줄 수 있다는 데서 소박한 즐거움을 느꼈다.

궤헤른은 고개를 조금 가로젓고는 단숨에 말했다.

"어쨌든 우리가 그 어려움을 감수하면서 당신을 원한 것은 당신이 중요하기 때문입니다."

"어떻게 중요하지요?"

"신스라이프의 문제 때문이지요."

미는 커다랗게 뜬 눈으로 궤헤른을 바라보았다. 궤헤른은 그 표정을 읽기가 어려웠다.

"그 문제를 알고 있습니까?"

"들었어요. 그런데 그게 왜……?"

"당신이 바로 그 문제의 정답입니다."

미는 잠시 아무 말도 하지 못한 채 궤헤른을 바라보기만 했다. 궤헤른은 왠지 설명해야 될 것 같은 기분을 느꼈다. 그는 후작을 흘긋 보고는 입을 열었다.

"그 문제는 이와 같습니다. 과거로 향하는 흐름과 미래로 향하는 흐름, 두 흐름의 교차점을 찾아오라."

"예……, 미도 알아요."

"후작님께서는 그 문제에 대해 다각도로 고려해 보셨습니다. 그 결과, 과거로 향하는 흐름이라는 것은 미래로부터 우리를 향해 다가오는 시간이며, 미래로 향하는 흐름이라는 것은 이 세계라는 결론을 얻으셨습니다. 미래의 시간과 현재의 세계를 잇는 교차점은 당신, 퓨처 워커입니다."

"현재에 살면서 미래를 보니까……?"

"그렇습니다."

"그럼 미가 그 문제의 정답이라는 말씀이세요?"

"후작님께서는 그렇게 생각하십니다. 그래서 신스라이프의 문제를 푸는 자리에 당신을 데려갈 생각이시지요. 물론 당신은 암살자들로부터의 안전을 도모하는 인질의 의미도 됩니다. 그 자리는 공개된 자리이니만큼."

"암살자……, 그 바이서스의?"

"예."

"그럼 그 문제를 풀고 나면 미는 자유인가요?"

궤혜른은 잠깐 주춤했다. 하지만 거짓을 말한다고 하더라도 소용이 없다는 결론을 내렸다.

"그럴 수는 없습니다. 당신은 꽤 오랫동안 인질의 위치에 있어주어야 할 겁니다. 하지만 되도록 빠른 기간 내에 당신을 자유롭게 해주기 위해 노력할 거라는 것은 약속할 수 있습니다."

"만일 미가 정답이 아니라면?"

"예?"

미는 고개를 돌려 후작을 바라보았다. 후작은 눈썹을 일그러뜨린 채 그녀를 마주보다가 낮게 말했다.

"그건 생각하지 않는다."

"하지만 후작님의 생각이 틀릴 가능성은 있는 거잖아요. 미와 상관이 없다면 모를까, 바로 미가 그 정답이라고 생각하신다면 미는 후작님의 생각이 맞을지 틀릴지, 그리고 틀렸을 경우에 미는 어떻게 되는지에 대해 꼭 알고 싶어 하는 게 당연하잖을까요?"

후작은 잠깐 주춤했다. 하지만 거짓을 말할 필요는 전혀 느끼지 못했다.

"그럼 다른 정답을 찾아봐야겠지."

"미는요?"

"청소, 빨래, 요리를 잘한다고 했던가."

"예? 예."

"데리고 다니면 편하겠군."

그 자신의 표현대로 머저리밖에 남지 않은 상황에서 미래를 볼 줄 아는 인재라면 후작에게는 상당한 매력이다. 궤헤른이 말한 것은 결국 거짓말이 되고 말 것이다. 후작은 미를 놓아줄 생각이 전혀 없었으므로. 후작은 필요하다면 그녀와 결혼이라도 할 생각까지 해두고 있었다. 미는 물끄러미 후작을 바라보다가 그의 심정을 상당히 정확하게 짚어냄으로써 그를 놀라게 했다.

"장차 재기하기 위해 미래를 볼 줄 아는 미의 능력을 사용할 생각인가요?"

"……매력적인 능력이니까."

"당신도 잘못 생각하고 있군요."

"무슨 말이지."

미는 고개를 가로저으며 말했다.

"미가 내일 죽는 당신을 보게 된다면 어쩌겠어요?"

"뭐."

"미가 미래를 봐요. 그런데 그 속에서 죽어가는 후작님이 떠올랐어요. 미는 그 장소와 시간을 말씀드릴 수 있겠지요. 그렇다면, 후작님은 어쩌시겠어요?"

"그 장소와 그 시간을 피하겠지."

"그럴 수는 없어요. 후작님은 그 장소와 그 시간에 미가 본 대로 죽게 돼요."

후작의 눈살이 꿈틀거렸다. 갑자기 빨라지는 자신의 호흡을 알아차리지 못한 채 후작은 날카롭게 질문했다.

"무슨 소리를 하는 거지. 미래가 고정되어 있다는 말이냐."

"네."

궤헤른은 호흡을 거의 잊은 채 미를 바라보았고 후작 역시 부릅뜬 눈으로 이 북부의 무녀를 쏘아보았다. 후작은 갑자기 손을 허리 쪽으로 가져갔다. 미는 흠칫하며 뒤로 조금 물러났지만 후작은 이미 검을 뽑아들었다. 놀란 궤헤른이 뭐라고 말하기도 전에, 후작은 검으로 미를 겨냥하며 말했다.

"미래를 보려면 뭐가 필요하지."

"후작님. 이거 치우세요."

궤헤른은 놀랄 수밖에 없었다. 미는 검 끝을 보긴 했지만 거기에 대해선 크게 신경 쓰지 않는 모습이었다. 그것은 마치 노련한 전사와 비숫한 모습이었지만, 궤헤른은 미를 노련한 전사로 생각하기는 어려웠다. 후작은 사납게 외쳤다.

"미래를 보려면 뭐가 필요한지 말해!"

"물그릇과 미의 가면이 필요해요."

"물그릇과 가면. 그런 게 필요했나. 그건 가져오지 못했군. 좋아, 대답해라. 만일 네가 한 시간 후의 미래를 보고, 그때까지 살아 있는 네 모습을 봤다고 하자. 그런데 네가 미래를 보는 것을 끝내자마자 내가 널 찌른다면, 그러면 어떻게 되지."

"미는 살아요."

"……좋아. 그렇다면 가령 네가 내 검에 맞아 죽는 네 모습을 봤다고 하자. 그런데 내가 이대로 검을 집어넣어 너를 살려둔다면 어떻게 되는 거지."

"미는 죽어요."

"어째서! 내가 갑자기 미치기라도 한단 말이냐. 아니면 나도 모르게 내 손이 멋대로 움직여 너를 살리거나 죽이게 된단 말이냐! 내 자유의지는 어떻게 되는 거냐!"

미는 안타깝다는 표정으로 후작을 바라보며 말했다.

"미가 미래를 볼 수 있다는 것을 믿지 않는다면, 미가 보는 미래를 모두 부정하시겠다면, 그렇다면 왜 미를 납치하신 거죠?"

"뭐라고."

"후작님은 지금 오른손으로 오른손을 쥐려고 하고 계세요."

"그게 무슨 말이냐."

"음. 자기 오른손으로 자신의 오른손을 쥐려고 하면 불가능하겠죠? 이건 헤게모니아에서 이율배반을 말하는 속담이에요. 후작님은 미가 미래와 현재를 잇는다는 이유로 미를 납치하셨어요. 그런데 지금은 미가 보는 미래를 모두 부정하겠다고 말씀하시는군요."

후작의 검끝이 자신도 모르게 아래로 처졌다. 후작은 경악에 휩싸인 표정으로 미를 바라보았고 그 표정을 마주보며 미는 쓸쓸한 웃음을 지었다.

"다들 그렇죠."

황폐한 어조였다. 궤헤른은 자신도 모르게 어깨를 움츠리며 미를 바라보았다. 뚫어지게 바라보았기에 궤헤른은 미의 기다란 속눈썹이 가볍게 떨리는 것까지 볼 수 있었다.

"미래를 알고 싶어 하면서도, 자유는 포기하기 싫어하죠. 넓고 편한 길을 걷고 싶어 하지만, 제멋대로 달려갈 수 있기를 바라죠. 지식과 자유 둘 모두를 바라지요. 미 도망치면 안 되죠? 저기 가서 사슴 다루는 거나 구경할래요. 미는 가죽 벗기는 일도 곧잘 했으니까 도움이 될지도 몰라요."

미는 후작의 대답도 기다리지 않고 곧장 니크와 가이버 쪽을 향해 걸어갔다. 후작은 멍한 시선으로 그 뒤를 바라보다가 문득 자신이 그때까지도 롱 소드를 들고 있다는 것을 깨달았다. 후작은 검을 집어넣고는 망토로 상체를 휘감고는 상념에 빠진 표정이 되었다.

후작은 잠든 미의 얼굴을 내려다보고 있었다. 그 옆에서 입에 문 작은 나뭇가지를 위아래로 까닥거리고 있던 궤헤른이 말했다.

"기묘한 저녁이었습니다."

"팔은 괜찮나."

"저는 가이버가 그렇게 자기 이야기를 많이 하는 것은 오늘 처음 들었습니다."

"별로 안 아픈가 보군."

"가이버가 그렇게 자기 가족을 보고 싶어 한다는 것을 알고 계셨습니까, 후작님? 저는 짐작도 못했습니다. 저 친구는 가족에 대해 말할 때는 항상 넌덜머리난다는 투로 말하지 않았습니까."

"차라리 담배를 피워. 그 나뭇가지가 방정을 떨고 있는 것은 못 봐주겠군."

궤헤른은 빙긋 웃으며 목에 걸어 옷 속으로 갈무리하고 있던 작은 주머니를 꺼냈다. 그 안에는 약간의 담뱃잎과 파이프가 들어 있었다. 궤헤른은 주머니를 눈앞에 들고 들여다보았다.

"이건 마지막으로 남은 이파실 담배입니다. 바이서스를 탈출할 때도 이건 놔두고 올 수가 없었지요. 말씀드렸듯이 이건 그날이 왔을 때 피울 겁니다."

후작은 쓰게 웃었다. 궤헤른이 말하는 '그날'은 명확하게 정해져 있는 것이 아니다. 대략의 행동 노선은 있었지만 그 행동 노선의 어느 부분이 궤헤른이 말하는 '그날'인지는 후작도 짐작할 수 없었다.

신스라이프의 재산은 첫 번째 도약점이 될 것이다.

후작은 망명자로서 헤게모니아의 핵심부에 접근하고 싶었지만 그에게는 금권이나 무력, 인맥, 그 어느 것도 없었다. 바이서스에 있을 때조차도 그에게는 별다른 권력이 없었다. 그는 드래곤 라자 가문의 수장이었고, 그토록 강력한 권력을 가졌기에 다른 형태의 권력 기반을 확보하는 일에 별 관심이 없었다. 그가 다루는 것은 드래곤의 힘이었고, 따라서 자신의 뜻을 펴는 데 있어 부동산이나 동산, 무력 같은 것은 별 필요가 없었다. 그리고 권력 기반을 소홀히한 행동의 결과는 지긋지긋한 도피 생활 끝에 결국 옆에 남은 부하가 네 명으로 줄어드는 수모를 감수할 수밖에 없는 상황으로 나타났다.

헤게모니아와 바이서스가 적대 국가가 아닌 이상 정치적 망명 같은 것은 성립하기 어렵다. 그에게 남은 것은 후작의 지위뿐이지만 그것만으로 헤게모니아가 바이서스에 대해 반항하면서까지 그를 받아줄 리가 없다. 따라서 도피처로서는 헤게모니아보다 바이서스의 적대국인 자이펀이 훨씬 안성맞춤이라고 할 수 있겠지만, 전쟁 때문에 바이서스의 정예 부대가 좌악 깔려 있다시피한 자이펀 국경을 돌파할 자신이 후작에게는 없었다. 그래서 그는 헤게모니아로 올 수밖에 없었다.

결국 헤게모니아에 들어왔으면서도 그 핵심부로 접근하기는커녕 자신의 이름조차 함부로 밝힐 수 없는 입장에서, 신스라이프의 재산은 후작에게 매력적일 수밖에 없었다. 그것을 획득하게 된다면 헤게모니아 핵심부로 진입하는 데 절대적인 도움까지는 안 되더라도 상당한 도움이 될 것이다. 그리고 암살자들을 포섭하는 데에라면 절대적인 도움이 될 것이다.

10년쯤이면 될까.

후작은 막연하게 생각해 보았다. 건강에는 아직 자신이 있었고, 10년 뒤에도 군사를 다룰 정도의 체력을 유지하는 것은 가능하게 여겨졌다. 그의 목적은 헤게모니아 군대를 이끌고 바이서스를 침략하는 것이다. 바이서스가 자이펀과 길고 지루한 전쟁을 치르는 동안에도 헤게모니아가 움직이지 않은 사실은 후작 역시 잘 알고 있었다. 만약 헤게모니아마저 움직였다면 바이서스는 위아래로 협공당하는 꼴을 당하고 말았을 터였다.

하지만 헤게모니아는 지나칠 만큼 엄격한 중립을 지키고 있다. 그것은 바이서스의 외교전의 승리이기도 하지만 헤게모니아 인의 기질과도 상관이 있는 일이다. 지금은 많이 퇴색했지만 점잖고 명예를 아는 사람들이 사는 나라 헤게모니아의 명성은 아직 건재하다. 양치기 차넬의 후예들은 아직껏 그의 기풍을 유지하고 있었고, 전쟁 중인 나라를 배후에서 치는 것을 결코 달가워하지 않았다. 게다가 헤게모니아는 바이서스를 자이펀의 공격에 대한 방벽으로 여기기를 더 좋아했다. 기원도 불확실한 나라보다는 300년 전부터 관계를 맺어온 우방이 발 아래에 있는 편이 그들로서도 덜 신경 거슬리는 일이 아니었을까. 헤게모니아인들은 그들 중 가장 우수한 전사가 바이서스의 건국왕과 맺었던 우정을 아직도 잊지 않았다.

따라서 헤게모니아가 바이서스와 전쟁을 일으키는 것은 생각하기 어려운 일이 된다.

하지만 후작은 그것이 더 좋다고 여겼다. 헤게모니아 내에 주전론자가 득시글거린다면 후작은 그런 주전론자들 중 하나가 될 뿐이다. 이 경우 헤게모니아가 바이서스와 전쟁을 하기로 결심한다 하더라도 외국인이자 망명자인 후작에게 많은 기회가 주어질 가능성은 적다. 하지만 지금처럼 헤게모니아에 주전론자가 별로 없다면 후작은 독보적인 존재가 된다. 후작은 유일한 주전론자로서의 처신의 어려움보다는 자신에게 모든 기회가 돌아올 수 있다는 점을 더 중시했다.

그리고 궤혜른 역시 그 점을 좋아했다. 위험 부담이 많을수록 성취도 크다는 간단한 논리의 추종자라는 점에서, 둘은 어쩐지 소년과 닮은 면이 있었다. 세월의 무게를 실감하는 장년이 위험 부담과 성취 사이에 타협을 꾀하는 것과는 전혀 다르다. 하지만 이것은 사실 소년의 야망과는 전혀 비슷하지 않았다. 그것은 나락으로 떨어진 자의 발돋움이었고, 가장 큰 절망을 맛보았기에 더 이상 절망을 무서워하지 않는 남자의 모습이었다.

그러나 후작은 다시 미를 돌아볼 수밖에 없었다.

나는 절망이 무섭지 않다. 하지만 저 무녀처럼 태평할 수 있을까. 후작은 과거 많은 칼잡이들과 검을 나눠보았지만 눈앞을 오가는 검에 그녀만큼이나 무심할 수 있는 자를 본 것은 손가락으로 꼽을 정도였다. 그중 하나는 지금 그를 뒤쫓고 있는 운차이. 하지만 그 사내는 자 이편의 토양만이 낳을 수 있는 완벽한 괴물이고, 그에 덧붙여 간첩이 되기 위한 혹독한 훈련을 거친 자다. 미와 그를 단순 비교한다면 그 사내에게 너무 미안한 일이 된다.

그런 사람은 없어. 후작은 속으로 긍정했다. 이상한 화법과 어수룩해 보이는 태도에 속기 쉽지만 저 여자는 예사 여자가 아니야.

"무녀라서 그럴 겁니다."

후작은 최소한 세 호흡 정도를 잊고 말았다. 후작은 고개는 궤혜른 쪽으로 돌리며 눈으로는 독심술사를 바라보는 시선을 던졌다. 궤혜른은 빙긋 웃었다.

"미를 흘끔흘끔 바라보셨습니다. 그리고 무의식중에 그랬으리라고 생각됩니다만, 칼자루를 쥐시더군요. 저도 아까는 상당히 놀랐습니다. 검을 든 후작님의 얼굴을 똑바로 바라볼 수 있는 사람이 있으리라고는, 게다가 여자 중에 그런 사람이 있을 거라고는 생각해 본 적이 없습니다."

"마음을 읽는 척하지 마라. 나는 그런 것을 싫어한다."

"미래도 마찬가지겠지요."

"뭐."

"마음은 자신의 마음. 미래도 자신의 미래. 누군가가 정해 버린 미래는 모두가 싫어하는 것이겠지요. 미가 한 말이었습니다."

"……무녀라서 그렇다는 것은 무슨 뜻이지."

"그녀가 미래를 두려워할 필요가 있을까요? 그녀는 자신이 언제 죽는지 알고 있을 겁니다. 그렇다면 후작님의 검에 의해 겨누어진 그 순간 그녀는 그때가 자신이 죽는 때인지 아닌지도 알고 있을 겁니다. 뭐가 무섭겠습니까."

후작의 눈에서 불꽃이 튀었다. 그는 이를 악문 채 말했다.

"그렇다면 그건 살아도 사는 것이 아니다."

"불가능하지는 않을 것 같습니다."

"왜지."

"사람들은 누구나 연극에 익숙하니까요."

"무슨 말을 하는 건지 이해할 수가 없다."

"후작님 같으신 분은……, 이해하시기가 더 어려울 겁니다. 하지만 저는 이해합니다. 300년 동안 연극을 계속해 와야 했던 자들의 마지막 후계자인 저는."

후작은 고양이와 꿈의 콜리의 프리스트, 세상에서 완전히 사라진 지 오래되었다고 믿어지는 그 종단의 마지막 후계자를 바라보았다.

후작이 그 사실을 알게 된 것은 그렇게 오래된 일은 아니다. 그들이 넘치는 절망감 이외엔 아무것도 지니지 못한 빈손으로 헤게모니아로 건너왔을 때, 궤헤른은 비로소 자신의 정체를 드러내고 후작에게 신스라이프의 문제라는 것에 대해 이야기했다. 후작도 고양이와 꿈의 콜리에 대해서 알고는 있었다. 그는 그들이 사멸한 고대 종교라는 것도 잘 알고 있었다.

하지만 300년이 아니라 66년 전까지도 콜리의 프리스트들이 암암리에 활동하고 있었다는 것이 분명한 이상, 후작은 궤헤른의 말을 믿을 수밖에 없었다. 궤헤른은 솔직한 태도로 말했다.

"아직 남아 있습니다. 이제는 종교 단체라기보다는 비밀 결사 비슷한 꼴이 되고 말았습니다만, 신께서는 자신의 지팡이들을 그렇게 쉽사리 멸절되게 하시지 않습니다. 그리고 그 후계자인 저는 솔로처를 증오합니다. 솔로처의 스승인 핸드레이크도, 그리고 바이서스도 증오합니다. 제가 후작님의 심복으로 들어간 까닭은 그것입니다. 제게는 다른 선택이 없었습니다."

"다른 선택이 없었다니."

"후작님의 할슈타일 가문 역시 북방 정벌 때 바이서스에 편입된 가문입니다. 바이서스 내에서는 유일한 이방인의 가문이지요. 그래서 저는 후작님께 찾아왔던 것입니다."

"갑자기 너를 죽이고 싶어지는군."

궤헤른은 쓸쓸하게 웃었다.

"그러실 거라고 생각했습니다. 저 역시 종종 저 자신에 놀랄 때가 있습니다. 어떻게 이토록 철저히 자신을 숨겨올 수 있는지에 대해 말입니다."

후작은 잠시 궤헤른을 뚫어지게 바라보았다.

"……좋아. 네가 말하는 그 문제는 호기심을 자극하는군. 왜 너희들은 정체를 드러내는 위험을 무릅쓰고 그 미치광이 노인의 부탁을 들어준 거냐."

"우선 이 헤게모니아에서는 콜리의 종단에 대한 증오가 별로 심하지 않다는 것을 말씀드리고 싶습니다. 콜리의 종단을 반역자로 몰아서 멸망시킨 것은 바이서스입니다. 물론 태연히 이름을 내걸고 포교를 하거나 할 수 있는 처지는 아닙니다만 헤게모니아에서 콜리의 프리스트들의 활동은 견딜 수 있을 정도의 제약밖에 없습니다. 만약 바이서스에서였다면 그것은 절대로 불가능했겠지요."

"너희들이 그 노인에게 받은 사례는 뭐냐."

"모릅니다."

"뭐."

"저는 바이서스 내부의 조직에 속한 사람입니다. 바이서스 내부의 우리들은 활동에 엄청난 제약을 받습니다. 바이서스는 에리네드 대왕의 업적을 사랑하고 그의 적인 우리를 미워합니다. 지금까지도! 그래서 헤게모니아의 조직이 왜 그런 일을 했는지 그 상세한 내막은 알지 못합니다."

후작은 '너 역시 지금까지도 바이서스를 증오하고 있는 콜리의 잔존자 아니더냐?'라고 말하는 대신 더 중요한 질문을 던졌다.

"그렇다면 너는 그 문제의……."

궤헤른은 고개를 끄덕였다.

"예. 그 정답은 알지 못합니다."

"그럼 쓸모가 없군. 아무리 막대한 재산이라고 하더라도 소지할 수 없다면 돌멩이나 다를 것이 없잖은가."

"도전해 볼 가치는 있습니다."

"어느 정도의 가치인가."

"자세하게는 알지 못합니다. 저는 바이서스의 우리들에게 전해진 이야기는 틀림없이 과장되어 있을 거라고 생각합니다. 하지만 그 이야기에서 신스라이프의 재산은 바이서스 화폐로 450만 셀에 해당한다는 이야기를 들었습니다."

후작은 잠시 아무 말도 할 수 없었다.

산지마다 차이는 많이 나지만, 좋은 군마 한 필이 100셀 남짓한 금액으로 거래되는 실정이다. 그렇다면 450만 셀의 재산이라면 4만

5000마리의 군마를 살 수 있는 돈이라는 말이 된다. 사람은 훨씬 싸다. 따라서 단순 계산으로도 그 금액이면 2만의 완전 무장한 기병대를 구성할 수 있다는 말이 된다. 2만의 기병대라면, 야심가에게는 나라를 노릴 정도의 숫자이다. 게다가 보병대로 계산한다면 이 숫자는 눈덩이처럼 불어나게 될 것이다. 물론 부대를 양성하고 유지하는 비용, 그리고 그 시간을 모조리 계산한다면 이에 훨씬 미치지 못하는 숫자가 나올 테지만 그래도 무시할 수 없는 숫자다. 더군다나 나락에 떨어진 도망자라면 절대로!

후작은 차가운 열정에 번득이는 눈으로 궤헤른을 바라보았다.

"헤게모니아 내부의 너희 패거리들과 접촉할 수 있나."

궤헤른은 패거리라는 말에 눈을 조금 찌푸렸지만 선선히 대답했다.

"모릅니다. 저희들은 어떤 형태로든 지속적인 연결 고리는 갖지 않으려 애써 왔습니다."

"그렇다면 그 문제의 출제자에게서 정답을 알아낼 방법은 없다는 건가."

"예. 하지만 제게는 마지막 순간에 조언을 요청할 만한 것이 있습니다. 후작님도 마찬가지겠지만."

"어깨 위에 머리는 남아 있단 말이지."

"예."

그리고 그들은 그 문제에 겁없이 도전했다. 목숨의 위협이 걸려 있다는 것은 그들에게 그렇게 중요한 문제로 생각되지는 않았다. 이 점에서도 그들은 죽음의 무게를 실감하지 못하는 소년과 비슷했다. 속사정은 전혀 다르지만.

그리고 후작은 그를 뒤쫓는 암살자들과 함께 나타난 무녀라는 존재를 알았을 때 등골이 서늘해질 정도의 충격을 느꼈다. 미래를 보는 무녀? 그녀가 곧 신스라이프의 문제의 정답이라고 판단했을 때, 후작이 만일 종교인이었다면 그는 이것이 어떤 신이 그를 위해 준비한 선물이라고 여겼을 것이다. 하지만 후작은 종교인이 아니었고, 그래서 이것을 유피넬의 저울대에 걸린 그의 반대편 추라고 생각했다. 그리고 반드시 이용하겠다고 결심했다.

그런데 그 무녀는 후작의 정신을 통째로 뒤흔들어 놓고는 이제 태평하게 잠들어 있는 것이다. 험상궂은 다섯 명의 납치범들 사이에서, 저토록이나 천연덕스럽게.

5

 레이디 케이트 데솔로는 어리둥절했다.

 그렇게 해본 적은 별로 없었지만, 케이트 데솔로 양은 침대에서 일어나 얌전히 나이트 가운을 걸치고 거실로 나왔다. 조심스럽게 문을 연 케이트 양은 잠시 밤중의 거실 모습에 당황하다가, 간신히 낮에 보아왔던 모습을 떠올리고는 마음을 놓았다. 그러고는 거실의 커다란 창문을 통해 그녀를 잠에서 깨운 소리가 들려오는 쪽을 내다보았다.

 거기에는 켄턴 성벽의 위용 있는 모습과 그 위를 바쁘게 오가는 많은 횃불들이 보였다. 데스나이트들의 흉흉한 노랫소리가 그녀를 질겁하게 만든 것은 이것이 처음은 아니다. 얌전한 케이트 양은 문 밖 출입을 별로 하지 않았고 창을 든 키 큰 경비 대원들을 흠모해 본 경험도 없었다. 그래서 데스나이트들이 이 도시를 침공한다는 소식을 들어도 케이트 양에겐 모호한 개념밖에 생기지 않았다. 사실 그 모호한 개념만으로도 그녀는 충분할 만큼 겁을 집어먹고 있었지만, 오늘 밤 그녀를 놀라 일어나게 만든 것은 그 무시무시한 노랫소리가 아니었다.

그때 하녀 하나가 거실로 들어오다가 케이트 양의 모습을 보았다.

"아가씨? 주무시지 않고……. 하긴 너무 시끄러워서 못 주무시겠군요."

"저게 무슨 소리예요, 다이앤?"

하녀 다이앤은 기겁하며 말했다.

"안 돼요. 저건 나쁜 귀신들의 노랫소리랍니다, 아가씨. 저 노랫소리에 신경을 쓰면 귀신들이 영혼을 훔쳐가요. 들으시면 안 돼요."

케이트는 고개를 가로저었다. 그리고 나도 그것은 안다는 듯한 당당한 얼굴로 말했다.

"데스나이트의 노래 말고, 다른 노래가 들리는걸. 저건 송가잖아요?"

"예? 아아, 저 노래 말씀인가요."

다이앤은 자신도 모르게 미소짓고 말았다. 케이트는 그 미소를 보며 입술을 조금 내밀었다.

"저 노래라면 들으셔도 괜찮을 거예요. 아가씨 말씀대로 저건 송가랍니다."

"송가를 왜 '저렇게' 부르는 거예요?"

케이트는 '저렇게'라는 말에 상당히 매력적인 강조를 두어 자신의 의문을 명확히 했다. 하녀 다이앤은 잠시 이 사태를 어떻게 설명할까 고민했다. 그러다가 다이앤은 문득 케이트의 모습을 똑바로 보았고, 그만 웃음을 터뜨리고 말았다. 밤에 잘 자는 편인 케이트 양은 나이트 가운 차림으로 돌아다니는 무례한 짓을 하지 않기 때문에 그녀의 나이트 가운 차림이 생소했던 탓도 있다. 하지만 그보다는 더 본질적인 문제가 있었다.

케이트는 뒤로는 나이트 가운 자락을 바닥에 질질 끌고, 앞으로는 허리를 묶고 나서 남은 허리끈을 길게 늘어뜨리고 있었다. 어쨌든 그녀는 여덟 살이었고 그녀의 후견인 주리오 시장은 여덟 살짜리 꼬마 숙녀의 밤 의상에 대해서는 별다른 관심이 없었다. 그래서 케이트 양은 주리오 시장님의 시집간 딸이 남겨준 거대한 나이트 가운을 질질 끌고서 나타난 것이었다.

다이앤은 케이트 앞에 무릎을 꿇고 앉아 그녀의 허리끈을 정돈해 주며 말했다.

"글쎄요, 아가씨. 제게 물어보신다면, 저는 대마법사 솔로처는 그 명성만큼이나 괴팍하신 분이라고밖에 대답할 수가 없네요."

"그게 무슨 말이에요, 다이앤?"

"그건 말입니다……."

"신물 나도록 말한 거지만, 다시 말해 주겠다. 나는 너희놈들이 싫어!"

"얼얼어어붙붙은은 마마음음! 핏핏빛빛 깃깃발발! 데데스스나나이이트트의의 율율법법!"

"그 해괴망측한 노래는 더 싫어!"

그레이는 고래고래 고함질렀다. 솔로처는 그의 의견에 전적으로 찬성했지만, 솔직히 말해서 지금 옆에서 고함을 지르는 그레이의 목소리가 더 신물 날 지경이었다. 게다가 갑주도 없이 셔츠와 바지만 걸친 잠옷 비슷한 차림으로 이 야밤에 성벽 위에 올라와서 고래고래 고함지르고 있는 그레이의 모습에는 일스 기사 단원의 전설적인 영웅의 명성이란 아교로 가져다 붙이고 밧줄로 친친 묶어도 미끄러져 떨어질 지경이었다.

"그레이. 그렇게 외쳐봤자 들리지도 않을 텐데, 주위의 사람들 좀 그만 괴롭히지 않겠소? 그대는 피곤하지도 않소?"

그레이는 와락 고개를 돌려 핏발 선 눈을 들이댔고, 솔로처는 헛바람을 삼켰다.

"나도 피곤해요. 낮 동안 그렇게 날아다녔으니 루미너스의 달빛 아래에서는 자고 싶단 말입니다. 많은 것을 바라지도 않아요. 침대의 색깔이나 시트의 바느질 방식 같은 것은 신경도 쓰지 않습니다. 잠들면 느끼지도 못하는 거니까. 내가 바라는 것은 그저 내 몸 하나 눕힐 침대와, 그리고 고요함입니다. 하지만 저놈들의 저, 우렁차다는 점 이외에는 어떤 미덕도 없는 노랫소리 좀 들어보십시오! 무스타파! 나 조용하지 않으면 잠 못 자는 거 알지? 나가서 한 바퀴 돌고 오자. 저 녀석들을 잠잠하게 해놓지 않으면 난 오늘 밤 절대로 못 자!"

무스타파는 음울한 표정을 지었다. 하지만 그때 딤라이트가 입을 열었다.

"묻겠는데, 그건 명령인가?"

"응?"

"명령이 아니라면 사양하겠다. 이 야심한 시각에 데스나이트들의 창끝 위를 비행하겠다는 것은 어처구니없는 짓이라고 생각한다."

역시 잠자리에서 뛰쳐나와 성벽 위에 서 있다는 점에서는 다른 두 기사들과 마찬가지였지만 위아래로 갑주를 정확하게 착용하고 그 위에 망토를 두르고 손에는 장갑을, 허리에는 검까지 차고 나타나서 주위의 사람들로부터 '저 기사는 저런 차림으로 자나?' 하는 평가를 받고 있는 딤라이트의 주위에는 불필요할 정도로 많은 엄숙함이 흐르고 있었다. 하지만 그레이는 퉁명스럽게 대꾸했다.

"무슨 말을 하는 거야? 누가 너더러 같이 나가자고 그랬냐? 무스타파에게 말한 거야."

엄숙함이 박살날 때도 소리가 난다면 지금 퀜턴의 성벽 위로는 천둥 같은 소리가 울려퍼졌을 것이다. 불쌍한 딤라이트는 이를 부득부득 갈아댔고 주리오 시장은 예의바르게 그 광경으로부터 고개를 돌려 솔로처에게 말했다.

"대마법사님, 어떻게 할까요? 공격을 시도할까요?"

"솔로처라고 부르시오. 공격은, 글쎄. 로터스 경비 대장의 안색을 보아하니 찬성하고 싶지 않군."

솔로처는 툭 던지듯이 그렇게 말했다. 주리오 시장은 솔로처의 시선을 따라 계단을 올라오는 로터스 경비 대장을 한 번 쳐다본 것으로 공격이라는 말은 꺼내지도 못하게 되었다. 그의 얼굴은 이 어두운 밤에 조명으로 써도 충분할 만큼 창백한 빛을 뿜어내고 있었다.

로터스 경비 대장은 말하고 싶었다. 이건 너무하다. 감시망을 세 배로 늘여놓았는데도 데스나이트들의 움직임을 파악할 수 없었던 것이 꼭 내가 멍청해서는 아니다. 공포, 절망, 어둠의 데스나이트잖은가. 공포와 절망은 내 알 바 아니지만 어둠 속에서 움직이는 데스나이트들을 감시하는 데 실패하는 것은 어쩔 수 없잖은가. 그러니 저 녀석들이 저렇게 화살 거리 바로 바깥까지 와서 노래를 불러댄들 나는 아무 책임이 없다. 갤러리 위로 뛰어오른 로터스 경비 대장은 주리오 시장 앞에 멈춰 서서 당당하게 외쳤다.

"죽여주십시오!"

딤라이트만 감동했을 뿐 다른 사람들은 모두 씁쓸한 표정을 지었다. 주리오 시장 역시 고개를 가로저으며 말했다.

"쓸데없는 소리 말고, 경비 대원들은 어떻게 되었소?"

"준비는 끝냈습니다. 하지만 저들이……."

"저렇게 성벽 가까이에 진을 치고 있다는 것 때문에 모두들 겁을 집어먹고 있다는 거요?"

"그렇습니다. 어떻게 해서 그런 말이 오가는지는 모르겠습니다만 대원들 사이에는 지금 끔찍한 이야기가 오가고 있습니다. 대원들을 통솔하기에도 벅찰 지경입니다."

"무슨 끔찍한 이야기?"

"말씀드리기도 무섭습니다. 지금 저 데스나이트들의 노래가 끝나면 성벽이 무너질 거랍니다! 그러면 데스나이트들은 곧장 켄턴 시내로 돌격한답니다."

주리오 시장은 하얗게 변한 얼굴로 솔로처를 바라보았다. 솔로처는 굵은 눈썹을 꿈틀거리며 말했다.

"거 재미있군. 하긴 저렇게 가까운 거리니 조금만 돌격하면 성벽을 강타할 방법도 있겠지. 흐음. 그런 위험한 방법까지도 필요없을지 모르겠군. 녀석들이 한꺼번에 이 성 안으로 텔레포트해 버리면……."

"예? 그게 가능합니까?"

주리오 시장의 반문은 거의 비명이나 다름없었다. 하지만 솔로처는 태평하게 말했다.

"낮에야 그런 방법을 못 썼지만 지금은 밤 아니오. 검은 안개도 필요없으니 마음 놓고 이동할 수 있겠지. 하지만 걱정 마시오. 데스나이트들은 이 성 안의 모습을 몰라요. 모르는 장소로 텔레포트하는 것은 불가능하지."

주리오 시장은 기나긴 한숨을 내쉬었다. 솔로처는 머리를 긁적이다가 말했다.

"왜 저러는 건지 모르겠군. 기습하려면 노래를 부른다는 것이 말이 되지 않고, 그냥 공격하겠다면 저 위치에서 저렇게 멈춰 서 있을 이유가 없고, 자장가를 불러주려는 거라면 집어치우라는 대답밖엔 해줄 게 없는 음정 박자로군. 왜 저런 이상한 위치에서 노래를 불러대고 있는 건지."

엄숙한 딤라이트가(주리오 시장은 속으로 그를 그렇게 부르기로 마음먹었다.) 엄숙하게 말했다.

"저들의 행동 원리는 사람과는 다르지 않을까 생각합니다."

"흐음? 무슨 말이오, 딤라이트?"

"사람들이라면 죽여서 없애는 것을 목적으로 하겠지만, 저들은 순수한 의미에서의 공포를 더 원할 수도 있지 않겠습니까? 저들은 영토를 확장하거나 세력을 넓힌다거나 하는 개념과는 무관한 존재들입니다. 그러므로 이 성을 조속히 공략하려는 의지가 있는 것은 아닐 것입니다. 300년 전의 이야기이긴 합니다만, 저는 데스나이트가 콜로넬 계곡을 점거한 이후 켄턴과 이파실은 계속 공격을 받았다고 들었습니다."

"그렇지. 그런데?"

"계속 공격을 받았다는 것은, 그 두 도시가 계속 존속했다는 의미라고 생각합니다. 데스나이트들은 두 도시를 지상에서 완전히 쓸어버리지 않았습니다. 그들에게 그럴 힘이 없었을까요? 저는 그렇게 생각하지 않습니다. 저는 그들에게 그럴 의지가 없었던 것이 아닐까 추측합니다. 어쨌든 저들은 어둠의 세력이고, 의지나 희망 같은 것과는 무관한 존재들이니까요. 언데드에게 열정과 목표 의식이 있다는 것도 우습지 않습니까."

솔로처는 조금 놀란 눈으로 딤라이트를 바라보았다.

"그거 합리적인데? 그럴듯하오, 딤라이트. 어떻게 그런 생각을? 아, 참. 당신은 일스 기사 단원이지. 흐음. 당신이 프리스트라고도 할 수 있는 기사라는 것을 잠시 잊었소."

바로 옆에 전혀 신성 기사답지 못한 당신의 우두머리가 있으니까. 솔로처는 자신의 생각에 빙긋 웃었다. 그 신성 기사답지 못한 기사는 턱을 늘어뜨린 채 딤라이트의 말에 귀를 기울이고 있었다.

"하! 그렇군. 그럼 저 녀석들은 열심히 싸워 이곳을 끝장낼 계획은 없다는 말이렷다? 그냥 우리들을 겁주고 즐거워하기 위해 저러는 거라는 말이지? 그럼 내려가서 자도 되는 거야?"

딤라이트가 그레이의 말에 대답하기도 전에 데스나이트들의 고함 소리가 다시 울려퍼졌다.

"얼얼어어붙붙은은 마마음음! 핏핏빛빛 깃깃발발! 데데스스나나이이트트의의 율율법법!"

그레이의 얼굴이 팍 일그러졌다.

"젠장. 저 노래 때문에 안면은 요원하겠군."

딤라이트는 그제서야 그레이의 말에 대답할 기회를 얻었다.

"끝장낼 생각은 있을 것이다. 다만 인간처럼 조급하게 굴지는 않을 거라는 말이지."

"응?"

딤라이트는 고개를 돌려 데스나이트들에게 사나운 시선을 보내며 말했다.

"천천히, 그 과정 자체를 즐기면서 이 성과 그 주민들을 파멸시키는 것이 저들의 행동 방식일 것이다. 인간에게 있어 전쟁은 비극이기에 빨리 끝난다. 그리고 빨리 잊으려 노력하고. 하지만 저놈들은 그것만이 유일한 목적이지. 인간이 즐거운 자리를 오래 유지하려 노력하듯이 저 녀석들도 이 성의 공략을 최대한 즐긴 다음에 완료할 거야. 어쨌든 저들은 헬카네스의 조화와 유피넬의 혼돈의 세계에서 온 자들이니까……."

딤라이트의 말이 잦아듦에 따라 성벽 위의 공기도 살을 엘 듯이 차가워지는 것 같았다. 봄밤의 흥취는 오간 데 없고 성벽 위에 도열한 아처리들은 침묵 속에서 손에 쥔 화살을 부러뜨릴 정도로 경직했다. 주리오 시장은 말도 제대로 꺼내지 못하고 있었다.

솔로처가 말했다.

"좋을 대로 하라지!"

시장 한구석의 장사치들이 외치는 듯한 상스럽고 거침없는 어조였다. 솔로처는 왼손에 쥔 지팡이로 오른 손바닥을 톡톡 두드리며 말했다.

"내 사부님께서는 말씀하셨지. 무릇 마법사라면 유피넬의 저울 눈금을 속일 수 있다는 자신감을 가져야 한다고. 그 말씀에 따라 정진해 온 내가 헬카네스의 저울추라고 해서 속이지 못할 리는 없소! 그런 내가 여기 있는 이상 저 친구들의 즐거움은 상당히 줄어들고 말걸? 게다가 여기에는 천공의 3기사도 계시오."

무스타파는 빙긋 웃었다. 저 노인은 이 성벽 위의 분위기를 바꾸고 싶어 하는군. 그리고 그것은 실제로 작용했다. 핸드레이크의 이름보다 솔로처의 이름에 더 친숙한 켄턴의 경비 대원들은 두 눈 가득 경외감을 담고 솔로처를 바라보았다.

솔로처는 세차게 몸을 돌려 딤라이트를 바라보며 명랑하게 말했다.

"나는 마나의 움직임은 이해해도 군대의 움직임은 잘 이해하지 못하오. 대륙의 북방을 정벌할 때 허즐릿 경이 가장 무서워한 상대는 다름 아닌 바로 나였소. 그가 전략 회의에서 아무리 원대한 계획을 이야기해도 나는 도통 이해하지를 못했거든?"

주리오 시장은 실소하고 말았다. 루트에리노 대왕의 여덟 별 중 하나이자 방대한 병서를 집필함으로써 지금까지도 전략가 지망생들의 원망의 대상이 되어 있는 허즐릿 경이 솔로처만은 이해시키지 못했다는 이야기는 다른 이들에게서도 웃음을 자아내기에 충분했다. 성벽 위의 분위기가 한결 밝아진 가운데 솔로처는 싱긋 웃었다.

"그러니 이 사태에 대한 설명 좀 부탁합시다. 저 녀석들이 저렇게 되지도 않는 노래를 불러대는 까닭은 우리들의 안면을 방해함과 동시에 신경을 곤두서게 만들어주고 싶은 욕구에서라고 보는데, 내 생각이 맞소?"

"동의합니다. 말했듯이, 우리들의 공포는 우리들의 피만큼이나 저놈들에게 자극적인 기호품일 테니까요."

"그럼 목이 쉴 때까지 노래나 부르라지. 아니, 더 좋은 생각이 떠올랐군. 여보쇼, 시장님. 레티의 수도원에 급전을 부탁합니다. 그리고 경비 대원들 중 영창에 드나든 경험이 있는 친구들을 좀 모아주시오."

"예?"

한 시간 후, 레티의 성스러운 형제들은 한밤중의 요청이었음에도 점잖은 얼굴을 한 채 성벽 위에 나타났다. 그리고 경비 대원들을 내 몸처럼 사랑하는 경비 대장 로터스의 정확한 안목에 의해 영창을 바라크 드나들듯이 하는 성질 더러운 경비 대원들 20여 명도, 레티의 프리스트들과는 완전히 반대되는 험악한 얼굴을 한 채 몰려들었다. 주리오 시장의 지시가 떨어지자 '성질 더러운' 경비 대원들은 예외 없이 성질을 부려댔지만 솔로처의 매서운 눈빛 아래에서는 함부로 불평을 하지 못했다. 그리고 레티의 '성스러운' 형제들은 기쁜 마음으로 시장의 지시를 받아들였다. 레티의 프리스트들은 비록 열악한 환경과 되어먹지 않은 학생들에 애먹었지만 성심성의를 다해 지도했고, 그리하여 솔로처가 입이 찢어져라 사악한 미소를 짓고 딤라이트가 머리를 쥐어뜯으며 곤혹스러워하는 가운데 켄턴의 아름다운 밤은 데스나이트들과 성질 더러운 켄턴 경비 대원들의 노래 대결로 치달아 갔다.

"얼얼어어붉붉은은 마마음음! 핏핏빛빛 깃깃발발! 데데스스나나이이트트의의 율율법법!"

"약속된 파멸을 내재한 창조여! 하나된 허무로 회귀할 만물이여!"

"공공포포, 절절망망, 어어둠둠의의 데데스스나나이이트트!"

"레티의 검 아래 스러진 것들에 남겨질 이름은 없다! 파멸의 레티여!"

찬송가라고 생각하기 어려울 정도로 살벌한 레티의 송가를 데스나이트의 노래와 대결시킨다는 황당 무쌍한 계획을 실현시킨 솔로처는 끔찍한 미소를 지었다.

"이놈들아, 노래는 너희들만 부를 줄 안다더냐?"

하지만 데스나이트들은 전혀 미소를 지을 마음이 나지 않았다. 신의 이름과 그 찬송가가 불리자(그것도 달밤에 성벽 위에서 노래를 부르라는 기괴한 명령 때문에 폭발하기 일보 직전까지 흥분해 버린 '성질 더러운' 경비 대원들의 험악한 목소리로), 데스나이트들의 진열에서 포효와 비명이 터져나오며 노랫소리가 흐트러지기 시작했다. 무스타파는 도저히 이 말을 참을 수 없었다.

"흐음. 누구 앞에서는 '사악한' 데스나이트라고 말하긴 힘들겠군요."

"댁도 아시겠지? 내 성격에서 반인륜적인 모습들은 주로 우리 스승님의 성격에 기인한 것들이오."

"……무례하게 들릴지 모르겠습니다만 당신 스승께서는 부활하시지 않았으면 좋겠다는 생각이 듭니다."

"나도 그렇게 생각할 때가 있다는 것을 고백해야겠군."

머리카락을 너무 쥐어뜯은 나머지 눈물을 찔끔거리던 딤라이트는 그레이의 모습이 보이지 않는다는 것을 깨달았다. 딤라이트는 그레이의 모습을 찾아보기 시작했고, 눈보다 귀로 먼저 그레이를 찾아냈다. 그레이는 경비 대원들의 선두에 서서 방금 배운 노래를 주먹까지 휘둘러가며 목이 터져라 불러젖히고 있었다. 그 모습 앞에서는, 장미와 정의의 오렘의 기사로서 다른 종단의 송가를 부르느냐는 등의 준엄한 질책을 할 마음조차 들지 않았다.

난폭한 경비 대원들이 불러도 송가는 송가다. 그 속에는 인간이 이해할 수 있는 단편적이고 지엽적인 모습으로나마 어쨌든 신의 진리가 내재되어 있었다. 그리고 신의 '이름'의 경우에는 그 자체로 신의 권능을 상징한다. 공포, 절망, 어둠의 사악한 권능과 위대한 파괴신의 권능은 비록 노래의 형태로 부딪혔다고는 하나 그 결과가 처음부터 자명했다. 노래로써 퀜턴 시민들을 공포에 몰아넣을 계획이었던 데스나이트들은 그들 스스로가 노래에 의해 쫓겨나는 수모를 당하게 되었다. 데스나이트들은 진열을 풀고 다시 원래의 위치로 돌아갔다.

하지만 이제 스스로 도취되어 버린 성질 더러운 경비 대원들은 물러나는 데스나이트의 뒤통수를 향해 목이 찢어져라 노래를 불러대기를 멈추지 않았다. 주리오 시장과 다른 관리들, 그리고 성벽 위의 아처리들과 그들에게 송가를 가르친 레티의 성스러운 형제들이 험악한 표정으로 쏘아보는 가운데에서도 경비대 합창단은 노래를 그칠 기미를 보이지 않았다. 마침내 로터스 경비 대장은 날이 새는 대로 이 녀석들을 몽땅 영창에 처넣겠다고 마음먹게 되었다.

그러나 영창에 집어넣어지는 경비 대원 합창단의 선두에 천공의 기사 그레이가 앞장서서 걸어야 된다는 사실이 경비 대장 로터스를 심히 괴롭혔다. 그레이는 성질 더러운 경비 대원들의 무리 가운데서도 단연 두각을 드러낼 만큼 용솟음치는 정열로 고문에 가까운 목소리를 뽐내며 노래를 불러대고 있었다. 레티의 프리스트들은 그들의 아름다운(?) 송가에 그런 만행이 저질러진다는 데 모두 혀를 깨물고 죽어버리고 싶은 기분이었다.

"끄아아아! 레티이잇! 그으으의 카알로오 주욱느은드아앗!"

"노래로 싸워요?"

"그렇지요, 케이트 아가씨."

"와! 같이 나가봐요, 다이앤!"

다이앤은 기겁하며 고개를 가로저었다.

"천만의 말씀! 절대로 안 돼요, 아가씨. 말씀드렸잖아요? 착한 숙녀는 밤이슬에 발을 적셔서는 안 된다고요."

이 말이 장성한 처녀들에게 주어질 때는 전혀 다른 의미를 가지겠지만, 케이트는 다이앤이 원하는 대로 그 말을 밤에 나돌아다니지 말라는 말 정도로 이해하고 있었다. 그랬기에 케이트는 그 말을 따를 생각이 별로 없었다. 케이트는 아랫입술을 터질 정도로 내밀고는 콧소리를 냈다.

"흐으응. 한 번만. 응? 한 번만 나가봐요. 제발!"

다이앤은 놀랐다. 레이디 케이트는 제발이라는 말을 거의 사용하지 않았다. 어린 나이에 부모를 잃고 시장의 피보호자가 된 케이트는 굽히지 않는 성격이었다. 시장의 양녀 비슷한 높은 신분에도 불구하고 하녀들 사이에 어린 나이에 어떻게 저리 착한지 모르겠다는 칭찬이 오갈 정도로 거만함과는 거리가 먼 케이트였지만 예리한 자존심은 가지고 있었다. 그녀의 처지를 생각하면 당연한 일인지도 모르지만.

하지만 그렇다고 해서 선선히 고개를 끄덕여줄 다이앤은 아니었다. 다이앤은 완강한 얼굴로 케이트를 끌고 가다시피 해서 침대에 데려다 눕혔다. 만일 케이트에게 그 나이에 어울리지 않을 정도로 높은 자존심이 없었더라면 바닥에 주저앉아 칭얼거려 보기라도 했겠지만, 그녀는 결코 그렇게 품위 없는 짓을 할 수는 없었다.

그랬기에 케이트는 다이앤이 이끄는 대로 다시 침대에 들어가 누웠다. 케이트는 마지막으로 불평불만이 가득한 눈으로 다이앤을 쏘아보았지만, 다이앤은 함박웃음을 지으며 그녀의 이마에 키스를 한 다음 시트를 덮어주고 방을 나갔을 뿐이었다.

케이트는 입술을 앙다문 채 침실의 문을 쏘아보았다. 잠은 전혀 오지 않았다.

비록 그녀를 조숙하게 만든 드높은 자존심은 있었지만, 역시 케이트는 어린애에 불과했다. 그녀는 이대로 잠들어서 죽어버리면 좋겠다는 둥의 생각을 하고 있었다. 이대로 죽으면 다이앤은 죄의식을 느끼겠지. 크게 슬퍼할 거야. 그리고 나를 데리고 나가지 않은 것을 뼈저리게 후회하게 될 거야. 시장님은 내 무덤 앞에서 다이앤을 크게 꾸짖을 테고.

그러는 동안 케이트는 밖으로 나가서 천공의 기사라는 아저씨들과 무지개의 마법사, 그리고 나쁜 귀신들과 경비 대원 합창대를 보지 못한다는 것이 점점 더 억울하게 느껴졌다. 치! 재미있는 것은 자기들끼리만 하고 나는 끼워주지도 않아. '착한 아이는 일찍 자야 해요.' '저기 가서 벽 모퉁이에 서 있어요!' '부끄러움을 알아야지!' '그래서는 안 돼요.' 흥흥흥! 나는 늦게 잘 거야. 음식을 남길 거야. 테이블 다리를 찰 거야. 접시를 포크에, 아, 아니다. 포크를 접시에 넣어서 휘저을 거야. 복도에서 깡총깡총 뛸 거야!

케이트는 이런 어마어마한 범죄 모의를 하는 동안 짜릿한 전율을 느꼈다. 물론 그와 동시에 이런 못된 생각을 하자마자 '억!' 하고 죽어버리는 것은 아닐까 하는 무서움도 느꼈다. 그래서 멀리서 요란한 소리가 들려온 순간 케이트는 심장이 멎을 정도로 놀라며 시트를 머리 위까지 끌어올렸다. 콩닥거리는 자신의 심장 소리에 어찌할 바를 몰라하며, 케이트는 시트 속에서 그 작은 몸을 파들파들 떨고 있었다.

'나를 잡으러 왔나 봐! 어쩌면 좋아, 어쩌면! 생각만 한 건데. 진짜 할 생각은 아니었는데! 히이잉!'

그러나 잠시 후 케이트는 뭔가 이상하다고 생각했다. 점점 가까워지는 그 소리에는 분명히 웃음소리들이 섞여 있었다. 케이트는 천천히 시트 바깥으로 머리를 내밀었다. 웃음소리와 요란한 고함 소리가 들려올 때마다 흠칫흠칫하긴 했지만 아무래도 자신의 안위는 걱정 없다는 생각이 들었다. 그녀의 왕성한 호기심이 다시 꿈틀거리기 시작했다.

그녀는 침대에서 빠져나왔다.

다시 나이트 가운을 걸치며(다이앤 왈, "밤에 혼자 있을 때도 숙녀는 품위를 지켜야 해요!"), 케이트는 세심하게 문을 감시했다. 그러나 케이트는 나이트 가운을 걸쳐야 된다는 것만을 알고 있었을 뿐이었고, 그래서 가운 자락을 걷어올려 허리끈에 집어넣어 두 다리를 다 드러내고 소매는 어깨까지 걷어올리기를 주저하지 않았다. 지금 그녀가 계획하는 모험에는 활동이 편한 복장이 요구되었기 때문이다. 결과적으로 퍽 우스꽝스러운 모습이 되고 말았지만, 그녀는 자신이 주리오 시장의 피보호자로서 손색이 없는 품위 있는 모습이라고 여겼다. 그런 '품위 있는' 모습으로 케이트는 책상 앞에 있던 의자를 끌어다가 창문 아래에 가져다놓았다.

의자 위에 올라간 케이트는 창문을 열었다. 약간 차가운 봄바람이 불어왔지만 케이트는 아랑곳하지 않았다. 다이앤이 주워섬긴 규칙들 중에 창문으로 드나들지 말라는 규칙은 없었기에 양심에 거리낌도 없었다.

그녀의 키에는 약간 높았지만, 케이트는 대담하게 창문 아래의 정원으로 뛰어내렸다. 폴짝. 그러나 밤의 어둠 속에서 케이트는 풀잎을 밟아 미끄러지고 말았다. 나이트 가운을 걷어올렸기 때문에 드러난 하반신이 땅에 요란하게 부딪히며 두 눈에 불이 번쩍했다. 아이코! 케이트는 엉덩이에 구멍이 났나 만져보고는 낑낑거리며 일어났다.

시장 관사의 넓은 정원에서는 온갖 나무들과 풀잎들이 밤의 음악을 연주하고 있었다. 하지만 흥분한 케이트는 그런 것들에 신경 쓸 겨를이 없었다. 어디 보자. 어디로 가면 성벽이 가장 잘 보일까? 케이트가 기획한 '어마어마한 모험'은 사실 창문 밖으로 기어나와서 성벽을 바라본다는 것으로 끝나는 단순한 것이었다. 하지만 그것은 침대에 누워 빨리 잠들어야 된다는 다이앤의 지시를 어기는 것임과 동시에 밤에 밖을 나돌아다니면 안 된다는 규칙까지도 어기는 것이었기 때문에, 케이트는 상당한 스릴을 맛볼 수 있었다.

잠시 고민하던 케이트는 정원 한구석에 있는 버드나무를 떠올렸다. 여름이면 그 아래에 자리를 펴고 앉아 책을 읽거나 낮잠을 자거나 하는 곳이라 그녀가 퍽 좋아하는 나무였다. 케이트는 그 위에 올라가면 성벽도 잘 보일 거라고 생각했다.

'잠깐. 다이앤이 나무를 오르지 말라고 했던가? 그런 말은 안 했나?'

갈팡질팡하며 고민하던 케이트는 그만 포기해 버렸다. 그런 말은 안 했을 거야. 우아하게 결정을 내린 케이트는 익숙하지 않은 밤의 정원을 가로질러 버드나무가 있는 곳으로 걸어갔다.

잠시 후 못 보고 지나친 것이 아닌가 생각하기 시작했을 때, 케이트의 눈앞에 버드나무가 나타났다. 케이트는 만족스럽게 나무껍질을 만져보고는 나무에 기어오르기 시작했다.

'이상하다. 버드나무가 갑자기 자랐나?'

머리가 굵은 어른이라면 케이트의 의문에 적당한 답을 줄 수 있을 것이다. 밤에는 눈에 들어오는 사물이 어둠에 가려 거리가 더 멀게 느껴진다. 그러나 케이트는 그런 대답을 도출해 낼 수 없었고 그래서 많은 고민 끝에 간신히 앉을 만한 자리에 기어올랐지만, 오르고 나서는 그런 의문 같은 것은 싹 잊어버렸다.

'와! 다 올라왔다.'

케이트는 나뭇결에 쓸린 팔다리를 열심히 만지작거리면서도 벅찬 기쁨에 어깨를 떨었다. 자신의 힘만으로 까마득히 높은(실제로는 성인 남성의 머리 높이 정도 되는) 이곳까지 올라왔다는 것이 자랑스러워 미칠 지경이었다. 흥분을 가라앉히며 케이트는 성벽을 찾기 시작했다.

그러나 케이트는 곧 좌절하고 말았다.

무성하게 늘어진 버드나무 가지들은 그렇지 않아도 어두운 시야를 대폭 가렸다. 나뭇가지가 바람에 살랑거릴 때마다 성벽 쪽의 횃불이 언뜻언뜻 드러나는 것은 그녀를 더욱 약오르게 만들었다. 비키란 말이야! 케이트는 소리 없이 나뭇가지들에게 외쳤지만 버들가지들은 케이트를 놀리듯 미풍에 천천히 흐느적거릴 뿐이었다.

　게다가 창문을 빠져나오고 정원을 가로지르고 나무에 기어오르는 이 굉장 무쌍한 모험을 치르느라 알아차리지 못했지만, 데스나이트들과 경비 대원들의 거친 노랫소리는 이미 멎어 있었다. 들리는 것이라고는 바람에 흔들리는 나뭇가지의 흥얼거림뿐이었다. 케이트는 너무 약오르고 분해서 눈앞이 하얗게 변할 지경이었다.

　'이이이……, 나빠! 다이앤은 나빠! 버드나무도 나빠! 나쁜 귀신들도 나쁘고 마법사도 다 나빠!'

　"거기 누구냐."

　하마터면 나무 아래로 추락할 뻔했지만 나뭇가지를 확 끌어안았기에 간신히 떨어지지 않았다. 케이트는 잔뜩 겁먹은 표정으로 목소리가 들려온 쪽을 바라보았다. 그러고는 더욱 겁을 먹었다.

　달빛 아래 드러난 것은 무장을 갖춘 남자의 모습이었다. 남자는 손에 달빛을 받아 번뜩이는 것이 쥐고 있었다. 케이트는 그것이 롱 소드라는 것을 깨닫고 기절할 지경이었다. 남자가 걸친 망토는 밤바람에 나부끼며 그의 실루엣을 더욱 크고 무시무시해 보이게 만들었다.

　남자는 다시 끔찍한 목소리로 말했다.

　"나무 위의 너, 말해라. 누구냐? 말하지 않으면 벤다."

　"헉, 케, 케이트인데요……."

　남자는 소녀의 목소리가 들려올 줄은 몰랐기에 경악하고 말았다. '야심한 밤에 나뭇가지 사이에 앉아서 흐느끼는 소녀의 목소리로 말하는 희끄무레한 것'은 남자를 더욱 긴장하게 만들었다. 남자는 검을 집어넣지 않은 채 주의 깊게 접근해 왔다. 케이트는 그가 검을 뽑아든 그대로 걸어오자 이제 꼼짝없이 죽었다고 생각했고, 필사적으로 목소리를 짜냈다.

"저, 저, 저는 케이트 데솔로, 케이트 데솔로예요. 주리오 시장님의 피, 피보호자고, 다, 다이앤의 반짇고리에서 파란 실을 훔친 것은 잘못했어요. 부끄러움을 알아요!" 케이트는 그게 무슨 뜻인지도 몰랐지만 부끄러움을 알아야 한다는 말은 많이 들은 터였다. "마, 많이 훔치지도 않았어요. 1큐빗도, 그 정도도 안 될 거예요! 고, 공책에 잉크를 흘린 것은 제가 아니고 고양이가……."

"주리오 시장님의 피보호자 케이트 데솔로라고…… 하셨습니까?"

남자는 오로지 그만이 할 수 있는 정중하고 엄격한 태도로 말했다. 케이트는 열심히 고개를 끄덕이다가 남자에게는 자신이 잘 보이지 않을 거라는 것을 깨닫고는 말했다.

"예! 예! 그래요. 그래요!"

남자는 어이없는 표정을 짓다가 롱 소드를 다시 검집에 집어넣었다. 찰칵. 롱 소드가 검집에 들어가며 나는 소리를 들으며 케이트는 눈물이 나올 정도로 기뻤다. 남자는 바람에 나부끼던 망토를 휘잡아 등 뒤로 추스르고는 정중하게 말했다.

"저는 일스의 딤라이트 이스트필드라고 합니다. 딤라이트 경이라고 불러주시면 감사하겠습니다. 레이디 케이트 데솔로께서는 이 야심한 시각에 이런 이해하기 어려운 장소에서 무엇을 하시고 계셨는지 물어봐도 되겠습니까?"

"구, 구경하려고요. 딤라이트 경 아저씨."

이 호칭에 갑주 아래의 뱃가죽을 부르르 떨면서도 딤라이트는 웃지 않았다. 대신 딤라이트는 할 수 있는 최선의 일을 했다.

"허락하신다면 나무 아래로 내려드리고 싶습니다만."

"예? 예······."

케이트가 뭐라고 명확한 대답을 하기도 전에 딤라이트는 케이트의 허리를 붙잡아 번쩍 들어올렸다. 잠시 허공에 뜬 기분에 아찔했는가 싶자 케이트는 이미 나무 아래로 내려졌다. 다리에 힘이 없어서 주저앉을 뻔했지만 케이트는 나무를 짚으며 간신히 주저앉지 않았다. 단단한 땅을 딛고 서게 되자, 그녀의 자존심도 되살아났다.

그래서 케이트는 먼저 새침하게 기침을 한 다음 실례했다는 듯이 소맷자락으로 입가를 가볍게 톡톡 두드리고서 말했다.

"경황중이라 제대로 인사를 못 드렸군요. 제 이름은 들으셨다시피 케이트 데솔로라고 합니다. 딤라이트 경이라고 하셨던가요?"

딤라이트는 잠시 케이트를 내려다보다가 고개를 조금 가로저었다. 그러고는 한쪽 무릎을 꿇었다.

"그렇습니다. 일스의 기사 딤라이트 이스트필드가 레이디 케이트 데솔로에게 인사 여쭙습니다."

"만나뵈어서 영광이에요, 딤라이트 경."

"감사합니다. 레이디 케이트."

딤라이트도 케이트도 전혀 어색해하지 않았지만, 누군가가 이 광경을 보았다면 10년 묵은 원수에게라도 찾아가서 이야기해 주고 싶었을 것이다. 달빛도 좋고, 봄바람도 좋았고, 정원수들이 연주하는 밤의 음악도 그럴듯한 가운데, 위풍당당한 기사가 나이트 가운을 둘둘 말다시피 입고 있는 소녀에게 예법에 맞게 인사하고 있었던 것이다.

레이디 역을 맡은 케이트는 매끄럽게 말했다.

"일스의 기사라고 하셨던가요? 그러하다면 이 저택에는 어떻게 찾아오셨고 여기서 무엇을 하고 계셨는지 묻고 싶은 것은 저입니다만?"

딤라이트는 레이디로 하여금 고개를 꺾어가며 올려다보지 않도록 배려했다. 즉 여전히 무릎을 꿇은 채 말했다.

"당연한 말씀입니다, 레이디 케이트. 저는 우연한 기회에 이 도시를 찾게 되었고 지금은 이 도시가 직면한 데스나이트들과의 대전에 미력한 힘이나마 일조하고 있습니다. 이곳을 지나던 까닭은 마구간으로 가는 지름길이라고 들었기 때문입니다."

"마구간에는 어인 용무가 있으신지요?"

"제 페가수스 힐스루인이 그곳에서 쉬고 있습니다. 조금 전 데스나이트들은 진열을 풀고 후퇴했습니다만 동료들과의 협의 아래 그들의 동향을 감시하기로 결정했기에……."

"페가수스요!"

케이트는 간신히 지켜오던 품위를 잊고는 팔짝 뛰고 말았다. 딤라이트는 미소를 지었다.

"그렇습니다. 레이디 케이트."

"그러면 딤라이트 경은 페가수스를 타고 다니세요? 정말로?"

"예, 레이디 케이트."

케이트는 두 손으로 입을 가린 채 빛나는 눈으로 딤라이트를 바라보았다. 딤라이트는 엄격한 표정 그대로 케이트를 마주보았지만 이제는 슬슬 일어나야겠다고 마음먹었다. 그래서 딤라이트는 그녀를 방에 데려다주겠다고 말하려 했다. 그때 케이트가 갑자기 외쳤다.

"저 순결해요!"

딤라이트는 혀를 깨물어버리고 잠시 고통을 달랬다. 고뇌에 찬 기사의 표정을 정확하게 연기해 내던 딤라이트는 조심스럽게 질문했다.

"……무슨 말씀입니까?"

"저 순결한 처녀예요. 그러니까 페가수스도 저 싫어하지 않을 거예요."

"……혹, 유니콘을 말씀하시는 겁니까?"

"어? 아, 그건 유니콘인가? 그럼 페가수스는 순결하지 않은 여자를 좋아해요?"

"……그렇지는 않습니다만."

딤라이트는 그제서야 이 어린 레이디가 순결이 무슨 뜻인지도 모른 채 말하고 있다는 것을 짐작했다. 그리고 이런 질문이 나오는 까닭도 짐작해 버렸다. 케이트는 기뻐 날뛰며 말했다.

"그럼 상관없겠네요! 마구간으로 가신댔죠? 나실 거죠? 하늘을? 페가수스로? 지금?"

케이트의 질문은 뒤죽박죽이었지만 딤라이트는 이해할 수 있었다.

"예, 그렇습니다. 레이디 케이트. 그런데……, 혹여……."

"저도 태워주세요!"

"안 됩니다. 레이디 케이트."

"왜요! 저 아까 저녁에 목욕했어요. 순결하다고요."

확실해. 딤라이트는 속으로 고개를 끄덕였다. 이 치수 모자란 레이디가 아는 순결은 이런 의미였군.

"실례 말씀 여쭙겠습니다만 레이디의…… 침모는 누구인지요. 그 다이앤이라는 이름이 레이디의 침모를 가리킵니까?"

딤라이트는 거의 '유모'라고 말할 뻔했지만 케이트의 도도해 보이는 턱이 한껏 올라간 순간 재빨리 말을 바꿀 수 있었다. 그리고 케이트는 처음으로 자신의 이런 제스처를 이해해 주는 사람을 만난 것에 크게 감명받았다.

"예. 그런데 제 침모는 왜요?"

딤라이트는 온화한 표정으로 말했다.

"당연히 허락을 받아야 되지 않겠습니까?"

딤라이트는 그 다이앤이 침모인지 하녀인지야 알 도리가 없지만 절대로 허락할 리 없다고 믿고 있었다. 따라서 침모에게 허락을 얻어야 된다는 말은, 케이트에게 거부권을 행사할 수 있고 그녀의 엉덩이를 후려칠 수 있는 사람에게 그녀를 맡겨버리려는 의도를 다분히 드러내고 있었다.

그러나 딤라이트에게는 불행하게도, 케이트는 천공의 기사의 서툰 말장난에 놀아날 소녀는 아니었다. 명백한 이유나 합리적인 설명은 할 수 없었지만 케이트는 다이앤이 그것을 허락할 리가 없다는 것을 단숨에 이해했다. 그래서 케이트는 완강한 표정을 지었다.

"제가 저 자신의 행동을 결정하기에 미숙해 보이시나요?"

딤라이트는 투정이나 심술, 눈물, 혹은 억지 등에 대해서는 조금씩이나마 고려해 두고 있었지만 설마 이 조그만 레이디의 입에서 이런 고차원적인 항의가 나올 줄은 몰랐다. 그레이 휠드런이었다면 '인마, 그럼 네가 스스로의 행동을 결정할 능력이 있는 성인이냐?'라고 말했을 테지만 딤라이트 이스트필드는 도저히 그렇게 말할 수 없었다. 만일 케이트의 이 말이 그녀가 몰래 드나들곤 하는 주리오 시장의 서재에 꽂혀 있는 책에서 나온 것이라는 것을 알았다면 딤라이트의 당황도 상당히 줄어들 수 있었을지 모른다. 하지만 현실은 그렇지 못했다. 그래서 딤라이트는 여덟 살짜리 레이디를 상대로 합리적인 대화를 시도하는 우를 저지르고 말았다.

"물론 아닙니다(여기서 웅변가 딤라이트는 이미 낙제감). 레이디의 의지와 그 의지를 실현시킬 권리에 대해 반론을 제기하고 싶은 생각은 전혀 없습니다(험악한 교사였다면 학생 딤라이트에 대해 체벌도 서슴지 않았을 대목). 하지만 무릇 한 공동체에 귀속된 개인은 공동체 전체의 선을 따를 의무도 권리와 아울러 가지는 법입니다(어떤 웅변술 강의에서라도 학생 딤라이트를 퇴학시키는 데 주저하지 않을 것이다.)."

그리고 레이디 케이트는 천공의 기사가 저지르는 것과 같은 우는 저지르지 않았다. 그녀는 경쾌하게까지 느껴지는 단도직입적인 태도로 자신의 의지를 전달했다.

"태워줘요오! 제발!"

딤라이트는 케이트가 말하는 제발이라는 단어가 어느 정도로 중요한 의미인지는 알지 못했지만, 그녀의 찢어지는 고함 소리에 그만 함락 당하고 말았다.

"하아, 그렇게 보이지는 않을 겁니다만 무스타파가 가장 난잡하지요."

그레이는 술잔을 잡은 채 시시덕거리고 있었다. 성벽 위에서 고생한 경비 대원들과 아처리, 그리고 레티의 프리스트들을 위로하기 위해 주리오 시장이 독한 마음을 먹고 마련한 술자리는 성문 바로 안쪽의 광장을 환히 밝히고 있었다. 경비 대원들은 곳곳에 모닥불을 피워놓고 소를 통째로 구워대는 호기를 부리고 있었다. 조금 전 케이트가 침실에서 들었던 소리는 잔치 재료를 가지러 온 경비 대원들의 소란이었다.

이 잔치는 요 며칠 동안 데스나이트들과 격전에 시달린 퀜턴 경비 대원들에 대한 위로도 겸하고 있었다. 비록 전선을 질타하며 병사들을 독려해 본 경험은 없지만, 주리오 시장은 이런 것이 얼마나 중요한지 잘 알고 있었다. 물론 전투 중인지라 모든 병력이 다 참석할 수는 없었다. 예비대로 뽑힌 경비 대원들은 눈물을 삼키며 성벽 주위에서 대기 태세를 갖추고 있었다.

그레이는 술잔을 몇 번이나 연거푸 들이키고는 불쾌해진 얼굴로 말했다.

"신기할 지경입니다. 흐음. 옛날 일이지만, 일스 기사단으로 보내져오는 편지 중 3분의 1은 무스타파에게 오는 러브레터였지요. 저 목석 같은 녀석이 어쩌다 퍼레이드나 무도회 같은 데라도 한번 참석하고 나면 그 다음날은 일스의 우편 행정이 마비될 지경이라는 농담도 있었지요. 아, 이런 농담도 있었습니다. 일스 기사단이 위기에 빠지더라도 무스타파의 애인 부대가 출동하면 당장 부대가 두 배로 늘어날 거라는. 그래서 일스 기사단은 상승(常勝)이라지요."

무스타파는 이런 자리에는 이런 농담이 필요하다는 것을 이해하고 있었으므로 빙긋 웃으며 그레이가 떠드는 대로 내버려두었다. 그리고 숨겨진 비사에 귀를 기울이던 주리오 시장과 켄턴 시민들은 지대한 호기심을 내비치며 고개를 끄덕였다. 켄턴 사람들은 무스타파에게 짓궂게 그게 사실이냐고 물었지만 무스타파는 그저 웃으며 모호한 대답으로 일관했다. 그레이는 한탄하듯이 말했다.

"이해가 안 됩니다. 저 시커먼 괴물을 타고 다니는 또 하나의 시커먼 괴물 녀석이 왜 그렇게 인기가 있었는지. 킨 크라이를 보세요. 얼마나 우아합니까?"

주리오 시장은 함박웃음을 지으며 말했다.

"아, 우아하다면 페가수스를 빼놓을 수는 없을 텐데, 딤라이트 경의 여성 편력은 어떠했습니까?"

그 질문에 그레이와 무스타파는 동시에 배를 잡고 웃기 시작했다. 그리고 솔로처도 빙긋 웃으며 고개를 돌렸다. 그레이는 숨넘어가는 소리로 말했다.

"그, 그 친구 말입니까? 술 마시라고 불렀더니 데스나이트들을 감시해야겠다고 가버리는 녀석이? 물론 좋은 친구지요. 아마 그의 머릿속 생각은 이럴 겁니다. 우리들이 편히 술자리를 가질 수 있도록 자신이 감시를 맡겠다는, 뭐, 그런 기특한 생각. 그런 딱딱한 녀석에게 무슨 여자가. 그 녀석은 여자를 만날 때도 관등 성명을 대고 오렘의 축복을 요구한 다음 절도와 품위로 주위를 장식하고 나서야 이렇게 말할 겁니다. '다음에 만나면 안 되겠습니까? 지금 바빠서요.'"

그레이는 딤라이트의 엄격한 말투를 흉내냈고, 결과적으로 주위의 퀜턴 시민들을 포복절도하게 만들었다. 그레이 역시 자신의 말에 한참 웃은 다음 말했다.

"그 친구는 자기 페가수스의 이름도 헐스루인으로 붙여서 다른 여자의 접근을 막아버린 친구입니다."

"어? 그렇게 된 겁니까? 헐스루인 공주를 애모해서가 아니라?"

"그렇게 알아주기를 바란 거죠. 하지만 우리들은 잘 알죠. 그 친구의 주변머리로는 굉장한 재치였습니다. 자기 페가수스에 바이서스 공주님의 이름을 붙여버리면, 이웃나라 공주님과 경쟁할 자신이 없는 여자들은 다 떨어져나가게 되는 거죠. 아무래도 그 친구는 여자를 싫어하나 봐요. 혹시 어린애를 좋아하나?"

이번에도 퀜턴 시민들은 웃고 말았다. 엄격한 기사 딤라이트와 미성년자 애호가라는 말은 절대로 어울리지 않았기 때문에 그들은 마음놓고 웃을 수 있었다. 역시 싱긋 웃으며 술잔을 비우던 무스타파는, 그러나 술잔을 다 비우고 나서도 고개를 내리지 못했다.

그레이와 주리오 시장은 무스타파가 이상한 모습으로 앉아 있는 것을 발견했다. 무스타파는 술잔을 다 비운 마지막 자세로 하늘을 쏘아 보며 꼼짝도 하지 않고 앉아 있었다. 잠시 후 술잔은 아래로 내려왔지만 무스타파의 얼굴은 그대로 하늘을 쏘아보는 채 움직이지 않았다. 그는 갑자기 말했다.

"그레이."

"응?"

"그거 농담 아니었나? 나는 몰랐는데, 정말 그랬어?"

"무슨 말이야?"

"딤라이트가 어린애를 좋아하나?"

그레이는 얼떨떨한 표정으로, 그러나 한번 더 농담을 했다.

"야! 몰랐어? 그 친구는 변태야. 그래서 다 큰 처녀들에게는 관심이 없었던 것이고. 그 친구는 나한테도 간혹 이상하게 뜨거운 눈빛을 보내던데? 어쩌면 남자를 좋아하는 걸지도······."

"······맙소사, 오렘이여!"

그레이는 그제서야 무스타파가 그냥 밤하늘을 바라보고 있는 것이 아니라 하늘에 떠 있는 무엇을 바라보고 있다는 것을 깨달았다. 그레이는 상체를 젖혀 하늘을 보았고, 그대로 뒤로 쓰러지고 말았다. 쾅당!

그때 밤하늘에서 페가수스의 날갯짓 소리가 들려오기 시작했다. 사람들은 고개를 들어 켄턴의 밤하늘을 가로질러 가는 딤라이트 경의 모습을 올려다보았다. 주리오 시장과 다른 켄턴 사람들은 검은 하늘을 희게 끊어내는 그 흰 날개를 보며 감탄했다. 하지만 천공의 3기사처럼 굉장한 시력을(하늘의 기사인 만큼 시력이 엄청나게 좋아야 한다.) 갖고 있지는 않은 그들도 페가수스 위에 딤라이트가 혼자 타고 있는 것이 아니라는 것까지는 알아볼 수 있었다.

주리오 시장님은 고개를 갸웃거리며 말했다.

"어, 앞에 무슨 꾸러미 같은 것을……, 음? 사람인가? 누군가를 태우고 가시는군요. 누구지요?"

솔로처는 시력이 시원찮았다. 어두운 마법 연구실에서 밤낮 없이 책을 읽고 해괴한 것을 끓여대며 독한 증기를 뒤집어쓰는 마법사들에게는 시력 저하가 일종의 직업병이나 다름없다. 그래서 솔로처는 멀뚱멀뚱한 눈으로 무스타파를 돌아보며 말했다.

"음? 혼자가 아닌가? 누굴 태우고 있소?"

"……말씀드리기 그렇습니다만, 음……, 어디서 찾아냈지? 어쨌든 페어리나, 아니, 어린 엘프라고 생각될 정도로 깜찍한 소녀를 태우고 있는데요……."

"뭐요? 소녀?"

"구해야 돼!"

만취한 그레이는 뒤로 쓰러진 자세 그대로 하늘을 향해 외치더니 벌떡 일어났다. 그러고는 앉아서 술잔을 비우고 있는 무스타파의 어깨에 올라타면서 외쳤다.

"가자, 킨 크라이! 소녀를 구하는 거야!"

무스타파는 으르렁거리며 그레이를 집어던졌고 그레이는 나가떨어지며 외쳤다.

"반역이다!"

그레이와 무스타파가 이렇게 우정을 다지고 있는 동안 솔로처는 다시 눈을 잔뜩 찌푸린 채 하늘을 쏘아보다가 뭐라고 중얼거리기 시작했다.

잠시 후 솔로처는 다시 고개를 내려 주리오 시장을 바라보았다. 대마법사의 얼굴에 드리워진 곤혹스러운 표정에 시장은 놀랐다.

"시장님. 이거 이상한 우연이군. 혹시 케이트라는 소녀의 후견인이시오?"

"예? 어, 그렇습니다. 제 가신 중 하나의 딸인데 부모가 모두 타계한 후로 제가 보살피고 있습……, 예? 그럼 저게 키티 데시입니까!"

"키티 데시?"

"아, 아니 케이트 데솔로입니까?"

한편 상공에서는 딤라이트가 솔로처가 보내온 메시지를 받고서는 자신의 가슴 앞에 앉아 있는 소녀에게 질문하고 있었다.

"레이디 케이트, 혹 키티라는 이름으로 불리십니까?"

밤하늘의 정취에 넋이 나가 있던 케이트는 고개도 돌리지 않은 채 웅얼거리듯이 대답했다.

"키티 데시? 그 이름 싫어요. 꼭 달리는 고양이 같잖아요."

"실례했습니다."

딤라이트는 다시 솔로처의 메시지에 대답했다. 그렇습니다. 케이트 데솔로, 일명 키티 데시라는 소녀와 함께 비행중입니다. 말씀하신 대로 시장님의 피보호자라고 들었습니다. 위험은 충분히 알고 있는 만큼 데스나이트들에게 지나치게 접근하는 일은 삼갈 것입니다. 예? 죄송합니다만 미성년자 애호가라는 것이 무슨 뜻입니까?

그러나 솔로처는 딤라이트의 질문에 대답하기에 앞서 주리오 시장을 향해 황당한 표정을 보냈다.

"케이트…… 데솔로라고요?"

"하, 하하. 예. 솔로처의 케이트, 멋진 이름이잖습니까? 대마법사님의 시대 이후로 저희 도시에는 그런 성이 몇 개 생겼지요. 그리고 케이트라는 이름은 이 도시에서 딸 가진 부모의 첫 번째 고려 대상이 되었습니다. 시집간 제 여식도 케이트라는 이름을 가졌지요. 아마 대마법사께서 '케이트야!'라고 부르시면 일개 소대에 육박하는 케이트가 몰려들 겁니다."

주리오 시장은 그렇게 말해서 솔로처를 실소하게 만든 다음 하늘을 올려다보며 마치 케이트가 보인다는 듯이 고개를 끄덕였다.

"아, 그럼 딤라이트 경께서는 페가수스 힐스루인을 데리러 가는 길에 케이트를 만나셨나 보군요. 그럼 뻔합니다. 케이트가 태워달라고 졸랐겠지요. 고집이 있는 아이랍니다."

쓰러진 그레이의 몸 위에 올라탄 채 목을 조르고 있던 무스타파가 말했다.

"음. 그래도 어린애를 태우고 저 위험한 하늘을 날다니, 딤라이트가 무슨 정신인지 모르겠습니다."

"적당히 조르고 놔주시오. 댁의 우두머리를 두 번 죽이겠소. 글쎄, 하늘을 나는 일이라면 천공의 기사보다 우수한 보호자가 어디 있겠소?"

솔로처는 그렇게 말한 다음 고개를 들어 하늘을 가로질러 가는 페가수스의 흰 날개를 바라보며 말했다.

"흐음. 저 소녀는 300년 전의 어떤 레이디도 이룩하지 못한 일을 성취했군. 퀜턴의 케이트는 마법의 이름임에 틀림없어."

역시 퀜턴의 케이트에 의해 데스나이트와 싸우게 된 노마법사의 혼잣말은 꽤나 적절했다. 주리오 시장은 다시 부지불식간에 웃어버리고 말았다.

6

"춥지 않습니까?"

"안 추워요. 시원해요. 하앙……."

실제로 케이트는 전혀 추워 보이지 않았다. 그리고 불안해하지도 않았다. 딤라이트는 한 손으로 고삐를 쥐고 다른 손으로 그녀의 작은 몸을 단단히 안아들고 있었다. 케이트는 딤라이트의 굵은 팔뚝에 양팔을 얹고는 그 위로 턱을 길게 뽑은 채 사방을 둘러보았다.

"땅이 어디 있어요? 땅이 안 보여요."

"달빛 때문에 밤하늘이 더 밝습니다. 그러므로 갑자기 어두워지는 곳을 찾으면 그곳이 지평선입니다. 그럼 땅의 윤곽을 구분할 수 있을 것입니다."

딤라이트는 그 외에도 밤의 비행에 대한 많은 것을 말해 주고 싶었다. 땅도 검고 하늘도 검은 밤에는 지평선을 분간하기 어렵기에 고도가 낮아져도 알 수가 없다. 이 경우 아래쪽에 적대적 세력이 존재할 경우 위험은 배가된다. 데스나이트들의 화살이 밤이라고 둔해질 까닭은 없다. 아니, 오히려 저 어둠의 세력은 이 밤의 장막이 펼쳐질 때…….

"찾았어요!"

케이트는 탄성을 터뜨렸다. 딤라이트는 잠시 당황해하다가 지평선을 찾아냈다는 말이라는 것을 이해했다. 그리고 꺼내려고 했던 모든 말을 잊어버리고 말았다.

케이트의 말 속에는 딤라이트가 한 번에 간파해 내기 어려울 정도로 많은 감정이 담겨 있었다. 세월이 그에게서 가져가 버린 것들이 아직 이 소녀에게는 많이 남아 있기 때문이기도 했지만, 딤라이트는 이 순수한 찬탄에 매료되어 버렸다. 아무런 목적도 계산도 없는 단순한 탄성.

페가수스의 긴 날개는 좌우에서 물결치듯 움직였다. 그리고 뒤로는 딤라이트의 흰 망토가 바람을 잡는 그물처럼 흩날리고 있었다. 케이트는 딤라이트의 예상과는 달리 전혀 무서워하지 않았다. 밤이라서 그럴 것이다. 까마득한 높이로 날고 있었지만, 케이트가 볼 수 있었던 것은 거대한 어둠과 그 사이에 흩뿌려진 별빛이 전부였다. 그리고 루미너스의 빛은 하늘 위에서 더욱 가깝고 더욱 멀게 반짝이고 있었다.

하지만 이것은 보통의 암흑이 아니다. 몸 주위를 완전히 둘러싸는, 시야 닿는 극한까지 뻗어 있는 암흑인 것이다. 보통의 사람들이라면 대평원에서 밤을 맞이할 때 겨우 이 비슷한 것을 느낄 것이다. 하지만 그것도 지금 케이트의 주위를 둘러싼 암흑과는 격이 다르다. 대평원에서도 발 아래는 대충 볼 수 있다. 그러나 케이트의 발 아래는 한없는 암흑뿐이었다. 주위와 거의 완벽하게 단절된 느낌, 그 절대적인 고립감은 여덟 살 소녀에게 공포로 다가오지는 않았다. 그녀를 붙잡고 있는 강인한 팔, 그녀가 기댄 넓은 가슴, 좌우로 춤추는 페가수스의 하얀 날개가 계속해서 속삭이고 있었다. 안심해. 내가 여기 있단다.

"엄마는 어디 있어요?"

갑작스러운 질문에 딤라이트는 당황했다. 케이트는 고개를 뒤로 디밀어 딤라이트의 가슴에 기댔다.

"하늘에 올라왔는데, 아무리 봐도 엄마가 안 보여요. 어디 있어요?"

"아, 저, 제 페가수스를 타고자 한 이유가 그것입니까?"

"예?"

"그러니까 어머니를 만나기 위해 하늘에 올라오고 싶어 한 겁니까?"

딤라이트의 어조에 섞인 당황은 케이트를 불안하게 했다. 어린애는 어른의 말에서 그 단어보다는 어조를 민감하게 느낀다. 단어들을 잘 모른다는 점도 있겠지만 어린애 특유의 민감함 때문이다. 케이트는 조금 불안한 어조로 말했다.

"예. 다이앤은 그랬는데……, 엄마는 하늘에 있다고……."

딤라이트는 동시 다발적으로 무수한 생각을 떠올렸다. 그중에서도 지금 자신의 처지를 간파한 그레이가 킨 크라이를 타고 날아올라 와주지 않을까 하는 황당한 소망이 지배적으로 그의 뇌리를 점령했다. 하지만 그의 황당한 소망의 주인공은 지금 무스타파의 거체에 깔린 채 '내가 죽으면 킨 크라이를 바베큐로 만들 생각이지?' 등의 고함을 질러대고 있었으므로, 설령 딤라이트의 딱한 처지를 알았다 하더라도 이 고도에 당도하기는 힘든 처지였다.

"어머님께서는 훨씬 더 높은 곳에 계십니다."

딤라이트는 거의 무의식중에 내놓은 자신의 대답에 감탄했다. 내가 이렇게 재치 있을 줄이야! 그러나 케이트의 대답은 그를 절망하게 만들었다.

"그럼 올라가요."

"괴, 굉장히 높은 곳입니다. 헐스루인도 거기까지는 올라갈 수 없습니다."

"······거짓말!"

케이트는 앙칼지게 말하며 머리를 뒤로 확 밀어서 딤라이트의 가슴에 부딪쳤다. 딤라이트의 입장에서는 메이스로 맞는 기분이었다.

"거짓말하지 말아요. 거짓말 하는 거 다 알아요. 올라가요! 더 올라가요!"

케이트는 그렇게 말하며 계속 딤라이트의 가슴에 뒤통수를 쾅쾅 부딪쳤다. 딤라이트가 흉갑이라도 입고 있었다면 당장 상처를 입었을 테지만 다행히도 딤라이트는 하드 레더를 입고 있었다.

"거짓말이 아닙니다. 머리를 다치겠습니다. 그만하세요, 레이디 케이트."

"싫어요! 안 올라가면 계속할 거예요, 올라가요! 어서 올라가요!"

케이트는 그렇게 말하며 계속해서 머리를 뒤로 부딪쳤다. 딤라이트는 할 수 없이 고삐를 놓고는 케이트를 붙잡았다.

"레이디 케이트! 내 말을 들어……."

그러나 그것은 실수였다. 딤라이트가 고삐를 놓자마자 케이트는 기다렸다는 듯이 딤라이트의 팔을 빠져나가 재빨리 헐스루인의 고삐를 잡았다. 그녀가 아는 승마 지식이란 것은 주리오 시장이나 다른 경비대원들이 말 타는 모습을 멀리서 본 것이 다였지만, 케이트는 주저 없이 고삐를 잡아당겼다.

"날아올라아!"

그러나 그것뿐이었다. 헐스루인은 고개를 뒤로 조금 젖히기는 했지만 고도를 높이지는 않았다. 말을 모는 것도 고삐만으로는 불가능하다. 하물며 3차원적으로 움직이는 페가수스가 고삐만 잡아당긴다고 올라갈 리 없었다. 케이트는 얼떨떨한 표정으로 헐스루인을 바라보다가 다시 외쳤다.

"날아올라! 올라가자고! 바보야, 올라가!"

케이트는 고삐를 놓고 그 작은 손에 한껏 헐스루인의 갈기를 부여잡았다. 그러고는 마구 잡아당겼다. 그러나 귀찮게 여긴 헐스루인이 고개를 내젓는 바람에 오히려 중심을 잃고 휘둘렸다. 딤라이트가 붙잡지 않았더라면 케이트는 그대로 저 아래의 땅으로 떨어질 뻔했다.

그러나 케이트는 위험도 알아차리지 못한 채 속절없이 헐스루인의 갈기를 잡아당기는 일을 계속했다. 심지어 발을 구르기까지 했기 때문에 딤라이트는 케이트의 허리를 단단히 움켜쥐어야 했다.

"레이디 케이트, 케이트! 가만 있어요."

"올라가, 올라가! 위로 올라가! 엄마한테 가! 나쁜 페가수스야, 바보야!"

케이트는 찢어지는 목소리로 외쳤다. 고삐를 붙잡아야 했기 때문에 한 손밖에 쓸 수 없었던 딤라이트는 그 한 손으로 케이트를 안아들고 턱으로 케이트의 머리를 눌렀다.

"케이트!"

"우아아아……!"

케이트는 그만 울음을 터뜨렸다. 소녀의 찢어지는 고성으로 터뜨린 울음소리에 딤라이트는 입을 다물었다. 딤라이트의 가슴 깊이 안긴 채, 케이트는 헛구역질을 할 때까지 울었다.

"케이트……, 레이디 케이트. 제발. 울지 말아요, 케이트."

"으어, 어, 히꾹! 으허어엉……. 나쁜 페, 페, 페가수스, 히꾹! 나빠, 나빳! 올라가, 올라가야, 올라가야 엄마를 만나는데, 만나는데, 어흐어 어엉! 엄마가, 엄마가……, 나는 엄마를……, 으아아아!"

"쉬이이……. 울지 말아요, 레이디 케이트. 울면 안 됩니다. 그럼 어머니가 슬퍼할 겁니다."

턱으로 케이트의 머리를 누른 채 말했기 때문에 딤라이트의 말은 억눌린 것처럼 나왔다. 하지만 케이트에게 직접 전달되었다. 케이트는 울음을 멈추지는 않았지만 눈물이 줄줄 흐르는 눈을 돌려 딤라이트를 돌아보았다.

"울면 안 됩니다. 여기는 높은 하늘입니다. 레이디 케이트가 땅에 있을 때도 어머니는 다 듣고 계셨을 겁니다. 하물며 이렇게 가까운 곳에서 케이트가 울면 어머니는 곧 들으실 겁니다. 어머니가 얼마나 슬퍼하시겠습니까."

"올라가요, 엄마를 만나면 나는 안 울어요. 올라가요오."

"그건 안 됩니다. 레이디 케이트. ……혹시 까마귀가 왜 검어졌는지 아십니까?"

우느라 정신이 없었지만 케이트의 명민한 정신은 곧 호기심을 보였다. 케이트는 흐느끼는 목소리로 말했다.

"까마귀?"

딤라이트는 속으로 한숨을 내쉬며 말했다.

"까마귀는 옛날에는 지금처럼 새카맣지는 않았습니다. 새카맣기는커녕, 새들 중에서 가장 아름다운 깃털을 가지고 있었지요."

"거어짓말."

"정말입니다. 까마귀는 한번 보기만 해도 평생 동안 못 잊을 정도로 예쁜 깃털을 가지고 있었지요."

딤라이트는 말을 하면서 손을 뒤로 돌려 망토를 움켜쥐었다가 케이트의 얼굴을 닦아주었다. 딤라이트의 커다란 손은 케이트의 얼굴을 다 덮어버렸고, 케이트는 그 밑에서 잠시 숨을 헐떡였다. 딤라이트는 조용조용한 말투로 케이트의 집중력을 자극했다.

"그런데 어느 날 까마귀가 생각했습니다. 세상에서 가장 아름다운 깃털을 가진 새는 자신인데도 독수리가 새들의 왕이라는 것은 불합리……, 잘못되었다고 말입니다. 그러나 직접 싸움을 벌여서는 까마귀는 도저히 독수리의 상대가 될 수 없었습니다. 그래서 까마귀는 무리를 짓기로 결심했습니다. 그때까지는 까마귀들도 독수리처럼 홀로 사는 새였지 무리를 짓지는 않았습니다. 하지만 독수리를 상대하기로 결심했을 때부터 까마귀들은 무리를 지어 날아다니게 되었습니다."

케이트의 훌쩍거림이 조금씩 줄어들었다. 딤라이트는 미소 띤 얼굴로 이야기를 계속했다.

"마침내 까마귀들이 몰려서 날아다니면 모든 새들이 겁을 집어먹고 도망치게 되었습니다. 새들 중 가장 빠르며 독수리 왕의 오른팔이라고 할 수 있는 매는 더 이상 까마귀들의 행패를 내버려둘 수 없다고 생각하고는 구름보다 더 높은 까마득한 절벽 위에 홀로 고고하게 살아가는 독수리 왕에게 날아갔습니다. 아무리 매라고 해도 독수리 왕의 거처로 날아가는 것은 힘들었습니다. 마침내 기진맥진해 날개를 움직일 힘도 없어진 매는 바위 벽을 기어올라서 간신히 독수리 왕의 어전에 도달했습니다. 바위 벽을 기어오르느라 매의 발톱은 날카롭게 갈렸고 부리는 구부러졌지요. 매는 그때부터 날카롭게 휘어진 발톱과 구부러진 부리를 가지게 되었습니다.

독수리 왕은 매의 고발을 들었지만, 즉각 까마귀를 처벌하기 위해 날아오르지는 않았습니다. 그 대신 독수리 왕은 몹시 지친 매를 쉬게 하고 신하들 중 후투티를 불러들였습니다. 독수리 왕은 후투티에게 '까마귀들이 무리를 짓는 것은 상관없지만 다른 새들에게 피해를 주어서는 안 된다.'는 명령을 전달하게 했지요. 후투티는 독수리 왕의 명령을 전달하기 위해 높은 절벽을 날아 내려와 까마귀들을 찾아갔습니다.

하지만 후투티는 그 작은 몸집만큼이나 겁이 많았지요. 무리를 지어 날아다니는 수많은 까마귀들을 보자 후투티는 머리끝이 곤두설 만큼 겁을 먹고 말았습니다. 그래서 후투티는 지금까지도, 평소에는 누워 있지만 조금만 놀라면 곤두서는 머리를 가지게 되었습니다. 후투티는 독수리 왕의 명령을 전달할 생각도 하지 못하고 머리 끝이 곤두선 채 도망쳐 버렸지요.

독수리 왕의 전령이 명령을 전달할 생각도 하지 못한 채 도망치는 것을 보고서 까마귀들은 큰소리로 비웃었습니다. 그리고 더욱 많은 무리를 모아 세상을 휩쓸고 다녔지요. 까마귀들은 학을 붙잡아 목과 다리를 잡아 늘여 버렸습니다. 그 모습을 보고 겁을 집어먹은 부엉이는 나무 구멍 속에 숨어버렸고, 그 뒤로 밤에만 나돌아다니게 되었습니다. 용맹한 비둘기는 까마귀들에 맞서 싸우다가 온몸에 멍이 들고 말았습니다. 그리고 맑은 하늘을 나는 일을 무서워하게 되어 그 이후로 계속 땅에서만 살았지요.

높은 절벽 위에서 그 모습을 바라보던 독수리 왕은 더 이상 참지 못하게 되었습니다. 그래서 독수리 왕은 마법사인 선더버드를 내려보내어 까마귀들을 모조리 폭풍으로 휩쓸어 버리려 했습니다. 그때 영광의 아샤스가 독수리 왕에게 까마귀들을 죽이지 않고도 얌전하게 만들 계책을 말해 주었습니다. 그래도 자신의 백성인 까마귀들을 멸망시키고 싶지 않았던 독수리 왕은 아샤스의 계책을 받아들였습니다."

"어떤 계책이오?"

"그건 천천히 말하겠습니다. 어쨌든 독수리 왕은 까마귀들에게 다시 사신을 보내려고 했습니다. 하지만 다른 새들은 모두 후투티가 그랬던 것처럼 겁을 집어먹고 사신으로 나서지 않았습니다. 용맹한 매를 보내고 싶었지만, 바위 벽을 오르느라 병에 걸린 매는 그때까지도 침대에 누워 있어야 했습니다.

그때 피닉스가 앞으로 나섰습니다. 피닉스는 독수리 왕의 명령을 받들어 까마귀들을 찾아갔습니다. 피닉스는 이렇게 말했습니다.

'그대들 아름다운 깃털의 까마귀여. 독수리 왕은 이렇게 말씀하셨다. 왕좌는 왕다운 이에게 허락된 자리인 만큼, 그대들이 왕이 되고 싶다면 스스로 자격을 보여라. 나와 시합을 하자. 나와 너희들 까마귀가 동시에 출발하여 하늘의 끝, 영광의 아샤스에게 먼저 도착하는 새가 새들의 왕으로 정해질 것이다.'

까마귀들은 그 제안을 받아들였습니다. 그래서 모든 새들이 바라보는 가운데 독수리 왕과 까마귀들의 시합이 시작되었지요. 독수리 왕은 높은 절벽 위에서 천천히 날아올랐지만 까마귀들은 드디어 새들의 왕이 될 수 있다는 자신감에 급하게 날아올랐습니다. 게다가 독수리 왕은 높은 절벽 위에서 날아오르기 때문에 까마귀들은 더욱 서두를 필요가 있었지요. 까마귀들은 마침내 독수리 왕을 앞질러 높은 하늘로 돌진했습니다.

하지만 잠시 후 이상한 일이 일어났습니다. 독수리 왕은 빨리 날아오르는 대신 하늘 위를 빙글빙글 돌면서 일부러 천천히 날았습니다. 앞질러 가던 까마귀들은 그것을 보지 못했지요. 그들은 조금이라도 빨리 아샤스께 도착할 생각밖에 없었습니다. 결국, 까마귀들은 태양 근처까지 날아오르고 말았지요. 태양의 무시무시한 빛은 까마귀들의 날개를 그을리고 그 몸을 태워버렸습니다. 너무 뜨거운 태양빛 때문에 까마귀들은 비명을 지르다가 목이 쉬어버리고 말았습니다.

결국 까마귀들은 더 이상 날아오르기를 포기하고 도로 지상으로 내려와야 했습니다. 하지만 이미 아름다운 깃털은 새카맣게 그을렸기에 다른 새들은 모두 까마귀들을 비웃었지요. 까마귀들은 더 이상 새들의 왕이라고 주장할 만한 아름다운 모습이 아니었습니다.

하지만 새들의 법학자인 올빼미가 독수리 왕 역시 아샤스께로 날아오르지는 못했다는 점을 지적했습니다. 실제로 독수리 왕은 공중에서 빙글빙글 돌았을 뿐이니까요. 따라서 그 시합에는 승자가 없는 셈이 되어버렸습니다. 하지만 독수리 왕은 골칫거리이던 까마귀들이 더 이상 아름다운 깃털을 자랑할 수 없게 만들었기 때문에 만족했습니다. 그러나 시합의 승패가 불분명해졌기 때문에 몇몇 새들은 더 이상 독수리를 왕으로 인정하지 않게 되었습니다. 그중에서도 피닉스의 좌절이 컸지요. 그가 전달한 시합이 사실은 사기였다는 것이 드러났기 때문입니다. 그는 사기 행위의 앞잡이가 된 거죠.

그래서 피닉스는 부끄러움을 참지 못하고 불꽃 속에 몸을 던졌습니다. 그러자 유피넬과 헬카네스는 피닉스의 정의로운 행동에 감동해서는 그의 저울대를 부러뜨리고 그의 추를 치워버렸습니다. 그래서 피닉스는 불꽃 속에서 되살아날 수 있었지요. 그 이후로 피닉스는 자신을 불태움으로써 영원히 되살아날 수 있게 되었습니다. 그리고 새이면서도 새들의 왕인 독수리 왕의 지배를 받지 않고 유피넬과 헬카네스에게 직접 지배받는 새가 되었습니다."

"아아……."

케이트의 눈물은 어느새 멈춰 있었다. 그녀의 감탄을 들으며 딤라이트는 뿌듯함을 느꼈다.

"아시겠습니까, 레이디 케이트? 하늘로 높이 날아오르면 까마귀처럼 됩니다. 영혼은 상관없지만 우리들처럼 살아 있는 자들은…… 태양빛에 새카맣게 타버릴 겁니다."

'우리들처럼 살아 있는'이라. 딤라이트는 속으로 쓴웃음을 지었다. 케이트는 확실히 살아 있지만, 과연 나는 살아 있는 건가? 순간 딤라이트는 참을 수 없는 모멸감과 고독감을 느꼈다. 그 스스로도 설명할 수 없는 감정의 소용돌이 속에서 딤라이트는 이를 악물었다.

그러나 자신의 생각에 골몰해 있던 케이트는 급격히 변하는 딤라이트의 감정을 알아차리지 못했다. 케이트는 굴복하지 않겠다는 표정으로 말했다.

"하지만 지금은 밤이잖아요."

케이트의 말을 듣는 순간 딤라이트는 간신히 이성을 되찾았다. 현실감. 딤라이트는 자신이 애타게 원하는 것을 손에 넣었고, 그때서야 그것이 무엇인지를 깨달았다. 현실과의 연결점.

그가 연결되어 있던 시대는 300년 전에 사라졌다. 그는 시간의 고아였다. 하지만 지금 그의 가슴에 깊이 안긴 채 그를 향해 투정 섞인 질문을 해오고 있는 어린 소녀가 그를 이 현실과 연결해 주었다. 그레이와 무스타파의 경우, 그들은 데스나이트들과 싸우면서 이 시대와 자신을 연결시키는 데 성공했을 것이다. 하지만 엄격한 기사 딤라이트는 증오와 폭력으로서 이 시대에 귀속되는 것을 무의식중에 거부하고 있었다. 그런 그가 이제서야 이 시대에 자신의 한 부분을 연결지을 수 있었다. 작고 가냘픈 소녀의 투정에 의해.

딤라이트는 웃으며 말했다.

"날아오르는 동안에 해가 뜰 겁니다. 그렇게 높은 곳이랍니다."

케이트는 더 이상 항변을 할 수 없었다. 게다가 긴 이야기를 정신없이 듣고 난 직후라서 다시 울려고 해도 멋적은 기분이 들었다. 어른과 달리 어린애들에게는 집념이 없다. 열심히 놀고 있다가도 밥 먹으러 달려가면서 노는 것을 잊어버리는 것이 어린애다. 조금만 머리가 굵어지면 식사를 늦게 한다든지 하는 꾀를 부리게 되고, 그래서 어머니에게 귀를 붙잡혀서 식탁으로 끌려가는 일이 벌어지지만, 어린애는 그렇지 않다.

그래서 케이트는 고개를 돌려 헐스루인의 갈기를 바라보며 포기하는 음색으로 슬프게 말했다.

"그럼 엄마는 못 보는 거예요?"

"예. 안타깝지만 어머님께서는……."

무서운 생각이 딤라이트의 뇌리를 타고 흘렀다. 그래서 딤라이트는 말을 맺지 못한 채 케이트의 머리를 내려다보고 있었다. 대답이 없자 케이트는 이상한 생각에 고개를 돌려 딤라이트를 바라보았다.

"왜 그러세요, 딤라이트 경?"

"아, 저……, 어쩌면……! 아닙니다, 아무것도."

딤라이트는 뭐라고 말해야 할지 알 수 없었다. 그러나 만일, 만일이라는 것이 있다. 그리고 그 만일은 상당히 높은 가능성을 가지고 있었다.

300년 전의 사람인 그도 부활했다. 그렇다면, 케이트의 어머니가 부활하지 못할 까닭은 어디 있단 말인가?

"그래서, 말해 줬소?"

"아니오. 아무것도 말하지 않았습니다."

"잘하셨소."

딤라이트가 공터에서 벌어진 술자리로 돌아왔을 때 주리오 시장과 무스타파는 서로 끌어안은 채 바닥에 나동그라져 있었고 그레이는 그때까지도 땅바닥에 드러누워 일스 기사단가를 불러대고 있었으며 경비 대장 로터스는 그 노래에 박수를 보내고 있었다. 솔로처는 술통에 등을 기대고 앉아 있었고, 유일하게 제정신을 유지하고 있기도 했다.

딤라이트는 반 병쯤 남아 있는 술병을 들고 잔을 찾다가 포기하고는 술병째 한 모금 들이켰다.

"잘한 거라니, 왜 그렇습니까?"

"응? 왜 그러냐니, 모르신단 말이오?"

"모르겠습니다. 저는 그녀의 어머니가 언제 부활할지 모르기 때문에 일찍부터 희망을 주고 싶지는 않아서 입을 다물었던 것입니다. 하지만 마법사님이나 저, 그리고 저 친구들의 경우를 보더라도 그녀의 어머니가 부활할 확률은 높지 않습니까?"

솔로처는 찌푸린 눈으로 딤라이트를 바라보다가 술통에 기대었던 등을 일으켜 자세를 바로했다. 그러고는 딤라이트를 똑바로 바라보며 말했다.

"확률이야 내 알 바 아니오. 내가 하고픈 말은, 그것이 일어나서는 안 된다는 거요."

"예? 아……!"

"수도에서 온 그 샌슨이라는 청년이 말했소. 이 사태를 종결시키기 위해서 최선을 다하고 있다고. 그리고 나 또한 찬성이오. 저 데스나이트들을 원래의 시간으로 돌려보내는 것뿐만 아니라 나와 당신네들도 돌아가야 된단 말이오. 그리고, 그 케이트라는 소녀의 어머니 역시."

"그렇군요. 잠시 잊었습니다."

딤라이트는 분통한 어조로 말했다. 솔로처는 그 분통함에 잠시 놀라다가 말했다.

"흐음. 당신도 그레이나 무스타파처럼 이 시대에 점점 정을 붙여가는 모양이군. 아무래도 한 마디 따끔하게 해둬야 할 필요가 있겠는데."

"괜찮습니다. 이미 이해했으니 말씀하실 필요 없습니다."

"그래요? 좋소. 잊지 마시오. 우리는 사라져야 할 사람들이오."

연륜이라는 것은 무시할 수가 없군. 딤라이트는 솔로처를 보며 그렇게 생각했다. 그레이와 비슷할 정도로 유쾌함을 유지하고 있는 솔로처였지만, 그는 달랐다. 그레이가 아무 생각 없이 부활을 즐기고 있는 것처럼 솔로처 역시 부활을 받아들이고 그것을 즐기고 있기는 하지만, 그레이와는 달리 다시 소멸해야 한다는 것을 잊지는 않고 있었던 것이다.

'억울한 일이군.' 딤라이트는 쓰게 미소지었다. '조금 전에야 비로소 이 시대에 내 마음을 허락했는데, 그러자마자 그것을 다시 끊어내야 한다는 것을 알게 되는군.'

딤라이트는 다시 술병을 들어올리다가 뿌옇게 밝아오는 동녘 하늘을 보았다. 그는 간단한 한 마디로 자신을 정리했다.

'허허로운 밤이 지나가는구나.'

"키티 데시."

"주리 시장님이라고 부를 거예요."

"그건 곤란하지. 좋아, 케이트 데솔로. 왜 밤에 침실을 빠져나온 거지? 다이앤이 걱정하다 못해 까무러치게 만들었잖니."

그 점에 대해서는 할 말이 없었다. 실제로 딤라이트와 케이트가 땅으로 다시 돌아왔을 때 시장 관사는 혼절한 다이앤 때문에 벌집을 쑤셔놓은 듯한 분위기였다. 다이앤은 틀림없이 그녀가 데스나이트에게 홀려서 스스로 침실 창문으로 나간 거라고 주장하며 쓰러졌고 시장 관사의 당황한 사람들에게 그 주장은 상당한 설득력을 발휘했다.

"딤라이트 경은 페가수스를 가지고 있다고 하셨어요. 그래서……."

'하늘에 올라가서 엄마를 만나고 싶었어요.'라는 말은 하지 않았다. 하지만 딤라이트에게 이미 자초지종을 들었던 주리오 시장은 가볍게 고개를 끄덕였다. 케이트는 무리하게 끊어낸 말을 힘들게 이었다.

"시장님, 딤라이트 경한테서 페가수스를 사면 안 돼요?"

"사라고? 내가?"

켄턴에 있는 물건들 중 현금화할 수 있는 것을 모두 현금으로 바꾼다면 혹 살 수 있을지도 모르지. 주리오 시장은 기막힌 표정으로 케이트를 바라보았다. 하지만 케이트는 그런 신통한 생각을 해낸 자신을 기특하게 여기는 듯한 표정으로 시장을 올려다보았다.

"예. 시장님이 페가수스를 타시면 멋있으실 거예요. 사냥 나가실 때도 페가수스를 타고 사냥하시면 훨씬 안전할 테고, 출장나가실 때도 페가수스를 타면 훨씬 빨리 오가실 수 있을 테고. 너무 좋잖아요."

"……그리고, 가끔 너도 태워주고?"

"헤헤헤."

"키티 데시. 페가수스는 몹시 비싸."

"얼마나 비싼데요?"

주리오 시장은 잠깐 고민하다가 빠르게 말했다. "1000셀."

웃기는 소리다. 괜찮은 군마가 100셀인데 페가수스가 겨우 1000셀일 리가 없다(말 열 마리 값으로 페가수스를 살 수 있다면 누가 안 사겠는가?). 하지만 주리오 시장은 50퍼셀에 거뜬히 양심을 팔 수도 있을 여덟 살짜리 소녀에게 이해시킬 수 있는 가장 큰 숫자로서 1000셀을 택할 수밖에 없었다. 실제로 케이트는 말문이 막힌다는 표정으로 주리오 시장을 올려다보았다. 그 얼굴을 보고 주리오 시장은 너털웃음을 터뜨렸다.

"오전 공부를 마치고 나거든 적당한 시간에 다이앤과 함께 성벽으로 나오너라."

"예?"

"천공의 3기사들 중 무스타파 경과 그레이 경이 너를 보고 싶어 하시더구나. 마땅히 집으로 초청해야 되겠지만, 그분들께서는 잠시도 성벽 주위를 떠나지 않으시겠다고 하시니 부득이한 일이다. 실례되지 않도록 깨끗하고 얌전하게 차려입고……."

"다이앤! 다이애애앤! 나 성벽으로 간대요오오! 다이애앤!"

케이트는 주리오 시장의 말이 끝나기도 전에 방을 뛰쳐나가며 고함을 질렀다. 쾅! 케이트가 달려나가며 걷어찬 문에서 울려퍼진 충격음에 주리오 시장은 눈을 질끈 감았다.

케이트가 그날 오전 동안 보여준 산만함은 가공할 수준이었다. 케이트는 두 팔을 휘두르며 복도를 달렸고 빨래 바구니를 뒤집어엎었으며 계단에서 발을 헛디뎌 주저앉았다. 문이 부서져라 요란하게 열어젖히고는 닫는 것을 잊었으며 공부 시간엔 책장을 찢어먹고 나서는 책 위로 상체를 던져 책을 가리고 '어디서 이상한 소리 나지 않았어?' 등의 가소로운 연막 전술을 펼쳐 다이앤을 미치게 만들었다.

결국 파김치가 된 다이앤은 신발 위에 양말을 신으려 드는 케이트를 말려가며 간신히 외출복을 입히는 데 성공했다.

"아가씨, 아가씨. 부디 얌전히 처신하셔야 합니다. 위대하신 대마법사님과 고귀하신 기사님들 앞에서 시장님께 누가 되는 행동을 하셔서는 안 돼요."

"알았어요, 알았어. 가요!"

다이앤은 포기하는 심정으로 케이트의 나들이 시중을 들 채비를 갖췄다. 하지만 케이트가 보기에, 아니 다른 누가 보더라도 다이앤의 외출 준비는 너무 오래 걸렸다. 마음속에 머나먼 일출의 나라의 기사들이 오락가락하고 있다는 점에서 다이앤은 케이트와 마찬가지였다. 결국 흥분한 케이트와 그녀만큼이나 흥분했지만 속으로 흥분을 감추고 있는 다이앤의 외출은 티 타임이 되기 조금 전에 가까스로 시작되었다.

봄의 켄턴은 메마른 편이다. 이 일대 전반이 그렇지만, 갈색 산맥을 넘어서는 북풍이 사우스그레이드의 황토 위로 건조한 호흡을 뿜어대기 때문이다. 햇살을 가리기 위해 커다란 모자를 눌러 쓴 다이앤은 바람에 모자가 날려가지 않도록 기를 쓰고 눌러대면서, 동시에 팔짝팔짝 뛰어다니는 케이트를 붙잡아 얌전히 걸리느라 무진 애를 쓰고 있었다. 반면 케이트는 따가운 봄 햇살에도 아랑곳하지 않고 씩씩하게 켄턴의 대로를 걸어갔다. 그녀들의 모습을 본 시민들은 모두 미소를 감추지 못했다.

성벽에 도착하자, 다이앤은 공기마저도 달라지는 기분을 느끼고 숨을 삼켰다.

'맙소사!'

급하게 설치된 노천 용광로에서는 칼날을 벼리느라 요란한 망치 소리가 울려퍼졌다. 그리고 목책을 만들기 위해 시청 창고에서 목재와 밧줄, 철사, 못 등을 바리바리 실어오는 수레들, 밀과 부식 등의 병참을 실어나르는 수레들이 삐걱거렸고 수레를 끄는 말과 소들이 요란하게 울어댔다. 한쪽 옆에선 경비 대원들이 대오를 맞춰 앉은 채 소대장급 지휘관들에게 전술 지시를 받으며 요란하게 떠들어대고 있었고, 다른 편에는 레티의 프리스트들이 공터에 부상자들을 눕혀놓고 보살피고 있었다. 파괴신의 프리스트들이 부상자를 돌보는 것은 언뜻 보기에도 퍽이나 우스꽝스러운 모습이었지만 다이앤은 그 모습이 우습다는 생각을 할 정신이 없었다.

이 소란스러운 곳을 품위 있게 걸어간다는 것은 다이앤으로서는 감당할 수 없는 일이었다. 몹시 혼란스러워진 다이앤은 케이트의 손을 필사적으로 움켜쥔 채 그 사이를 강행 돌파하기 시작했다. 케이트는 아무 항의도 못하고 질질 끌려갔다.

정신 사납게 주위를 둘러보며 걸어가던 다이앤은 간신히 눈에 익은 사람 하나를 발견했다. 수건으로 팔을 동여맨 채 그 혼란스러운 광장을 유유하게 걸어가는 남자의 모습이 눈에 들어왔던 것이다.

"사, 사집관니이임! 사집관님!"

"어라? 다이앤 아닌가. 그리고 케이트 양도?"

히든보리 사집관은 걸음을 멈추고 두 사람을 기다렸다. 다이앤은 루스 휴레인 전투에서 레베카 휴레인 장군이 가이너 카쉬냅을 보았을 때 저랬으랴 싶을 정도로 기쁜 얼굴로 히든보리 사집관에게 다가갔다.

"그러다 넘어지겠군. 진정하게. 그런데 여긴 웬일인가?"

히든보리 사집관은 '전쟁 준비 때문에 정신 없는 야전 사령부에 어린애를 데리고 오다니 네가 제정신이냐?' 하는 얼굴로 다이앤을 바라보았다. 하지만 히든보리 사집관을 만나서 너무너무 기쁜 다이앤은 그 눈길을 알아차리지 못한 채 헐떡거리며 말했다.

"아, 시, 시장님께서 부르셨습니다. 처, 천공의 기사님들께 케이트 아가씨를 소개하신다고……."

"뭐라고? 아니, 그 말이 사실이라 하더라도……, 전선으로 오라고 하시더란 말이냐?"

"예, 예! 물론 시장님께서는 집으로 초대하고 싶으셨지만 천공의 기사들이 성벽 옆을 떠나지 않으시겠다고 해서요."

"흐음. 그래? 아아, 케이트 양. 아는 척 안 했다고 입술이 세 배는 되게 부풀었군. 오크처럼 보이니 입술 집어넣게나."

"히든보리 사집관님!"

히든보리 사집관은 껄껄 웃으며 두 사람을 에스코트했다. 사집관의 뒤를 따라 걸어가며 다이앤은 한결 안정된 표정으로 주위를 둘러볼 여유를 되찾았고, 그래서 눈살을 찌푸렸다.

평상시에도 경비 대원들의 손에 들린 무기들은 섬뜩한 빛을 뿜는다. 살육을 목적으로 하는 도구의 숙명 때문에 무기들의 주위에는 가까이하기 힘든, 싫고도 끔찍하며 그래서 오히려 매혹적이기도 한 기운이 떠다닌다. 하물며 데스나이트들에 대항하는 전투 때문에 모든 무기들이 거리낌 없이 봄볕 아래 드러난 지금에야. 켄턴 성벽 아래에는 무서울 정도의 살기가 감돌고 있었다. 무기들의 반사광은 눈이 부셨고, 동시에 형체 없는 피비린내가 섬뜩하게 느껴졌다. 다이앤은 호흡을 낮췄다.

다이앤은 그럴 수 있다면 케이트의 두 눈을 가린 다음 시장님에게 찾아가고 싶었다. 케이트는 두 눈을 동그랗게 뜬 채 신음하는 부상병이나 용광로에서 튀어나는 불티들을 쳐다보고 있었다. 이글이글 달아오른 아궁이에서 솟아오르는 아지랑이가 시야를 흐렸고 어디서 나오는 건지 알 수 없는 후텁지근한 열기는 다이앤을 움츠러들게 만들었지만, 케이트는 조금도 아랑곳하지 않았다.

씻거나 옷을 갈아입는 사치는 생각도 할 수 없었기에 흙바닥에 그냥 주저앉은 채 지저분한 모습으로 쉬고 있던 경비 대원들은 다이앤과 케이트를 향하여 미소를 보냈다. 다이앤은 그 미소에서도 치가 떨리는 공포를 느낄 지경이었으나 케이트는 상냥하게 마주 인사를 보냈다. 예의바른 그 행동을 뭐라 말릴 수는 없었기에 다이앤은 자주 멈춰 서서는 참을성 어린 표정으로 케이트가 인사를 끝내기를 기다리곤 해야 했다.

"겁이 없어. 어린애 같지 않은걸."

"그렇군. 딤라이트가 순순히 힐스루인에 태운 것은 저 꼬마의 과감성 때문일 것 같다. 어떻게 생각하십니까, 마법사님?"

"글쎄올시다. 나는 애를 키워본 경험이 없어서 어린애의 과감성이 어떤 건지 모르겠는데. 어린애의 과감성이라는 것이 천공의 기사도 억누를 정도인 거요?"

성벽 위에서 저 아래쪽의 다이앤과 케이트를 내려다보면서 그레이와 무스타파, 그리고 솔로처는 이런 농담을 주고받았다.

세 사람은 딤라이트에게 들리도록 일부러 조금 높은 목소리로 말하고 있었지만 딤라이트는 아무것도 들리지 않는 척하며 성 바깥의 들판을 노려보고 있었다. 솔직한 심정으로, 딤라이트는 지금 데스나이트가 쳐들어오면 참 좋겠다는 생각을 하고 있었다. 물론 조금 후 그런 생각을 떠올린 자신을 깊이 반성하긴 했지만.

"어이구, 사집관님. 이제 거동하시는군요. 반갑습니다. 게다가 미녀 두 분까지 동반하셔서 올라오시니 반가움이 두 배올시다."

그레이는 성벽 위로 올라오는 히든보리에게 넉살좋게 인사했다. 히든보리는 점잖게 목례했다.

"네 분의 활약상에 온 켄턴이 떠들썩하니 이 몸도 침대에 누워 있을 수가 없더군요. 여기 이 소녀는 시장님의 막역한 친구셨던 토머스 데솔로 군의 따님이신 케이트 데솔로 양입니다. 그리고 여기 이 아가씨는 시장님의 고용인인 다이앤이라고 합니다."

케이트는 감탄한 표정으로 천공의 기사들을 올려다보았다. 아직은 덜 성숙한 그녀의 남자 감식안으로도 천공의 기사 그레이와 무스타파의, 상당한 위압감을 동반한 매력을 느낄 수는 있었다. 훨씬 뛰어난 감식안을 가지고 있는 다이앤의 경우에는 말할 것도 없다. 천공의 기사들에게는 원숙함과 활력이 동시에 존재하며, 유쾌함과 엄격함이 한데 어우러져 있었다.

그레이는 빙긋 웃으며 말했다.

"안녕, 아가씨? 나는 그레이 휠드런이라고 하지요. 착한 사람을 좋아하고 나쁜 사람은 더 좋아하는 성격입니다. 괴롭혀줄 수 있으니까."

케이트는 무릎을 살짝 구부리며 인사했다.

"반가워요. 그리폰을 타시는 기사님이시죠? 저, 그리폰은 어디까지 날아오를 수 있나요?"

그레이는 딤라이트에게 별다른 이야기를 듣지 못했던 터라 사실대로 말했다.

"어디까지? 하늘나라까지라도 오를 수 있지요."

그레이의 '사실'은 농담뿐이다. 하지만 케이트로서는 눈이 번쩍 뜨이는 이야기였다.

"어머, 태양 때문에 까맣게 타지 않아요?"

"아! 잘 아는군요. 그게 항상 문제지요. 간혹 너무 신나게 날아오르다가 머리카락을 태워먹는 경우도 있습니다."

그레이는 이렇게 말하고는 자기 농담에 스스로 웃어버렸다. 무스타파는 고개를 가로저으며 말했다.

"되지도 않는 농담 하고 웃기는. 케이트 데솔로 양, 나는 무스타파 하빈스요."

"예. 와이번의 기사님이시죠? 그런데 그 와이번은 어디 있나요?"

"아이라 말이오? 식사하러 보냈소. 근처 숲에서 사냥을 하고 돌아올 거요."

"네……. 와이번은 어디까지 날아오르나요?"

"그렇게 높이 날지는 못합니다. 아이라는 고소 공포증이 있어 높은 곳을 싫어합니다."

다이앤과 히든보리는 터지는 웃음을 억누르기 위해 애썼지만 케이트는 '그런가?' 하는 표정을 지었다. 낄낄거리고 있던 그레이는 허리를 숙여 케이트의 얼굴을 들여다보며 말했다.

"그런데 케이트 아가씨는 왜 높이 나는 것에 관심을 가지는 겁니까? 하늘에 올라가면, 거기엔 아무것도 없기 때문에 결국 땅만 보게 됩니다. 그래서 높이 난다는 것은 별로 흥미 있는 일이 못 되지요."

"어머니를 보고 싶어서요."

그레이의 입가에서 웃음이 사라지지는 않았다. 하지만 그 웃음은 조금 경박하기까지 하던 조금 전의 웃음과는 달랐다. 그레이는 무릎을 짚은 채 상냥하게 말했다.

"어머니께서 하늘에 계십니까?"

"예. 그래요. 저는 무덤에 있는 줄 알았는데 다이앤이 말해 줬어요. 하늘로 올라가셨대요. 그래서 무덤에는 이제 찾아가지 않아요."

그레이는 고개를 갸웃했지만 다이앤의 눈에는 눈물이 맺혔다. 느닷없이 사라지곤 했던 어린 소녀 케이트는 그때마다 어머니의 무덤 옆에서 울다 잠든 모습으로 발견되었다. 실성한 모습으로 그녀를 찾아다니던 다이앤은 무덤가에서 케이트를 부둥켜안은 채 어머니는 하늘에 계시니 더 이상 무덤으로 찾아가지는 말라고 외쳤고, 그러고 나서부터 케이트가 홀연히 사라지는 일은 더 이상 일어나지 않았다.

그레이는 고개를 끄덕였다.

"맞습니다. 어머니는 하늘에 계실 겁니다. 음……, 케이트 양. 케이트 양은 시장님의 저택에 살고 있지요? 그럼 시장님의 서재나 집무실에 마음대로 출입합니까?"

"예? 그럼 혼나는데요."

"맞습니다. 그리고 케이트 양이나 나 같은 사람들은 저 위에 마음대로 출입하면 안 되는 겁니다. 저 위에는(그레이는 손가락을 뻗어 익살스럽게 하늘을 가리켰다.) 케이트 양의 어머니뿐만 아니라 신들이 거주하고 계십니다. 신들의 땅에 사람이 함부로 드나들면 신들께서 가만히 계시지 않습니다. 알겠습니까?"

케이트는 이 설명이 마음에 들었다. 어떤 프리스트가 인간의 집무실들과 신들의 공간을 같은 것으로 취급하는 그레이의 설명을 들었다면 고개를 가로저을지도 모르지만, 케이트에게는 단숨에 이해되는 설명이었다. 그러나 그 설명을 이해했기 때문에 케이트는 그레이를 당황하게 만들었다.

"몰래 올라가면 되잖아요."

"……시장님의 서재에 몰래 드나드시는군요?"

"어떻게 그런 말을! 당치 않은 말씀이세요. 저를 어떤 여자로 보시는 거예요?"

케이트는 정말 명예를 침범당한 레이디처럼 턱을 들어올린 채 뾰족한 음성으로 말했고 그래서 그레이는 껄껄거리며 고개를 주억거렸다.

"아아, 오해를 사과드립니다. 어쨌든 말입니다. 신들의 눈을 피해 몰래 올라가는 것은 불가능합니다. 그러니까 신이죠. 아시겠습니까?"

케이트는 풀죽은 표정이 되었다. 딤라이트도 그레이도 설명 방식은 달랐지만 모두 같은 대답을 했다. 그것은 불가능해요. 하면 안 돼요. 저기 구석에 가 서 있어요! 케이트는 체념한 목소리로 말했다.

"부끄러움을 알아요."

그레이는 이 대답에 얼이 빠져버렸고 멀리서 안 듣는 척하고 있던 딤라이트는 킥 소리를 내는 실수를 저지르고 말았다. 솔로처는 케이트에 대한 감상을 간단하게 말했다.

"귀여운 아가씨군."

케이트는 솔로처를 향해 화사한 웃음을 돌려주었다. 그러자 그레이는 빙긋 웃으며 멀리 서 있던 딤라이트의 등을 향해 고함질렀다.

"어이, 딤라이트! 한 10년만 기다리면 되겠군. 그러면 이 아가씨도 18세가 될 거란 말이야?"

"들을 가치도 없는 잡담을 들려주려고 애쓰지 말게."

딤라이트는 말뿐만 아니라 행동으로 그레이의 말을 일고의 가치도 없는 것으로 만들었다. 몸을 돌리지도 않은 채 말했던 것이다. 그레이는 껄껄거리며 몸을 돌려서는 흉벽 위에 걸터앉으며 말했다.

"딤라이트는 행복하겠어. 부활한 보람이 있으니까. 저렇게 귀여운 아가씨와 말 위에 같이 타보기도 하고 말이야. 하하하!"

"그만하라고 했어."

딤라이트는 억눌린 목소리로 말했지만 그레이는 아랑곳하지 않고 솔로처에게 말했다.

"흐으음. 그러고 보니 300년 만에 부활했는데 하는 짓이 싸움뿐이라는 것도 문제군요, 솔로처."

솔로처는 눈썹을 조금 찌푸리며 말했다.

"그래서?"

"그래서라니요. 아무런 보람이 없지 않습니까."

"보람을 찾기 위해 뭘 하겠다는 거요, 그레이? 잊지 말아줬으면 하는데, 우리는 원래부터 여기에 있어서는 안 되는 사람들이오. 저기 데스나이트들을 대상으로는 무슨 짓을 해도 상관없지만 이 시대의 사람들에게는 도움이든 피해든 절대로 주어서는 안 되오. 왜냐하면 우리는 존재하지 않는 자들이니까."

그레이는 고개를 돌려 잠시 아무 말 없이 솔로처를 바라보았다. 솔로처는 그 눈빛에서 불안함을 느꼈다. 그 눈빛이 그가 알고 있던 그레이의 눈이 아니었다. 비록 여전히 미소 띤 얼굴이긴 했지만 솔로처는 그 미소 너머의 무언가를 포착한 듯한 기분이 들었다. 그리고 그 무언가는 꽤나 끔찍한 것인……

"아아, 맞아요, 솔로처 님. 하지만 이 시대의 술을 좀 소모시키는 것은 봐주시겠습니까? 이런! 그러고 보니 벌써 어젯저녁에 많이 소모했군요. 하하하."

그레이의 웃음을 보며 솔로처는 자신이 느낀 기분에 대한 확신을 조금 잃었다. 내가 본 게 뭐지? 잘못 본 건가. 그레이는 그대로 몸을 돌려 케이트를 상대로 노닥거리면서 동시에 무스타파를 괴롭혀대기 시작했다.

"레이디 케이트. 용맹한 무스타파 경의 첫 번째 승리에 대해 이야기해 드릴까요? 그의 나이 15세 때의 일이었습니다. 아마도 가을이 허락한 낙엽이 그의 마음속에서도 떨어지고 있었으리라 여겨지는 어느 날, 무스타파는 대공비의 시녀 한 명에게 완전히 넋이 나가버렸답니다……"

"그레이 휠드런!"

그레이는 천공의 기사의 우두머리의 권한을 십분 발휘하여 무스타파의 항의를 개짖는 소리로 만들어버리고는 야음을 틈타 마치 자객처럼, 그러나 대거 대신 장미 한 송이를 입에 물고 대공비의 궁궐에 침투한 무스타파의 모험담을 끝까지 이야기했다. 그런 뒤에도 그레이는 재미있는 이야기를 줄기차게 해대어 결국 다이앤으로 하여금 웃다가 히든보리 사집관의 팔을 두드리게 만들었다. "으아아, 내 팔!" 히든보리 사집관은 간신히 기절하지는 않았지만 시체 같은 얼굴이 되어버렸다.

솔로처는 그 모든 상황을 바라보면서까지 더 의심을 할 수는 없었다.

'좋아, 좀더 지켜보자. 뭔가 있긴 하지만 확실치는 않으니.'

7

미는 조심스럽게 몸을 일으켰다. 풀잎이 바스락거리는 소리에도 신경을 쓰는 극히 고요한 동작이었다.

모닥불은 이미 가느다란 연기만 피워올리고 있어 주위는 캄캄하기 짝이 없었다. 후작의 일행은 모두 잠들어 있었고, 불침번을 서고 있던 니크 역시 꾸벅꾸벅 조는 것으로서 다른 일행들과의 연대감을 과시하고 있었다. 잠든 척하며 30분 이상 니크를 훔쳐보고 있던 미는 확신을 가지고 일어났다. 니크는 깨어나지 않았다.

자리에서 일어난 미는 잠시 주위의 남자들을 바라보았다.

떠돌이, 도망자, 반역자, 현상 붙은 사내들. 낭만을 붙이려고 들면 이보다 더한 사내들이 없겠지만, 남자들은 안락함과는 거리가 먼 야외에서 피로에 절은 모습으로 잠들어 있었다. 미는 문득 이들이 불쌍하다는 생각을 떠올렸다. 그러면서도 왜 불쌍한 건지 이유를 말할 수가 없었다. 어쨌든 그들은 자신들이 원하는 일을 하고 있는 자들이었으니까.

'잘 모르겠어요. 하지만 잘 있어요. 미는 갈 거예요.'

미는 드러누운 궤혜른과 가이버의 사이를 조심스럽게 걸어나왔다. 그 반대편, 즉 할슈타일 후작의 곁을 지나면 졸고 있는 니크의 시야에서 벗어나기가 훨씬 쉽겠지만 미는 후작의 곁을 걸어갈 마음이 들지 않았다. 그래서 미는 숨소리마저 죽인 채 니크의 곁을 지나 걸어갔다.

'심장아, 미의 심장아. 부탁이니 조용히 뛰렴. 이분들 주무시는 데 방해되잖니.'

미는 왼쪽 가슴을 꼭 내리누른 채 니크의 곁을 지나쳤다. 발끝으로 걷는 조심스러운 걸음걸이로 니크의 곁을 지나치면서 미는 호흡을 멈췄다. 마침내 그들이 야영지로 삼고 있는 공터에서 벗어나온 미는 거대한 나무 뒤로 돌아가는 데 성공했다. 미는 나무에 등을 기대고는 긴 한숨을 내쉬었다.

원래 자유에 관심이 없었기에, 마침내 자유를 찾았다는 해방감 같은 것은 느껴지지 않았다. 그저 어려운 일을 해낸 뒤의 안도감뿐이었다. 미는 딱딱한 나무에 등을 기댄 채 호흡을 가다듬었다. 그리고 곧 숲속을 걷기 시작했다.

어두운 밤의 숲속은 고요하면서, 동시에 온갖 것들이 잠꼬대를 하고 있었다. 미는 그 사이를 산책이라도 하는 걸음걸이로 느긋하게 걸어갔다. 셀레나는 이미 잠들었지만 루미너스는 아직 중천에 도달하지 않은 시각, 밤은 스스로의 고요함에 취한 채 조용히 뒤척이고 있었다.

미는 갑자기 멈춰 섰다.

'그런데 여긴 어딜까. 그리고 어느 방향이 턴빌일까?'

미는 자기 생각에 피식 웃어버렸다. 이래가지고서야 똑똑한 도망자라고 할 수 있을까. 미는 나무 위로 올라가서 주위를 살펴보면 어떨까 생각했다. 그래서 미는 주위를 둘러보며 높은 나무를 골랐다. 곧 다른 나무들보다 월등히 높은 나무 하나가 미의 눈에 들어왔다. 저 위에 올라가서 주위를 보면 턴빌의 불빛이 보일 거야.

미는 그 나무를 목표로 삼아 걸어갔다.

조금 후 미는 나무 아래에 도착했다. 나무 표면을 만져본 미는 조금 힘들겠다는 생각을 떠올렸다. 손 닿는 곳에는 가지가 없었다. 나무를 타고 조금 올라간 다음에야 첫 번째 가지를 붙잡을 수 있을 것 같았다. 다행히 우툴두툴한 나무껍질 덕에 미끄러지는 일은 모면할 수 있겠지만, 퍽이나 힘든 일이 될 것은 분명했다.

미는 쭈그리고 앉아서 땅바닥에 손을 문질러 흙을 묻혔다.

밤의 숲속을 지나치는 어떤 여행자가 나무 아래 쭈그리고 앉아 흙 바닥을 만지작거리는 그녀의 모습을 보았다면 별 무리 없이 엘프를 보았다고 생각해 버렸을 것이다. 하지만 그런 여행자는 없었고, 그래서 미는 두 손에 흙을 묻힌 다음 나무 표면에 손을 가져갔다.

"뭐 하려는 거지."

미는 천천히 고개를 돌렸다. 그녀의 등 뒤 10큐빗 정도의 거리에 시커먼 남자의 그림자가 서 있었다. 미는 풀죽은 목소리로 말했다.

"나무에…… 올라가려고요, 후작님."

나무 그림자 속에 숨은 후작의 모습은 잘 보이지 않았다. 희미하게 떠오르기 시작하는 루미너스의 빛은 후작의 발끝을 비추고 있을 뿐이었다. 그리고 후작과 미 사이의 땅에는 흩뿌려진 달빛이 푸르스름한 융단을 깔아놓은 것처럼 반짝이고 있었다.

"넌 정말 이해하기 어려운 사람이군."

"그러신가요."

후작은 혁대에 손가락을 건 채 비스듬하게 서서 미를 바라보았다. 달빛을 받은 칼고리가 후작의 허리에서 예리한 빛을 내고 있었다.

"탈출까지는 납득할 수 있어. 납치당했으니 탈출한다. 이건 이해하기 쉬운 행동이고 납치자인 나도 승낙할 수는 없지만 비난할 수도 없는 합리적인 행동이야. 보통 하는 식으로는 '나라도 그러겠다'는 말이 적당하겠군. 그래서 나는 즐거운 마음으로 네 뒤를 따라오기 시작했지."

"그랬나요."

"그래. 그런데 탈출에 성공하고 나서 네가 보여준 최초의 행동부터 내 부아를 돋우더군. 너는 나무에 기대어 가만히 서 있었어. 왜지."

"숨을 참고 걸어나와서……."

"그런 것 같더군. 하지만 다른 사람들이라면 조금이라도 더 멀어지려고 하지, 호흡을 가누거나 하지는 않아. 두 번째. 왜 걸었지."

"예? 왜 걷다니요?"

"다른 사람들이라면 그럴 때는 달릴 것이다. 나뭇가지가 팔을 할퀴든, 돌부리에 걸려 쓰러져 무릎이 깨지든 아랑곳하지 않고 말이지. 어쨌든 달빛 아래 산책하는 그 따위 걸음걸이를 선택하지는 않아. 하지만 너는 걷더군."

"예……"

"그리고, 왜 나무에 올라가지."

"턴빌이 어디 있나 보려고요."

"역시 마찬가지야. 보통의 도망자들은 고립되기 쉬운 나무 위 같은 곳으로 올라가지는 않아. 추적자가 나무 아래를 포위해 버리면 날지 못하는 바에야 어떻게 도망갈 생각인가. 어쨌든 도망 직후부터 너는 나라면 절대 그러지 않을 행동만 했어."

"그렇네요. 미는 참 수준 미달의 도망자였어요."

미는 고개를 끄덕였고 후작은 그런 그녀를 조용히 노려보았다. 반성을 끝낸 미는 다른 의문 하나를 떠올렸다.

"그런데 후작님은 왜 미를 조용히 따라오신 거죠? 도망치게 해주시려고요?"

"아니."

"미가 어떠어떠한 바보짓을 하는지 감상하고 싶으셨나요?"

"아니."

"도망치게 해주실 것도 아니고 미가 무슨 짓을 하는지 두고 보자는 것도 아니셨다면 일찌감치 미를 잡으셔야지요. 후작님도 이해하기 어려운 행동을 하시네요."

"내게는 이유가 있어. 너도 이해할 만한."

"이유가 뭔데요?"

후작은 갑자기 나무 그늘에서 앞으로 걸어나왔다. 미는 달빛 아래 후작의 모습이 다리에서부터 천천히 나타나는 것을 물끄러미 쳐다보았다. 후작은 월광보다 푸른 눈으로 미를 바라보며 입을 열었다.

"다른 자의 눈이 없는 곳에서 너와 할 일이 있다."

"미와……, 뭘?"

후작은 걸음을 멈추지 않았다. 미는 후작이 보통 이야기를 나누기 적당한 거리보다 더 가까운 곳까지 접근했다는 것을 알아차렸다. 손이 닿을 정도의 거리까지, 아니, 그보다…….

후작은 미의 허리를 붙잡아 끌어당겼다.

퍽 하는 소리와 함께 느닷없이 후작의 가슴에 부딪힌 미는 작게 비명을 질렀다. "아앗!" 미는 두 손으로 후작의 가슴을 밀어내려고 애를 썼지만 그녀의 허리를 감아쥔 후작의 팔은 꼼짝도 하지 않았다. 힘의 차이는 단숨에 판가름났고, 미는 무력한 얼굴로 후작을 올려다보았다.

"후작님? 왜 이러세요?"

후작은 미를 내려다보았다. 그 얼굴에는 후작이 기대하던 표정이 떠오르지 않았다. 작은 얼굴 가득한 의문만이 후작을 향해 있었다.

"야망이 있을 때 사람들이 선택하는 도구는 다양하지. 어떤 녀석은 돈을, 어떤 녀석은 지위를, 어떤 녀석은 무력을 원한다. 하지만 내가 원하는 것은 사람이다. 사람들을 가지면 그들이 돈을 벌거나 권위를 가져오거나 나를 위해 싸워줄 수 있으니까. 이건 합리적이야. 인간 세계에서 일어나는 모든 일은 인간이 할 수 있는 일이다. 왜냐하면 인간에 맞춰서 만들어진 것이 인간 세계니까. 결국 인간 세계에서 가장 유용한 도구는 인간 자신이다. 그래서 나는 사람을 원한다."

미는 아무 대답 없이 후작을 올려다보았다. 후작의 얼굴이 미를 향해 점점 가까워지고 있었다.

"나는 너를 원해."

후작의 팔에는 점점 힘이 들어갔고 미는 숨이 막혀오는 고통 속에서 후작의 체온을 그대로 감당해야 했다. 미는 답답함과 뜨거움에 헐떡이며 말했다.

"미를요?"

"너는 미래를 볼 수 있는 자니까. 엉터리 점복술사와는 차원이 다르지."

"후작님, 말씀드렸잖아요. 미가 보는 미래는……."

"고정되어 있단 말이지. 하지만 나는 그것을 납득할 수 없어. 그것은 절대로 바꿀 수 없는 것인가."

미는 대답하지 않았다. 그저 슬픈 눈으로 후작을 올려다볼 뿐이었다. 후작은 그 커다란 눈 속에 담긴 무엇인가를 찾아내기라도 하겠다는 듯이 얼굴을 바싹 들이댔다.

"말하지 않는군. 분명 무언가가 있어. 그 무언가가 무엇인지 알기 위해서라도 나는 널 가져야겠어. 아니, 알 수 없어도 상관없어. 나는 내가 모르는 어디에 내 미래를 다 꿰뚫어보는 자가 있도록 내버려둘 수가 없어. 내가 이용할 수 없더라도, 다른 누군가가 그자를 이용해서 나를 공격하게 내버려둘 수는 없단 말이다. 그래서 그자를 내 곁에 두고 내 것으로 만들어야겠어. 알았나."

미는 고개를 떨구었다. 그러나 후작의 다른 팔이 재빨리 미의 등 뒤로 돌아와 뒷머리를 움켜잡고 턱을 들게 만들었다. 강제로 고개를 들게 된 미는 코앞까지 다가온 후작의 얼굴을 바라보았다. 방랑 생활 때문에 수척해진 얼굴에는 꺼슬꺼슬한 수염이 돋아 있었다. 움푹 들어간 볼 위로 퀭한 두 눈이 무서운 빛을 뿜어내며 미를 쏘아보고 있었다.

그리고 후작의 메마르고 갈라진 입술이 그녀에게 다가왔다. 미는 눈을 감으며 신음처럼 말했다.

"할슈타일 후……."

미의 말의 끝부분은 후작의 입 안으로 사라져갔다. 꼭 감은 미의 눈꺼풀 안쪽으로 무수한 빛들이 떠다녔다. 미의 여린 입술을 유린하는 후작의 입술과 혀에서는 뜨거운 열기가 뿜어져 나오고 있었다. 후작은 천천히, 집요하게 미의 입술을 탐색했다. 마치 미의 입술 모양을 그의 혀와 입술에 새겨두기라도 하겠다는 듯이.

집요하고 긴 키스를 끝낸 할슈타일 후작은 고개를 들어 미를 보고는 눈살을 찌푸렸다. 꼭 감은 미의 두 눈에서 눈물이 흘러내리고 있었다. 입술을 꼭 다문 채 후작의 난폭한 키스에 저항한 그녀의 입 주위는 온통 뒤틀려 있었다.

후작은 미를 쓰러뜨렸다.

눈을 감고 있던 미는 아무런 저항도 하지 못한 채 땅바닥에 쓰러졌다. 무력한 모습으로 쓰러진 미의 몸 위로 허리를 숙인 후작은 왼손으로 미의 두 팔을 움켜쥐어 위로 밀어붙이고 오른손으로는 그녀의 턱을 붙잡았다. 미는 눈을 감은 채 반대편으로 고개를 꺾었다. 하지만 후작은 손에 힘을 주어 미로 하여금 다시 자신을 쳐다보게 만들었다.

"눈을 떠."

미는 눈물이 그렁한 눈으로 후작을 올려다보았다.

"연인이 있나."

"예."

"사랑하나."

"예."

후작은 피식 웃었다.

"사랑한다고. 네가. 웃기지도 않는군."

"정말로 사랑해요. 미의 목숨보다도 더……."

"그와 결혼하나."

미는 당혹한 표정으로 후작을 바라보았다. 후작의 눈은 형형하게 타오르고 있었다.

"보았을 테지. 말해라. 그와 결혼하나."

"결혼해요. 그리고 4년 후 그를 잃게 되어요. 그를 잃은 다음 아기를 낳으며 미도 죽어요. 이제 만족하세요?"

"만족해. 그 녀석을 사랑한다는 것은 거짓말이군."

"아니에요. 미는 정말로 쳉을……."

"그렇게 정해져 있단 말이지."

"예?"

미의 턱을 부여잡고 있던 후작의 손이 옆으로 움직였다. 후작은 미의 볼과 귀에 이르는 선을 천천히 어루만지며 말했다.

"연극이군. 여주인공 미. 남주인공 쳉. 대본에는 그렇게 적혀 있지.

'여주인공 미는 남주인공 쳉을 사랑한다.' 그러니까 너는 정해진 대본대로 쳉을 사랑하는군. 그게 네 일생의 사랑인가."

무한한 경악이 담긴 미의 두 눈이 할슈타일 후작을 바라보았다. 후작은 입술을 일그러뜨리며 말했다.

"말해라. 너는 그를 사랑하기도 전에 그를 사랑하는 네 모습을 보았을 것이다. 내 말이 맞는가."

미는 아무 대답을 못했다. 하지만 후작의 말은 사실이었다. 후작의 입술이 더욱 뒤틀렸다.

"어쩌면 그 녀석을 만나기 전부터 이미 그 녀석을 사랑하게 되는 너를 알고 있었는지도 모르지. 그리고 정해진 대본에 충실하기 위해 그를 만났을지도 모르고."

미는 다시 한번 무언의 긍정을 보내야 했다. 쳉을 처음 만나기 며칠 전, 열세 살의 미는 양을 잃게 될 것을 알았고, 그리고 그 양을 찾으러 가는 도중에 그녀의 일생의 사랑을 만나게 될 것도 알고 있었다. 그녀는 퓨처 워커였으니까.

"그게 네 사랑인가. 그게 네 인생인가."

후작의 입매는 이제 더 일그러질 수도 없을 만큼 일그러져 있었다. 그리고 그의 오른손은 거침없이 미의 몸을 더듬어내리고 있었다. 자신의 몸을 더듬으며 일그러진 얼굴로 웃고 있는 후작을 보면서도 미는 아무 생각을 떠올리지 못했다.

그게 내 사랑이고, 그게 내 인생인가.

사랑을 느끼기 때문에 사랑하는 것이 아니고, 둘이 하나되길 원하기 때문에 결혼하는 것이 아니고, 그를 닮은 생명을 가지고 싶어서 아기를 낳는 것이 아니다. 그녀는 그것을 보았고, 그렇게 되리라는 것을 알고 있었다. 거기에는 의심이나 회의가 끼어들 틈이 없다. 그녀가 보는 미래는 현실만큼이나 뚜렷하다. 보통 사람들이 현실을 부정할 수 없는 것처럼 그녀는 미래를 부정할 수 없다.

그것은 그녀와 강하게 연결된 것, 아니, 그녀 자신이므로.

"저리 가요!"

미는 무섭게 몸부림치며 후작을 밀어냈다. 칼에 베인 가장 사나운 오크라도 이렇게 거칠게 움직이지는 못했을 것이다. 후작은 뒤로 조금 물러났다가 곧장 손을 들어올렸다.

"너!"

미는 눈을 감지 않았다. 그녀는 들어올려진 후작의 손바닥을 보지도 않았다. 대신 미는 후작의 얼굴을 똑바로 쳐다보았다. 그녀의 눈에는 투명하며 정체를 알 수 없는 기운만이 가득 서려 있었다.

후작은 갑자기 들어올린 손을 간수하기 어려워졌다.

미의 눈을 들여다보느라 겨우 한 호흡 멈추었을 뿐이지만 벌써 따귀를 올려붙이기는 거북해졌다. 후작은 어쩔 수 없이 옆으로 비켜났고 미는 재빨리 일어나 앉아서는 옷매무새를 가다듬었다. 그런 미를 보며 후작은 노성을 터뜨렸다.

"너를 인간으로 만들어주겠다는 거다, 이 멍청아!"

미는 후작의 얼굴을 보며 의아한 표정을 지었다. 후작은 갑자기 미의 두 어깨를 붙잡아 끌어당겼다. 미는 어깨가 부서지는 기분을 느끼며 후작에게로 끌려갔다. 후작은 미의 두 눈을 똑바로 들여다보며 말했다.

"바보처럼 살다가 바보처럼 죽겠다는 거냐! 나는 네 인생에 의미를 주고 가치를 주겠다는 것이다!"

미는 당황한 표정으로 후작을 바라보며 그의 말을 반복했다.

"의미? 가치요?"

"지금의 네 인생에 무슨 의미가 있느냐. 정해진 대로 움직이는 것은 자이펀의 노예, 아니, 골렘이라도 그렇게 한다. 그건 사람의 삶이 아니야! 그러나 만일 내가 널 가진다면, 너는 그 연인과의 결혼도, 그리고 4년 후의 죽음과도 관련이 없어진다. 나는 네게 불확정성을 주겠다는 말이다. 모호성을 주겠다는 말이다! 그것이야말로 살아가는 이유니까! 네 인생의 주사위를 네 손에 쥐어주겠다는 거다!"

후작은 분노를 참을 수 없었다. 선악의 구분을 제하고 말한다면, 후작은 자신의 의지로 자신의 길을 개척하는 사람이다. 반역자는 가장 열정적인 자의 선택이다. 불만을 참아버리는 것이 대개의 경우임을 볼 때 후작은 자신의 의지를 신뢰하고 스스로 미래를 개척하는 사람이다.

그런 후작에게 미래를 볼 수 있는 가공할 능력을 가지고 있으면서도 운명이 정해 준 대로 살겠다는 미의 모습은 참을 수 없을 정도의 노여움을 일으켰다. 그것은 그가 경멸하는 버러지들보다도 더 역겨운 모습이었다. 그런 버러지들은 거대한 운명에는 무턱대고 휩쓸리지만 작은 일에는 스스로의 결정권을 유지하고 있다. 자신의 일생을 결정짓는 사랑에 대한 것이라면, 가장 비참한 처지에 있는 자라도 스스로의 의지로 사랑한다. 그 사랑이 결실을 맺을 수 있는가의 문제는 여기에서 중요한 것이 아니다. 하지만 미는 그것마저도 포기해 버렸다.

"스스로 사랑을 찾지 않고, 스스로 사는 방식을, 그리고 죽음을 선택하지 않는 자에게 도대체 무슨 살아갈 가치가 있다는 거냐! 너와는 아무 관련이 없는 무언가가 정해 준 것을 그대로 따르겠다는 거냐!"

"그래요!"

미는 맞서 고함을 질렀다. 후작은 검게 타오르는 미의 두 눈을 바라보며 아연해했다. 미는 후작을 똑바로 노려보며 말했다.

"무언가라고요? 운명을 말씀하시는 거겠죠. 후작님은 운명에도 반역하시려는 건가요? 철저한 반역자시군요!"

이번에는 후작이 미의 흉내를 내게 되었다.

"그래!"

"자가 당착에 빠지지 마세요. 미가 미래를 알 수 없게 되면 후작님에겐 미가 쓸모가 없어요."

할슈타일 후작은 흠칫했다. 미는 자신을 가리켜가며 후작에게 대들 듯이 말했다.

"후작님은 미래를 볼 수 있는 미의 능력 때문에 미를 가지고 싶다고 하셨어요. 하지만 그럴 수가 없어요. 왜냐하면 미는 쳉의 것이 되는 미래를 보았지 후작님의 것이 되는 미래를 보지 않았어요! 그러니 후작님은 미를 가질 수 없어요."

"왜 안 된다는 거냐. 내가 이대로 널 겁탈하겠다면, 그렇다면 어떻게 되는 거냐!"

미는 다시 맞고함을 지를 듯이 턱을 불쑥 쳐들었다. 하지만 그녀의 입은 벌어지지 않았다. 후작은 잠시 미의 눈에 불안과 의혹이 감도는 것을 볼 수 있었다. 그리고 미가 입을 열었을 때, 후작은 조금 전까지 와는 딴판으로 바뀐 미의 태도에 놀랐다.

"그럴 수 있을지도 모르지요."

미는 고개를 숙이며 체념하듯이 말했다. 후작은 어쩔 수 없이 언성을 낮춰야 했다.

"무슨 말이냐."

미는 여전히 고개를 숙인 채였다. 후작은 그녀의 얼굴을 붙잡아 두 눈을 들여다보고 싶었지만 부글부글 끓는 속을 참으며 기다렸다. 마침내 미는 말했다.

"미가 왜 여행을 나섰는지 아세요?"

"뭐."

"미는 미래를 볼 수 없게 되었어요."

미는 후작이 그 말을 이해할 시간을 주기 위해 잠시 기다렸다가 계속 말했다.

"미는 미래를 봐요. 하지만 이제는 볼 수 없게 되었어요. 왜 그럴까요? 미의 능력이 사라졌다거나 하는 것은 아니에요. 과거의 경우라면 미는 아직도 마음대로 볼 수 있어요. 하지만 미래는 볼 수 없어요. 결국, 그것은 미래가 없어졌다는 의미지요."

"미래가……, 없어진다고."

"예. 그래서 미는 이 사태를 바로잡기 위해서 여행을 나선 거예요.

미래가 없어진다는 것은 있을 수 없는 일이에요."

"네가 말하는 미래라는 것은……, 사랑하지도 않는 연인과 결혼하고, 고아가 될 아이를 낳는 미래 말이냐."

후작의 말은 신랄했다. 하지만 미는 조용히 고개를 끄덕였다.

"그건 미의 불행이죠."

"그래서, 너만의 불행이니 감수하겠다고! 그건 위선자들의 어법……."

미는 갑자기 고개를 쳐들었다.

"후작님 자신의 경우를 볼까요?"

"뭐."

"후작님은 어쩌시겠어요. 미는 조금 전에 미래가 없어진다고 말했어요. 후작님의 미래도 없어지는 거예요. 후작님은 영원히 지금 상태, 즉 도망자의 상태로 있게 되실 거예요."

'이거예요.' 미는 속으로 작게 말했다. '바로 이 말을 해드리고 싶었어요, 후작님. 미는 꽤 사악하거든요.' 그리고 할슈타일 후작의 얼굴은 조각처럼 굳어버렸다. 반문하는 그의 목소리는 미풍보다도 가늘었다.

"뭐라고."

어느덧 높은 궤도까지 떠오른 루미너스의 달빛으로 미는 후작의 얼굴에 떠오른 표정을 충분히 감상할 수 있었다. 두 사람의 높은 언성 때문에 조용해졌던 숲속도 다시 워석거리는 소리를 내기 시작했다. 미는 후작의 얼굴을 똑바로 바라보며 또박또박 말했다.

"후작님은 미래로 화살을 쏘시는 분이지요."

"무슨 말을……."

"후작님은 단순히 살기 위해 도망가시는 것은 아니죠? 그런 거라면 깊은 산속에 틀어박히거나 하지 이렇게 공개된 도시에서 불가사의에 도전하지는 않으실 거예요. 후작님에게는 꿈꾸는 미래가 있겠지요. 그것이 복수일지 야망일지 아니면 만인을 위한 새로운 세상일지는 미로서는 알 수 없어요. 하지만 후작님에게는 소중한 희망이 있을 거라는 것은 짐작해요. 희망이 없이 사는 미에게 그렇게 화를 내시는 것을 보면 알 수 있어요."

그녀의 눈을 들여다보게 된 후작은 그 눈을 볼 때마다 자신이 불안해지는 이유를 그제서야 깨달았다. 그 눈은 그가 보지 못하는 것까지도 일상처럼 보는 눈이었다.

"하지만 후작님이 쏠 과녁 자체가 없어진다면 후작님의 활이 아무리 좋은 것이라도 소용이 없어질 거예요. 미래가 없어지면 후작님이 살아갈 수 있는 곳은 영원한 현재뿐이죠. 후작님은 영원히 도망자로 살아가실 거예요. 아마 붙잡히지는 않겠죠. 붙잡힌 도망자는 더 이상 도망자가 아니니까. 하지만 그 외 다른 것이 되지도 못하실 거예요."

"미래가 없어지다니……, 그게 가능한 일인가."

후작의 말에 담겨 있는 거대한 의혹도 미에게 영향을 주지는 못했다. 미는 나직하게 말을 이어나갔다.

"인간들은 이미 그런 현상을 표현하는 단어를 가지고 있어요. 지루하다, 심심하다, 단조롭다. 이것들은 국지적인 시간 정지를 나타내는 단어예요. 시간은 수많은 흐름이죠. 합창대들조차도 같은 시간 흐름

속에서 노래를 부르는 것은 아니에요. 제각기 다른 각자의 시간 속에서 부르는 노래가 비슷하게 들려올 뿐이죠. 그리고 그 시간 차이가 커지면 합창은 성립되지 않아요. 음악가라면 단순히 화음이 맞지 않는다고 말하겠지요. 하지만 퓨처 워커인 미는 그들이 시간을 맞추지 못했다고 말하겠어요."

"그건 말이 안 돼. 시간은 하나야! 그렇지 않다면 우리들은 어떻게 약속을 할 수 있단 말이냐."

"약속이 깨진 경우가 한 번도 없으세요?"

"뭐라고."

"후작님도 약속이 깨진 경우가 있으시겠지요. 그건 후작님과 상대방의 시간이 맞지 않았기 때문이죠."

"무슨 궤변이냐! 약속이 깨지는 것은 피치 못할 사건들이 생기거나 하기 때문이다!"

"사건들이 곧 시간이에요……. 후작님. 아무런 사건이 없는 공간은 시간도 없는 공간이에요. 사람들은 누구나 시간 정지에 대해 알고 있어요. 의식적으로 알고 있지는 않지만 본능적으로는 알고 있어요. 그렇잖으면 왜 사람들이 심심함을 참지 못하는 걸까요."

후작은 당황해 버렸다.

"심심함이라고."

"사람들은 기쁜 일에 기뻐하고 슬픈 일에 슬퍼해요. 하지만 심심한 일에 대해서는 아무것도 할 수 없어요. 사람들이 가장 싫어하는 것은 아무 일도 없는 거예요. 그것은 어찌할 수가 없기 때문이죠. 분노를 표현할 수도 없고 즐거워할 수도 없고 슬퍼할 수도 없어요. 왜 수많은 사람들이, 현명한 사람이든 바보든 가리지 않고 그렇게도 지겹게 똑같은 인사를 할까요. 그동안 어떻게 지냈느냐고, 당신의 시간은 제대로 흐르고 있느냐는 확인으로 인사를 대신할까요."

미는 일어섰다. 후작은 그녀가 일어나는 것을 보면서도 제지하지 않았다. 미는 나무 등걸에 등을 기댄 채 후작을 내려다보았다.

"누구나 알고 있어요. 후작님, 아이들이 커서 어른이 되고, 어른이 늙어서 노인이 된다는 것을 믿으시나요? 대개들 그렇게 믿고 싶어하고 실제로 그렇게 되기도 하지요. 하지만 그것이 공짜로 이루어지는, 즉 부채감을 가져야 되는 것이라는 것은 아무도 생각하지 않지요."

후작의 심정을 형언할 수 있는 말은 기막히다는 말뿐이었다. 그래서 후작은 화를 낼 수도 없었다.

"늙어가는 것에 대해 감사하라는 말이냐. 친지가 죽고 친우가 죽고 마침내 자신도 사라져가는 것에 대해 고마워하란 말이냐."

"네. 감사해야지요. 그것도 후작님이 말하는 살아가는 이유니까요. 늙을 수 있고, 죽을 수 있는 것이요. 후작님이 미래를 알 수 없는 모호성을 인생의 축복이라고 말하겠다면, 미는 미래로 갈 수 있는 그것 자체를 축복이라고 말하겠어요."

미는 갑자기 어깨를 움츠렸다. 마치 추워하는 것 같은 모습이었다. 미의 손이 갑자기 움직여 입을 틀어막았다. 후작은 그녀가 울음을 참고 있다는 것을 깨닫고는 할 말을 잃었다. 입을 틀어막은 미의 어깨가 한참 동안 떨리고 나서, 미는 아직도 물기가 어려 있는 목소리로 말했다.

"그래요. 미는 스스로 선택하지도 않은 연인을 사랑할 것이고, 고아가 될 아이를 낳고, 그리고 죽을 거예요. 명령대로 움직이는 골렘처럼 정해진 대로 살아갈 거예요. 그리고 그것에 감사해요. 그것은 다른 누구의 것도 아닌 미의 인생이니까요. 그래서 미는 반드시 그렇게 되게 만들 거예요."

말을 하면서 미의 목소리는 다시 젖어들기 시작했다. 후작은 미의 흐느끼는 말을 알아듣기 위해 커다란 집중력을 발휘해야 되었다.

"그것을 알고 있느냐 모르느냐는 아무 상관이 없어요. 후작님은 사물을 볼 수 있는 시각에 대해 화를 내시나요? 눈이 있어서 이 슬픈 모습들을 보게 되었다고 화를 내시나요? 그렇지는 않으실 거예요. 그리고 미는 미래를 볼 수 있는 눈에 대해 화를 내지 않아요. 그것도 미의 것이니까요. 후작님은 자신이 선택하지도 않은 부모에 대해 화를 내시나요? 그렇지는 않을 거예요. 그리고 미는 스스로 선택하지도 않은 미래에 대해 화를 내지는 않아요. 그것도 미의 것……, 으흑!"

"쳉? 무슨 생각 해요?"

쳉은 몸을 돌렸다.

"네리아입니까. 이 시간에 웬일이십니까?"

네리아는 길게 기지개를 켜는 동작을 하며 말했다.

"뭐, 침대에 누워 있는데 창문 밖에서 골렘만큼이나 커어어다란 남자가 걸어가는 소리가 들리더라고요. 발소리로 미루어보아 틀림없이 얼굴도 골렘만큼이나 딱딱하게 굳어 있는 사람일 것 같았어요. 그러니 정답은 쳉이잖아요."

쳉은 피식 웃어버렸다.

"뭐, 제가 항상 이런 것은 아닙니다. 요즘은 웃음이 좀 적어지긴 했습니다만."

"맞아요, 맞아. 당신 눈을 보니 절대 그런 얼굴을 하고 있을 사람 같지 않더라고요. 그런데 왜 이 달밤에 뒤뜰을 걷고 있어요?"

"잠이 오지 않는군요."

네리아는 고개를 가볍게 끄덕였다. 그리고 네리아는 씩 웃으며 말했다.

"히……, 나, 창문으로 내려다보고는 깜짝 놀랐는데."

"놀랐다고요? 왜지요?"

"당신이 이 자리를 서성거리고 있는 것 때문에."

쳉은 의아쩍은 얼굴로 주위를 둘러보았다. 하지만 다시 둘러봐도 그냥 여관의 뒤뜰일 뿐이다. 쳉은 네리아를 바라보며 추궁하듯이 말했다.

"묻어둔 게 뭡니까?"

"예?"

"이 근처에 뭘 묻어두었지요?"

"깔깔깔! 아아아, 그런 것은 아니에요. 사실……, 며칠 전에 나, 이 자리에서 다른 사람을 봤지요. 그때도 이 정도로 캄캄한 밤이었고 말이에요."

쳉은 갑자기 가슴이 죄어오는 기분을 느꼈다.

"미가 여기서 뭘 하고 있었습니까, 퓨처 워킹?"

"대번에 짐작하는 건 대화를 빨리 진행하는 데는 좋지만 대화를 즐기는 데는 별로 좋지 않은뎅. 뭐, 맞아요. 여관 안에는 꿈꾸는 사람들이 많아서 여기까지 나왔나 보더라고요. 나는 잘 모르지만."

"그렇군요."

쳉의 '그렇군요'는 더 이상 다른 말을 이어나가기 거북하게 만드는 말이었다. 그래도 네리아는 이 남자를 내버려둘 수가 없었.

쳉이 미가 앉아 있던 자리를 서성이고 있기 때문에 놀라긴 했다. 하지만 네리아는 그것 때문에 여기까지 내려온 것은 아니었다. 네리아의 입 속을 꼬물거리며 맴도는 말은 끔찍한 것이었다. 당신은 4년 뒤에 죽어요. 당신이 그걸 모르는 편이 더 행복할 거라는 것도 알아요. 하지만, 내가 야박하다고 말할 수 있을지 몰라도 난 그걸 내 가슴속에만 담아둘 수가 없어요. 가슴이 터질 것 같다고요!

"미와는 오래 사귀었어요?"

"12년입니다."

"아, 예."

밤바람이 불었다. 휘이잉.

"상단의 호위 무사는 재미있어요?"

"그럭저럭 할 만합니다."

"아, 예."

밤바람이 또 분다. 휘이잉.

"달이 참 곱죠?"

"그렇군요. 이 계절엔 상단의 밤 여행도 괜찮지요. 춥지도 않고 달빛도 좋아서."

"아, 예."

밤바람이 줄기차게 불어댄다. 휘이잉. 네리아는 생각했다. 바람이 미쳤나 봐.

꺼낼 수 없는 말을 꺼내지 못한다는 것 때문에 네리아는 팔짝팔짝 뛸 지경이었다. 그리고 다른 사람의 그런 심경을 짚어내는 재주가 없는 쳉은 무덤덤하게 네리아를 상대할 뿐 대화를 편하게 하거나 하는 일은 전혀 하지 않았다.

"미를 사랑하고 그녀와 결혼할 거죠?"

"예. 아니오."

네리아는 이 대답 방식이 뜻밖에 마음에 들었다. 하지만 그 내용은 별로 마음에 들지 않았다. 네리아는 의아한 표정으로 쳉의 대답에 대한 부연 설명을 요구했다. 쳉도 그 정도의 표정은 읽어낼 수 있었다.

"미를 좋아하고……, 제가 누군가를 사랑한다고 말한다면 그 누군가에 들어갈 사람은 이 넓은 세상에 미 하나뿐일 겁니다. 그래요, 그녀를 사랑합니다. 하지만 그녀의 것이 되지는 않을 겁니다."

"왜예요?"

"미가 그렇게 물었을 때 나는 독신주의자라고 말해서 그녀를 웃겼습니다. 네리아는 그 대답에 대해 어떻게 생각합니까?"

"웃겨요."

"적어도 제가 기발한 녀석은 아니라는 것은 증명되었군요. 제 대답은 보편적인 반응만을 야기하고 있으니까요."

네리아는 고개를 가로저었다. 이상하다. 이게 아닌데. 미가 말한 대로라면 미는 올해에 쳉과 결혼하는데. 네리아는 '미가 쳉을 겁탈하나?' 등의 생각까지 떠올렸다가 스스로의 생각에 얼굴이 발그레해졌다. 다행히도 월광은 그녀의 발그레해진 볼을 잘 가려주었다.

"이상하네요, 이상해요. 사랑한다는 것을 인정하면서……. 같이 있고 싶지 않아요? 서로 보듬고 입이 심심할 땐 서로의 입술을 맛보고 싶지 않아요?"

"표현이 야하군요."

"원래 그러려니 생각해요. 사실 원래 그러니까."

뭐, 머릿속으로는 더 야한 생각도 하는걸. 이히히. 네리아는 속으로 히죽거리며 쳉의 대답을 기다렸다. 쳉은 난처하다는 표정으로 손을 들어올리더니 머리를 긁적이기 시작했다. 이 키 크고 장대한 사나이가 난처해하는 모습은 네리아를 퍽 즐겁게 만들었다.

"글쎄요. 이게 대답이 될진 모르겠습니다만, 제게 미는 소중한 사람입니다. 사랑하는 사람이니까 소중한 것은 당연하겠지요. 그리고 소중하니까 사랑합니다. 이 두 가지 사이에서 어느 것이 사실에 가까운가 하는 질문은 부디 하지 말아주셨으면 좋겠군요."

"그 두 가지 중에 어느 것이 거짓에서 멀어요?"

"……모르겠습니다. 저도 어느 것이 먼저이고 어느 것이 나중인지 모르겠습니다. 어쨌든 제게 소중한 사람이자 사랑하는 그녀의 곁에 저를 두고 싶지는 않습니다. 저는 미를 미 자체로 사랑합니다. '쳉의 미'

라는 식으로 사랑한다는 것은 별로 생각해 본 적이 없습니다."

네리아는 미간을 찌푸렸다. 그녀는 잠시 고개를 갸웃거리다가 말했다.

"그러니까, 뭐예요. 경치를 사랑한다거나 예쁜 달빛을 사랑한다는 것처럼 말이에요? 경치는 누구 소유가 되는 건 아니고 달빛도 그러니까……."

"그렇다고는 말하기 어렵겠군요. 경치나 달빛 같은 것은 저를 사랑해 주지 않습니다. 그런 것은 일방적인 애호겠지요. 하지만 미는 저를 사랑해 주니까 둘은 다르지요."

네리아는 울상이 되었다.

"말이 되는 것 같은데 갈수록 말이 안 돼요. 뭐예요! 뭘 그렇게 따지고 재가며 사랑하는 거예요? 머리가 다 아프네! 내가 정리해 볼 테니까 듣고 나서 대답해요. 쳉은 미를 사랑한다. 미는 쳉을 사랑한다. 그리고 쳉은 미가 쳉을 사랑한다는 것을 알고 있고, 미는 쳉이 미를 사랑한다는 것을 알고 있다. 맞아요?"

"맞습니다."

"어렵게 말했지만 사실 세상의 어느 곳에서나 끊임없이 일어나고 있는 일이잖아요! 잉잉잉! 특별할 것이 하나도 없는 건전한 사랑이네. 그렇죠?"

"뭐, 그런 것 같습니다."

"그럼 뭐가 문제예요? 결혼해요. 뭐, '결혼해요'라고 말하면 꼭 공식적인 행사를 가져야 된다는 이야기 같으니까 더 간단하게 내포적 의미도 다분하게 결합하라고 말할래요."

"하세요."

"……결합해요. 쳉은 지금 나 바보 만들려는 거예요?"

"그렇지는 않습니다."

쳉은 빙긋 웃었다. 네리아는 그 웃음에 초조함을 느꼈다.

"'자, 결합하라고 말했으니까 대답도 해주세요!'라고 말하면 갈수록 바보 되는 것 같네. 에이, 뭐. 바보 되죠. 대답해요!"

"그러고 싶지 않습니다."

"왜? 뭣 때문에?"

"저는 그녀에게 어울리지 않습니다."

"자학하는 거예요?"

"자학은……, 부지런한 사람의 선택입니다. 저는 그렇게 부지런한 사람이 못 됩니다."

"무슨 말이에요? 자학은 부지런한 사람이 하는 거라니."

"자학하려면 일단 자신 속으로 빠져들어야 됩니다. 자기 몰입이라고 하지요. 그리고 자신에 대해 끊임없이 생각해야 합니다. 자기 해석이지요. 그런 것들은 부지런한 사람만이 할 수 있는 겁니다. 보통의 사람들은 나는 무엇이고 어떤 자인가 하는 따위의 생각보다는 오늘 저녁은 뭘 먹나 등을 생각합니다."

"와! 역시 나를 바보로 만들려는 것이군요. 무슨 말인지 모르겠어요. 헤게모니아 호위 무사는 다 그래요?"

"제 특징일 겁니다."

"그렇지만 나는 반대할래요. 아무리 보통 사람이라도 '나는 왜 이

지경인가?' 하는 생각은 할 수 있어요. 그게 자학이잖아요."

"그건 자학이 아닙니다. 자학은 스스로를 학대하는 거지요. 하지만 보통의 사람들이 나는 왜 지경이냐고 말할 때의 '나'는 자신이 아닌 경우가 많습니다. 자신의 주변 상황을 말하는 것이 보통이지요. 도박 때문에 재산을 날린 상인이 '나는 왜 이럴까, 이런 내가 싫다.'라고 말할 수는 있겠지요. 하지만 그것은 도박을 좋아하는 버릇을 말하는 것이지 자기 전체를 말하는 것은 아닙니다."

"전체요?"

"예. 그런 버릇은 버릴 수 있는 것이죠. 버릴 수 있는 것은 자신의 것이 아닙니다."

"히잉. 도박에서 손을 못 떼는 사람이 더 많을 걸요."

"그렇겠지요. 하지만 버리기 쉬운가 어려운가의 문제이지 아예 불가능한 문제는 아닙니다. 네리아는 자신의 여성성을 버릴 수 있습니까? 남자가 될 수 있나요? 안 되겠죠. 그건 버리기 쉽냐 어렵냐의 문제가 아니지요. 가능하냐 불가능하냐의 문제입니다. 그런 것에 비해 볼 때 도박 버릇은 버리기 어려운 것이지 불가능한 것은 아닙니다."

네리아는 입을 동그랗게 벌린 채 쳉을 바라보았다.

"정말……, 당신 너무 생각이 많은 것 같군요. 호위 무사 생활이 무지 지루한가 보네. 쳉은 여자들이 다 도망가 버릴 타입인데요."

"그런가요."

"좋아요! 그럼 쳉이 자학하는 것은 아니라고 해요. 이해는 못하겠지만 어려운 말들이 줄줄 나오는 거 보니 믿도록 하지요. 그럼 왜 자신이

미에게 어울리지 않는다는, 거 상당히 자신감 없게 들리는 말을 하는 거예요?"

"그녀를 사랑하기 때문입니다."

"아아악! 지금 우리는 사이 좋은 두 마리 다람쥐처럼 열심히 쳇바퀴를 돌리고 있다는 거 알아요? 사랑하면 왜 미와 결합하지 않겠다는 거예요!"

쳉은 잠시 네리아를 뚫어지게 바라보았다. 하지만 네리아는 굽히지 않는 표정으로 쳉을 마주보았다. 쳉은 막다른 곳까지 몰렸다는 기분을 느꼈고, 그래서 길게 한숨을 내쉬었다.

이윽고 나온 쳉의 목소리는 피로감에 절어 있었다.

"미는 퓨처 워커입니다."

"우와아아! 그랬어요?"

"비웃지 마세요. 나는 이런 이야기를 하는 것이 힘듭니다. 그러니 어떻게든 편하게 말하고 싶어요."

네리아는 즉시 사과했다. "미안해요."

쳉은 뭐라 말할까 고민하다가 그냥 땅바닥에 앉았다. 네리아는 그를 따라 바닥에 앉아서는 허리를 주욱 내민 채 쳉의 이야기를 기다리고 있다는 몸짓을 해 보였다. 쳉은 한 손으론 땅을 짚고 다른 손으론 다시 머리를 긁적이다가 힘들게 이야기를 꺼냈다.

"말했듯이 미는 퓨처 워커입니다. 미래를 알고 있지요. 그녀는 아버지가 죽는 것도, 어머니가 죽는 것도 미리 보았을 겁니다. 어머니는 그렇지 않지만 아버지의 경우는 사고였지요. 하지만 그녀는······."

"들었어요. 막지 않았지요."

"예. 그렇습니다. 미는 아버지의 사망을 막지 않았습니다. 그게 퓨처워커식인가 봅니다. 우리는 그것을 이상하게 생각할지 모르지만 그건 미래를 볼 수 없는 자의 생각일 뿐입니다."

쳉은 잠시 고민하다가 손가락을 딱 튕기며 말했다.

"만일 세상 사람들이 모두 귀머거리라고 가정해 보지요. 그런데 그 중 한 사람만이 유일하게 소리를 들을 줄 압니다. 만일 그 유일한 사람이 하프를 타고 있다면 귀머거리들은 생각하겠죠. 저 바보 녀석, 실을 끊으려면 가위로 끊을 것이지 저렇게 튕겨서 닳아 끊어지게 만들 생각인가?"

네리아는 활짝 웃었다. 쳉은 그 표정에 감사하며 말했다.

"이건 사실 조악한 예겠지요. 어쨌든 저는 미래를 볼 줄 모른다는 처지에서 그 귀머거리들과 마찬가지죠. 그래서 미의 상황을 정확하게 표현하는 예를 찾는다는 것은 처음부터 불가능할 겁니다. 하지만 미가 자신이 보는 미래에 간섭하지 않는다는 것은 말할 수 있습니다."

"예……, 그래요."

맞아. 4년밖에 가질 수 없는 사랑도, 그 이름을 불러보지도 못할 아이의 출산도 거부하지 않았지. 네리아는 갑자기 눈물이 핑 도는 것을 느꼈다. 그러나 쳉 앞에서 눈물을 보이고 싶지 않았던 네리아는 조심스럽게 눈을 돌렸다. 쳉은 계속 말했다.

"그렇다면 미는 저를 사랑하게 되는 그녀의 모습도 보았을 겁니다."

네리아는 급하게 도로 고개를 돌리느라 하마터면 목이 부러질 뻔했다.

"예? 뭐라고요?"

"다시 말씀드릴까요. 미는 저를 사랑하기 훨씬 전부터 그녀가 저를 사랑하게 된다는 것을 알았을 겁니다. 당연하게 추측할 수 있는 거 아니겠습니까?"

네리아는 말문이 막혔다. 그래서 그녀는 입을 뻐끔거리며 쳉을 바라볼 수밖에 없었다. 쳉은 그런 네리아의 얼굴에서 눈을 돌려 바닥의 풀잎에 시선을 떨구었다.

"제 짐작은 합리적일 겁니다. 어떤 면에서 그녀가 제게 주는 사랑은 정해진 규칙을 따르는 것과 비슷할 겁니다. 아니, 식순에 따르는 행사 같은 것일까요. 식순은 이렇지요. 미는 쳉을 알게 된다. 미는 오랜 세월 동안 쳉과 사귀다가 조금씩 사랑을 느낀다. 그래서 미는 쳉을 사랑한다. 사랑이 정해진 규칙이나 관습 비슷한 것이 되는 거죠. 아니, 이것도 비슷한 예라고 할 수는 없어요. 퓨처 워커의 일이니까 보통 사람들의 일에서 비슷한 예를 찾기는 어렵겠군요."

"그, 그럼 미는 당신을 사랑하는 척한다는……, 그렇게 되도록 되어 있으니까……."

"척한다고 말하기는 좀 그럴 겁니다. 어쨌든 그것이 그녀가 본 미래의 진실이었으니까요."

"그래도 그건 거짓이잖아요! 엉터리예요! 미인계 같은 거하고 뭐가 달라요? 계획상 사랑하도록 되어 있으니까 사랑한다는 거잖아요!"

"계획상……, 예, 그 말은 맞군요. 하지만 말했다시피 그건 그녀가 보았던 것이고 진실입니다."

"그런 거 몰라요! 그건 거짓이에요, 사랑이 아니에요!"

쳉은 고개를 들어 네리아를 바라보았다. 그리고 그 눈에는 약간이지만 분노가 담겨 있어서 네리아를 놀라게 만들었다. 쳉은 억눌린 목소리로 말했다.

"퓨처 워커이기 때문에 이런 이상한 일이 일어나는 거겠지요. 만일 그녀가 퓨처 워커가 아니었다면 미가 저를 사랑하더라도 아무 문제가 없었을 겁니다. 그렇지만 그녀가 퓨처 워커이기 때문에, 사랑을 느끼기도 전에 벌써 사랑하게 되리라는 것을 알았기 때문에 그 사랑이 마치 거짓인 것처럼 느껴지는 거겠지요. 당신도 그렇게 느꼈으니 그녀 자신도 마찬가지일 겁니다. 그녀를 동정할 수 없습니까?"

"예?"

"동정할 수 없냐고요. 그녀가 미래를 볼 수 있어서 불행하다고 생각하지 않습니까? 그녀가 정말로 저를 사랑한다고 하더라도, 다른 사람들은 그녀가 이미 그것을 알고 있었기 때문에 그게 마치 계획적으로 수행되는 사랑, 거짓된 사랑인 것처럼 느끼게 될 겁니다. 지금 당신이 그렇듯이 말입니다. 불쌍하지 않습니까?"

심한 당황과 흥분에 빠져, 네리아는 쳉의 말을 이해하기가 힘들었다. 계획표를 수행하듯이 사랑하게 된다는 말이 그녀에게는 커다란 충격으로 다가왔던 것이다. 게다가 네리아는 그 사랑이 어떤 결말로 끝날 것인지도 알고 있었다. 그런 상황에서 네리아가 4년 후의 미래를 모조리 말해 버리지 않은 것은 자제심이 대단해서는 아니다. 말문이 막혀서 말이 나오지 않았기 때문이었다. 도대체 이 황당한 남녀는 뭐란 말이야!

"사람들은 저를 감정 결핍이라고 합니다."

쳉은 나직하게 말했다. 네리아는 아무 말도 못한 채 쳉의 이야기를 듣기만 했다.

"그건 적절한 평가라고 생각합니다. 저는 실제로 격렬한 사랑이나 끔찍한 증오와는 별 관련을 두지 않으며 살아왔습니다. 상단의 호위무사이긴 하지만 돈을 좋아하지도, 모험을 좋아하지도 않습니다. 하지만 특별히 싫어하는 것도 없지요. 저는 무색무취라고 할 수 있지요. 하지만 저는 미를 사랑합니다. 저 자신도 신기한 일입니다만."

"그게 거짓인데도요!"

네리아는 발작적으로 외쳤다. 쳉은 그런 네리아를 우울한 시선으로 바라보다가 말했다.

"거짓이라도……, 그것이 계획적으로 이루어지는 사랑이라도 저는 만족합니다. 제가 사랑하는 사람이 운명이라는 감독의 지시 하에 계획적으로 베푸는 사랑이라도, 제게 주는 것이 저에게는 너무 고맙습니다. 그리고 저는 그것만으로 만족할 겁니다. 그 이상의 무엇을 바라지는 않을 겁니다."

"왜……, 왜지요?"

"저는 미래를 모릅니다. 따라서 추측할 수밖에 없습니다. 미는 저와 결혼할 수도 있고, 그렇지 않을 수도 있습니다."

'결혼해요!'라는 말이 입천장까지 올라온 상태에서 네리아는 쳉의 다음 말을 기다렸다.

"그리고 미는 그것을 알고 있을 겁니다. 가끔은 그녀에게 물어보고 싶지만 그럴 수는 없었습니다. 왜냐하면 어떤 대답이 나오더라도 만족할 수 없을 테니까요. 만일 결혼한다는 대답이 나온다면, 저는 강제로 결혼해야 되는 것 같은 기분을 느끼겠죠. 그렇지 않다는 대답이 나온다면 거꾸로, 사랑하는데도 부득이하게 결혼할 수 없게 되는 것 같은 기분일 겁니다. 그렇겠죠?"

"그, 그, 그렇군요……."

"그래서 저는 두 가지 경우를 놓고 따져볼 수밖에 없었습니다. 만일 그녀와 결혼한다면 저는 평생 동안 그녀를 의혹의 눈초리로 보게 될 겁니다. '미는 이렇게 되리라는 것을 알고 있었겠지.' 하면서 말입니다. 그 결혼 생활은 전체가 누군가의 지시에 의해 강제로 이루어진 가식적인 것처럼 느껴질 것이고, 행복하기가 어려울 것 같습니다. 반면 결혼하지 않는다면, 미가 그렇게 되리라는 것을 알고 있더라도 저와는 상관이 없어집니다. 제게 가장 소중한 그녀에게 의혹의 눈초리를 보낼 필요는 없게 되겠지요.

쳉은 갑자기 복받치는 기분을 느끼며 그런 스스로 놀랐다. 내게 이런 기분을 느낄 정도의 감정이 있었나? 쳉은 하늘을 바라보며 목멘 소리로 말했다.

"그것이……, 퓨처 워커를 사랑하게 된 제가 할 수 있는 일입니다."

네리아는 망연한 표정으로 쳉을 바라보았다.

제6장
잊혀진 것을 부르는 목소리

1

"헤게모니아 인들은 모두 제정신이 아니라는 것을 몰랐소이까?"

파하스는 술잔을 내려놓으며 빙긋 웃었다. 네리아는 헤게모니아 인을 비난하는 헤게모니아 인을 보며 고개를 갸웃했다. 그런 네리아를 보며 파하스는 웃음을 터뜨렸다. 그 옆에선 입에 파이프를 문 운차이가 나이프로 손톱을 다듬으며 파하스의 대답을 기다리고 있었다.

파하스는 턱을 만지작거리며 말했다.

"하하……, 헤게모니아 인이 하는 말이니 믿으시는 것이 좋을 것이오. 음. 어디 보자. 그래, 우리의 젊은 호위 무사는 상당히 머리가 아픈 상황에 빠져들었구려. 뭐, 퓨처 워커에 관한 한 단정지어 말할 수 있는 것은 하나도 없다지만."

"도대체 퓨처 워커가 뭐예요?"

"미래를 걷는 사람."

파하스는 이보다 더 명쾌할 수는 없다는 듯이 말했지만 네리아의 눈꼬리는 하늘로 치켜올라갔다.

"사랑해요, 파하스. 내가 아무리 바보짓을 하더라도 이젠 더 이상 자책할 필요가 없겠군요."

"예?"

"세상에 나보다 심한 바보가 있다는 것을 알았으니까요."

"어이쿠, 신랄하군요, 마이 페어 레이디! 흐음, 흐음. 네리아 양은 먼저 이것을 알아야 합니다. 헤게모니아 인은 무섭도록 복잡한 개념을 짧은 단어로 표현하는 일에 능숙하지요. 사기꾼이 되기에 적당한 인종이오. 하하하!"

"무슨 의미죠?"

"좋습니다. 다시 우리의 씩씩한 호위 무사 나리를 도마 위에 올려놓고 해부해 봅시다. 그 친구, 감정 결핍이라 불린다고 했습니까?"

"예. 웃기게도."

파하스는 다시 씨익 웃고는 의자 등받이에 몸을 기대고 배 위에 두 손을 올린 느슨한 자세를 취했다.

"그거, 별로 웃기는 것은 아니지요. 이 감정 결핍이라는 단어를 보면 헤게모니아 인들이 어떤 식으로 생각하고 말하는지 알 수 있습니다. 바이서스 인이라면 그 말을 들었을 때 목석 같은 사람이라는 의미로 생각하기 쉽겠지요. 하지만! 헤게모니아 인이 말하는 감정 결핍이라는 것은 말 그대로 감정이 결핍되었다는 의미지요. 감정 결핍과 무감정은 전혀, 완전히, 절대적으로 다릅니다."

네리아는 눈을 깜빡이며 말했다.

"발음은 확실히 다르네요."

"의미도 다르지요."

"설명해 줄 거죠?"

"레이디의 명령이신데 당연하오이다. 자······, 무감정은 보통 일에는 감정이 전혀 움직이지 않는 것을 말하지요. 하지만 감정 결핍의 경우는 결핍된 감정이 몇몇 제한적인 부분에서만 폭발한다는 뜻입니다. 흐음. 바이서스 어로는 이런 상황에 적합한 말이 없습니다. 굳이 말하자면 마니아 정도? 거 왜, 다른 사람은 별로 관심을 두지 않는 부분에서 집요함을 보이는 사람들이 있잖습니까."

"아! 이해했어요!"

네리아는 밝게 웃으며 말했지만 파하스는 씁쓸하게 고개를 가로저었다.

"레이디 네리아. 이 광대의 작은 가슴이 찢어질 것 같습니다만, 전혀 이해하시지 못하셨을 거라고 말할 도리밖에 없군요. 이건 헤게모니아의 하늘 아래 헤게모니아의 평원을 걸으며 헤게모니아의 물을 떠 마시며 자란 사람만이 이해할 수 있는 관념이거든요."

"헤에······, 그래요?"

"예, 그렇습니다. 하지만······, 우리들이 피상적으로나마 바이서스의 기사도를 이해하는 것처럼 레이디 네리아도 피상적으로는 헤게모니아인의 감정 결핍에 대해 이해하실 수 있겠지요. 그리고 이 무지한 광대가 기대를 걸어볼 곳도 그곳뿐이군요. 설명해 보겠습니다만 잘 이해되지 않더라도 이 가련한 광대를 너무 허물치는 말아 주시길."

파하스는 팔짱을 끼고는 술잔을 노려보기 시작했다. 조금 후 그는 노래하듯이 흐느적거리는 어투로 말하기 시작했다.

"마니아와 감정 결핍의 차이부터 말하는 것이 쉽겠군요. 마니아는 그가 집요함을 보이는 부분 외에는 다른 사람들과 별 차이가 없답니다. 보통 사람에게 모종의 집요함을 붙이면 마니아가 되겠죠. 나이프 마니아라면 보통 때는 다른 사람과 똑같지만 잘 빠지고 사납게 생긴 나이프만 보면 침을 질질 흘릴 것이오, 고서 마니아라면 다른 사람들과 똑같은 양식인이지만 곰팡내 나는 고서만 보면 대소변을 못 가리고 좋아할 테지요."

"깔깔깔! 예. 그런데요?"

"하지만 말입니다, 감정 결핍은 그가 흥미를 가지는 부분에서만 보통 같고 그것을 제외하면 보통 사람과는 다릅니다. 첸이 흥미를 가진 유일한 부분은 미라는 아름다운 레이디의 존재겠지요. 하지만 그 부분을 제외하면 우리의 용감한 젊은이는 젊은이로서 낙제점을 받을 수밖에 없는 친구일 겁니다. 정열도 없고 모험심도 없고 아마 배짱도 시원찮을 터! 하지만 동시에 위기감이나 인생에 대한 공포도 별로 없기 때문에 이런 타입의 사내들은 생각 모자란 사람들이 보기엔 엄청나게 용감해 보이는 경우가 많지요."

"아……, 좀비가 죽음을 무서워하지 않는 것처럼?"

"레이디 네리아, 대단하십니다!"

파하스는 경의가 담긴 박수를 쳐보냈고 네리아는 고개를 까닥여 감사를 표했다. 파하스는 싱긋 웃으며 계속 말했다.

"그렇습니다. 흐으음. 이런 타입의 사내들은 자주 볼 수 있는 것은 아니지요. 하지만……, 사이들랜드 대평원이나 디도스 대수해(大樹海) 근처를 유심히 살피면 의외로 적지 않지요. 키가 크고 고독해 보이는 눈을 가지고 있으며 테이블에 앉기보다는 긴 의자에 앉는 것을 좋아하는 사내라면, 그 친구는 열에 아홉 감정 결핍일 가능성이 높습니다. 그런 친구들은 다른 사람을 정면으로 보는 것을 좋아하지 않아요. 긴 의자에 나란히 앉아서는 옆사람을 쳐다보지도 않은 채 한두 마디씩 조용히 이야기 나누는 것을 좋아합니다. 그래서 감정 결핍인 사람을 오랫동안 사귀었던 자가 그의 오랜 친구에 대해 회상해 보면 정면 모습이 떠오르지 않아서 당황하게 되는 경우가 많습니다. 오오, 레이디 네리아, 쳉의 정면 모습을 떠올리려고 고생하지 마세요. 이맛살이 많이 찌푸려지는군요."

네리아는 수줍다는 듯이 혀를 낼름했다. 파하스는 그것을 못 본 척하며 말을 이었다.

"그게 헤게모니아에서 말하는 감정 결핍이라는 것이지요. 특수한 몇몇 부분에서만 제대로 된 감정 표현을 보일 뿐, 다른 분야에 대해서는 감정을 표시하지 않아요. 그리고 우리 친구 쳉의 경우에는 그 특정한 몇몇 부분이란 미 V. 그라시엘 양인 것입니다."

"으앙……, 미안해요. 열심히 설명하셨는데 이해가 될락말락해요. 그럼 제가 정리해 볼게요. 첫 번째, 무감정. 이것은 감정이 아예 없다. 무관심하고 무감동하고 무심하다. 두 번째, 감정 결핍. 이건 감정이 결핍되어 있기 때문에 그 쪼오금밖에 없는 감정을 몇몇 절실한 부분에만 쓸 뿐 다른 부분에는 돌아갈 감정이 없다. 세 번째, 마니아. 이것은 보통 사람과 다를 바 없는 감정을 가지고 있고, 그에 덧붙여 중요하게 생각하는 부분에는 더 많은 감정을 발휘한다. 맞아요?"

파하스는 극적으로 손을 들어올리며 말했다.

"아아, 레이디 네리아. 누구나 자신에게 너무 큰 의미를 가진 것에 대해서는 깊이 파고들지 않는 법입니다. 어머니가 왜 나를 사랑하는지에 대해 고찰해 보는 병신은 없습니다. 감정 결핍은 헤게모니아의 단어이고, 그래서 레이디 네리아가 너무도 날카롭게 분석해 버리시니 낭만이 다 떨어져나가는 것 같군요. 어쨌거나, 대충 비슷하다고 말씀드리겠습니다."

"냠냠. 그럼 저를 골치 아프게 만드는 남녀 중에서 남자 쪽은 그런 불쌍한 병에 걸려 있다고 치고, 여자 쪽은 어때요? 퓨처 워커가 뭐지요?"

"역시 헤게모니아 식으로 생각해야 되오이다. 그 말도 짧은 단어지만 복잡한 의미가 담겨 있지요. 제가 조금 전에 미래를 걷는 자라고 했지요? 그 말 그대로입니다. 퓨처 워커는 미래를 보는 자가 아닙니다, 미래를 아는 자도 아니고. 퓨처 워커는 미래를 걷는 자입니다."

"두 발로 걸어요, 네 발로 걸어요?"

파하스는 잠시 입을 쩍 벌린 채 네리아를 바라보았고 그런 파하스의 얼굴을 보며 운차이는 쓴웃음을 지었다. 파하스는 고개를 조금 내두르고는 말했다.

"음……, 그러고 보니 이건 이 무지한 광대가 이해하지 못하는 바이서스 스타일인 모양이군요. 핵심이나 진실, 요점 같은 것은 대개 진지해서 접근하기 어려운 법. 바이서스 사람들은 그것을 슬쩍 비꼬아서 친근한 것으로 만들어버리는 재주가 있나 봅니다. 헤게모니아 인과는 또 다른 접근 방식이군요."

"퓨처 워커는?"

"예……. 레이디 네리아. 자, 레이디께서는 길을 걸을 때 길을 위해서 걸으십니까?"

"응? 그게 무슨 말씀?"

"그러니까 레이디 네리아는 길을 밟기 위해 걸으십니까?"

"아니죠. 어딘가에 도달하려고 걷는 거죠."

"그렇소! 어딘가를 걷는다는 것은 사실 그 어딘가를 위하는 행동이 아니외다. 그곳을 지나서 목적지에 도달하겠다는 의미인 거지요! 그럼 이 점을 이해하실 수 있으실 겁니다. 미래를 걷는다는 것은, 미래 그 자체가 목적이 아니라는 것을. 미래를 본다거나 미래를 안다고 말한다면 그것은 미래 그 자체가 목적이겠지요. 하지만 미래를 걷는다는 것은 전혀 다른 말입니다."

네리아는 눈을 한참 동안 깜빡였다. 그 얼굴에는 이해 못하겠다는 낭패감도, 충분히 이해했다는 득의양양함도 없었기에 파하스는 조금 불안해졌다. 그래서 파하스는 보다 명확한 설명을 해보고자 했다. 그러나 그때 네리아가 다시 말했다.

"그럼 퓨처 워커는 미래를 걸어서 어디에 도달하는데요?"

"예? 그건 모릅니다."

"네?"

"용서하소서, 마이 페어 레이디. 이 미천한 자는 퓨처 워커가 아닙니다. 시가지를 걷고 있는 사람을 본다고 하더라도, 그가 시가지를 걷는다는 것은 알 수 있지만 어디로 걸어가는지야 그 누가 알 수 있겠습니까? 마찬가지로 퓨처 워커가 아닌 저로서는 퓨처 워커가 미래를 걷는다는 것은 압니다만 어디로 걸어가는지는 알 도리가 없소이다."

"아……, 그런강."

그때 그란이 문을 들어섰다. 그란은 홀에 앉아 있던 세 사람을 주욱 둘러보고는 간단하게 말했다.

"가자."

네리아는 그대로 일어서서 쳉과 파를 데리러 2층으로 올라갔고 운차이는 테이블 위에 도려놓았던 손톱들을 쓸어서 버렸다. 파하스는 씩씩하게 일어나서는 테이블 옆에 내려두었던 검과 하프를 들며 외쳤다.

"좋아, 가세나!"

턴빌의 시민들은 조금 의아한 표정을 지었다. 말에 탄 사람이 자그마치 여섯 명이나 대로 한가운데를 걸어가고 있는데도 무관심하게 지나칠 만큼 턴빌 시민들이 무뚝뚝하지는 않았다. 게다가 그들이 타고 있는 말들은 아무리 보아도 사역마는 아니었고, 기수들 역시 절대로

겉치레가 아닌 무장을 갖추고 있었다.

선두에서는 어밴저에 탄 그란 하슬러와 앰뷸런트 제일에 오른 운차이가 도사린 두 마리 야수 같은 얼굴로 걸어가고 있었다. 그 뒤로는 훤칠한 키에 침착한 얼굴을 한 쳉과 자그마한 키에 활기에 넘치는 얼굴을 한 파하스가 캐시헌터와 레이븐에 탄 채로 걸어가고 있었다. 그리고 그 뒤로는 에보니 나이트호크라는 긴 이름을 가진 흑마에 올라탄 네리아와 화이트풋에 오른 파가 갔다. 그리고 일행의 뒤를 따르는 키타나 하운드의 박력 넘치는 자태는 이 위압감 넘치는 일행에 공포감과 혼란스러움이 복합된 특색을 더하고 있었다.

이런 광경이 연출되고 있는데도 겁먹은 아이가 울음을 터뜨리거나 사람들이 경계심에 불타는 시선을 보내거나 경비 대원들이 달려오거나 하는 일이 일어나지 않은 까닭은 단순했다. 거리는 사람들로 가득 차 있었고 그 인파 가운데엔 말이며 마차들도 즐비했다. 그랬기에 이 일행의 조금 유난스러운 모습도 다른 사람들의 모습에 그럭저럭 묻힐 수 있었던 것이다. 운차이는 주위를 둘러보며 말했다.

"턴빌 시민들이 다 몰려든 것 같군."

파하스 역시 주위를 둘러보며 운차이의 말에 대답했다.

"아니, 턴빌 시민뿐만이 아니라 그 인근 교외의 농가들과 조금 떨어진 도시에서까지 다 몰려든 것 같군. 아니, 어쩌면 헤게모니아 사람들이 다 몰려든 것인지도 모르겠다. 이건 완전한 축젯날인걸?"

거리는 말들의 푸르릉거림과 사람들의 행렬로 부산스럽기 그지없었다. 음료수와 과자, 샌드위치 등이 담긴 바구니를 든 채 고래고래 고함을 지르며 사람을 불러대는 자들과 아예 건물 옆벽에 자리를 펼친 채 무엇에 쓰이는 물건인지도 짐작하기 어려운 물건들을 늘어놓고 파는 사람, 계단을 점거한 채 목을 길게 뽑고 찢어지는 목소리로 누군가의 이름을 외치고 있는 여인네(틀림없이 손을 잡고 걸어오던 철부지 아들네미를 놓친 것이리라) 등 다양한 사람들이 다양한 소음을 내고 있었다.

그란은 찌푸린 눈으로 주위를 둘러보며 말했다.

"예상의 상한선이 돌파되었군. 체포될 후작은 혼란으로부터 조력을 얻고 난항 속에서 모색될 타개책이 우리에게 요구되는군."

운차이는 험악한 표정으로 그란 하슬러를 쏘아보며 콧김을 뿜어댔다. 등 뒤에 따라오던 파하스가 그란의 말을 해석해 준 다음에야 운차이는 간신히 표정을 풀었다.

"우하하하! 그러니까 뭐냐, '예삿일이 아니다. 이 혼란스러운 상황에서 후작을 잡는 것은 힘들겠는데. 뭔가 수를 내어야겠다.' 이런 말인가? 하하하!"

"그런 말이다."

운차이는 가슴 깊이 숨을 들이쉬고는 그란에게 고개를 끄덕였다.

"그렇군. 이 많은 사람들이 도대체 무엇 때문에 몰려드는 거지?"

파하스는 씨익 웃었다.

"이 사람들은 모두 농장의 농부이거나 공방의 공인이거나 가게의 상인일 터, 모험가가 아니라는 말씀이지. 이 선량한 이들에게는 이런 사건은 호기심을 크게 자극하겠지. 만일 66년의 불가사의가 풀리는 현장에 있기라도 한다면, 그들은 평생 동안의 이야깃거리를 건지게 될

걸."

운차이는 그런가 하는 표정으로 주위를 둘러보고는 파하스의 말이 옳다고 느꼈다. 이들 평범한 이들의 소박한 즐거움을 이해하지 못한 까닭은 우리가 너무 격동적으로 살기 때문일까. 네리아는 주위를 휙 둘러보고는 의기양양하게 말했다.

"모두 다 선량한 사람들은 아니네요. 전 지금 당장 두 명의 소매치기와 다섯 명의 바람잡이를 지적해 보일 수 있어요."

"놀랍습니다, 레이디 네리아! 대단히 날카로운 눈이군요. 어느어느 녀석입니까? 제 하프는 제 사랑의 연장이요, 제 검은 제 심장의 연장이올시다. 단칼에!"

"냅둬요. 내 눈에 보이는 걸 보니 풋내기들이네." 네리아는 한쪽 눈을 찡긋해 보였다. "파하스의 고귀한 검에 풋내기의 피가 묻는 것은 보고 싶지 않은걸요."

파하스는 눈물이 글썽할 정도로 감동해 버린 탓에 쳉과 파, 그리고 아달탄마저도 지나친 다음에야 간신히 일행의 뒤를 따라갈 생각을 떠올릴 수 있었다. 운차이는 주위를 스윽 둘러보며 고개를 끄덕였다.

"많은 인파에도 좋은 점은 있겠지. 숲속에 숨은 나무가 되어 후작을 감시하도록 하자."

"그 감시 수단에 대한 찬성과 별개로 체포의 길이 역경으로 포장되어 있음을 알려준다."

"……이해했어. 감시는 쉬워도 잡기는 어렵다, 이 말이냐? 사람들이 많아서?"

"그런 말이다."

"칼을 뽑아들고 고함치면 다 흩어져."

"흐음."

일행들은 사람들의 물결에 휩쓸려 신스라이프 저택으로 걸어갔다. 그러나 선두의 사람들의 이런 느긋한 자세와는 달리 일행의 뒤쪽에서는 조용하지만 신경 거슬리는 분위기가 감돌았다.

네리아는 속상한 심정으로 옆을 돌아보았다. 분위기를 밝게 만들어보려고 애를 써봤지만 쳉과 파는 여전히 냉랭한 분위기에 잠겨 있었다. 파는 여전히 고개를 숙이고 가는 척을 하고 있었지만 그녀가 흘끔흘끔 눈을 들어 쳉의 등을 쳐다보고 있는 것은 나이트호크의 날카로운 눈이 아니더라도 얼마든지 간파할 수 있었다. 그리고 쳉은 등을 보여주고 있을 뿐이었지만 그 넓은 어깨는 수십 마디의 말보다 더 확실하게 쳉의 의사를 전달하는 듯했다.

쳉은 파에게 떠나라고 했던 말을 취소하지 않은 상태였다. 그리고 파는 쳉의 말을 무시하고 있었다. 하지만 결과적으로 파는 쳉의 눈치를 보며 슬금슬금 따라다니는 꼴이 되고 있었다. 파는 그런 태도를 취하지 않았고 쳉 역시 마찬가지였지만, 쳉은 파에게 아무런 말도 걸지 않고 파 역시 쳉에게 말을 건네기 힘들어하고 있다는 점에서 상황은 분명했다. 그리고 네리아는 이 둘의 모습을 보면서 재미있어하는 것만큼이나 우울해하기도 했다. 네리아는 애써 이야깃거리를 생각해 냈다.

"이봐요, 쳉! 호위 무사는 당연히 칼 잘 쓰죠?"

칼잡이가 칼 이야기에 흥분하지 않으면 어디에 흥분할까. 네리아는 자신이 꽤 똑똑한 행동을 했다고 생각했다. 하지만 쳉은 무뚝뚝하게 대답했을 뿐이었다.

"칼을 쓰지 않을수록 우수한 호위 무사입니다. 지켜야 할 상단을 싸움에 휘말리게 하는 자는 호위 무사로서 실격입니다."

"와, 멋진 말. 하지만 겸손한 거죠? 이봐요, 파. 쳉 칼솜씨는 어때요?"

"본 적이 없어서 모르겠어요."

"이그, 멋진 말 좀 해봐요. 나는 지금 다국적 검사단에 의해 호위되고 있다는 기분을 느끼고 싶단 말이에요. 이를 테면, 누군가 내 미모에 혹해서 무례를 범할 수도 있잖겠어요? (파하스마저도 고개를 조금 돌리며 곤혹스러워했다.) 왜들 그런 이상한 표정이람, 아침에 먹은 게 잘못되었어요들? 흠흠! 뭐 꼭 그런 일이 일어나지 않는다 하더라도 어쨌든 우리들은 후작과 차 마시러 가는 것은 아니잖아요. 위험, 위험. 이 상황에서 자이펀 검법, 바이서스 검법, 그리고 헤게모니아 검법이 동원 가능하다는 것은 멋지잖아요. 하아, 나는 궁금해요. 어느 검법이 최강일까?"

파하스가 재빨리 기세등등하게 말했다.

"당연히 헤게모니아 검이오. 차넬의 후손이 다루는 검을 다른 검과 비교할 수는 없지."

그란은 조용히 있자고 마음먹었지만 자신도 모르는 사이에 입이 벌어지고 말았다.

"도외시된 대왕의 검에서 거론된 차넬의 검은 무의미할 것으로 사료된다."

 파하스는 그란의 말을 못 들은 척했지만 네리아는 새실새실 웃으며 말했다.

 "차넬의 검을 거론하고 싶다면 루트에리노 대왕의 검을 먼저 말하라는 말이지? 멋진 대답이라고 생각하는데. 자, 이제 네 차례야, 운차이."

 운차이는 고개도 돌리지 않은 채 퉁명스럽게 말했다.

 "뭐?"

 "자이펀 검 자랑할 차례라고."

 "왜?"

 "이이잇! 자이펀 검법이 3국 중 최약이라는 것을 인정한다는 말이야?"

 운차이는 혀를 차고는 냉랭하게 대답했다.

 "살기가 적을 꿰뚫으면 손에 쥔 것이 검이든 활이든 똑같다."

 "가격은 다른데?"

 "……머저리 칼잡이가 자신의 검으로 상대를 이기려 하는 법. 이럴 경우, 상대가 진다하더라도 그 상대는 칼에 졌을 뿐 내게 진 것은 아니다. 진짜 검사는 검이 아니라 자신으로써 상대에게 이기는 법이다. 칼을 다루는 기술로서의 검법을 비교하는 것은 무의미해."

 "뭐어가 그으렇게 어어려워어어!"

 네리아는 투덜거렸고 머저리 칼잡이로 치부된 그란과 파하스 역시 볼이 부은 채로 씨근거렸다. 하지만 운차이는 그 모든 사람들에게서 고개를 돌려 앞만 보면서 걸어갔다. 오로지 쳉만이 운차이의 말에 미소를 지어 보였고, 네리아는 그 미소를 놓치지 않았다.

"어? 쳉. 웃네요? 운차이의 말에 동감해요?"

"살기는 잘 모르겠습니다만 검법의 우수성을 비교하는 것이 무의미하다는 데는 동감합니다. 검법이 아무리 우수해도 멀리서 화살 한 대 쏘아붙이면 꼼짝할 수가 없습니다. 검법이라고는 전혀 모르는 마법사도 수십 명의 검사를 생매장할 수 있지요. 검뿐만 아니라 마법조차 모르는 상인이라도 펜과 주판만 있으면 일개 군단을 파산 상태에 빠트릴 수도 있습니다."

"씨이! 인적 없는 오솔길에서 검사와 맞닥뜨린 상인이 펜과 주판 꺼내서 상대를 할까요? 모르죠, 상대방 눈에 잉크라도 던져 넣고 발 아래에 주판이라도 던져서 미끄러지게 만들면……."

네리아는 앙탈부리듯이 말했고 다른 일행들 역시 네리아의 말을 앙탈로 받아들여서 피식거리며 웃었다. 하지만 파는 웃지 않았고 쳉 역시 미소만 지을 뿐 부드러워지는 기색은 전혀 없었다. 네리아는 한숨을 내쉬었다. 아아, 숨 막히는 기분이야. 헤게모니아 사람들은 다 제정신이 아니라는 말이 사실인가 봐.

그때였다. 이 일행을 통틀어 가장 극적인 이빨을 가지고 있는 일행이 불쾌한 심사를 토로하기 시작했다.

"크르르……."

네리아는 기겁했고('헤게모니아 개도 제정신이 아닌가?') 파 역시 당황한 표정으로 아달탄을 내려다보았다.

"아달탄? 왜 그래?"

"으아앙……, 저기!"

네리아가 먼저 원인을 간파했다. 그녀가 손짓하고 있는 곳을 바라본 파의 안색이 창백해졌다.

아달탄의 적의를 불러일으키고 있는 것은, 여전히 혼잡스러운 인파 사이에서 고래고래 고함을 지르며 호객하고 있는 노점상 중 하나였다. 이 노점상의 불행은 그가 온갖 잡동사니들과 함께 고양이 울음소리가 나는 피리를 팔고 있다는 점에 있었다. 소란스러운 대로에서 전투적으로 상인 정신을 불태우고 있던 노점상은 다시 한번 길게 피리를 불어 보이며 외쳤다.

"고양이와 꿈의 콜리의 기적을 찬양하러 가시면서 이 피리가 없어선 안 되오! 냐아옹!"

이 울음소리가 결정적이었다. 아달탄은 별 무리 없이 상대방이 사람과 상당히 유사하게 생긴 고양이라고 판단했다. 정정 당당한 대결을 즐기는 아달탄은 짧고 거친 울음소리로 공격 개시를 알린 다음 상인을 향해 돌격했다.

"컹!"

아무리 낙관적인 자가 보더라도 아달탄이 그 피리에 관심이 있다고는 보기 어려웠을 것이다. 일행들뿐만 아니라 상인 역시 마찬가지였다. 노점상은 자신을 향해 벌어진 아달탄의 거대한 입 크기에 질려버리고 말았다.

"으, 으아악! 괴물이다!"

"아달탄! 안 돼!"

파는 자지러지는 비명을 지르며 말을 몰아가려 했지만 군중들로 가득 찬 대로에서 갑작스럽게 말을 달리게 할 수는 없었다. 사람들은 아달탄의 울음소리를 듣자마자 옆으로 좌악 갈라졌고 아달탄은 그 사이를 거침없이 달렸다.

"크아아악!"

급박한 순간, 쳉의 손이 옆으로 뻗었다. 쳉은 오른손으로 안장에 걸어둔 물통을 집어듦과 동시에 엄지손가락으로 물통 주둥이를 강하게 튕겼다. 핑그르르! 물통 뚜껑이 요란하게 돌기 시작하자 쳉은 왼손으론 캐시헌터의 고삐를 잡아올리며 두말없이 물통을 집어던졌다.

아달탄이 사내를 덮치기 직전, 비수처럼 날아간 물통은 아달탄의 몸통에 작렬했다. 퍽!

"컹?"

아달탄은 충격보다는 물을 뒤집어쓰고는 기겁했다. 제자리에서 거의 3큐빗은 솟아오른 아달탄을 보면서도 쳉은 침착함을 전혀 잃지 않았다.

"잡아요."

네리아는 갑자기 눈앞으로 다가오는 고삐에 당황했지만, 동시에 들려오는 목소리에 아무 생각 없이 고삐를 부여잡았다. 왼손에 쥔 캐시헌터의 고삐를 네리아에게 넘긴 쳉은 벌써 말에서 내려 아달탄을 향해 달려가고 있었다.

"오해하진 말아줘. 너를 사랑하는 것은 아니야."

쳉은 나직하게 중얼거리며 아달탄을 힘껏 포옹했다(다르게 표현하자면 아달탄의 목을 붙잡고 늘어졌다.). 상당히 많은 생각과 많은 동작을 순식간에 끝낸 쳉이었기에 주위의 사람들 중에서 쳉의 모든 동작을 다 본 사람은 아무도 없었다. 아무도 파악할 수 없는 시간 동안 아무도 예상할 수 없는 일을 처리해 버리는 것. 마나를 쓰지 않는 마법사라는 별명이 빛나는 순간이었다.

"하!"

파하스는 짧은 탄성으로 쳉의 동작에 대한 감탄을 표현했다. 운차이 역시 쳉이 보여준 일련의 동작들에 감탄하긴 했지만 탄성을 지르는 것보다는 더 건설적인 행동을 취했다.

"그 피리를 버리고 달려!"

노점상은 아무런 반항 없이 운차이의 말에 따랐다. 노점상이 집어 던진 피리는 아달탄의 머리를 향해 날아갔고 아달탄은 쳉에게 억류되어 있는 채로도 몸을 솟구치며 피리를 깨물었다. 와작! 피리는 간단히 박살났다. 노점상은 그 피리 꼴이 될 뻔한 자신의 몸을 부둥켜안은 채 죽어라고 달려갔다.

"크르릉, 캬아악! 컹! 컹!"

"그란 씨가 하는 말 비슷하군. 알아듣기는 어렵지만 이해할 수는 있어. '이거 놔라, 저 녀석을 붙잡겠다.' 이런 뜻이지?"

여전히 아달탄의 목을 완강하게 끌어안은 채, 쳉은 시답잖은 소리를 하며 두 다리에 힘을 주었다. 하지만 아달탄의 몸부림에 따라 두 다리가 미끄러지는 것은 어쩔 수 없었다. 지지직! 기어코 쳉이 균형을 잃고 바닥에 주저앉은 순간, 그제서야 말에서 내려 아달탄에게까지 달려온 파가 오른발을 뒤로 크게 잡아당겼다. 쳉은 두 눈을 질끈 감았다. 오, 맙소사.

매끈한 호선을 그린 파의 오른발이 아달탄의 허벅지에 명중했다. 덕분에 쳉은 아달탄과 몹시 심하게 부딪히며 바닥에 구겨 박히고 말았다. 아달탄은 실제로 그러하리라 추측되는 것보다 더 아픈 표정을 지으며(한 마디로 엄살을 부리며) 비명을 질렀다.

"깨갱! 낑……!"

"이 못된 녀석! 백주 대낮에 미친 거야? 대로에서 이게 무슨 행패야!"

파는 흩어진 앞머리를 쓸어 올리며 고함질렀다. 운차이와 그란, 파하스, 그리고 네리아는 각자 성격에 어울리는 감탄을 표시했고 맹렬히 기세를 올리고 있던 아달탄은 풀이 죽어서 끙끙거렸다. 쳉은 그때까지도 아달탄의 굵은 목을 놓지 않았기 때문에 퍽 불편한 자세를 취하고 있었다. 파는 나직하게 말했다.

"이제 놔도 돼. ……쳉."

"아, 고마워."

파는 어쩔까 하는 표정으로 쳉을 보다가 손을 내밀었다. 하지만 그녀가 고민하는 사이에 쳉은 벌써 자리에서 일어서 바지를 툭툭 털고 있었다. 네리아는 파가 내민 손을 자연스럽게 회수하는 일에 퍽 힘겨워하는 것을 잘 알아보았지만 바지를 털고 있던 쳉은 보지 못했다. 파는 창백해진 얼굴로 몸을 돌려 다시 화이트풋을 향해 걸어갔다. 그때 파의 등을 향해 쳉이 말했다.

"아달탄은 너를 정말 무서워하는군. ······나처럼."

파의 머릿속이 하얗게 변했다. 앞의 말은 거의 귀에 들어오지 않았다. 나처럼? 파는 주저하면서 고개를 돌렸고 잔잔한 얼굴로 자신을 바라보고 있는 쳉을 보았다. 파는 몹시 힘들게 말을 꺼냈다.

"나한테······, 잘못한 게 많나······, 보지?"

"말하진 않겠어. 부채감을 갖게 될 테니까."

"나는······, 모르겠는데?"

파는 간절한 표정으로 쳉을 바라보았지만 쳉은 대답하지 않았다. 쳉은 그저 씩 웃고는 네리아에게 맡겨둔 캐시헌터를 향해 걸어갔고 아달탄은 풀죽은 표정으로 그 뒤를 따라 걸었다. 커다란 남자와 커다란 개가 비슷한 걸음걸이로 걸어가는 뒷모습은 파에게 강한 인상을 남겼다. 주위를 가득 메운 인파는 파에겐 전혀 보이지 않았다. 파의 입이 느닷없이 열렸다.

"······쳉!"

걸음을 멈춘 쳉은 천천히 고개를 돌렸다. 엉겁결에 쳉을 불러 세우기는 했지만 아무 말도 떠올리지 못한 파는 낭패한 얼굴로 쳉을 마주보았다. 꽉 쥔 주먹 때문에 손톱이 손바닥으로 파고들 지경이었지만 파는 아픔을 느끼지 못했다. 간단한 몇 마디 말이면 될 것이다. 잘못한 건 나야. 미안해. 쳉을 방해하고, 미를 못 만나게 하고. 그런데도 쳉은 화를 내지 않았어. 그러고는 내게 사과하다니, 그게 말이 돼?

그러나 그 말이 입 밖으로 나오지 않았다.

파의 입술이 가늘게 떨리고 있었다. 그녀의 한없이 커진 눈 속에 비친 쳉은 그 큰 모습도 작게 보였다. 파의 입이 조금씩 움직이기 시작했다. 파는 말하려 했다. 가라고 했지? 다시 한번 말해 봐. 그럼 난 아달탄을 데리고 스카니아 마을로 돌아가겠어. 전에 말했을 때는 거절했지만, 이젠 아냐. 한번만 더 말해 봐.

"쳉⋯⋯."

"가자, 파. 늦겠어."

쳉은 미소 지으며 말했고 파는 다른 대답은 전혀 떠올리지 못했다.

"응."

바이서스 출신의 나이트호크는 하늘을 바라보며 목이 터져라 웃고 싶은 자신을 억누르느라 고생했다. 파하스는 그럴듯한 말로 표현했지만, 나는 그런 그럴듯한 말로는 표현 못하겠어. 그러니까 용서해요. 쳉, 파, 이 철부지들!

2

"어……, 해적이군."

"그런데."

"저 깃발은 좀 수선해야겠어. 해골과 뼈다귀가 아니라 밥그릇과 수저처럼 보일 지경이야. 너무 변색되었는데."

"그렇군. 수선이 아니라 아예 새로 만드는 편이 낫겠어."

치터리는 더 참을 수 없었다. 프리스트의 체면 따위 집어던지고 이시도의 멱살을 움켜쥐고 흔들고 싶은 것을 억누르며 치터리는 말했다.

"이게……, 도대체 어떻게 된 일입니까, 이시도 씨?"

다른 선원들과 마찬가지로 뱃전에 팔꿈치를 괸 채 레드 서펀트를 향해 다가오고 있는 해적선을 보고 있던 이시도는 고개를 돌려 치터리를 바라보았다. 순간 이시도는 안색이 변했다.

"프리스트님? 토할 것 같습니까? 그럼 어서 뱃전으로……."

"……멀미는 안 합니다. 하지만 지금 상황에서는 멀미가 날 것 같군요. 지금 뭐하는 겁니까!"

이시도는 치터리의 질문에 깜짝 놀라는 표정을 짓더니 고개를 숙여 자신을 내려다보았다.

"예? 뭐하다니요? 아무것도 안 하고 있는데요?"

"바로 그겁니다. 왜 아무것도 안 하는 겁니까?"

이시도는 자못 의심스럽다는 표정으로 치터리를 바라보았다.

"……그럼 뭘 합니까?"

"그걸 나에게 묻는 겁니까! 그러니까, 그러니까! 거 왜 있잖습니까! 그거요!"

치터리는 격한 흥분 때문에 말을 제대로 하지 못했다. 그래서 옆에 서 있던 육전 대원이 그를 도와주어야 했다.

"이시도 씨. 경계 태세를 명령하고 선장님께 보고하고 무기고를 개방해야 되는 것 아닙니까?"

"왜요?"

"해적이 오고 있잖습니까."

"아하! 저 친구들 때문에 그러시는 건가요?"

육전 대원은 잠시 말문이 막힌다는 표정으로 이시도를 바라보았다. 그러나 육전 대원은 있지도 않은 쥐를 잡으라는 부탁으로 그들을 바보로 만들었던(이시도의 얄팍한 계략은 이미 탄로 났지만 신차이 선장이 일등 항해사를 바다에 집어던지겠다는 등 불호령을 내리는 것을 보고 육전 대원들과 치터리는 화도 내지 못한 채 신차이 선장을 말려야 했다. 물론 신차이 선장이 일부러 그렇게 했다는 것은 짐작이 가는 일이지만, 그렇다고 해서 그것을 지적할 수야 없는 노릇이잖은가?) 이 일등 항해사가 또 자신을 바보로 만들려는 것이 아닌지 더럭 의심이 들었다. 그래서 육전 대원은 최대한 상식적으로 말하자고 마음먹었다.

"예. 해적을 경계해야 되지 않습니까?"

"경계할 필요는 없습니다. 하하! 상어가 아무리 사나워도 낙타가 상어를 겁낼 필요가 있겠습니까?"

"예?"

이시도는 빙긋 웃으며 어떻게 설명해 주나 고민했다. 자유 무역선이라는 것은 어차피 경우에 따라선 해적선이나 다름없다. 바다는 무법천지다. 그러나 이것은 육지에서 말하는 무법과는 다르다. 이 망망하고 거친 대양 위에서 보잘것없는 인간이 법에 대해 떠들고 예절을 논한다는 것은 웃긴다는 의미에서 그렇다. 어쨌든 이시도로서는 저기 다가오는 해적들도 유사 직업 종사자인 것이다. 아니, 직업이니 뭐니 하는 세속적인 것을 벗어난 상태에서 저 해적과 이시도는 같은 바다 사내들인 것이다. 어떠한 선원들이라도, 혹여 해적들을 경계는 할지 몰라도 경멸하지는 않는다. 그리고 이시도는 자유 무역선의 일등 항해사인 만큼 해적들을 경계하지도 않는다.

"해적들은 겁쟁이입니다. 저 친구들이 온종일 수평선 길이만 재어보다가 모두 돌아버리지 않았다면 우리 배 같은 자유 무역선을 노릴 까닭이 없습니다. 이런 배를 덮쳐봐야 싸움만 죽도록 하고 얻는 것은 별로 없을걸요. 선원들도 별로 없고 무장도 부실한 화물선이나 여객선을 노리는 것이 훨씬 낫지요. 낙타가 상어를 겁낼 필요는 없다는 말은 그런 뜻이죠."

치터리는 조금 이해할 것 같은 기분을 느꼈다. 기분만 느꼈다는 말이다.

"흐음……, 저 해적들이 도박을 걸 필요는 없다는 말인가요."

"도박을 걸 배짱이 없다는 것이 정확하겠죠. 어쨌든 해적이니까요."

"해적들이 겁쟁이라고요?"

이시도는 입가를 살짝 비틀며 한쪽 눈을 찡긋했다. 그 얼굴을 보던 치터리는 감탄하고 말았다. 이 친구, 대책이 안 서는 장난꾸러기인 줄 알았더니 선장을 닮은 부분이 있군. 좋은 선장은 선원들마저도 매력적으로 바꾸는 존재인가?

"올바르게 산다는 것은 커다란 용기가 필요한 것 아닐까요?"

자유의 프리스트는 이 말에 큰 감동을 받았다.

"자유와 정진의 의미도 헷갈려 하는 우리 교단의 명칭이 수련사들에게 들려주고 싶은 말이로군요."

"하하! 은퇴한 뒤에 찾아가면 받아들여주시겠습니까? 이 죄에 물든 뱃놈을?"

이제 안심하게 된 치터리는 농담을 해볼 여유까지 되찾았다.

"자유의 의미는 이미 이해하시고 있으신 만큼……, 저는 이시도 씨에게 수련사의 종규만을 가르치지요. 새벽 기상, 묵상, 경전 봉독……. 아, 금주와 절식은 기본입니다."

"어이쿠! 포기하겠습니다."

이시도의 밝은 태도에 전염된 치터리는 이제 마음을 놓은 상태에서 다가오는 해적선을 바라보았다. 하지만 육전 대원들은 아직 의심을 풀지 않았다. 전사인 그들에게 있어서 의심을 품어보는 것은 오히려 덕망에 속하는 일이다.

"그렇다면, 저 해적선이 이 배를 목표로 저렇게 곧장 다가오는 이유는 무엇입니까? 공격 의사가 없다면 그냥 지나쳐도 무방할 텐데."

이시도는 킥 소리를 내며 웃고는 말했다.

"사람이라는 것에 대해 잘 모르시는군요."

"예?"

"이런 망망대해에서는, 비록 원수라고 해도 서로 배를 나란히 하고 한 번쯤 얼굴을 보고 싶어지는 것이 사람입니다. 감옥보다 더한 배 위의 생활에서 그건 당연한 욕구 아니겠습니까?"

"하지만, 그런 구실로 다가와서는 기습을 한다면 어떻게 하시겠습니까? 게다가 해적 깃발도 내걸고 있군요. 저것은 군기와 마찬가지 아니겠습니까? 사람에 대해서는 잘 몰라도 군사 예절에 대해서는 조금 알고 있는 제가 보기엔 저 깃발은 공격 의사를 잘 나타내고 있는 것처럼 보입니다만."

"그렇죠? 사실 그렇습니다. 저것은 수틀리면 공격하겠다는 표시입니다."

안심하고 있던 치터리였기에 더욱 놀라고 말았다. 치터리는 두 눈에 불신과 의혹을 가득 담은 채 이시도를 바라보았다. 하지만 이시도는 그저 웃을 뿐이었다.

"말씀드렸잖습니까, 해적들은 겁쟁이라고. 저건 위세를 떨어보는 겁니다. 공격할 거라는 듯이 기세등등하게 설치고 있지만 그건 기세뿐입니다. 정말 공격할 거라면 깃발은 올리지도 않아요. 우리 배 같은 자유무역선을 공격하겠다면 굳이 경계 태세를 갖추게 하지는 않을 겁니다. 실제로 우리가 칼이라도 뽑아들고 경계를 갖추면 저 친구들은 깃발을 내리고 줄행랑을 칠 겁니다."

"자신감이 너무 과한 것 아닙니까?"

"사실이 그런 걸요. 음. 한 가지 물어봅시다. 고래고래 고함을 지르며 죽이겠다고 설쳐대는 싸움꾼이 무섭습니까, 아니면 아무 말도 없이 무표정하게 다가오는 싸움꾼이 무섭습니까?"

"후자지요. 이해했습니다."

그러나 치터리는 이해했지만 육전 대원들은 물러나지 않았다. 이시도를 상대로 해서는 말이 통할 것 같지 않다고 판단한 육전 대원들은 더 큰 권위에 의지해 보기로 결심했다.

"일등 항해사께서 선원들에게 경계 태세를 내릴 생각이 없다면, 선장에게 보고는 해주십시오. 선장님은 다른 의견을 가지고 계실지도 모르잖습니까."

"뭐, 그러지요."

"그럴 필요 없네. 벌써 보고 있으니까."

뒷갑판의 함교에서 신차이의 목소리가 들려왔다. 고개를 돌린 선원들의 눈에 함교에 우뚝 선 채 다가오고 있는 해적선을 쏘아보는 선장의 모습이 비쳤다. 신차이는 바닷바람에 흩날리는 턱수염을 매만지며 말했다.

"론리 시걸······. 바바라로군."

이시도는 당황한 표정으로 다시 고개를 돌려 다가오고 있는 해적선을 바라보았다. 저게 론리 시걸 호인가? 잠시 후에야 이시도는 그 배의 특징적인 선수상을 알아볼 수 있었다. 레드 서펀트가 그 이름에 어울리도록 서펀트를 선수상으로 사용하는 것처럼, 론리 시걸의 선수상은 날개를 펼친 갈매기였다.

이시도는 다시 그의 선장을 돌아보았다.

"어떻게 할까요, 선장님?"

이시도는 무슨 대답이 나올지는 잘 알고 있었다. 하지만 옆에 있는 육전 대원들에게 선장의 명령을 들려주고 싶었다. 신차이는 이시도가 예상했던 대로의 대답을 했다.

"선원들을 정렬시키고 방문 준비를 하게."

"알겠습니다."

치터리는 당황했다. 예의를 아는 그인지라 선원들이 보는 앞이라 고함을 지르지는 않았지만, 신차이 선장을 향하는 그의 질문은 의혹으로 가득 차 있었다.

"선장님? 방문이라니, 그게 무슨 말씀입니까?"

하지만 신차이는 이 질문마저도 무례한 것으로 만들어버렸다. 그는 약간의 노기가 어린 눈빛으로 치터리를 바라보았고 갑판 위의 모든 사람들은 그 시선을 잘 볼 수 있었다.

"말 그대로요. 육지에서 만난 여행자들도 잠시 걸음을 멈추고 서로

이야기를 나누는 법이오. 하물며 길도 없고 이정표도 없는 이 바다에서는 그것이 더욱 필요한 게 당연하지 않겠소."

"하지만 해적이잖습니까?"

신차이 선장의 표정은 다시 바뀌었지만, 이번 표정도 상당히 계획적인 표정이었다. 육전 대원은 신차이 선장이 마치 잔뜩 주눅 들어 있는 신병을 바라보는 고참병 같은 눈빛으로 닐림의 프리스트를 바라보고 있다고 생각했다.

"그렇게 겁낼 것 없습니다, 프리스트 치터리. 나는 당신보다는 훨씬 해적들을 많이 상대해 봤습니다. 특별히 조언을 주시지는 않아도 되겠군요."

치터리는 당혹에 빠졌다. 그제서야 그는 자신이 신차이 선장과의 주도권 싸움에서 졌음을 깨달았다. 게다가 싸움을 벌이고 있다는 것을 깨닫지도 못한 사이에. 선원들은 이제 첫 항해에 겁을 잔뜩 집어먹은 성직자에게 보낼 만한 시선을 보내오고 있었다. 동정마저 어린 시선이었다.

치터리는 의혹이 가득한 눈으로 선장을 바라보았다. 이제야 본색을 드러내는 건가? 친절한 이야기들과 정중한 대우는 이제 끝난 것인가?

사실 치터리 무스의 항의는 온당한 것이었다. 비록 저쪽에서 방문을 위해 저렇게 달려오고는 있지만, 그렇다고 해서 해적선에 대해서 꼭 예법을 갖춰줄 필요는 없다. 하지만 신차이는 일부러 '방문'이라는 말을 꺼냈고 치터리는 그 미끼를 꼴깍 삼켰다. 신차이 선장의 교묘한 화법에 말려들어 무례한 겁쟁이가 된 치터리는 이제 이 배에 대하여 주도권을 장악하기 극히 어려운 처지에 떨어졌다. 선주인 이골 비겐트의 동의서는 이제 쓸모가 없어졌다. 선원들은 서류 조각보다는 눈에 보이는 현상에서 누가 주도권을 쥔 자인지를 파악했을 테니까.

어쨌든 이시도는 벌써 선장의 명령을 실행하고 있었다. 이 시점에서 더 날뛰어 봐야 바보 취급밖에 받을 것이 없다고 생각한 치터리는 한 걸음 물러나기로 결심했다. 이시도는 선원들을 뱃전에 정렬시키고 보트와 노잡이들을 준비시켰다.

다가오는 해적선 론리 시걸의 선상에서도 비슷한 움직임이 일어나고 있는 것을 보면서 육전 대원들은 안심할 수 있었다. 론리 시걸의 뱃전에서는 해적들임에 분명한, 그렇지만 보통 선원들과 별반 다르지도 않은 모습의 선원들이 꾸물거리면서 줄을 맞추려 '애쓰고' 있었다.

육전 대원들의 눈이 아니라 문외한의 눈으로 보더라도 레드 서펀트 호 선원들과 론리 시걸 선원들의 수준 차이는 자명할 것이다. 레드 서펀트의 선원들에게는 갑판장의 명령 한번으로 충분했다. 그들은 거의 눈 깜빡할 사이에 뱃전에 정렬하여 다가오는 해적선에 경의를 표할 준비를 마쳤다. 반면 해적선의 선상에서는 갑판장으로 짐작되는 사내가 부지런히 선원들 사이를 돌아다니며 그들을 정렬시키는 데 땀을 빼고 있었다. 하지만 저 해적들은 꾸물거리고 고개 돌려 옆의 선원과 잡담을 나누거나 자꾸만 움직였기 때문에 줄이 계속해서 흐트러졌다.

어느새 배는 가까워졌다. 조타수들은 각자의 솜씨를 겨뤄보려는 듯이 절묘한 각도로 배를 몰아갔고 적절한 순간에 돛은 모두 거둬들여졌다. 이제 레드 서펀트와 론리 시걸은 서로 다른 방향을 향한 채, 그러나 뱃전을 나란히 하고 정지했다.

배가 정지되자 양쪽의 선원들은 환호로써 서로를 향해 경의를 표했다. 저쪽 해적선에서 해적들을 정렬시키느라 진땀을 빼고 있던 사내가 뱃전으로 몸을 내밀며 고함질렀다.

"레드 서펀트 호! 레드 서펀트 호! 우리 선장님이 그쪽으로 건너가실 거요!"

"선장님 좋아하시네, 해적 두목이지."

이시도는 조그맣게 투덜거린 다음 가벼운 몸놀림으로 보트를 향해 걸어갔다. 이시도가 투덜거린 이유는 저쪽에서 선장이 건너오는 만큼 이쪽에서는 일등 항해사가 건너가야 되기 때문이다. 예의인 동시에 인질 비슷한 의미를 가지지만, 저쪽에서는 선장이 직접 건너오는 것이니까 실제 인질이 될 걱정은 많지 않았다. 하지만 해적들 소굴로 걸어들어 가야 한다는 것은 기분 나쁜 일이다.

어쨌든 자기 배뿐만 아니라 다른 배의 선원까지도 바라보는 가운데 이루어지는 방문인 만큼, 이시도는 잘 처리하고 싶었다. 목검을 갑판장에게 건넨 이시도는 한껏 위엄 있게 외쳤다.

"보트를 내려라!"

활차가 움직이고 밧줄이 미끄러지며 보트가 내려지기 시작했다. 이시도는 보트에 뛰어오른 다음, 선원들이 보트를 착수시키는 동안 보트 한가운데 우뚝 선 채 위엄 있는 자세로 양쪽 배 선원들의 쏟아지는 시선을 감당해 냈다. 그런 불쌍한 위치에 있는 이시도에게 한 가지 위안거리가 있다면 저쪽 해적선의 보트는 요란하게 물보라를 올리며 착수했다는 것이다. 론리 시걸의 해적들은 얼굴을 붉혔고 레드 서펀트의 선원들 사이에서는 비웃음이 담긴 킬킬거림이 흘러나왔다. 이시도는 으쓱한 기분으로 저쪽 보트에 타고 있는 론리 시걸의 선장 바바라를 바라보았다.

힘센 노잡이들(양쪽 모두 고르고 고른 선원들이니만큼)이 젓는 보트는 순식간에 가까워졌다. 보통으로 말하는 목소리가 들릴 정도의 거리에 접어들자 이시도는 바바라 선장에게 말을 걸어보면 어떨까 하는 생각을 떠올렸다. 물론 엄숙한 방문 행사 도중에 잡담을 하는 것은 예의 바른 짓은 못 되지만, 이시도는 자제력을 발휘할 수 없었다. 그래서 이시도는 경의를 담아 말했다.

"여어, 바바라 선장. 더 예뻐졌군요."

이시도의 보트 쪽에서 폭발적인 웃음소리가 터져나왔다. 바바라는 이를 악물면서 대답했다.

"이시도, 너 죽을래?"

바바라 선장은 턱수염이 뻣뻣하게 곤두설 지경으로 노기충천했다. 극지의 백곰이 아닌가 의심스러울 정도로 크고 뚱뚱한 그 몸 전체가 벌겋게 변했다.

여자 이름을 가진 해적은 자이펀 선단 전체에 이름을 날리고 있는 일등 항해사에게 무슨 말을 해줄까 고민했다. 하지만 이시도는 틈을 주지 않았다.

"충심을 담아서 조언을 보내죠. 우리 배에는 외로운 사내들이 많으니 주의하시길."

"오냐, 고맙다. 내 배에 올라서도 네 녀석의 혀가 그렇게 자유자재로 움직일지 두고 보지."

그 동안 신차이 선장은 메인마스트 아래 비스듬히 기대어 방문이 순서대로 이루어지는 것을 가만히 바라보고 있었다. 문득 치터리와 육전 대원들을 본 신차이는 가볍게 턱짓을 하며 말했다.

"이리 오시오. 저쪽 선장에게 소개해 드릴 테니까."

치터리와 육전 대원들은 불편한 마음으로 신차이 선장 옆으로 다가가 섰다. 그때 바바라 선장의 보트가 레드 서펀트의 동체 옆에 다가붙었고, 바바라 선장은 해묵은 뱃사람답게 빠른 손놀림으로 배에 올라왔다.

레드 서펀트 호 선원들의 호기심 어린 시선을 받으며 바바라 선장은 신차이에게 걸어왔다. 그러나 도중에 프리스트와 육전 대원들의 모습을 보고는 흠칫하고 말았다. 하지만 신차이는 그가 뭐라고 말을 꺼내기도 전에 정중한 동작으로 손을 내밀어 바바라 선장과 포옹하고 나서 말했다.

"오래간만이오. 다음에 볼 때는 교수대에서일 줄 알았는데."

바바라 선장의 입매가 살짝 일그러졌다.

"당신만큼은 아닐지 몰라도 나 역시 바다에서만큼은 상당한 행운 아니까."

"소개하겠소. 닐림의 프리스트이신 치터리 무스 씨요. 그리고 이분들은 자이펀 육전대의 전사분들이오."

바바라 선장은 조금 주춤했다. 아무리 사나운 해적이라도 그 역시 바닷사람이었고, 그래서 육지의 사람들은 비교도 할 수 없을 만큼 미신적이기도 했다. 미신을 별로 믿지 않는 신차이 같은 이가 오히려 이상한 사람인 것이다.

"어, 저, 프리스트님. 안녕하십니까. 에, 저는 바바라라고 합니다. 죄송합니다만 제게 축복을 내리거나 하지는 말아주셨으면 좋겠습니다. 저, 손을 잡을 수도 없습니다만……."

치터리는 덩치 큰 백곰 같은 바바라 선장이 당황해하는 모습에 재미있게 보았다.

"왜지요, 바바라 선장님?"

"저, 그러니까, 에, 그런 게 있습니다."

"불편하시다면, 예, 그러지요."

바바라는 분명히 밝아진 표정으로 미소 지었다. 하지만 그의 미소는 육전 대원들에게 시선을 옮긴 순간 다시 사라지고 말았다. 그는 상당히 불편한 표정으로 신차이 선장에게 말했다.

"그런데, 왜 레드 서펀트에 육전 대원이 타고 있는 거요?"

"내 배에 설령 수영 미숙으로 익사하고 있는 악마를 태운다 한들 그건 내 자유요. 당신에게 설명할 필요는 없을 것 같은데, 바바라 선장."

악마라는 말에 바바라 선장은 기겁했다. 배를 책임지는 선장으로서 어찌 그런 흉흉한 말을 입에 담을 수 있느냐는 듯한 비난어린 표정을 지은 바바라 선장은 황급히 손을 움직여 액을 쫓는 동작을 취해 보였다. 그러자 이번에는 그런 사교(邪敎)적인 모습을 본 치터리가 얼굴을 찌푸리며 짧게 기도성을 발했다. 육전 대원들과 신차이는 모두 가벼운 미소를 지으며 그 모습들을 감상했다.

"그런데 이 해역에서는 무엇을 하고 있었소, 바바라 선장? 어선이라도 노리는 거요?"

바바라 선장은 아직도 불쾌함이 가시지 않은 목소리로 말했다.

"에……, 이 근처는 아직 어란기가 아니라서 어선들은 오지 않아요. 게다가 항로 전체에 흉흉한 이야기가 오가고 있어서 배는 구경도 못할 지경이오. 이맘때면 이틀에 한 번꼴로 배가 보여야 되는데, 요즘은 열흘에 한 척 보기도 어렵군."

신차이와 치터리의 눈이 날카로워졌다. 그리고 바바라 선장은 해적선의 선장으로 뽑힌 만큼 녹록지 않은 인물이었다.

"자유 무역선인 레드 서펀트가 이런 해묵은 항로를 돌아다닐 필요는 없겠지. 그렇잖소, 신차이 선장? 당신, 무슨 밀명이라도 받고 조사차 온 거지? 에? 그러고 보니 육전 대원들이 이 배에 타고 있는 것도……."

"마음대로 상상하시오. 하지만 입은 너무 자주 여닫지 마시오. 선장의 입은 술창고의 문과 같아서 너무 자주 여닫으면 배가 침몰하는 법이오."

"아, 뭐. 좋소. 하지만 당신이 조사차 나온 거라면 내겐 건네줄 좋은 정보가 있는걸."

어라? 이 자는 거래를 원하고 있군. 사태를 간파한 치터리는 고개를 돌려 신차이 선장을 보았다. 신차이는 묵묵히 바바라 선장을 바라보다가 말했다.

"무엇을 원하시오, 선장?"

바바라의 얼굴에 미소가 활짝 피어올랐다. 그는 열성적으로 말했다.

"아, 그러니까 말이오, 신차이 선장. 나 요즘 미칠 지경이오!"

이 폭발적인 끝맺음으로 신차이 선장은 사태를 파악했다.

"담배로군……."

뭔가 비밀스러운 교섭과 위험한 거래를 기대하고 있던 치터리와 육전 대원들의 어깨에선 힘이 쫙 빠졌다. 하지만 바바라 선장은 신차이를 껴안기라도 할 듯한 표정으로 말했다.

"그래요, 그래! 도대체 배들이 오가지를 않으니 담배를 구할 수가 없소. 출항할 때 실은 담배는 벌써 두 주 전에 떨어졌소. 두 주! 그 두 주가 어떠했는지는 오로지 그림 오세니아께서만 아실 거요. 정말 끔찍했소."

신차이는 아무 말도 하지 않고 고개만 조금 돌렸다. 그러자 잠시 후 주승강구에서 노예 소년이 손에 작은 상자를 들고 나타났다. 바바라 선장은 체통도 잃고는 간절한 시선으로 노예의 손에 들린 상자를 바라보았다. 하지만 신차이 선장은 더 이상 아무 말도 행동도 하지 않았고, 그러자 노예 역시 꼼짝도 할 수 없었다. 그저 손에 상자를 받쳐 든 채 대기하고 있을 뿐이었다. 바바라 선장이 의아한 표정으로 신차이를 바라보자 신차이는 나직하게 말했다.

"말해 보시오."

"흐으음……. 한 대씩 피우면서 이야기를 나누면 어떻겠소?"

"나는 그렇게 한가하지 않소, 바바라 선장. 게다가 꾸물거리는 당신을 보다 보면 당신 이야기에 별다른 가치가 없을지 모른다고 의심하게 될지도 모르오. 나는 당신처럼 불법적인 조달 방법을 쓰지 않기 때문에 기호품은 더 소중히 할 필요가 있지. 당신 이야기가 별 가치가 없다면……."

"가치가 있을 거요. 분명히!"

"말해 보시오."

바바라 선장은 안타까운 표정으로 노예 소년의 손에 들린 상자를 흘긋 바라보고는 입맛을 다시며 말했다.

"흐음. 내가 당신이라면 조사는 여기서 집어치우고 돌아갈 거요. 아무리 이제리스 해협의 서펀트를 사냥해 버린 당신이라도 이번 상대는 감당할 수가 없어."

"무슨 말인지?"

"어디 보자……, 그러니까 나흘 전의 일이오. 석양 무렵이었는데, 마스트에서 감시하고 있던 녀석이 바다에 떠 있는 시체 하나를 발견했지 뭐요. 선원들은 시체는 재수없을 뿐 아니라 혹시 역병에 걸려 바다에 던져진 시체일지도 모른다고 했지만, 제대로 수장한 시체가 떠오를 리는 없지 않소? 따라서 나는 그건 제대로 수장되지 않은 시체일 것이 분명하고, 그렇다면 난파선에서 흘러나온 것일 거라고 생각했소. 그래서 나는 그 시체를 끌어올리라고 명령했소. 그런데 보트를 저어 시체에 다가가 본 녀석들은 기겁하고 말았소. 아무리 봐도 시체라고 생각되던 그 작자가 살아 있었던 거요!"

바바라 선장의 화법은 극적이었고 듣는 이를 감질나게 만들었다. 치터리와 육전 대원들은 침을 삼켜가며 바바라 선장의 다음 이야기를 기다렸다.

"내가 시체라고 말했지? 그건 당연한 거였소. 살아 있는 자가 그렇게 물 위에 드러누운 자세로 떠다닐 수야 없지 않겠소. 그런데 그 똑똑한 친구는 속이 빈 상자 위에 드러누워 있었던 거요. 속이 빈 나무 상자가 그 친구의 구명정 노릇을 한 거지. 그리고 혹시 잠들어도 빠지지 않도록 밧줄로 자기 몸을 상자에 묶어두었던 것이고. 빗물을 받아 마시려면 그렇게 드러누울 수밖에 없었겠지. 어쨌든 그 친구가 살아 있다는 것을 알게 되자 선원들은 잽싸게 그를 배 위로 끌어올렸소. 그런 임기응변을 시도한 것이나, 엉망진창이긴 하지만 좋은 옷을 입고 있는 것으로 보아 고급 선원이 분명했소."

신차이는 바바라 선장이 프리스트와 육전 대원들이 있는 자리라서 말할 수 없는 것을 전달하려 하고 있음을 깨달았다. 이 해적이 그를 내버려두고 떠나지 않은 까닭은, 그 조난자가 고급 선원이므로 몸값을 받을 수 있을지 모른다고 여겼기 때문일 것이다.

"하지만 끌어올려 놓고 보니 이건 완전한 시체 꼴이더라고. 도대체 표류한 지 얼마나 되었는지 모르겠지만 몸에 기름기라고는 하나도 남아 있지 않았소. 팔다리를 움직일 힘도 없어서 입을 벌리게 하고 물을 조금씩 흘려넣어 주지 않으면 자기 힘으로는 물도 못 마실 지경이었소. 그 지경이 될 때까지 바닷물을 마시지 않은 것으로 보아 정신력이 대단한 자였지. 아마도 나약해져서 바닷물을 마시게 될까 봐 일부러 그런 자세로 자신의 몸을 묶었는지도 모르겠군. 어쨌든 그자는 빗물만 마시며 그렇게 견뎌온 것이었소."

신차이는 고개를 끄덕이며 말했다.

"과거형으로 말하는군……. 죽은 거요?"

"그래요. 끌어올려진 바로 그 다음날 아침에 우리는 그 친구를 도로 바다에 돌려보내야 했소. 결국 그 친구는 배 위에서 임종을 맞이하기 위해 그렇게 버틴 것인지도 모르겠군. 선원들로 하여금 밤새도록 내내 그자의 주위를 지키게 했지만 그자는 끝내 정신을 찾지 못했소. 그런데 말이오. 회광 반조(回光反照)랄까? 그는 임종 직전에 세 마디의 말을 남겼소. 나는 그 자리에 있었기에 모두 들을 수 있었지."

"무슨 말이오?"

"복수, 영원히……."

바바라는 마지막 단어를 말하기에 앞서 그 커다란 어깨를 움츠리며 신차이를 바라보았지만 신차이는 아무런 표정의 변화 없이 바바라를 마주보고 있었다. 오히려 못 참게 된 것은 치터리였다.

"그래, 마지막 말은 뭐요? 응?"

바바라는 목소리를 한껏 낮추었다. 이 해적 선장에게서는 광대의 소질이 엿보였다.

"블루 드래곤."

"블루 드래곤이라고?"

이시도는 어이없는 표정으로 눈앞의 사내를 바라보았다. 론리 시걸의 갑판장인 젊은 사내는 자신을 보타라고 소개해서 이시도를 웃겼다 (바바라에 보타라니, 이 외로운 갈매기들은 외로움을 견디다 못해 여자 이름을 짓는 취미를 가지게 되었나?). 하지만 보타 갑판장이 말한 내용은 아무리 이시도라도 웃어버릴 수 없는 내용이었다.

"그래요. 상상력을 발휘해 보시죠. '복수', '영원히', '블루 드래곤'입니다. 우리 선장 나리는 그 녀석의 배가 블루 드래곤에 의해 공격당했고, 그래서 복수하겠다고 떠들어댄 거라고 생각하더군. 당신 생각은 어떻습니까, 이시도 씨?"

"글쎄. 그거 말은 되는 것 같군, 형제. 하지만 동시에 지독하게 말이 안 되기도 하는걸. 보쇼, 보타 씨. 블루 드래곤은 해양성 드래곤이 아니잖소?"

보타는 감탄한 표정으로 이시도를 바라보았다. 그리고 그것은 옆에서 이야기를 듣고 있던 다른 해적들 역시 마찬가지였다. 보타는 조금 주눅 든 어조로 말했다.

"그렇……죠?"

"응? 아, 그렇소. 형제. 블루 드래곤은 육상형 드래곤이오. 어느 정신 나간 블루 드래곤이 이런 봄철에 피서를 나온 것이 아니라면 블루 드래곤이 갈매기 틈을 날고 있는 꼴은 상상하지 못하겠는데."

"예. 나도 그건 이상하다고 생각했습니다."

놀고 있네. 머저리 해적 녀석. 이시도는 속으로 쓴웃음을 지은 다음 계속 말했다.

"어디 보자. 대륙에 활동 중인 블루 드래곤은……, 지금은 지골레이드뿐일 텐데. 지골레이드의 아내는 웜링을 낳고 나서 수면기에 들어갔으니 아직 안 일어났을 테고. 지골레이드의 웜링은……, 설마 웜링이 배를 박살낼 수야 없을 테고. 흐음."

"그, 어, 그럼 그건 지골레이드일까요?"

"난들 알겠소. 그 블루 드래곤이라는 말이 진짜 드래곤을 말하는 건지도 모르겠는데."

"무슨 말입니까?"

이시도는 이 친구를 겁줘 볼까 생각했다.

"있을 수 없는 말이지만 말이오, 보타 씨. 만약 우리 배가 당신 배를 공격했다고 칩시다. 그래서 배는 침몰하고 당신만이 살아남았다고."

보타의 얼굴이 굳어졌다. 하지만 험악한 표정이 된 다른 해적들과는 달리 갑판장인 보타는 이시도의 말을 이해했다.

"무슨 말인지 알겠군요. 내가 유일한 생존자라면 레드 서펀트에 공격당했다고 말하며 죽을 거라는 말이군요?"

"그렇지. 그럼 당신 말을 들은 사람들은 진짜 서펀트가 당신 배를 침몰시켰다고 생각할 수도 있는 일 아니겠소."

"하지만 블루 드래곤이라는 이름을 사용하는 배는 없어요. 자이펀뿐만 아니라 일스, 헤게모니아에도 그런 선명은 없는데."

"어, 새로 진수한 함선이 있을지도 모르는 거 아니오."

"그렇긴 합니다만……, 그런 이름은 잘 쓰이질 않는데. 보시오 이시도 씨. 당신이 선주라면 배에 '위대한 드워프 호', 이런 이름을 붙이겠소?"

이시도는 데굴데굴 구를 뻔했다. 이 친구, 어쩌면 나와 비슷한 종류인가 본데?

"하, 하긴 그렇소. 킬킬킬! 내가 들었던 이야기 중에선 엘프 도벌꾼 다음으로 웃기는 이야기로군."

이번엔 보타가 낄낄거렸다.

"그 이야기를 듣다 보니 생각난 건데……."

보타는 또 다른 이야깃거리를 꺼냈다. 선장이 아닌 일등 항해사들은 격식에 구애되지 않았기에 론리 시걸의 선상에서는 자유롭고 방약무인한 이야기들이 오갔다.

방문은 끝났고, 이시도와 바바라 선장은 각자의 배로 돌아가게 되었다. 바바라 선장은 그 새를 못 참아서 입에 파이프를 물고는 신차이 선장이 선물한 담배를 맛있게 뻐끔거리고 있었다. 행복감에 젖어 있는 바바라의 얼굴은, 자신의 배에 올라가서 자신의 선원들과 낄낄거리다가 이제는 그 해적들에게 전송까지 받으며 떠나오고 있는 이시도의 모습을 보고는 꽉 일그러졌다. 이시도는 론리 시걸의 선상을 향해 손을 휘저어 주며 친해진 해적들의 이름을 하나하나 부르며 작별 인사를 나누느라 여념이 없었다. 한참 후에야 이시도는 고개를 돌려 자신을 바라보고 있는 바바라 선장의 시선을 알아차렸다. 보트는 어느새 상당히 가까워져 있었다.

"여어, 바바라 선장님. 회견은 즐거우셨습니까?"

"끔찍하게 즐거웠다. 넌 어땠냐?"

"아, 예. 재미있게 잘 보냈습니다."

바바라 선장은 잠시 이시도를 물끄러미 바라보다가 지나가는 말처럼 말했다.

"그런데, 자넨 언제까지 그러고 있을 셈인가? 짧고 굵게 살고 싶은 생각은 없나?"

"하하, 저는 가늘고 길게 살고 싶습니다."

"알았네. 언제라도 도움이 필요하면 날 찾아오게."

바바라 선장은 그 말을 마지막으로 이시도와 엇갈려 지나갔다. 이시도는 잠시 고개를 돌려 바바라 선장의 보트를 바라보다가 피식 웃었다. 해적이 되라고? 웃기는군. 이시도는 바바라 선장의 제안에 아무런 관심을 두지 않았다. 아니, 관심을 두기는 했다. 이시도는 그 자신도 론리 시절에 타면 여자 이름을 가져야 되는가 하는 망상을 하며 낄낄거렸다.

그렇게 낄낄거리며 올라왔기 때문에, 이시도는 신차이 선장과 치터리 무스의 딱딱하게 굳은 얼굴을 보고 당황하고 말았다.

"아, 아니. 무슨 상상을 하시는 겁니까! 나는 해적이 될 생각이 없습니다, 선장님!"

"응? 무슨 말인가?"

"예? 어……."

신차이는 잠시 의아쩍은 표정으로 이시도를 보다가 말했다.

"자네도 저기서 들었는가? 블루 드래곤의 이야기."

"아, 하하. 그겁니까?"

이시도는 머쓱한 표정으로 뒤통수를 만지작거렸다. 내 상상력은 너무 과속인 게 흠이야.

"예. 대충 들었습니다. 바바라 선장이 여기까지 찾아온 것이 그 이야기를 해주기 위해서였습니까?"

"그래. 프리스트 치터리?"

블루 드래곤이라는 이야기에 넋이 나가 있던 치터리는 신차이 선장이 재촉했을 때야 간신히 고개를 돌렸다.

"예?"

"들어가서 이야기 좀 합시다. 이시도 군. 뒷정리를 부탁하네."

"아, 예."

신차이는 그대로 몸을 돌려 주승강구를 내려가기 시작했다. 치터리와 육전 대원들이 그 뒤를 따랐고, 이시도는 갑판을 지키기 위해 남았다.

선장실에 들어선 신차이는 말이 없었다. 그는 바닥에 적당히 앉은 다음 파이프를 꺼내어 천천히 담배를 채워넣었다. 조바심을 참지 못한 치터리가 먼저 이야기를 걸었다.

"어떻게 생각하십니까, 선장님?"

"사실일 겁니다. 바바라는 그런 이야기를 지어낼 사람은 아니니까요."

"예? 아, 물론 사실이겠지요. 제 질문은 그 이야기가 사실이냐 아니냐의 질문이 아닙니다. 정말 동북 항로에 블루 드래곤이 배회하는 것일까요?"

"어쩌면. ……사실은 가능성이 높다고 봅니다."

"예?"

신차이는 파이프를 입에 물고는 잠시 바닥을 내려다보았다. 그 동안 치터리는 손톱을 깨물고 싶은 것을 참으며 기다렸다. 신차이는 담배 연기를 길게 내뿜고 나서 치터리가 아닌 육전 대원을 바라보며 말했다.

"현재 활동 중인 블루 드래곤은 지골레이드뿐이겠지요. 그는 전선에 있습니까?"

"아니오. 작년에 사라졌습니다."

"더 정확한 정보가 있을 것 같습니다만."

육전 대원들은 잠시 서로의 얼굴을 바라보았다. 다시 그중 우두머리로 보이는 자가 입을 열었다.

"……사람으로 치면 퇴역한 것으로 보입니다. 지골레이드에게 웜링이 있었다는 것은 아십니까?"

"압니다."

"지골레이드는 그 웜링의 양육 문제가 있어서 자신의 라자에게 전선에서 물러나겠다고 요청한 모양입니다. 그리고 지골레이드의 라자였던 돌맨 할슈타일은 그것을 허락했고요."

"그렇습니까. 이상하군요. 웜링이 있는 드래곤이라면 거동을 삼가하고 양육에만 신경 쓸 것 같은데. 지골레이드는 육상형 드래곤인 만큼 해안가에 자신의 영토를 만들거나 하지도 않았을 텐데."

그때 치터리가 입을 열었다.

"그 웜링은……, 죽었습니다."

신차이는 눈을 빛냈다. 그리고 육전 대원들도 놀란 표정으로 치터리를 바라보았다.

"제가 아는 바에 의하면 그 웜링은 바이서스 수뇌부의 누군가에 의해 살해당한 것 같습니다. 지골레이드가 전선에서 물러난 것은 웜링 때문이었으니까, 그 웜링이 없다면 지골레이드는 다시 바이서스를 위해 싸워줄 수 있지 않겠습니까?"

"증거가 있습니까? 아무리 바이서스에서 지골레이드의 힘을 필요로 한다 한들 그런 위험한 짓을 한다는 것은 이해되지 않는군요."

"저희들도 단정 짓지는 못하고 있습니다."

"그렇습니까. 어쨌든 그 웜링이 죽은 것은 확실한 것이군요?"

"예."

신차이는 감탄한 표정으로 말했다.

"그럼, 지골레이드는 현재 바이서스를 위해 움직일 수도 있겠군요. 놀라운데요. 해군이 없는 바이서스에서 드래곤을 이용하여 해상 봉쇄를 꾀한 것인가요."

"하지만 섣불리 단정 지을 수 없습니다. 돌맨 할슈타일과 지골레이드의 계약이 말소된 후, 지골레이드가 다른 드래곤 라자와 계약을 했다는 정보는 없습니다. 드래곤 라자가 없는 드래곤이 인간을 위해 움직일 까닭이 없지 않겠습니까?"

신차이는 치터리를 가만히 바라보다가 말했다.

"당신이 참가한 이유는 그것입니까?"

"예?"

"닐림의 종단에서 참가한 이유는 그것입니까? 조금 전 말씀하셨듯이 당신들은 지골레이드에 대해 잘 알고 있었던 모양이군요. 그럼, 동북 항로의 괴사건이 지골레이드의 소행일지도 모른다는 의심도 했을 수 있겠군요."

치터리는 고개를 끄덕였다. 그는 이 시점에서 더 이상 숨기는 것은 무의미하다고 판단했다.

"예. 닐림의 날개에서는 바로 그런 이유로 저희들의 참가를 원한 것입니다. 여기 육전 대원들께서는 저와는 다른 목적이지만……."

"장미 꽃밭으로 향하는 길을 답사하는 것이 이분들의 목적이겠지요."

치터리뿐만 아니라 육전 대원들도 당황한 표정으로 신차이를 바라보았다. 신차이는 차분한 얼굴로 말했다.

"그렇잖습니까?"

육전 대원들은 아무 말도 하지 않았고 신차이는 이해했다. 이들이 군인인 이상 명령권자가 아니라면 그들에게서 어떤 정보를 얻는 것은 불가능할 것이다. 육전 대원들은 자신의 입장을 지키면서 신차이에게

협조하기 위해 무응답을 택한 것이리라.

"대답하시지 않으셔도 좋습니다. 잘 알겠습니다."

신차이는 한숨을 내쉬었다. 이제 정리가 되는군. 육전 대원들은 목적은 일스 침략을 위한 사전 답사, 그리고 닐림의 프리스트의 목적은 동북 항로의 괴변이 지골레이드의 준동인가를 확인하는 것.

이 시점에서 신차이의 고민이 시작되었다. 배를 책임진 선장으로서, 어쩌면 블루 드래곤이 기다리고 있을지도 모르는 곳으로 배를 몰아가야 하는가?

신차이는 욕구 불만을 느꼈다. 그는 아직 고민을 끝내지 못했지만 지골레이드는 기다려주지 않았던 것이다.

수평선은 옆으로 길고, 거대한 구름은 거침없이 솟아오른다. 레드 서펀트는 짙푸른 해원에 던져진 작은 점이 되어 희게 반짝인다. 여기에는 안정감을 해치는 요소라고는 아무것도 없다. 거미줄처럼 빽빽하게 늘어선 밧줄들 사이로 솜씨 좋은 선원들이 오르락내리락하는 모습마저도 한가롭다. 그러나 드래곤은 그 등장만으로 모든 안정감을 박살내고 모든 소박한 가치를 붕괴시켜버렸다.

이시도는 목검을 지휘봉처럼 휘두르며 북해의 물개떼들처럼 짖어대고 있었다.

"돛을 모두 펼쳐라! 수심은? 우라질! 무기고 개방! 석궁대는 배 전면으로! 화로 가져와서 불 붙여! 뭐? 이 자식들아, 불화살이다, 불화살! 창잡이, 배 좌현으로! 어서 움직여라, 이 썩을 놈들아! 갑판장, 갑판장! 스크롤 중에서……, 아니, 그냥 상자 째로 들고 와! 그리고 아무 할 일이 없는 녀석들은, 젠장! 모르겠다. 죽을 땐 장엄하게 죽자. 사나이답게! 거치적거리지 않는 곳에 꿇어앉아서 그림 오세니아께 기도라도 해! 음? 인마, 왜 죽는 소리를 하는 거야! 누가 죽는다더냐! 돛 안 펼쳐?"

이시도의 상태는 레드 서펀트의 선원들 전체의 상태를 웅변적으로 나타내고 있었다. 선원들은 모두 서로의 발에 걸려 넘어지고 상대방의 어깨에 부딪히며 우왕좌왕하고 있었다. 그 사태를 바라보는 육전 대원은 이들이 어제 해적선 앞에서 그토록 당당한 모습을 보여주던 선원들과 같은 사람인지 의심할 수밖에 없었다. 하지만 육전 대원들 자신조차도 까마득한 하늘 저편에서부터 위압감을 뿜어내는 점으로 나타난 드래곤의 위용을 본 순간에는 하얗게 질릴 수밖에 다른 도리가 없었다.

"캬아아아악!"

아득히 높은 곳에서 드래곤은 포효했다. 그리고 자신의 포효를 뒤쫓는 듯한 맹렬한 속도로 육박해 들어왔다. 날개를 접고 까마득한 하늘에서 떨어져 내려온 블루 드래곤은 수평선을 스칠 듯한 저궤도로 접어들자 재빨리 두 날개를 좌우로 펼쳤다. 튕겨지듯, 쏟아지듯 펼쳐진 날개는 삽시간에 블루 드래곤의 크기가 너더댓 배 정도로 커지는 듯한 기분을 느끼게 해주었다. 시야가 꽉 차는 느낌에 치터리는 헛바람을 삼켰다. 맙소사, 저렇게 멀리 있는데?

쏘아져 내려온 속력을 모두 레드 서펀트 쪽으로 돌린 블루 드래곤은 수면을 스칠 듯한 비행으로 접근해 들어왔다. 드래곤의 거체 아래 피어오른 물보라는 그 날개에 부딪히며 아스라이 퍼져 올라 숨 막힐 듯한 햇빛을 반사했다. 블루 드래곤의 등 뒤로 파도가 하얗게 갈라져, 드래곤의 모습은 파도의 계곡 사이를 쏘아져오는 듯했다. 드래곤의 날갯짓에 공간은 무참하게 무릎을 꿇었다. 사기처럼 느껴지는 쾌속의 비행. 레드 서펀트와 블루 드래곤의 거리는 숨 가쁘게 좁혀졌다.

"좌로 선회! 드래곤에게 이물을 향하라!"

신차이의 고함 소리. 블루 드래곤이 등장한 이후로 함교 위에 꼿꼿하게 선 채 침묵을 지키고 있던 신차이 최초의 명령이었다. 조타수는 경악에 휩싸인 채 자신의 손을 바라보았다. 그의 손은 선장의 명령에 호응하듯 스스로 움직여 타륜을 꺾고 있었다.

모든 돛을 펼친 레드 서펀트는 가속력에 의지하여 빠르게 이물을 돌릴 수 있었다. 난폭하고 두서없어 보이는 이시도의 명령이긴 했지만 돛을 모두 펼치게 한 것은 자이펀 선단에 이름을 날리는 뱃사람다운 판단이었다. 보통의 해전에서 돛을 모두 접는 것이 상례임을 볼 때 이시도의 명령은 언뜻 잘못된 것처럼 보인다. 하지만 이시도는 이 싸움이 전투력의 비교가 아니라 기동성의 싸움이 될 것임을 단숨에 간파한 것이다. 하지만 그런 이시도조차도 신차이 선장의 명령에는 경악할 수밖에 없었다. 왜 드래곤에게 이물을 향하게 한 것이지? 그러나 거짓말처럼 거대해지고 있는 블루 드래곤의 모습과, 그리고 그 너머로 어마어마한 높이로 갈라지고 있는 파도를 본 순간 이시도는 신차이 선장의 명령을 완벽하게 이해했다. 하지만, 설마?

"캬아아아아악!"

"뭐든 붙잡고 충격에 대비하라!"

블루 드래곤의 포효와 신차이 선장의 명령은 거의 연결되듯이 울려퍼졌다. 모든 선원들과 육전 대원들은 손에 닿는 것을 재빨리 부여잡았다. 그러나 잔뜩 겁에 질려 있던 치터리는 선장의 명령을 이해하지 못하고 오히려 익숙한 행동을 취해 버리고 말았다. 갑판에 무릎을 꿇고 기도하기 시작한 것이다.

"이런, 젠장!"

이시도는 욕지거리를 내뱉으며 몸을 날렸다. 그리고 그 순간 드래곤은 레드 서펀트의 선체 위를 덮쳤다.

배 위의 사람들은 갑자기 눈앞이 캄캄해지는 기분을 느꼈다. 블루 드래곤의 거대한 몸이 레드 서펀트의 갑판 위로 거대한 그림자를 드리우자 가장 흐린 날의 햇빛보다도 더 줄어든 광량이 그들의 시야를 가렸다. 그리고 드래곤의 뒤를 따라오던 광풍은 레드 서펀트를 크게 진동시키며, 배 위의 사람들의 옷을 찢어발기고 몸을 부술 듯이 몰아닥쳤다. 돛을 모두 펼쳐두었기에 배는 맞바람을 정면으로 받은 셈이었다. 눈앞을 가리는 암흑과 돌풍 속에서 치터리는 바람에 휩쓸려 날려갈 뻔했다. 그러나 그 순간 그의 어깨를 내리누르며 덮쳐든 손이 있었다.

"실례하오이다, 프리스트님!"

이시도였다. 이시도와 치터리는 한 덩어리가 되어 굴러갔으나 갑판

위를 제 손금처럼 알고 있는 이시도는 재빨리 손을 내뻗었고, 그의 손엔 갑판 해치의 모서리가 움켜쥐어졌다. 입 안에 금속성 마찰음을 울리며 이시도는 팔에 힘을 주었다.

"이으으윽!"

드래곤의 거체가 햇빛을 가린 시간은 실로 짧았으나 암흑과 돌풍에 시달린 사람들에게는 끔찍하도록 긴 순간이었다. 그러나 드래곤이 지나간 다음에 제정신을 차린 선원들이 본 것은 그들을 향해 치달아 오고 있는 거대한 파도였다. 선원들은 침착하게 쥐고 있던 것들을 다시 굳게 부여잡았지만 정면으로 다가드는 파도에 질린 육전 대원들은 기겁하고 말았다. 파도는 그대로 레드 서펀트를 덮칠 것처럼 보였다.

"맙소사!"

그리고 그 순간, 오래 전 레드 서펀트의 설계를 담당했던 함선 설계사가 커다란 자부심을 느껴도 좋은 광경이 펼쳐졌다. 신차이 선장의 명령에 의해 선체 옆으로 파도를 맞는 지경을 면하게 된 레드 서펀트는 이제 그 이물을 한껏 쳐들며 파도를 꿰뚫기, 아니, 그것을 타고 오르기 시작했다.

레드 서펀트는 마치 장애물을 뛰어넘는 사슴처럼 파도의 머리를 타고 넘었다. 이물부터 정면으로 파도에 대항한 레드 서펀트는 좌우로 갈라지는 파도의 한가운데를 무리 없이 타넘었다. 비록 배 위에 타고 있는 사람들은 삽시간에 솟구쳤다가 나락으로 떨어지는 기분에 머리가 어지러울 정도의 구토감을 느꼈지만 레드 서펀트는 아무런 충격도 받지 않은 상태로 파도의 머리를 뛰어넘는 데 성공했다. 아래로 떨어지며, 배의 이물은 요란한 물보라를 튀겨 올렸다. 처어얼썩, 콰르릉! 그리고 그 뒤로는 블루 드래곤의 항적을 따라 흰 포말의 부채꼴이 펼쳐진 수면뿐이었다.

선원들은 차가운 물보라를 뒤집어쓰면서도 함성을 내질렀다. 그들은 배에 대한 긍지가 들끓는 것을 참을 수 없었다.

그러나 신차이는 배 뒤쪽 하늘에서 다시 커다란 반원을 그리고 있는 블루 드래곤의 옆모습을 바라보고 있었다. 블루 드래곤은 레드 서펀트를 중심점으로 하여 넓은 하늘에 어마어마한 크기의 원을 그리고 있었다. 그리고 그 원은 다시 안으로 좁혀지고 있었다.

찬물을 뒤집어쓴 치터리는 그제서야 제정신을 차렸다. 그는 자신의 허리를 부여잡고 있는 이시도의 팔을 깨달았다.

"가, 감사합니다. 이시도 씨."

이시도 역시 드래곤이 지나고 나서 다시 쏟아지기 시작한 햇살에 겨우 정신을 차렸다. 일어나 앉은 이시도는 잠시 머리를 감싸 쥔 채 무릎에 얼굴을 파묻고는 신음을 흘렸다.

"으음……"

"이시도 씨?"

치터리는 이 일등 항해사가 어딘가에 머리라도 부딪힌 것이 아닌가 더럭 걱정이 들었다. 그래서 치터리는 조심스럽게 이시도의 어깨를 짚어보았다. 그의 손이 닿는 순간, 이시도는 펄쩍 일어서더니 다시 말들을 쏟아내기 시작했다.

"말은 싫어요! 돈이나 먹을 걸로 감사해요! 우와, 죽는 줄 알았네.

이 빌어먹을 자식들아, 석궁 준비하라고 했잖아! 스크롤은 어찌 되었나? 드래곤 진짜 크지? 이놈들아, 그러니까 쏘면 맞는다! 뱃놈들의 솜씨로도 저건 맞출 수 있어. 우리는 싸우기도 전에 이긴 거나 다름없다, 크핫하하!"

이시도의 뒷모습을 보며 치터리는 혀를 내둘렀다. 이시도는 동시에 모든 사람들에게 말을 하듯이 말하며 날뛰고 있었다. 그때 신차이 선장이 조용하고 강한 목소리로 말했다.

"이시도 사이록."

"예? 예! 선장님!"

"선원들을 제자리에 정렬시켜서 경의를 표할 준비를 하라."

이시도가 대답하기도 전에 육전 대원들 중 하나가 불을 토하듯이 외쳤다.

"신차이 선장!"

그러나 신차이 역시 이 목소리에 대해 끔찍한 시선을 보내왔다. 고함을 지른 육전 대원은 이를 갈며 외쳤다.

"나는 싸우지 않고 항복한 적이 없소! 상대가 아무리 드래곤이라도, 나는 당신 명령은 받아들일 수가……."

"닥치시오!"

육전 대원은 그대로 검을 뽑을 듯이 어깨로 손을 가져갔다. 그러나 손이 칼자루에 닿기 직전, 육전 대원의 얼굴에 얼핏 의혹이 지나쳤다. 육전 대원은 그대로 손을 천천히 내리면서 신차이를 올려다보았다. 신차이는 냉엄한 표정으로 육전 대원을 바라보며 말했다.

"그가 아무런 공격도 하지 않고 지나간 것을 모르시오?"

공격을 하지 않았다? 그렇기는 하다. 이 배는 강풍에 휘말리고 파도에 농락당했지만 그것은 블루 드래곤이 한 짓이 아니라 그의 비행의 여파에 휩쓸린 데 불과하다. 육전 대원은 다시 의혹이 가득 담긴 눈으로 신차이를 보았다가 고개를 돌려 하늘 한편에서 이쪽을 향해 날아들기 시작하는 블루 드래곤의 모습을 바라보았다.

"그럼……?"

"기다리시오. 당신의 용기와 명예 모두 존경받을 만한 것이겠지만, 지금은 그것들이 발휘될 때가 아닌 것 같소. 그것보다는……, 마음을 여는 일이 필요할 것 같소."

"예?"

"예의바른 대화를 위해선 마음을 열어야 할 거 아니오."

신차이는 그렇게 말하고는 그대로 블루 드래곤을 향해 몸을 돌렸다. 육전 대원들은 잠시 갈피를 잡지 못하고 서로를 바라보았지만 이시도는 재빨리 선원들에게 명령했다.

"자, 선장님 말씀 들었나? 모두들 뱃전에 정렬해라."

"잠깐, 이건 설마 식탁을 깔끔하게 차리는 것은 아니겠죠, 이시도 씨?"

선원 중 하나가 불안한 어투로 말했다. 이시도 역시 그런 의혹이 있었지만, 그의 정신은 그런 의혹을 표현하는 것을 용납하지 않았다. 이시도는 열기 띤 목소리로 말했다.

"이거 하나만 물어보지. 똑똑한 선원 100명이 지휘하는 배하고 미치광이 선장 한 명이 지휘하는 배 중에서 어느 배에 타겠어?"

이것이 이시도가 할 수 있는 최대의 반항이었고, 신차이는 미치광이 선장 어쩌고 하는 말을 못 들은 척했다. 물론, 미치광이 선장 한 명이 지휘하는 배에 타는 것이 훨씬 안전하다. 정답을 알고 있는 선원들은 히죽 웃으며 옷차림새를 가다듬었다. 그러고는 무서운 속도로 육박해 들어오는 드래곤을 똑바로 바라보면서도 자긍심을 잃지 않은 얼굴로 하나 둘 뱃전을 향해 걸어가기 시작했다.

치터리는 자신이 죽을 때까지 잊지 못할 광경을 보고 있음을 깨달았다.

바다 위로 한없이 펼쳐진 흰 구름을 배경으로 푸른 점이 점차 번져가는 것처럼 보였다. 새벽하늘보다 더 푸른 블루 드래곤이 무서운 속도로 다가들고 있었던 것이다. 펼쳐진 드래곤의 양 날개는 메인마스트의 길이보다 더 길었고 그 비행은 살아 움직이는 생물의 모습이라기보다는 자연 재해처럼 느껴졌다. 그러나 선원들은 존경하는 선장의 명령을 따르는 선원들만이 누릴 수 있는 자존심으로 얼굴 전체를 물들인 채 뱃전으로 걸어가서는 꼿꼿하게 정렬해 섰다.

하나둘씩 걸어간 선원들의 움직임이 이젠 갑판 끝에서 끝까지 전달되었고 선원들은 전원 정렬을 마쳤다. 부드러운 해풍이 그들의 엄격한 이마에 늘어진 머릿결을 쓰다듬었고, 동여맨 머릿수건들은 가볍게 흩날려도 그들의 굳은 얼굴만은 초연하게 드래곤을 바라보고 있었다. 그들은 아무 불안감 없이 기다리고 있었다.

그리고 치터리는 자신과 육전 대원들만이 이 만남에서 소외되어 있다는 것을 깨달았다. 그들은 의심하고, 주저하며, 서 드래곤 앞에 당당히 벌거벗은 자신을 펼쳐 보이지 못하고 있었다. 저 선원들은 신차이 선장의 선원들이었고, 그래서 그렇게 할 수 있었다. 하지만 그와 육전 대원들은 그러지 못했다.

'닐림이여!'

치터리는 오열하고 싶어졌다. 신을 섬긴다는 자가 인간인 선장을 섬기는 저 선원들보다도 더 자신을 믿지 못하고 있는 현실이 그를 극도로 괴롭게 만들었다. 하지만 발걸음은 움직여지지 않았고 치터리는 여전히 마스트 근처에 우두커니 멈춰 선 채 다가오는 드래곤을 공포와 회의가 가득한 눈길로 바라보고 있을 수밖에 없었다.

그리고 블루 드래곤의 모습이 가장 커진 순간, 그는 사라졌다.

선원들은 당황했고 그중에서도 이시도가 가장 당황했다. 날아와서 당장이라도 레드 서펀트에 부딪힐 것처럼 보이던 블루 드래곤의 거체가 거짓말처럼 사라져버린 것이다. 이시도는 먼저 주위를 주의 깊게 바라보고는 자신이 헛것을 본 것이 아니라는 사실을 확인했다.

"이봐, 내 눈이 좀 이상해진 것 같은데."

그의 옆에 서 있던 늙은 선원이 고개를 끄덕이며 대답했다.

"아마 제 눈만큼 이상해진 것 같군요, 이시도 씨."

"사라졌지?"

"예."

선원들은 충분히 당황했고, 이제 본격적인 소란에 들어갈 채비를 갖췄다. 심지어 그들은 분노까지 느꼈다. 그들은 인간이 느낄 수 있는 공포를 모두 뛰어넘어서 이 만남의 자리에 섰거늘 드래곤은 한 마디 말도 없이 사라져버린 것이다. 바야흐로 선원들이 욕설의 폭포를 쏟아내려고 마음먹은 순간이었다.

"지골레이드이십니까."

사람들은 모두 고개를 돌려 함교를 바라보았다. 함교 위에는 그들의 선장이 눈에 익은 모습으로 서 있었다. 그러나 그의 옆에는 완전히 낯선 사람이 하나 서 있었다.

날카로운 표정의 젊은이였다. 별다른 장식이 없지만 고아해 보이는 푸른 로브를 입은 젊은이는, 투박함과 실용성 외엔 아무것도 느낄 수 없는 이 선상의 풍경에 이질적인 모습으로 자리하고 있었다. 이시도가 보기에 젊은이의 용모나 주위를 감도는 분위기는 왠지 카레한 탑 꼭대기에 서서 '안녕하세요, 이시도 씨. 유피넬과 헬카네스의 명령으로 사이록의 수평선의 완성을 도와드리기 위해 왔는데요.'라고 말하면 잘 어울릴 것 같은 느낌을 주고 있었다.

젊은이는 고개를 끄덕였고 이시도는 자신의 추측이 맞았다고 생각해 버렸다. 그렇구나, 신의 사자였어. 그러나 잠시 후 이시도는 당황 속에서 젊은이의 끄덕임이 신차이의 질문에 대한 대답이라는 것을 깨달았다.

'지골레이드라고?'

이시도는 온몸이 차가워지는 전율을 너무 늦게 느꼈다. 그가 입을 쩍 벌린 채 바라보는 가운데 신차이는 무뚝뚝하게 말했다.

"이 배의 선장 신차이 발탄이라고 합니다. 그리고 선장으로서, 허가 없이 승선한 것에 대해서 질책하고 싶어지는군요."

지골레이드는 차가운 표정으로 대답했다.

"네가 선장이라고?"

"그렇습니다만?"

"네가 선장이라면, 배의 안위를 보살피는 방향으로 혀를 놀리는 것이 옳을 텐데."

신차이는 잠시 지골레이드를 똑바로 바라보았다. 그러나 지골레이드의 형형한 눈빛은 한 치의 일그러짐도 없었고, 신차이는 그 속에 아무런 분노도 없음을 깨달을 수 있었다. 그 속에서 번득이는 것은 블루 드래곤의 순수한 난폭함, 그것뿐이었다.

"승선을 환영합니다."

"고맙군."

3

"소란스럽기 짝이 없군."

주블킨은 얼굴을 찡그리며 창 밖을 쏘아보았다. 그 옆에 서 있던 아낙네는 불안한 표정으로 주블킨을 바라보다가는 덩달아 노한 얼굴이 되어 밖을 바라보았다.

"정말이지, 예의도 모르는 작자들이에요! 의사의 집 앞을 지날 때는 좀 조용히 해줘야 할 거 아닌가, 원 참!"

여인의 말은 옳았지만 동시에 옳지 않기도 하다. 그 '예의도 모르는 작자들'이라는 것이 너무 어마어마한 인파인지라 어쩔 수 없이 소음이 일어나는 것이기 때문이다. 주블킨은 킬킬거리며 고개를 돌렸다.

뭐, 의사의 멱살을 붙잡고 수면제를 만들게 하는 녀석도 있는걸. 주블킨은 갑자기 떠오른 쓴 기억을 잊으려 눈을 몇 번 깜빡이고는 무릎 앞에 앉아 있는 사내아이를 바라보았다. 사내아이는 초주검이 된 얼굴로 주블킨의 시선을 피하고 있었나. 굳게 다물린 입은 주블킨의 손길을 완강하게 거부하고 있었다.

주블킨은 팔짱을 탁 낀 다음 말했다.

"요 녀석아, 나도 빨리 문 닫고 신스라이프 저택에 가서 구경해야 될 거 아냐. 네가 이렇게 비협조적으로 나오면 곤란한데."

그러나 사내아이의 얼굴에는 결연한 각오만이 떠올라 있을 뿐이었다. 유피넬과 헬카네스의 이름으로, 절대로 당신의 그 섬뜩한 도구들을 내 입에 집어넣지는 못할걸요?

그 모습을 보고 있던 아낙네는 몇 번이나 반복했던 말을 다시 반복했다.

"이 녀석아! 의사 선생님 힘들게 하지 말고 어서 주둥아리 열지 못해?"

그러나 아무래도 사내아이는 어머님의 말씀에 순순히 따라 입 속의 충치를 주블킨의 손길에 맡길 생각은 없는 모양이었다. 뿐만 아니라 자꾸만 문 쪽을 곁눈질하는 모습이 아무래도 어머니의 감시망이 조금이라도 허술해지면 그대로 도망칠 생각인 것처럼 보였다. 밖에는 신스라이프 저택으로 찾아가는 구경꾼들이 인산인해를 이루고 있는 만큼 이 꼬마가 빠져나가면 절대로 붙잡지는 못할 것이다.

주블킨은 잠시 미간을 문지르다가 포기하는 음성으로 말했다.

"좋아, 이래서야 어쩔 수 없지. 관두자, 관둬."

"예?"

여인은 깜짝 놀랐고 사내아이는 펄쩍 뛰어오를 듯이 기쁜 표정을 지었다. 사내아이는 희색이 만면한 얼굴로 앉아 있던 의자에서 일어나며 말했다.

"예! 의사 선생님. 안녕히 계세……."

콱! 주블킨은 어느새 왼손으로 사내아이의 볼을 꽉 움켜쥐었다. 사내아이는 경악으로 거대해진 눈을 데룩데룩 굴려대었지만 주블킨은 순간의 시간도 낭비하지 않았다. 사내아이가 뭐라고 반항의 말을 꺼내기 위해 입을 더 크게 벌린 순간("어거거, 셔새니이……!"), 주블킨은 오른손을 재빨리 그 입 안에 집어넣었다가 뺐다.

빠져나온 주블킨의 오른손에는 사내아이의 침으로 번들거리는 썩은 이가 들려 있었다. 주블킨은 피식 웃으며 사내아이의 볼을 놓아줌과 동시에 오른손에 든 이빨을 옆에 있던 그릇에 던져 넣었다. 땡그랑. 조금 전까지도 사내아이의 입 속에서 썩어들어 가고 있던 이빨은 맑은 소리를 울리며 그릇 속을 굴렀다.

여인과 사내아이 모두 눈 깜짝할 사이에 벌어진 일에 어안이 벙벙한 표정을 짓고 있었다. 주블킨은 그런 모자를 보며 킥 웃고는, 거드름 피우는 동작으로 옆에 놓아두었던 수건을 들어 손을 닦으면서 말했다.

"아프냐?"

사내아이는 믿을 수 없다는 듯이 입 속으로 손을 집어넣었다. 조금 전까지 욱신거리는 아픔으로 사내아이를 괴롭히던 이빨이 있던 곳에는 부드러운 잇몸만이 만져졌다. 사내아이는 손을 입 속에 넣은 채 불분명한 말투로 말했다.

"어……, 하야도 아 아프데……."

"손은 빼고 말해라. 버릇없어 보이잖아."

"어, 예. 하나도 안 아픈데……."

사내아이뿐만 아니라 그 어머니조차도 믿을 수 없는 표정으로 다가와서는 아이의 머리를 붙잡으며 물었다.

"안 아파?"

"응."

"입 벌려 봐. 어디……, 세상에! 쑥 빠졌네? 신통해라. 선생님, 어떻게 그렇게 빨리 뽑을 수 있죠? 집게도 쓰지 않고 맨손으로……."

주블킨은 미소를 지은 채 말했다.

"그러니까 의사지. 됐어. 애 데리고 가보게. 내일까지는 찬 것이나 너무 자극적인 것은 먹지 말고."

"아, 치료비는……."

주블킨은 고개를 가로저었다.

"필요 없어. 간단히 뽑았는걸, 뭐."

여인은 놀란 얼굴로 주블킨을 바라보았지만 주블킨은 벌써 의자에서 일어나서는 그릇과 도구들을 정리하고 있었다. 여인은 주블킨의 뒤통수를 향해 허리를 조아리며 크게 감사하고는 사내아이를 데리고 갔다.

모자가 떠나기 위해 문을 연 순간 거리의 소음이 갑자기 더 커졌지만 문이 닫히자 다시 아스라한 소음만이 주블킨의 의원을 감돌았다.

주블킨은 도구들을 정리하고 방을 치우고는 잠시 기지개를 켰다. 창 밖을 바라본 주블킨은 요란한 소음과 함께 많은 사람들이 오가고 있는 바깥과는 달리 자신 외에 아무도 없는 어둑어둑한 의원의 모습에서 왠지 괴리감 같은 것을 느꼈다.

'이제 가볼까.'

주블킨은 창문을 단속하고 주위를 대충 치웠다. 청소를 끝낸 주블킨은 약병들이 가득한 벽장으로 다가섰다. 그러나 그는 벽장 문을 여는 대신 벽장의 모서리를 붙잡고는 옆으로 밀었다.

드르륵. 벽장은 바닥과 벽에 교묘하게 장치된 레일을 따라 옆으로 움직여서 그 뒤의 벽을 드러냈다. 벽은 안으로 조금 들어가 있었고 안으로 들어간 벽면으로부터 못들이 튀어나와 있었다. 그리고 그 못에는 몇 가지 도구가 걸려 있었다.

주블킨은 먼저 가장 높은 곳의 못으로부터 커다란 쇠붙이를 집어들었다. 쇠붙이는 둥그런 바퀴 모양이었고, 그 안에는 서로 뒤엉켜 있는 아홉 마리의 고양이가 세밀하고 화려한 조각으로 새겨져 있었다. 크기는 주블킨의 손바닥 정도. 주블킨은 잠시 그 표면을 쓰다듬어 보고는 그것을 그대로 주머니 속에 집어넣었다.

그러고 나서 주블킨은 그 옆의 못에 걸려 있는 길고 투박해 뵈는 로드를 집어들었다. 다리가 불편한 노인네들의 지팡이가 아니었다. 4큐빗은 넘을 것 같은 길이에 수액을 여러 번 입혀서 강화시킨 것이 분명한 어두운 빛깔이 감돌고 있었다. 분명히 무기로 취급될 만한 묵직한 것이었지만, 주블킨은 그것을 가볍게 들어올려 옆의 벽에 세워두었다.

그러고 나서 주블킨은 입고 있던 셔츠를 벗어던졌다. 얇은 속옷만을 걸친 주블킨은 벽 뒤의 비밀 공간으로부터 세 번째 물건을 꺼냈다. 차르륵. 쇠고리들이 서로 부딪히며 맑은 쇳소리가 울려퍼졌다. 주블킨은 집어든 체인 메일의 무게에 잠시 당혹했다.

'이거, 의외로 묵직하군. 이렇게 무거웠나?'

주블킨은 고개를 가로저었다. 몇 년 전까지만 해도 주블킨은 침대에 들 때마다 잠옷 대신 이 체인 메일을 걸치고 잠들었다. 잠자는 동안 운동이 되도록 하기 위한 목적이었다. 하지만 언제인가부터 게으름에 굴복해 버린 주블킨은 그것을 이 비밀 공간에 걸어두고 잊어버리고 있었다.

'게으름을 부린 것이 잘못이었어. 어쩔 수 없군······. 몸놀림이 많이 이상해지지 않았으면 좋겠는데.'

주블킨은 낑낑거리며 체인 메일을 걸친 다음 벗어두었던 셔츠를 그 위에 겹쳐 입었다. 셔츠를 입고 허리끈도 다시 조여 맨 주블킨은 가슴을 쓸어 만지며 셔츠 아래로 만져지는 쇠고리들의 감각을 느껴보았다. 거울이라도 있다면 자신의 모습을 비춰보겠지만, 주블킨에게는 거울이 없었다.

'망토라도 걸칠까? 관두자. 더 이상해 보일 거야. 날씨가 봄철이니 겉옷도 더 못 입겠고······, 흐음.'

주블킨은 어깨를 으쓱하려다가 익숙지 않은 무게에 질겁해 자세를 바로 했다. 그리고 주블킨은 벽장을 다시 원래의 위치에 가져다놓았다. 벽에 기대어 세워두었던 로드를 다시 집어든 주블킨은 잠시 자신의 작업실을 주욱 둘러보았다. 갑자기 그의 입에서 실소가 터져나왔다.

'청소는 왜 한 거야, 이 멍청한 늙은이. 마치 다시 돌아올 것처럼. 하하하!'

주블킨은 소리 없이 한참을 웃고는 눈가의 눈물을 훔쳐냈다. 갑자기 난폭한 기분이 든 주블킨은 이곳을 모두 때려 부수고 갈까 하는 생각을 떠올렸다. 로드를 휘둘러 약장을 때려 부수고 의자를 집어던지고 테이블을 걷어차고……. 하지만 평생토록 지켜온 그의 신조는 방종을 허락하지 않았다.

오로지 숨기고 숨기며 행동할 것. 자신마저도 모를 정도로 숨길 것.

주블킨 일레드마는 자신의 결심에 고개를 끄덕인 다음 평상시의 모습 그대로 문을 열고 집을 나섰다.

밖의 날씨는 청명했다. 오가는 사람들은 이 도시에 둘밖에 없는 의사들 중 하나가 평소에 들고 다니지 않는 기괴한 지팡이를 들고 있음을 깨닫지는 못했다. 그들은 떠들고 걷고 서로에게 밀리느라 정신이 하나도 없어 보였다.

이런 분위기 속에서 다른 사람을 차분하게 관찰할 사람은 아무도 없을 것 같았다. 주블킨의 마음속을 감돌던 불안감은 씻은 듯이 사라졌다. 그때였다.

"의사 선생님? 그게 웬 지팡입니까?"

평소에 알고 지내던 사람 하나가 다가서며 질문했다. 주블킨은 당황했지만 시치미를 뚝 떼고 말했다.

"아, 구경꾼들이 너무 많잖은가. 그래서 이런 걸 흔들고 다니면 사람들이 가까이 오지 못할 것 같아서. 무시무시해 보이지?"

"하하, 그렇군요. 선생님도 신스라이프 저택에 가십니까?"

"그렇다네."

"저도 거기에 갑니다. 야! 정말 대단한 인파군요."
"그래."
고양이와 꿈의 콜리의 프리스트는 친근감 어린 표정으로 주위 사람들과 말을 나누며 걷기 시작했다.

궤헤른은 재촉하는 성격이 아니었지만, 어쩔 수 없이 다시 말했다.
"후작님. 시간이 다 됐습니다만."
할슈타일 후작은 궤헤른의 말을 들은 척도 하지 않았다. 커다란 나무 밑동에 앉은 후작은 나무에 등을 기댄 채 앞만 바라보고 있었다. 그리고 후작의 시선이 향하는 곳에는 미가 오도카니 앉아 있었다.
미는 후작에게 옆얼굴을 보인 채 두 팔로 끌어안은 무릎 위에 턱을 올리고 앉아 있었다. 가이버와 니크, 그리고 사무엘은 멀뚱한 표정으로 후작과 미를 번갈아 쳐다보았지만 그들의 비교적 단순한 두뇌 구조로는 이 사태가 이해되지 않았다. 그리고 궤헤른 역시 이 사태가 이해 불가능인 점은 마찬가지였다. 그래서 그들은 불안한 표정으로 배낭 끈을 만지작거리거나 말고삐를 흔들어댔다.
미는 말없이 앉아 있었고, 후작 역시 아무 말도 없이 그런 미를 바라보고만 있었다. 두 사람의 얼굴은 서로 약속이나 한 듯 똑같이 무표정했다. 후작이 궤헤른의 말을 듣지 못했을 까닭은 없다. 두 번이나 말했으니까. 따라서 궤헤른은 후작을 귀머거리 취급하며 세 번째로 말하는 것이 퍽 주저되었다.

하지만 벌써 해는 정점을 향해 치달아 올라가고 있었다. 지금부터 출발하더라도 서두르지 않으면 정오까지 신스라이프의 저택에 도달하지 못할 수도 있다. 궤헤른은 다시 한번 용기를 짜냈다.

그러나 궤헤른이 입을 열기 직전, 꼼짝도 하지 않던 후작이 갑자기 말했다.

"네가 내 발목을 잡을 수는 없다. 북부의 무녀."

사내들은 후작의 말에 깜짝 놀라 미를 바라보았다. 미는 여전히 꼼짝도 하지 않은 채 앉아 있었다. 후작은 그런 미를 지그시 바라보다가 다시 말했다.

"네가 정답이 아니라도, 나는 너를 이용할 수 있다. 내 손에 들어왔던 정답이 사라졌다고 해도 나는 실망하지 않아. 너는 미래를 걷지만 나는 현재를 걷는다. 그리고 내 발걸음은 누구도 막을 수 없어."

정답이 아니라고? 궤헤른은 숨 막힐 듯한 기분을 느꼈다. 저 무녀가 신스라이프의 문제의 정답이 아니라는 말인가?

후작은 갑자기 일어섰다.

"일어나라, 무녀."

잠시 후 미는 스르르 일어서서 후작을 똑바로 바라보았다. 할슈타일 후작은 피로감이 묻어나는 목소리로 말했다.

"가자. 내 말에 타도록."

미는 아무 대답 없이 말을 향해 걸어갔다. 후작은 제자리에 선 채 미의 뒷모습을 물끄러미 바라보았다. 궤헤른은 참을 수 없는 기분에 입을 열었다.

"후작님. 무슨 말씀입니까? 저 퓨처 워커가 정답이 아니라는 겁니까?"

"퓨처 워커가 아냐. 무녀다. 아니, 그냥 여자라고 해도 되겠군."

"예? 그게 무슨 말씀⋯⋯."

"시간이 없다. 가자."

후작은 궤헤른을 남겨둔 채 그대로 말이 있는 쪽으로 걸어갔다. 미의 등 뒤에 올라탄 후작은 그녀를 안듯이 팔을 둘러 고삐를 잡았다. 궤헤른은 의혹이 가득한 표정으로 후작을 바라보았지만 지금 질문한다고 해서 후작이 대답해 줄 것 같지는 않았다. 궤헤른은 이를 악문 채 자신의 말로 걸어갔다. 말에 오르면서 궤헤른은 스스로에게 후작의 행동을 설명해 주느라 애썼다.

'뭔가 생각이 있으니까 가시는 것이겠지. 그렇지 않다면 그곳으로 갈 까닭도 없으니까.'

다른 사내들도 대충 궤헤른과 비슷한 결론에 도달했다. 그중에는 후작님이 가시니까 나도 간다는 식으로 별 고민 없이 말에 오른 니크 같은 사람도 있었지만, 어쨌든 모두가 말에 올랐다. 후작은 아무런 명령이나 지시 없이 말을 몰아가기 시작했고 사내들은 그 뒤를 따라 말을 달렸다.

잠시 후, 정오를 향해 치닫는 햇빛 아래 반짝이는 턴빌 시의 모습이 가까워지고 있었다.

"제발 부탁이니 그렇게 음식을 입 속으로 우겨넣지 마. 조금씩 베어 먹어도 되잖아. 인간들은 오크와 달라서 다른 사람의 손에 들린 음식을 빼앗지는 않아. 내가 보증하지."

레이저는 처량한 표정으로 말했다. 하지만 루손은 어디서 개가 짖나는 표정을 지을 뿐 손에 든 와플을 입 속으로 쑤셔 넣는 일을 그만두지 않았다. 이 엄청난 인파 가운데로 루손을 데리고 걸어가면서, 뭐라도 먹게 해놓으면 주위에 신경 쓰지 않을 거라고 생각했던 레이저의 의도는 확실히 보답 받았다. 루손은 주위에 아무런 관심도 보내지 않고 구강과 식도를 와플로 채우는 일에만 열중하고 있었으니까. 그러나 이젠 거꾸로 주위의 사람들이 그들에게 상당히 관심 어린 시선을 보내어오고 있는 것도 사실이었다.

분명히 미인. 보자마자 기절할 정도의 미녀는 아니지만 바라보고 있으면 즐거운 상상이 가능한 용모. 그런데 이 아리따운 아가씨의 등에 걸려 있는 것은 살벌한 글레이브(대장장이의 손을 거쳐 루손의 현재 팔 길이에 딱 알맞은 크기로 재탄생한 것이다.). 파격적. 입가뿐만 아니라 볼 전체를 뒤덮어 눈 바로 아래에까지 덕지덕지 붙어 있는 와플 조각. 이런 루손의 모습을 놓고 볼 때, 사람들의 노골적인 시선은 무죄라고 할 수 있다. 그래서 레이저는 암담했다.

"루손. 내 말 좀 들어봐."

눈만 힐끔. 와구와구.

"고마워. 네가 음식을 먹는 방식은 위험해."

의문이 담긴 시선. 쩝쩝쩝.

"사람들이 네가 변신한 오크일지도 모른다고 의심할지 몰라."

경악으로 커진 눈동자. 벌어진 입술 사이로 떨어져 내리는 와플 조각.

"아니, 먹던 것은 다 삼켜! 흘리지 말고."

"자, 잠깐. 그거 사실이야? 진짜야?"

"그럴지도 모른다는 거지."

하지만 레이저의 말은 루손에게는 반드시 그렇다는 말로 들렸다. 루손은 발작적으로 등에 메고 있던 글레이브로 손을 가져가면서 동시에 주위를 쏘아보기 시작했다. 레이저는 화급하게 말했다.

"아, 아, 경계하지 마! 이 멍청한 친구야. 절대로 오크가 아닌 척해야 되는 거 아냐!"

"응? 어, 그런가?"

"그래! 완전히 사람인 것처럼, 뭘 쳐다보냐는 식으로 주위를 둘러 봐!"

주위의 사람들은 사실 레이저가 말하는 것만큼이나 위험한 모습으로 그들을 바라보고 있지는 않았다. 심지어 사람들은 루손을 향해 끊임없이 소곤거리고 있는 레이저를 보면서 보기 좋은 한 쌍이라는 느낌도 받고 있었다. 루손은 미심쩍은 시선으로 주위를 둘러보았지만 그녀가 가진 오크의 야수적인 감각은 주위에서 위험을 발견해 내지는 못했다.

루손은 갑자기 입맛이 떨어졌다는 표정으로 들고 있던 와플을 레이저에게 건네었다.

"너 먹어. 먹고 싶지 않아."

레이저는 어깨를 으쓱인 다음 와플을 받아들고는 이런 식으로 먹어야 된다고 주장하듯이 점잖게 씹어 먹었다. 하지만 루손은 레이저로부터 근사한 식사 예법을 교육받고 싶은 생각은 별로 없었다.

"그런데, 정말 오늘 그 신스 어쩌고 하는 인간의 집에 가면……."

"신스라이프야."

"그래. 거기에 찾아가면 그 고양이 신의 프리스트들이 나타날까?"

"콜리의 프리스트야. 자기들이 만든 수수께끼인데, 당연하잖아?"

"응? 뭐가 당연한데?"

"……당연히 나타난다고."

"아? 그래?"

"응. 우리는 참 행운이야. 우리가 그 문제에 대해 조사하려고 찾아오자마자 누군가가 그 문제를 풀 준비를 하고 있으니. 그렇잖으면 목숨을 걸고 도전했어야 될지도 모르는데. 나크둠의 가호일지도 모르겠다."

"헤엣. 무너진 동굴 속에서 썩어가고 있을 나크둠이 우리를 가호한다고?"

레이저는 와플을 씹다 말고 볼을 불룩하게 만든 채 루손을 바라보았다. 그녀가 만들어내는 인간 표정은 아직 능숙하지 않았지만 레이저는 그녀의 얼굴에 경멸감 같은 것은 보이지 않는다는 사실을 깨달았다. 그럼 이건 뭘 말하는 걸까. 그러나 곧 이어진 루손의 말을 듣자 레이저는 이해할 수 있었다.

"먹었어야 했는데, 제길. 그럼 그가 내 속에 들어와……."

"그렇겠지."

"아깝단 말이야. 그만한 오크 전사가 다시 나오려면 얼마나 걸릴까. 이건 오크 전체를 통틀어 너무 아쉬운 일이라고."

루손은 정말 아쉽다는 표정을 지어보였지만 레이저는 소름이 돋았다. 루손은 혀로 입술을 핥으며 아쉽다는 표정을 지었다. 오, 젠장. 입맛이 떨어지려고 하는군. 레이저는 우물거리고 있던 와플을 힘들게 삼킨 다음 말했다.

"루손."

"응?"

"갑자기 부탁할 것이 하나 있어. 너와 내가 언제까지 같이 다니게 될지는 모르겠지만, 최소한 나크둠의 복수가 완결되는 시점까지는 함께 다니겠지. 그렇잖아?"

"그렇겠지."

"좋아. 만일 내가 복수를 마치지 못하고 사망했을 경우 너는 내 곁에 있겠지. 내 시체를 어쩔 생각이지?"

루손은 잠시 대답을 보류하고는 왼손을 들어올려 아랫입술을 만지작거리기 시작했다. 하지만 손에 만져진 것은 말랑말랑하고 촉촉한 인간의 입술이었으므로 루손은 질색하며 손을 뗐다. 결국 루손은 단순한 해답을 떠올렸다.

"죽지 마."

"나야 죽고 싶겠냐. 하지만 그럴 수는 있잖아."

루손은 갑자기 고개를 옆으로 꺾더니 레이저의 머리끝에서 발끝까지를 주욱 훑어보았다.

"젠장. 나 혼자서 이걸 다 먹으려면 끔찍하게 오래 걸리겠군."

대답을 마친 루손은 고마워해야 마땅하지 않느냐는 듯한 표정으로 레이저를 바라보았다. 레이저는 어쩔 수 없이 고맙다는 표정을 지었다. 루손은 한 마디 덧붙이는 것을 잊지 않았다.

"난 보잘것없는 오크니, 굳이 먹어주려고 애쓰지 않아도 되네, 친구."

이래 가지고서야 할 말이 곤궁해진다. 루손은 레이저를 크게 칭송한 것이다. 그게 오크식 칭송이라는 것이 문제지만. 레이저는 머쓱해하다가 손에 든 와플을 떠올리고는 그것을 입 안에 털어 넣어 우물거리면서 잠시 생각에 잠겼다.

"루손. 아무래도 나는 인간이야."

"그렇지."

"너를 모욕할 생각은 아니지만, 장례식을 가질 수 있는 처지라면 인간식의 장례식을 가지고 싶어. 그러지 못할 가능성이 많겠지. 나는 갬블러고, 내 시체를 걸고 내기를 하고 싶어 하는 동료 갬블러도 있을지 몰라."

"너희들은 시체 가지고도 그 도박인가 하는 것을 하나? 무례한 종족……."

"아니. 그런 말은 아니고. 쉽게 말하지. 나한테 사기당한 녀석들이나 내게 돈을 왕창 잃은 사람 중에서 나를 죽이고 싶도록 미워하는 녀석이 나오게 될지도 모른다는 말이야."

"그래? 흐음. 이해했어."

"그래. 그러니까 이건 헛된 꿈이 될 가능성도 높지만, 어쨌든 인간식의 장례식을 가지고 싶어. 넓은 광야, 이왕이면 몬스터가 전혀 없는 사이들랜드 대평원이 좋겠어. 그곳에 버려진 시체가 되고 싶어. 내 시체 조각을 삼킨 새들이 하늘을 날 때 나는 함께 하늘을 날고 싶어. 그리고 밤마다 대평원의 노랫소리를 들으며 일생의 추억을 되짚어 보고 싶어. 시간은 무한할 테니까, 잊혀진 추억이나 생각나지 않을 정도로 오래된 추억까지 더듬어볼 시간은 충분하겠지."

레이저를 알고 있던 사람들이라면 경기를 일으키기에 적합한 독백이었다. 루손 역시 레이저를 알고 있었지만 그녀는 오크였다. 그래서 그녀는 이해할 수 없었다. 죽음을 삶에서 분리시키지 않고 그대로 보듬는 레이저의 사고방식이 인간으로서는 얼마나 독특한 것인지.

"추억을 더듬는다고? 왜? 지금 하지?"

"죽은 다음에 얼마든지 하게 될 테니, 살아 있을 때는 추억을 되새겨 볼 필요는 별로 없어. 아니지. 죽은 다음에 되새겨 볼 추억들을 매일매일 열심히 만들어야지. 현자는 앞을 바라보며 뒤를 생각하는 법이야."

"쳇, 모르겠다. 간단하게 말해. 죽은 다음엔 사이들랜드에 던져지고 싶단 말이야?"

"뭐……, 그래. 하하."

"그렇게 해주지."

루손은 간단하게 말했고 레이저는 그런 루손을 바라보며 행복을 느꼈다.

"오크는 죽고 나면 어떻게 되지?"

루손의 눈이 갑자기 자부심과 긍지로 반짝거렸다. 루손은 조금 희열이 어린 목소리로 말했다.

"화렌차의 곁으로 가는 거지!"

"화렌차께로?"

"그래. 그곳에서 영원히 싸움을 즐기고 먹고 마시는 것이다. 걱정할 필요도 없어. 죽은 오크는 다시 죽지는 않으니까. 싸움에 져도 몸은 끄떡없어. 그렇게 몸을 단련시켜 둔 다음, 화렌차의 지휘를 받아 복수를 하는 거야!"

"복수라니, 무엇에 대한?"

루손은 갑자기 당황한 표정으로 레이저를 바라보았다.

"내가 그걸 어떻게 아냐? 뭐, 윗분들이 아시는 중요한 이유가 있겠지. 신이잖아? 아랫놈들은 그런 곳에 신경 쓸 필요가 없는 거야."

하긴, 오크와 복수의 화렌차라고 하지. 하지만 화렌차 자신이 무엇에 대해 복수한다는 거야. 레이저는 속으로만 웃었다.

"뭐, 그렇겠군. 그게 오크의 낙원인가?"

"낙원? 아, 그래."

"그럼……, 나는 네가 죽었을 경우 어떻게 해주면 되지?"

"네 마음대로 해. 화렌차의 곁으로 가게 되면 그분께서 새롭고 훨씬 우수한 몸을 주신다. 그러니 지상에 남겨진 몸이야 어떻게 되든 내 알 바 아니야. 나는 나크둠처럼 다른 오크들에게 전해 줄 굉장한 힘과 용기를 가진 것도 아니고, 뭐."

"그렇구나. 알겠어. 아……, 저곳인가 보다. 사람들이 꾸역꾸역 들어가고 있는 저기 저 저택."

이루릴은 머리카락을 귀 뒤로 넘겼다. 아프나이델은 그녀의 기다란 귀가 안성맞춤의 머리핀 역할을 한다고 생각했다. 절벽 끄트머리에 멈춰 선 채, 이루릴은 차분한 목소리로 말했다.

"저곳인가요."

"예? 어디 말씀입니까?"

"보이지 않으시겠군요. 상당히 멀어요. 하지만 제 눈엔 지평선에 걸린 인간의 도시가 보입니다. 방향으로 보건대 저곳이 턴빌일 것으로 짐작되는군요."

제레인트는 고개를 갸웃하더니 두 손을 이마에 대어 햇빛을 가리고는 이루릴이 지적한 방향을 쏘아보기 시작했다. 잠시 후 아무래도 잘 안 보인다고 생각한 제레인트는 시선을 멀리 고정한 채 무턱대고 낭떠러지를 향해 걸어갔고, 엑셀핸드의 제지가 아니었다면 그대로 추락할 뻔했다. 엑셀핸드는 제레인트의 허리끈을 붙잡아 당기면서 불같이 노한 목소리로 말했다.

"이 멍청한 녀석아, 테페리의 죽은 지팡이가 되고 싶은 게냐! 갈림길은 잘 찾는 녀석이 왜 낭떠러지로 걸어가는 거야?"

"하, 하하. 설마요. 보십시오! 엑셀핸드가 저를 구하시지 않으셨습니까? 그게 테페리의 뜻일 겁니다."

"으으음! 할말 없다."

뒤에서 낄낄거리고 있던 아일페사스가 말했다.

"괜찮아, 괜찮아. 제리가 떨어지면 제가 날아올라서 제리 붙잡아 올릴 거야. 떨어져봐요, 제리."

"……테페리께서도 거기에는 찬성하지 않으실 것 같구나."

"설마? 제가 테페리에게 물어볼까? 어떻게 물어보면 돼?"

"네 속에 계신 테페리께 여쭤봐."

제레인트는 단순하게 대답해서 아일페사스로 하여금 혼잣말을 하게 만들어놓고는("테페리? 거기 있어요? 테페리야, 대답해 봐아아라?") 이루릴에게 말했다.

"그럼 얼마나 더 걸어가면 될 것 같습니까?"

"말들이 전속력으로 달려준다면 한 시간 정도. 하지만 말들이 힘들겠죠."

아프나이델은 고개를 끄덕이고는 말했다.

"그럼 점심을 좀 느지막하게 먹기로 하고……." 엑셀핸드는 잠시 짙은 우수가 담긴 시선으로 아프나이델을 바라보았다. 아아, 식사가 늦어지다니! "쉬지 않고 걸어가도록 하지요. 가볍게 달리면 한 두어 시간 걸리겠죠?"

"길이 평탄하니까 그렇겠지요."

"어떻습니까, 엑셀핸드님?"

"으음……, 그러자."

엑셀핸드는 근엄하게 말했고 제레인트는 엑셀핸드의 결단에 감탄하는 표정을 지어 보였다. 에델린은 고개를 돌려 자신을 태우고 여기까지 걸어온 말 코스모스를 바라보았다.

"미안하다. 조금만 더 고생하렴."

그리고 에델린은 등자에 발을 올리지도 않은 채 선 채로 코스모스에 올라타 버렸다. 아일페사스는 엉겁결에 눈을 질끈 감았지만 말이 쓰러지는 소리 같은 것은 들려오지 않았다. 눈을 뜬 아일페사스는 에델린의 거구를 견뎌내고 있는 말을 바라보며 탄성을 질렀다.

"아! 언제 봐도 대단해."

"키가 크니까요."

"응? 아니아니, 코스모스 말이에요."

아일페사스가 등자에 발도 올리지 않고 말에 타는 재주에 감탄한 줄 알았던 에델린은 머쓱한 표정을 지었다. 엑셀핸드는 그런 두 사람을 바라보고는 고뇌 어린 표정으로 말했다.

"허어! 등자에 발을 올리지 못하는 자도 여기 있네. 에델린이 부럽군."

아프나이델은 활짝 웃고는 늘상 그래왔던 것처럼 엑셀핸드가 말에 오르는 것을 도와주기 위해 다가섰다. 엑셀핸드는 그런 아프나이델에게 감사하는 표정을 지은 다음 아프나이델의 손을 밟아가며 세레니얼

위에 올랐다. 그는 말 위에 앉아서 균형을 잡으려 애쓰면서 말했다.

"그래도 나는 드워프 중에서는 키가 큰 편이란 말이야. 우리 동굴에서는 동료들이 나를 뭐라고 부르는지 아나?"

제레인트가 대답했다.

"거인이다."

"응? 하하. 그 정도는 아닐세, 제레인트."

"아니, 거인이에요."

엑셀핸드는 노한 표정으로 말했다.

"아니라니까! 잠깐, 지금 자네 비꼬는 건가?"

"젠장, 테페리께 맹세코 거인입니다! 고개를 돌려 뒤를 보세요!"

엑셀핸드는 그제서야 제레인트가 자신의 머리 너머를 바라보고 있음을 깨달았다. 아프나이델과 이루릴, 그리고 에델린과 아일페사스도 고개를 돌려 자신들이 넘어온 능선을 바라보았다.

능선은 완만하게 굽이치고 있고, 뒤로 켜켜이 쌓인 산봉우리들은 아스라한 회색으로 물들어 하늘을 받치고 있었다. 그런데 능선 바로 뒤쪽에 갑작스럽게 솟아난 봉우리가 하나 있었다. 봉우리에는 눈처럼 보이는 것이 두 개 달려 있고, 그 아래에는 웬만한 사람이라면 코라고 불러줄 만한 돌출물이 있었다. 그리고 바야흐로 그 아래에 있는 입이 올라오고 있었다.

엑셀핸드는 말에서 떨어지고 말았다. 쿠당탕! 그러나 엑셀핸드는 낙마의 충격도 잊은 채 능선 뒤편에서 올라오고 있는 거인의 모습을 바라보며 입을 뻐끔거렸다.

"거, 거, 거……!"

"수, 숨어랏!"

"어머, 세상에나! 정말 큰 인간이네?"

"숨으라니까, 펫시!"

말들은 투레질을 하며 비명을 지르려 했다. 이루릴은 재빨리 주위를 둘러보며 외쳤다.

"그 숨결에 생명을 담고 모든 것을 바라보며, 종속될 수 없는 운명을 가진 자여! 여기서 그대의 권능 중 하나를 거두세요."

찌잉……! 에델린은 귓속을 울려퍼지는 이명에 놀랐다. 하지만 말들의 비명 소리가 들리지 않게 된 것을 알자 더욱 놀랐다. 소리를 전달하는 실프로 하여금 말들의 비명을 지우게 만든 이루릴은 손을 뻗어 단호하게 말했다.

"저기! 전나무 쪽으로!"

그러나 일행 중에 능숙한 기수는 아무도 없었다. 아프나이델은 날뛰는 세레니얼을 끌고 가려다가 오히려 걷어차일 뻔했다. 제레인트는 힘껏 팔을 휘둘러 자신의 말 후치의 볼기를 철썩 갈겼지만 후치는 고개를 돌려 '왜 때려?' 하는 표정으로 제레인트를 바라봄으로써 그를 황당하게 만들었다.

"이 자식아, 너 꼭 그 이름의 원래 주인같이 굴 거야?"

엑셀핸드는 기는 것 비슷한 걸음걸이로 전나무를 향해 달려가고 있었고 에델린은 충만한 힘을 발휘하여 코스모스를 질질 끌고 뛰었다. 한 마디로 난장판을 벌이고 있는 일행들의 한가운데서, 낮지만 날카로운 목소리가 울려퍼졌다.

"가라! 이 멍청한 생물들! 저의 명령이다!"

아일페사스의 고함 소리에는 그녀의 말 센추리온조차도 응답하지 않았다. 센추리온은 무턱대고 몸을 돌려 거인의 반대쪽을 향해 달려가려고 했지만 그쪽에는 완전히 노출된 낭떠러지만이 있을 뿐이었다. 아일페사스는 분노로 충천한 표정으로 고삐를 잡아당겨 간신히 센추리온의 질주를 막을 수 있었다. 그때 이루릴이 말했다.

"길짐승 중 유일한 바람의 적자들이여, 그대들의 주인을 따르세요."

이루릴의 음악소리와도 같은 목소리가 울려퍼지자 말들은 진정하는 기색을 보였다. 미숙한 기수들은 그제서야 각자의 말을 끌고 전나무 숲으로 몸을 숨길 수 있었다.

일행들이 이토록이나 난동을 부리고 시간을 끌었는데도 거인은 이 일행들을 발견하지 못했다. 실프들이 소음을 없애준 까닭도 있지만, 까마득한 키의 거인에게 일행들은 개미처럼 보일 뿐이었기 때문이기도 하다. 게다가 거인은 그 높은 곳으로부터 멀리 떨어진 턴빌을 바라보고 있었다.

전나무 숲에 숨은 일행들은 동시에 많은 일을 해야 했다. 제자리걸음을 하며 날뛰고 있는 말들을 진정시키고 몸을 더욱 은밀하게 숨기면서 동시에 거인의 동태를 살펴야 했다. 이루릴은 말들의 갈기를 쓰다듬고 속삭이듯 말했다.

"진정하렴, 진정해. 조용히……."

그리고 아일페사스는 알고 있는 욕설을 모조리 퍼부어대며 '감히'

자신의 명령을 무시한 말들을 꾸중했다. 아무래도 아일페사스의 머릿속에서 거인의 존재는 별로 크게 부각되지는 않는 듯했다. 그러나 그 외의 다른 이들의 시선은 거인을 향해 고정되어 있었다. 엑셀핸드는 배틀 액스를 단단히 쥐고 나무에 등을 바싹 붙인 채(그리고 있으면 거인이 봐도 나무 표면의 무늬로 생각할 거라고 믿는 것처럼) 떨리는 음색으로 말했다.

"봐, 봤냐? 우리를 봤어?"

아프나이델 역시 덤불 속으로 몸을 숨기려 애쓰면서 대답했다.

"아, 저, 아직은 모, 못 본 것 같습니다만. 에, 올라오고 있습니다! 지금 다리를……, 맙소사!"

아프나이델은 그 동작에 질려버리고 말았다. 거인은 능선을 밟고 올라섰다. 쿵! 거인이 능선을 밟자 산 전체가 울리는 충격음이 퍼졌다. 나무에 등을 기대고 있어서 거인의 모습을 보지 못한 엑셀핸드는 그 충격음에 허옇게 질렸다. 반면 제레인트는 몸을 숨기는 것보다는 거인의 모습을 보다 잘 보기 위해 애쓰며 말했다.

"엑셀핸드, 저것 좀 보세요! 눈에 다 들어오지도 않는군요? 세상에, 굉장합니다!"

"갑자기 거인보다 네놈이 더 무섭다……. 아니, 어떻게 저런 걸음 소리가 들리지 않은 거지?"

"아, 해답을 줄 듯합니다. 보세요!"

엑셀핸드는 나무 옆으로 고개를 돌려 산 쪽을 바라보았다. 이제 두 발로 능선을 디디고 선 거인은 두 팔을 천천히 들어올렸다. 그 거창한 동작을 본 에델린은 피가 식는 기분으로 에델브로이의 디바인 마크를 움켜쥐었다. 그러나 제레인트는 활짝 웃었다. 그는 저 동작의 의미를 알고 있었다.

두 팔을 들어올린 거인은 커다랗게 기지개를 켰다.

"으아아아……암!"

숲 곳곳에서 새들이 비명을 지르며 날아올라서 갑자기 주위가 소란스러워졌다. 천둥 같은 소리로 하품을 한 거인은 다시 천천히 팔을 내렸다. 구태여 천천히 내리고 싶어 하는 것처럼 보이지는 않았지만 워낙에 거대한 팔인지라 제레인트가 보기엔 감질날 정도로 오랫동안 팔을 내리고 있는 것처럼 보였다.

"저 너머에서 자고 있었나 보군요. 게으른 친구인데? 해가 얼마나 떠올랐는데 지금 기상하나."

"더 게을렀으면 좋았을 텐데, 안 일어났으면 좋았을 텐데!"

엑셀핸드는 이렇게 고함지르며 배틀 액스를 단단히 거머쥐었다. 아프나이델은 나무 밑동에 쪼그리고 앉은 채 오들오들 떨면서 말했다.

"세, 세상에 거인이라니……! 거인은 사라졌는데……."

제레인트는 씨익 웃었다.

"그리고 돌아온 것이겠죠. 나는 저 친구를 알 것 같아요."

"안다고요?"

"잘 보면 누구나 짐작할 수 있을 겁니다."

제레인트는 그렇게 말하며 나뭇가지들 사이로 보이는 거인을 손가락질해 보였다. 엑셀핸드는 그 동작을 보며 헛바람을 삼켰지만 제레인트는 낭랑하게 말했다.

"키는 100큐빗은 되겠군요. 오른쪽 눈에 상처를 입었어요. 애꾸 거인입니다. 역사에 등장하는 거인 중에서 100큐빗이나 되는 신장에 애꾸눈을 한 거인은 하나뿐입니다. 우리는 왠지 상당히 유서 깊은 거인을 보고 있는 것 같지 않습니까?"

아프나이델의 얼굴이 이젠 백짓장처럼 변했다. 그는 더듬거리며 말했다.

"그, 그, 그럼……!"

이루릴이 아프나이델의 말을 받았다.

"그덴 산의 거인으로 짐작되는군요."

제레인트는 씩 웃었다. 아일페사스는 그 웃음에 왠지 말로 설명할 수 없는 어떤 것이, 평소의 제레인트의 웃음에는 담겨 있지 않았던 것이 담겨 있음을 깨달았다. 제레인트는 웃으며 말했다.

"모르셨습니까, 여러분? 요즘 대유행입니다. 과거가 우리를 따라잡는 것. 흔한 말로는 복고풍이라고도 하지요. 하하하……."

"제, 제레인트……."

제레인트의 웃음은 마치 울음처럼 보였다. 그는 그렇게 일그러진 얼굴로 웃더니 조용히 고개를 숙였다. 그때 다시 한번 산 위의 거인에게서 천지를 흔들리게 하는 소음이 터져나왔다.

"흐으음……!"

일행들은 다급하게 고개를 돌렸다. 산 위의 거인은 두 팔을 뒤로 당기며 천천히 무릎을 구부리고 있었다. 에델린은 턱을 부들부들 떨며 말했다.

"뭐, 뭐하려는 걸까요?"

아일페사스는 의심스러운 눈으로 거인을 바라보다가 고개를 끄덕이며 말했다.

"몸을 구부리고 있어……. 음, 린, 제 생각에는 말이야……."

"뛴다!"

엑셀핸드의 고함 소리와 동시에 거인은 두 팔을 휘두르며 산을 박차고 뛰어올랐다.

아프나이텔은 기절하고 싶었다. 거인의 커다란 몸이 하늘을 가리는 순간 주위는 캄캄하게 변했다. 구름이 해를 가리는 것과는 완전히 다른 것이다. 그림자는 땅에 가까울수록 짙어지는 법. 그들의 머리 위를 가로지르며 거인이 만들어내는 그림자는 마치 낮 중에 찾아온 밤과 같았다.

게다가 저것은 구름이 아니라 살아 있는 거인이었다. 아일페사스는 씨근거리며 말했지만("감히 제 머리 위를 뛰어넘어 다니다니!") 그녀만큼 당당하게 분노를 토로할 수 있는 자는 아무도 없었다. 꼼짝없이 깔려죽게 생겼다고 믿은 엑셀핸드가 '카리스 누멘이여, 이 자의 영혼을 받아들여' 어쩌고 하면서 중얼거리는 가운데 그덴 산의 거인은 위압감 넘치는 도약의 최종 단계에 접어들었다.

쿠쿠쿵! 말들이 다시 비명을 질렀지만 실프들은 여전히 말들의 비명 소리를 억제하고 있었다. 그리고 사람들은 비명을 지르지도 못한 채 거인의 착지를 바라보았다. 그들의 머리 위를 뛰어넘은 거인은 단숨에 낭떠러지 아래의 평야에 도달했다. 하지만 그래도 절벽 위의 숲속에 숨어 있는 사람들은 거인의 허벅지 정도를 바라볼 수 있을 뿐이었다. 거인의 머리는 아직도 까마득한 높이에 있었다.

사람들은 저마다 입을 틀어막은 채 거인의 엉덩이를 뚫어져라 노려보고 있었다. 이제 거인은 산 위에 있을 때보다 훨씬 가까운 위치에 왔다. 비록 등을 보여준 채 서 있었지만 사람들은 시야를 완전히 가로막은 거인의 등을 보며 두 손으로 입술이 뭉개져라 입을 틀어막아야 했다. 그러나 이루릴만은 차분한 동작으로 활을 꺼내 화살 하나를 시위에 걸고 다른 하나는 땅에 꽂았다.

아프나이델은 어처구니없는 표정으로 이루릴을 향해 손을 마구 휘저었다. 이루릴이 그를 돌아보자 아프나이델은 입모양만으로 격렬하게 말했다.

'고, 공격하려는 겁니까?'

'아니오. 만약을 대비하려는 겁니다.'

'만약을?'

'그댄 산의 거인은 흉포한 존재라고 알고 있습니다.'

아프나이델이 알고 싶은 것은 그런 것이 아니었다. 그는 이루릴이 어떻게 그렇게 차분하게 대처할 수 있는지가 궁금했을 뿐이었다. 하지만 그는 이미 그 대답을 알고 있었다. 엘프니까. 아프나이델은 이를 악물며 자신의 방법으로 만약을 대비했다. 정신을 집중한 아프나이델은 두 손을 앞으로 내민 채 캐스트할 준비를 갖추었다. 엑셀핸드는 만약을 대비한다기보다는 거기에밖에 의지할 수 없었기에 배틀 액스를 힘

있게 움켜쥐었다.

일행들이 숨 막히는 긴장 속에서 거인의 엉덩이를 쏘아보고 있는 동안, 거인은 착지의 충격을 해소하려는 듯이 두 다리를 조금 구르고 있었다. 아무리 신장이 100큐빗에 달하는 거인이라도 그런 도약에서도 아무런 충격이 없을 수는 없는 듯했다. 다리를 몇 번 구른 거인은 오른손을 들어올렸다. 거인은 펼친 오른 손바닥을 이마로 가져갔다. 아프나이델은 인간들도 자주 취하는 그 동작을 쉽게 알아볼 수 있었다.

'햇살을 가리는 건가요?'

'아, 안 돼! 턴빌을 보고 있어요!'

제레인트는 기막힌 표정으로 말했다. 이루릴은 갑자기 활을 들어올려 시위를 힘 있게 당겼다. 에델린은 기겁한 얼굴로 그녀를 말리려 했지만 이루릴은 시위를 놓지는 않았다. 그녀는 그렇게 화살을 잔뜩 당긴 채로 주위를 둘러보며 말했다.

'공격할까요?'

'뭐, 뭐라고요? 제정신입니까?'

'거인이 턴빌로 가게 내버려두라는 말씀입니까? 그를 다른 곳으로 유인해야 하지 않나요?'

경악에 빠져 있던 아프나이델은 조금 후에야 이루릴의 말을 이해할 수 있었다. 그녀의 비인간적인(당연하다, 엘프니까.) 침착성은 논외로 하고, 그녀의 판단은 옳다고밖에 말할 수 없다. 그들은 저 거인의 존재를 발견했고, 따라서 이 시점에서 거인을 다른 곳으로 유인하는 것은 합당한 일이 될 것이다. 하지만…….

제레인트가 고개를 가로저었다.

'안 됩니다.'

아프나이델은 열정적인 얼굴로 제레인트를 바라보았다. 그래. 어쩔 수 없어. 우리가 살아야 되는 것 아니겠어? 그러나 제레인트는 계속 설명했다.

'우리는 산 위에 있습니다. 마음대로 도망칠 수가 없어요.'

이루릴은 활을 내리며 다시 제레인트를 바라보았다.

'잠시 턴빌로 가게 내버려둡시다. 그리고 우리도 그 뒤를 따라가지요. 저 아래의 평야라면 말을 마음대로 달리게 할 수 있습니다. 하지만 이곳에서는 거인을 유인할 수야 있겠지만 마음대로 달아날 수는 없어요.'

이루릴은 고개를 끄덕였다. 아프나이델은 얼굴을 붉게 물들이며 제레인트를 바라보았다. 그와 제레인트 모두 생존을 원하고 있었지만 제레인트는 합리적으로 생각했다.

거인은 갑작스럽게 걷기 시작했다.

쿵……, 쿵……, 쿵……. 거인의 거대한 다리 길이에 어울리는 느릿한 발걸음 소리가 울려퍼졌다. 천천히 걷는다 해도 다리가 워낙 길기 때문에 거인은 순식간에 멀어졌다. 제레인트와 이루릴은 그 모습을 신중히 바라보고 있었다. 그리고 다른 사람들 역시 침을 삼키며 바라보았다.

거인은 이제 웬만한 소리는 잘 들리지 않을 정도의 거리까지 걸어갔다. 제레인트는 낭패라고 생각했다. 거인의 보폭이 너무 큰 것이다. 만일 저 보폭으로 달리면 그 속도가 얼마나 빠를까. 그런데 그들은 이제 산을 내려가면서 많은 시간을 소모해야 할 것이다.

제레인트는 벌떡 일어나며 외쳤다.

"서두릅시다! 자칫하면 유인은커녕 따라잡지도 못하겠어요."

4

네리아는 거창하게 팔을 들어올려 신스라이프의 저택의 넓은 정원을 메우고 있는 사람들의 숫자를 세어보기 시작했다.

"하나, 둘, 아흔아홉, 삼백서른여섯, 아, 정확하게 이천오백마흔세 명이야."

네리아는 자신의 말에 고개를 끄덕였고 다른 사람들은 피식 웃어버렸다. 하지만 운차이는 이 웬만한 연병장만 한 정원을 가득 메운 인파를 바라보며 끔찍한 신음을 뱉었고 그란은 미간을 찌푸리며 말했다.

"저들의 분산을 출검된 검의 운동과 고조된 육성에 의지한다고?"

운차이는 쌀쌀맞은 얼굴로 그란을 쏘아보았지만 그란은 콧방귀를 뀔 뿐이었다. 운차이도 이를 악문 표정으로나마 인정할 수밖에 없었다. 이곳에서 검을 뽑아들고 고함을 질러봤자 사람들이 겁을 집어먹고 뿔뿔이 흩어지는 일은 일어나지 않을 것이다. 아니, 자칫하면 흥분한 군중들에 휘말려 그들 자신이 위험해질지도 모른다.

심지어 그들은 인파 가운데로 파고들지도 못하고 있었다. 넓은 직사각형 모양의 정원에서 그들 일행이 자리하고 있는 곳은 정원 오른쪽, 나무 몇 그루가 우거진 구석 자리였다. 조금 느긋하게 출발했던 것도 문제지만 모두 말을 타고 있었던 것도 문제였다. 말을 끌고서 이 많은 사람들의 가운데를 파고들어 가는 것은 아무래도 불가능했다. 그들은 조금이라도 앞쪽으로 전진하기 위해 말을 이끌며 인파의 가장자리를 따라 걸었고, 결국 이곳에서 더 전진하지도 못한 채 멈춰 서 버릴 수밖에 없었다.

운차이는 어금니를 악물며 으르렁거렸다.

"사람을 때려죽이는 것이 이렇게나 보고 싶은 건가."

파하스가 당장 호기 있게 말했다.

"운차이, 운차이! 설명해 줬잖은가. 이들은 66년 동안 풀리지 않았던 문제가 풀리는 현장에 있고 싶어 하는 거라네. 그런 일이 있을 수 있다는 것은 당연하잖은가! 자네는 사람이라는 것을 그렇게 이해하지 못하나?"

"웃기지 마."

"뭐라고?"

운차이는 팔짱을 끼며 턱을 당겼다.

"이게 정말 66년 만에 처음 있는 행사라면 난 이 빌어먹을 군중도 얼마든지 인정하겠어. 하지만 이건 66년 만의 일이 아니야. 그 동안 많은 멍청이들이 여기 도전했다가 죽었다고 들었는데. 일곱 명? 죽은 녀석만 일곱 명이라는 말이야. 많이 달아났다더군. 그럼 이건 몇 년에 한 번씩은 있었던 일이야. 게다가!"

운차이는 그럴 수 없이 사나운 표정으로 군중을 쏘아보았다. 파하스는 그 시선에 난폭한 경멸이 담겨 있음을 깨달을 수 있었다. 운차이는 여전히 낮게 으르렁거리듯이 말했다.

"그 동안 어떤 녀석도 성공하지 못했어. 이 사람들은 그걸 잘 알아. 나라도 66년 동안 무수한 실패자만 만들어낸 수수께끼라면 새로 나타나는 녀석에게 별로 기대감을 갖지는 않을 것 같은데."

네리아는 동그래진 눈으로 운차이를 바라보았다.

"어머, 정말 그러네? 운차이 말이 맞아."

"그렇다면 이 인파가 모인 이유는 도전자의 성공을 구경하기 위해서가 아니야. 또 다른 희생자를 보려고 몰려든 것이지."

파하스는 그제서야 운차이의 경멸을 이해할 수 있었다.

"하지만, 정말 그들이 성공한 도전자를 축하하기 위해서 모여들었을 수도 있잖은가?"

"내가 파악하는 인간이란 다른 사람의 행운을 축하하기 위한 목적으로 노동을 감수하는 동물은 아니더군."

파하스는 고개를 끄덕일 수밖에 없었다. 하지만 그는 운차이의 말에 동조할 수 없었다.

"자네가 사람에 대해 잘 모른다고 했던 말은 취소해야겠군. 운차이, 하지만 말일세, 나는 이해할 수 없어. 자네 말대로라면 이들은 단지 맞아죽는 사람을 구경하기 위해 이렇게까지 몰려들었다는 말이 되잖나!"

운차이는 고개를 돌려 파하스를 바라보았다. 파하스는 고통스러운 표정으로 고개를 가로저었다.

"아냐, 그렇지 않아. 운차이. 이들의 표정을 보게. 자네 말이 맞다면 양심이 그들의 안색을 어둡게 만들었을 거야. 그런데, 이들이 누군가의 죽음을 기대하는 사나운 심성으로 물든 야수의 표정을 짓고 있는가? 천만에! 절대로 그건 아니야."

주위를 둘러보던 파는 그 말에 동감했다. 정원을 가득 메운 사람들의 얼굴 얼굴에는 어느 정도의 유쾌함이 가미된 흥분이 있을 뿐이었다. 그리고 그 흥분의 종류는 분명 기대감이었다. 파하스는 그 점을 확인했다.

"그들은 기대하고 있네."

운차이는 주위를 주욱 둘러보고는 말했다.

"왜? 그 기대의 근거는 뭐지? 66년 동안 실패자만 보아왔던 턴빌 시민들이 왜 갑자기 이번 도전자에게 기대감을 가지게 되었느냔 말이야."

파하스는 싱긋 웃었다.

"때론 우주가 인간을 위해 움직이기도 하네, 친구."

"무슨 말이지?"

"백일몽과 만취 상태에서만 그런 것이라고 말할지 모르겠지만, 파하스는 말하겠어. 때론 우주가 인간을 위해 움직이기도 한다는 것을."

파하스는 자신을 3인칭으로 부르며 말했다. 단지 그것뿐이었지만 그것은 그의 말에 객관성을 더하고 설득력을 부여했다. 운차이는 설명할 수 없는 모호한 표정으로 파하스를 바라보았다. 파하스는 웃음 띤 얼굴로 말했다.

"마법의 가을, 알고 있나?"

"무수한 노래의 소재지."

"좋아! 누구의 일생이든 한번은 찾아오는 마법의 가을. 대왕이 드래곤 로드를 패퇴시켰을 때 그가 마법의 가을을 맞이하고 있었음은 의심할 수 없는 사실이지. 유피넬과 헬카네스가 우리로선 도저히 짐작할 엄두도 낼 수 없는 목적을 위해 움직이고 있는 이 우주가, 딱 한 번만은 말이야, 친구, 딱 한 번은 인간을 위해 움직인단 말일세!"

운차이는 차가운 표정으로 고개를 가로저었다.

"우주를 가지고 놀고 싶어 하는 것은 마법사뿐인 줄 알았는데. ……그건 중첩된 행운에 붙여진 우수 어린 이름일 뿐이야."

네리아는 입을 쩍 벌리고 운차이의 얼굴을 바라보았다. 이게 운차이 맞아? 어떡해, 운차이도 헤게모니아의 풍토병에 걸렸나봐. 하지만 파하스는 개탄스러운 표정을 지어 보이며 말했다.

"삭막하기가 짝을 찾을 수 없는 친구 같으니라고! 하지만 파하스는 말하겠어. 오늘, 여기서, 파하스는 왠지 그걸 느낀다네! 여기엔 뭔가가 있고, 이 사람들도 그것을 느끼고 있어!"

"자네가 느끼는 것은 엊저녁에 마신 맥주의 남아 있는 취기겠지."

"끄어어……, 이 녀석! 그 독 묻은 혓바닥을 내밀어라, 내가 손 좀 봐주마!"

운차이는 대답도 하지 않은 채 고개를 돌려버렸다. 파하스는 길길이 날뛰기 시작했지만 아무 대꾸도 없는 운차이를 상대로 오랫동안 화를 낼 수도 없었다.

쳉은 그 홀쩍한 몸을 나무에 기댄 채 조용히 앞을 바라보고 있었다. 그 역시 몰려든 군중을 바라보고 있었지만 동료들이 말하는 군중들의 흥분이라든지 기대감 같은 것을 느낄 수는 없었다. 그가 느낀 것은 그저 여기는 참 시끄럽다는 느낌이었다. 그는 소란을 싫어한다. 쳉의 눈꺼풀이 스르르 내려왔다.

내가 원하는 것은,

사랑할 수 없는 반려보다는 사랑하는 타인.

미.

쳉의 눈꺼풀이 완전히 덮여서 그를 세상으로부터 격리했다.

잠들었나? 네리아는 쳉을 흘긋 바라보며 생각했다. 쳉은 그 서글퍼 보일 정도로 긴 신장을 나무에 기댄 채 조용히 눈을 감고 있었다. 짙은 나무 그늘이 그의 상반신을 뒤덮고 있었다. 봄의 햇살과 주위의 소란은 그에게 아무 영향도 주지 않는 것처럼 보였다.

네리아는 쳉에게 말을 건네기는커녕 시선을 고정시키고 있는 것조차 힘들었다. 그래서 네리아는 그란을 돌아보며 말했다.

"돌맨은 어디다 숨겨두었어?"

그란은 네리아를 돌아보더니 묘한 표정을 지으며 말했다.

"은밀한 장소에."

"이상한 짓 한 거 아니지?"

"응."

"쳇. 알았어요, 알았어. 하지만 정말 돌맨만 내버려두고 와도 괜찮을까? 누구라도 한 사람 남아 있는 편이 좋지 않아? 아니, 내 생각으론, 음. 미와 인질 교환이라도 해야 될지 모르는데 데리고 오는 편이 좋았을 것 같아."

그란은 뭐라고 설명할 듯이 입을 조금 벌리고는, 그 표정 그대로 네리아를 한참 동안 바라보았다. 네리아는 두 손 드는 시늉을 하며 말했다.

"바이서스 어로 말해."

"그 녀석을 데리고 다니면 우리 중 한 사람은 그 꼬마에게 묶여버리고 말아."

"그래두우······."

"후작이 공개된 장소에 나타난다면 만전을 기한 상태에서 나타나겠지. 어쩌면 수하들을 모조리 이끌고 나타날지도 모르고, 그렇다면 한 사람의 힘이라도 아쉬울 거라고 판단했다. 돌맨에 대한 감시역으로 한 사람 빼놓을 처지가 아냐. 잊지 마. 우린 세 명뿐이다."

"세 명? 아니, 쳉도 있고 파도 있고 파하스도······, 헤헤, 아달탄도 있는데?"

네리아는 파의 다리 옆에 당당한 자세로 앉아 있는 아달탄을 가리켜 보이며 웃었다. 하지만 그란은 씁쓸한 표정으로 속삭였다.

"저 사람들은 미 때문에 우리와 함께 있는 거야. 저들에겐 후작과 싸울 이유가 없어."

"뭐? 어, 으으응. 그렇기는 하지만······. 아니, 잠깐!"

네리아는 의혹으로 커다랗게 변한 눈으로 그란을 바라보았다. 그녀는 잠시 파와 파하스, 그리고 쳉을 번갈아 쳐다보고는 낮은 목소리로 속삭였다.
"그란, 그란……! 에이, 설마. 아니겠지? 그렇지?"
"무슨 말이지?"
"설마……, 우웅. 후작을 체포하기 위해서라면, 미를 포기해도 좋다고 말하려는 건 아니지?"
그란은 아무 대답 없이 네리아를 바라보았다. 네리아의 얼굴이 하얗게 바뀌었다.
"안 돼! 그건 말도 안 돼. 미는 우리 때문에 후작과 우리 사이에 휘말려 든 거란 말이야. 난 그런 짓은 못해!"
그란은 여전히 말없이 네리아를 바라보았다. 네리아가 뭐라고 더 강렬한 말을 꺼내려 했을 때 그란의 입에서 혼잣말 같은 말이 흘러나왔다.
"……네 번째 수레바퀴까지는 서로를 돕지."
네리아는 움찔했다. 저것은 가이너 카쉬넵의 말로서 그 뒤에 생략된 말은 '하지만 다섯 번째 수레바퀴부터는 다른 바퀴들을 괴롭히지.' 이다.
이 유명한 경구에 나오는 다섯 번째 수레바퀴는 여러 가지 의미로 사용된다. 꿈의 파편, 버리지 못한 동심, 헛된 소망 등을 나타낼 수도 있고, 혹은 어떤 조직에 필요 없는 일원을 나타내는 말로도 쓰인다. 그리고 지금 그란이 말하는 다섯 번째 수레바퀴라는 것은 네리아가 버리지 못한 순수성을 질책하는 말이며, 동시에…….

"사실을 직시하는 게 좋지 않을까."

"뭐? 무슨 말……."

"쳉은 미의 안전을 위해서라면 우리에게 검을 겨눌 수 있지 않을까."

네리아는 숨을 들이키며 고개를 돌렸다. 눈을 감고 나무에 기대선 모습 그대로의 쳉이 그녀의 눈에 들어왔다. 쳉은 과연 네 번째 수레바퀴인가, 다섯 번째 수레바퀴일 것인가? 네리아는 판단할 수 없었다. 아니, 네리아의 감정은 쳉을 다섯 번째의 수레바퀴로 판단하고 있었다. 그것이 당연하다. 나머지 네 개의 바퀴와는 다른 방향을 꿈꾸는 다섯 번째의 바퀴.

"그, 그렇지만……."

"후작은 사용할 수 있는 것뿐만 아니라 사용할 수 없는 것까지 사용하는 작자다. 명심해. 우리는 세 명이다."

"난 그렇게 생각하지 않겠어! 쳉을 의심하고 경계하는 것은……."

"그것까지 바라지도 않아. 하지만 잊지는 말아줘."

그란은 그렇게 말한 다음 다시 고개를 돌려 운차이처럼 인파를 바라보았다. 네리아는 그란과 운차이의 뒤통수를 차례로 보며 울상을 지었다.

'히잉. 내 남자 동료들은 너무 차갑고 무시무시하기만 해.'

그때였다. 신스라이프 저택의 입구 쪽에서 갑자기 사람들이 웅성거리기 시작했다. 네리아가 무슨 일인가 궁금하게 여겨 발돋움을 하려 했을 때 그 소란을 뚫고 한 마디 외침 소리가 크게 울렸다.

"야아! 도전자가 도착했소!"

아달탄의 고개가 획 돌아갔다. 그리고 쳉은 눈을 번쩍 떴다.

인파가 갈라지며 정문에서부터 저택의 현관까지 기다란 길이 생겼다. 정문 쪽에서 시작된 술렁거림은 삽시간에 정원을 가득 메운 사람들 전체에게로 번져나갔다. 하지만 들끓는 고함 소리나 환호성 같은 것은 없었다. 하다못해 응원의 한 마디라도 있을 법한데, 턴빌 사람들은 목숨을 건 도전자에게 응원도 보내지 않았다. 운차이의 지적대로 그들은 지난 66년 동안 많은 도전자들의 죽음을 보아왔기 때문일 것이다.

하지만 술렁거림은 분명히 존재하고 있었다. 사람들은 자신들도 이해 못할 기대감으로 목을 뽑아대고 있었다.

사나워 보이는 말 다섯 마리가 걷고 있었다. 도전자들은 말에 올라탄 채 걸어왔기 때문에 정원에 몰려선 군중들 모두가 기수들의 면면을 잘 볼 수 있었다. 하지만 파의 눈은 곧장 첫 번째 기수의 가슴 앞에 앉아 있는 여자에게 돌아갔다.

파는 목구멍 안쪽에서 뜨거운 것이 꽉 치솟아 오르는 것을 느꼈다.

미는 눈을 감고 있었다. 고개를 숙이고 있어 흘러내린 머릿결이 얼굴을 조금 가린 채였지만, 파는 보지 않아도 알 수 있었다. 눈에 익은 턱의 각도와 어깨 각도 때문이다. 미가 저런 자세일 때 그녀는 항상 눈을 감는다. 그냥 시선을 떨굴 때도 있지만 양자는 미세하게 다르다. 그리고 파는 그 차이를 본능적이라 할 만큼 잘 알고 있었다.

파는 미를 바라보며 아랫입술을 깨물었다. 아달탄은 곧장 달려갈 듯이 온몸을 경직시켰지만 파는 아달탄의 목을 꽉 움켜쥐고 있었다. 정문 쪽에서 소란이 일어났을 때 파가 제일 먼저 취한 동작은 아달탄의 목을 끌어안으며 속삭이는 것이었다.

"얌전히 있어, 제발. 부탁이야. 네가 날뛰면 언니가 위험해질지도 모른단 말이야. 알겠니? 알겠니? 제발……, 쓸데없는 짓 해서 언니를 위험하게 하지 마. 응?"

파는 아달탄에게보다 자기 자신에게 말하는 것처럼 중얼거리고 있었다. 하지만 아달탄은 파의 말을 이해한 것처럼 가만히 있었다. 근육을 경련시키고 낮게 끙끙거리기는 했지만 아달탄은 파를 뿌리치고 달려가지는 않았다.

하지만 아달탄의 옆에는 그보다 훨씬 조용한 방식으로, 그러나 훨씬 뜨겁게 흥분하고 있는 사람이 있었다. 흥분의 정도만을 놓고 따졌을 때 파가 제지해야 했던 것은 아달탄이 아니었다. 운차이는 그것을 잘 알 수 있었다. 그래서 운차이는 쳉의 어깨를 가볍게 쳤다.

쳉은 고개를 돌려 운차이를 바라보았다.

"괜찮겠지?"

쳉은 호흡을 깊이 들이마셨다. 그와 함께 그는 마나를 쓰지 않는 마법사로 돌아갔다.

"예."

운차이는 쳉의 주위를 감도는 살기가 사라지는 것을 느끼며 안도했다. 차가움 그 자체로 후작 일행을 감시하기 시작한 쳉은 오래지 않아 많은 것을 파악할 수 있었다. 뒤의 셋은 졸개, 비싼 값을 매길 수 있는 녀석들임은 분명하지만 앞에 가는 둘의 졸개다. 그들의 태도가 증명한다. 쳉은 뒤의 셋에 대해서는 즉각 잊어버렸다. 그리고 앞의 둘을 바라보았다.

상단의 호위 무사의 감식안은 도전자들을 면밀하게 검토했다. 선두에 미와 함께 타고 있는 사내는……, 쳉은 고개를 끄덕였다. 저건 특등 상품이다.

"저게 할슈타일 후작입니까."

쳉의 어조는 무미건조할 지경이었다. 운차이는 가볍게 고개를 끄덕여주었고 그러자 쳉은 미소를 지었다.

"상인이 싫어하는 타입이군요."

"무슨 의미지?"

"상인의 농담입니다."

쳉은 그렇게만 설명하고는 입을 다물었다. 분명히 특등 상품이지만, 팔 수는 없는 상품이다. 두 번째 녀석의 경우는 매매가 가능한 녀석이며 그렇기에 오히려 더 비쌀 수도 있다. 저런 눈매의 남자는 어떤 자에게든 팔려야만 가치를 발휘할 수 있는, 그야말로 '상품'이다.

하지만 할슈타일 후작은, 분명히 특등품이겠지만 누구에게도 팔 수는 없는 녀석이다. 따라서 가격도 매길 필요가 없다. 상인이 싫어하는 타입의 상품이다.

"두 번째 사내는 뭡니까."

"궤헤른. 후작가의 집사였지만 후작이 도망치기 시작하자 단숨에 모사로 변신하는 재주를 보여주더군."

"비싸게 먹히는 만큼 값어치를 하는 사내라는 말이군요."

운차이는 이 화법에 싱긋 웃으며 다시 고개를 끄덕였다. 하지만 쳉은 자신의 감식안에 자부심을 느끼는 대신 캐시헌터의 고삐를 잡아올리며 말했다.

"조금 더 앞쪽으로 갈까요?"

"저들이 현관에 도착하고 나면. 지금 말까지 끌고 움직이면 시선을 끌게 되겠지."

운차이는 거센 불평을 예상했지만 쳉은 아무 불만이 없는 것처럼, 심지어 미소까지 조금 머금은 채 고삐를 내려놓으며 대답했다.

"알겠습니다."

운차이는 혼란스러워졌다. 이 녀석은 지금 내게 완전히 협조하겠다는 의사를 보여주는 것인가, 아니면 안심시켜 놓고 후작과의 거래를 꾀하려는 것인가. 후작이 억압하고 있는 미의 존재는 많은 것들을 의혹으로 바꾸고 있었다.

무엇보다도, 후작은 과연 미를 통해 그 괴상한 문제의 정답을 알아냈을까?

신스라이프 저택의 커다란 현관 앞에는 거대한 계단이 있었다. 계단은 넓고 얕은 단으로 이루어져 있었으며 중간에는 넓은 계단참도 준비되어 있었다. 정원에 많은 사람들이 모일 경우 저 계단참은 연설대처럼 사용될 수 있을 것 같았고, 지금은 확실히 그런 용도로 사용되고 있었다. 공무원으로 짐작되는 사람들과 몇몇 사람들이 그곳에 의자와 넓은 테이블 같은 것을 가져다 놓은 채 앉아 있었다. 그리고 계단 아래쪽에는 턴빌의 경비 대원들이 좌우로 열 명씩 도열해 있었다. 유언장을 집행하는 광경이 아니라 마치 군대의 열병식이나 지휘관의 연설 장면 같은 풍경이었다.

왜 구경거리로 만들어버린 것일까? 운차이는 갑자기 그런 의문을 떠올렸다. 유언장의 집행이라면 작은 거실에 모여서 유족들과 공증인 한두 명이 앉아서 집행해도 아무 상관이 없을 텐데. 아니, 그 편이 오히려 상식적이다. 그렇다면 턴빌 시청과 신스라이프의 유족들은 왜 이런 소란을 떠는 것일까. 이것이 커다란 구경거리이기 때문일까? 아니면 워낙 어마어마한 재산이다 보니 의혹의 소지를 아예 없애기 위해 대중 앞에 공개해 버리려는 것일까?

한편 그란 역시 커다란 의혹에 시달리고 있었다. 그란은 운차이를 돌아보며 바이서스 어로 말했다.

"왜 저것뿐일까?"

"응?"

그란은 초조하다는 듯이 말했다.

"후작의 부하. 왜 네 명뿐이지? 우리들이 찾아올 것은 당연히 예측했을 거잖아. 그런데 왜 저 정도 숫자만 데리고 나타난 것일까?"

"그렇군. 이상하군."

"밖을 조사할까?"

운차이는 잠시 생각하다가 고개를 가로저었다.

"필요 없어. 근처에 아무리 많은 숫자를 매복시켜 뒀다 하더라도 이 인파를 뚫고 들어오기는 어려울걸."

"그렇기야 하겠지만."

그란은 못내 초조하다는 기분을 느끼며 손을 쥐었다 폈다 했다. 후작을 추격한 이후로 이렇게 가까운 거리에서 그의 모습을 보게 된 것은 그들로서도 처음이었다. 그란은 치밀어 오르는 복수심을 가누려 애쓰면서 호흡을 가다듬었다. 하지만 그란은 누가 들으면 물에 빠졌다가 나온 사람이라고 여길 만큼 커다란 소리를 내며 호흡을 가다듬었기 때문에 네리아가 주의를 줘야 했다.

한편, 군중들의 가운데를 걸어가고 있는 후작 역시 군중의 숫자에 놀라고 있었다. 도대체 그들과 아무 관련도 없는 유언장 집행에 이렇게 많은 사람들이 모인 까닭이 뭐지? 이것이 비록 구경거리는 되겠지만, 그렇다고 이렇게 많은 녀석들이 제 할 일도 팽개쳐둔 채 몰려든단 말인가?

후작은 이곳 어딘가에 추격자들이 있을 것을 짐작했지만, 그렇기에 더욱 주위를 두리번거리는 행동은 하지 않았다. 그의 정신은 그런 것을 용납하지 않았으니까. 그래서 후작은 흉흉한 심사를 억누르며 말을 몰아갔다.

계단참에 마련된 자리는 후작의 심사를 더욱 뒤틀리게 했다. 아무래도 유언장 집행은 완전히 공개된 장소에서 이루어질 모양이었다.

할슈타일 후작은 이를 사려 물었다.

'완전히 광대 꼴이 되겠군.'

할슈타일 후작은 계단 앞에 도착해서 말에서 내렸다. 그리고 마치 레이디를 모시는 기사처럼 정중한 동작으로 미에게 손을 내밀었다. 주위의 군중들이 흥미로운 시선으로 바라보았지만 미는 후작의 손을 무시하며 후작의 반대편으로 내렸다. 군중들의 시선이 더욱 노골적인 호기심을 드러내기 시작했다.

하지만 궤헤른은 재빨리 말을 몰아 미의 옆에 섰다. 도주를 차단하려는 것이었지만, 미는 도망칠 생각은 없다는 것처럼 조용히 계단을 올려다보고 있었다. 궤헤른은 미에게 충분한 주의를 기울이며 말에서 내렸다. 가이버와 니크, 사무엘도 각자의 말에서 내려 후작 뒤에 시립했다.

계단참에 앉아 있던 사람들 중 한 명이 천천히 일어서며 말했다.

"턴빌 시장 데커드입니다."

시장이라고? 후작은 깜짝 놀랐지만 데커드 시장은 말을 멈추지 않았다.

"신스라이프 씨의 유언에 따라 유언장 집행은 공개된 장소에서 행하여질 것입니다. 신스라이프 씨의 유언장에 제시된 조건을 만족시키기 위해 찾아오신 분은 계단을 올라와 주시기 바랍니다."

후작은 다시 입술을 깨물었다. 맙소사, 이건 턴빌 시 전체가 관심을 기울이는 일대 행사였나 보군. 하긴 신스라이프의 재산에서 나오는 수익금으로 시청이 유지된다고 했던가. 이걸 짐작하지 못하다니! 하지만 본질적으로는 그저 한 개인의 유언장 집행에 불과한 일에 이렇게까지 나올 줄 짐작한다는 것은 후작으로서도 애초에 불가능했을 것이다.

궤헤른은 잠시 후작을 돌아보았다.

"제가 올라갈까요?"

시청에는 궤헤른의 이름으로 신청되어 있었다. 그러나 후작은 고개를 가로저었다.

"미를 데리고 여기서 기다려라."

"예?"

"내가 올라가겠다."

궤헤른은 후작의 말의 의미를 깨달으며 경악하고 말았다. 문제를 풀지 못했을 경우 사망하는 것은 그 도전자뿐이다. 후작은 스스로 죽음의 위험을 뒤집어쓰겠다는 말이었다.

"안 됩니다. 후작님. 제가 올라가겠습니다."

"닥쳐."

"아니오, 절대 안 됩니다! 기회는 많을수록 좋은 겁니다. 만일 제가 실패하면 후작님은 다시 도전하실 수 있습니다. 하지만 후작님이 실패하실 경우 저는 후작님의 대리가 될 수 없습니다. 정답을 말씀해 주십시오."

후작은 이글거리는 눈으로 궤헤른을 바라보았다. 궤헤른은 그의 눈빛 속에서 갈등의 흔적을 찾아보았지만 그런 것은 나타나지 않았다. 잠시 후 후작은 낮게 가라앉은 목소리로 말했다.

"내 불운은 지겹게 맛보았다. 이제 내 행운을 시험해 보겠다."

"후작님!"

"게다가, 나는 달아날 수 있지만 너는 달아나지 못한다, 이 머저리야!"

"예?"

후작은 갑자기 오른손을 쥐어 올려 보였다. 후작이 끼고 있는 조금 독특한 모양의 장갑에 매달린 쇠고리들이 정오의 햇살을 받아 아름답게 반짝였다. 궤헤른은 후작의 말을 이해할 수 있었다.

'이것을 가지고 있는 한, 나는 집행되지 않고 도망치는 것이 가능하다. 게다가 턴빌 시청에서는 처형에는 커다란 관심이 없다고 들었으니까. 그러니 입 다물고 있어.'

그리고 멀리서 그 모습을 바라보고 있던 그란은 이를 드러냈다. 움켜쥔 그의 주먹에도 똑같은 모양의 장갑이 끼여 있었다.

OPG(오거 파워 건틀릿). 마법의 힘이 담겨 있는 장갑. 그것을 낀 자는 보통 사람은 상상할 수 없는 괴력을 발휘할 수 있게 해주는 신비한 아티팩트. 대륙에 몇 개 있지도 않은 이 보물들 중 두 개가 하필이면 도망자와 추적자의 소유가 되어 있다는 것은, 어쩌면 마법 도구들이 가지는 신비한 숙명의 부름일지도 모른다.

궤헤른은 후작의 말을 이해했다. 그리고 그에 앞서 후작의 눈빛에 굴복했다. 어떤 말도 받아들이지 않겠다는 시선으로 바라보고 있는 후작에게, 궤헤른은 이렇게밖에 말할 수 없었다.

"여기서 기다리고 있겠습니다만, 부디 조심하시길 바랍니다."

후작은 별말 없이 고개만 살짝 끄덕이고는 시선을 돌려 미를 바라보았다. 미는 고개를 조금 갸웃하며 후작을 바라보았다.

"마지막으로 묻겠다, 무녀여."

"말씀하세요."

"미래를 볼 수 없게 되었다는 것은 사실이겠지."

궤헤른은 다시 경악했다. 뭐라고? 미래를 볼 수 없게 되었다고? 그러나 미는 차분하게 대답했다.

"예. 미에겐 거짓말을 할 까닭이 없어요."

"그 능력이 사라지기 전, 신스라이프의 시대를 보거나, 혹은 그 문제의 정답이 말해지는 시간을 본 적은 없는가."

"믿기 싫으시겠지만, 없어요. 미는 그 문제에 대해선 아무것도 조언해 드릴 것이 없군요."

"알았다."

그리고 후작은 그대로 몸을 돌렸다. 얼빠진 표정으로 미와 후작을 번갈아 바라보던 궤헤른은 소스라치게 놀랐다.

미가 그 문제의 정답이었던 까닭은 그녀가 미래를 볼 수 있었기 때문이다. 현재에 살며 미래를 보는 퓨처 워커이기 때문에. 하지만 미가 미래를 볼 수 없다면 그녀는 퓨처 워커가 아니다. 그냥 헤게모니아의 무녀일 뿐이다. 그렇다면 미는 신스라이프의 문제의 정답이 될 수 없다.

그렇다면, 후작은 아무런 정답도 가지지 못한 채 신스라이프의 문제를 향해 걸어가고 있는 것이다! 궤헤른은 이제 계단을 올라가려는 후작의 등을 향해 손을 내뻗으며 외쳤다.

"안 됩니다, 후자……."

"닥쳐!"

궤헤른이 말을 끝맺기도 전에 터져나온 후작의 고함 소리는 삼엄했다. 궤헤른은 입을 벌렸지만 말을 할 수는 없었다. 후작은 궤헤른을 돌아보지도 않은 채 긴 심호흡을 했다.

"후우……."

심호흡을 끝낸 할슈타일 후작은 계단을 올라가기 시작했다.

하얀 돌계단에 내리쬐는 정오의 햇볕에 후작은 눈이 부셨다. 후작은 눈을 찡그린 채 계단을 걸어올라 갔다. 군중들은 이제 목숨을 건 도전에 임하는 자에게 어울리는 경의 어린 침묵을 보내주고 있었다. 따가운 정오의 햇살만이 기승을 부릴 뿐, 수많은 사람들이 모여 있다고 믿기 어려운 고요 속에 후작의 발소리는 조용히 울려퍼졌다.

후작은 계단참에 올라서서는 발걸음을 멈추고 앞을 바라보았다. 테이블에는 서류함으로 보이는 상자와 천으로 덮어둔 물건 하나가 놓여 있을 뿐 깨끗했다. 그리고 그 테이블 너머에 서 있던 데커드 시장은 조금 의아한 표정으로 후작을 바라보다가 옆에 앉아 있던 자에게 허리를 숙이고는 뭔가 귓속말을 나누었다. 다시 허리를 편 데커드 시장은 후작을 향해 말했다.

"당신이 궤헤른이오?"

"아니."

"신청인의 이름은 궤헤른이라고 되어 있던데."

"다 알고 있으면서 복잡하게 굴지는 말도록 하지. 거기 앉아 있는 공증인들은 저 아래의 남자가 궤헤른이라는 것을 인정해 줄 텐데."

"물론 그렇소."

"나는 저 궤헤른을 대신해서 도전하는 거요. 그는 앞날이 창창한 젊은이인지라, 내가 그에 대한 사랑과 우정으로 그를 대신하겠소."

데커드 시장은 이 말을 어떻게 받아들여야 될지 몰랐다. 저 아래에 있는 궤혜른이 앞날이 창창한 젊은이라는 것은 말도 되지 않는 소리였다. 궤혜른은 아무리 봐주더라도 중년이라고 불러야 되는 나이인 것이다.

"……당신이 오답을 말했을 경우 당신이 죽겠다는 말이군?"

"그렇소."

"하지만 문제가 있습니다. 우리 시청은 고 신스라이프 씨의 유지를 받아들여 유언장 집행의 모든 과정에서 공정하고……."

"죽을 녀석만 준비되어 있으면 될 거 아니오."

"예?"

후작은 팔짱을 끼며 말했다.

"내가 도전하고, 실패의 책임도 내가 지겠다는 거요. 신스라이프는 도전자의 조건을 정해 놓지는 않았을 거 아니오. 그리고 정식 절차 같은 것이야 일이 끝난 후에 다시 꾸밀 수도 있는 것이잖소. 지금 이 모임을 파하고 다시 정식 절차를 진행하는 번거로움을 가질 필요는 없겠지. 도전자는 여기 준비되어 있고, 그는 실패의 책임도 지겠다고 말했소. 이걸로 충분하잖소."

데커드 시장은 대답에 앞서 잠시 의자에 앉아 있던 사람들을 바라보았다. 아마도 그들이 신스라이프의 유족 대표들인 모양이다. 그들은 서로 몇 마디 말을 주고받은 다음 시장을 향해 고개를 끄덕였다. 그러자 데커드 시장은 다시 후작을 보고 물었다.

"이름이 뭐요?"

후작은 잠시 생각한 다음 대답했다.

"운차이 하슬러."

조용해진 군중 덕분에 후작의 목소리는 꽤 멀리 떨어져 있던 네리아의 귀에까지 들려왔다. 네리아는 입을 틀어막으며 몸을 돌렸고 그란의 얼굴은 이제 악귀 같은 꼴로 바뀌었다. 하지만 운차이는 쓰게 웃으며 말했다.

"후작은 유머를 아는군."

그란은 무시무시한 표정으로 운차이를 쏘아보았다.

"유머라고?"

"여기 어딘가에 우리가 있을 것을 짐작하면서 말하는 거잖나."

그란은 상대할 가치도 느끼지 못하겠다는 듯이 운차이에게서 고개를 돌려 계단 위를 노려보았다. 데커드 시장은 고개를 끄덕였다.

"좋습니다, 운차이 하슬러 씨. 신스라이프 씨의 유언장을 읽을 테니 차분히 들어주십시오. 유언장의 봉독은 유가족 대표이신 발레드 신스라이프 씨가 해주시겠습니다."

후작은 가볍게 고개를 끄덕였다. 데커드 시장의 소개에 따라 의자에서 일어난 발레드 신스라이프는 테이블 위에 놓여 있던 서류함을 열고 거기에서 유언장을 꺼냈다. 발레드는 읽기에 앞서 다시 시장과 몇몇 사람들에게 유언장이 진짜임을 확인하는 절차를 가진 다음 유언장을 읽어 내려갔다.

다음절어와 고어들로 점철된 신스라이프의 유언장은 확실히 문학 작품은 아니었다. 그것은 그냥 유언장일 뿐이었다. 그리고 후작은 유언장의 내용엔 별 신경도 쓰지 않았다. 유언장의 중요한 내용은 여기 모인 사람들 전부가 다 알고 있었기 때문에 이것은 요식 행위일 뿐이다. 그래서 할슈타일 후작은 유언장이 봉독되는 시간을 그 문제에 대해 고민하는 시간으로 삼았다.

발레드 씨는 몇 군데 더듬거리긴 했지만 세 번은 읽어야 간신히 이해될 그 복잡한 유언장을 끝까지 성공적으로 읽었다. 군중들은 왠지 박수를 치고 싶은 기분을 느꼈지만 유언장에 대해 박수를 치는 것이 옳은지 그른지 알 수가 없었다. 그래서 군중들 중 일부에서만 울려퍼졌던 박수는 빠르게 사라졌다.

네리아는 멀미난다는 표정을 하며 운차이에게 질문했다.

"에고, 머리야……. 그러니까, 뭐야? 무슨 말을 한 거야?"

"네가 아는 내용 그대로야."

"그 말을 저렇게 복잡하게 쓴 거야?"

"응."

"나 신스라이프 씨 존경할래."

"그러든지."

발레드 씨는 유언장 봉독을 마친 다음 자리로 돌아갔다. 그러자 데커드 시장은 발레드에게 감사를 표한 다음 테이블로 다가왔다. 그는 테이블 위에 놓여 있던 천을, 분명히 군중들을 의식한 화려한 동작으로 치웠다. 후작의 눈에서 불똥이 튀었다.

천이 치워지면서 나타난 것은 거무튀튀한 나무 상자였다. 한 뼘 정도의 길이를 가진 작은 상자인데 모서리마다 강철로 보강되어 있어 상당히 튼튼해 보였다. 하지만 튼튼해 보이기만 할 뿐 거기엔 아무런 장식도 없었다. 단 하나, 상자의 자물쇠가 있어야 할 부분에는 자물쇠 대신 밀랍 봉인이 되어 있었고 그 봉인 위에 도장이 찍혀 있는 점이 눈길을 끌었다. 데커드 시장은 상자를 조심스럽게 들어올려 군중들이 잘 볼 수 있도록 한 다음 다시 테이블에 내려놓으며 말했다.

"공증인 여러분, 그리고 유가족 대표께서는 앞으로 나오셔서 이 상자가 신스라이프 씨의 유언장에서 거론된 그 상자임을 확인해 주십시오."

다시 확인 절차가 행해졌다. 물론 모든 사람들이 그 상자가 진짜이며 밀랍 봉인의 상태는 이상 없으며 도장도 모두 진짜라는 간단한 말을 상당히 예스럽게 말했다. 데커드 시장은 기나긴 절차가 겨우 끝났다는 안도감을 느끼면서 할슈타일 후작을 바라보았다.

"자, 운차이 하슬러 씨. 유언장의 내용에 아무런 이의가 없습니까?"

"없소."

"그럼 당신에게는 대답을 말할 기회가 단 한 번뿐이라는 사실도 이해했습니까?"

"그렇소."

데커드 시장은 잠시 후작을 바라보았다. 그는 더 물러날 수 없는 곳까지 다다라버린 사람에 대한 안타까움을 표시하며 말했다.

"마지막 기회입니다. 당신은 지금이라도 포기할 수 있습니다. 생명의 소중함에 대해 설명하거나 하지는 않겠습니다. 당신이 생명의 소중함을 이해하지 못하는 자라면 말할 필요가 없고, 그것을 아는 자라면 말해 봐야 소용이 없을 테니까요. 어찌시겠습니까?"

할슈타일 후작은 데커드 시장을 똑바로 바라보며 말했다.

"하겠소."

데커드 시장은 흥분을 감출 수가 없었다. 물 한 컵 마셨으면 좋겠다는 생각을 떠올리며, 데커드 시장은 마른 입술을 핥은 다음 말했다.

"좋습니다. 당신 판단이고, 당신이 책임져야 할 일입니다."

후작은 고개를 끄덕였다. 데커드 시장은 화려한 동작으로 팔을 벌리며 어젯밤 내내 외웠던 말을 했다.

"신스라이프 씨의 유언 집행 책임자로서 질문하겠습니다. 이 질문에 대해 당신은 단 한번 대답할 기회를 가지고 있습니다. 그 정답의 맞고 그름은 이 상자가 판별해 줄 겁니다. 자, 묻겠으니 대답하십시오. 과거로 향하는 흐름과 미래로 향하는 흐름, 두 흐름의 교차점을 찾아오십시오!"

5

 주위는 고요했다. 네리아의 주장에 의하면 이천오백마흔세 개나 되는 입은 모두 굳게 닫힌 채 할슈타일 후작의 대답을 기다렸다. 그의 대답이 틀린다면 한 인간이 죽는다. 그리고 그 대답이 맞았다면 66년 동안 봉인되어 있던 상자가 열린다. 그 상자가 열리는 것과 동시에 66년 동안 동결되었던 재산도 개방되는 것이다. 그 재산의 개방은, 보통 사람들의 관점으로는 그저 참으로 부러운 행운이다. 하지만 궤헤른은 알고 있었다. 그 재산이 개방되는 순간 대왕의 검으로 일어섰던 나라 바이서스는 할슈타일의 검 아래 무너지는 것이다. 역사의 필연은 아무도 모르는 곳에서 분명히 진행되는 법, 그리고 어쩌면 궤헤른은 바로 그런 필연의 탄생을 보게 될지도 모르는 것이다.
 후작이 정답을 말한다면, 저 상자가 열린다면.
 그란은 숨 가쁜 표정으로 후작을 바라보았다. 너무도 많은 인파 때문에 후작에게 접근도 하지 못한 채 이곳에서 주먹을 부르쥐는 일 이외엔 아무 일도 못하고 있었지만, 그란은 흥분 때문에 이성을 잃는 것을 혐오하는 성격이다. 그는 후작이 정답을 말했을 경우 일어나는 사태를 두려워했다. 정답을 말했을 경우, 후작은 손에 넣게 된 신스라이프의 재산의 힘을 사용하여 지금까지의 추격자와 도망자의 위치를 간단히 역전시킬 것이다. 그렇다면 도망쳐야 되는가? 아니다. 그란 하슬러는 빠르게 결론을 내렸다. 후작이 정답을 말했을 경우, 이대로 돌격한다. 다음 기회라는 것은 없게 될 테니까. 그러나 오답을 말했을 경우에는?

"복수는 자네 손으로 하고 싶은가."

그란이 튀어나올 듯한 눈으로 운차이를 바라보았다. 운차이는 한 손으로 턱을 괸 채 후작을 바라보고 있었다. 그는 그란에게 눈길도 주지 않은 채 그렇게 후작을 바라보며 말했다.

"말해 봐, 핫소드 그란 하슬러."

사용할 수 있는 단어와 사용할 수 없는 단어 전체를 통틀어 보아도 그란이 말할 수 있는 것은 한 마디뿐이었다.

"어렵군."

오답을 말했을 경우 후작은 턴빌 시청의 주관 하에 처형당할 것이다. 이웃나라의 도망자인 할슈타일 후작이 아니라 불가사의한 수수께끼에 도전한 무모한 모험가 운차이 하슬러로서. 그란은 자신이 그 상황을 받아들일 수 있는지를 고통스럽게 반문해 보았다. 그렇다면? 죄수를 빼내 오기라도 할 것인가? 그러나 그것은 동료들을 쓸데없는 위험에 빠뜨리는 처사일 것이다. 그란은 입술을 깨문 채 후작의 등을 쏘아보았다.

쳉은 무표정했다. 꼿꼿하게 선 몸 어느 부분에서도 움직이는 부분을 찾을 수 없었다. 네리아의 말처럼 골렘으로 착각되기 적당한 모습으로 선 이 감정 결핍 호위 무사의 시선은 단 하나의 점에 고정된 채 미동도 하지 않고 있었다.

궤헤른. 미가 아니었다. 쳉이 바라보고 있는 것은 궤헤른이었다. 미를 구해 내기 위해 폭력을 사용할 필요성이 있다면 최초이자 가장 강력한 방해물은 미의 바로 옆에 선 채 그녀를 지키고 있는 궤헤른의 존재일 것이다. 쳉은 미에 대한 감정마저도 묻어둔 채 '지금 해야 할 일의 가장 중요한 대상'을 쏘아보고 있었다. 그런 쳉에게 있어서 후작이 정답을 말하거나 말하지 않거나는 아무 상관이 없었다. 아니, 지금 쳉의 뇌리 속엔 후작의 존재는 그림자도 찾아볼 수 없었다. 그래서 쳉은 주위의 사람들이 갑자기 경악이 섞인 탄성을 내지르는 이유를 알지 못했다.

쳉은 고개를 돌려 계단 쪽을 바라보았다.

후작이 거기 서 있었다. 그리고 그의 손에는 신스라이프의 상자가 들려 있었다. 할슈타일 후작은 시장의 질문에 대답하지 않고 상자를 집어든 것이었다. 테이블 반대편에 앉아 있는 시장은 당혹으로 얼굴이 하얗게 변했다. 의자에 앉아 있던 사람들은 엉거주춤하게 일어나거나 일어날 엄두도 내지 못한 채 입을 쩍 벌리고 후작을 바라보고 있었다.

데커드 시장이 가장 먼저 입을 열었다.

"우, 운차이 하슬러? 뭐하는, 뭐하는 것입니까?"

후작은 시장을 바라보더니 피식 웃었다. 그러곤 상자를 한 손에 올려놓은 채 다른 손으로 자신의 입을 가리켜 보였다가 손가락 하나를 펴 보였다. 그러고는 그 손가락으로 시장을 가리킨 다음 다시 좌우로 까딱거렸다. 당황 때문에 혼란에 빠진 시장도 알아볼 수 있는 간단한 손짓이었다.

'내가 말할 기회는 한번뿐이오. 말 걸지 마시오.'

그렇게 시장 이하 참관인들의 입을 막아놓은 후작은 시선을 돌려 손에 있는 상자를 관찰하기 시작했다. 시장과 신스라이프의 유족들은 의혹이 가득한 시선으로 후작을 바라보았지만 아무런 제지도 가하지 않았다. 갑작스러운 사태이기에 제지를 가할 이유도 파악해 내지 못한 그들로서는 가만히 있을 수밖에 없었던 것이지만.

후작은 상자를 면밀히 관찰했다. 그는 상자를 뒤집어 바닥을 보고, 그리고 그것을 얼굴 가까이로 가져가 연결 부위 하나하나를 세심하게 살펴보았다. 이윽고 후작은 고개를 끄덕였다. 그때 군중 속에서 느닷없이 카랑카랑한 고함 소리가 들려왔다.

"그자를 막아! 상자를 빼앗아!"

인파의 한 부분에서 갑작스러운 소란이 터져나왔다. 고함을 지른 자는 직접 군중 사이를 뚫고 지나가려 애쓰는 모양이지만 이 많은 사람들을 헤치고 나간다는 것은 예삿일이 아니었다. 계단 아래 도열해 있던 경비 대원들은 난데없는 고함 소리에 놀랐지만 상관에게만 명령을 받아야 하는 처지를 잊지는 않았다. 게다가 계단 아래에 있던 그들이 후작에게 다가가려면 계단을 뛰어올라 가야 했다.

후작과 같은 곳에 있었던 시장 이하 다른 사람들은 이 고함 소리의 의미조차 깨닫지 못했다. 운차이는 날카로운 표정으로 고함 소리가 들려온 곳을 바라보았지만, 워낙 많은 군중들과 갑작스러운 소란 때문에 고함 소리의 주인을 알아볼 수가 없었다. 그때 네리아가 말했다.

"어라? 이 목소리는……, 그 의사 할아버지?"

"주블킨 일레드마, 그렇군. 뭐지?"

그때였다. 데커드 시장의 찢어지는 비명 소리가 들려왔다.

"운차이 하슬러! 뭐하는 거요!"

그란은 바람처럼 고개를 돌렸다. 계단 위에 서 있던 후작은 왼손에 상자를 올려놓고 오른손은 밀랍 봉인으로 가져갔다. 데커드 시장은 무슨 말인지 알 수 없는 괴성을 지르며 달려들려고 했지만 그와 후작 사이에는 테이블이 가로놓여 있었다. 의자에 앉아 있던 참관인들도 일어났고 계단 아래에 있던 경비 대원들도 당황해서 계단을 올라가려 했지만 그들 모두는 후작에게서 너무 멀었다. 후작은 아무런 방해도 받지 않은 채 계획했던 동작을 실행했다.

후작은 거침없이 봉인을 뜯어냈다.

파바바밧! 후작의 손이 한번 훑고 지나가자 밀랍 봉인은 박살이 나며 가루가 되었다. 봉인의 파편들이 사방으로 튀어 데커드 시장은 엉겁결에 뒤로 물러났다. 하지만 할슈타일 후작은 아랑곳하지 않고 봉인이 부서진 상자의 뚜껑을 움켜잡았다. 상자는 열리지 않았다. 데커드 시장은 갈라지는 목소리로 외쳤다.

"이, 이거 보시오! 그건 마법으로 잠겨 있단 말이오!"

후작은 시장을 한번 흘긋 바라보고는 두 손으로 상자를 단단하게 쥐었다. 그리고 짧게 심호흡을 하고는 낮고 사나운 기합 소리를 뱉었다.

"하아아압!"

후작의 팔이 무섭게 부풀어 올랐다. 부풀어 오른 근육을 감당하지 못한 옷솔기가 찌직거리는 소리를 냈고 후작의 턱은 부르르 떨렸다. 파하스는 어처구니없는 표정으로 말했다.

"저 멍청이! 마법으로 잠긴 것을 힘으로 열려고 하고 있어! 그덴 산의 거인이라고 해도 마법으로 잠긴 것은 못 열……!"

와지끈! 파하스는 자신의 말 끄트머리를 삼키고 켁켁거렸다. 상자는 후작의 손 안에서 무참하게 부서졌다. 그런데 그 부서진 모양이 기이했다. 상자의 뚜껑 부분이 열린 것이 아니라 상자 몸통 부분이 갈라져 두 개로 조각나 버린 것이었다. 후작은 만족한 표정으로 양손에 들린 상자 조각들을 내려다보았고 데커드 시장은 의자에 주저앉고 말했다.

"열……리네?"

네리아는 당황한 목소리로 말했다. 그리고 운차이가 재빨리 대답했다.

"연 게 아냐, 부순 거지."

"하, 하지만 부술 순 없어. 마법으로 잠긴 것이라면……, 초보 마법사라도 마법으로 풀 수야 있겠지만, 아무리 힘이 세다 해도 힘으론 못 여는……."

파하스가 신음처럼 말했지만 이번에도 운차이의 대답은 빨랐다.

"마법이 없었다면?"

"뭐?"

"마법이 없었다면? 원래부터 아무런 마법이 없이 그냥 잠겨 있는 상자, 아니, 아예 열리지도 않게 만들어진 상자였다면? 그렇다면?"

운차이는 말하면서 동시에 생각했다. 그날, 턴빌 시청에서 운차이는 질문했다.

'마법으로 잠긴 것이라면 역시 마법으로 풀 수 있을 텐데? 만일 어떤 마법사가 정답을 말하는 척하면서 사실 마법 해제의 주문을 외워 버린다면 어떻게 할 겁니까?'

그리고 시청 직원은 대답했다.

'아, 그런 시도도 몇 번인가 있었습니다. 하지만 어떤 마법사도 그런 시도에 성공하지는 못했습니다.'

'아무도?'

'예. 아무도.'

"아무도 마법을 해제하지 못했어. 어떤 마법사도. 왜 그럴까? 하지만 저 상자에 원래부터 마법이 없었다면? 제기랄, 그거야. 마법이 없다면 풀 수도 없는 거지."

네리아는 허옇게 질린 얼굴로 운차이를 바라보았다.

"그럼, 그럼……?"

"사기였어! 저 상자는 열리지 않아. 아니, 열릴 수 없게 만들어져 있었던 거야. 그렇잖다면 저런 식으로 부서질 리가 없지. 하지만 후작은 OPG를 가지고 있었고, 그래서 저걸 부숴서라도 열 수 있었던 거겠지."

계단참 위의 후작은 양손에 들린 상자 조각들을 번갈아 바라보며 미소를 짓고 있었다. 그리고 시장과 다른 참관인들도 넋을 잃은 표정으로 66년 만에 열린, 그러나 아무도 예상하지 못한 방법으로 열린 상자를 바라보았다. 계단을 올라서려던 경비 대원들도 발걸음을 멈춘 채 그 광경을 바라보고 있었다.

상자 안에는 아무것도 없었다.

신스라이프의 유가족들은 속절없는 표정으로 주위를 둘러보았다. 혹시 상자가 부서질 때의 충격 때문에 안에 있던 내용물이 튀어나가 버린 것일까? 하지만 상자가 부서질 때 튀어나간 것이라고는 나뭇조각 몇 개와 모서리를 보강하고 있던 철판 하나뿐이었다. 그 안은 원래부터 비어 있었음이 분명하다. 게다가 주위를 둘러보는 그들 자신이 이미 알고 있었다. 66년 동안 상자는 조용했다.

상자가 조용한 것이 뭐가 이상한가고 말할지 모르겠지만, 안에 무엇인가가 들었다면 흔들었을 때 소리가 났어야 한다. 하지만 그런 소리는 없었다. 유가족들은 그저 상자 안의 내용물이 잘 고정되어 있거나 솜으로 채워져 있을 거라고 생각하는 정도였다. 하지만 지금 열린 상자 안에는 솜이나 고정 장치 같은 것은 전혀 보이지 않았다. 그 속에 무엇이 들어 있었다면 소리가 날 수밖에 없는 구조였다.

후작은 더 필요 없다는 투로 상자 파편을 떨어뜨렸다. 땅! 데구르르. 데커드 시장은 자신의 심장이 떨어지는 듯한 착각을 느끼며 땅에 뒹구는 상자 조각들을 바라보았다가, 다시 고개를 들어올려 후작을 보았다.

후작은 조용히 말했다.

"내가 이 상자의 수수께끼를 푼 것 같소만."

고함을 지르며 앞으로 나가기 위해 애쓰고 있던 주블킨 일레드마는 어느새 제자리에 멈춰 서 있었다. 그 역시 계단참 위에서 일어난 사건을 잘 보았다. 그에게 밀려나며 욕지거리를 퍼붓던 사람들도 넋을 잃은 채 계단 위를 바라보고 있었지만, 주블킨의 경악과는 종류가 전혀 다른 경악이었다.

주블킨은 들고 있던 로드에 기댄 채 간신히 쓰러지지 않았다. 노쇠해진 다리는 이제라도 곧 부서질 것처럼 떨렸고 새하얗게 변한 얼굴과 목 주변에는 소름이 돋아 있었다. 주블킨을 알고 있던 턴빌 시민 몇 명이 가까이 다가왔다.

"의사 선생님? 주블킨 선생님. 괜찮으십니까?"

"저거였나……."

"예? 무슨 말씀을 하시는 겁니까? 선생님?"

"저거였나……, 저렇게 열리는 거였나……. 하, 하하하……."

의아한 표정으로 주블킨을 바라보던 시민들 중 한 명이 자신은 주블킨의 말을 이해했다고 생각했다. 그는 웃으며 말했다.

"예. 어이가 없네요. 의사 선생님. 저렇게 부숴서 여는 것이 정답이었다면, 하! 아깝군요. 저라도 나서서 부숴버리는 건데……."

주블킨은 얼빠진 얼굴로 입을 연 사내를 바라보더니 갑자기 폭발적인 웃음을 터뜨렸다.

"프, 프하하! 멍청한 놈! 저건 보통 사람들이 부술 수 있는 것이 아냐. 거인의 힘이 아니라면 못 부숴! 마법사도 못 부숴! 웬 줄 알아? 웬 줄 아냐고? 크킬킬킬! 마법이 어, 어, 없거든? 프헷헤헤헤!"

"예? 무슨 말을 하시는 겁니까, 주블킨 선생님?"

그러나 주블킨은 사내의 말에는 아무 신경도 쓰지 않았다. 그는 열띤 목소리로 혼잣말처럼 말들을 토해 냈다. 평생 동안 숨기기만 했던 말들이 한꺼번에 쏟아져 나오는 것이었기에 말을 하고 있는 주블킨 자신도 무슨 말을 하는 건지 알 수 없을 지경이었다.

"그래서, 그래서 나는 안 열린다고 생각했지. 당연하잖나! 저기에 망치를 들고 올라갈 녀석은 없을 테고, 마법사는 마법이 안 걸려 있으니까 못 열고! 게다가 수수께끼, 그래. 그게 있었으니까. 그건 기막힌 안배였지! 상자를 열기 위해 수수께끼를 풀어야 되는 것인데, 그런데 수수께끼라는 것 때문에 사람들은 상자를 여는 것보다는 수수께끼를 푸는 데 주의를 기울이게 되는 것이거든! 키, 킬킬킬킬! 수수께끼라는 것이 원래 그렇잖아? 기발했다고! 그런데, 허, 푸흐하하! 저렇게 여는가? 저 남자는 도대체 악마와 인간의 사생아라도 된단 말이냐? 도대체 어떤 악마의 시각이 눈앞을 가린 것을 넘어서 보고, 도대체 어떤 악마의 힘이 두 손만으로 저걸 부수게 만든 거지? 굉장하군, 굉장해! 이것까지 예견되어 있었나? 그랬던 것인가? 할아버님, 아버님, 형제들이여! 그랬던 것입니까? 정녕 이렇게 될 것까지 예견하셨던 것입니까?"

사람들은 어처구니없는 표정으로 주블킨을 바라보았다. 하지만 그들이 조금만 주의를 기울였다면 정원에 몰려든 인파들 중 여러 곳에서 이와 비슷한 탄식이나 흐느낌, 혹은 괌소가 터져나오고 있다는 것을 알아차렸을 것이다. 쳉은 그것을 잘 볼 수 있었다. 언뜻 보기에도 대여섯 명은 넘는 자들이 웃어대고 있었다.

콜리의 프리스트들? 맙소사, 저들이 콜리의 프리스트들인가?

쳉은 재빨리 그들의 특징을 종합해 보았다. 그렇다. 모두들 나이가 지긋한 자들이었다. 66년 전 저 수수께끼를 준비했던 자들의 다음 세대 정도 될 것 같은 연령이었다.

미친 듯이 웃어대던 주블킨은 갑작스럽게 웃음을 멈췄다. 주위 사람들은 그제서야 주블킨이 제정신을 차렸나 보다 생각했지만, 그런 것이 아니었다. 의혹, 한 가지 의혹이 아직 풀리지 않고 있었던 것이다. 그 의혹에 생각이 미친 주블킨은 어이없는 표정으로 계단참을 바라보았다. 힘없이 열린 그의 입에서 부지불식간에 낱말들이 흘러나왔다.

"하지만……, 지금까지 일곱…… 명이었는데?"

후작은 다시 팔짱을 끼었다. 그는 아래쪽에서 일어나는 소란을 오만하게 무시하며 시장을 쏘아보고 있었다. 하지만 그의 뇌리에는 사태를 측정하고 판단하는 능력이 무섭도록 발휘되는 중이었다. 할슈타일 후작은 날카롭게 말했다.

"인정하는 거요."

"예? 무, 무슨, 뭐를?"

"인정하냐고! 내가 그 수수께끼를 풀었음을 인정하느냐는 거요! 보시오, 나는 상자를 열었소. 그 속엔 아무것도 없어! 상자 속에 제2유언장이 있다는 것은 거짓말이라는 것을 인정하겠지!"

"그, 그렇군. 그런데……?"

"이건 사기야. 희생자들을 끌어 모으기 위한 미끼였어. 신스라이프 녀석이 무슨 심술로 뒷사람들을 자기 곁으로 끌어들이고 싶어 했는지는 내 알 바 아니고, 나는 그자의 수수께끼를 풀어냈소. 인정하시오!"

후작의 말은 사실이면서 사실이 아니다. 후작은 수수께끼를 풀었다기보다는 그것을 파괴해 버렸다. 그는 과거로 향하는 흐름과 미래로 향하는 흐름에 대해서는 아무 대답도 하지 않았으니까. 그 유언장은 수수께끼를 푼 자에게 재산을 증여하게 되어 있지, 그것을 파괴한 자에게 재산을 주게 되어 있지는 않다. 후작은 시장과 유가족들이 당황 속에서 헤어나 그것을 알아차리기 전에 확답을 받아내야 했다. 그런 목적을 위해서는 호통을 사용할 수 없었기에 후작은 낮으면서도 강한 목소리로 반복적으로 말했다.

"인정하시오! 내가 그것을 풀었소. 운차이 하슬러가 말이오. 66년 만에 풀었지. 이제 다시는 죄 없는 자들이 이 수수께끼에 희생되지 않도록 만들었소. 바로 내가!"

후작의 최면적인 말들은 혼란에 빠져 있는 데커드 시장의 정신을 뒤흔들었다. 데커드 시장은 무의식중에 고개를 끄덕이며 말했다.

"그, 그, 그렇군요. 이, 이것이 사기였다니……."

"내가 맞추지 않았다면 더 많은 사람들이 이 사기에 휘말려 죽어갔겠지."

후작의 화법은 교활했다. 그는 '밝혀내지 않았다면'이라고 말하는 대신 '맞추지 않았다면'이라고 말했다. 무의식중에 자신이 수수께끼를 풀어버린 것처럼 생각되게 만들기 위함이었다. 그리고 데커드 시장은 다시 고개를 끄덕였다.
"예, 맞군요. 예, 그렇습니다. 당신 덕분입니다."
"과찬의 말씀."
후작이라고 해도 이 이상의 말을 할 수는 없었다. '그러므로 신스라이프의 재산은 이제 내 것이다.'라는 둥의 말을 해버린다면 혼란에 빠져 있는 유가족들이라도 정신을 번쩍 차리게 될 것이다. 지금으로선 자신이 이 문제를 풀어버렸다는 식의 분위기를 만드는 것에 만족해야 할 것이다. 그것도 증인이 되어줄 수많은 시민들 앞에서. 후작은 피로감과 동시에 희열을 느꼈다. 이거야. 이젠 됐어!
그때였다.
"약속된 순간이 돌아왔다!"
후작은 홱 고개를 돌렸다. 군중 한가운데서 터져나온 고함 소리는 듣는 사람으로 하여금 소름이 돋게 만드는 처절한 것이었다. 케헤른 역시 재빨리 무기로 손을 가져가며 고함 소리가 들려온 곳을 찾았다.
주블킨 일레드마는 한 손에 든 디바인 마크를 힘 있게 들어올리며 포효하듯 외쳤다.
"어둠 속에서 더 반짝이는 눈이 그대의 꿈을 보리니!"
이어지는 목소리는 한 사람의 것이 아니었다. 군중 속 곳곳에서 터져나온 목소리가 합창하듯이 주블킨의 말에 대답했다.
"어둠 속의 꿈이라 해도 그대만의 것은 아니다!"
목소리와 함께 역시 많은 숫자의 손이 군중들의 머리 위로 올라왔다. 그리고 그 손에는 전부 똑같은 모양의 디바인 마크가 쥐어져 있었다.

궤헤른은 등골이 오싹해지는 것을 느꼈다. 그는 저 말을 알고 있었다. 그리고 지금 고함을 지른 자들의 손에 손에 들린 것도 알아볼 수 있었다. 고양이와 꿈의 콜리. 그의 프리스트. 그의 디바인 마크. 그런데, 그게 무슨 말이지? 약속된 순간이 돌아오다니?

가장 먼저 고함을 지른 주블킨은 그대로 사람들을 가로지르기 시작했다. 노인의 몸놀림이라고는 상상할 수 없는 사납고 날쌘 동작이었다. 주블킨은 사납게 고함을 지를 뿐만 아니라 손에 든 무거운 로드를 인정사정없이 휘둘러 사람들을 물러나게 만들며 달려갔다. 삽시간에 사람들이 좌우로 갈라졌기에 주블킨은 무인지경을 달리듯 달려 계단에 도착했다.

궤헤른은 재빨리 외쳤다.

"가이버, 니크! 검을 뽑아! 사무엘! 미를 맡아! 그러나 명령이 있기까지는 대기하라!"

명령을 마친 궤헤른은 역시 검을 뽑아들며 계단 쪽으로 뛰어갔다. 하지만 문제가 발생했다. 주블킨의 난폭한 동작 때문에 물러난 사람들이 그의 진로를 막아서게 된 것이다. 궤헤른은 욕지거리를 뱉어냈지만 사람들은 주블킨만을 바라보고 있었다.

계단 중간쯤까지 올라갔던 경비 대원들은 주춤주춤하면서도 일단은 무기를 들고 달려오는 주블킨을 막기 위해 창을 내뻗으며 계단을 다시 내려왔다. 하지만 주블킨은 계단에 발을 올리자마자 우뚝 멈춰서서는 두 손에 쥔 로드를 하늘로 번쩍 쳐들어 올리며 외쳤다.

"사라져간 것들로 증인을 삼고, 잃어버린 것들로 대가를 치렀다. 돌아오지 않는 것들을 바라보고, 잊혀진 것들을 부른다! 콜리여, 당신의 지팡이에게 내린 약속을 기억하소서!"

미친 듯이 부르짖는 주블킨을 사람들은 창백한 표정으로 바라보았다. 말을 끝낸 주블킨은 그대로 손목을 빙글 돌렸다. 한 바퀴 돈 로드를, 주블킨은 한쪽 무릎을 구부리며 맹렬한 기세로 땅에 꽂았다. 크가각!

굵직한 로드와 돌계단이 부딪치며 날카로운 마찰음이 들렸다. 그리고 그 순간 정원에 있는 사람들이 모두 느낄 수 있는 충격이 전해져왔다. 쿠르르릉!

"어, 으어걱!"

"사람 살려!"

"유피넬이여! 맙소사, 이게 뭐야!"

맙소사, 저런 지팡이 하나로 이런 충격이 생겨난단 말인가? 궤헤른은 기가 막힌 심정으로 사람들의 머리 너머로 주블킨의 등을 바라보고 있었다. 그러나 계단 위에 서 있던 후작은 다른 것도 볼 수 있었다.

"저것은……!"

주블킨이 지팡이를 내리꽂자 마치 그의 힘에 의해 갈라지는 것처럼 돌계단에 금이 가기 시작했다. 쩡! 마치 유리나 얼음장이 깨지는 것처럼 주블킨이 내리꽂은 지점으로부터 사방으로 금이 퍼져나갔다. 돌계단은 삽시간에 마치 거미줄 같은 잔금들로 뒤덮였다. 쩡! 쩡! 그리고 그 금들은 무서운 속도로 자라나며 계단 위와 계단 아래로 퍼져나갔다. 쩡! 쩡! 쩡! 계단 가까이에 서 있던 군중들은 비명을 지르며 뒤로 물러나려 했지만 뒤에 있는 거대한 인파는 그대로 완강한 벽이 되어 사람들의 도주를 막고 있었다. 그 사이에도 대지를 달리는 금은 쉴 새 없이 퍼져나갔다.

"뭐, 뭐야아!"

"비켜! 비키란 말이야!"

사람들이 폭력을 사용하지 못한 까닭은 너무 많은 군중 때문에 팔을 휘두를 공간도 제대로 없었기 때문이다. 게다가 저 멀리 뒤쪽에 있는 자들은 무슨 일인지 잘 보기 위해 앞쪽으로 밀어붙이기 시작해 앞쪽 사람들을 막았다. 찢어지는 비명 소리가 곳곳에서 터져나왔다.

돌계단은 주블킨의 로드가 꽂힌 중심 지점으로부터 무수한 잔금을 따라 돌 조각들로 분열되었다. 끼기깃! 갈라진 돌들이 서로 일어나고 무너지며 마찰하여 뼈를 긁는 소음을 냈다. 돌조각들이 서로 쓸리며, 계단은 마치 너무 오래 가열한 도자기처럼 박살났다. 콰가가각!

주블킨은 얼굴을 향해 직격으로 날아오는 돌 조각들 앞에서도 꼼짝도 하지 않았다. 튀어 오른 돌 조각이 어깨를 쳤고 날아가던 파편이 볼을 할퀴어 붉은 피를 흩날리게 했지만, 주블킨은 한쪽 무릎을 꿇고 로드를 단단히 움켜쥔 채 앉아 있었다.

그리고 그를 중심으로, 돌 조각들은 천천히 하늘로 떠오르기 시작했다.

운차이는 떨고 싶지 않았다. 하지만 자신도 모르게 아래턱이 덜덜 떨렸다. 네리아는 벌써 운차이의 팔에 매달린 채 부들부들 떨며 울음을 터뜨릴 듯한 목소리로 외쳤다.

"우, 우, 운, 운차이, 저, 저건, 저거 뭐야? 뭐야! 뭐냐고!"

운차이는 아무 대답도 할 수 없었다. 주블킨이 내리꽂은 로드를 중심점으로 해서 터져나온 돌 조각들은 폭발의 정점에서 도로 아래로 떨어지는 대신 중력을 무시하며 위로 서서히 떠올랐다. 그리고 천천히 회전했다. 마치 회오리바람 같았다. 게다가 퍼져나가는 금들을 따라 치솟아 오르는 돌맹이는 더 많아졌고 돌 조각과 파편들, 흙먼지로 이루어진 회오리의 크기도 점점 커졌다. 그리고 그 한가운데서는 주블킨이 꼼짝도 하지 않은 채 앉아 있었다. 남보다 월등한 시각을 가진 운차이는 주블킨이 꼼짝도 하지 않는 것이 아니라 계속해서 무언가를 중얼거리고 있다는 것까지 알아볼 수 있었다. 저건 뭐하는 짓이지?

할슈타일 후작은 검을 뽑았다.

검과 검집이 부딪치며 무서운 마찰음을 울렸다. 데커드 시장은 경악한 표정으로 후작을 바라보았지만 후작은 검을 뽑아들고는 그대로 계단 아래를 향해 달려가기 시작했다. 회오리바람을 피해 뒤로 물러나고 있는 경비 대원을 옆으로 밀어버리며 후작은 고함을 질렀다.

"이놈! 무슨 짓을 하는 건지는 모르지만, 그 짓을 당장 멈춰!"

주블킨은 아무 대답도 하지 않았다. 심지어 주블킨은 고개도 들지 않은 채 계속해서 중얼거렸다. 치솟아 오르는 돌 조각들은 이제 그 끝이 보이지 않을 정도로 솟아올랐고, 턴빌 시 전체에서 비명 소리가 울려퍼졌다. 그러나 그 한가운데 앉아 있는 주블킨은 미동도 하지 않은 채 속삭이고 있었다. 후작은 더 참을 필요가 없다고 생각했다.

"하아아아!"

그러나 후작은 회오리바람에 접근하지도 못했다. 어느새 계단 전체가 무수한 돌 조각으로 바뀌어 있었고 그것이 이제는 파도처럼 흔들리고 있었던 것이다. 발 아래가 흔들려서 하마터면 쓰러질 뻔한 후작은 허리를 낮추며 간신히 중심을 잡았다.

"이게 도대체 무슨……!"

후작이 다시 한번 몸을 바로잡아 주블킨에게 달려들려고 했을 때였다. 주블킨은 갑자기 일어났다. 그리고 그가 일어나자마자 무서운 소리가 울려퍼졌다. 콰광쾅쾅쾅!

후작은 이번에는 넘어지고 말았다. 그리고 정원에서는 사람들이 넘어지며 숨 막히는 비명 소리가 울려퍼졌다. 그 동안에도 땅은 쉴 새 없이 흔들렸다. 쿠르르릉! 사람들 가장자리에 서 있던 운차이 일행은 간신히 깔리는 지경은 면했지만 대신 날뛰는 말들에게 짓밟힐 뻔했다.

"이힝힝힝힝!"

"휘이……, 휘르힝힝!"

"이런, 제기랄! 가만있어! 앰뷸런트 제일! 으극! 가만히 있으라고, 네리아!"

두 번째는 말이 아니다. 운차이는 말을 말려야 될지 자신의 목을 휘감고 날뛰는 네리아를 말려야 될지 감을 잡을 수가 없었다. 쳉은 쓰러지려는 그란을 붙잡더니 믿을 수 없는 힘으로 그를 끌어올렸다. 그란은 거의 떠밀려지듯이 똑바로 서고는 한참 동안 숨을 가누며 아무 말도 못한 채 쳉을 바라보았다. 그러나 쳉은 그란을 보는 대신 저 멀리 주블킨을 바라보았다.

계단에 주저앉았던 할슈타일 후작 역시 일어설 엄두도 내지 못한 채 주블킨을 쏘아보고 있었다.

주블킨의 발 아래로 땅이 함몰되어 있었다. 둥근 우물이 생긴 것 같았다. 하지만 그 우물은 바닥이 보이지 않을 정도로 깊을 뿐만 아니라 30큐빗은 될 것 같은 지름을 가지고 있었다. 그러나 주블킨은 떨어지지 않았다.

주블킨은 손에 로드를 든 채 구멍 중앙의 허공에 고요히 떠 있었다.

주블킨은 주위에서 일어나는 소란에 대해서는 아무런 관심도 보이지 않았다. 허공에 떠 있는 그를 보며 경악하고 있는 후작에게도 시선조차 보내지 않았다. 주블킨은 구멍 중앙의 허공에 뜬 채 구멍 아래만을 바라보고 있었다. 그의 얼굴은……, 그 얼굴에 가득한 표정은 초조함이었다. 주블킨 일레드마는 초조한 표정으로 바닥도 보이지 않는 구멍을 내려다보았다.

갑자기 주블킨의 얼굴이 확 밝아졌다. 그는 덜덜 떨면서 로드를 움켜쥐었다. 허공에 떠 있는 자가 로드에 의지하려 드는 것은 몹시도 어울리지 않는 모습이었지만 후작은 웃을 수 없었다. 주블킨은 저 땅 아래를 바라보며 희열에 찬 목소리로 외쳤다.

"돌아왔다……, 돌아왔어!"

주블킨은 공중을 떠가면서 뒤로 조금 물러났다. 후작은 주저앉은 채 그 모습을 바라보며 속으로 무수히 되뇌었다. 돌아왔다고? 뭐가, 뭐가 말인가?

구멍 아래쪽으로부터 천천히 사람의 모습이 떠올랐다.

계단참 위에 납작 엎드린 채 온갖 신의 이름을 주워섬기던 발레드 신스라이프는 기겁하고 말았다. 땅에 뚫린 거대한 무저갱에서 솟아오른 사람은 흰 옷을 걸치고 있었다. 하얀 머리, 하얀 수염, 몹시도 근엄해 보이는 풍채를 가진 노인이었다. 발레드는 저 완고해 보이는 얼굴을 신스라이프 저택의 서재에 걸려 있는 초상화에서 무수히 보았다. 발레드는 얼빠진 목소리로 중얼거렸다.

"큰아……버님?"

계단에 주저앉아 있었지만 이성을 잃지는 않았던 할슈타일 후작의 귀에 발레드 신스라이프의 목소리는 여지없이 들어왔다. 후작은 자리에서 일어났다.

그의 입가를 맴돌고 있는 것은 한두 가지 감정으로는 설명할 수 없는 복잡한 표정이었다. 하지만 그 주조를 이루고 있는 것은 증오였다. 할슈타일 후작은 증오 어린 시선으로 무저갱으로부터 솟아오른 늙은 이를 바라보며 입을 열었다.

"네가 돌아왔느냐……. 신스라이프!"

6

신스라이프는 피로한 표정으로 주위를 둘러보았다.

중력을 무시하며 허공에 떠 있는 자신을 아무렇지도 않게 여기고 있다는 점에서 신스라이프는 주블킨과 똑같았다. 발은 허공을 딛고 눈은 무의미를 보고 있었다. 귀로 소음을 들으며 입으론 아무 말도 하지 않았다. 그리고 신스라이프는 거기 서 있었다.

신스라이프는 자신을 향해 고함을 지른 할슈타일 후작을 바라보았다. 후작은 이를 사려 물며 신스라이프를 마주보았지만 신스라이프는 거만하게 후작을 무시하고 고개를 돌렸다.

"저놈이!"

후작이 검을 뽑아든 채 달려들지 않은 까닭은 그가 바닥도 보이지 않는 구멍의 상공에 떠 있기 때문이었다. 후작은 두 손으로 롱 소드를 부여잡은 채 신스라이프를 쏘아보았다. 하지만 신스라이프는 태연하게 그를 외면하며 주블킨을 보았다.

그가 처음으로 입을 열었을 때 주블킨은 그의 말을 도통 이해할 수 없었다.

"햇빛 찬란한 날이군. 이런 날이기를 원했지."

"예?"

신스라이프는 우울한 표정으로 주블킨을 바라보았다. 그리고 그가 다시 말했을 때는 주블킨도 그의 말을 완전히 이해할 수 있었다.

"콜리의 프리스트인가."

"그, 그렇습니다. 그렇습니다!"

"자넨, 혹시 다르말 일레드마와 무슨 관련이 있는가."

주블킨은 무릎을 꿇고 싶었다. 발 아래 땅이 있었다면 반드시 그랬을 것이다.

"제 아버님이십니다!"

"아아, 다르말의 아들인가. 자넨 아버님을 몹시 닮았군."

"감사합니다, 감사합니다!"

인간이 감당할 수 있는 경악을 넘어선 경악 속에 주위는 고요했다. 할슈타일 후작은 적의 어린 시선으로 그 둘을 쏘아보며 입술을 깨물었다.

"보기 좋군. 우애로운 사교 생활의 모범을 보여주기 위해 기어올라 왔느냐."

그러나 신스라이프와 주블킨은 다시 후작을 무시했다. 후작은 급성 위궤양에 걸려 비명을 토하며 쓰러져도 이상할 것이 하나도 없는 표정으로 둘을 쏘아보았지만, 둘은 여전히 밝은 얼굴로 이야기를 나눌 뿐이었다.

"다르말의 아들이 이토록이나 늙었다면, 그 동안 많은 시간이 경과한 모양이군."

"66년입니다, 신스라이프!"

"오……, 66년이라고."

신스라이프는 경악인지 감탄인지 구분하기 어려운 신음을 내면서 고개를 끄덕였다.

"내가 알았던 것들이 모두 사라졌는가."

"예. 그러실 겁니다. 하지만, 하지만 새로이 배워 익히실 수 있는 수많은 것들이 또한 생겨났습니다. 그럴 것입니다!"

"그래. 알았네. 일단 땅을 디뎌보도록 하세. 그래야만 내가 살아났다는 것을 느낄 수 있을 것 같군."

"아, 알겠습니다. 네, 신스라이프."

주블킨은 재빨리 허공을 미끄러졌다. 그는 군중들이 서 있는 쪽으로 향했고 그곳에는 그와 비슷한 복장을 하고 있는 콜리의 프리스트들이 도열해 있었다.

주블킨은 갑자기 눈시울이 뜨거워지는 것을 참을 수 없었다. 구덩이 곁에 엄숙하지만 흥분된 얼굴로 서 있는 자들은 매일같이 만나는 푸줏간 주인이며 구두장이에 대장장이들이었다. 그리고 초라한 몰골의 거지에 수레꾼에 마구간 허드렛일꾼들이었다. 붉은 코를 가진 양조장 주인은 아예 펑펑 울고 있었다. 그들 모두가 바로 콜리의 프리스트들인 것이다. 66년 동안 자신들을 숨겨왔던, 그리고 이제서야 태양 아래 당당히 서서 오래된 약속의 현장에 와 있는.

콜리의 하이 프리스트 주블킨 일레드마는 그들 모두를 한 명 한 명 얼싸안고 등을 두드려주고 싶었다. 오랫동안 기다려왔노라고, 형언할 수 없는 그 노고를 치하해 주고 싶었다. 그들은 그런 치하를 받아 마땅하다. 어떤 자가 66년 동안…….

그들의 안색이 갑자기 바뀌었다.

주블킨은 당황했다. 그들 콜리의 프리스트들이 마치 비명을 지를 듯한 얼굴로 그를 바라보고 있었다. 이게 뭐지? 주블킨은 땅에 서서는 그들의 면면을 바라보았다.

"형제들이여, 무슨……?"

"하, 하이 프리스트! 뒤를 보십시오!"

뒤라고? 주블킨은 몸을 돌렸다. 그러고는 경악으로 굳어버리고 말았다.

신스라이프는 움직이지 못했다.

마치 보이지 않는 유리관이 그를 가두고 있는 것처럼 보였다. 신스라이프는 주블킨의 뒤를 따라 허공을 미끄러지려 애쓰고 있는 것이 분명했다. 하지만 그가 땅 쪽으로 다가올 때마다 보이지 않는 무엇인가가 가로막는 것처럼 그의 비행이 저지되었다. 신스라이프는 당혹과 분노로 사방을 향해 날아갔지만 그때마다 그의 비행은 고통스럽게 저지되었다. 신스라이프는 두 주먹을 쥐어 올리며 부르짖었다.

"이게 무슨 일인가!"

잊혀진 것을 부르는 목소리

주블킨은 눈이 튀어나올 듯한 얼굴로 그 모습을 바라보았다. 이게 어찌된 거지? 어째서 신스라이프가 땅을 밟을 수 없단 말인가? 땅을……, 땅이?

땅이 그를 받아들이지 않는다!

주블킨의 무릎이 볼썽사납게 떨리기 시작했다. 대지와 회상의 시무니안은 유피넬과 헬카네스의 법칙을 어긴 자를 받아들이지 않는다. 그래서 좀비는 땅에 누울 수 없는 몸으로 영원히 떠돌아다닌다. 시체는 누울 수 있어도, 살아 있는 시체는 땅이 받아들이지 않는다.

"하, 하지만 왜? 시, 신스라이프는 부활했는데. 그, 그는 시체가 아냐. 그런데, 그런데 왜?"

주블킨은 누구에게랄 것도 없이 중얼거렸다. 신스라이프는 여전히 격노한 얼굴을 한 채 사방으로 움직였지만 소용이 없었다. 허공에 부딪히며 물러나는 그의 모습은 우스꽝스럽기까지 했다. 그때 주블킨의 중얼거림을 들은 프리스트 하나가 재빨리 다가서며 숨 막히는 목소리로 질문했다.

"하이 프리스트, 하이 프리스트! 지금까지, 지금까지 몇 명이었습니까?"

주블킨은 다시 경직해 버렸다. 조금 전 그가 떠올렸던 의문이 다시 그에게 돌아왔다. 일곱 명이다. 여덟 번째 사나이가 그 문제를 파괴해 버렸다. 주블킨은 어이없는 눈으로 계단 위의 할슈타일 후작을 바라보았다. 후작은 여전히 검을 단단히 쥐고 있었지만 그 역시 의아한 눈으로 신스라이프를 바라보고 있었다.

"이건 뭐야. 66년 동안 잠들었던 자의 코미디인가?"

신스라이프는 허공에 갇힌 채 이글거리는 눈으로 주블킨을 쏘아보며 노성을 터뜨렸다.

"이 미련한 놈! 이게 무슨 일인가, 설명하라!"

"하, 한 명이……, 한 명이 모자랍니다. 마지막 하나가……. 저자를 잡아라!"

더듬더듬하던 주블킨의 목소리가 마지막에 가서는 찢어지는 비명처럼 바뀌었다. 주블킨은 계단 위의 후작을 가리키며 고함질렀고, 그러자 콜리의 프리스트들은 살기 어린 얼굴을 후작에게 돌렸다. 그들 모두가 일제히 고함을 지르며 계단을 향해 달리기 시작했다. 그리고 허공의 신스라이프 역시 거세게 몸을 돌려 분노에 찬 시선으로 후작을 쏘아보았다.

"이놈들이……!"

후작은 그들을 흘긋 보고선 조금씩 뒷걸음질 치기 시작했다. 하지만 이대로 뒤로 몰리면 계단참 위에 고립될 뿐이다. 저택 안으로 도망칠 것인가? 하지만 그럴 경우 궤헤른과 합류하기 어려워질 뿐더러, 내부도 모르는 저택 안에서 도주도 쉽지 않을 것이다. 후작은 이를 악물며 검을 세워들었다. 그러나 콜리의 프리스트는 검광을 보자 더욱 흥분하며 서로를 짓밟을 듯한 격한 동작으로 달려들었다.

그때였다.

"그 자리에서 멈춰! 한 녀석이라도 움직이면 신스라이프는 죽는다! 젠장, 협박 치고는 이상하잖아. 죽은 자를 또 죽이겠다니. 설명하기 귀찮으니 대충 알아먹기를 바라겠다!"

후작은 고개를 쳐들었고 달려들던 콜리의 프리스트들 역시 허공에서 들려온 목소리에 놀라 걸음을 멈추었다. 주블킨은 기막힌 표정으로 군중들의 머리 위로 솟아오른 사내를 바라보았다.

"마법사?"

군중들의 머리 위 상공 10큐빗 정도의 높이에 한 사내가 떠 있었다. 평범한 옷차림에 평범한 얼굴, 하지만 공중에 떠 있는 것으로써 신 스라이프의 독보적인 위치에 도전하고 있다. 게다가 머리 위로 들어올린 그의 오른손 위에는 작열하는 불덩어리가 떠 있었다.

오른손에 받쳐든 불덩어리는 맹렬한 소음을 내며 타오르고 있었고, 그 때문에 사내의 얼굴과 상체는 온통 붉은색으로 물들어 있었다. 늘어진 앞머리는 붉게 타오르고 있지만 그 아래 얼굴은 어둡다. 그 어두운 얼굴에서 두 눈만이 반짝이며 콜리의 프리스트들을 쏘아보고 있었다.

계속해서 벌어지는 이 가공할 불가사의의 연속에 사람들은 비명을 지를 엄두도 내지 못했다. 사내는 왼손으로 신스라이프를 가리켜 보이며 말했다.

"부활을 축하드리지요. 하지만 66년 만에 일어나서 이걸 맞고 잠들게 되면 당신도 참 허무할 거요. 그렇잖습니까? 이건 딜레이드 파이어 볼이라는 거요. 파이어 차크라의 극한 회전수에서 임계점을 유지하며 알파 3급수를 이용해 억제하면 되는 거지. 이론만이라면 머저리 견습생도 설명할 수 있는 간단한 거야. 실제로는 좀 어려운 거지. 회전수를 포착하는 것이 조금 어렵거든. 오우, 젠장! 나는 약장수가 아닙니다. 조금 흥분했을 뿐이지. 하지만 이런 상황에서 횡설수설하는 거야 이해해야 되지 않겠습니까? 사실대로 말해서 나는 지금 바지를 적실만큼 흥분했단 말입니다. 아아, 그렇다고 해서 진짜로 적셨다는 말은 아니고."

신스라이프는 수염을 흩날리며 외쳤다.

"웬 놈이냐!"

"레이저라고 불러주슈. 그리고 거기 할아버지들, 콜리의 이름으로 맹세하겠는데, 당신들이 조금만 움직이면 나는 이걸 던질 거야! 그리고 친절한 레이저의 상냥한 조언 한 마디. 나는 자제력이 약한 편이야. 아시겠어들? 숨도 너무 크게 쉬지는 마시지! 놀라서 던져버릴지도 모르는 거 아니오."

주블킨 일레드마가 명령을 내릴 필요도 없었다. 콜리의 프리스트들은 손바닥 위에 불덩어리를 띄워놓고 협박하는 마법사를, 비록 그가 횡설수설하고 있다고 해도 무시해 버릴 수 없었다. 그들은 으르렁거리며 손에 든 로드들을 움켜쥐었지만 레이저의 말대로 꼼짝도 하지 않았다. 레이저는 만족한 표정으로 고개를 끄덕이고는 왼손을 이마로 가져가 땀을 훔쳐냈다.

"어, 제기랄. 덥기도 하다. 머리 위에 불을 이고 있으니 안 더울 수가 있나."

신스라이프는 이런 수작에 휘말리고 싶지는 않았다. 그는 단도직입적으로 말했다.

"원하는 게 뭐냐, 말해라!"

"아아, 이야기."

"이야기?"

"고양이와 꿈의 콜리의 신실한 지팡이들이여. 당신들의 성공은 일단 축하하겠소. 대륙의 어떤 종단에서 이런 위업을 해낼 수 있을까. 당신들은 66년의 시간을 무의미로 돌리고 생사의 갈림길을 역전시켰어. 잊혀진 것을 불러내는 데 성공했지요. 박수 쳐 드리고 싶지만 지금 오른손이 바빠서. 그런데 말이야, 설명 좀 해주시구려. 나는 이 사태가 내가 알고 있는 다른 사태들과 연관성을 가진 것이 아닌가 의심하고 있거든? 여보슈, 주블킨이라고 했지요?"

"......그렇다!"

"좋아요. 설명 좀 부탁합시다. 그덴 산의 거인의 부활은 신스라이프 선생의 부활과 무슨 관련이 있습니까?"

갬블러 행동 강령 위반이야. 숨 막히는 상황 속에 몸 전체를 던져 넣은 레이저였지만 그의 머릿속 한적한 곳에서는 이런 말이 오락가락하고 있었다. 내가 마법사라는 것은 이제 헤게모니아에서는 모르는 녀석이 없게 되었군. 갬블러 끝장이다. 어디 한적한 곳에 숨어서 배추나 키워볼까.

"그덴 산의...... 거인이라고?"

주블킨은 의혹도 아니고 불안도 아닌 이상한 목소리로 레이저의 질문에 대답했다. 그리고 레이저는 도박사였다.

"시간을 끄시나? 그런 행동을 내 질문에 대한 긍정으로 생각해도 되는 거요?"

"자, 잠깐. 기다려라. 마법사 레이저. 그러니까......"

"젠장맞을, 설명햇! 나는 지금 부끄러워 죽을 지경이며 동시에 신경질이 나서 죽을 지경이란 말이야! 내가 진짜 죽기라도 하면 어떤 프리스트라도 내 사인을 밝혀내진 못할 거야. 당신도 이 위치에 올라와 봐. 우와, 짜릿할 정도로 부끄럽네. 나는 내성적인 성격이야. 때론 그렇다는 말이지. 게다가 죽은 녀석이 부활하는 거, 일단 마음에 안 들어. 그것만으로도 이걸 던지고 싶어!"

신스라이프는 수염이 꼿꼿이 설 정도로 노기를 띠고 레이저를 쏘아보았지만 아무 말도 하지 않았다. 흥분한 레이저로 하여금 이성과 감성의 경계선을 넘어서게 만드는 것은 너무 쉬워 보였다. 그리고 실제로 레이저가 원한 것도 그것이었다. 레이저는 일부러 횡설수설함으로써 신스라이프와 콜리의 프리스트들을 제자리에 묶어놓고 있었다.

그리고 후작은 그런 기회를 놓치지 않았다.

"하아아압!"

후작은 거친 고함 소리를 내지르며 콜리의 프리스트들의 등을 향해 달려가기 시작했다. 계단에서 뛰어오른 할슈타일 후작은 발에 닿는 첫 번째 경비 대원을 그대로 걷어찼다.

"커헉!"

경비 대원은 캐터펄트에 직격당한 꼴로 날아가기 시작했다. 비행은 짧았고 충돌은 격렬했다. 계단 위에서 엉거주춤한 모습으로 서 있던 경비 대원들은 산사태처럼 무너져 내렸다. 다시 계단을 밟으며 후작은 맹렬하게 고함질렀다.

"궤헤른!"

궤헤른은 벌써 움직이고 있었다.

"여기 갑니다! 가이버! 니크! 나를 따르라, 후작님을 구해라!"

"으아아아!"

가이버와 니크는 뽑아든 검을 사방으로 휘두르며 달려들었다. 격노한 콜리의 프리스트들은 흉흉한 기세로 궤헤른의 앞을 막아섰지만, 그들은 프리스트였고 가지고 있는 무기들도 로드뿐이었다. 게다가 그들은 어디까지나 푸줏간 주인이며 대장장이며 농사꾼이었다. 반면 궤헤른과 가이버, 니크는 이 머나먼 땅까지 도망친 단련된 칼잡이들이었고 그들의 실력을 발휘하기에 가장 적절한 도구도 가지고 있었다. 연속적으로 비명이 터지며 핏방울이 흩날리기 시작했다. 레이저는 창백해진 안색으로 호통을 질렀다.

"이이익! 움직이면 이걸 던지겠다고 했잖아!"

"던져!"

"뭐라고?"

레이저는 얼빠진 얼굴로 할슈타일 후작을 바라보았다. 후작은 앞을 가로막는 경비 대원들의 창을 쳐내며 고함지르고 있었다.

"너! 산 자의 이름으로 명령한다. 그걸 던져!"

"안 돼! 던지면 안 돼!"

주블킨 일레드마 역시 마차에 꼬리가 깔린 고양이보다 더 사납게 고함지르고 있었다. 레이저는 이 복잡한 상황이 싫었다.

"제길, 뭐가 이래?"

하늘을 날고 있을 뿐만 아니라 손 위에 불덩어리까지 고정시켜 두었기 때문에 레이저는 꼼짝도 할 수 없었다. 한편 허공에 갇힌 신스라이프 역시 무력감 속에서 끓어오르는 분노를 되씹으며 레이저를 쏘아보고 있었다. 그 와중에도 후작은 경비 대원들을, 그리고 궤헤른 일당은 콜리의 프리스트들을 상대로 건전한 사회와 화목한 인간관계를 꿈꾸는 이들의 악몽 같은 장면을 연출해 내고 있었다.

"젠장! 뭘 알아야 던지든지 말든지 하지, 이런 상황에서 무슨 판단력을 발휘하라는 거야!"

곤혹스러워하는 레이저에 비해 볼 때 경비 대원들은 신바람이 날 지경이었다. 그들은 판단할 필요가 없었다. 할슈타일 후작은 그들을 공격해 들어왔고, 따라서 아프게 때려주고 싶은 녀석이며, 그들은 그 감정대로 행동했다.

턴빌 경비 대원들은 험악한 욕설과 고함을 내지르며 계단 위로 뛰어올라 갔다. 하지만 높은 곳에 위치한 후작은 가공할 힘을 발휘하며 경비 대원들을 쳐내리고 있었다. 경비 대원들 중 한 명이 삼엄한 기합 소리와 함께 포차드를 내질렀다.

"하으아압!"

"무례한 놈! 감히 누구에게!"

후작은 포차드를 손으로 받아낸 다음 그것을 잡아당겼다. 경비 대원은 비명을 지르며 계단 위에 쓰러졌다. 후작은 롱 소드를 경비 대원에게 집어던지고는 두 손으로 포차드의 끝을 쥔 다음 사방으로 휘둘러대었다. 퓽퓽퓽! 일순간 계단 위에 끔찍한 원들이 빠르게 나타나고 사라지며 바람을 가르는 소리가 요란하게 울려퍼졌다. 돌계단에 포차드의 날이 부딪히며 불꽃이 튀어올랐다.

경비 대원들은 파랗게 질린 얼굴을 한 채 뒤로 물러났다. 하지만 발 뒤는 계단이었고 경비 대원들은 다시 한 덩어리가 된 채 볼썽사납게 나동그라졌다. 그리고 후작은 포차드를 옆구리에 비껴든 채 쓰러진 경비 대원들을 짓밟으며 달려내려 왔다.

콜리의 프리스트들도 난처한 처지에 빠진 것은 경비 대원들과 마찬가지였다. 기다란 로드로 찌르고 후비고 휘둘러댔건만 후작의 전사들은 입을 굳게 다문 채 칼로 쳐내고 허리를 뒤틀어 피하며 육박해 들어왔다. 전사들이 접근하자 길고 무거운 로드는 오히려 방해물이 되었고 콜리의 프리스트는 무력한 턴빌 시민의 모습으로 쓰러져갔다. 가이버는 한 프리스트에게서 로드를 빼앗아 든 다음 로드는 이렇게 쓰는 법이라고 말하는 듯한 모습으로 휘둘렀다.

"끄아아압!"

노련한 전사의 손에 쥐어지면 테이블 다리도 명검에 필적한다. 뺄 것도 더할 것도 없는 완전한 공격이 허공에 그려지자 콜리의 프리스트들의 갈빗대가 박살나며 끔찍한 소리가 울려퍼졌다. 하지만 가이버 역시 당혹해야 했다. 로드에 부딪힌 콜리의 프리스트들이 쇳소리를 내며 쓰러졌기 때문이다.

"이 자식들, 갑옷을 입고 있다!"

가이버의 외침과 동시에 니크와 궤헤른도 그 사실을 알아차렸다. 분명히 치명상을 입혔다고 생각한 상대가 단지 조금 휘청였을 뿐, 다시 사나운 외침과 함께 공격을 재개해 왔다. 찢어진 옷자락 아래에서 반짝이는 금속광을 보며 궤헤른은 입술을 깨물었다. 이윽고 열린 그의 입에서는 같은 신을 섬기는 자들에 대한 말이라고는 생각할 수 없는 잔인한 말이 터져나왔다.

"베지 말고 찔러!"

"이 빌어먹을 자식들아, 지금 하고 있는 그 흉측한 짓들 멈추지 못해!"

레이저는 발악하듯 고함질렀지만 후작과 그의 전사들은 레이저의 말에 전혀 신경 쓰지 않았다. 그리고 그들의 공격이 계속되는 한 턴빌 경비 대원들과 콜리의 프리스트들 역시 몸을 빼낼 수가 없었다. 모든 것들이 피와 비명, 그리고 널브러진 시체의 파국으로 끝나 버릴 것 같은 암담한 상황 속에서 주블킨은 재빨리 행동했다. 주블킨은 손을 내밀어 후작을 겨냥했고 순간 후작은 짙은 불안감을 느꼈다.

"홀드 퍼슨!"

'덜컥!' 하는 소리가 났어도 이상할 것이 하나도 없어 보였다. 경비 대원들을 짓밟으며 달리던 후작이 갑자기 멈춰 선 것이다. 눈에는 불신감을 가득 담고 벌어진 입술도 닫지 못한 채 할슈타일 후작은 동상처럼 멈춰 서서는 주블킨을 바라보았다. 니크는 비명을 터뜨렸다.

"후작니이이임! 저놈이 마법을!"

주블킨은 곧장 달려갔다. 후작이 집어던진 롱 소드를 주워든 주블킨은 꼼짝달싹도 할 수 없는 후작의 목에 롱 소드의 날을 가져가며 외쳤다.

"움직이지 마!"

"저 할아버지가 누구 흉내를 내는 거야? 어쨌든 잘하는 일이지만."

레이저는 감탄처럼 말했지만 궤헤른과 가이버, 그리고 닉크는 별로 감탄하고 싶지 않았다.

"이런, 빌어먹을!"

궤헤른은 관자놀이에 상당한 열기를 느끼며 멈춰 서야 했다. 가이버와 닉크 역시 주위를 매섭게 바라보면서도 검을 눕히며 자세를 낮추었다. 결국 레이저가 신스라이프를 인질로 콜리의 프리스트들을 억누르고 주블킨이 후작을 인질로 후작의 전사들을 억누르는 2중 인질극이 되고 나서야 숨 가쁘게 진행되던 사태는 파국의 끄트머리에서 간신히 멈춰 섰다. 레이저는 그렇게 생각했다.

하지만 주블킨은 그렇게 생각하지 않았다.

주블킨의 머릿속에서 이 상황은 2중 인질극이 아니었다. 그는 할슈타일 후작의 전사들보다는 오히려 레이저를 두려워하고 있었다. 레이저의 손이 조금만 움직인다면 신스라이프는 화형을 당하기 위해 66년 만에 간신히 부활한 꼴이 될 것이다. 주블킨은 레이저를 진정시킬, 혹은 제압할 방법을 고민하며 뇌를 혹사시켜 보았지만 하늘에 떠 있는 마법사를 제압할 방도는 떠오르지 않았다. 게다가 당장이라도 칼부림을 재개할 듯한 표정으로 쏘아보고 있는 후작의 전사들도 큰 골칫거리였다. 주블킨은 자신이 상당히 아슬아슬한 줄타기를 하고 있음을 씁쓸하게 인정했다.

그리고 쳉도 그렇게 생각하지 않았다.

그의 머릿속에는 2중 인질극이니 66년 만의 부활이니 하는 것이 아예 들어 있지도 않았다. 그는 새파랗게 질린 사람들 사이를, 태평하다는 것 때문에 더 괴상해 보이는 얼굴을 한 채 뚜벅뚜벅 걸어간 다음 한 사내의 어깨에 손을 올렸다.

"바쁘지 않으시다면, 잠시 실례하겠습니다."

땅에 무저갱이 뚫리고 66년의 죽음을 뛰어넘은 자와 불덩어리를 가지고 노는 자가 허공에 떠 있고 넓은 계단에는 유혈과 쓰러진 사람들이 가득한 상황이었기에 이 말도 상당히 괴상했다. 그래서 사무엘은 얼빠진 얼굴을 한 채 고개를 돌렸고, 쳉은 사무엘의 콧잔등과 자신의 주먹 중 어느 것이 더 단단한지 비교해 보았다(물론, 사무엘에게 미리 양해를 구하지 않고.).

빽! 맞는 사무엘로서는 고통도 느낄 수 없는 일격이었다. 코가 내려앉는 기분을 느끼면서도 사무엘은 히죽 웃을 정도였다. 반짝이는 별, 별, 별. 사무엘은 그 별을 향해 손을 뻗으려는 듯한 동작으로 나가떨어졌다.

"쳉!"

미는 숨 막히는 얼굴로 쳉을 올려다보았지만 쳉은 그녀가 더 이상의 말을 하도록 내버려두지 않았다. 그리고 미 역시도 더 이상 다른 말을 꺼내고 싶은 생각은 없었다. 그래서 미는 자신을 끌어안는 쳉의 팔 안에 몸을 던져 넣으며 그 목에 매달리듯 안겨들었다.

포옹은 격렬했다. 쳉은 미를 자신의 가슴 속으로 집어넣겠다는 듯이 그녀를 힘 있게 끌어안았고 미 역시 숨이 막혀 헐떡거리면서도 얼굴 바로 앞에 있는 쳉의 가슴을 수천 큐빗쯤 떨어져 있는 것이라도 되는 양 안타깝게 끌어당겼다. 조금 후, 미의 목덜미에 얼굴을 묻고 있던 쳉은 잔뜩 쉰 목소리로 말했다.

"미, 지금 내가 말할 수 있는 것은."

"응, 으응. 쳉, 쳉."

"내가 이 순간을 위해 태어난 것이어도 내 인생은 충분히 값지다는 거야, 미."

열기와 호흡 곤란으로 미는 쳉의 말을 거의 이해하지 못했다. 하지만 이것은 POG 상단의 호위 무사 쳉이 말할 수 있는 가장 거대한 자기 부정이었다.

미는 미래를 안다. 그렇다면, 미의 입장에서 쳉이 이 순간 그녀를 구하리라는 것을 미리 알고 있었더라도 이상할 것이 없다. 과거와 미래를 현실과 동시에 살아가는 퓨처 워커 앞에서, 쳉은 이 순간 미를 구하기 위해, 그리고 그녀를 강하게 끌어안기 위해 태어난 것일 수도 있는 것이다.

'그렇더라도 상관없어.'

쳉은 자신의 팔이 어떻게 그녀를 향해 뻗어갔으며 자신의 손이 어떻게 그녀의 여린 어깨를 움켜쥐고 있는지 알고 있었다. 그것은 미가 가르쳐줘서 그렇게 했던 것은 아니다. 그리고 그의 팔 안에 있으면서도 그가 떠날까 봐 무섭다는 듯이 그에게 파고들고 있는 미의 얼굴은 거짓이 아니었다. 미가 이 모든 현상들을 미리 알고 있을지도 모른다는 의심은 적어도 이 순간만은 쳉에게 아무런 영향을 끼치지 못했다. 두 사람은 한 점의 의심도 없이 서로를 맹목적으로 끌어안았다. 그리고 아달탄은 쳉과 미 주위를 뛰어다니며 컹컹거리고, 동시에 즐거운 듯이 꼬리를 흔들었다.

두 남녀와 한 마리 개의 모습은 이 혼란과 공포로 가득 찬 공간에서 퍽이나 이질적이었다. 하지만 그들은 그들만의 진실 속에 있었다.

그러나 파는 이 모든 상황을 부정하고 싶었다. 그리고 네리아는 파의 얼굴을 본 순간, 끌어안은 미와 쳉을 바라보고 있는 파의 시선을 본 순간 모든 것을 알아버렸다.

'맙소사. 흔한……, 하지만 그렇다고 해서 덜 슬프지도 않은……, 내가 제일 싫어하는 종류잖아.'

파는 이유를 알 수 없는 모멸감과 이유를 말할 수 없는 상실감에 떨고 있었다. 벌어지지 않는 입을 억지로 벌린다면 파는 비명 같은 고함 소리를 내지르고 말 것이다. 이건 엉터리야. 이럴 수는 없어. 말도 안 돼. 하지만 파는 입술을 끊어낼 듯이 깨문 채 그저 둘을 바라보고만 있었다.

주블킨은 여전히 후작에게 검을 겨눈 채 레이저를 향해 외쳤다.

"이보시오, 마법사! 당신은 이 일과 아무 관련이 없소. 66년 동안 우리가 겪어온 노고와 고통을 이해해 주기를 바라지는 않겠지만, 그것을 방해하게끔 내버려둘 수도 없소! 물러나시오. 당신에게 감사할 것이오."

레이저는 한 치도 물러나지 않겠다는 강경한 태도로 말했다.

"손에 으뜸패가 남아 있는데도 물러나는 도박사는 없수. 내 으뜸패는 신스라이프 선생이지. 당신 패를 보여주시겠소? 내 패보다 센 거라면 질 수밖에 없지. 하지만 나는 당신 패를 보기 전부터 지레 겁을 집어먹고 죽어버릴 수는 없단 말이야. 말씀하시지! 그덴 산의 거인은 왜 깨어난 거요?"

"내 알 바 아니오! 그덴 산의 거인이 깨어나다니, 그건 도대체 무슨 말이오?"

"당신이 처음부터 그렇게 말했다면 당신 말을 믿었을지도 몰라. 하지만 지금은 믿을 수 없어."

주블킨은 다시 고함을 지르려 했지만 레이저는 계속해서 말했다.

"젠장, 손바닥이 익어버릴 지경이군. 더 이상 설명하지 않겠다면 나 이거 던지고 튀어버리고 싶은데. 당신이 정말 아무 관련이 없다면, 콜리의 이름으로 맹세할 수 있습니까?"

주블킨은 고함을 지르려고 벌렸던 입을 그대로 벌린 채 경악한 눈으로 레이저를 바라보았다. 그는 조금 전까지만 해도 환상처럼 즐거웠던 상황들이 레이저의 등장과 더불어 모조리 악몽으로 바뀌어간다고 생각했다. 레이저는 사납게 미소 지으며 말했다.

"셋을 셀 때까지 말하시죠. 고양이와 꿈의 콜리의 이름으로, 그덴 산의 거인의 부활에 나, 또는 콜리의 프리스트들은 아무런 관련이 없다고. 대답이 없다면 난 던지겠어. 하나, 둘."

"안 돼!"

주블킨은 자신도 인식하지 못하는 사이에 외쳐버리고는 허옇게 질린 얼굴이 되었다. 그리고 신스라이프는 그런 주블킨을 불타는 눈으로 쏘아보았지만 여전히 아무 말도 하지 않았다. 레이저는 입을 다문 채 싸늘한 시선으로 주블킨을 바라보다가 낮게 말했다.

"검을 치우고 물러나시오."

레이저는 자신이 주도권을 잡아야겠다고 생각했다. 이 정원에는 주도권을 잡고 싶어 하는 녀석들이 너무 많아. 그러니 사태는 해결이 안 되고 싸움만 요란한 거지. 주블킨은 마치 레이저의 말을 못 들은 것처럼 행동했지만 레이저는 기다리지 않았다.

"거기, 정체를 알 수 없는 사나이들. 당신들도 뒤로 물러나시오. 그리고 콜리의 프리스트들도 물러나시오. 이건 협박이라는 것인데, 별로 권장할 만한 짓은 못 돼. 하지만 조금만 하겠어. 콜리의 프리스트들이 물러나지 않을 경우 나는 신스라이프 씨를 태워버리겠어. 그리고 정체를 알 수 없는 사나이들, 당신들이 물러나지 않으면 저 계단 위의 후작인가 하는 작자를 태우겠어. 그런데 저 친구가 무슨 후작이지?"

궤헤른과 니크는 할 수 있다면 자신의 입을 뭉개버리고 싶었다. 조금 전 그들이 다급하게 외쳤을 때 말한 후작님이라는 단어를 저 마법사는 놓치지 않았던 것이다. 분명히 명령을 받았지만 콜리의 프리스트들도, 그리고 후작의 전사들도 주춤거리기만 할 뿐 물러나지 않았다. 그러자 레이저는 고함을 빽 질렀다.

"뒤로 물러나!"

"제기랄. 물러나라."

궤헤른은 가이버와 니크에게 명령을 보냈다. 얼핏 뒤를 바라본 궤헤른은 사무엘이 땅바닥에 쓰러져 있고 미가 웬 사나이와 포옹하고 있는 장면을 보게 되었다. 궤헤른은 움찔했지만 지금 거기까지는 손이 닿지 않는다는 것을 깨닫고 조용히 물러났다.

후작의 전사들이 뒤로 조금 물러나는 데 맞춰서 콜리의 프리스트들도 뒤로 물러났다. 주블킨은 이를 악문 채 레이저를 쏘아보았지만 레이저는 냉엄한 표정을 돌려주었을 뿐이었다.

주블킨은 검을 치우고 콜리의 프리스트들에게로 물러났다. 하지만 마법에 걸린 후작은 여전히 꼼짝도 하지 못한 채 계단 위에 서 있었다. 보기에 참 안쓰러운 모습. 그래서 레이저는 말했다.

"주블킨 할아버지. 저 후작에게 디스펠 좀 해주시지요."

궤헤른은 레이저의 입에서 후작이라는 말이 나올 때마다 심장이 덜컹덜컹 내려앉는 기분이었다. 주블킨은 사나운 얼굴로 레이저를 쏘아볼 뿐, 아무래도 후작에게 건 마법을 해소시킬 생각은 없는 듯했다. 레이저는 심드렁한 표정으로 고개를 끄덕이고는 하늘을 가로지르기 시작했다.

뒤로 젖힌 오른손 위에 타오르는 불을 얹은 채 사람들의 머리 위를 가로지르고 있는 레이저의 모습은 마법사만이 보여줄 수 있는 아름다움을 담고 있었다. 하지만 그 아름다운 마법사의 얼굴에는 근심, 걱정, 장난기가 뒤섞여 매우 복잡한 표정이 떠올라 있었다. 근심과 걱정은 마법사에게 어울릴지 모르며 장난기도, 어차피 법칙을 희롱하고 세상에 대해 장난치는 마법사인 만큼 어울리는 표정일지 모르지만, 그것들이 한꺼번에 뒤섞이자 퍽이나 희한한 표정이 되었다. 레이저는 그런 희한한 표정을 한 채 신스라이프가 떠 있는 구멍 바로 앞에서 멈춰 섰다.

구멍 앞에 멈춰 선 레이저는 흠칫 놀랐다는 표정을 떠올리며 바닥도 보이지 않는 그 구멍을 내려다보았다. 그러더니 레이저는 갑자기 생각난 것처럼 오른손을 휘둘렀다. 주블킨은 목이 졸리는 신음 소리를 냈지만 레이저는 아랑곳하지 않고 오른손 위에 떠 있던 불덩어리를 구멍 속으로 집어던졌다.

화르르르! 불덩어리가 타오르는 소리는 구멍 속에서 요란하게 울려퍼졌다. 레이저는 귓가에 손을 가져가서 소리를 듣는 시늉을 했지만 아무리 기다려도 뭔가가 바닥에 부딪히는 소리는 나지 않았다. 레이저는 어깨를 으쓱했다.

"장난이 아니게 깊은 모양이군."

주블킨은 이해할 수 없었다. 레이저가 이 사태를 장악할 수 있었던 무기를 포기하는 이유가 뭐란 말인가. 하지만 동시에 주블킨은 그가 손에 들고 있던 불덩어리를 포기함으로써 더 강도 높은 협박을 전개하고 있음을 깨달았다. 레이저는 신스라이프의 바로 앞에 서 있었고, 그리고 마법사다. 레이저가 어떤 수단으로든 신스라이프를 공격할 수 있음은 분명할 것이다. 게다가 그것이 어떤 수단인지 주블킨은 알 수 없었다. 뭔지 모를 것으로 협박당하는 것은 분명한 방식으로 협박당하는 것보다 더 행동하기 어려워지는 효과를 가져왔다.

그때 주위를 주욱 훑어보는 레이저를 향해 한 아가씨가 달려 나왔다.

"레이저!"

여자는 손에 기다란 글레이브를 들고 있었다. 여자는 레이저에게 다가서자마자 앞을 막아서며 글레이브를 내밀었다. 마치 레이저를 보호하겠다는 듯한 동작이었지만 주블킨과 궤헤른은 자신도 모르게 조금 웃어버릴 뻔했다. 저 깜찍해 보이는 아가씨가 마법사를 보호한다고? 옛이야기에나 나올 법한 모습이로군. 레베카 휴레인 장군과 가이너 카쉬냅이 저런 꼴이었을까.

하지만 레이저는 앞을 가로막은 루손의 모습을 보며 든든함을 느꼈다. 이젠 둘이군. 한결 낫겠어. 레이저는 이제 자신 있는 어조로 말했다.

"자, 복잡하니까 빨리빨리 넘어갑시다. 나는 질문하고 지적당한 사람은 대답하는 방식으로. 하지만 대답은 어떤 경우에도 스무 마디 이하로 제한하겠수다. 쓸데없이 말 질질 늘이는 꼴은 못 봐줄 것 같으니까. 먼저 주블킨 할아버지."

주블킨은 잡아먹을 듯한 눈으로 레이저를 바라보았다. 레이저는 씩 웃으며 말했다.

"콜리의 이름으로 묻겠소. 신스라이프 씨의 부활은 정확하게 어떤 방식으로 이루어진 겁니까?"

주블킨은 분통이 터졌다. 프리스트임이 밝혀진 이상 주블킨은 콜리의 이름 앞에 어떤 거짓도 말할 수 없다. 하지만 콜리의 이름으로 그에게 진실을 강요하는 자가 법칙을 희롱하는 마법사라는 것은 도저히 참아 넘길 수 없는 일이었다.

"네 이놈! 그 천한 마법사의 입으로 어디 콜리의 이름을 함부로 주워섬기느냐!"

"이거 알려드리면 도움이 될지. 나는 올로레인입니다."

주블킨은 놀란 눈으로 레이저를 바라보았다.

"오, 올로레인? 그가 남아 있을 리가……."

레이저는 주블킨의 얼굴을 물끄러미 바라보더니 정확한 동작으로 주블킨의 어투를 흉내 내어 말했다.

"코, 콜리의 프리스트? 그가 남아 있을 리가……."

주블킨은 입을 다물고 말았다. 레이저는 '당신 역시 역사의 흐름 아래에 숨어서 외로운 흐름 한 줄기를 이어온 자들의 후예 아닌가. 당신이 놀란다면 그거야말로 웃기는 일이다.'라고 말한 셈이었다.

"말씀하시지요. 주블킨. 신스라이프는 어떻게 부활하게 된 거요?"

주블킨은 입술을 깨물었다. 노회한 사나이답게 주블킨은 진실은 밝혀지지 않을 때 가장 강력하며, 밝혀진 진실은 오히려 자신을 공격할 수도 있다는 것을 잘 알고 있었다. 하지만 콜리의 이름 아래 거짓을 말할 수는 없다. 단순한 결론이 도출되었고, 주블킨은 말을 돌리기로 결심했다.

"너도 알고 있지 않느냐."

"아홉 명이 죽으면 신스라이프 씨가 부활한다고 들었지. 하지만 그거 엉터리로 판명났수. 일곱 명이 죽었어. 그런데 신스라이프 선생은 보시는 바와 같이 우리 앞에 모습을 드러냈지. 뭔가 내가 모르는 이야기가 많다는 증거가 될 거요."

레이저는 말을 하면서 조금씩 사나운 표정을 지어 보였다.

"게다가 한 명이 모자라다는 말도 들리더라고요. 일곱 더하기 하나가 아홉이 되는 것이 콜리식 수학입니까? 설마. 왜 여덟 명이지? 아니, 그건 중요한 것이 아냐. 만일 여덟 명이라면, 뒤의 이 후작이 죽어야 신스라이프 씨는 완전히 부활한다는 의미인 거요?"

공중에 묶인 채 처절할 정도의 무력감에 빠져 있는 신스라이프였지만 레이저의 말에 눈을 부릅떴다. 그는 허공에서 몸을 돌려 할슈타일 후작을 쏘아보았다. 그리고 역시 마법에 의해 몸이 묶여 있는 할슈타일 후작도 증오 어린 눈으로 신스라이프를 마주보았다. 레이저는 그 모습을 잠깐 돌아보고는 다시 주블킨을 바라보았다.

"그런 거요? 이젠 말할 필요도 없겠지만……."

"콜리의 이름으로 묻는 것이겠지. 그렇다!"

주블킨은 짓씹듯이 말했다. 순간 콜리의 프리스트들 뒤쪽에 서 있던 궤헤른은 어깨를 움찔했다. 레이저는 그런 궤헤른의 모습을 못 본 체하며 고개를 끄덕였다. 하지만 주블킨은 열기 띤 목소리로 말했다.

"그래서? 마법사여. 당신은 저자를 지킬 것인가? 신스라이프의 부활을 방해할 것인가?"

"산 자와 죽은 자의 교환이라면, 나는 산 자의 손을 들어주고 싶은 걸요."

"왜! 당신이 저자에 대해 무엇을 알고 있는가? 저자가 그토록이나 중요한가? 마법사 레이저, 당신은 아까 협박이라는 말을 꺼냈는데, 그런 것은 나도 할 수 있는 것이지. 게다가 나에게는 많은 형제들이 있다. 당신이 우리 일을 방해하고도 남은 일생이 쾌적할 것 같나?"

레이저는 미간을 찌푸렸다. 정체를 알 수 없는 콜리의 프리스트들의 추격을 받으며 그가 잔명을 유지하기는 어려울 거라는 주블킨의 지적은 정확했다. 게다가 그는 할슈타일 후작에 대해서는 아무것도 모른다. 그리고 레이저에게는 할슈타일 후작의 일보다 더 중요한 일이 있었다.

"하긴, 뒤의 이 후작 선생은 내게 별로 중요하지는 않아. 내게 중요한 것은 따로 있지요."

"좋아, 잘 생각했다. 목숨보다 소중한 것이……"

"하하, 잘못 생각했어요. 내가 말한 중요한 것은 그게 아닌데."

"뭐라고? 그럼?"

"여러 번 질문했던 겁니다만, 그 덴 산의 거인은 왜 깨어나는 것인지?"

레이저의 질문이 떨어진 순간 루손은 사납게 으르렁거렸다. 죽일 듯한 시선으로 자신을 쏘아보고 있는 루손의 얼굴에 주블킨은 섬뜩함을 느꼈다. 맙소사, 인간이 어떻게 저런 표정을 지을 수 있지? 주블킨은 침을 한 번 삼킨 다음 스스로도 인식하지 못하는 사이에 대답했다.

"과거로 향하는 흐름과 미래로 향하는 흐름, 그 흐름의 교차점이 현재에 존재하기 때문이다."

꼼짝도 하지 못한 채 굳어 있다는 것 때문에 끔찍한 분노를 느끼고 있던 할슈타일 후작이었지만 그의 말에는 의아했다. 그것은 신스라이프의 문제였다. 그런데 그것은 후작이 밝혀냈듯이 엉터리였다. 그 엉터리 문제를 왜 거론하는 거지?

그러나 올로레인 학파의 마지막 계승자이자 사기 도박사인 사나이의 눈에서는 섬광이 번득였다.

"그것이 현재에 존재하기 때문이라고?"

"뭐?"

주블킨은 자신이 한 말도 제대로 이해하지 못하고 있었기 때문에 레이저의 말은 더욱 이해하지 못했다. 하지만 레이저는 자신이 말한 것뿐만 아니라 주블킨이 말한 것과 말하지 않은 것 전부를 이해해 버렸다.

"그것은 문제의 답이었을 텐데? 그런데 당신은 그것을 마치……, 아아, 그랬군!"

주블킨은 의혹에 빠진 눈으로 레이저를 바라보았다. 레이저는 자신의 이마를 찰싹 갈겼다.

"그것은 이 문제의 답이 아니라 이 문제의 목적이었군요!"

루손은 잠시 고개를 돌려 레이저를 바라보았다.

"무슨 말이지, 레이저?"

하지만 레이저는 루손에게 말하는 대신 주블킨을 곧장 바라보며 말했다.

"유피넬의 저울대는 길고, 헬카네스의 추는 무거운 법. 그래, 당신들이 거짓을 말할 수는 없었겠지. 당신들의 문제는 진실이었군요! 하지만 진실의 일부만을 말하고 있을 뿐이었어. 보통 수수께끼란 정답이 말해지지 않기를 바라면서 제출되는 거지. 하지만 당신들의 경우는 반대였군. 당신들이 문제를 낸 까닭은, 그것을 찾아내기 위해서였어!"

주블킨은 입을 쩍 벌렸다. 하지만 레이저는 주블킨이 대답할 틈을 주지 않은 채 파상적으로 말을 쏟아냈다.

"그래. 어쩌면 당연한 일이지. 아홉 명의 목숨을 대가로 당신들은 신스라이프의 부활을 이루어낼 수 있겠지. 하지만, 그렇다면 턴빌 시청에서 아홉 번째 도전자를 처형시킬 까닭이 없지. 하하하. 나는 도박사지요. 인간 심리에 대해서는 좀 알고 있어. 내가 턴빌 시장이라면 절대로 아홉 번째 도전자를 처형시키지 않을 거야. 왜냐고? 그래야만 66년 전에 사라졌던 신스라이프가 되돌아와 재산을 도로 내놓으라고 말하는 짜증스러운 상황이 벌어지지 않을 테니까!"

계단참 위에 엎드린 채, 차마 사태의 귀결을 보지 않고 도망칠 수는 없었기에 엉거주춤한 모습으로 계단 아래에서 벌어지고 있는 일을 바라보고 있던 턴빌 시장 데커드는 레이저의 말에 상쾌함까지 느꼈다. 레이저는 정확하게 자신의 심리를 지적해 내고 있었던 것이다. 아니, 그의 선임 시장과 그 선임 시장, 턴빌 시장들이 항상 마음속으로 숨겨왔던 심리를 정확하게 드러내 보였다.

단순히 사람들을 죽이는 것만으로 죽은 자가 부활한다는 것을 믿기는 어렵지만, 만일 그게 사실이라면? 그렇다면 왜 아홉 번째 도전자를 처형시키는 모험을 감행해야 하는가.

데커드 시장은 허공에 묶여 있는 신스라이프의 등을 바라보았다. 이제 그것은 분명한 현실로 이루어졌다. 그렇다면 턴빌 시청은 66년 동안 마음껏 사용해 왔던 재산을 모조리 반납해야 한다.

'제기랄! 그 재산들을 모조리? 하지만……, 그게 사기였다면?'

데커드 시장은 레이저의 말을 보다 잘 듣기 위해 조금씩 일어서고 있었다. 그리고 레이저는 명쾌한 결론에 도달한 사람들 특유의 밝고 빠른 어조로 설명했다.

"그래. 이건 잘 될 리가 없지요. 턴빌 시청을 아무리 졸라대더라도 아홉 번째 도전자까지 처형시키는 것은 힘들겠지. 당신들이 그 정도도 몰랐을 리는 없어요. 차라리 자신들의 손으로 아홉 명의 희생자를 찾는 편이 확실하겠지만, 흐음. 당신들 스스로의 안전도 보장하기 힘든 판국에 그런 살인극을 벌이기는 쉽지 않았겠지."

레이저는 오른손을 주먹 쥐어 왼손 바닥에 부딪치며 말했다.

"그럼 아홉 명의 생명을 담보로 신스라이프를 부활시킨다는 것은 거짓말이었어!"

"거짓말이라고?"

주블킨은 힘없이 반문했고 데커드 시장은 고개를 번쩍 쳐들었다. 레이저는 손을 들어올려 자신의 머리 뒤쪽을 가리켰다.

"지금 일곱 명의 희생만으로 부활한 저 신스라이프 선생의 존재가 그것을 증명하지! 아홉 명의 희생은 거짓말이었어요. 그렇죠?"

주블킨은 아무 말도 하지 않았다. 그리고 그것은 레이저에게 있어 가장 커다란 응원이었다. 레이저는 씩씩하게 결론을 도출했다.

"그럼 지금까지 일곱 명의 희생은 무엇일까? 그것은 그 문제의 정답, 즉 과거로 향하는 흐름과 미래로 향하는 흐름의 교차점을 찾아내기 위해서였지요. 아까 말했지. 이 문제의 목적은 그 정답을 숨기는 것이 아니라, 거꾸로, 찾아내는 것이었어. 그렇다면 그 희생자들은 그 정답을 찾기 위한 제물이었겠지. 아마도, 그래요! 아마도 여덟 번째의 도전자가 희생된다면 그 정답이 확실히 드러나는가 보죠? 여덟 명의 희생자는 확실하게 담보되겠지. 왜냐하면 그 문제에는 정답이 없었으니까. 적어도 보통 사람들이 생각하는 의미의 정답은 없었을 거요."

레이저는 손을 들어 주블킨을 가리키며 말했다.

"그리고 아홉 번째! 그 아홉 번째는 그 자체로 정답이었을 거야. 과거로 향하는 흐름과 미래로 향하는 흐름, 그 교차점을 찾아오라. 하하. 하지만 그 정답은 아홉 번째에 이르러 그 스스로 나타나게 되는 것이었겠지! 그리고 신스라이프는 그 교차점을 만났을 때 완전한 부활을 성취하게 되는 것일 테고. 이것이 가장 합리적이라고 생각되는데, 내 추리가 어떻습니까?"

주블킨은 마지막 힘을 짜내어 신음처럼 말했다.

"왜 그렇게 생각하지?"

"그 교차점이 뭡니까!"

그 대답은 레이저의 말이 아니었다. 게다가 사람들의 귀에는 조금 이상하게 들리는 발음의 헤게모니아 어였다. 사람들은 일제히 목소리가 들려온 쪽을 돌아보았다.

신스라이프의 저택 정문을 들어서는 한 사내가 있었다. 잔뜩 지쳐 입으로 거품을 뿜어내는 말 위에 역시 흙먼지로 엉망이 된 몸을 얹은 채 들어선 사내는, 그 몰골엔 의외일 만큼 힘찬 표정으로 레이저를 바라보았다. 하지만 표정이야 어쨌건 말에서 내리는 사내의 동작은 흡사 굴러 떨어지는 것처럼 보였다. 사내는 땅바닥에 서자마자 그대로 허리를 붙잡으며 굳어버리고 말았다.

"하으윽……, 허리야. 큰일이군."

레이저는 지금껏 발휘했던 추리력에 걸맞은 냉혹한 추리를 해냈다.

"당신 허리가 큰일이라고요?"

"오, 테페리여! 그게 아닙니다!"

사내는 분통 터진다는 표정으로 외치더니 말고삐를 끌고 달려오기 시작했다. 하지만 사내는 곧 지쳐빠진 말의 저항에 부딪히게 되었고 그래서 말을 그냥 내버려둔 채 허겁지겁 사람들을 헤치고 다가오며 소리쳤다.

"정답이 뭡니까? 과거로 향하는 흐름과 미래로 향하는 흐름, 그 교차점은 뭐란 말입니까?"

레이저는 당혹한 표정으로 사내를 바라보았다. 저건 도대체 누구지? 입고 있는 옷을 보면 프리스트인 것 같은데. 그때 정원 한 귀퉁이에서 한 여자가 빨강머리를 흩날리며 달려 나왔다.

"우와, 제레인트! 제레인트잖아요!"

"네리아 양? 헉, 헉. 아니, 운차이 씨와 그란 씨도?"

제레인트는 숨을 몰아쉬며 네리아와 그 일행들을 바라보았다. 그란은 당황 반, 기쁨 반의 복잡한 표정을 지으며 제레인트를 보았고 운차이는 싱긋 웃으며 말했다.

"계단 위도 보시지, 제레인트. 이건 마치 갈색 산맥에 돌아온 것 같은데."

제레인트는 얼빠진 표정으로 계단 위를 올려다보았다.

"헉헉, 에……, 후작? 후작이 여기에?"

궤헤른은 그런 제레인트를 보다가 운차이와 그란에 이르러서는 눈썹을 찌푸렸다. 저놈들, 역시 이곳에 와 있었군. 궤헤른은 입술을 깨물었다. 마법에 걸린 후작은 아직도 무방비 상태로 굳어 있는데 사태를 더욱더 곤란하게 만드는 인물들만 등장하고 있었다.

후작 역시 궤헤른과 비슷한 심정이었다. 게다가 그의 경우 몸을 전혀 움직일 수 없는 처지에 빠진 채 모든 사람들의 관심으로부터 제외된 입장에 있었으니 분노가 더욱 컸다. 모든 사람들을 자신의 도구로 생각하는 후작이었기에 이런 상황은 감내하기 어려웠다.

후작은 온 힘을 다해 손끝에 신경을 모았다. 자연력은 한곳에 비정상적으로 마력이 집중되는 것을 거부한다.

'저 따위 돌팔이의 마법이 나를 이토록이나 묶어둘 순 없어!'

아무도 모르는 사이에, 후작의 손이 조금씩 떨리기 시작했다.

쳉은 미의 어깨를 감싸 안은 채 운차이 일행에게 빠르게 다가오고 있었다. 정확하게는 말이 있는 쪽으로 걸어가고 있는 것이었다. 미를 구한 이상 이곳에는 그가 관심을 가질 대상은 아무것도 남아 있지 않았다. 하지만 미는 그런 쳉의 의도를 깨닫고는 걸음을 멈추었다. 쳉은 미를 내려다보았다.

"쳉, 조금만 기다려봐. 미는 알고 싶어."

"미, 이곳은 위험해 보여."

"그래도……."

쳉은 할 수 없다는 표정으로 멈춰 서서는 주위를 재빨리 둘러보았다. 그런데 주위를 둘러보는 쳉의 눈에 파가 보이지 않았다. 어리둥절한 시선으로 파를 찾아보는 쳉의 귓가에 제레인트를 향해 고함지르는 네리아의 목소리가 들려왔다.

"우와아! 반가워요, 반가워! 나 드디어 사람 같은 사람을 만난 것 같아, 히이잉! 그런데 혼자 왔나 보군요?"

"후우, 후우. 어라, 왜 그렇게 생각하시죠?"

"당연하잖아요, 당신은 항상 제일 먼저 출발하지만 제일 나중에 도착하잖아요."

"후으음. 이번에는 제가 제일 먼저 도착하게 되었군요. 다른 일행들도 있습니다만 제가 먼저 달려왔습니다. 그들이 위험합니다. 이봐요! 정답은 무엇입니까! 그걸 빨리 말해 주지 않으면 제 일행들이 위험하단 말입니다! 그 정답을 찾아야 해요! 그걸 찾아야 이 모든 사태가 해결된다고 하셨단 말입니다!"

제레인트의 정신 사나운 화법은 그렇잖아도 시원찮은 헤게모니아어 발음 때문에 더욱 알아듣기 힘들었다. 운차이는 간신히 그 끝의 말을 포착하여 질문했다.

"누가 그랬단 말이지?"

"그걸 설명하고 있을 시간은 없어요. 일행들이 위험하다고 말했잖습니까!"

레이저는 눈을 껌뻑거리며 제레인트가 보기엔 답답해 미칠 정도로 느리게 말했다.

"당신 일행이라니……, 무슨 말입니까?"

"오오, 테페리여, 잠시만 귀를 막으소서. 이런 우라질! 제 일행들이 턴빌을 향해 달려오고 있는 그덴 산의 거인을 붙잡아 두고 있단 말이에요. 빨리 정답을 찾지 못하면 신장 100큐빗짜리 횡포가 이 도시로 곧장 달려올 거란 말입니다!"

7

아프나이델은 온몸의 힘을 배에 끌어 모아 힘차게 외쳤다.

"자아! 시작하겠습니다!"

거인은 긴장된 표정을 지었다. 아일페사스는 거인을 바라보며 얼굴이 크다 보니 긴장도 상당해 보인다고 생각했다. 아프나이델은 두 팔을 위로 들어올리며 온 힘을 모아 장엄하게 외쳤다.

"1보다 큰 자연수로서, 1과 그 자신으로밖에 나누어지지 않는 수를 소수라고 하오! 그렇다면 1부터 50 사이에는 몇 개의 소수가 있는지 말하시오!"

거인의 안색이 파랗게 변했다. 거인은 믿을 수 없다는 표정으로 신음을 내뱉었다.

"수학인가!"

거인은 깊은 신음을 내쉬며 두 팔을 들어올렸다. 엑셀핸드는 그것이 그대로 내리쳐질 것이라 믿고 기절할 준비를 갖추었지만 거인은 자신의 머리를 감싸쥐고 고뇌에 빠진 표정이 되었다. 아프나이델은 너무 크게 고함을 지른 후유증으로 조금 현기증을 느꼈다.

아프나이델은 헉헉거리며 거인을 쏘아보았다. 아일페사스는 새초롬한 표정으로 아프나이델과 거인을 번갈아 쳐다보느라 목이 꽤 아팠다. 거인은 땅바닥에 앉아 있는 지금도 바라보는 아일페사스의 목이 꺾어질 만큼 까마득한 높이를 자랑하고 있었다. 아일페사스는 아프나이델의 허리를 쿡 찔렀다. 잔뜩 긴장하고 있던 아프나이델은 하마터면 비명을 지르며 펄쩍 뛰어오를 뻔했다.

아프나이델이 입을 틀어막으며 성난 얼굴을 돌리자 그곳에는 커다란 눈을 깜빡거리며 자신을 쳐다보고 있는 아일페사스가 있었다. 아일페사스는 손을 들어올려 입을 가리며 낮게 속삭였다.

"나이드, 몇 개?"

"뭐!"

"아아, 나이드는 모르죠?"

아프나이델은 잠시 드래곤 로드에게 무슨 짓을 당하든지 간에 아일페사스를 무릎에 올려놓고 멍이 들 만큼 그 볼기짝을 갈겨주고 싶다는 폭력적인 충동을 가누느라 애써야 했다. 아프나이델은 깊은 심호흡을 한 다음에야 간신히 아일페사스를 향해 속삭여줄 수 있었다.

"열다섯 개야."

아일페사스는 잠시 미심쩍은 표정으로 아프나이델을 올려다보다가 고개를 끄덕이며 말했다.

"하아, 나이드도 알고 있었구나? 제가 가르쳐주려고 했는데."

"끄흐으음!"

아프나이델은 주먹을 부르르 떨었다. 하지만 아프나이델의 시야를 가로막고 있는 거인의 무릎은 그에게 어떤 종류의 행동도 허락하지 않았고, 그래서 아프나이델은 침을 꿀꺽꿀꺽 삼키며 거인의 대답을 기다렸다. 그리고 아일페사스 역시 거인의 대답을 기다렸다. 하지만 그녀의 경우에는 거인이 모른다고 대답할 경우……

"……모르겠다!"

"까하하하! 오아, 바보. 그것도 몰라? 그런 숫자는 모두 15개이지롱? 오아! 바보네요?"

라고 말하기 위함이었다.

에델린은 거인의 머리카락이 곤두서는 소리를 들은 것 같은 착각을 느꼈다. 거인은 이글거리는 눈으로 자신의 손가락보다 작은 소녀를 내려다보았고, 엑셀핸드는 아일페사스의 입을 막아주는 사람이 있다면 자신의 수염을 깎아주어도 아쉽지 않을 거라고 생각했다. 아아, 드래곤 로드여. 당신의 여식이 죽게 된 것은 안타깝지만, 왜 당신의 저 멍청한 딸내미 때문에 나까지 덩달아 죽어야 되는 겁니까!

하지만 거인은 아일페사스를 눌러 죽이거나 하지는 않았다. 다만 콧김을 뿜어내며 시선을 조금 돌렸을 뿐이다.

"좋아, 한 번은 졌다. 다음은 너!"

거인이 그 통나무 같은 손가락으로 지적한 것은 에델린이었다. 에델린은 그 손가락이 눈앞에서 점점 커지는 모습을 보며 숨을 들이마셨지만 다행히도 그 손가락은 에델린의 공포가 극에 달하기 전에 멈췄다.

에델린은 크게 심호흡을 한 다음 빠르게 말했다.

"자이펀에서 가장 빠른 낙타는 사흘 동안 39펜큐빗을 걸어간 후 하루 쉽니다. 바이서스에서 가장 빠른 말은 이틀 동안 33펜큐빗을 달려가며 하루 반을 쉬어야 됩니다. 그렇다면 졸란에서 동시에 바이서스 임펠을 향해 출발했을 경우 엿새째에는 누가 앞서 있을까요?"

거인은 다시 파랗게 질려버렸다.

"오오, 맙소사! 자, 잠깐만! 다시 말하라!"

에델린은 문제를 다시 말해 주었고 거인은 손가락을 들어 땅바닥을 파헤쳤다. 마치 지진과도 같은 소리가 울려퍼졌기에 아일페사스는 감탄하는 표정으로 바라보았다. 아일페사스는 거인이 땅을 파헤쳐 적어놓은 숫자를 보며 고민하려 했지만 그 숫자는 너무 컸기 때문에 그녀의 눈에는 잘 들어오지 않았다. 아일페사스가 스스로 땅바닥에 숫자를 써서 계산해 볼까 하는 망상에 빠질 때쯤, 거인은 회심의 미소를 지으며 말했다.

"낙타는 65펜큐빗째를 걷고 있지만, 말은 66펜큐빗을 달린 다음 쉬고 있다! 말이 앞서 있다!"

에델린은 말 그대로 펄쩍 뛰어올랐다.

"틀렸어요!"

"뭐, 뭐라고?"

"낙타가 앞서요! 말은 사막을 못 달려요! 졸란과 바이서스 임펠 사이에는 사막이 있어요! 우핫하하!"

에델린은 박수를 치며 로브 자락이 뒤집어지도록 경중경중 뛰었다. 한참 동안 날뛰며 좋아하던 에델린은 잠시 이상한 느낌을 받으며 주위를 둘러보았다. 그곳에서는 아프나이델이 고개를 돌리고 있었고 엑셀핸드가 혀를 차고 있었으며 멀뚱한 눈으로 그녀를 바라보고 있는 이루릴과 동정심 어린 눈으로 바라보고 있는 아일페사스가 있었다. 에델린은 확 붉어진 얼굴을 아래로 숙이고는 로브 자락을 거세게 잡아당겨 옷주름을 폈다. 에델린의 거친 손길에 휘말린 로브가 아우성을 질렀다.

거인은 입을 쩍 벌린 채 자신이 적어놓았던 숫자와 에델린을 번갈아 쳐다보았다. 차츰, 거인의 얼굴에서 경악보다 분노의 기색이 두드러지기 시작했다. 거인은 무서운 기세로 입을 열었다.

"아아아⋯⋯, 이런, 간특한!"

"하, 하지만 당신은 못 맞췄어요. 그렇죠? 인정하세요!"

아프나이델은 온몸의 용기를 짜내어 외쳤다. 거인은 그런 아프나이델을 무섭게 노려보다가 '끙!' 하는 신음을 토하며 고개를 끄덕였다.

"좋다. 하지만 더 이상 수학 문제는 받아들이지 않겠다!"

"예? 아, 아니, 그런 법이 어디 있습니까?"

"시끄럽다! 네놈들은 수학 문제 말고는 아무것도 모른단 말이냐? 나는 더 이상 그런 숫자 놀음을 하고 싶진 않다. 다음은 너! 조그만 녀석!"

아프나이델은 뭔가 항의를 하려다가 거인이 엑셀핸드를 가리키는 것을 보고는 말을 도로 삼켰다. 엑셀핸드는 수염을 조금 떨긴 했지만 그런 대로 당당한 자세로 말했다.

"흐음. 뭐, 나도 숫자 놀음에는 관심 없소. 조, 좋소, 해봅시다."

"빨리 말해라, 빨리!"

"좋아요……. 음음."

엑셀핸드는 턱수염을 쓸어 만지는 척했지만 그건 누가 보더라도 시간을 끄는 행동임이 여실히 드러나고 있었다. 아프나이델은 불안감을 느끼며 엑셀핸드를 바라보다가 그 대신 자신이 한 번 더 수수께끼를 내겠다고 제안하면 어떨까 생각했다.

그때 엑셀핸드가 말했다.

"모든 자가 이것을 볼 수 있지만
이것의 모양을 알고 있는 사람은 아무도 없소.
이것은 한없이 가볍지만
아무리 힘센 자라도 이것을 들어올릴 수는 없소.
이것은 결코 단단하지 않지만
강철이라도 거뜬히 부술 수 있소.
이것은 무엇이오?"

아프나이델은 혀를 깨물 뻔했다. 맙소사, 저렇게 쉬운 문제를 내다니! 아프나이델은 절망감에 사로잡혀 거인을 올려다보았다. 그리고 아프나이델은 자신의 얼굴에 떠올라 있는 표정이 거인의 얼굴에도 떠올라 있는 것을 보고는 당황해 버렸다.

거인은 입술을 부들부들 떨고 있었다. 갑자기 거인은 오른손을 들어올렸다가 땅바닥을 쾅! 내리쳤다.

"그런 것이 어디 있냐! 이 조그만 꼬마놈이……."

"모르시겠소?"

아프나이델은 엑셀핸드를 존경해 버리기로 결심했다. 거인이 땅바닥을 내려쳤을 때 나는 소리에 일행의 말들은 아우성을 지르며 날뛰었으며 그 기수들도 잔뜩 겁을 집어먹은 것은 마찬가지였다. 하지만 엑셀핸드는 침착하게 되물었던 것이다. 거인은 으르렁거리며 말했다.

"그래, 모르겠다! 그게 뭐냐?"

엑셀핸드는 씨익 웃었다.

"불이오."

거인은 자신의 머리카락을 쥐어뜯기 시작했다.

"크아아악! 불이라고? 불? 불이라고 했느냐!"

"못 맞춘 것을 인정하시겠소?"

엑셀핸드는 여전히 차분하게 말했다. 거인은 그런 엑셀핸드를 내려다보다가 눈을 질끈 감으며 외쳤다.

"그래! 이놈아, 못 맞췄다! 못 맞췄어!"

아프나이델은 벅찬 기쁨에 사로잡혀 엑셀핸드를 바라보았다. 그러고는 안도감에 빠진 얼굴로 기절해 버리는 엑셀핸드를 부축하기 위해 황급히 달려가야 했다.

잠시 엑셀핸드를 간호하고 그를 깨우기 위한 소란이 일어났다. 엑셀핸드는 아프나이델의 열성적인 간호에 힘입어 볼을 문지르며 정신을 차렸다.

"이 자식아. 그렇게 볼을 때려대면 정신 차리려다가도 도로 기절하겠다!"

아프나이델은 엑셀핸드에게 쥐어박힌 정수리를 문지르면서도 웃음을 참지 못했다. 그때까지 성질을 꾹 참으며 일행을 내려다보고 있던 거인은 말도 하지 않은 채 성난 동작으로 손가락을 내밀었다.

거인의 손가락이 가리키고 있는 곳에는 이루릴이 서 있었다.

이루릴은 고요히 거인이 내민 손가락을 바라보았다. 그리고 아프나이델은 순간적으로 엑셀핸드 때와는 비교도 할 수 없는 불안감을 느꼈다. 그런 아프나이델의 불안감과는 아무 상관없이 거인은 잔뜩 노한 목소리로 짧게 말했다.

"네 차례다! 엘프!"

아프나이델은 심장이 뱃속을 굴러다니는 기분을 느꼈다. 이루릴이, 과연 거인이 못 알아맞힐 수수께끼를 말할 수 있을까?

아프나이델 일행이 내는 수수께끼 중에서 거인이 하나라도 맞추게 된다면 아프나이델은 그에게 루트에리노 대왕의 소재를 말해 주어야 한다. 그런 약속이 아니고서는 거인의 발걸음을 잡아둘 수가 없었다. 물론 아프나이델은 거인의 지식 수준을 두려워하지는 않았다. 그래서 저토록이나 간단한 산수 문제를 낸 것이다. 그리고 지금까지도 거인은 날카로운 예지의 빛 같은 것은 보여주지 않았다.

하지만 유피넬의 어린 자식인 엘프 이루릴이 과연 거인을 속여 넘길 만한 문제를 낼 수 있을까? 저 조화의 산 증인이라고 할 수 있는 엘프가?

아프나이델보다는 조금 늦었지만 에델린과 엑셀핸드 역시 거의 비슷한 고민에 빠졌다. 그들은 이제 피가 마르는 심정으로 이루릴을 바라보았다. 이루릴은 조용히 머리를 들어 거인의 얼굴을 올려다보았다.

그녀의 단아한 입술이 벌어졌다.

"거인이시여."

아프나이델과 에델린, 그리고 엑셀핸드는 동시에 침을 삼켰다. 이루릴은 평온한 표정으로 말했다.

"당신의 눈동자는 무슨 색입니까?"

"뭐야?"

되묻는 거인의 목소리에는 경악조차도 담겨 있지 않았다. 거인은 그야말로 얼빠진 표정으로 이루릴을 바라보았고 이루릴은 상냥하게 다시 반복했다.

"당신의 눈동자는 무슨 색인지 여쭤보았습니다만."

거인은 손을 들어 자신의 왼쪽 관자놀이와 남아 있는 왼쪽 눈 주위를 만졌다. 하지만 거인이라고 해서 손으로 만져서 색깔을 감별할 수 있는 능력이 있지는 않다. 거인은 떨떠름한 표정으로 말했다.

"내 눈……, 눈동자 말이냐?"

"예. 거인이시여."

"내 눈이 무슨 색이더라……. 모르겠는데, 모르겠어. 내 눈동자가 무슨 색깔이지?"

거인은 그야말로 궁금하다는 목소리로 물어왔다. 이루릴은 미소 띤 얼굴로 말했다.

"예쁜 파란색이군요. 아름답습니다."

"그……래?"

거인은 웃고 있는 이루릴을 따라서 얼빠진 웃음을 지어 보였다. 그리고 그 얼굴을 보던 아프나이델은 격한 딸꾹질을 시작했다. 터져나오는 웃음을 초인적인 자제력으로 참았기에 나오는 딸꾹질이었고 그래서 아프나이델은 꽤나 고통스러웠다. 반면 에델린은 맹렬하게 몸을 돌리고는 후드를 깊이 내려썼다. 그러고는 후드 속에서 소리는 내지 않으며 미친 듯이 웃었다.

거인은 쑥스러운 웃음을 지었다. 그리고 아프나이델은 그 웃음을 보며 저 거인이 눈동자가 예쁘다는 말을 처음 들어본 것이 분명하다고 생각했다. 거인은 뒤통수를 긁적이다가 말했다.

"허헛, 참. 내 눈 색깔도 모르고 있었군. 흐음. 그래. 좋아. 못 맞췄어. 내 자신에 대한 질문이니 화도 못 내겠군. 흐음."

이루릴은 별말 없이 조용한 미소만 지어보였다. 거인은 헛기침을 몇 번 한 다음 손을 들어올렸다.

"자, 이제 네 차례다. 문제를 내어보거라."

거인은 이제까지와는 달리 평온하게 말했다. 하지만 아프나이델은 이루릴만이 그의 불안은 아니었음을 깨달아야 했다. 어느새 딸꾹질까지 멈춘 채, 아프나이델은 처절한 시선으로 거인의 손가락이 가리키고 있는 인물을 바라보며 소리 없이 오열했다.

아아, 아일페사스!

"따라서 정답이 무엇인지 말해 주지 않는 사태는 있을 수가 없으므로 정답을 말해야 하오!"

제레인트의 말을 듣고 있던 그란은 묵직하게 고개를 끄덕였다. 그래도 나보다는 나은 헤게모니아 어로군. 루손은 그덴 산의 거인이 오고 있다는 말에 미친 듯이 도망치려 들었고 레이저는 그런 루손의 허리를 감싸 안은 채 난동을 부리지 못하도록 억누르고 있는지라 제레인트의 말에 대답해 줄 겨를이 없었다.

"루손! 루손! 가만있어. 가만있지 못하겠냐! 잡아두고 있다잖아. 엉!"

"꺄아아아! 거인, 거인이 온다고! 우리를 쫓아오고 있는 거야. 우리를 쫓는 거라고! 꺄아아!"

"너 이젠 비명도 참 능숙한데. 어억! 어딜 차는 거야!"

제레인트는 그런 두 사람을 보다가 머리가 터져버릴 것 같은 기분을 느꼈다. 도대체 이 사태를 주도하고 있는 사람은 누구며 내게 정답을 말해 줄 사람은 누구지? 제레인트는 울 것 같은 얼굴이 되어 운차이를 돌아보았다.

"그런 표정 짓지 말아줬으면 하는데."

"말해 주십시오. 여기에는 그 정답을 알고 있는 사람이 아무도 없습니까?"

운차이는 골치 아픈 표정으로 주위를 둘러보며 말했다.

"저 떠벌거리기 좋아하는 마법사 녀석의 말에 의하면, 후작이 죽어야 그 정답이 드러나는 모양인데."

"그럼 주……, 이런, 테페리여!"

제레인트가 차마 내뱉지 못한 말을, 그러나 운차이는 정확하게 파악했다. 그란은 베일 것 같은 시선으로 운차이를 바라보았지만 운차이는 꿈쩍도 하지 않았다. 그란은 무거운 음색으로 말했다.

"죽이자."

"안 돼."

그란은 다시 운차이를 뚫어지게 노려보았다. 하지만 운차이는 그 찢어진 눈으로 그란의 시선을 모두 받아내며 제레인트에게 말했다.

"그 정답을 찾으면 모든 사태가 해결된다고 했지. 그런데 누가 그랬나?"

"페어리퀸 다레니안이 그렇게 말씀하셨습니다! 그댄 산의 거인만이 부활한 것이 아닙니다. 지금 바이서스에서는 데스나이트들과 솔로처, 그리고 천공의 3기사들이 부활해서 서로 싸우고 있습니다!"

운차이마저도 숨이 막혀버리고 말았다. 네리아는 두 손으로 입을 틀어막은 채 창백한 얼굴로 말했다.

"뭐라고요? 데, 데스나이트……, 솔로처요? 농담하세요?"

제레인트는 머리카락을 쥐어뜯으며 빠르게 말했다.

"아아! 그랬다면 얼마나 좋겠습니까. 하지만 농담이 아닙니다. 우리는 이 기괴한 사태의 본질을 파악하기 위해 페어리퀸께 조언을 구했습니다. 그러자 그녀께서는 과거로 향하는 흐름과 미래로 향하는 흐름,

그 교차점을 찾아야 이 사태가 해결될 거라고 말씀하셨습니다. 우리는 그것이 신스라이프의 문제라는 것을 알고 이곳으로 달려오던 도중에 그덴 산의 거인을 만난 것입니다!"

쳉의 팔에 안긴 채 제레인트의 말을 듣고 있던 미는 창백한 표정이 되었다. 운차이는 재빨리 고개를 돌려 파하스를 바라보았다. 파하스는 꺼멓게 죽은 얼굴로 제레인트의 말을 듣고 있다가 운차이의 시선을 알아차렸다. 운차이는 지금까지와는 전혀 다른 시선으로 파하스를 바라보았다.

"그럼……, 당신 지, 진짜 100년 전에 죽었던 자인가?"

"누차 말하지 않았느냐는 말밖에 떠오르지 않는구나. 갑자기 외롭지 않다는 생각이 드는데. 데스나이트? 무지개의 솔로쳐라고? 내 부활 같은 것은 거론할 가치도 없는 것으로 치부될 듯하군. 하하하……."

제레인트는 당혹한 표정으로 파하스를 바라보았다.

"당신도 부활한 분입니까?"

파하스는 힘없는 미소를 지으며 말했다.

"아이야 이켈리나의 파하스라고 불러주시오. 갈림길에 선 외로운 나그네의 벗이 될 분이여."

"파하스? 파하스라면, 구두장이 믹 더 빅을 부르신 그 파하스이십니까?"

"그렇소이다. 그런데 페어리퀸 다레니안께서는 그 교차점을 찾아야 이 사태가 해결될 거라는 조언을 주시었다고 하셨소? 흐음. 이보게, 운차이. 자네도 들었나?"

운차이는 말없이 고개를 끄덕였다. 파하스는 망토를 거머쥐어서는 화려한 동작으로 뒤로 넘겼다. 그는 어떠한 상황에서도 멋 부리기를 포기하지는 않을 자였다. 운차이는 파하스가 천천히 검을 뽑아드는 것을 보며 눈살을 조금 찌푸렸다.

"아는 것을 다 말해 버리는 저 순진한 마법사 덕분에 얻은 지식이 있지. 그는 저 위에 외로이 굳어 있는 자가 죽어야만 그 교차점이라는 것이 드러날 거라고 추측했다. 그 추측은 비약이 심하고 못 알아들을 논리 구조를 통해 도출된 것이지만, 그럴듯하긴 하더군. 그렇잖은가? 운차이?"

"그럴듯해."

검이 길기 때문에 파하스의 발검은 화려했다. 파하스는 그 기다란 검을 옆으로 비스듬하게 내리고는 고개를 약간 숙인 채 말했다.

"척살해야 할까? 지금까지 턴빌 시청이 그래왔던 것처럼? 모르겠네. 어쨌든 그 정답이라는 것은 밝혀져야 되겠어. 하세나. 주저할 필요는 없을 듯하이."

운차이는 복잡한 심경으로 후작을 바라보았다가 다시 파하스를 보았다. 그의 시선이 마지막으로 머문 곳은 그란이었다. 그란은 바위 같은 얼굴로 운차이를 마주보다가 짧게 말했다.

"죽이자."

운차이는 아랫입술을 깨물었다. 후작을 죽이는 것은 지금까지의 그의 목적이었다. 하지만 그것은 후작의 죄 때문이었다. 지금 후작을 죽인다면 그것은 후작이 짓지도 않은 죄 때문에 죽이는 꼴이다. 이런 식으로는……, 쳇. 할슈타일 후작을 순교자로 만들어주는 기분이잖아.

그러나 제레인트는 고개를 가로저었다.

"아니, 안 됩니다!"

운차이는 제레인트를 바라보았다. 제레인트는 주먹을 흔들고 상체 전체를 흔들며 말했다.

"그럴 수는 없어요. 안 됩니다. 확실하지도 않은 일로 다른 사람을 죽이는 것은 집단 공포에 지나지 않아요! 집단 공포는 맹목적이에요. 페스트가 창궐하면 사람들은 다른 사람의 몸에 검은 점만 있어도 그를 죽이죠!"

네리아는 페스트라는 말에 흠칫했지만 제레인트는 그런 네리아를 눈치 채지 못한 채 계속 말했다.

"우리가 그런 사람이 될 수는 없어요. 그건, 그건 정말 확실한 겁니까? 저 마법사가 말했다고요? 그런데 그게 그럴 듯하다는 것 말고 뭔가 결정적인 증거가 있는 것입니까?"

"그런 건 없군."

운차이는 대답하면서 뭔지 모를 안도감을 느꼈다. 제레인트는 단호하게 말했다.

"그렇다면 그건 안 돼요. 절대로 안 됩니다."

파하스는 그런 제레인트에게 경의 어린 고갯짓을 해보이며 말했다.

"테페리께서는 그의 신실된 지팡이에게 합당한 애정과 가호를 베푸실 것이오. 하지만 제레인트. 그렇다면 어찌 하자는 말씀이시오?"

"어떻게 하냐고요? 당연한 것을 물어보시는군요. 문제의 답을 모르면 그 출제자에게 물어봐야 됩니다. 그 문제를 만든 사람은 누굽니까?"

운차이는 고개를 끄덕였다. 그리고 다른 누구보다도 먼저 그란에게, 재빨리 말했다.

"알았어. 그란! 저 프리스트다. 주블킨 일레드마!"

그란은 잔뜩 찡그린 표정으로 운차이를 바라보았지만 아무 말 하지 않고 검을 뽑아들며 콜리의 프리스트들을 향해 달려가기 시작했다. 운차이와 파하스, 그리고 제레인트 역시 재빨리 그 뒤를 따랐다. 네리아는 트라이던트를 뒤로 돌려 쥐며 달리려다가 문득 멈춰 서며 쳉을, 그리고 그의 팔에 안겨 있는 미를 바라보았다. 네리아는 순간적으로 눈물이 나올 것 같았다.

미, 너 정말 행복하니? 4년 후에 죽을 네 남편의 팔에 안겨 있는 넌, 행복한 거니?

"미, 돌아와서 기뻐요."

미는 고개를 끄덕였다. 네리아는 쳉을 올려다보며 말했다.

"미 단단히 지키고 있어요. 설마 또 놓치고 싶지는 않겠죠?"

"도와드리겠습니다."

"아니, 괜찮아요. 우리 일인 걸요."

그러나 쳉은 어느 새 미를 놓아주고는 검을 뽑아들었다. 그는 아달탄을 내려다보며 짧게 말했다.

"믿어도 되겠지?"

아달탄은 피식 웃어버리고 싶었을 테지만 그의 얼굴 구조가 그것을 허락하지 않았다. 대신 아달탄은 미의 발치에 도사리고 선 채 앞을 쏘아보았다. 쳉은 미에게 짧은 시선을 던지고는 몸을 돌렸다. 네리아는 당혹스럽게 쳉의 등을 바라보다가 그를 따라 달리며 말했다.

"이봐요, 쳉! 여기 있어도 된다고……."

"저도 들었습니다. 데스나이트, 솔로처, 천공의 3기사, 그덴 산의 거인, 그리고 파하스와 저 앞의 신스라이프. 그들에게 억하심정은 없지만 잘못된 일이라는 것은 알 수 있습니다. 당신들의 일이 아닙니다."

저 남자는 어떻게 달리면서도 저렇게 물 흐르듯 말할 수 있는 거지. 네리아는 혀를 내두르며 그 뒤를 따라 달렸다. 미는 아달탄의 목을 쓸어 만지며 눈으로는 쳉의 등을 쫓았다.

운차이는 달려가며 곧장 숨을 들이마셨다. 제레인트와 네리아는 그런 운차이의 모습을 보더니 기겁하며 귀를 틀어막았고 파하스와 쳉은 그런 두 사람의 모습을 보며 의아해했다. 그러나 다음 순간 파하스와 쳉은 인간의 목소리라고 생각할 수 없는 고함 소리에 비틀거렸다.

"주블키인 일레드마아!"

콜리의 프리스트들은 등 뒤에서 들려온 이 끔찍한 소리에 뒤를 돌아보기에 앞서 반사적으로 귀를 틀어막았다. 궤헤른은 띵한 머리를 붙잡으며 운차이를 쏘아보았고 레이저의 품에 안긴 채 발광하고 있던 루손은 펄쩍 뛰어올랐다.

운차이와 그란, 쳉, 파하스, 네리아, 그리고 제레인트는 콜리의 프리스트들의 등 뒤에 일렬로 주욱 늘어서서는 각자의 무기를 앞으로 뻗어냈다. 쳉은 더 이상 신경 쓰지 않았지만 파하스는 눈이 튀어나올 듯한 표정으로 운차이를 바라보았다.

"이봐, 운차이. 자네 조금 전에 어떻게……."

"말하라아! 그 정답은 뭐냐아!"

운차이는 다시 벽력 같은 고함을 내질렀고 파하스는 그가 잘못 들은 것이 아님을 확인받을 수 있었다. 불시에 고함을 질러 상대를 압박하고, 정신을 차리기 전에 배후를 포위하고, 그리고 원하는 것을 얻어낸다. 얼어붙은 얼굴로 돌아보는 주블킨을 향해 운차이는 살벌한 시선을 보냈다.

"어서 말햇! 그 정답이 뭐지!"

운차이의 눈에서 쏘아져 나오는 눈빛은 주블킨의 눈동자를 꿰뚫어 그 두뇌에 직접 파고드는 듯했다. 주블킨은 질린 얼굴로 말했다.

"나, 나도 모르오. 모르오!"

"그럼 어떻게 해야 알 수 있나, 엉!"

벌벌 떨며 운차이를 바라보고 있는 주블킨의 눈에 문득 날카로운 빛이 스치고 지나갔다. 주블킨은 팔을 들어올려 계단 위를 가리키며 말했다.

"저 마법사가 말한 대로요! 저자! 저자를 죽여야만이 그것을 알 수 있소. 그래야만 정답이 드러나게 되어 있소!"

퀘헤른과 가이버, 그리고 니크의 얼굴이 창백해졌다. 허공에 묶여 있던 신스라이프는 무서운 얼굴로 발 아래에서 일어나는 일들을 바라보고 있었지만 지금까지 그래왔던 것처럼 아무 말도 하고 있지 않았다. 운차이는 이를 악물며 제레인트를 돌아보았고 제레인트는 간절하게 외쳤다.

"그 외에는 없습니까? 다른 방법이라는 것은 전혀 없어요?"

"없소! 콜리에 맹세코 말하겠소만, 이 문제는 원래부터 그렇게 만들어져 있소! 여덟 명의 희생자는 아홉 번째의 정답을 부르게 되어 있소!"

제레인트는 숨 가쁜 얼굴로 주블킨을 바라보다가 궤헤른을, 그리고 그 너머 레이저와 그 뒤쪽에 굳어 있는 할슈타일 후작을 차례로 바라보았다. 페어리퀸은 그 교차점을 찾아야 한다고 말했다. 그리고 주블킨은 후작을 죽여야만 그 교차점이 드러난다고 말하고 있다. 이 명제들이 도출해 내는 결론은 제레인트의 입으로는 말할 수 없는 것이었다. 그란 하슬러는 섬뜩하게 느껴질 만큼 차가운 목소리로 말했다.

"후작을 죽이지."

운차이는 일그러진 얼굴로 자신을 바라보고 있는 궤헤른을 보았다. 정말 그런 방법밖에 없나? 그때 궤헤른의 등 뒤에 있던 레이저가 그제서야 루손을 놓아주며 외쳤다.

"잠깐!"

운차이는 희망찬 표정으로 레이저를 바라보았다. 저 떠버리 마법사가 또 무슨 말을 하려는 거지? 저 녀석이 입을 열면 쓸 만한 말만 나왔는데, 이번엔 뭐지? 레이저는 운차이의 기대를 알아차리기라도 했다는 듯이 명쾌한 어투 그대로 말했다.

"이봐요, 주블킨. 당신이 진실을 말할 때는 그것의 일부만 말하는 버릇이 있다는 것은 나도 잘 알고 있어요. 그리고 나는 그 감춰진 부분을 지적해 내는 것에 재미를 느끼기 시작했어. 당신 말대로, 저 뒤의 저 남자가 죽어야 그 정답이 드러난다는 것은 내가 이미 추리한 바지요. 그런데, 조금 전 나는 그 정답이 드러나면 신스라이프는 완전한 부활을 맞이하게 될 거라고도 추리했는데?"

주블킨은 죽일 듯한 눈으로 레이저를 바라보았다. 그는 저 마법사가 싫었다. 말하고 싶지 않은 것을 말하게끔 만드는 사람을 좋아할 사람은 없겠지만.

"그래. 뭐든 말해라. 뭐든!"

레이저는 주블킨의 고함 소리를 무시하며 고개를 가로저었다.

"흐음. 앞뒤가 모두 맞아떨어지는군. 하지만 한 가지 이상한 것이 있는데."

운차이는 조바심을 참을 수 없었다.

"이봐, 당신. 레이저라고 했던가. 그렇게 혼자서 중얼거리지 말고 간단하게 말해 주지 않겠소?"

"음? 그러지요. 간단하게 말이지요? 신스라이프의 수수께끼는 여덟 명의 희생자를 죽인다. 그 대가로 세상에 나타나게 된 것은 과거로 향하는 흐름과 미래로 향하는 흐름의 교차점. 그리고 그 교차점이 등장했기에 잊혀진 것들은 부활하게 된다. 그리고 그 교차점은 여덟 번째 희생자의 죽음에 의해 신스라이프 선생의 앞에 나타난다."

"그런데 뭐가 이상하다는 거요?"

"아아. 조금 전 나는 주블킨 씨에게 그덴 산의 거인이 왜 부활했느냐고 물었고, 주블킨 씨는 과거로 향하는 흐름과 미래로 향하는 흐름의 교차점이 현재에 존재하기 때문이라고 대답했지요. 그리고 신스라이프 선생은 그 교차점을 만나야만 완전히 부활하신단 말이야. 지금처럼 저렇게 땅에 발도 못 디디는 신세에서 벗어나시는 거지. 그런데……."

주블킨은 싸늘한 표정으로 레이저를 바라보았다. 레이저는 씩 웃으며 주블킨에게 질문했다.

"왜 거인은 마음대로 땅을 디디는데, 신스라이프 선생은 그렇게 하지 못하는 거지?"

파하스는 부지불식간에 자신의 다리를 내려다보고 말했다. 그렇군. 나는 마음대로 이 땅 위를 걸어 다니고 있어. 그리고 네리아 역시 놀란 표정으로 파하스를 돌아보았다. 레이저는 집요한 말투로 주블킨을 향해 질문했다.

"거인과 신스라이프 씨의 차이는 뭐지? 과거로 향하는 흐름과 미래로 향하는 흐름의 교차점이 현재에 존재하기 때문에 잊혀진 것들이 부활했다고 하셨소. 그렇다면 그덴 산의 거인이든 신스라이프 선생이든 똑같이 부활할 수 있겠지. 거인은 벌써 완전히 부활해서 마음대로 이 땅 위를 걷고 있지요. 그렇다면 왜 신스라이프 선생만은 그 교차점을 만나야만이 완전히 부활할 수 있단 말이지요? 거인과 신스라이프의 차이는 뭐요!"

주블킨은 우울한 표정으로 레이저를 바라보았다. 갑자기 그의 늙은 얼굴 위에 웃음이 떠올랐다. 주블킨은 팔짱을 끼며 담담하게 말했다.

"말하지 않겠다."

레이저는 하마터면 '콜리의 이름으로 묻겠소!'라고 외칠 뻔했다. 하지만 지금의 질문은 그렇게 물을 수 없다. 지금까지는 레이저가 모든 상황을 추론해 낸 다음 콜리의 이름으로 그것을 부정하겠느냐고 질문했다. 하지만 이번에는 아무 추론도 해내지 못한 상황이므로, 주블킨은 그냥 입만 닫아버리면 자신의 신을 부정할 필요가 없다.

주블킨은 그렇게 레이저로 하여금 입을 닫게 만들어놓고는 천천히 몸을 돌려 운차이를 바라보았다.

"나는 말하고 싶은 것을 다 말했다. 당신들은 과거로 향하는 흐름과 미래로 향하는 흐름의 교차점을 찾고 싶은 게지? 그것을 알아내고 싶다면 계단 위의 저자를 죽여라."

운차이는 사나운 목소리로 대답했다.

"그리고, 우리가 저자를 죽이면 그 교차점이 나타나며 신스라이프는 완전히 부활하는 것이군?"

주블킨은 자신 만만한 얼굴로 말했다.

"그렇다."

운차이는 호흡을 가다듬느라 한참 동안 말을 못했다. 제기랄, 이건 후작을 순교자로 만들어주는 것보다 더 지저분하군. 한 정신 나간 노인의 부활을 위해서 후작을 죽이는 꼴이 되는 건가. 하지만 페어리퀸은 그 교차점을 찾아야만 이 사태가 해결된다고 말했다. 그렇다면, 우리는 저자의 손에 놀아나는 꼴이 되더라도 결국 할슈타일 후작을 죽여야 되는가.

도대체 잊혀진 것을 불러대고 있는 그것은 무엇인가!

제7장
멸망은 완성의 귀결

1

바이서스 임펠에서 가장 유명한 과일 가게, 그러나 아무도 모르는 가게 안의 비밀실.

중앙에 놓인 작은 테이블 주위에 네 명의 남자가 앉아 있었다. 열린 창문을 통해 들어오는 오후의 햇살은 사내들의 어깨에 비스듬히 떨어져내렸다. 네 명의 사내들은 모두 테이블 위에 놓인 지도와 서류 뭉치들을 들여다보고 있었다. 그들은 서류를 집어들어 살펴보거나 다 읽은 서류를 옆 사람에게 건네거나 하고 있었지만, 아무도 입을 열지는 않았다.

그러나 마침내 한 사람이 고개를 가로저었다. 칼은 힘빠진 목소리로 말했다.

"이건 이해할 수가 없군. 이게 말하는 뜻은……."

칼의 맞은편에 앉아 있던 자크는 피식 웃었다.

"보쇼, 칼. 명령을 내리는 장군은커녕 명령을 받는 병사도 되어본 적이 없는 나 같은 사람도 이게 무슨 뜻인지는 짐작할 수 있어요. 그러니 그렇게 머뭇거리지 말아요. 뭣하시다면, 내가 정리해 드릴까?"

칼은 우울한 표정으로 자크를 바라보았다. 자크는 손가락을 내밀어 지도를 짚었지만 그 눈은 자신의 손가락이 아니라 칼의 얼굴을 보고 있었다. 자크는 입을 열었다.

"자이펀은, 총공격 태세입니다."

칼은 침통한 표정으로 고개를 끄덕였다. 오른쪽에 앉아 있던 샌슨은 이를 북북 갈면서 지도를 노려보다가 말했다.

"확실하군요. 병참의 이동을 보든, 군단 배치를 보든……. 최정예라 불릴 만한 부대는 전부 한곳에 집결시켰군요. 전선의 공백을 무시하면서까지. 하지만 왜 이러는 걸까요? 이건 누가 봐도 도박입니다."

칼은 샌슨의 질문에 대답하기에 앞서 먼저 자크를 바라보았다.

"함 씨를 압박하는 거라도 있나, 자크 군?"

칼은 적국의 국방 대신을 친구 이름이라도 부르는 것처럼 불렀다. 자크는 눈을 크게 떴다.

"압박이라니요?"

"전쟁을 질질 끌고 있는 것 때문에 그의 자리가 위험하다거나……."

자크는 고개를 가로저었다.

"그런 건 없어요. 우습지만, 함의 지위는 아무도 원하지 않아요. 다른 명가들은 함이 그 자리를 맡아줘서 고마워한다면 모를까 그 지위를 압박하지는 않을 거요. 난 정말 이 나라를 이해하기 어렵수."

그때까지 입을 다물고 있던 사내가 자크의 말에 고개를 가로저었다. 로넨 휴리첼은 건조한 목소리로 말했다.

"이해하기 어려울 것까진 없소, 자크 군."

"무슨 말씀이시죠, 백작님?"

다른 사람이 말했다면 이 백작이라는 호칭은 야유가 되었을 것이다. 휴리첼 가문은 백작의 지위를 몰수당했으며 엄밀하게는 바이서스 왕가의 적이다. 즉 쫓기는 범법자의 입장이다. 하지만 자크가 부른 '백작님'이라는 칭호에는 애정이 깃들어 있었다. 그래서 로넨 휴리첼은 미소를 지었다.

"자이펀에서 군권은 그렇게 매력적인 권력이 아니오. 몇몇 예가 증명하지만, 자이펀에서 반란은 불가능하오. 적어도 군권을 등에 업은 형태의 반란은."

"흐음?"

"어떤 자이펀의 장군이라도 반란을 시도할 수는 있을 거요. 국방대신에게든 장군에게든, 자이펀의 무인들에게는 거의 완벽한 지휘권이 주어지니까. 원한다면 하탄을 향해 칼을 들 수는 있소. 하지만 하탄에게는 닐림의 날개가 있소. 하탄은 손수 반란을 제압할 필요도 없지. 명가들이 나서게 될 거요. 그리고 명가들이 나서면 그 다음날로 반란군은 궤멸이오. 명가들의 소환이 있으면 어제의 병사들은 모두 장군을 버리고 자신이 속한 가문으로 돌아가게 되니까. 게다가 그들은 그것을 배신이라 생각하지 않고 명예로운 선택으로 여기오."

"하아……. 그렇습니까?"

"그래요. 자이펀에서는 가문이 반란을 일으키는 것이 아니라면 반란은 시도조차 될 수 없소. 자이펀의 무인들은 엄밀하게 말해서는 명가들로부터 병사를 위탁받아 전쟁을 치르고 있는 것이오."

"헤헷. 우습군요. 그렇게 말한다면 우리나라도 마찬가지잖아요? 우리나라 장군들도 국왕으로부터 지휘권을 받아 국왕의 병사들을 지휘하는 거니까."

"국왕은 하나지만 명가는 다수요. 자크 군. 어떤 자이펀 장군이라도, 수하의 부하들로 하여금 한 명의 하탄을 배신하게 할 수는 있을지 몰라도 많은 명가들을 동시에 배신하게 만들 수는 없소."

자크는 탄복한 눈으로 로넨의 얼굴을 바라보았다. 그의 왼편에서는 샌슨이 비슷한 표정을 짓고 있었다. 칼은 두 사람의 얼굴을 바라보며 빙긋 웃다가 웃음을 지우며 지도와 서류가 가득 쌓인 테이블을 내려다보며 말했다.

"그런 게로군. 역시 무인의 접근은 다르군요, 휴리첼 씨. 나는 그들이 하탄에 대해 감히 반기를 들 수 없기 때문이라고 막연하게 생각하고 있었는데, 그런 이유가 있었군요."

로넨은 가볍게 고개를 끄덕였다. 칼은 이맛살을 찌푸렸다.

"그럼, 자이펀의 국방 대신은 한직이라고는 말할 수 없어도 최소한 자기 지위에 안정감을 가질 수 있는 직위라는 말이 되겠군요?"

"그렇소이다. 위탁받은 병사들을 데리고 전쟁을 수행하느니 만큼, 우리나라에서 생각하는 장군보다 직업적인 성격이 훨씬 강하다 볼 수 있소. 우리의 군사적 관점으로 보면 불합리한 체제이오만 자이펀에서는 그런 체제로도 원활하게 전쟁을 수행할 수 있는 모양이오."

"불합리하다? 무엇 때문이지요?"

로넨은 잠시 침묵했다가 말했다.

"병사는 충성의 대상을 필요로 하기 때문이지요."

칼은 입을 다문 채 충성의 대상을 잃은 무인을 바라보았다. 하지만 로넨의 말은 단조로운 어조로 계속되었다.

"엄격한 명령 체계, 위계 서열. 그런 것들은 전쟁을 능률적으로 수행하기 위해서라고 알려져 있소. 실제로 그렇기도 하오만, 본질은 좀 다르오. 그것은 병사들에게 누군가를 위해 싸우고 있다는 느낌을 주기 위한 것이오. 뚜렷한 충성의 대상은 어떤 강훈련보다도 더 효과적으로 병력의 질을 높이는 요인이지요. 예를 들자면, 정예군과 도적떼들의 싸움의 승패는 항상 빤하오. 그것은 어느 쪽이 더 잘 훈련되어 있고 어느 쪽이 더 잘 체계화되어 있느냐의 문제가 아니오. 가족과 고향을 지키기 위해 싸우는 정예군과 약탈을 위해 싸우는 도적의 차이지요. 그리고 그것이 간혹 도적이나 산적들로 하여금 정예 병력을 깨뜨릴 수 있게 만드는 요인이기도 하오. 그럴 경우 그런 도적이나 산적에게는 예외 없이 출중한 우두머리가 있소, 충성의 대상이 될 수 있는."

"그럴듯하군요."

"내 생각으로는 자신과 고락을 같이하는 장군이 아닌 배후의 명가들을 위해 싸우는 자이펀 병사들의 사기가 바이서스 군에 비해 높을 것 같지는 않소이다. 하지만 자이펀은 지금까지의 현상이 입증하는 바 최소한 밀리지 않는 전투를 해내고 있소. 그것은 자이펀 병사들 개개인의 높은 자부심에 관련된 문제가 아닐까 생각하오만. 그러니까 병사들 개개인의 질이 우리보다 훨씬 우수하기 때문이지요."

"흐음. 그런가요. 좋습니다. 그럼 자이펀의 국방 대신은 직업인이며 무리의 우두머리라기보다는 군대라는 도구를 사용하여 전쟁이라는 업무를 치르는 전문가라고 생각해도 될까요?"

"나는 반대하지 않겠소."

"그럼 이 친구는 공명심이나 야망을 원천적으로 봉쇄당했다고도 생각해도 되는 겁니까?"

"그의 공명심을 만족시키는 것은 하탄께 받는 상찬이 전부일 것이오. 정복자의 위명이나 승리자의 영광은 자이펀의 무인에게 있어 그렇게 큰 원동력은 되지 않을 것이오."

칼은 잠시 호흡을 조절하고는 빠르게 말했다.

"그럼 왜 이런 짓을 하고 있을까요?"

"타인이 짐작할 수 있는 이유는 아닐 것입니다. 따라서 말하기 어렵소."

칼은 두 손을 깍지 끼고는 엄지손가락들을 세워 이마를 받쳤다. 그러고는 손가락 끝으로 천천히 이마를 톡톡 찔렀다. 샌슨은 그런 칼의 모습을 보다가 뒤통수를 긁적이며 말했다.

"저, 한 마디 해도 될까요?"

칼은 손을 멈추고는 샌슨을 돌아보았다.

"프림 양? 퍼시발 군?"

"……전자입니다."

"해보세요, 프림 양."

샌슨은 맥이 탁 풀린 표정이 되더니 책을 읽듯이 프림 블레이드의 말을 받아 읊었다.

"저, 칼. 난 검이에요. 전쟁터를 많이 돌아다녔지요. 이건 군인들이 말하는 위력 시위가 아닐까요?"

자크는 샌슨이 '난 검이에요.'라고 말하는 부분부터 키들거리기 시작했다. 하지만 로넨 휴리첼은 눈살을 찌푸리며 지도를 들여다보았다가 다시 샌슨을 바라보았다. 그러고는 웃음기도 없는 얼굴로 말했다.

"왜 그렇게 생각하십니까, 레이디?"

샌슨은 이제 무릎에 얼굴을 박고 킬킬거리는 자크를 보며 붉으락푸르락했다. 하지만 그의 책임감 넘치는 입은 충실하게 프림의 말을 반복하고 있었다.

"느낌이에요, 여자의 육감이랄까?"

"푸흐허핫하하!"

자크는 기어코 참지 못하고 웃음을 터뜨려버렸다. 샌슨은 그런 자크를 죽일 듯이 노려보았지만 뭔가 그럴듯한 설명을 기대하고 있던 로넨 역시 조금 한심스러워하는 표정을 지었다. 그는 조금 딱딱해진 어조로 말했다.

"위력 시위로 볼 수는 있을 거요. 실제로 이 배치는 공백을 보여주는 것 같지만 사실은 그렇지 않은 배치니까. 하지만 그것만 가지고는……."

그때 칼이 말했다.

멸망은 완성의 귀결 351

"잠깐, 나는 비전문가니 만큼 이해심을 가지고 조금만 설명해 주시겠소? 공백이 있는 것 같은데 그렇지 않다는 것은 무슨 말이지요?"

로넨은 가볍게 고개를 끄덕이고는 지도를 가리켜 보였다.

"보시오. 실제로 최정예가 집결한 지점은 푸른 산맥을 가장 빠르게 넘을 수 있는 칼피아 호 연안이오. 그리고 이런 병력 이동을 시도함으로써 구멍이 생긴 곳은 로발 강 유역, 나브라, 다위너의 세 군데라고 할 수 있겠군요. 다른 곳에서도 조금씩 전력 유출이 있소만 그것은 일단 넘어갑시다. 그런데 로발 강의 경우, 보시오. 칼피아 호에서 흘러나오는 강이오. 강변을 따라 걷는다면 이곳의 군대 이동은 쉬울 테고, 따라서 로발 강을 점령한 바이서스 군은 칼피아 호에 집결된 최정예 부대에 의해 보급선을 절단당할 우려가 클 것이오."

"흐음. 그렇군요."

"나브라의 경우는 더 고약하군요. 이곳은 점거해 봐야 소용이 없소. 나브라는 대사막의 입구에 해당하기 때문에 이곳을 점거해 보았자 사막에 익숙하지 않은 바이서스 군은 더 이상 갈 곳이 없을 거요. 다위너의 경우는 항구 도시요. 항구 도시의 공략은 육해 양쪽으로 이루어지지 않으면 점령이 상당히 어려워집니다. 그러나 바이서스에는 해군이 없소. 나브라와 다위너는, 자이펀으로서는 전술적으로 빼앗기고 싶지 않지만 전략적인 가치까지 있는 전선은 아니오."

"그럼, 만일 이 세 전선을 점거당하더라도……."

"이 세 전선을 돌파하려면 바이서스로서는 전선을 분할해야 하오. 전선이 얇아집니다. 그럼 칼피아 호에 집결된 부대는 그 얇은 전선을 쉽게 돌파할 것이오. 꼭 적합한 표현은 아닐지 모르겠소만 이것은 흔히들 말하는 살을 주고 뼈를 취한다는 말로 설명될 듯하오."

칼은 고개를 끄덕였다.

"그럼 위력 시위일 가능성이 높군요."

로넨은 물끄러미 칼을 바라보다가 역시 고개를 끄덕였다.

"그렇소. 군무에 익숙지 않은 여기 자크 군까지 파악할 수 있는 만큼, 이것은 뻔뻔스러운 총공세 의도를 나타내지요. 바이서스의 장수들은 당연히 파악할 수 있을 거요. 뻔히 보이는 속임수를 펼치는 이유는 위력 시위일 가능성이 높기는 하오. 하지만……."

"하지만?"

로넨은 조금 주춤하다가 말했다.

"이것이 위력 시위라면, 공격은 반드시 있을 테지요. 그것도 상당한 전격전이 이루어지겠지요. 그리고 그 후 외교 채널을 통해 강화 제안이 들어오지 않을까 하오. 강화 제의의 시점은 함 국방 대신의 의도에 따르겠지만, 그가 바이서스에게 어느 정도의 출혈을 요구할지는 알 수 없소. 그 점에서 볼 때, 칼피아 호는 역시 위험한 한 수요."

칼은 묵묵히 로넨을 바라보았다. 로넨 휴리첼은 씁쓸한 표정으로 말했다.

"푸른 산맥이 돌파당하면 이파실, 켄턴까지도 위험해지겠지요. 이파실과 켄턴이 공략당하면 사우스그레이드는 목에 칼을 들이댄 형국이 될 것이고, 그렇다면 바이서스로서는 대문 밖에 있던 적을 침대까지 끌어들인 격이 될 것이오. 강화에 동의하지 않을 수는 없겠지만, 바이스스로서는 너무 큰 피해입니다. 권토중래는 생각도 할 수 없을 뿐더러, 자이펀에 연공을 바치는 문제까지도 고려해야 될지 모르오."

칼은 묵묵히 고개를 끄덕였지만 샌슨은 이를 갈아대며 상당히 듣기 불쾌한 음향을 만들어냈다. 그러나 자크는 고개를 가로저었다.

"이상한데요? 바이서스가 그렇게 불리한 입장이라면 자이펀은 강화를 제의할 필요가 없잖습니까? 그대로 밀어붙여 올라오면……."

"아니, 그렇지는 않소, 자크 군. 전격전의 문제점은 그것이 장기화되기 어렵다는 점에 있소. 자이펀이 바이서스의 완전 병탄을 노린다면 그런 전격전은 곤란할 거요. 이 최정예 부대는 바이서스 국내로 들어선 순간 보급선이 단절될 위험을 가지게 되오. 잊지 마시오. 그들은 적지에서 싸우는 거요. 아무리 최정예라 해도 오랫동안 싸울 수는 없소."

"아아, 그럼 뭐냐, 한바탕 설친 다음 강화한다?"

"그렇게 볼 수도 있다는 말이오. 전선도 아닌 후방에서 이런 지도와 서류만 보고서는 아무것도 확신할 수는 없소."

칼은 다시 엄지손가락으로 이마를 찌르기 시작했다. 그는 혼잣말처럼 말했다.

"합리적이군. 전쟁은 끝낸다. 방법은 강화. 강화할 수 있도록 최대한 압박. 그리고 강화 체결 시점에서 자국의 이득은 최대한으로. 공격적이면서도 합리적인 전략이군."

로넨은 싱긋 웃었다. 그런 로넨을 향해 칼은 약간 나른한 시선을 보냈다. 로넨이 칼의 시선에 의아한 느낌을 받게 되었을 때, 칼은 갑작스럽게 말했다.

"요즘 어떻게 지내십니까, 휴리첼 씨?"

"뭐요?"

"무료하지 않으신지 궁금합니다."

로넨은 칼의 화법을 조금씩은 이해하고 있었다. 그래서 로넨은 허튼 소리 하지 마시라고 말하는 대신 똑같이 잡담하듯 대꾸했다.

"무료하긴 하구려. 광대들을 상대하던 저번 일은 별로 재미가 없었소. 무력한 광대들을 괴롭히는 것은 확실히 품격을 높이는 데 도움되는 일은 아니었소만."

"함 씨를 상대해 주시겠습니까?"

로넨은 칼에게 대수롭지 않은 어투로 심각한 이야기를 하는 버릇이 있다는 것을 알고는 있었지만 이 정도일 줄은 몰랐다. 그래서 그는 잠시 대답을 보류한 채 칼을 쏘아보았다. 칼은 이제 엄지손가락으로 턱을 받친 채 로넨을 마주보고 있었다.

"강화에는 찬성합니다만 우리도 역시 잇속을 차려야지요. 함 씨의 계획은 수정 후 통과입니다. 사우스그레이드의 땅은 한 조각도 못 내줍니다. 당신이 함 씨의 스케줄을 바쁘게 만들어주었으면 좋겠습니다."

"어떻게 말이오."

"고대로부터 전해져 왔지만 아직도 유효한 전술이죠. 불과 물을 같이 보내는 것."

로넨은 잠시 고개를 갸웃하다가 그대로 샌슨을 바라보았다. 샌슨은 얼떨떨한 눈으로 로넨의 시선을 마주 받았고 그런 샌슨을 보던 로넨은 피식 웃었다.

"샌슨 군의 부관인 거요?"

샌슨은 눈을 크게 떴다. 하지만 그가 뭔가 놀라움을 표시할 말을 찾기도 전에 칼이 먼저 말했다.

"연장자에게 기분 좋을 제안은 아닙니다만……, 휴리첼 가도 이젠 부활할 때가 되지 않았습니까."

"나로선 반대할 이유가 하나도 없군요. 하지만 당신은 나를 어떻게 참전시킬 생각이시오?"

"전시 특례법을 조금 확장해서 적용하면 되겠습니다. 백의종군하실 의향이 있으시다면."

"자수 말이군요."

"준비는 다 되어 있습니다. 지금이라도 재판소에 들르시기만 하면 됩니다. 티타임 때는 자유의 몸으로 참석하실 수 있을 겁니다."

로넨은 그만 웃고 말았다.

"놀라운 사람이오, 당신은. 뜻밖의 선물도 이 정도라면 놀라기도 어렵군요. 감사히 수락하겠소이다."

자크는 떨떠름하게 말했다.

"어, 저. 무시되는 기분을 느끼기도 어렵군요. 하지만 분명히 무시라고요. 여기에는 도통 이해 못하는 사람도 있는데, 두 분 설명 좀 곁들여서 풀코스로 말씀하시면 안 될까요?"

칼은 고개를 끄덕였지만 자크에게 설명하지는 않았다. 대신 칼은 샌슨에게 말했다.

"퍼시발 군. 휴리첼 씨를 수행하게."

눈을 껌뻑거리던 샌슨은 어쩔 수 없이 불안하게 말했다.

"수행? 저, 어디로요?"

"어디긴, 법무부지. 가서 법무장관을 찾아서 내가 보냈다고 하게. 자네는 악질 반역자 로넨 휴리첼을 감화시켜 그로 하여금 자수하게끔 설득한 것일세."

로넨은 쓰게 웃었다. 그리고 샌슨은 아직까지도 두 눈을 불쌍하게 끔뻑거리며 말했다.

"아……, 내가 그랬군요."

이번엔 칼과 로넨, 그리고 자크까지 모두 웃어버렸다. 칼은 미소 띤 얼굴로 샌슨에게 설명해 주었다.

"그러고 나서 휴리첼 씨는 백의종군하는 것으로 과오를 씻게 되실 걸세. 무문의 명가 휴리첼 가문의 전사이신 휴리첼 씨의 임지는 저 잔악한 자이펀과의 대결이 벌어지고 있는 사우스그레이드. 저 용맹 무비하며 동시에 비할 데 없는 지혜로움을 한 몸에 겸비한 전사이자 현자인 샌슨 퍼시발 공을 보필하며 저 악랄한 자이펀의 국방 대신 함을 상대로 용전분투하실 걸세. 이해했나?"

샌슨은 그러고 싶지 않았다. 정말이지 이럴 때면 차라리 입을 다문 채 프림 블레이드의 설명이 듣고 싶었다. 하지만 프림 블레이드는 낄낄거리기만 할 뿐 아무 말도 해주지 않았다. 그래서 샌슨은 어쩔 수 없이 말해야 했다.

"한 번만 더 말씀해 주시겠습니까?"

로넨은 정말 그럴 것이라고는 생각하지 않았다. 하지만 칼은 거짓말을 하지 않았다. 그가 법무부에 도착한 후 자유의 몸이 될 때까지 걸린 시간은 5분도 되지 않았다. 경비 대원들을 피해 다니며 가명을 쓰고 그림자를 찾아다녀야 했던 시절을 어처구니없는 심정으로 회상하며, 로넨은 모든 준비를 마쳐두고 앉아 그를 기다리고 있던 법무 장관을 향해 고개를 가로저을 수밖에 없었다.

법무 장관은 국법 준수 동의서, 사면장, 충성 서약서, 휴리첼 가문 소유의 부동산 관계 서류 전부와 인수증 등을 꺼내놓고는 로넨으로 하여금 차례로 사인하게 했다. 읽어볼 틈도 없이 서류들에 사인하면서 로넨은 체포도 되기 전에 사면당하는 기분이었고, 실제로 사태는 그러했다.

수행했던 샌슨 역시 머리를 가로저었다.

"체포도 없고, 재판도 없고, 곧장 사면에 복권이군요."

법무 장관은 피식 웃고는 그들을 더욱 황당하게 만들었다.

"이거 가져가요. 국왕 전하의 명령서요."

로넨은 법무 장관이 내민 서류를 받아들면서도 얼떨떨한 목소리로 말했다.

"명령……서요?"

"오크 산수 공부하는 소리 모두 빼고 말한다면, 로넨 휴리첼의 과오는 강물에 실어 보내고, 그를 활에 매긴 화살처럼 전선을 향해 쏘아붙인다는 내용이오. 아, 당신은 모레 오전에 장엄의 홀에서 국왕 전하께 충성을 맹세하게 될 겁니다. 아시겠지요? 충성 서약서는 이미 썼지만 그래도 할 건 해야지요. 그리고 이건 당신 것입니다, 샌슨 씨."

"이건 뭔데요?"

"131전선의 키다린 장군 암살 건은 알지요? 당신은 키다린 장군의 사망으로 공석이 된 제12군단의 군단장 자리를 맡게 됩니다. 자의에 따라 참모진을 구성할 수 있는 사령관의 권한은 로넨 휘리첼 씨에게 가장 먼저 사용하게 되는 거죠. 국왕 전하와 국방 장관의 인가는 다 되어 있소. 돌아가는 길에 국방부에 들러서 국방 장관께 인사나 하시오. 임관식 일정은 차후에 결정될 거요."

"도대체가……."

말이 안 나온다. 샌슨은 그렇게밖에 표현할 수 없었다. 그리고 로넨 역시 어이가 없기는 마찬가지였다. 칼은 도대체 언제 이 정도의 영향력을 자유롭게 행사할 수 있게 되었지? 로넨은 샌슨을 향해 얼빠진 표정을 보내다가 겨우 손을 들어올려 경례를 했다.

"잘 부탁합니다, 사령관 각하."

"아, 예……. 예?"

그래서 두 사람은 대략 한 시간 만에 12군단 사령관과 그 수석 참모가 되어 칼과 자크가 기다리고 있는 과일 가게로 돌아오게 되었다. 커피를 마시고 있던 칼은 들어서는 두 사람의 얼굴을 보고는 그만 커피를 뿜어내고 말았다.

자크의 투덜거림 속에서 얼굴이 빨갛게 된 채 테이블을 닦고 커피

잔을 정리하는 칼을 바라보며, 로넨은 다시 어처구니없는 감정을 느꼈다. 저자가 정말 법무부와 국방부, 그리고 국왕까지도 움직여서 나에게 자유를 돌려주고 함을 상대하게끔 조처한 자인가?

"놀라운 산책이었소, 칼 씨. 산책길에 자유도 줍고 12군단 수석 참모 자리도 줍고 받들어 모실 사령관까지 주웠소."

"산책? 아아, 그렇군요. 그 정도의 시간밖에 안 걸렸군요."

로넨은 자리에 털썩 주저앉았고 샌슨 역시 얼빠진 얼굴로 칼을 보며 자리에 앉았다. 빙긋 웃고 있는 칼을 향해 로넨은 무표정하게 말했다.

"보아하니 샌슨 군 역시 이것에 대해서는 아무것도 모르는 모양이더군요. 당신이 그 짧은 시간 동안 임펠리아와 귀족원에 구축해 놓은 것이 어느 정도의 규모일지는 상상도 되지 않소. 다만, 나도 그 재주를 좀 배웠으면 좋겠군요."

"아아. 행운이 조금 필요한 일이었습니다. 아무나 드래곤 슬레이어의 친구가 되는 것은 아니죠. 게다가 아무나 바이서스 임펠의 밤의 제왕과 친구인 것도 아닙니다."

칼은 자크를 돌아보며 익살스럽게 말했고 자크는 뿌듯한 심정이 되어 테이블 위에 커피를 쏟아놓은 칼을 용서해 주기로 마음먹었다. 로넨은 조용히 말했다.

"각설하고……, 이렇게까지 준비되었다면 당신은 진즉에 나를 사용할 생각이었던 모양이군요. 함의 전격전을 알기 전부터 말입니다."

"그렇지요."

"이유는?"

칼은 싱긋 웃었다. 그리고 로넨은 목이 조금 메는 것을 느꼈다.

"나를 복권시켜 주기 위해서요?"

"바이서스로서도 좋은 일입니다. 카뮤나 넥슨의 일이 없었다면 당신은 오래 전에 전선을 질타하고 있었을 겁니다. 능력 있는 전사를 본인과는 상관도 없는 죄 때문에 기용치 않는다면 손해죠."

로넨은 아무 말도 하지 않았다. 대신 고개를 깊이 숙였다. 그런 그를 보며 칼은 다시 웃었다.

"솔직하게 말하죠. 나라고 왜 함과 같은 생각을 떠올리지 못하겠습니까."

"고맙군요. 솔직해 줘서. 당신이 사용한 카드는 지골레이드인 거요?"

"예. 나는 지골레이드로 압박하여 강화를 제의할 생각이었습니다. 그리고 강화가 이루어지는 시점에서 보다 많은 영토를 점령하기 위해 당신과 샌슨에게 도움을 요청할 생각이었지요. 함 씨가 나와 같은 생각을 떠올렸다는 것이 행운인지 불행인지 모르겠습니다. 어쨌든 양자는 강화에는 동의했지만, 덕분에 땅따먹기는 더욱 힘들어지게 되었군요."

로넨은 미소 띤 얼굴로 천장을 바라보았다.

"당신은 함의 추고, 함은 당신의 추겠군요."

"추라고 하셨습니까?"

"기나긴 전쟁의 끝에서, 희대의 전략가 두 명이 양국에서 동시에 등장하는 것은 왠지 유피넬의 저울대의 역사처럼 느껴지는구려. 역시 유피넬의 저울대는 길고, 헬카네스의 추는 무거운 법이지 않겠소."

"하하. 희대의 전략가라니요. 그것은 저 허즐릿이나 레베카 장군 같은 이에게 어울리는 말이지, 나 같은 독서가에게는 가당치도 않습니다."

로넨은 가볍게 고개를 끄덕인 다음 몸을 앞으로 내밀며 본질적인 문제를 거론하기 시작했다.

"사실은 당신이 독서가라는 점에 대해 조금 불안을 느끼고 있기는 하오. 당신이 선택한 12군단 말인데, 쓸 만한 부대인 거요? 군인의 시각과 독서가의 시각에 차이가 없다고는 말하지 않겠지요."

"예……, 옳은 지적입니다. 사실은 나는 12군단은 본 적도 없습니다."

로넨의 어깨가 조금 처졌다.

"이보시오. 당신은 샌슨 군과 나로 하여금 그 부대를 가지고서 함이 모아들인 최정예 부대를 상대하게끔 했단 말이오. 검신과 칼자루도 구분하지 못하는 병사들을 데리고 그런 어려운 일을 할 수는 없어요. 사령관께서는 어떻게 생각하시오?"

아직 그 직위가 낯설기 때문이다. 샌슨은 자신을 부른 것이라고는 생각도 하지 않은 채 로넨의 말을 듣고 있다가 화들짝 놀라면서 말했다.

"어, 저, 예. 음. 그렇겠지요? 칼?"

칼은 대답했다.

"나는 전사가 아닙니다. 전사의 감식안 같은 것은 없지요. 그래서 내 나름의 방식으로 생각해 본 겁니다."

"독서가의 방식은 무엇이었소?"

"키다린 장군이 암살된 것은, 그 군단이 자이펀에게 위험하기 때문이 아닐까 추측해 보았지요."

칼은 퍽이나 단순하다는 듯이 말했고 실제로 그 말은 단순했다. 하지만 로넨은 깊은 한숨을 내쉬었다.

"옳은 말씀이시오. 납득되는군요. 하지만 군단 하나를 가지고 자이펀을 침공하는 일 같은 것은 불가능하오."

"아, 그 문제 말인데, 이제는 전략 변경입니다. 막기만 하십시오."

"막으라고요?"

"예. 원래는 국방 장관께 간청하여 몇 개 군단을 더 움직여볼까 생각했습니다. 하지만 함 씨의 의도가 나의 의도와 같은 것이 밝혀진 이상 땅따먹기는 포기입니다. 함 씨의 의도를 저지시키기만 해도 성공입니다. 지골레이드께서 강화를 이끌어내실 동안 자이펀 병사는 한 명도 바이서스의 땅을 밟지 못하게만 해주십시오. 바로 그 점 때문에 다른 전선에서는 절대로 부대를 빼낼 수가 없게 되었습니다. 어려운 부탁이 되었습니다만, 가능하겠습니까?"

"……애써 보겠소."

칼은 그 정도로 만족하기로 결심했다. 그래서 칼은 고개를 돌려 샌슨을 바라보았다.

"제12군단 사령관 각하. 이해하셨습니까?"

샌슨은 벙글거리며 말했다.

"헷. 그러고 보니 우습군요. 사령관은 저인데, 제 참모한테 먼저 물어보셨군요?"

"말했잖나, 퍼시발 군. 불과 물을 함께 보내는 거라고. 원래 계획대로라면 난 자네에게 기대를 걸었을 거야. 자이펀 영토를 침범하고 강화 시점까지 유지하는 작전이었으니까. 하지만 이젠 뺏기지 않는 것이 중요한 입장이 되었네."

"아이구! 나는 모르겠습니다. 언감생심 오거가……, 시끄러! 헬턴트 촌놈이 군단 사령관이라니요. 후치가 들었다면 배를 붙잡고 웃었을 겁니다. 난 지금 12군단의 병사들 앞에서 어떻게 하면 말을 더듬지 않을 수 있을까 하는 것이 더 고민입니다. 바보는 원래 고민이 없다 해도……, 으아아, 정신 통일! 음음. 젠장, 칼. 지나치게 파격적인 인사라는 생각이 들지 않으십니까? 로넨 씨를 군단장으로 하시면 안 됩니까?"

로넨과 칼이 동시에 씁쓸한 미소를 지었다. 그리고 샌슨 역시 자신의 말이 틀렸다는 것은 잘 알고 있었다. 지금은 자유인이지만, 한 시간 전만 해도 쫓기는 범법자였던 로넨이 바이서스 군의 군단장을 맡을 수는 없다. 하지만 샌슨의 불만은 끝나지 않았다.

"예, 예, 알겠어요. 하지만 칼, 난 정말이지 군단이라는 것이 어떻게 편성되어 있는지도 모른단 말입니다. 날아가는 비둘기, 창공에……, 우오옷! 놓고 말하겠습니다!"

샌슨은 칼자루를 놓았을 뿐만 아니라 아예 프림 블레이드를 풀어서 테이블 위에 던져놓았다. 프림 블레이드의 칼날이 떨리며 검집으로부터 웅웅거리는 소리가 울려퍼졌지만 샌슨은 강철 같은 얼굴로 그것을 무시해 버렸다. 하지만 그처럼 굵은 신경을 가지지 못한 칼과 로넨은 찌푸린 얼굴로 소음을 애써 참았다. 샌슨은 그제서야 당당하게 말했다.

"어떻게 생겨먹었는지도 모르는 부대를 어떻게 지휘하라는 말씀이십니까, 칼?"

"아아, 그런 문제에 대해서는……, 으음. 휴리첼 씨께서 많은 조력을 주실 걸세. 그런데, 음……, 퍼시발 군? 프림 블레이드를 좀 쥐면 안 되겠나? 자크 군에게도 폐가 되지 않나. 이곳은 자크 군의 가게란 말일세."

샌슨은 자크를 흘끔 바라보았고, 그러자 자크는 차가운 목소리로 말했다.

"하! 걱정 마슈, 칼. 이곳이 어디라고 생각하는 겁니까. 이 방 안에서 나는 소리는 절대로 밖으로 나가지 못하도록 되어 있지요. 아무 걱정 마시고 말씀 나누시죠."

자크는 그렇게 말하며 방을 나가버렸고 로넨과 칼의 이마에 생긴 주름은 더욱 깊어졌다. 아이고 맙소사!

멸망은 완성의 귀결 365

2

히무수스 소장은 팔짱을 낀 채 물끄러미 바닥을 내려다보았다.

국방 대신의 텐트라고 해서 대단할 것은 전혀 없었다. 이곳에서 이루어지는 보다 많은 결단과 보다 높은 수준의 판단에 비해 볼 때는 황량하게까지 보일 지경이었다. 바닥에 깔린 낡은 카펫은 국방 대신의 품위를 지키기보다는 오히려 깎아내리고 있었고, 흔들리고 있는 등불은(초가 아니라 등이었다.) 이곳이 유목민의 텐트가 아닌지 착각하게 만들었다. 무성의하게 던져놓은 듯한 쿠션들은 아무래도 안락함과는 거리가 멀었다. 쿠션이라는 것이 원래 그냥 놓아두기만 해도 안락해 보인다는 점을 볼 때 이 삭막한 배치는 놀라울 지경이었다. 여기엔 냉수도 없군. 히무수스 소장은 갑작스럽게 불평거리를 떠올렸다. 국방 대신의 텐트에 불려 가면 시원한 냉수 한잔은 얻어 마실 줄 알았는데.

소장은 수염 끄트머리를 살짝 꼬다가 말했다.

"태양입니까, 모래입니까?"

함은 피식 웃고 말았다.

"태양."

"모래가 아닙니까?"

"아냐. 태양이야. 따라서 이건 절대 비밀일세. 자네와 나만 알고 있어야 해."

"그 말씀 몇 번째 하시는 건지 여쭤봐도 되겠습니까?"

"다섯 번째."

히무수스 소장은 웃어버렸다. 먼저 불려왔던 다른 네 명의 지휘관들도 모두 피식 웃어버렸으리라.

태양과 모래. 사막에서 더 치명적인 것은 이글거리며 타오르는 태양이 아니다. 희게 백열하는 태양은 언뜻 공포를 야기하지만, 사막 위를 거니는 사람을 죽이는 것은 실은 모래밭에서 뿜어져 올라오는 복사열이다. 자이펀 육군에서 언급되는 태양과 모래는 기만전술과 기습 전술의 은유이다. 무섭게 타오르지만 저녁만 되면 감쪽같이 사라지는 태양은 기만전술, 그리고 조용히 깔려 있지만 그 위로 걷는 사람을 죽이고야 마는 모래는 기습 전술이다.

따라서 함이 말한 내용은 이렇다. '태양처럼 불타올라라, 하지만 적을 이길 필요는 없다.'

"명심하게. 자네는 지휘관이야. 병사들은 이기기 위해 싸운다고 생각하게끔 놔두게. 자네 자신조차도 그렇게 믿어야 하고. 하지만 마음속 깊은 곳에서는 내 말을 명심하고 있어야 하네."

히무수스 소장은 조금 불쾌한 표정을 지었다.

"말씀하셨듯이, 저는 지휘관입니다."

그렇게 세세하게 말씀해 주시지 않아도 잘 압니다. '태양'이라는 단어 하나로 충분합니다. 히무수스가 말하지 않은 것들을 모두 들은 함은 고개를 조금 끄덕였다.

"노파심일세. 이해하게. 이제 상세 계획을 말해 주겠네."

히무수스는 긴장된 표정으로 국방 대신을 바라보았다. 이것은 기밀인 이상 필기는 절대로 안 된다. 모두 암기해야 될 것이다. 히무수스는 숨소리마저 낮춘 채 국방 대신의 입이 열리기를 기다렸다.

"자네 마음대로 하게."

히무수스는 잠시 국방 대신이 더 말할 것이라 생각하며 기다렸다. 그리고 국방 대신은 히무수스가 대답하기를 기다렸다. 그래서 둘 사이에는 묵직한 고요가 내려앉았고 그 공백 속에서 등불만이 낄낄거리듯이 흔들렸다. 히무수스는 어깨를 누르는 고요의 무게에 힘겨워하며 입을 열었다.

"······그게 전부입니까?"

"그렇다네. 자네는 이미 이게 태양이라는 것을 알고 있어. 완전한 전격전이 될 걸세. 보급은 없고, 지령도 없네. 식량은 모두 개인 휴대할 수 있을 만큼 휴대한 다음 모자라면 현지 조달하게. 현지 조달이 안 되면 즉각 달아나게. 속도를 늦추는 모든 행위는 생략하네. 속된 말로, 뻑적지근하게 분탕질을 치고 돌아다니라는 말일세. 지령이 없는 만큼 각개 격파의 위험은 더욱 높아지네. 그렇기 때문에라도 더 더욱 속력이 필요한 거네. 알겠나?"

"외람되지만 제 의견을 말씀드려도 되겠습니까."

"마음을 열겠네."

"너무 위험한 전략입니다. 이곳에 모인 전력은 자이펀 최정예입니다. 이 소중한 전력들을 무질서하게 바이서스 국내에 풀어놓고는 나 몰라라 해버리시겠다는 말씀으로 들립니다."

"바로 그렇네. 그렇기 때문에 더욱이 최정예가 필요했던 것이고."

"아무리 최정예라 하더라도, 그런 지리멸렬한 상태에서는 힘을 쓸 수가 없습니다!"

함으로서는 다섯 번째로 듣는 똑같은 내용의 항변이었다. 그랬기에 함은 이제 약간의 즐거움까지도 느낄 수 있었다. 함은 히무수스 소장의 얼굴을 잠시 바라보았다. 공포. 우리들을 소모품으로 사용하실 생각이오? 기대. 어떤 상상도 할 수 없는 놀라운 전략이 있는 거요? 자기만. 나라면 그런 어려운 임무를 수행할 수 있을지도 모르지만. 그리고…….

함은 똑같은 대답을 다섯 번째 반복했다.

"걱정하지 말게. 2개월도 못 버틴다고는 말하지 않겠지?"

"2개월이라고 하셨습니까?"

"이 전쟁은 50일 내에 끝나네. 그러니 2개월이지. 그리고, 그 전쟁이 끝나는 시점에서 자네의 부대가 주둔하게 되는 바이서스의 영토는 자네 것일세."

히무수스 소장의 눈에 불꽃이 튀었다. 물론 자이펀 인에게는 토지 소유욕이 별로 없다. 사막은 토지라고 부를 수도 없는 곳이며, 바다는 오로지 그림 오세아니아의 것이다. 하지만 바이서스의 땅이라면 이야기가 전혀 달라진다. 그래서 히무수스 소장은 함의 말에 내포된 엄청난 의미를 깨닫지 못했다.

"그 말씀 진담이십니까?"

"진중엔 농이 없는 법일세. 어떤가, 히무수스 소장. 자넨 2개월도 버티지 못할 지휘관은 아니겠지. 하탄을 위해 힘써 주게."

"잘 알겠습니다."

히무수스는 고개를 숙여 보이고는 몸을 일으켰다. 따라 일어선 함은 히무수스를 가볍게 포옹한 후 텐트 바깥까지 안내했다. 히무수스는 씩씩한 걸음으로 자신의 진지를 향해 걸어갔다. 진지 군데군데서 흔들리는 횃불 빛이 소장의 뒷모습을 잠시 비춰주었다.

그대로 몸을 돌리려던 함은 발걸음을 멈췄다.

별빛을 받아 반짝이는 칼피아 호의 수면이 그의 시야를 가볍게 자극해 왔다. 지휘관들과의 독대는 모두 끝났고, 그래서 함은 가벼운 걸음걸이로 호수를 향해 걷기 시작했다. 텐트 앞에 서 있던 호위병들이 함을 뒤따르기 시작했지만 함은 가볍게 손을 들어 제지했다.

"혼자 걷고 싶네."

호위병들은 조금 당황했지만 함이 진영 안이라고도 볼 수 있는 호숫가로 걸어가는 것을 보고는 다시 자신들의 자리로 돌아갔다.

밤의 호숫가는 의외로 소란스러웠다. 많은 부대들이 모여 있었기에 취사 정리를 하기 위해 나온 병사들만 해도 호숫가가 시끄러울 정도였다. 병사들은 어둠 속에서 나타난 국방 대신의 모습을 보고는 당황해서 들고 있던 물동이를 집어던지거나 설거지 거리를 팽개쳐둔 채 경례를 해왔고, 국방 대신은 조금 미안한 듯한 미소를 보이며 발걸음을 돌렸다.

조금 더 걸어간 후에야 함은 비교적 조용한 공간을 찾을 수 있었다. 수면 바로 가까이까지 다가서 있는 숲속으로 접어들자 진지의 횃불도, 텐트들의 모습도, 그리고 소란스러움도 멀어졌다. 밤의 숲속이었지만 두 개의 달이 모두 떠올라 있는지라 함은 어렵잖게 앉을 만한 곳을 찾을 수 있었다. 나무 등걸에 기대앉은 함은 호수의 수면 위로 떨어져 내리는 별빛을 바라보기 시작했다.

하지만 그의 머릿속에서 빛나고 있는 것은 별빛이 아니었다. 다섯 명의 지휘관들을 모두 속여 넘긴 후 찾아온 약간의 통쾌감과 씁쓸함, 자괴감이 뒤섞인 묘한 감정이었다.

함은 자신의 내부를 향해 변명해 보았다.

'그들에게 건전한 동기를 부여한 것이다.'

하지만 함 스스로가 잘 알고 있었다. 이것은 부하들에게 동기를 부여하여 보다 높은 전투 능력을 끌어내는 수준의 문제가 아니었다. 함이 스스로까지 속여가면서 저질러버린 일은······.

'군벌.'

함은 자이편의 군대에 군벌을 조장한 것이었다. 함의 명령에 따라 칼피아 호에 몰려든 최정예 부대는 하탄을 위해 싸우는 군대가 아니라 지휘관의 영토와 재물을 위해 싸우는 부대로 변신했다. 이것이 어떤 효과가 되어 돌아올지에 대해서는 대충이나마 짐작할 수 있다.

다섯 마리의 맹수를 바이서스라는 초원에 풀어버린 것이다. 그들로 하여금 보다 빠르고 보다 강하게 날뛰도록 하기 위해서 굴레도 고삐도 채찍도 치워버렸다. 대초원을 차지한 다섯 맹수는 그곳을 영토로 삼아 자신을 살찌울 것이다. 그리고 언젠가는 고국을 향해 이빨을 들이댈지도 모른다.

'먼 훗날, 자이펀의 역사가는 나의 이름을 악명으로 기술할 것인가.'

왜 그런 것일까.

합리적인 이유를 댈 수는 있다. 가장 짧은 시간에 최대한의 효과를 올리기 위해서 지휘도 생략하고 보급도 없애버렸다. 거기에서 오는 불리한 점을 스스로 타파해 낼 수 있도록 최정예 부대만을 골라냈다. 최정예 부대이기에 가장 큰 타격을 줄 수 있으며, 동시에 최정예 부대이기 때문에 살아날 확률도 높은 것이다.

게다가 함은 군벌 조성의 위험을 최대한으로 줄이기 위해 50일이라는 한계 시점도 못 박아 두었다. 50일 동안 점령할 수 있는 땅이 그렇게 많을 리가 없다. 50일은 강화 제안과 회의, 그리고 그 체결에 걸리는 시간을 모조리 계산하여 도출해 낸 가장 짧은 시간이다.

하지만 함이 군벌을 조성할 가능성을 만들어버린 것은 분명하다. 그들 다섯 중 얼마나 살아남을지는 모르지만 살아남은 자는 하탄의 궁전으로부터 턱없이 멀리 떨어진 거리에, 자이펀의 땅과는 비교도 할 수 없는 비옥한 토지를 가지게 되는 것이다. 몇 번을 생각해 봐도 이것은 군벌 조성이라는 결론으로 되돌아오게 된다.

함은 불만스러운 표정을 지었다. 아무도 없는 밤의 숲속인 만큼, 그 표정은 자신을 향한 것이었다.

'어쩔 수 없어.'

상대를 강화 회담의 자리로 끌어내기 위해서는 어쩔 수가 없다. 위험은 멀고 효과는 가깝다. 옛말에도 있듯이, 오늘의 문제에 대해서라면 엘프보다 차라리 오크에게 조언을 청하는 법이다. 문제에 대해 고민하다가 시간을 놓치는 것보다는 되는 대로 처리하는 방식으로라도 문제에 달려드는 법이 낫다는 뜻이다.

"그러니까, 뱀파이어에게도 조력을 구하는 법이지."

"무슨 말이지?"

"혼잣말이었어. 앞으로 나오겠나."

함은 고개도 돌리지 않은 채 말했다. 그러나 어느새 뒤에 나타난 시오네는 함의 말을 따르지 않았다. 대신 시오네는 천천히 걸어와 함의 등 바로 뒤에 섰다. 시오네의 손이 천천히 들어올려졌다. 그녀의 메마른 입술이 살짝 벌어지며, 시오네는 함의 어깨에 손을 올렸다.

그리고 시오네는 웃음을 터뜨렸다.

"어깨가 부서지겠군. 나를 벨 거야? 그렇더라도 어깨가 그렇게 굳어 있어서야 어디 검이라도 제대로 뽑겠어?"

"내 어깨에서 그 손을 치워라."

"싫은데?"

"그 손을 베어내겠다."

"무섭군."

시오네는 순순히 손을 들어올렸다. 하지만 시오네의 말에서도 그 행동에서도 무서워하는 기색은 별로 보이지 않았다. 함은 시오네가 그의 앞으로 돌아올 때까지 조용히 기다리고 있었지만 그때까지도 그의 오른손은 계속 칼자루를 쥐고 있었다.

시오네는 검은 망토로 온몸을 감싸고 있었다. 보이는 것이라고는 망토 위와 덥수룩한 머릿결 사이에서 하얗게 도드라지는 얼굴뿐이었지만, 함은 그 얼굴을 바라보고 싶지 않았다. 결과적으로 함은 시선을 보낼 곳이 없어졌다. 그래서 함은 시선을 낮추어 땅을 바라보며 말했다.

"보고해."

"언제 정령사가 되었지? 놈에게 무슨 명령을 내리는 거야?"

"네게 말한 거다. 보고해, 시오네."

"아무 문제없어. 데밀레노스 공주에게는 호위가 거의 없더군. 원하는 어떤 시점에라도 데밀레노스를 아샤스에게로 돌려보낼 수 있어."

"암살자는 구했나."

"암살자? 내가 암살자인걸."

함은 고개를 들어 시오네를 바라보았다.

"그녀는 아샤스의 재가(在家) 프리스티스인데. 네가 그녀에게 접근할 수 있나?"

"아아, 나는 태어나기도 전에 아샤스에게 바쳐진 처녀의 피는 어떤 맛일지 궁금해."

"문제가 없는 모양이군. 결행일은 일주일 뒤로 한다."

"일주일? 왜 그렇지?"

함은 고개를 조금 돌려 턱으로 진지 쪽을 가리켜 보인 다음 말했다.

"그들은 그 시점에 푸른 산맥을 넘어 달리고 있을 테니까."

"아아, 그래. 알았어."

함은 다시 고개를 숙였다. 그러나 아무리 기다려도 시오네가 떠나지 않는 것을 깨닫고는 다시 고개를 들어올려 시오네를 바라보았다. 시오네는 무표정한 얼굴로 함을 내려다보고 있었다. 그녀의 머리 옆으로 별들이 반짝여 시오네의 하얀 얼굴은 마치 밤의 하늘에 매달린 것처럼 보였다.

"뭐지?"

"호기심."

"어떤?"

"왜 그런 얼굴을 하고 있지. 이런 장대한 작전을 구사중인 국방 대신이 떠올릴 만한 표정이 아니야."

"표정?"

"흥분도 없고, 즐거워하는 기색도 없군. 아무도 없는 이런 숲속이니만큼 표정에 신경 쓸 필요도 별로 없을 텐데, 네 표정은 너무 굳어 있군."

"네 앞에서 누가 즐거워할 수 있겠나."

"그런 문제인 것처럼 보이지는 않는데."

'않는데.'라고 말하면서 시오네는 앞으로 한 발자국 내디뎠다. 함은 시오네의 얼굴을 물끄러미 올려다보았고 시오네는 이제 천천히 망토를 옆으로 감아쥐며 한쪽 무릎을 꿇어 함과 눈높이를 맞췄다. 함은 미간을 찡그리며 말했다.

"경고하겠는데, 내게 이상한 눈빛을······."

"시끄러워."

함은 입을 다물었다. 시오네는 팔짱을 끼고는 오른손을 들어 턱을 감싼 자세로 함의 얼굴을 바라보았다. 함으로서는 곤혹스러운, 심지어 불쾌하기까지 한 상황이었다. 시오네의 얼굴이 그의 얼굴 바로 앞에 있었고 그녀의 낮은 호흡 소리가 귀에 들려왔다. 무엇보다도 참기 어려운 것은 시오네의 몸에서 풍겨나는 설명하기 어려운 냄새였다. 함은 메마른 목소리로 말했다.

"왜 그렇게 바라보지?"

"숨기고 있는 것이 뭐지?"

"그런 게 있다 하더라도 네게 말해 줘야 할 필요는 못 느끼는데."

시오네는 함의 말에 대해 아무런 대답도, 어떤 표정도 짓지 않았다. 대신 시오네는 턱을 쓰다듬던 오른손을 천천히 돌렸다. 시오네의 턱을 떠난 오른손이 천천히 앞으로 뻗어가며 그녀와 함 사이의 공간을 느리게 움직여갔다. 시오네의 손가락이 얼굴에 닿기 직전, 함은 칼로 자르듯 말했다.

"멈춰."

시오네의 손가락은 함의 말을 따르듯이 공중에서 멈췄다. 그러나 시오네는 그 손가락을 거두어들이지 않고, 이제 위쪽으로 천천히 움직여갔다.

시오네의 검지는 함의 얼굴에서 손가락 한 마디 정도의 간격을 둔 채 천천히 위로 올라갔다. 마치 그의 얼굴 윤곽을 만지듯. 함이 끓어오르는 분노를 참으며 시오네를 쏘아보고 있는 가운데, 이마까지 올라갔던 손가락은 다시 천천히 아래로 내려왔다. 시오네는 함의 얼굴을 양쪽으로 쪼개듯이 얼굴 가운데를 따라 손가락을 움직였다.

턱을 지난 손가락은 이제 목까지 내려왔다. 함의 목울대 바로 앞에서 시오네의 손가락은 멈춰 섰다. 함은 자신도 모르게 침을 삼키고는 그런 자신에 대해 화를 냈다. 하지만 함의 목 바로 앞에 위치한 시오네의 검지는 그로 하여금 검으로 겨냥당한 듯한 기분을 느끼게 만들었다.

"뭐하는 짓이지?"

시오네의 깡마른 손가락에서 길쭉이 뻗어나온 손톱은 그대로 함의 목울대를 꿰뚫어버릴 것 같았다. 하지만 함은 시오네가 그 손가락이 아니라 자신의 두 눈을 바라보고 있음을 깨달았다. 함은 그 두 개의 퀭하고 어두운 눈을 마주보며 말했다.

"무슨 의미지."

시오네는 여전히 함의 목을 겨냥한 채 메마르게 말했다.

"너를 만지고 싶군, 장군."

"용납하지 않아."

"내가 조금 전에 너의 얼굴을 만진 것 같은가? 천만에. 나는 네가 죽은 뒤, 너의 얼굴이 썩고 그 아래 근육까지도 사라진 다음에 나타날 말끔하게 육탈된 너의 해골을 짐작해 본 거야. 단단하고, 텅 비고, 무표정한. 네가 멋대로 사용하여 세상을 왜곡했던 두 눈이 있던 자리에는 텅 빈 두 개의 구멍. 그리고 그 구멍 너머로는 네 추억을 지녀 너를 구성하던 뇌가 담겨 있던 빈 공간이 보이겠지. 자신도 제대로 알지 못하는 단어들을 말하고 맛있는 음식과 뒤섞여 즐겁게 움직이던 혀는 사라져 절대로 거짓을 말하지 못하게 된 턱뼈만이 남겠지."

함은 말없이 시오네의 눈을 쏘아보았다. 내 눈에는 네가 해골로 보이는데.

"그때도 나는 지금과 같은 모습일 거야. 어쩌면 난 너의 해골을 쓰다듬어 볼 기회를 가질지도 모르지. 지금은 용납하지 않으니 뭐니 하던 그 고약한 혀도 없어지고 나서, 나는 네 해골의 바깥뿐만 아니라, 살아 있는 동안에는 네 아내뿐만 아니라 너 자신조차도 만질 수 없던 네 해골의 안쪽도 만질 수 있을 거야. 네 커다란 눈 구멍 안쪽으로 손가락을 집어넣어 뇌가 붙어 있던 자리를 더듬어볼 수 있겠지. 재미있다고 생각되지 않나? 네 해골의 안쪽이 어떤 느낌일지 궁금하지 않아?"

함은 갑자기 스멀거리는 듯한 기분을 느꼈다. 뼈마디가 툭툭 불거진 시오네의 손가락이 자신의 눈을 뚫고 들어와 얼굴 안쪽, 그 자신의 해골 안쪽을 천천히 더듬는……. 함은 욕지기를 참기 위해 숨을 깊이 들이마셨다.

"말릴 순 없겠군. 죽고 나서는 어쩔 수 없으니."

"죽고 싶니?"

"뭐라고?"

"정말 죽고 싶으냐고. 정말 이 세상에서 사라지고 싶으냐고. 정말 아무도 너를 기억 못하게 될 때까지, 그래서 네가 마치 처음부터 없었던 사람처럼 될 때까지 시간이 내처 흐르도록 내버려두고 싶으냐고."

"그건 누구에게나……."

"네게 묻는 거야! 대답해!"

함은 시오네의 얼굴을 바라보았다. 그 얼굴이 시야를 가득 메우고 있는지라 달리 다른 곳을 볼 수도 없었다. 그런 상태에서 함은 대답했다.

"죽고 싶다."

뱀파이어는 아무 말도 하지 않은 채 기다렸다. 함은 목 앞을 감돌고 있는 시오네의 손가락을 잊어가며 말했다.

"태어났기에 어쩔 수 없이 죽는 것이 아니다. 죽어야 하기에 죽는 것이다. 나는 죽고 싶다."

"죽여줄까."

"싫다."

"문지방에 서 있는 고양이만큼의 지능도 없는 인간 같으니. 들어서지도 않고, 나가지도 않고."

함은 고양이를 길러보았기 때문에 시오네의 말을 알아들을 수 있었다. 하지만 시오네는 언제 고양이를 길러본 것일까? 문지방에 서서 방 안을 물끄러미 바라보는 고양이의 모습은 개는 보여주지 않는 독특한 모습이다.

"그런 건 아냐."

"그럼 뭐지."

"죽음은 약속되어 있는 것으로 충분하다. 가장 마지막에 받을 가장 큰 선물이지. 그리고 그 선물을 받고 나면 더 이상 다른 선물은 받지 못한다. 그렇기에 보다 많은 선물을 받은 다음 죽음을 받으려는 거야."

함은 자신의 말이 어딘지 모르게 루트에리노 대왕의 유명한 말과 비슷하다고 생각했다. '죽음은 약속된 휴식.' 시오네는 가멸찬 미소를 지으며 말했다.

"죽음이 선물이라고? 장군이여. 전쟁터에 널브러진 시체들에게 그렇게 말해 보겠나?"

"나는 그들에 대해 슬퍼하고 눈물 흘릴 것이다. 하지만 그것은 그들의 죽음 때문이 아니라 그들이 끝내 가지지 못한 삶의 다른 부분들에 대해 슬퍼하는 것이다. 죽음은 슬플 것이 하나도 없다."

시오네는 고개를 갸웃했다.

"죽음이 슬프지 않다고?"

"상실된 삶에 슬퍼할 뿐이다."

"같은 거야."

"다르다."

시오네는 몸을 일으켰다. 함은 무성의하게 끝나 버리는 대화에 아쉬움을 느꼈지만, 시오네가 떠나는 것에 대해서는 환영의 의사를 가지고 있었다. 그래서 시오네가 일어서기만 했을 뿐 발걸음을 돌릴 낌새를 보여주지 않자 눈살을 찌푸리며 그녀를 올려다보았다.

"뭐지?"

"네가 들으면 어떻게 반응할지 알 수 없는 뉴스가 하나 있어."

"말해 봐."

"데스나이트에 대해서 아나?"

"알고 있다만."

"그들이 부활했다."

함은 하마터면 벌떡 일어날 뻔했다. 조금 들어올렸던 몸을 다시 어색하게 아래로 내리며 함은 시오네의 얼굴을 똑바로 올려다보았다.

"그게 무슨 소리지?"

시오네는 함의 표정을 하나도 놓치지 않겠다는 듯이 그의 얼굴을 똑바로 바라보며 낮은 목소리로 말했다.

"말 그대로야. 데스나이트들이 부활, 현재 켄턴 시를 공략중이야."

"그들이 어떻게? 솔로처가 그들을 영원히 잠재운 것이 아닌가?"

"아, 그 이름이 나왔으니 말인데, 현재 켄턴은 솔로처의 지휘 아래 데스나이트들을 상대로 농성하고 있어."

이번에는 되물을 기분도 들지 않았다. 함은 시오네의 얼굴을 뚫어지게 바라보았다. 하지만 저 뱀파이어의 얼굴은……, 사람과 똑같은 얼굴이지만 그 표정은 사람의 표정이 아니다. 함은 그 얼굴에서 아무것도 알 수 없었다.

"농담으로는 어울리지 않는데. 은유로는 더 이상하고."

"내 말은 모두 사실이야. 하탄에게 먼저 보고해야겠지만 닐림의 날개로 가는 길에 네게 먼저 말해 주는 것이지."

"믿어야 되는 건가?"

"응."

함은 다시 입을 다물었고 시오네는 꼼짝도 하지 않은 채 함을 바라보았다. 이해할 수 없는 말에 꽤나 당황한 함은 한참 후에야 평범한 말한 마디를 겨우 할 수 있었다.

"다크사이드인 데스나이트들이라면 부활할 수 있을지도 모른다. 하지만 솔로처가 어떻게? 누군가가 그를 부활시켰단 말이냐?"

"아니. 그냥 일어났어. 켄턴의 시민들은 데스나이트가 부활하자 그를 저지하기 위해 솔로처도 부활했다는 식으로 여기고 있는 것 같던데. 유피넬의 저울은 길고, 헬카네스의 추는 무겁다고들 하지."

"신의…… 역사란 말인가?"

"지금 뱀파이어에게 신학에 대해 묻고 있는 거라면 나는 너를 머저리로 판정해 주겠어."

"알았어."

"더 있어."

"또 뭐?"

"솔로처를 돕고 있는 세 명의 기사가 있어."

"세…… 명의 기사?"

"장미의 기사단의 영원한 전설. 모든 기사들로 하여금 최고의 명마 위에 앉아서도 꿈꾸는 듯한 시선으로 하늘을 바라보게 만든 자들. 흐음. 이런 이름들이 따라다니지."

함은 자신의 입을 믿을 수 없었다. 그의 입은 그 스스로도 억제할 수 없이 말을 꺼내고 있었던 것이다.

"천공의 3기사?"

3

케이트는 조용히 고개를 떨구었다. 고요한 예배당을 감도는 공기 속에는 은은한 초 내음과 나무 내음, 그리고 뭐라 말할 수 없는 건조한 향기가 감돌고 있었다. 창문을 통해 비스듬히 떨어지는 햇살은 케이트의 앞머리에 부딪혀 눈을 부시게 만들었다. 조용한 오후였고, 케이트는 충만한 신앙심 속에서 경건하게 기도하기 시작했다.

"독수리와 영광의 아샤스여."

다이앤은 하마터면 신음 소리를 낼 뻔했다. 이곳은 레티의 수도원인 것이다. 그러나 케이트는 천연덕스럽게 말했다.

"독수리 한 마리만 보내주세요. 저도 천공의 기사가 되고 싶어요."

다이앤은 황급히 케이트의 입을 틀어막고 싶었다. 하지만 그녀는 예배당에서 기도 중인 소녀의 입을 틀어막는 것이 과연 옳은 일인지 갈피를 잡을 수 없었다. 케이트는 그 와중에도 계속 중얼거렸다.

"이왕이면 냄새가 덜 고약한 독수리였으면 좋겠어요. 저는 썩는 냄새가 싫어요. 아, 기사들은 고행을 한다지요? 음……, 좋아요. 그 냄새를 참고 견디겠어요. 그 독수리에게 부끄러움을 가르치겠어요. 파란 비누로 그 독수리를 씻겨주겠어요."

오로지 다이앤만이 이것이 얼마나 파격적인 제안인지 깨달을 수 있었다. 케이트가 거론하는 파란 비누는 다이앤이 선물한 것이었다. 좋아서 어쩔 줄 몰라하며 그것으로 몸을 씻던 케이트는 그것이 닳는다는 것을 알고는 기절할 듯이 놀라버렸고, 그 이후로는 다이앤이 아무리 성화를 부려도 절대로 사용하지 않은 채 보관하고 있었다.

아샤스여. 다이앤은 눈을 질끈 감은 채 중얼거렸다. 그래도 저 애는 거래에 임하는 자세가 되어 있어요. 그렇잖아요?

케이트의 기도는 켄턴 시에 불고 있는 흥미롭고도 낭만적인 기류를 웅변적으로 나타내고 있었다. 천공의 기사들은 켄턴의 유소년들의 폭발적인 열광을 불러일으키고 있었으며("애야. 장래에 뭐가 되고 싶으니." "천공의 기사요!"), 이 도시의 전도유망한 청년들로 하여금 은밀한 경외감 속에 괴로워하게 하고 있음과 동시에("이보게, 기사가 되고 싶은 겐가?" "천공의 기사들 때문은 아닙니다. 저는 원래 거기에 관심이 있었습니다!"), 켄턴이 자랑할 만한 숙녀들로 하여금 시력 저하의 오해를 받게 만들고 있었다("저것 봐! 무스타파 경이 날 봤어!" "아닌 것 같은데? 음. 왜 나를 보고 계실까." "너 눈이 어떻게 되었니?").

다이앤은 한숨을 내쉬었다.

"케이트 아가씨. 그래서는 안 돼요."

거룩한 자세로 기도 중이던 케이트는 살짝 고개를 돌려 다이앤에게 새침한 표정을 보냈다. 다이앤은 낮게 속삭였다.

"이곳은 레티의 수도원이에요. 이곳에서 아샤스께 드리는 기도를 해서는 안 되는 거예요."

"레티와 아샤스는 서로 사이가 나빠요?"

"아니! 그런 문제가 아니에요. 세탁장에서 빵을 굽고 목욕탕에서 바느질을 해서야 되겠어요? 안 되겠죠? 레티의 수도원에는 레티를 만나기 위해서 찾아오는 거예요. 알겠어요?"

케이트는 미간을 찌푸린 채 다이앤의 말을 곰곰이 생각해 보았다. 잠시 후 그녀는 고개를 끄덕였고 그 모습을 보며 다이앤은 미소를 지었다. 케이트는 다시 고개를 숙이고는 엄숙하게 말했다.

"라고, 아샤스께 전해 주세요. 레티 님."

아아, 레티 님! 다이앤은 다시 눈을 감고 말았다. 저 애는 합리적이에요, 그렇죠?

기도를 마친 케이트와 다이앤이 예배당을 나서자 신학에 커다란 관심이 없는 사람이라면 누구든지 연병장이라고 불러줄 만한 마당이 나타났다. 일개 수도원에 필요한 마당으로서는 지나치게 넓으며 동시에 지나치게 반반하게 손질되어 있는 이 마당에서 레티의 수련사들은 그들의 기도를 올리고 있었다.

"어깨에 힘 빼! 허리로 쳐라, 허리로!"

"네가 휘두르는 것이 아니다, 레티께서 휘두르는 것이다! 너를 잊어!"

저 말에서 레티를 '네 애인'으로 바꾼다면 여느 군대의 고참 하사관이 외치는 말과 특별히 다를 바도 없을 것이다("애인 손목을 쓰다듬듯 부드럽게 검을 쥐어라!"). 가벼운 차림을 한 채 줄을 맞춰 검을 휘두르고 있는 수련사들의 모습은 이 도시에서 자라난 케이트나 다이앤이 보기엔 별로 독특한 장면이 아니었다. 그런데 다이앤은 수련사들의 앞쪽에 서 있는 몇몇 프리스트들(다이앤은 하사관, 혹은 조교라고 생각했다.)이 외치는 고함 소리에 이전에는 듣지 못했던 말들이 섞여 있는 것을 깨달았다.

"레티께 맹세코, 이 멍청한 놈아! 넌 수련사다. 천공의 기사가 아니야! 적을 경배하지 말고 검을 경배해라!"

저게 무슨 뜻일까? 다이앤은 멍청히 선 채 프리스트를 바라보았고 그러자 어린애가 그렇듯이 금방 집중력을 잃어버린 케이트는 수련사들을 구경하기 시작했다. 프리스트에게 꾸지람을 들은 수련사 역시 당황한 표정으로 프리스트를 바라보았다.

"저, 그게 무슨 뜻입니까?"

프리스트는 붉으락푸르락하는 얼굴로 수련사를 바라보았지만 다행히도 군대였다면 일어날 일은 벌어지지 않았다. 즉, 수련사의 무릎을 걷어차지는 않았다는 뜻이다. 대신 프리스트는 노한 기색이 완연한 얼굴로 낮게 말했다.

"네 상대는 적이 아니라 검이다. 적을 상대로 삼으면 네가 보통 칼잡이와 다를 바가 뭐냐? 칼잡이는 적을 가장 증오하며, 결국 칼잡이는 적을 사랑한다. 하지만 너는 프리스트다. 네가 가장 두려워하고 동시에 가장 큰 사랑을 바쳐야 되는 것은 네 칼이다. 알겠냐?"

"아……, 저, 그런데?"

"이놈!"

군대야. 다이앤은 고개를 살짝 돌리며 인정했다. 걷어차인 무릎을 감싸 쥔 채 깡충깡충 뛰고 있는 수련사를 향해 프리스트는 격노한 목소리로 외쳤다.

"그렇게 적을 쪼갤 듯이 검을 휘두르지 말란 말이다! 검이 힘들다. 엉! 검이 힘들어한단 말이다!"

케이트는 다이앤의 치맛자락을 잡아당겼다.

"다이앤, 저게 무슨 말이에요? 칼이 힘들어한다고요?"

다이앤은 고개를 돌려 케이트를 바라보다가 걸음을 재촉하며 말했다.

"마차에 올라가서 이야기하시죠, 케이트 아가씨. 기다리시지 않습니까."

다이앤이 가리키는 방향을 보던 케이트는 고개를 끄덕였다. 마당 한 켠에 서 있는 마차 위의 마부석에는 도대체 잘못 배치한 것으로밖에 보이지 않는 마부가 근엄한 얼굴로 케이트와 다이앤을 기다리고 있었다. 케이트는 마차를 향해 종종걸음으로 달려가며 말했다.

"딤라이트 겨어엉! 많이 기다리셨어요?"

케이트는 마차로 달려가며 외쳤다. 딤라이트는 가볍게 고개를 돌렸다.

"아닙니다, 레이디 케이트. 오르시지요."

케이트는 딤라이트의 말을 따랐지만, 딤라이트와 다이앤 모두 예상치 못한 방식으로 마차에 올랐다. 마부석에 뛰어올라 딤라이트의 옆에 앉은 케이트는 헤헤 웃으며 딤라이트를 바라보았다. 당황한 딤라이트는 잠시 케이트를 바라보다가 말했다.

"레이디 케이트, 마차 안에 타십시오."

"싫어요. 나도 여기 타고 싶어요. 안쪽은 갑갑해요. 다이앤! 다이앤도 여기 앉아요. 저기, 반대쪽에 앉으면 되겠네요."

상당한 잔소리를 늘어놓으려고 마음먹고 있던 다이앤은 케이트의 이 제안에 재빨리 말을 삼켰다. 그러고는 '철없는 주인 때문에 몹시 속이 상하지만 아랫사람의 입장으로 주인의 명령을 따르지 않을 수도 없으니 양해해 달라.'는 상당히 긴 내용이 담긴 짧은 표정을 지어보이고는 재빨리 마부석에 올랐다. 딤라이트는 순식간에 케이트와 다이앤에게 포위되어 버렸다. 난처한 표정으로 좌우를 둘러보던 딤라이트는 빙긋 웃고 있는 다이앤의 얼굴을 보게 되었다. 만약 이 자리에 앉은 것이 딤라이트가 아닌 무스타파였다면 다이앤의 표정은 단숨에 해석되었을 것이다.

'2대 1이에요. 물론 기사님께서는 200대 1이라도 물러서지 않으시겠지만, 어때요. 항복하시죠?'

물론 딤라이트는 무스타파가 아니었지만 더 이상의 항변이나 권고는 그다지 소용이 없을 것 같다는 점은 짐작할 수 있었다. 그래서 딤라이트는 애꿎은 말에게 화풀이를 했다.

"이랴!"

말들이 발을 떼고, 마차 바퀴가 굴러가기 시작했다. 케이트는 환호를 지르고 싶었지만 수도원 안에서 떠들면 안 된다는 것 정도는 알고 있었다. 그래서 케이트는 마차가 수도원의 정문을 통과할 때까지 기다렸다가 환호를 지르는 재치를 발휘했다.

"야아아!"

딤라이트는 미소 띤 얼굴로 케이트를 돌아보았다. 케이트는 팔을 휘두르며 환한 얼굴로 말했다.

"더 빨리 달려요, 더 빨리!"

"절대로 안 됩니다, 레이디 케이트."

"히이잉! 조금만 더 빨리. 예? 조금만!"

딤라이트는 근엄한 얼굴로 고개를 가로저었다.

"이것은 전차가 아닙니다. 지금도 충분히 빠릅니다. 말들을 괴롭힐 필요는 없습니다."

케이트는 딤라이트를 향해 입술을 비죽거려 보이고는 다시 옆을 바라보았다. 간신히 말할 기회를 잡은 다이앤은 다소곳하게 말했다.

"딤라이트 님. 수도원에 들르신 일은 어떻게 되셨는지요?"

"예. 원장님께 좋은 말씀을 많이 들었습니다."

"중요한 업무가 있으실 텐데도 케이트 아가씨와 저를 동반해 주신 것, 다시 한번 감사드립니다. 저희들 때문에 기사님께서 이렇게 마부처럼……."

"아니오. 괜찮습니다. 이것은 제 의무입니다."

"예?"

"기사의 의무 말입니다."

"아아, 예."

딤라이트는 기사다. 그렇기에 모종의 상담을 위해 레티의 수도원장을 찾아오는 길이라 하더라도 그 길에 두 명의 레이디가 동행하고 싶어 한다면 말 대신 마차를 몰 수도 있는 것이다. 다이앤은 딤라이트가 말에 타지 못해서 불쾌해할 거라고 생각했지만 실상과는 전혀 달랐다.

"검이 힘들다는 것은 무슨 말이지요?"

케이트는 고개를 돌려 딤라이트에게 질문했다. 딤라이트는 앞을 본 채로 대답했다.

"검이 힘들어할 까닭이 있습니까. 쇠붙이인데요."

"아까 프리스트님이 그러던데……."

"그것은 마치 그럴 거라고 생각하라는 말씀일 겁니다."

"예?"

마차 바퀴는 잘 정리된 흙길 위에 뽀얀 먼지를 피워올리며 굴러갔다. 길 양편으로 흐드러진 풀잎 속에는 늦은 봄꽃들이 나그네의 코를 자극하는 향기를 피워올리고 있었다. 딤라이트는 내키지 않는 듯, 그러나 막힘 없는 말투로 설명했다.

"검을 경배하라는 말도 들으셨을 겁니다. 이런 예를 생각해 보시면 이해에 도움이 되시지 않을까 여겨집니다. 가느다란 갈대 줄기와 철봉, 양자 중에서 어느 것을 마음대로 휘두를 수 있겠습니까. 물론 갈대 줄기가 가벼운 만큼 훨씬 쉽게 휘두를 수 있습니다. 하지만 마음대로 휘두를 수 있는 것은 철봉입니다. 갈대 줄기의 경우 어딘가에 부딪히기라도 하면 당장 부러질 테니까요. 검이 힘들어할 거라고 생각하라는 말은, 검이 어딘가에 부딪히면 부러질 거라고 믿는 것처럼 소중하게 다루라는 말입니다."

"왜요? 칼이 잘 부서지나요?"

"서툰 대장장이가 아무렇게나 만든 검이 아닌 바에야 검이 부러지는 경우는 잘 없습니다. 하지만 검이 부러질 거라고 생각하게 되면 검을 쥔 손이 조심스러워지고 그 행동이 조심스러워질 겁니다. 쓸데없는 동작이나 자신의 균형까지도 해치는 큰 동작이 없어지겠죠. 레티의 프리스트께서는 대략 그런 뜻으로 말씀하신 것 같습니다. 저희들과는 조금 다르군요. 기사들이 견습 기사들을 가르칠 때는 검을 마음대로 뿌리라고 말합니다. 사람이 낼 수 있는 가장 큰 파괴력은 아무런 잡념도 없는 마음에서 오로지 간절한 염원만으로 무의식중에 내는 힘입니다. 수레에 깔린 아이를 구출하기 위해 수레를 번쩍 들어올리는 어머니의 경우가 좋은 예가 되겠지요. 잡념이 섞이면, 그러니까 내가 상대를 이길 수 있을까, 이 자를 벨 수 있을까, 피하고 나를 때리면 어쩌나 등의 생각을 하며 검을 휘두르는 기사는 그 검끝이 흔들리고 동작이 흩어집니다. 검은 마음을 표현하며 흔들리는 검끝은 흔들리는 마음과 같은……, 레이디 케이트?"

딤라이트는 잠시 고삐를 내려놓고는 망토를 풀어 케이트를 덮어주었다. 케이트는 조금 뒤척거리다가 다시 깊은 잠에 빠져들었다.

그 모습을 보던 다이앤은 살짝 웃었다.

"기사님, 대단하세요! 그 재주를 배웠으면 좋겠어요. 케이트 아가씨를 재우는 것이 얼마나 어려운지 아세요?"

딤라이트는 별 대답 없이 고개만 살짝 끄덕였다. 왠지 어울리지 않는 농담을 해버린 기분을 느낀 다이앤은 다시 앞을 돌아보았다. 두 사람 사이에 묵직한 고요가 내려앉았고 말발굽 소리와 바퀴 소리는 그런 두 사람을 비웃듯이 짜랑짜랑하게 울려퍼졌다.

"저, 무례한 질문일지도 모르겠습니다만, 무슨 말씀을 나누셨나요?"

이 하녀는 왜 기사의 일에 신경을 쓰는 걸까. 딤라이트는 조금 불쾌감을 느꼈지만 몸에 밴 예절은 다이앤의 질문에 대답할 것을 요구하고 있었다. 그것도 당장.

"제 거취에 대한 조언을 얻고자 했습니다."

"거취요?"

"아시겠지만, 저는 죽은 자입니다."

다이앤은 조금 창백해진 얼굴로 고개를 끄덕였다. 하지만 딤라이트는 여상스럽게 말했다.

"이 시대에 잘못 던져진 자로서 살아가는 방법에 대해 여쭤보았습니다."

"그래서……, 원장님께서는 뭐라고 하시던가요?"

"특별한 말씀은 없으셨습니다. 제 경우라는 것이 워낙 희귀한, 아니, 정확하게 말해서 사상 처음 일어난 일이기 때문에 비교하여 이해할 만한 다른 경우가 없습니다. 하지만 원장님께서 해주신 말씀 중에 한 마디는 기억에 남는군요."

"어떤 말씀인데요?"

"그건 모든 이의 고민이라고 하셨습니다."

다이앤은 고개를 갸웃했다. 이해하지 못한 것이라는 표정이 분명했지만 딤라이트는 더 설명하지는 않았다. 대신 딤라이트는 레티의 수도원의 약간 건조하기까지 한 원장실에서 그에게 조용히 이야기하던 수도원장의 모습을 떠올렸다.

'그것은 모든 자들의 고민이오.'

딤라이트는 고개를 가로저었다. 하지만 원장은 딤라이트가 말할 기회를 주지 않았다.

'아니, 무슨 말씀을 하실 것인지는 짐작하겠소. 당신과 당신 동료들의 경우가 유별나다는 것은 알아요. 그리고 내게는 당신이 겪은 것과 비슷하기라도 한 경험조차 해본 일이 없는 것도 사실이고. 하지만, 고귀한 기사여, 이 모자란 자가 보기에 모든 이가 한 번쯤은 당신과 같은 고민을 하오. 자신이 잘못된 시대에 던져졌다는 것.'

딤라이트는 처연한 눈으로 원장을 바라보았다. 원장은 눈을 내리감았다.

'딤라이트 경, 내가 해답을 줄 수 있을 거라고는 여기지 않겠지요. 핸드레이크라도 이런 질문에는 대답할 수 있을지 모르겠소. 이 시대는 당신을 부른 적이 없고, 당신은 이 시대를 찾아오고자 한 적이 없소. 그리고 안타깝게도, 그것은 모든 시대의 모든 이에게 마찬가지요. 은수저를 물고 태어난다는 말이 얼마나 허황된 말인지는, 당신 같은 성숙한 남자에겐 충분히 이해될 만한 말이리라 여겨집니다.'

'어떻게 해야 됩니까.'

딤라이트는 피로감이 느껴지는 무거운 목소리로 말했다. 원장은 고개를 가로저었다.

'모든 자들이 선택하는 방식을 따르라고 권하고 싶습니다. 걸어가시오.'

'저는 사라져야 할 자입니다. 이 땅 위를 걸을 수 없습니다.'

원장은 빙긋 웃었다.

'반갑구려. 사실은 나도 그렇소.'

딤라이트는 잠시 침묵한 다음 작별 인사를 해야 한다는 것을 떠올렸다.

딤라이트는 상념 속에서 빠져나오려 했지만 더 많은 상념이 그를 찾아올 뿐이었다. 수도원을 찾기는 했지만 별 기대는 없었다. 다만 차마 그의 동료들처럼 술과 전투에서 해답을 구할 수는 없었기에 수도원을 찾았을 뿐이다. 그런데 아무 기대 없이 찾은 수도원의 원장이 건넨 짧은 말이 그를 계속된 상념에 잠겨들게 했다.

'사실은 나도 그렇소.'

고민에 빠져버린 딤라이트의 얼굴은 다이앤으로 하여금 아무 말도 못 붙이게 만들었다. 그래서 다이앤은 레티의 수도원에서 성벽으로 돌아오는 긴 여정 동안 욕구 불만과 후회에 휩싸여 있었다. 차라리 케이트 아가씨를 데리고 마차 안으로 들어갈걸. 너무 불편해. 다이앤은 딤라이트의 건너편에서 곯아떨어진 케이트를 향해 눈을 흘기기까지 했다. 못된 아가씨, 괜한 고집을 피워 사람을 난처하게…….

"눈이 불편하십니까."

"아니오! 천만에요! 아가씨가 잘 주무시는지 걱정이 되어서요. 예, 그래서요."

"아아, 네."

딤라이트는 다시 입을 다물고 마차를 모는 일에만 관심을 집중시켰다. 그가 다시 입을 연 것은 마차가 퀜턴 성벽 가까운 곳의 갈림길에 접어들었을 무렵이었다.

"그레이!"

아무 말도 못하고 있던 다이앤은 숨통이 탁 트일 지경이었고 졸고 있던 케이트는 화들짝 놀라 일어나서는 주위를 두리번거렸다. 잠이 덜 깬 케이트는 왜 이곳이 침대가 아닌지 이상하게 여기는 얼굴로 눈을 깜박였다. 하지만 딤라이트는 상공을 바라보고 있느라 두 레이디에게 사과할 겨를이 없었다. 딤라이트는 노기가 충천한 얼굴로 외쳤다.

"그레이! 이봐, 그레이! 지금 뭐하고 있나!"

하늘에서 약간 당황한 듯한 목소리가 딤라이트의 질문에 대답해 왔다.

"어, 딤라이트?"

"어, 딤라이트? 자네 지금 '어, 딤라이트?'라고 말했나? 지금 뭐하는 거냐고 물었잖아!"

"보고 있는 대로의 일을 하고 있다네, 친구. 아, 소개하겠네. 이쪽은……, 그런데 아가씨 이름이 뭐더라? 아아, 클로디아! 클로디아 양을 소개하겠네."

딤라이트는 기가 막혀 말도 나오지 않는다는 표정으로 자신의 페가수스 헐스루인에 올라탄 처녀를 바라보았다. 클로디아라는 그 처녀는 약간 낭패스러워하는 표정으로, 그러나 웃으면서 딤라이트를 향해 고개를 끄덕여 보였다. 딤라이트는 분기탱천하여 말했다.

"만나뵙게 되어 영광입니……, 이게 아니고!"

어쨌든, 딤라이트는 기사다. 그래서 딤라이트는 '이것아, 왜 내 페가수스 위에 네 엉덩이를 걸치고 있는 거냐?'라고 말할 수는 없다.

"클로디아 양. 어떻게 해서 미거한 본인의 승용물에 귀하신 몸을 맡기게 되셨는지 궁금합니다만?"

클로디아는 뭐라고 대답하려 했지만 그때 그레이가 아래로 내려오기 시작했다.

"꽉 잡아요, 클로디아."

그레이는 킨 크라이에 탄 채 헐스루인의 고삐를 이끌고 있었다. 그래서 헐스루인은 그레이의 인도에 따라 부드럽게 땅에 내려섰다. 딤라이트는 미숙한 기수를 떨어뜨리지 않고 착륙한 헐스루인에게 애정 어린 시선을 보냄과 동시에 자신이 아닌 다른 자를 태운 데 대해서는 잡아먹을 듯한 시선을 보냈다. 그레이는 그런 딤라이트를 보다가 너털웃음을 터뜨렸다.

"어떻게 그렇게 복잡한 시선을 보내나?"

딤라이트는 마차에서 뛰어내리며 말했다.

"눈이 두 개니까. 길어도 좋고 짧아도 좋지만……."

"……앞뒤는 맞아야 하고 태도는 착실해야 된다, 이 말이지? 알았어. 착실하게 앞뒤가 맞는 변명을 하겠네."

하지만 그레이는 당장 변명할 수는 없었다. 딤라이트는 그레이의 말을 기다리지 않고 곧장 헐스루인을 향해 성큼성큼 걸어가서는 공손한 태도로 클로디아에게 손을 내밀었다. 클로디아는 잠시 당황한 눈으로 딤라이트가 내민 손을 바라보다가 퍼뜩 사태를 이해하고는 그 손을 붙잡고 아래로 내려섰다.

"고맙습니다."

"불편하시지나 않으셨는지 모르겠습니다. 비행은 익숙해지기 어려운 것이니까요."

딤라이트는 클로디아를 향해서는 절대로 무례한 시선을 보내지는 않았다. 하지만 고개를 돌려 그레이를 바라보는 딤라이트의 눈은 무례한 정도가 아니라 살기를 담고 있었다. 그레이는 머쓱한 표정으로 주절거리기 시작했다.

"아아, 글쎄. 참 신기하더라고. 만난 지 그렇게 오래된 것도 아닌데, 놀랍도록 서로 의사가 통하던걸? 클로디아 양은 재치 있고 상냥한 아가씨였어. 금상첨화로 미인이시고. 그래서 말이야. 음, 난 자네가 저기 어린 숙녀를 태우는 것을 보고는 클로디아 양을 헐스루인에 태워도 될 거라고 생각했지. 보라고, 항상 말한 거지만, 킨 크라이의 등은 너무 좁잖아. 그런 점에서 무스타파 녀석은 정말 좋을 거란 말이야. 아이라의 그 넓은 등이라면 일개 소대의 레이디를 태워도 될 걸."

딤라이트는 꼿꼿이 선 채 그레이를 쏘아보았다. 한 가지 분명한 것은, 그레이의 말은 앞뒤가 맞지도 않았고 말하는 태도도 그다지 착실하지는 않았다는 것이다. 그래서 딤라이트는 그레이에게 더 이상 다른 변명의 말을 기대하지 않은 채 몸을 돌려 클로디아를 바라보았다.

"레이디 클로디아. 저런 위험한 승용물에 오르시도록 방치한 점, 동료를 대신하여 사과드립니다. 마차에 오르십시오. 댁까지 모셔다드리겠습니다."

"예? 아, 아니에요. 기사님. 제 집은 가까워요. 저, 그리고 허락도 없이 타서 죄송합니다."

"천만에요. 대충은 짐작하고 있습니다. 그레이 휠드런 경은 쾌활한 사내니까요."

딤라이트가 말한 '쾌활한 사내'라는 말에 담겨 있는 속뜻은 케이트를 제외한 그 자리에 있는 누구에게라도 바로 이해될 수 있는 것이었다. 앞뒤 없고 경우 없고 무례하다는 뜻을 '쾌활하다'는 한 마디로 표현해 버리는 딤라이트를 보며 다이앤과 클로디아는 동시에 입가에 웃음을 머금었다. 그리고 그레이는 입매를 조금 뒤틀었다.

그러나 어쨌든 천공의 기사들의 우두머리였으니만큼 그레이는 클로디아가 사라지면 딤라이트가 어떻게 변할지 미리 짐작할 수 있었다. 그래서 그레이는 딤라이트와 클로디아가 작별 인사를 나누는 동안 재빨리 킨 크라이 위에 올라타면서 말했다.

"자, 딤라이트. 숙녀분들에 대한 용무가 끝나거든 어서 성벽으로 오게."

"성벽? 왜지?"

"빛의 탑에서 샌슨 경이 보낸 사람이 도착했네. 우리의 늙은 친구는 그자가 가져온 것을 보고는 지팡이 없이도 하늘을 날겠다는 듯이 펄쩍 뛰더군. 자네도 보고 싶겠지?"

"곧 가겠네."

그러나 잠시 후 딤라이트가 켄턴 성벽 위에 몸을 나타냈을 때는 두 명의 레이디를 동반한 모습이었다. 내가 가고 싶은 곳은 어디든 간다고 주장하는 듯한 얼굴의 케이트와, 케이트 아가씨가 가는 곳은 어디든 간다고 주장하는 듯한 얼굴의 다이앤이 딤라이트의 좌우에 붙은 모습으로 함께 나타났던 것이다. 그레이는 그런 딤라이트를 몰상식한 시선으로 바라보며 '전선에까지 여자를 끌고 다니냐'는 둥의 악의 없는 농담을 퍼부어 댔지만 딤라이트는 고지식하게 그 말을 그대로 받아들이고는 얼굴을 벌겋게 물들이며 항변했다.

"유일하고도 가장 순수한 기쁨을 내게 주는 기사도에 비춰볼 때 내 행동 그 어느 곳에라도 부끄러움의 소지가 있다고는……."

"딤라이트, 시끄럽소. 조금만 더 기다렸다가는 난 미쳐버리고 말 것 같은데."

솔로처는 옆을 가리켜 보이며 그렇게 말했다. 거기에는 길게 땋은 머리 위로 묘한 모양의 서클릿을 끼고 조끼와 망토를 제멋대로 착용한 사나이가 서 있었다. 그는 엄격한 얼굴을 한 채 공손히 내민 두 손에 작은 상자 하나를 받쳐들고 있었다. 그 사내는 다른 사람에게선 찾아볼 수 없는 특이한 재능의 소유자였는데, 놀랍게도 세 가지 방식으로 윙크를 할 수 있는 능력을 가지고 있었다. 왼쪽 눈을 감거나, 오른쪽 눈을 감거나, 아니면 미간 조금 위에 달린 가운데 눈을 감거나.

딤라이트는 그 세 개의 눈을 바라보고는 놀라버렸지만 그런 와중에도 자신의 떳떳함을 만천하에 공표하려 했다. 그러나 누구보다도 그의 원군이 되어줘야 했을 케이트가 그를 배신했다. 케이트는 뽀르르 달려가서는 감탄한 표정으로 사나이를 올려다보았던 것이다. 반면 다이앤은 기겁한 표정으로 딤라이트의 등 뒤로 숨어버렸다. 솔로처는 빙긋 웃으며 사내를 소개했다.

"빛의 탑에서 날아오신 시몬슬 군이오. 내 물건을 가지고 왔지."

시몬슬이라 불린 마법사는 싱긋 웃었다. 케이트는 입을 쩍 벌린 채 말했다.

"눈이…… 세 개네?"

시몬슬은 히죽 웃으면서 세 개의 눈동자를 한곳으로 모아 보였다. 케이트는 까르르 웃었지만, 그 모습을 보며 침착할 수 있는 것은 솔로처와 케이트뿐이었다. 무스타파와 그레이조차도 모여서 이야기를 나누는 분위기라고는 생각하기 어려울 정도로 시몬슬에게서 거리를 두고 있었다. 주리오 시장이나 히든보리 사집관 역시 마찬가지였다. 그러나 딤라이트는 척척 걸어가서는 손을 내밀었다.

"반갑습니다. 일스의 딤라이트라고 합니다."

시몬슬은 딤라이트의 손을 마주 쥐었는데 그 동작에는 딤라이트도 조금 놀랐다. 시몬슬이 상자를 내버려둔 채 딤라이트와 악수했음에도 상자는 아래로 떨어지지 않았던 것이다. 솔로처는 후학의 이런 잔재주를 웃음으로 무시해 주었고 시몬슬은 유쾌하게 말했다.

"남보다 많은 눈이지만 이런 광경을 직접 보리라고는 상상도 못했습니다, 천공의 기사님."

"그 눈은?"

"아아, 양초 값이 아까워서 불 켜지 않고도 책을 볼 수 있도록 인프러비전의 눈을 하나 이식했지요."

솔로처는 그쯤에서 끼어들기로 마음먹었다.

"자, 시몬슬 군. 그 물건을 이리 주겠나?"

시몬슬은 경의가 어린 동작으로 까마득한 사조에게 상자를 건네었다. 물론 마법으로 건네는 무례한 짓을 하지는 않았다. 시몬슬은 두 손으로 정중하게 상자를 내밀었다. 솔로처가 그 상자를 받아들자 시몬슬은 감개무량한 표정으로 상자를 바라보며 말했다.

"300년 만에 주인에게 돌아가게 되었군요. 솔직히 저희들은 이런 것이 있다는 것까지 잊고 있었습니다. 루조차도 이것이 있다는 것은 기억하고 있었지만 어디에 있는지는 떠올리지 못했습니다. 빛의 탑의 모든 마법사와 견습생이 총동원되어 간신히 찾아냈지요."

"당연하지. 내가 있던 시절과 마찬가지라면 지금쯤 빛의 탑은 더 이상 층수나 벽으로 구분할 수 없는 지경으로 뒤죽박죽이 되어 있을걸."

"말씀하신 대로입니다."

"열어보고 싶은 생각은 없던가?"

시몬슬은 계면쩍게 웃었다.

"그런 생각을 떠올리지 않은 마법사가 있다면 그 친구는 빛의 탑에서 쫓겨날 녀석이지요. 하지만 루가 조언해 주었습니다. 무지개의 솔로처가 맡긴 상자를 감히 열어보고 싶어 하는 자가 있다면, 그자는 트롤보다도 저조한 지성의 소유자일 거라고 하더군요."

"그 조언을 받아들인 것은 잘했네. 하지만 조금 있으면 후회할 걸세."

시몬슬은 세 개의 눈을 모두 커다랗게 떴다. 하지만 그가 뭐라고 말하기 전에 케이트가 먼저 솔로처의 손에 들린 상자를 보며 물었다.

"이게 뭐예요, 대마법사님?"

솔로처는 늙은 얼굴을 온통 찡그리며 함빡 미소를 지었다.

"하하하, 키티 데시. 이것은 말이다, 내 스승님께서 내게 남겨주신 선물이지."

그레이는 눈을 껌뻑거렸다.

"핸드레이크 님께서 남긴 물건이라는 말씀이십니까?"

"그렇소. 그레이. 이 시대는 모르겠지만, 적어도 당신네들은 핸드레이크와 열두 드래곤의 노래를 들어보았겠지?"

그레이는 고개를 끄덕였고 주리오 시장도 고개를 끄덕였다.

"솔로처 님. 그 노래는 아직까지도 불리고 있습니다."

"그런가. 이 물건은 그때의 증거품이오. 전리품이라고도 할 수 있고."

사람들은 감탄한 표정을 지었다. 하지만 시몬슬과 히든보리가 얼굴에 떠올린 표정은 그중에서도 압권이었다. 히든보리 사집관의 얼굴을 본 솔로처는 그가 상자 안의 물건이 뭔지 곧장 짐작해 냈다는 것을 알아차렸다. 솔로처는 짓궂어 보이는 미소로 말했다.

"히든보리, 짐작하겠소?"

히든보리는 기쁨을 주체할 수 없다는 표정으로 어깨를 떨고 있었다.

"맙소사. 그 물건이 제가 짐작하는 것이라면, 데스나이트들은 이제 가장 어울리는 짝을 만나버린 것 같군요! 아니, 정정하겠습니다. 데스나이트들은 이제 그들 자신도 공포, 절망, 어둠을 느낄 수 있다는 것을 알게 될 겁니다."

시몬슬의 경악도 히든보리에 못지않았다. 그는 더듬거리며 말했다.

"소, 소, 솔로처 님. 진짜 그겁니까? 예? 정말로 그것이……."

"그렇네."

"오, 맙소사. 열어볼걸!"

"후회할 거라고 했지? 자, 천공의 3기사 여러분. 데스나이트들에게 이 친구들을 소개해 줍시다."

솔로처는 그렇게 말하며 상자를 열었다.

딤라이트는 멀리 평원 위로 꿈틀거리고 있는 검은 안개를 바라보았다. 검은 안개에는 초점을 맞출 수 있는 부분이 전혀 없었다. 너무 짙고 너무 두터운 안개였다. 남달리 좋은 시력을 가지고 있는 천공의 기사였지만, 딤라이트는 그것을 바라보며 일그러진 환상을 보는 것 같은 기분밖에는 느낄 수 없었다. 그러나 조금 후 딤라이트는 뭔가 다른 것을 느꼈다.

"왠지 더 커진 것 같은 기분이 드는데."

무스타파는 가볍게 고개를 끄덕여 동감을 표시했다.

"그런 것 같군. 다가오고 있는 것 같다."

"우리들을 발견한 것일까."

"당연히 발견했겠지. 그레이와 병사들이 저렇게 소란을 부리고 있는걸."

무스타파가 가리킨 방향을 보던 딤라이트는 우울한 얼굴로 고개를 끄덕였다. 그레이는 퀜턴에서부터 끌고 나온 병사들을 정렬시키기 위해 분주히 노력하고 있었다. 아무것도 없는 황량한 벌판 위, 게다가 데스나이트들의 검은 안개가 지척에서 꿈틀거리고 있는 곳에서 병사들이 절도를 지켜 조용히 있는다는 것은 불가능했다. 그들은 계속 불안스럽게 몸을 움직였고 자신도 모르게 조금씩 뒷걸음질을 치고 있었다.

그러나 그레이는 마침내 만족할 만한 수준으로 병사들을 정렬시키는 데 성공했다. 이마의 땀을 닦아낸 그레이는 우쭐한 표정으로 손을 들었다.

"자아, 친구들. 내가 손을 내리면 시작하는 겁니다. 준비 됐죠?"

"됐습니다!"

병사들은 일단 씩씩하게 대답했고 그 대답을 들으며 그레이는 함박웃음을 지었다. 팔짱을 낀 무스타파와 시선을 내리깐 채 곤혹스러워하는 딤라이트가 바라보는 가운데 그레이는 힘차게 손을 내렸다.

병사들은 노래를 부르기 시작했다.

"약속된 파멸을 내재한 창조여! 하나된 허무로 회귀할 만물이여! 레티의 검 아래 스러진 것들에 남겨질 이름은 없다! 파멸의 레티여!"

그레이는 신들린 듯이 지휘해 댔고 이미 그 악랄한 박자 무시와 처절한 음정 무시로 높은 위명을 획득하고 있던 켄턴 경비 대원 합창단은 바락바락 노래를 불러대었다. 그러자 꿈틀거리고 있던 검은 안개 안에서도 거친 노랫소리가 터져나왔다.

"얼얼어어붙붙은은 마마음음! 핏핏빛빛 깃깃발발! 데데스스나나이 이트트의의 율율법법!"

"막상 막하야."

솔로처는 그렇게, 상당히 생략되었지만 주위 사람들 대부분이 이해할 수 있는 말을 툭 던지듯이 말하고 나서 시몬슬에게 몸을 돌렸다. 시몬슬의 손에 맡겨두었던 상자를 물끄러미 바라보던 솔로처는 낮게 말했다.

"빼돌린 거 다 내놓게."

시몬슬은 그만 울음을 터뜨릴 듯한 표정이 되어 솔로처를 보았다. 하지만 솔로처는 겨울 들판의 소나무보다 더 냉엄한 얼굴을 하고 있을 뿐이었다. 시몬슬은 안간힘을 다 써서 말했다.

"소, 소, 솔로처 님. 다시는 회수하지 못합니다……."

"알고 있어."

"이런, 이런 귀한 재료는 두 번 다시는 못 구할 거, 겁니다. 제발, 후학들을 위해서 하나나 두 개만 남겨주십시오. 이렇게 많잖습니까?"

시몬슬은 세 개의 눈 모두에 간절한 염원을 담은 채 솔로처를 바라보았다. 하지만 솔로처는 피식 웃었다.

"내놔."

시몬슬은 어깨를 축 늘어뜨리고 바지 주머니 속에 손을 집어넣었다. 로터스 경비 대장이 흥미로운 시선으로 바라보는 가운데 시몬슬은 상자에서 슬쩍 빼냈던 것들을 꺼내놓았다.

그것은 날카롭고 단단하게 생긴 세 개의 이빨이었다. 보통 성인의 손가락보다도 더 큰 크기임에도 믿을 수 없을 정도로 예리하여 마치 나이프처럼 보였다. 솔로처는 시몬슬의 손에서 그것들을 주워들며 말했다.

"이런 걸 바지 주머니에 넣다니, 다리 안 아프던가?"

시몬슬은 마치 잔뜩 골이 난 어린애처럼 말했다.

"다리에 박혔더라도 하나도 안 아팠을 겁니다."

"그 상자는 일단 들고 있게. 이 세 개로 먼저 시험해 보지."

시몬슬의 눈이 번쩍 뜨였다. 그 변화무쌍한 표정을 보며 솔로처는 핏 웃어버렸다.

"그런 못된 손버릇을 구사하기 전에, 먼저 정중하게 요청했어야지. 마법사 아니랄까 봐 잔재주를 부릴 생각밖에 안 하나."

시몬슬의 얼굴이 다시 바뀌었다. 이번에 그의 얼굴에 떠오른 표정은 '회한'이라는 제목을 붙이기에 적당했다. 솔로처는 다시 웃으며 몸을 돌렸다.

검은 안개는 이제 노랫소리를 향해 똑바로 접근해 오고 있었다. 마치 산이 움직이는 듯한 그 모습을 보게 되자 경비 대원들의 노랫소리도 조금씩 약해지기 시작했다. 그리고 데스나이트들의 노랫소리는 더욱 거칠게 울려퍼졌다. 딤라이트는 이제 검은 안개 속에서 번쩍이는 병장기의 빛을 볼 수 있었다. 그리고 그 속에서 울려퍼지는 거친 발소리도 들을 수 있었다.

"자, 싸움이 시작됐군. 로터스 경비 대장! 경비 대원들을 맡으시오!"

그레이는 그렇게 외치며 킨 크라이에 올라탔다. 딤라이트와 무스타파 역시 헐스루인과 아이라에 올라타고 나자 솔로처는 앞으로 조금 걸어갔다.

그리고 솔로처는 정원사의 기쁨을 만끽하기 시작했다.

솔로처는 먼저 가만히 서서 땅을 지그시 바라보았다. 그러자 '팍!' 하는 소리와 함께 땅에 조그만 구덩이가 생겨났다. 솔로처는 허리를 구부려서는 손에 들고 있던 이빨들을 구덩이 속에 떨어뜨렸다. 그러고는 발로 흙을 밀어넣어 구덩이를 다시 메우고는 몇 번 밟았다. 누가 보더라도 씨를 묻는 정원사의 모습이었다.

솔로처는 지팡이를 세워 들고는 두 눈을 내리감고 나직하게 중얼거리기 시작했다. 시몬슬은 귀도 세 개를 달아두었으면 좋았을걸 하는 안타까운 생각을 하며 솔로처의 목소리에 집중했지만, 병사들의 발소리와 다가오는 데스나이트들의 소란 때문에 솔로처의 말을 알아들을 수는 없었다.

그리고 솔로처가 심어둔 '작물'이 싹을 틔우기 시작했다.

땅이 스멀거리며 움직였다. 그것은 솔로처 앞의 넓은 땅 여러 군데에서 동시에 일어났다. 솔로처 앞의 수백 평방큐빗의 땅 전체가 마치 파도치는 것처럼 꿈틀거렸다. 경비 대원들은 탄성을 질렀고 천공의 기사들은 침묵 속에 주시했다. 솔로처는 짜랑짜랑하게 외쳤다.

"자, 일어나라, 드래곤 솔저!"

이불을 걷어치우고 일어나는 것처럼, 드래곤 솔저들은 땅을 헤치며 솟아올랐다.

전사들이었다. 그들에게는 검집도 없었다. 피도 묻지 않을 만큼 매끈한 칼날을 가진 거대한 검을 오른손에 들고 있을 뿐이었다. 왼팔에는 거대한 타워 실드를 들고 있었고, 갑옷은 입지도 않았다. 벌거벗은 상체에는 쇠막대기 같은 근육들이 어지럽게 엉겨 있었고, 이목구비는 조금씩 달랐지만 모두 한결같은 표정을 짓고 있었다. 가장 잘 단련된 전사의 무관심한 표정이었다. 그런 전사들이 수백 평방큐빗의 땅에서 솟구쳐 오른 것이었다.

드래곤 솔저들은 솔로처도 바라보지 않았고 다가오는 검은 안개도 바라보지 않았다. 그들은 질린 얼굴로 바라보고 있는 퀜턴 경비 대원들이나, 처음 보는 사람이라면 누구든지 놀라버릴 모습으로 자리하고 있는 천공의 기사들과 그들의 승용물에도 시선을 보내지 않았다. 그들의 유일한 관심의 대상은 자신의 형제들이었다. 무표정한 얼굴 그대로, 드래곤 솔저들은 천천히 어깨를 긴장시키기 시작했다. 그때 솔로처가 맹렬하게 외쳤다.

"자네들끼리 싸우는 것은 금지한다!"

드래곤 솔저들은 조용히 고개를 돌렸다. 그들 중 하나가 입을 열었다.

"이것은 우리들에게 중요한 일이오. 당신에게 그것을 금지시킬 권한이 있소?"

듣고 있던 사람들 모두가 귀를 의심할 만큼 아름다운 목소리였다. 미성이라고까지 부를 수는 없겠지만 흉맹하고 야만스러워 보이는 모습에는 어울리지 않는 부드러운 목소리이긴 했다. 그레이는 몸을 부르르 떨고는 무스타파에게 고개를 돌렸다.

"너무 안 어울리는 목소리라고 생각되지 않아?"

"그렇군."

솔로처는 고개를 끄덕이며 말했다.

"권한은 없어. 보다 많은 것을 아는 자가 건넬 수 있는 조언의 권한 이외엔. 지금 자네들끼리 마지막에 남을 자들을 위해서 싸운다면, 그 남은 자들은 데스나이트에 의해 죽게 될 것이다."

드래곤 솔저들은 분명히 동요하는 모습을 보여주었다. 그들은 천천히 고개를 돌려 다가오고 있는 검은 안개를 바라보았다. 그런 드래곤 솔저들을 향해 솔로처는 빠르게 말했다.

"지금은 서로를 아껴라! 자네들이 서로를 죽이는 이유는 가장 강한 몇 명만을 남기기 위해서잖은가! 하지만 지금 자네들이 서로를 죽여댄다면 아무도 남지 못하게 될 것이다. 데스나이트들은 몇 명밖에 남지 않은 드래곤 솔저는 손쉽게 제거할 수 있을 것이다. 그것을 원하나!"

드래곤 솔저들은 의혹을 담은 눈으로 솔로처를 바라보았지만 아무런 말도, 아무런 행동도 하지 않았다. 그때 그들 중 하나가 입을 열었다.

"형제들이여, 의식은 싸움 후로 미룰 것을 제안한다. 저분의 말이 옳을 것 같다."

말을 마친 자는 그대로 몸을 돌려 데스나이트들을 향해 달려가기 시작했다. 그리고 다른 드래곤 솔저들 역시 조금도 주저하는 기색 없이 그대로 그의 뒤를 따라 달려갔다. 거대한 검과 타워 실드를 든 채로도 드래곤 솔저들은 민첩하게 땅을 달리며 함성을 질렀다.

"와아아아!"

달려오는 드래곤 솔저들을 보게 되자 검은 안개 속에서 들려오는 삼엄한 노랫소리들 사이로 분노의 외침이 터져나왔다.

"용용아아병병(龍牙兵)! 저저 마마법법사사에에게 드드래래곤곤의의 이이빨빨이이 있있었었나나!"

드래곤 솔저들은 씩 웃으며 검은 안개를 향해 무섭게 돌진했다. 그 모습을 보던 그레이는 씩씩하게 외쳤다.

"가자, 친구들! 일스 기사 단원이 용아병들의 뒤에 숨어 있을 필요는 없다. 데스나이트로 하여금 누가 더 무서운 적인지 판단하게 하자!"

킨 크라이는 포효하며 솟구쳐 올랐고 그 뒤를 따라 헐스루인이, 그리고 거대한 몸 때문에 아이라가 마지막으로 솟아올랐다. 로터스 경비대장 역시 검을 뽑아들며 외쳤다.

"퀜턴, 루트에리노! 이 땅이 누구의 땅인가? 이 땅 위를 달려 적을 분쇄하는 것은 누구의 사명인가? 가라, 루트에리노의 아들들이여!"

"으아아! 퀜턴, 루트에리노!"

4

 "이이 검검을을 받받을을 수수 있있겠겠느느냐냐!"
 데스나이트는 호기로운 동작으로 공간을 끊어내렸다. 갈라지는 공기들이 절절한 비명을 올리는 가운데 똑바로 떨어지는 검은 드래곤 솔저의 오른쪽 어깨를 치고 내려왔다. 드래곤 솔저는 무표정했다. 어깨 너머에서 튀어나온 그의 검이 데스나이트의 검을 허공에서 비끄러매었다. 콰가각! 거대한 두 개의 검이 부딪치며 불꽃이 비산했다. 데스나이트는 신음을 토하며 맞서기에 들어섰으나, 드래곤 솔저에게는 검을 마주대고 용쓰는 취미가 없었다. 드래곤 솔저의 왼쪽 어깨가 움직이기 시작했고 데스나이트는 경악했다.
 "무무슨슨 짓짓이이……!"
 드래곤 솔저의 타워 실드가 허공을 갈랐다. 날붙이는 아니지만 검과는 비교도 할 수 없는 막대한 중량이 실린 타워 실드의 날(?)이 수평선을 긋자 온몸을 울리게 하는 충격음이 퍼졌다. 쾅깡깡! 병사들이 백병전에서 삽이나 손도끼 휘두르는 식이다. 무지스러운 공격에 명중당한 데스나이트의 투구는 거의 박살날 듯 우그러지며 하늘로 솟아올랐다. 독한 연기와 포효 속에 무너지는 데스나이트를 보며 드래곤 솔저는 희박한 유머 감각을 발휘했다.

"이 방패를 받을 수 있겠느냐."

조금 떨어진 곳에서는 또 다른 드래곤 솔저가 인간 병사들이었다면 상상도 할 수 없는 일을 그 특유의 무표정한 얼굴로 해내고 있었다.

"흐이아아압!"

비명과 같은 기합 소리. 드래곤 솔저가 내지른 검끝은 마상의 데스나이트의 복부를 꿰뚫었다. 앞으로 무너지는 데스나이트의 멱살을 왼손으로 거머쥔 드래곤 솔저는 데스나이트의 거대한 갑주를 머리 너머로 집어던졌다. 까랑깡깡까랑! 갑주들의 부품이 제멋대로 해체되며 요란한 소리가 울려퍼졌다. 그러나 드래곤 솔저는 자신의 업적에 도취되는 대신 지금껏 데스나이트가 타고 있던 괴수의 고삐를 잡아챘다. 하늘에서 그 모습을 보던 그레이는 목이 터져라 웃었다.

"저것이 용아병인가! 승용물의 외양에 신경 쓰지 않는다는 점에서 천공의 명예 기사로라도 받아들여야겠군!"

그레이의 말 그대로였다. 드래곤 솔저는 그 위에 올라타서 전투력만 끌어올릴 수 있다면 눈이 다섯 개든 꼬리 대신 뱀이 달렸든 아무 신경도 안 쓴다는 태도로 데스나이트의 괴수에 올라타려 했다. 하지만 괴수는 앞다리 세 개로 하늘을 찌를 듯이 거칠게 반항했다.

"갸다다다! 갸다다다!"

하마터면 세 개의 앞다리에 밟혀죽을 뻔했지만, 드래곤 솔저는 타워 실드로 간신히 괴수의 공격을 받아냈다. 뒤로 넘어지지 않은 것은 묘기. 타워 실드가 사라진 곳에서 나타난 얼굴에는 투명한 분노가 어려 있었다. 드래곤 솔저는 괴수의 따귀를 올려붙이겠다고 결심했다. 타워 실드로, 백핸드 풀스윙으로. 꽈광! 딤라이트는 헛바람을 삼켰다.

괴수의 입장에서라면 떨어지는 도개교에 깔리는 기분이었을 것이다. 1×2큐빗 넓이의 철판으로 맞은 것이다. 거의 모로 쓰러질 뻔한 괴수가 제정신을 차리기 위해 주춤거리는 동안, 드래곤 솔저는 날렵하게 몸을 날려 조금 전까지 데스나이트가 앉아 있던 괴수의 등에 올라탔다. 월등히 가벼운 기수의 몸무게에 괴수는 다시 심술을 부리려 했지만, 드래곤 솔저는 괴수의 뒤통수를 거머쥐며 나지막하게 호통을 쳤다.

"일자(一者)이신 왕으로부터 너 빌어먹을 야수에게. '내게 복종하라!'"

무스타파는 하마터면 아이라 위에서 뛰어내리며 성은이 망극하다고 외칠 뻔했다. 일스 대공 앞에 부복했을 때와는 비교도 할 수 없는 박력이었다. 일자왕(一者王)인 드래곤의 위명을 빌린 드래곤 솔저의 호통에는 야수와 기사 양자를 전율케 하는 힘이 있었다. 괴수는 침착해졌다. 아니, 그것보다는 공포감에 빠져버린 듯했다. 갈기가 있어야 할 자리에 솟아나 있던 지느러미와 가시들이 푸르르 떨렸다. 드래곤 솔저는 괴수의 옆구리를 힘껏 걷어찼고 괴수는 포효하며 달려가기 시작했다. 일곱 개의 다리 모두가 허공에 뜬 것처럼 보이는 질주였다.

"갸다다다닷!"

괴수는 공포에 짓눌려 달리기 시작했고 드래곤 솔저는 타워 실드를 집어던진 다음 두 손으로 검을 휘저어 댔다. 달린다기보다 난동을 부린다에 가깝게 움직이는 일곱 개의 다리와 그 위에서 춤추는 검날은 그 전부가 가공할 흉기들이었다. 흩뿌려지는 드래곤 솔저의 검은 아군과 적군을 구분치 않는 듯한 모습이었다. 상공에서 바라보던 무스타파는 확실히 깨달을 수 있었다. 구분하지 않아. 서로를 죽이는 저들의 의식은 유보된 것이지 취소된 것은 아닐 것이다. 매운 손속은 드래곤 솔저의 완력과 괴수의 미친 듯한 질주와 결합되어 그가 지나가는 방향을 따라 전쟁터에 대로가 생겨날 지경이었다.

딤라이트는 무거운 한숨을 토하며 헐스루인을 아래로 몰아갔다. 옆으로 늘어뜨려진 그의 활에는 이미 화살이 걸려 있고 또 다른 화살 하나가 입에 물려 있었다. 아무런 장애물도 없는 하늘에서의 저격은 무서웠다. 빗방울처럼 쏘아진 화살은 어김없이 데스나이트들의 갑주 틈 사이, 혹은 그 투구 속으로 파고들었다. 딤라이트는 또 하나의 화살을 꺼내며 희미한 목소리로 중얼거렸다.

"모든 이의 고민……, 그러나 나는 여기서 고민을 느끼지 않는다. 그리고 그것은……."

"무스타파! 뒤를 따라라! 경비 대원들이 포위되겠다!"

그레이는 명령들을 뒤로 어지럽게 던져놓으며 아래로 날아들었다. 한 순간에 전투 상황을 판단하는 기사의 눈에 경비 대원들의 배후로 접근해 들어가는 데스나이트들의 움직임이 포착되었던 것이다. 훈련된 전투마가 그러하듯, 훈련된 킨 크라이는 야생의 그리폰은 취하지 않는 자세로 마치 매처럼 떨어져내렸다. 비껴든 그레이의 롱 소드가 섬뜩한 빛을 뿜었다.

"이이이이…… 하!"

그레이는 데스나이트들의 상공을 면도질하듯 스쳐 지나갔다. 데스나이트들은 공중을 향해 파이크를 세웠지만, 그런 대공 방어 자세를 유지하기에는 전투 상황이 지나치게 난투적이었다. 로터스 경비 대장은 공포와 흥분 양자에 모두 몸을 맡긴 채 파이크를 세워든 데스나이트의 가슴을 향해 파고들었다. 데스나이트는 저주의 고함을 내지르며 세워들었던 파이크를 그대로 몽둥이 후려치듯 아래로 휘둘렀다.

"데데스스나나이이트트 앞앞에에 두두 발발로로 서서는 것것으으로로 이이미미 건건방방지지다다! 쓰쓰러러져져 개개처처럼럼 기기어어라라!"

파이크의 창대가 로터스 경비 대장의 어깨를 파고들듯이 명중했다. 와드득. 한 순간 로터스 경비 대장은 옆으로 휘청했다. 쇄골이 부러졌음에도 그는 고통을 느끼지 못했다. 그저 눈앞이 하얗게 변했을 뿐이다. 눈이 뒤집힌 채로, 그러나 로터스 경비 대장은 그래도 달리는 것을 멈추지 않았다. 마치 쓰러지려는 사람처럼 휘청거리면서도 로터스 경비 대장은 왼손으로 창대에 매달리며 검을 쥔 오른손을 옆구리에 붙인 채 온몸으로 데스나이트에게 부딪쳐 들어갔다.

"죽음을……, 넘어서!"

쇠붙이가 긁히는 끔찍한 소리가 울려퍼지며 데스나이트의 등 뒤로 로터스의 검이 비죽하게 튀어나왔다. 데스나이트의 손에서 파이크가 떨어져내렸다. 절그렁. 데스나이트는 두 손을 힘겹게 들어올려 로터스의 어깨를 짚었지만 로터스는 이미 꼼짝도 할 수 없는 상태로 데스나이트에게 안겨 있었다.

갑자기 데스나이트는 고개를 뒤로 젖혔다. 투구가 뒤로 굴러 떨어지며 곧 이어 갑옷 전체가 폭발하듯 해체되었다. 로터스 경비 대장은 무너지는 갑옷 더미와 함께 쓰러졌다. 땅에 얼굴을 박으면서도 로터스 경비 대장은 히죽 웃었다.

난전중이라 지나치게 강력한 마법은 쓸 수 없던 솔로처는 몸 주위에 빛나는 화살들을 띄워둔 채 하늘을 가로지르고 있었다. 솔로처의 주위를 맴돌고 있던 매직 미사일들은 솔로처의 손가락이 지시하는 대로 날아가 데스나이트들을 명중시켰다. 솔로처는 그런 묘기를 부리면서도 아직 정신적 여유가 많다는 듯이 고래고래 고함을 지르며 경비 대원들을 독려하고 지시를 내리고 있었다.

"무스타파! 왼쪽으로. 기수를 부탁하오!"

"저놈의 깃발을 퀜턴에 바치겠소!"

무스타파는 입을 크게 벌리지도 않으면서 우렁찬 목소리로 대답하고는 아이라를 아래로 몰아 내려갔다. 거대한 와이번의 그림자가 전장에 드리워지자 전장의 하늘 위로 춤추던 검은 안개마저도 날개바람에 휘말려 갈라질 지경이었다. 그리고 무스타파는 해를 등지며 아래로 떨어져내렸다. 그의 목표가 된 데스나이트의 기수는 쏟아지는 햇살에서 허둥지둥 고개를 돌리며 노성을 터뜨렸다. 그러나 무스타파의 랜스가 데스나이트에게 명중하기 직전, 뒤에서 뛰쳐들어 온 드래곤 솔저가 당황하고 있는 데스나이트의 머리를 쪼개놓았다. 무스타파는 당황하여 아이라를 상승시키며 외쳤다.

"제길, 그건 내 거야!"

드래곤 솔저는 피식 웃고는 깃발을 주워들며 상공을 향해 일갈했다.

"당신은 천공의 '기사'이고 이놈은 데스'나이트'일지 몰라도, 나는 드래곤 '솔저'요. 기사도를 말할 생각이라면 당신네들끼리만 나누시지."

"죽이는 것밖에 모르는 녀석들! 좋아, 모두 쓰러뜨려라!"

"그렇잖아도 그럴 참이었소."

드래곤 솔저는 그렇게 말하며 주워든 깃발을 옆으로 휘둘렀다. 파르르륵! 사악한 문양이 깃든 깃발은 진저리를 쳤고 깃대는 그대로 창이 되어 옆을 달리고 있던 데스나이트의 다리를 걸었다. 데스나이트는 속절없이 쓰러졌고 드래곤 솔저는 쓰러진 데스나이트의 등으로 뛰어올라 검을 박아넣었다. 그 모습을 바라보던 무스타파는 넌덜머리를 냈다. 그는 위로 솟아오르며 조금 먼 하늘에 떠 있던 딤라이트를 향해 고함질렀다.

"끔찍한 놈들이군! 살해밖에 모르는 전투 인형 같은 놈들이야."

딤라이트의 고개가 천천히 돌아갔다. 무스타파를 바라보는 딤라이트의 얼굴은 조금 희게 변해 있었다. 무스타파는 의아한 표정으로 말했다.

"딤라이트! 이봐, 괜찮은가?"

"아아, 괘, 괜찮네."

"정신차려! 비록 난투중이라지만 언제 화살이 날아올지 모른다! 데스나이트잖아!"

"그래. 고맙네."

고맙다고? 무스타파는 더욱 어이가 없는 얼굴이 되어 딤라이트를 바라보았지만 딤라이트는 이미 활을 단단히 쥐며 헐스루인을 몰아가고 있었다.

무스타파는 고개를 가로젓고는 아이라를 솟아오르게 만들었다. 어쨌든 장애물이 없다는 점은 쏘는 쪽에서도 마찬가지인 만큼, 규칙적인 비행은 위험하다.

딤라이트 역시 거의 본능적으로 헐스루인을 복잡한 궤도로 몰아가고 있었다. 전통에서 화살을 뽑아 시위를 거는 손길에는 불필요한 동작이 전혀 없었다. 하지만 그의 머릿속에는 조금 전까지 수많은 말들이 혼란스럽게 뒤섞인 채 소용돌이치고 있었다.

'그것은 모든 이의 고민이오.'

'내게 복종하라!'

'나는 여기서 고민을 느끼지 않는다.'

'죽음을……, 넘어서!'

'전투 인형 같은 놈들이야!'

시위를 놓는 순간, 팽팽하게 당겨졌던 활줄이 딤라이트의 볼을 스쳤다. 깜짝 놀란 딤라이트는 무의식중에 볼을 쓸어만졌다. 진득한 느낌. 피인가? 이런 멍청한 실수는 한 번도 한 적이 없는데. 발사될 때 이미 흔들렸던 화살은 엉뚱한 곳으로 날아갔다. 그러나 딤라이트는 화살의 궤적을 쫓는 대신 손바닥을 바라보았다. 거기엔 자신의 피가 벌겋게 묻어 있었다.

피도 흘리나. 죽은 몸이라는 것을 자꾸 잊게 만드는군.

"퇴퇴각각한한다!"

분노 때문에 잔뜩 떨리는 고함 소리가 전장을 가로지르자 가장 바깥쪽에 있던 데스나이트들부터 몸을 돌리기 시작했다. 드래곤 솔저들은 한 놈도 놓아보낼 수 없다는 듯이 기승스럽게 데스나이트들의 등을 유린했지만 데스나이트들은 거칠게 몸을 빼내어 달아나기 시작했다. 솔로처는 학수고대하던 순간이 다가옴을 깨닫고는 크게 고함질렀다.

"모두 멈추시오!"

고함을 지르는 솔로처의 두 손은 이미 하늘로 올라가고 있었다. 경비 대원들은 외경심으로, 그리고 드래곤 솔저들은 그들만의 전투 감각에 따라 제자리에 멈춰 섰다. 데스나이트가 전장에서 빠져나와 분리가 이루어진 순간, 솔로처는 벽력처럼 캐스팅했다.

"크리에이트 워터!"

"갸아아닷!"

첫 번째 괴수가 비명을 지르며 발을 헛디뎠다. 괴수 위에 올라타고 있던 데스나이트는 땅에 호되게 부딪히는 대신 물방울을 거칠게 튕겨 올리며 물속으로 빠져들었다. 그리고 연쇄적으로 데스나이트들과 그 괴수들이 갑자기 수면으로 변한 땅 위에서 허둥거리며 쓰러지고 아래로 잠겨들었다. 곳곳에서 물보라가 솟아오르며 데스나이트들의 포효가 터져나왔다.

그러나 솔로처는 데스나이트들을 수장시킬 생각은 없었다. 바라보고 있던 자들이 놀람의 비명을 지르기도 전에 솔로처는 이미 다음 스펠을 캐스트하고 있었다.

"미티어 스웜!"

그레이는 기겁하며 외쳤다.

"이런, 제기랄! 모두 뒤로 물러나!"

경비 대원들과 드래곤 솔저들, 그리고 천공의 기사들은 죽을힘을 다해 몸을 돌렸다. 검은 안개 사이로 붉은 기운이 일렁거렸다는 느낌이 잠시, 빗줄기 같은 광선들이 조금 전까지 땅이었던 수면을 향해 떨어지기 시작했다. 그레이는 보다 높은 하늘로 솟아오르려 애쓰면서도 동시에 땅을 향해 고함질렀다.

"엎드려! 물방울에 맞아죽는다!"

경비 대원들은 질겁하며 몸을 날렸고 드래곤 솔저들은 타워 실드를 세우며 충격에 대비했다. 하지만 무거운 갑주 때문에 속절없이 가라앉고 있던 데스나이트들은 무서운 고함 소리를 내질렀다.

"솔솔로로처처어어어어!"

그리고 첫 번째 불덩어리가 수면에 작렬했다.

퍼벙펑펑펑! 물기둥이 거세게 솟아올랐다. 물기둥은 하늘로 솟아올라 검은 안개를 꿰뚫었고, 가공할 폭발에 의해 경이적인 초속을 가지게 된 물방울들이 아우성을 내지르며 전장 전체를 휩쓸어 갔다. 수천 개의 대거가 튀어나오는 듯한 광경이었다. 땅에 쓰러져 의식을 잃어가고 있던 로터스는 웡 하는 소리와 함께 귓가를 스친 물방울에 정신을 번쩍 차렸다.

폭발의 중심에 있던 데스나이트들은 직격에 맞아 가루가 되었다. 그들의 갑주는 파편이 되어 물보라와 함께 높은 하늘로 솟아올랐다. 그리고 조금 떨어져 있던 위치의 데스나이트들도 물을 타고 전달된 충격파에 고스란히 노출되었다. 충격파는 데스나이트들의 갑주를 통과하여 그 속에 있는 그들의 저주받은 몸을 산산조각냈다. 날아다니는 물방울들과 갑주의 파편들은 서로 부딪히고 땅을 휩쓸며 지독한 충격음을 울렸다. 수천 개의 망치가 동시에 모루를 때리는 듯한 소리였다. 그리고 갑주의 파편들은 물방울들과 함께 땅으로 떨어져 내리기 시작했다. 후두두둑, 꽈깡깡! 경비 대원들은 물방울과 쇳조각들의 폭격 속에 머리를 감싸쥔 채 부들부들 떨었다. 기절해 버린 경비 대원들은 주위로부터 엄청난 부러움을 받았다.

전장에서 멀리 떨어진 후방에서 손에 상자를 든 채 사태를 바라보고 있던 시몬슬은 신음을 토했다.

"사조님, 사조님. 저는 이제 죽을 때까지 자신을 마법사라고 소개할 수 없게 되었다는 것을 아십니까? 이건 너무하다고요."

물기둥들은 사그라지고, 이제 허옇게 솟아오른 수증기가 검은 안개를 밀어올리기 시작했다. 폭발의 충격에 의해 갈라지고 있던 검은 안개는 거세게 솟아오르는 흰 수증기에 휘말려 천천히 희미해졌다. 경비 대원들은 물방울과 쇳조각의 폭풍이 아닌 다른 것이 자신의 몸에 떨어지고 있는 것을 깨닫고 천천히 머리를 들었다. 그들의 등으로 쏟아져 내리는 것은 따가운 오후의 햇살이었다.

경비 대원들은 하나 둘 넋나간 사람처럼 일어났다. 피와 땀으로 범벅이 되어 있음에도 그들의 몸에는 하얗게 소름이 돋았고 많은 경비 대원들이 부들부들 떨고 있었다. 하지만 햇살은 그들의 몸을 천천히 어루만졌다.

그들의 눈앞에 펼쳐진 모습은 말문이 막힐 정도였다. 충격으로 갈라진 땅과 흩어진 쇳조각, 그리고 물방울과 파편의 폭풍이 휩쓸고 지나간 자리에 파헤쳐진 풀들과 흙덩이. 경비 대원들은 왠지 이 세상의 모습 같지 않은 그 광경을 보며 진저리를 쳤다.

그때 날개 치는 소리가 들려왔다.

경비 대원들은 힘없는 얼굴을 들어 하늘을 보았다. 안개가 사라졌기에 햇빛은 곧장 떨어졌고, 경비 대원들은 눈을 찌푸리고 손으로 햇살을 가렸다. 천공의 기사들이 아래로 내려오고 있었다. 그리고 그 위로 지팡이에 올라탄 솔로처가 햇살을 등진 채 검은 그림자가 되어 날아 내려 왔다.

솔로처는 약간 피로해 보이는 표정으로 고개를 떨구고 있었다. 땅에 내려선 솔로처는 자신을 바라보는 경비 대원들의 눈빛을 느끼고 천천히 고개를 들었다. 그 얼굴에는 미소가 떠올라 있었다.

함성은 폭발하듯 솟아올랐다.

"퀜턴! 솔로처!"

"어쩌실 생각입니까."

신차이는 치터리의 질문에 얼굴을 돌렸다. 다른 모든 뱃사람들과 육전 대원들마저도 멀리 수평선 쪽을 바라보고 있었지만 치터리만은 굳은 얼굴로 신차이를 보았다. 신차이는 다시 고개를 돌리며 말했다.

"돌아가서 보고해야겠지요."

"물론 그렇습니다만……. 이것은 중대한 문제입니다, 신차이 선장."

"잠시 기다려주시겠습니까."

"예?"

"나 또한 다른 이들처럼, 저것을 보고 싶습니다."

치터리는 입술을 깨물며 고개를 돌렸다. 이 배에 있는 모든 이들 중에서 치터리만은 그것을 보고 싶지 않았다. 돌봐주는 신도 없이 완벽한 자신을 구가하는 위대한 생명체의 비행은 치터리를 불안하게 만들었다. 치터리는 무의식중에 닐림의 기도문을 중얼거리며 멀어져가는 지골레이드의 모습을 바라보았다.

오후의 태양이 지골레이드의 푸른 날개를 붉게 물들이며 뭐라 말할 수 없는 기묘한 보라색과 황금빛을 뿜어내게 했다. 지골레이드는 전설처럼 날개를 펼치고 추억처럼 멀어져가고 있었다. 하늘과 바다가 맞닿는 곳에 있을 알 수 없는 세계를 향해.

그리고 뱃전에서는 뱃사람들이, 마치 그 모양대로 조각해 놓은 것처럼 우뚝우뚝 늘어서서는 한없는 경배로 드래곤의 비행을 바라보고 있었다. 그들 중 눈물로 두 볼을 적시고 있는 뱃사람을 찾는 것은 어렵지 않았다. 가장 냉혹한 선원들마저도 아랫입술을 깨문 채 고개를 떨구었다.

마지막 명멸이 있고 나서, 블루 드래곤의 모습은 이제 수평선 어디에서도 볼 수 없게 되었다. 하지만 그것을 바라보고 있던 사람들 중 누구도 블루 드래곤이 수평선을 넘어 날아갔다고는 생각하고 싶지 않았다. 그 왕자는 하늘과 바다가 맞닿는 곳에 있는 세계의 틈을 통해 빠져나간 것이리라.

낮은 속삭임들이 잔뜩 억제되었던 호흡처럼 들려왔다.

"뭔가, 사람이 봐선 안 될 것을 본 것 같다."

"적어도 정상적인 뱃놈이라면 보지 않는 편이 좋았을 것을……."

"제기랄……. 이번에야말로 뱃놈 생활 끝이다. 마누라가 우라지게 보고 싶은데."

"내 아들은 이제 여덟 살이야……."

치터리는 그들의 말을 이해할 수 있었다. 동시에 단순히 그들 앞에 서는 것만으로 그들 인간과 드래곤의 모습을 대비시켜 인간의 무릎을 꺾어버린 지골레이드에게 증오를 느꼈다. 아무것도 할 수 없다는 무력감이 선원들과 그를 덮친 것이다. 지골레이드에 대해 이를 갈면서도 치터리는 신전으로 돌아가고 싶은, 그리고 다시는 세상에 나오지 않기를 바라는 자신을 느낄 수 있었다.

그때 신차이 선장이 말했다.

"이시도 군!"

평평 울고 있던 이시도는 어쩔 수 없이, 무례한 짓인 줄 알면서도 코를 팽 푼 다음에야 선장에게 얼굴을 돌릴 수 있었다. 신차이는 쓸쓸하게 웃고는 말했다.

"정선한다. 저녁 식사 준비."

이시도는 눈물이 흥건한 눈으로 신차이를 바라보면서도 고개를 갸웃했다.

"저, 저녁 식사요?"

오후이긴 하지만, 너무 이른 시간이다. 신차이는 몸을 돌리며 말했다.

"지금, 내가 너희들에게 그 외에 무엇을 시킬 수 있겠나. 내일은 졸란으로 돌아가니 저녁 식사 후 푹 쉬어두도록."

"아, 예. 갑판장! 돛을 접어라. 정선!"

"정선!"

갑판장의 복창에는 힘이 없었다. 하지만 선원들은 느리면서도 정확한 몸놀림으로 각자의 자리를 향해 달려갔다. 고요하던 갑판 위에 쿵쾅거리는 발소리가 울려퍼지며 다시 활기가 돌아왔다. 선원들의 손놀림도 조금씩 빨라지며 레드 서펀트 호는 정선에 들어갔다. 닻줄이 풀리며 요란한 소리가 울려퍼졌다. 치터리는 신차이 선장의 등을 향해 다급하게 말했다.

"서, 선장님."

"프리스트 치터리, 선장실로 오시오. 육전 대원들도."

"아, 예."

치터리와 육전 대원들은 주승강구로 사라지는 신차이를 따라 배 아래로 내려갔다. 신차이는 뒤도 돌아보지 않은 채 선장실을 향해 걸어갔다.

선장실에 도착할 때까지 신차이는 아무 말도 하지 않았다. 치터리와 육전 대원들 역시 아무 말 없이 그 뒤를 따라 선장실에 들어갔다. 모든 사람들이 자리를 잡고 앉자 신차이 선장은 입을 열어 대화를 시작하는 대신 파이프를 집었다.

신차이 선장이 파이프에 담배를 채워넣고 불을 붙일 동안 치터리는 초조하게 기다렸다. 첫 모금을 빨아들인 신차이 선장은 선장실 천장을 향해 조용히 담배 연기를 날려보낸 다음에야 말을 시작했다.

"항해는 성공적으로 끝난 것 같소."

"예?"

"여러분들의 조력에 감사합니다. 아까 들으셨지만, 내일 본함은 졸란으로 회항합니다."

치터리는 낭패한 표정으로 육전 대원들을 돌아보았지만 육전 대원들은 아무 표정도 없이 신차이를 바라보고 있었다. 치터리는 헛기침을 몇 번 한 다음 말했다.

"그래서, 어쩌실 생각이십니까?"

"어쩌다니요? 내 임무는 끝났습니다."

"예?"

신차이는 선장실의 창문을 통해 스며드는 오후의 햇살을 바라보았다. 신차이의 파이프에서 솟아오른 연기는 햇빛 속에 하얗게 꿈틀거렸다.

"본함의 목적은 닐림의 종단의 의뢰에 따라 동북 항로의 괴사건을 조사하는 것이었습니다. 닐룸의 대표이신 치터리 무스 씨는 이미 모든 것을 보셨고 지골레이드의 설명도 들으셔서 사태를 이해하셨으리라고 생각됩니다만."

그때 육전 대원들 중 하나가 몸을 조금 움직였다. 그러나 그가 말하기 전 신차이 선장은 재빨리 손을 들어올려 그를 제지하며 말했다.

"아니, 말씀하시지 마십시오. 육전대 쪽의 목적은 내가 아는 바로는 이 조사 활동의 보호였습니다. 그렇잖습니까?"

"그렇긴 하오만, 선장님, 우리들은……."

"무의미합니다."

"예?"

신차이는 말을 잇기에 앞서 손을 들어올려 간단한 손짓을 해보였다. 아무런 움직임도 보이지 않았지만 치터리와 육전 대원들은 노예가 사라졌음을 짐작할 수 있었다. 노예들을 모두 내보낸 신차이 선장은 나직하게 말했다.

"일스 침략이겠지요. 그렇잖습니까."

육전 대원들의 입이 굳게 다물어졌다. 신차이는 파이프를 내려놓으며 말했다.

"그 동안 이 배의 항해 방식을 관찰하며 얼마나 많은 자료를 얻으셨는지 모르겠습니다만, 이제는 일스 침략 같은 것은 무의미합니다. 바이서스에서는 강화를 제안한 것입니다. 받아들이는 것이 좋은 선택인 것 같습니다. 물론 결정은 높은 분들이 하겠지만, 나는 당신들에게 제안합니다. 이 강화 제안은 받아들이는 것이 좋다고 보고하기 바랍니다."

"이유는?"

"치터리 무스 씨는 닐림의 종단을 대표하고, 당신들은 자이펀 군부를 대표하겠지요. 그렇다면 나는 선주 연합을 대표합니다. 선주 연합의 입장에서 말한다면, 자이펀 군부가 이 강화 제안을 받아들이지 않을 경우 선주 연합은 계속해서 막대한 피해를 입게 됩니다. 수긍할 수 있는 이유라도 있다면 모를까, 그런 무의미한 희생의 요구는 받아들일 수 없습니다."

"하지만……."

"당신들이 지골레이드를 격퇴할 수 있습니까?"

육전 대원들은 다시 불편한 침묵으로 빠져들었다. 지골레이드는 그 이름만으로도 자이펀 군인들에게 공포를 느끼게 만드는 존재였다. 하물며 두 눈으로 직접 그 모습을 본 다음에야. 신차이는 매서운 눈으로 육전 대원들의 면면을 바라보며 말했다.

"캇셀프라임과 지골레이드가 전선에서 어떤 공포의 존재였는지는 여러분들이 더 잘 아실 겁니다. 그런데 땅도 아닌 바다 위에서 드래곤을 붙잡을 수 있습니까? 나는 불가능하다고 생각합니다. 이것이 강화 제안이라는 것에 오히려 감사하고 싶습니다. 바이서스는 항로를 봉쇄하여 우리들에게 패전을 요구할 수도 있었을 겁니다."

"수긍할 수밖에 없는 말입니다만……."

"아무것도 강제하지는 않습니다. 나는 여러분들이 본 것과 들은 것을 잊지 않고, 그것을 그대로 여러분들의 상관에게 전달하기만을 바랍니다. 그것은 여러분들의 의무겠지요. 어쨌든 내 임무는 끝났고, 나는 돌아갈 것입니다."

"예. 알겠습니다."

육전 대원들은 고개를 끄덕이고는 몸을 일으켰다. 치터리는 당황한 표정으로 육전 대원들을 바라보았지만 육전 대원들은 그대로 몸을 돌려 선장실을 나갔다. 신차이는 그들의 뒷모습을 바라보다가 시선을 돌려 치터리를 바라보았다.

"당신의 임무는 끝나지 않았습니까?"

치터리는 할 말이 없었다. 하지만 이대로 끝내서는 안 될 것 같은 느낌이 그를 사로잡고 있었다. 이유는 모른다. 그래서 치터리는 힘겹게 입을 열었다.

"무사히 임무를 마칠 수 있게 해주셔서 감사드립니다, 선장님."

"별말씀을."

"당신은 선주 연합에 이 사실을 보고할 테지요?"

"항해 일지는 분명하게 적을 테지요."

치터리는 고개를 떨구었다. 선주 연합에서 이 제안을 해온 것을 알게 된다면 자이편은 더욱 강화를 받아들이지 않을 수 없게 된다. 치터리는 돌이키기 어려운 길에 접어들었다고 느꼈다.

"에, 여러 가지 점에 대해 감사를……."

"돌아가 쉬십시오. 치터리."

"아, 저."

"놀라운 오후였습니다. 나는 태풍을 몇 개 통과한 것보다 더 피곤합니다."

 치터리는 더 이상 할 말이 없어졌다. 그래서 치터리는 조용히 일어섰다. 신차이는 그를 따라서 몸을 일으켰고 둘은 느릿한 동작으로 서로를 잠깐 포옹했다.

 몸을 돌려 선장실의 문을 나서기 직전, 치터리는 잠시 발걸음을 멈추었다. 신차이는 말없이 그 등을 바라보았다. 치터리는 신차이에게 등을 향한 채 말했다.

 "이 말을 해야 할지 말아야 할지 모르겠습니다만, 어쩐지 하지 않으면 안 될 것 같은 기분이 더 많이 듭니다. 더군다나 지금이 아니면 말할 기회도 없을 것 같군요."

 신차이는 조용히 치터리의 말을 기다릴 뿐 그를 도와주지 않았다. 치터리는 입술을 적시고 나서 힘들게 말했다.

 "당신의 결투 말입니다."

 "예."

 "운차이는……, 운차이 발탄은 살아 있습니다."

 "머맨과……, 인간의 혼혈이라고요?"

 "그런 불측한 소문이 있기는 하다. 하지만 나는 머맨과 인간 사이에 자손이 생긴다는 이야기는 한 번도 들어본 적이 없다."

 칼은 팔짱을 꽉 낀 채로 오른손을 들어 콧망울을 만지작거렸다. 잠시 후 그의 오른손은 다시 내려와 테이블을 똑똑 두드리기 시작했다. 하지만 알리는 이야기를 처음 시작하던 때와 똑같은 모양으로 조금도 움직이지 않은 채 앉아 있었다. 하탄의 궁궐에 있을 때의 장엄한 옷 대신 바이서스의 평범한 옷을 걸치고 앉아 있었어도, 알리 주위에는 사막의 근엄함이 감도는 듯했다.

칼의 오른손이 이제는 허공으로 올라갔다. 칼은 허공에 있는 무엇인가를 만질 듯이 손가락을 이리저리 움직이며 말했다.

"저, 그 어머니 되는 여자분이 돌아왔을 때 말입니다. 흠흠."

알리는 무표정한 얼굴 그대로 칼을 바라보았다. 칼의 손가락이 더욱 어지럽게 움직였다.

"에, 저, 그러니까, 뭐 확인된 바가 없습니까? 그러니까 머맨에게 붙잡혀갔을 때, 에, 그러니까 당신들은 여성의 일에 관심을 두지 않는 것을, 음, 미덕으로 여긴다는 점은 나도 잘 알고 있지만, 아, 그건 예삿일이 아니잖습니까? 그러니까, 그 여자분은 머맨에게, 에……, 그러니까 의심의 근거가 될 수 있는……."

알리의 무표정은 그대로였고 불쌍한 칼은 이제 손을 입에 집어넣을 지경이었다. 알리는 무뚝뚝하게 말했다.

"성관계가 있었는지를 묻고 싶은 게냐."

칼은 풀이 죽어서 대답했다.

"의외로 쉽게 말씀하시는군요. 예. 그렇습니까?"

"물론, 모른다."

"어, 당신이 그런 일에 관심을 가지거나, 그런 소문에 대해 열심히 조사하고 다닐 만한 분이라고 말하는 것은 아닙니다. 하지만 그런 의심이 있었다면 여성 본인이 뭐라고 항변할 수 있지 않겠습니까? 예를 들어 '머맨에게 잡혀간 것은 확실하지만 수치스러워할 만한 일은 전혀 없었다.'라든지."

알리는 눈살을 꿈틀거렸다.

"여자가?"

순간 칼은 자신이 완전히 다른 관습의 소유자와 대화하고 있다는 사실을 깨달았다. 이런 젠장. 저 나라에서는 여자들은 자기변명도 못 하는 모양이군.

"그럼 뭡니까? 아무도 묻지도 않았고, 본인도 아무 설명을 안 했고? 그 여자가 머맨과 나란히 앉아 밤바다의 아름다움만을 감상했는지 아니면 그보다 더 진전된 상황을 즐겼는지는 전혀 알 수 없다는 말입니까?"

"그렇다."

칼은 항복하는 심정으로 말했다.

"신차이는 사람입니까?"

"뭐?"

"사람처럼 생겼습니까? 사람이 할 수 없는 일을 해보이거나 사람이 할 수 있는 일을 못하는 경우가 있었습니까?"

알리는 잠시 기다렸다가 천천히 말했다.

"너는 사람이냐?"

"무슨 뜻인지?"

"내게는 네가 사람으로 보인다. 하지만 나는 낮의 햇살 아래 너를 본 적이 없으니 네가 뱀파이어일지 모른다고 의심할 수도 있다. 혹 도플갱어라는 의심도 가능할지 모르지. 어쩌면 네가 세상에서 가장 작은 거인일지도 모르잖느냐."

칼은 킬킬거렸지만 알리의 얼굴에는 웃음기 비슷한 것도 없었다. 칼은 웃음을 멈추며 속으로 투덜거렸다. 농담을 할 때는 좀 웃어라, 이 사막 촌뜨기 녀석아. 알리는 무뚝뚝한 표정 그대로 말했다.

"본 것만 가지고 진실처럼 말할 수는 없다."

"당신이 본 것, 아는 것만 가지고 말씀해 주시면 됩니다."

"그렇다면……, 이미 말했듯이 신차이 발탄은 이제리스 해협의 서펀트를 거꾸러뜨린 일이 있다. 그것은 보통 사람으로서는 지독하게 어려운, 거의 불가능한 일이겠지. 하지만 그것이 하프 머맨의 증거인지 노련하고 사나운 인간 뱃사람의 증거인지는 구분하여 말할 수 없는 일 아니겠느냐."

"그 외에는?"

"없다."

"사람입니까? 알리 님께서 보시기에는?"

"그렇다."

칼은 이제 두 손 모두를 사용해서 심사를 표현했다. 즉 양손으로 머리를 마구 헝클어버린 것이다. 웃음기도 없는 얼굴로 그런 모습을 바라보던 알리는 나직하게 말했다.

"왜지."

"머리 꼬리가 남아 있어야 쇠고기인지 말고기인지 압니다."

"왜 신차이 발탄에 대해 관심을 가지느냐. 게다가 너의 관심은 조금 바뀌고 있는 것처럼 느껴진다."

"바뀐다고요?"

"처음에는 그가 어떤 사람인지에 대한 보편적인 질문들이었다. 그런데 이제 너의 관심은 그가 사람인지 하프 머맨인지에 집중되어 있는 것 같군. 나로선 알 도리조차 없는 그 어머니의 일까지 질문하는 것은 네가 거기에 대해 많은 관심을 가졌다는 증거 아니겠느냐."

"가슴이 서늘한데요? 하하. 바로 보셨습니다."

"설명해 줄 수 있겠느냐."

"신기한 일이니까 호기심이 동해서."

알리는 잠시 칼을 바라보다가 말했다.

"네 의도를 정확히 알지 못한다면 나는 적절한 대답을 해줄 수 없다. 일방적인 질문만 해서는 내게서 좋은 정보를 받아내기는 어려울 텐데."

"알지만, 안 됩니다."

"설명할 수 없다는 말인가. 모르겠군. 놀라운 전설을 가지고 있는 자이긴 하지만 결국 뱃사람에 불과한 자 아니던가. 게다가 자유 무역선의 선장이니 너나 바이서스에 어떤 도움이 될 소지를 가지지도 못한 것 같다. 이해하기 어렵군."

칼은 빙긋 웃으며 의자 등받이에 길게 기대 배 위에 두 손을 모았다. 그러고는 잠시 천장을 바라보았다.

알리의 말 그대로다. 원래는 지골레이드와 만나게 될 인간에 대한 관심이었다. 하지만 이제 칼의 관심은 신차이의 정체에 집중되어 있었다.

머맨과 인간의 혼혈이라. 머맨은 바다. 바다는 갈매기와 희구의 그림 오세니아. 인간은 땅. 땅은 대지와 회상의 시무니안. 희구는 미래로 향하는 희망이고 회상은 과거로 향하는 상념이다.

하프 머맨은, 결국 과거로 향하는 흐름과 미래로 향하는 흐름의 교차점이 될 수 있다. 칼은 그것을 의심하고 있었다.

그 정답을 알아야 한다.

칼은 가슴이 답답해 오는 것을 느꼈다. 이래서는 안 돼. 하지만, 하지만······.

그 정답을 찾아내서 숨겨야 한다.

그때였다. 문이 열리며 경비 대장 조나단 아프나이델이 들어섰다. 조나단은 알리의 모습을 보았지만 보지 못한 것처럼 잠시 허공을 바라보았다. 칼은 자리에서 일어나며 말했다.

"아, 오늘은 여기까지만 하지요. 돌아가서 쉬셔도 좋습니다. 알리 씨."

알리는 잠시 할말이 남았다는 듯이 칼의 얼굴을 보았지만 곧 몸을 일으켰다. 그리고 그 모습을 보며 칼은 그것이 알리가 의자에 앉은 이후 처음으로 보여주는 동작이라는 것을 깨달았다. 와, 대단하군. 정말 꼼짝도 하지 않았는걸. 알리는 조나단의 옆을 지나쳐 문을 나섰다. 문 밖에는 그를 감방으로 안내할 궁성 수비 대원들이 기다리고 있으리라.

알리가 나가고 나자 조나단은 테이블 쪽으로 걸어왔다. 그는 칼의 얼굴을 한번 쳐다보고는 고개를 가로저으며 테이블에 앉았다. 칼은 빙긋 웃으며 말했다.

"불편해 보이시는군요, 조나단 님?"

"불편하오. 당신은 조심이라는 것을 모르오? 그렇잖아도 그것에 대해 항의하기 위해 찾아온 거요."

칼은 꾸중을 얌전히 듣겠다는 표정을 지어 보였다. 그 표정을 보던 조나단은 피식 웃어버렸다. 그리고 웃음과 함께 딱딱한 어조로 말하려던 결심도 잊어버렸다.

"이보시오. 궁성 수비 대장인 내 입장이 뭐가 되는 거요? 내 허락도 없이 죄수를 함부로 궁성 안까지 끌어들이다니."

"하하. 알리는 원래 궁성 안에 계시지 않습니까."

조나단은 어처구니없다는 표정으로 칼을 바라보았다. 지하 감옥은 궁성 임펠리아의 지하에 있으므로 알리는 궁성 안에 있다는 칼의 말은 틀리지 않았다. 칼은 장난스럽게 웃으며 말했다.

"무슨 말씀인지 알겠습니다. 제가 잘못했습니다. 조나단 씨에게 허락을 받으려 했지만 자리에 안 계시더군요."

조나단은 한숨을 내쉬고는 말했다.

"빛의 탑에 잠시 다녀왔소. 솔로처 사조님의 일 때문에 의논할 일도 좀 있고."

"아아, 그렇습니까."

칼은 그것으로 멈추고는 마법사들의 일에 대해 더 이상 질문하지 않겠다는 태도를 취했다. 조나단은 그 태도에 만족하며 말했다.

"무엇이든 한도를 넘어서는 좋지 않은 법입니다, 칼. 당신의 순수한 의도를 백안시하는 무리는 아직도 남아 있소. 나야 당신이 오로지 이 나라를 위해 뼈를 깎고 피를 말리는 노력을 하고 있으며, 그 노력의 일환으로 자이편의 포로와도 접촉하고 있다는 것을 짐작할 수 있소. 하지만 모든 사람이 그렇게 생각하는 것은 아니오. 어떤 자들은 당신이 적국의 포로와 내통하고 있다고도 생각할 수 있단 말입니다."

"잘 알겠습니다. 행동에 유의하겠습니다."

칼은 완전히 겸손한 태도로 말했다. 그래서 조나단은 꺼내려고 마음먹었던 말의 절반만 꺼내고는 화제를 바꿨다.

"그리고, 낭보가 있소."

"낭보요? 요즘은 놀랄 일이 너무 많아서 겁부터 나는군요."

조나단은 싱긋 웃으며 말했다.

"그 일 기억하시오? 샌슨 군이 켄턴에서 받아온 부탁. 그중 솔로처의 부탁은 처리되었소. 시몬슬이 켄턴으로 출발했지. 그리고 한 가지가 더 있잖소?"

"예? 그럼!"

칼은 테이블을 뛰어넘어 조나단을 끌어안으려는 듯한 동작으로 말했다. 조나단은 마치 자신이 애써서 그렇게 된 것처럼 우쭐한 표정으로 말했다.

"그래요. 조금 전 일스로부터 전령이 왔습니다. 장미의 기사들이 출진하기로 결정되었습니다. 오래 전, 300년 전 그때와 마찬가지로."

"오, 아샤스여! 오렘이여! 잘되었군요. 정말 잘되었군요!"

기뻐하는 칼의 모습을 보며 조나단 역시 즐겁게 말했다.

"그래요. 이제는 켄턴 시민들에게 도움을 줄 수 있게 되었소. 당신도 그랬겠지만, 그 동안 나도 정말 괴로웠소. 국민들이 고통을 겪고 있는데도 아무런 도움을 줄 수 없는 현실은 너무나도 안타까운 일이었소. 국왕 전하께서도 몹시 괴로워하고 계셨소."

"예. 기뻐할 일입니다. 그렇더라도 이렇게 빨리 보내올 줄은 몰랐군요."

"일스 대공께서는 300년 전의 수하가 보내온 충성의 서약에 퍽 감동한 모양이오. 하긴 그런 말에 감동하지 않을 자 어디 있겠습니까. 전령의 말에 의하면 대공께서는 딤라이트 경의 말에 눈물을 보였다 하더군요. 그리고 저스티스 기사 단원들 역시 그들의 영웅이자 전설인 선배의 말에 격렬한 감동을 표시했던 모양이오. 대공께서 허락하지 않았다면 기사단 단독으로라도 비공식적으로 원정을 불사할 분위기였다는 말이 다 들리더군요."

칼은 '당연하지'라고 대답하지는 않았다. 대신 칼은 자크의 도움으로 일스 기사단 전체에 천공의 기사들의 부활과 그 전갈에 대한 소문이 퍼지도록 공작했던 사람의 표정이라고는 믿어지지 않을 정도로 순진한 얼굴로 말했다.

"아아, 저스티스 기사단은 역시 기사도의 정화 같은 존재들이군요! 감격스럽습니다."

감탄하는 칼의 얼굴을 보던 조나단은 그를 더 기쁘게 해주고 싶어 좀이 쑤신다는 표정으로 말했다.

"그래요. 조금만 기다리시오. 전령이 가져온 국서의 사본을 가져오겠소. 지금쯤이면 사본은 다 만들어졌을 거요. 내 빨리 다녀오리다."

그리고 조나단은 칼이 뭐라고 말하기도 전에 벌써 일어나서는 문을 열고 나섰다. 칼은 그 뒷모습을 바라보다가 조나단이 문 밖으로 완전히 사라지고 나서야 자기 나름대로 이 상황에 대해 기뻐하기 시작했다. 즉, 테이블 위에 두 다리를 올리며 피로감이 그득한 얼굴로 안온한 미소를 지었던 것이다.

그레이의 출병 요청이 대공의 귀에만 들어가서는 일이 안 된다. 자국 병력의 유출을 꺼려한 대공이 입을 닫아버리면 속수무책이니까. 그랬기에 칼은 나름의 수단을 충분히 강구해 두고 있었다. 자크의 도둑 길드원들은 일스 기사 단원들이 자주 들르는 술집에서, 혹은 그 부인들이 모여드는 사교 모임에서, 그리고 어쩌면 칼은 전혀 상상할 수 없는 온갖 방법을 동원하여 일스 기사 단원들의 귀에 그 소문이 들어가도록 했다. 장미의 기사들은 그 소식에 놀랐고, 흥분해 버린 것이다. 수하들이 이미 다 알고 있었기에 그레이의 요청을 거부할 수도 없게 된 일스 대공의 불쌍한 처지를 생각하며 칼은 킬킬 웃었다.

테이블에 올린 발뒤꿈치로 테이블을 딱딱 두드리며 칼은 흥겹게 중얼거렸다.

"샌슨, 로넨. 기뻐하시오. 당신들이 진짜로 지휘할 부대가 도착하고 있소."

바이서스에 들어온 병력은 바이서스의 것이다. 물론 일스 기사단이라는 어마어마한 위명이 있으니 만큼 다루기 쉽지는 않을 것이다. 이제부터는 그들을 흡수해 버리기 위한 공작이 필요해지겠군. 칼은 더없이 차분한 마음가짐으로 생각하기 시작했다.

깊은 고뇌에 잠겨 있던 칼은 갑자기 고개를 아래로 떨구었다.

가슴에 턱을 묻은 칼의 얼굴이 부르르 떨렸다. 갑자기 그의 볼을 타고 두 줄기 눈물이 흘러내렸다. 칼은 오른손으로 입을 막으며 소리 없이 울었다.

'친구들이여. 미안하오.'

제레인트, 아프나이넬, 이루릴, 에델린, 엑셀핸드……. 그들마저도 속여야 하는가. 도대체 나는 어디로 가고 있는 것인가. 칼은 어깨를 떨며 울었다.

교차점을 찾아야 한다.

그것을 숨겨야 한다.

돌아온 과거에서 이용할 수 있는 것은 다 이용한다.

그리고 교차점을 공개한다.

그리고 그 동안 굳어진 상황을 강제로 현실로 만든다.

자신도 모르게 조목조목 생각하고 있던 칼은 웃음을 터뜨렸다. 그래. 아무도 모르지. 현실이 정지한다면, 마음에 드는 현실을 하나 만든 다음 다시 굴러가게 할 수도 있는 거 아니겠어. 두 볼로 하염없는 눈물을 흘리면서도 칼은 더없이 즐겁다는 듯이 웃었다. 폭발적인 웃음은 아니었다. 조용하고 부드러운 웃음이었다.

"하하하……."

5

 켄턴 시 전체가 미칠 것 같은 환희 속으로 곧장 돌입했다.
 거침없는 손길들은 창고 가장 깊숙한 곳에 잠들어 있던 술통들마저도 밖으로 끄집어냈다. 푸줏간 주인들은 근엄한 표정으로 1년 동안의 매상을 하루에 올렸음을 선포한 다음 땅을 치고 통곡하기 시작했다. 고기만 더 있었다면 10년 치 매상도 올리는 건데!
 허황된 소리가 아니다. 켄턴 시민들이 먹고 마셔대는 모습은 그 정도로 대단했다. 집집마다 바구니로 실어날라 온 음식들과 그릇들이 광장에 수북하게 쌓여, 경비 대원들은 음식과 술 속에서 헤엄칠 정도였다.
 입이 달린 사람들은 모두 노래를 불렀고 시내 곳곳에서 끌려나온 악기들은 광란에 가까운 연주에 박살이 나버렸다. 하프 줄이 끊어질 때마다 경비 대원들의 웃음소리는 높아만 갔고 비어버린 술통은 무자비하게 박살나서 모닥불 속에 던져졌다. 치솟아오른 모닥불은 수십 큐빛 높이에 이르러, 먼 곳에서 이 도시를 바라본 자가 있다면 드래곤이 사는 도시라는 판단을 내리고 말았을 것이다.

때려붓듯이 술을 마시고 목이 터져라 노래를 부르던 천공의 기사 그레이 휠드런은 완전히 늘어져버렸다. 조금 더 마시기 위해서는 일단 좀 깰 필요가 있겠다고 생각한 그레이는 손에 술병을 든 채 성벽 계단을 기어오르기 시작했다.

'바람을 좀 쐬어야겠어.'

그레이는 비틀거리는 걸음걸이로 갤러리 위에 올라섰다. 자칫하면 아래로 추락하기 알맞은 걸음걸이였지만, 취한 그레이에게 위기 감각 같은 것은 남아 있지 않았다. 갤러리 위에는 경계를 위한 최소한의 인원만 남겨져 있었고 그들은 그레이의 모습을 보며 빙긋 웃었다. 그레이는 혀 꼬부라진 소리로 그들에게 일일이 인사를 보낸 다음 갤러리 위를 걸었다. 한적한 곳을 찾아야겠어.

문득 그의 눈에 경비 대원의 복장이 아닌 다른 옷을 입은 사람이 보였다. 그레이는 눈을 몇 번 문지른 다음 쾌활하게 인사를 건넸다.

"히야아, 소로챠!"

흉벽에 두 손을 짚고 먼 곳을 바라보고 있던 솔로처는 천천히 고개를 돌렸다.

"나를 북부 목동처럼 부르지 마시오. 많이 취하신 것 같군, 그레이. 여기까지 어떻게 올라온 거요?"

"우음? 여기가 어딘데요?"

"……관둡시다. 이쪽으로 좀 당겨서 앉든가 하시오. 떨어지겠소."

그레이는 고개를 크게 끄덕거리며 순순히 솔로처의 말을 따랐다. 구겨지듯 주저앉은 그레이는 흉벽에 등을 기대며 말했다.

"아아, 멋진, 멋진 밤입니다."

"저 친구들에게는 별로 그런 것 같지도 않소."

솔로처의 말은 별 무리 없이 그레이의 귓속으로 흘러들어 갔지만 그레이가 그 말을 대충이나마 이해한 것은 시간이 제법 지난 후였다. 그레이는 비틀거리며 일어나서는 흉벽을 짚으며 말했다.

"아직도 싸우고 있습니까? 잘, 음냐, 잘 안 보이는데요."

"저쪽……, 검광이 보이시오?"

"아, 번쩍번쩍하는군요. 번쩍, 번쩍."

그레이는 번쩍번쩍이라는 말에 따라 고개를 좌우로 까딱거리며 흉벽 위에 상체를 얹었다. 어두운 데이든 평원 저편에서 검들이 부딪히며 튀어 오르는 날카로운 불꽃이 아물거렸다.

드래곤 솔저들이었다. 함께 태어난 형제들을 죽이는 그들의 의식은 아직까지도 계속되고 있었다. 취기와 밤의 어둠 때문에 그레이는 몇 명의 드래곤 솔저가 남았는지는 알아볼 수 없었다. 언뜻언뜻 보이는 불꽃은 그곳에서 이해할 수 없는 싸움이 벌어지고 있다는 것 이외에는 아무것도 알려주지 않고 있었다. 그레이는 흉벽의 커다란 돌 위에 상체를 길게 뻗으며 심드렁하게 말했다.

"지독한 놈들입니다. 독해요."

솔로처는 별 대답 없이 고개를 끄덕였다. 그레이는 트림을 길게 하고는 말했다.

"거으윽. 흐음, 흠. 몇 놈이 남아야 끝, 끝나는 겁니까?"

"고문에 의하면 그것은 특별히 정해진 바가 없다고 하오. 드래곤의 이빨을 얻은 자 얼마나 되겠소? 예가 될 만한 것이 너무 적소."

"자기들 마음대로라는 말입니까? 흐음. 남은 놈들은 어떻게 됩니까?"

"소환자의 충복이 된다는 것이 보편적인 이론이오."

"으하하! 엄선된 전사들 중에서, 예, 다시 엄선된 전사만 거느리게 되시겠군요, 솔로처."

"그러면 뭣하겠소."

"예?"

솔로처의 얼굴에 깊숙하게 새겨져 있는 주름살들도 밤의 어둠 속에서는 모두 지워지는 듯했다. 마법사는 밤이다. 보이지 않는 손길, 숨겨진 지식, 주체 없는 행동. 밤의 시간 속에서 솔로처는 신비로웠다.

"내가 그들을 데리고 무엇을 할 수 있겠소, 그레이."

그레이는 잠시 흉벽 위에 엎드린 자세로 말없이 데이든 평원을 바라보았다. 그의 손이 무의식중에 요철 돌을 똑똑 두드렸다. 잠시 후 그레이는 말했다.

"떠나셔야 된다고요?"

"그렇소. 그레이."

"서두르시는 것처럼 보입니다. 강박 관념처럼 보인다고요."

"당신에게는 그런 느낌이 없는 거요?"

"그런 느……낌?"

"한시라도 빨리 이 세계에서 사라지고픈 느낌. 이 세계에 아무런 영향도 주지 않고 관련되지도 않고 싶은 느낌 말이오."

그레이는 대답하지 않았다. 솔로처는 짚고 있던 지팡이를 등 뒤로 돌려 잡으며 어깨를 폈다.

"아까 오후, 나는 정말 가슴 섬뜩한 느낌을 받았소."

"압니다, 알아요. 데스나이트 앞에서 당당할 수 있는……."

"아니, 그것을 말하는 것이 아니오."

"그럼?"

"전투가 끝난 후, 켄턴 경비 대원들이 고함을 질렀을 때였소. 켄턴, 솔로처. 당신도 들으셨지? 그들은 그때까지 그렇게 고함지르지 않았소."

그레이는 낮게 중얼거렸다.

"켄턴, 루트에리노……."

"그래요. 그들은 항상 그렇게 외쳤지. 300년이 지났어도 우리나라 사람들은 여전히 대왕의 이름을 정신적 지주로 삼아온 모양이오. 하지만 내가 쓸데없는, 아니, 쓸데없는 짓은 아니었군. 어쨌든 그들 앞에서 싸워 데스나이트들을 물리치자 그들은 대왕의 이름 대신 내 이름을 연호했소."

"껄껄껄……. 기쁘시지 않습니까?"

"기쁘지 않아요. 나는 이 시대에 속한 자가 아니오. 수치스럽소."

그레이는 고개를 조금 꺾어 얼굴을 비스듬히 하고 솔로처를 바라보았다. 밤하늘을 배경으로 하얗게 떠오르는 솔로처의 얼굴에는 깊은 회한이 담겨 있었다.

"책임질 수 없는 일을 해버렸소. 이 시대에서 곧 사라져야 될 자가 말이오. 이 시대에는 아무 일도 해서는 안 될 자가 영웅의 이름으로 불렸소."

"하! 처녀를 임신시켜 놓고 달아나는 방랑자처럼?"

그레이는 익살스러운 어조로 말했고 솔로처는 피식 웃었다. 하지만 그의 미소는 길지 않았다.

"조야함으로도 진실을 꿰뚫는 당신의 언변에 찬사를 보내오. 그래, 그런 것 같소. 보시오. 취해 버린 당신은 알아차리지 못했지만, 저기 왼쪽 성탑의 그늘에서 세 개의 눈을 빛내며 나를 바라보고 있는 시몬슬을 볼까? 딴에는 내가 별을 읽고 마법을 수련하는 것을 훔쳐보겠다는 속셈인 것 같소. 멍청한 녀석. 인프라비전이 가능하니 내 얼굴을 낮처럼 볼 수 있을 텐데도 내가 자신을 눈치 챘다는 것은 모르는군. 그리고 저 멍청한 후배놈은 퀜턴 시의 시민들의 모습을 대표하고 있는 것 같소. 나에게 무엇을 바라고 내게 기대고 있소. 당신들 천공의 기사 역시 마찬가지요. 검의 수련만을 지상 과제로 삼아오는 레티의 프리스트들이 당신들을 보며 자격지심을 느끼는 것은 딤라이트 당신도 짐작하겠지?"

그레이는 솔로처가 자신의 이름을 잘못 불렀나 생각했다. 하지만 곧 그의 등 뒤에서 딤라이트의 목소리가 들려왔다.

"예. 그런 것 같더군요. 사소한 일에도 저희들의 이름을 거론하더군요."

그레이는 고개를 홱 돌렸다. 완전 무장을 갖춘 채 성벽을 올라오는 딤라이트의 모습을 보자 그레이는 그의 목적을 대충 짐작할 수 있었다. 틀림없이 저 근엄한 기사는 퀜턴 시민들의 즐거운 술자리를 위해 솔선해서 경비 업무를 맡기 위해 올라온 것이리라.

솔로처는 싱긋 웃으며 말했다.

"그래. 딤라이트의 어린 연인은 어떨까."

딤라이트는 불편한 표정을 지으며 뭐라고 말하려 했지만 솔로처는 그의 대답을 기다리지 않았다.

"키티 데시는 민감하고 가냘픈 정신세계를 가지고 있을 거요. 그녀의 머릿속에 각인된 당신의 모습이 어떤 것일지는 상상되지 않소. 하지만 이 싸움 전체가 성장기의 그녀에게 지대한 영향을 끼쳤다는 것은 마법사의 지팡이에 걸 필요도 없이 맹세할 수 있소. 그녀뿐만이 아니오. 퀜턴의 많은 어린이들, 청년들. 모두 마찬가지요. 머리가 굳지 않은 모든 퀜턴 시민들에게 우리들은 커다란 영향을 미치고 있을 거요. 그리고 우리의 이 불가사의한 체류가 길어지면 길어질수록 그 악영향 또한 증대하겠지요."

딤라이트는 말없이 고개를 끄덕였다. 하지만 그레이는 못마땅한 표정이었다. 그레이는 손을 들어올려 턱을 문지르다가 불평스럽게 말했다.

"한시 바삐 아무 짓도 하지 않은 상태에서 얌전히 떠나야 된다, 이 말씀이시군요?"

"그렇소."

"마치 허락받지 않고 쳐들어 온 불청객처럼?"

"불청객처럼이 아니라 우리는 불청객이오."

"제기랄, 왜요! 그럼 세상에 불청객 아닌 녀석이 어디 있습니까?"

그레이는 패악스럽게 외쳤다. 딤라이트는 눈을 크게 뜨며 걸어오기 시작했지만 그레이는 이제 똑바로 일어서서 솔로처를 쏘아보며 말했다.

"지긋지긋합니다. 당신의 그 말은! 여기선 아무 짓도 해선 안 된다, 여기에는 아무 영향도 줘선 안 된다! 왜죠? 왜 안 된다는 겁니까? 이 세상에 허락받고 태어나는 놈도 있답니까? 우리도 다른 사람과 마찬가지 아닙니까!"

"뭐가 마찬가지란 말이오! 그들은 아직 죽지 않았지만 우리는 이미 죽었던 사람……."

"저는 존재한단 말입니다!"

"뭐요?"

그레이는 이마 앞으로 늘어진 앞머리를 거칠게 쓸어 넘기며 말했다.

"제기랄. 마법사님의 말 뜻이야 잘 압니다. 하지만 다른 누구보다도 저 자신이 저에 대한 존재감을 절실히 느낀단 말입니다! 대개의 사람들이 그러는 것처럼요. 다른 사람들이 끊임없이 '너는 존재하는 자다.'라고 가르쳐줘야 자신의 존재감을 느끼는 얼뜨기도 있답니까? 제 잘난 맛에 산다는 말이 있지요. 그 말은 자신이, 그리고 자신만이 자신의 존재의 증인이자 증거 노릇을 할 수 있다는 말이라고 생각합니다. 다른 사람이 아닌, 오로지 자신만이 자신을 증명할 수 있단 말입니다."

높이 치솟았던 그레이의 어조는 말을 하면서 점점 낮아졌다. 술기

운은 그의 다리를 비틀거리게 만들었고 그레이는 눈을 심하게 껌뻑였다. 그런 그레이를 보며 솔로처는 눈썹을 꿈틀거렸다. 그레이는 흉벽의 요철 돌에 등을 기댄 채 하늘을 올려다보며 말했다.

"사부님의 말을 반복하실 생각이십니까? 나는 단수가 아니라고? 우리는 혼자서 존재하지 않는다고? 그 말에는 나도 찬성합니다만 나는 조금 다르게 생각합니다. 예. 마법사님의 사부님은 나는 단수가 아니라고 하셨지요. 그 말씀, 재미있지 않습니까? '단수가 아닌 나'라는 것을 인식할 수 있는 '나' 자체는 전제하셨단 말입니다."

"그래서?"

"그래서라……. 뭐, 부대끼고, 술 마시고, 노래 부르고, 즐기고 싶어진단 말이지요. 사랑도 좋아요, 증오도 좋고. 나는 이 시대와 동떨어진 고고한 존재로 있어야 된다는 것이 신경질 난단 말입니다. 며칠 전 저녁, 코가 비뚤어지게 술 마시던 도중 번쩍하고 제 뇌리를 스치고 지나간 생각이 그거였습니다. 나는 신경질이 납니다! 이 시대를 좋아하느냐 싫어하느냐의 문제가 아닙니다. 내가 존재하는 세계에 참여하고 싶단 말입니다. 그건 당연한 욕구잖습니까! 핸드레이크 님이 말씀하셨듯이 나는 단수가 아니니까, 시대와 동떨어진 단수로 살 수는 없다고요. 마음에 안 드는 녀석은 괴롭혀주고, 마음에 드는 사람과는 밤새워서라도 이야기 나누고 싶단 말입니다."

솔로처는 본격적으로 그레이를 쏘아보기 시작했지만 그레이는 여전히 그 시선을 하늘로 보내고 있었다. 딤라이트는 걱정스러운 표정으로 두 사람을 번갈아 쳐다보았고 먼 곳에서 훔쳐보고 있던 시몬들도 심상치 않은 사태라고 여긴 듯 그들을 향해 걸어왔다. 솔로처는 딱딱한 음성으로 말했다.

"무슨 궤변을 늘어놓든지 간에 당신의 말에는 찬성할 수 없소, 그레이. 당신이나 당신의 동료, 그리고 나 역시도 마찬가지지만 우리들이 할 수 있는 행동은 저 데스나이트와의 전투 행위 이외에는 아무것도 없소!"

그레이는 고개를 돌려 솔로처를 마주보며 고함질렀다.

"어째서 말입니까! 나는 살아 있는데!"

"웃지도 못하겠군. 당신이 살아 있다고? 그레이 당신이? 웃기지 마시오. 당신은 300년 전에 콜로넬 계곡에서 죽었소. 지금이라도 그 땅을 파보면 당신의 유골이 나올 거요!"

그레이의 얼굴이 창백해졌다. 옆에서 듣고 있던 딤라이트 역시 마찬가지였다. 비록 아무 말이나 약속은 없었지만 그들 사이에서 암암리에 거론하지 않기로 결정되었던 역린을 무참하게 건드린 솔로처는 계속해서 냉혹하게 말했다.

"원한다면 거기로 날아가서 파내어 가져다줄 수도 있소. 당신을 가르치기 위한 교육 재료로는 그만이겠군. 눈으로 보여주는 것만큼 확실한 것은 없을 테니까. 망상도 이런 망상은 없소. 스스로를 아시오! 자신을 안 다음에 '나'라고 말하고, 그러고 나서 나는 단수가 아니라고 말하시오. 도대체 당신이나 나나 '나'라는 말을 함부로 쓸 자격이나 있소? 존재하지도 않는 자들이?"

그레이는 행동으로 솔로처의 말에 대답했다.

번쩍! 딤라이트는 볼 수 있었다. 그러나 깜짝 놀란 솔로처가 바라보았을 때는 그레이의 롱 소드는 이미 시몬슬의 목을 겨냥하고 있었다. 그의 검은 술에 취했다는 것이 믿어지지 않을 만큼 단단하게 허공에 고정되어 있었다.

무슨 일인가 싶어 걸어왔다가 졸지에 목숨의 위협을 받게 된 시몬슬은 기절할 정도로 놀라서는 비명도 지르지 못한 채 굳어버렸다. 우선적으로 그를 구해야 할 그의 입은 무의미한 말만 쏟아내고 있었다.

"기, 기, 기사님? 왜, 왜, 왜……."

솔로처와 딤라이트가 이 느닷없는 사태에 당황하여 어떤 행동도 취하지 못하고 있던 사이에 그레이는 나지막한 목소리로 말했다.

"그럼, 내가 이 마법사를 죽이면 어떻게 됩니까."

"그레이!"

솔로처의 노호성에도 불구하고 그레이의 검끝은 전혀 움직이지도, 떨리지도 않았다.

"나도 데스나이트인데, 뭐 데스나이트다운 일 한 번 하는 셈치고 이 검으로 이 마법사를 찌르면, 그럼 그건 무슨 사태입니까. 존재하지도 않는 자에 의해 죽은 것은 살해입니까, 사고입니까?"

"당신은 명예로운 일스 기사 단원이오. 그런 당신이 무고한 자를 죽이겠다고?"

"아, 그 명예로운 일스 기사 단원 그레이 휠드런? 그 친구는 죽었어요. 지금은 그 유골이 콜로넬 계곡에 뒹굴고 있을 겁니다. 왜, 겁나십니까? 당신은 당신만 납득하는 논리를 통해서 내 존재를 박탈시켰는데

도대체 뭘 겁내십니까. 존재하지도 않는 내가 이 시대의 사내를 죽일 수 있을 거라고 생각하는 겁니까?"

솔로처는 순간적으로 말문이 막혔다. 할말이 없는 것이 아니라 너무 많은 말이 서로 뒤엉켜 버렸기 때문이다. 그레이는 그런 솔로처를 묵묵히 바라보았다. 시몬슬은 조금이라도 칼끝을 피해 보려고 꿈틀거렸다. 하지만 그레이는 그를 보고 있지 않으면서도 시몬슬의 목에서 검끝을 떨어뜨리지 않았다. 시몬슬은 잘 넘어가지도 않는 침을 삼키며 헐떡거렸다. 그때였다.

"그 칼 치우세요!"

그레이는 목소리가 들려온 쪽을 바라보기 위해 고개를 숙여야 했다. 그의 허리에 올까 말까한 케이트가 고개를 한껏 쳐든 채 올려다보고 있었다. 그리고 그녀의 등 뒤에는 주리오 시장이 당황한 표정으로 서 있었다. 칼자루를 움켜쥐고 여차하면 그레이를 공격하려고 마음먹고 있던 딤라이트는 당황하며 그 둘을 돌아보았다. 언제 올라온 거지?

다른 모든 사람들의 얼굴에 떠오른 표정과는 전혀 상반되게, 케이트의 얼굴에는 뜨거운 분노가 어려 있었다. 여덟 살 소녀의 얼굴에 떠오른 분노는 그레이를 주춤하게 만들었다. 케이트는 짜랑짜랑하게 외쳤다.

"당신이 진짜 기사예요? 약자를 찌르기 위해 검술을 익혔어요? 레티의 프리스트들은 파괴를 위해 검을 익히지만 기사들은 약자를 보호하기 위해 검을 익히잖아요!"

"꼬마야, 시끄럽구나."

"뭐라고요?"

"네게 이런 말을 해야 한다는 것이 웃긴다만 그래도 말해 주지. 너보다는 다른 사람들이 들으라고 하는 말이 될 거야. 어처구니없는 일이지만 나는 부활해 버렸어. 실실 웃으며 지내니까 아무도 모르지만 내 속에 있는 갈등과 고민은 너무 힘겹다. 부활을 확인한 그 순간부터 나는 계속 자신에게 물어야 했어. 내가 누구지? 나는 그레이 휠드런인가?"

그레이는 검끝을 내렸다. 시몬슬은 튕겨지듯 물러나며 숨을 몰아쉬었다. 그의 눈은 끔찍한 살의를 담은 채 그레이를 쏘아보았지만 그레이는 발 아래를 바라보며 말했다.

"하지만 나는 내 의지로 여기 나타나 있는 것이 아냐. 그렇다면 사람들이 태어나는 것과 뭐가 달라? 의지와 아무런 상관없이 태어나 버리는 사람하고 뭐가 다르냔 말이야. 그럼 내가 왜 이 시대를 살아갈 수 없지? 왜 도로 사라져야 하느냐고!"

솔로처는 이해할 수 있었다. 그레이에게 사라지라고 말한 사람은 아무도 없었다. 항상 그렇게 생각하고 있는 솔로처도 직접 말하지는 않았다. 그리고 데스나이트들의 공격을 받고 있는 퀜턴에서 천공의 기사를 경원하는 사람은 아무도 없었다. 오직 한 사람, 그 자신이 이미 그걸 요구했을 뿐이다.

'내가 말하기도 전에, 그는 이미 알고 있었어. 나의 말은 짜증나는 재촉이었겠군.'

솔로처는 이를 악물었다. 그레이는 이미 깨닫고 있었다. 존재할 수 없는 시간 속에 던져진 자신을. 그리고 그레이는 그에 대해 분노하고 있었다.

그레이는 검을 꽂아넣으며 길게 휘파람을 불었다. 휘이익!

어둠 속에서 날갯짓 소리가 다가왔다. 그레이는 그대로 흉벽의 요철 돌 위로 뛰어올랐다. 솔로처가 뭐라고 말하기도 전에 그레이는 아래로 떨어지려는 듯이 허공으로 뛰었다. 그러고는 밤을 가르며 날아온 킨크라이의 안장에 매달렸다.

날렵한 동작으로 킨 크라이의 안장에 올라탄 그레이는 고삐를 확 낚아챘다.

"올라가자!"

파바박! 킨 크라이는 급격하게 날개를 퍼덕이며 솟아올랐고 그 날개에서 떨어져나온 하얀 깃털들이 눈송이처럼 흩날렸다. 솔로처는 날리는 깃털 사이로 사라지는 그레이의 모습을 올려다보았다. 케이트는 밤하늘에서 하얗게 떨어지는 깃털의 비를 멍한 눈으로 바라보다가 손을 내밀어 그중 하나를 받았다. 그녀는 그 거대한 깃털을 두 손으로 꼭 쥔 채 뚫어지게 들여다보았다.

딤라이트는 먼저 몸을 돌려 시몬슬에게 사과했다.

"동료를 대신하여 사과드립니다. 그건 무례라는 말로도 표현할 수 없는 폭행이었습니다만, 부디 너그러이 용서해 주시기 바랍니다. 취중의 언동이었을 것입니다."

"아, 네. 딤라이트 님. 하지만……."

시몬슬은 고개를 끄덕였지만 그의 표정은 전혀 밝지 못했다. 시몬슬은 아랫입술을 깨물며 말했다.

"목숨을 위협받은 일을 쉽게 잊을 수 있을지는 모르겠습니다."

시몬슬은 자신이 상당히 기억에 남는 말을 했다고 생각했지만 딤라이트에게는 부지불식간에 웃음을 짓게 만드는 말이었을 뿐이다. 이 300살은 어린 친구야. 우리는 전장에서 매순간 죽음을 보네. 그걸 다 잊지 못한다면 난 오래 전에 미쳤을 거야.

고개를 돌린 딤라이트는 자신을 바라보고 있는 케이트의 시선을 만났다. 작은 손에는 킨 크라이의 거대한 깃털을 꼭 쥐고 있었고 커다란 모자 속에 파묻힌 듯한 작은 얼굴에는 슬픔이 가득했다.

"레이디 케이트······."

"딤라이트 님, 왜? 그레이님은 왜 저러시는 거예요?"

딤라이트는 뭐라고 말해야 될지 몰랐다. 그래서 입을 다물고는 먼저 행동에 들어갔다. 딤라이트는 케이트 앞으로 걸어가서 한쪽 무릎을 꿇은 채 케이트의 얼굴을 바라보았다. 그러자 말들이 떠올랐다.

"그레이는 힘든 일을 겪고 있는 것입니다."

"힘든 일? 데스나이트랑 싸우시는 거요?"

딤라이트는 거의 무의식중에 대답했다.

"아니오. 그것보다는 외롭기 때문입니다."

"외로워요?"

그레이는 킨 크라이의 목에 얼굴을 묻은 채 축 늘어져 있었다. 놓아 버린 고삐는 아래로 늘어져 킨 크라이의 발 아래쪽에서 뒤로 흔들리고 있었고, 킨 크라이의 날개는 옆으로 펼쳐진 채 규칙적으로 조용히 바람을 갈랐다. 하지만 그레이는 말 위에서 죽은 기수라도 되는 것처럼 축 늘어져 있었다.

푸……, 푸……. 그레이가 숨을 내쉴 때마다 킨 크라이의 목덜미 깃털이 가볍게 들썩였다. 킨 크라이는 기수의 안위를 걱정하기 시작했지만, 기수는 여전히 술 냄새가 가득 묻어나는 숨만 내쉴 뿐 꼼짝도 하지 않았다. 그래서 킨 크라이도 방향을 바꾸거나 고도를 바꾸지도 못한 채 그저 조용히 날아갔다.

그레이는 갑자기 상체를 일으켰다.

그레이는 똑바로 앉고 나서도 한참 동안 어리둥절해했다. 내가 여기서 뭘 하고 있는 거지? 아, 잠깐. 내가 왜 일어났지?

한참 생각한 후에야 그레이는 조금 전 뭔가가 눈가에서 움직이는 것을 보았다는 것을 떠올렸다. 이 깊은 밤의 하늘 위에서 무엇이 그의 눈을 자극했던 것일까? 그레이는 밧줄처럼 엉겨 얼굴을 덮은 머리카락을 옆으로 치우고는 무거운 머리를 이리저리 움직여 주위를 살펴보았다.

아래……. 그래, 아래였다.

그레이는 아래쪽을 내려다보았다. 하지만 땅은 캄캄했다. 이상하군,

이 황야 위에 무엇이……. 그때 조금 전 그의 시야를 자극했던 것이 다시 나타났다.

번뜩임.

검의 번뜩임이었다. 그레이는 가물거리는 눈을 비비고는 부릅뜬 눈으로 아래를 바라보았다. 하지만 그 섬광은 다시 나타나지 않았다. 그레이는 잠시 멀거니 아래를 바라보기만 했다.

조금 후 그레이는 아래에서 끄덕거리고 있던 고삐를 끌어올려 느릿하게 손에 감아쥐었다. 그러고는 조금 전 섬광을 보았다고 생각되는 지점을 향해 킨 크라이를 몰아가기 시작했다. 방향이나 거리를 짐작할 만한 대상물이 전혀 없는 깜깜한 밤하늘과 들판이었지만, 오랜 비행 경험을 통하여 3차원적인 공간 지각 능력이 매섭도록 단련되어 있던 그레이는 별 주저 없이 방향을 정하고는 조금 위험해 보일 정도의 강하에 들어갔다.

땅에 충돌할지도 모른다는 생각 같은 것은 없었다. 그는 취했지만 그가 타고 있는 그리폰은 취하지 않았다. 그래서 그레이는 무턱대고 아래로 내려갔고 땅에 닿기 직전 킨 크라이가 날개를 휘저으며 상체를 들어올렸을 때도 별로 놀라지 않았다. 그러고는 당연하다는 듯이 안장 옆으로 내려섰다.

그레이는 손에 고삐를 쥔 채 잠시 주위를 이리저리 둘러보았다.

하늘로 치솟아 올라 밤하늘을 보랏빛으로 물들이고 있는 불꽃이 보였다. 퀜턴인가. 꽤 멀군. 그레이는 머리를 긁적이고는 보다 침착하게 주위를 둘러보았다. 그때 갑자기 부드러운 목소리가 들려왔다.

"누구시오."

그레이는 몸을 돌렸다. 어둠 속에서 희미하게나마 윤곽 같은 것이 눈에 들어왔다. 그레이는 칼자루 쪽으로 손을 가져가며 말했다.

"그레이 휠드런. 슬픈 자."

아마도 맨 정신의 그레이 앞에서 누군가가 자신을 이렇게 소개했다면 그레이는 포복절도를 하고 말았을 것이다. 취해 버린 그레이도 자신의 인사말이 조금 이상하다는 것 정도는 느꼈지만 상대방은 아무런 반응도 보이지 않았다. 아니, 한 가지 반응은 보였다.

"무명(無名). 남은 자."

"남은 자……? 드래곤 술저인가."

"그렇소."

그레이의 눈에 보이는 드래곤 술저는 캄캄한 그림자뿐이었다. 거대한 어깨가 아래로 조금 처져 있었고 오른쪽 팔은 유달리 길어보였다. 검을 쥐고 있군. 그런데 왼손의 저건 뭐지? 그레이는 자꾸만 감기려는 눈을 다시 한번 비비고는 힘겹게 눈을 뜨며 말했다.

"왼손의 그건 뭐요? 방패로는 보이지 않는데."

그림자는 잠시 고개를 돌려 자신의 왼손을 바라보다가 그것을 슬쩍 던졌다. 꽤나 무거운 것이었던 듯, 상당히 둔탁한 소리가 났다.

"신경 쓸 필요 없는 물건이오."

그러나 그레이는 이미 알아차렸다. 저 정도 크기에 저 정도 무게라면 뻔하다. 그레이는 자신도 모르게 진저리를 치고는 말했다.

"그게 마지막 형제의 머리였소?"

"……그런 것 같소. 더 남은 자는 없는 것 같군."

마지막 남은 드래곤 솔저는 무미건조한 목소리로 말했다. 그레이는 찌푸린 얼굴로 상대방을 바라보았지만 보이는 것은 여전히 캄캄한 그림자뿐이었다. 드래곤 솔저는 입을 열었다.

"낮의 전투에서 보았소. 하늘을 나는 기사였지요?"

"잠깐, 내가 보입니까?"

"보입니다."

"밤눈이 참 좋군. 그래요……. 내가 그 기사요."

"부탁 하나 드리리다. 괜찮다면 제 소환자에게 안내해 주시겠소?"

"저기 불꽃 보이지요? 그곳으로 곧장 걸어가면 되오. 퀜턴 시오."

그림자의 머리가 작아졌다 커졌다 했다. 고개를 끄덕이는 것인가? 거대한 그림자는 그대로 몸을 돌려 퀜턴을 향해 걸어가기 시작했다. 그레이는 그 뒷모습을 물끄러미 바라보았다. 문득 여기 황량한 밤의 들판에 홀로 서 있을 필요는 전혀 없다는 사실이 그레이의 뇌리를 스치고 지나갔다.

"잠깐! 안내해 주겠소. 같이 갑시다."

그레이는 킨 크라이의 고삐를 끌며 그림자의 뒤를 따라 걸어갔다. 그림자는 잠시 기다려주었고 그레이는 하늘을 날 때와는 전혀 다른 고민거리 때문에 화를 내가며 그에게로 걸어갔다. 하늘에서는 돌부리에 걸려 넘어질까 봐 무서워할 필요가 없다.

비틀거리며 걸어간 그레이는 그림자를 잠시 바라보다가 그대로 앞으로 나아갔다. 드래곤 솔저는 아무 말 없이 그를 따라 걸었다. 그레이는 뒷짐 진 손에 킨 크라이의 고삐를 길게 잡고는 유유자적하게 걸으려 애쓰며 말했다.

"무명이라. 당신은 어떻게 이름을 가지게 됩니까?"

"이름을 획득할 권리는 가졌으니 소환자가 내게 이름을 주겠죠."

"권리?"

"남은 자니까."

"아아."

이 녀석들은 서로 죽이고 죽여서 결국 최후에 남는 녀석들만 살아갈 권리와 이름을 가질 권리를 가지게 되나 보군. 삭막한 의식이야. 그레이는 드래곤 솔저의 의식에 대해 뭐라고 한 마디 해주고 싶다고 생각했다. 하지만 생각만 앞설 뿐 무슨 말을 해야 될지는 떠오르지 않았다. 그때 그레이에게 갑작스럽게 질문거리가 떠올랐다.

"당신은 앞으로 뭘 하실 생각이오?"

"예?"

"그 끔찍한, 실례, 내게는 그렇게 보이오. 그 끔찍한 의식도 끝났으니 당신은 이제 살아갈 권리를 가진 거죠? 그리고 이름도 가진다며? 자아를 가질 준비가 다 되었다는 말이로군. 그럼 당신은 이제 최대한 선별된 당신의 그 최강의 육체와 험한 대가를 치르고 가지게 된 값비싼 자아를 가지고 뭘 할 생각이오?"

취해 버린 그레이에게는 퍽이나 힘든 질문이었다. 하지만 그가 간신히 질문을 마치자 드래곤 솔저는 별 어려울 것도 없다는 듯이 간단하게 대답했다.

"소환자의 명령을 수행할 겁니다."

"다른 건? 이봐요. 당신은 새로 태어난 거잖소. 다른 건 없소? 젠장, 이 세상에 대해 뭘 알아야 하고 싶은 것도 생기긴 하겠지만, 그래도 지금까지 말 나눠본 걸 가지고 추측해 보면 당신은 꽤나 많은 식견의 소유자인 것 같은데. 최소한 당신과 내가 말 나누는 데는 아무 불편도 없으니까."

"어느 정도는……, 그래요, 보통의 인간과 같은 정도의 식견은 가지고 있소."

"위대한 드래곤 만세요. 그럼 당신은 이 세상에 대해 제법 많이 알고 있을 거요. 그럼 하고 싶은 것도 뚜렷하게 생각할 수 있잖소?"

"하고 싶은 것은 분명히 있소."

그레이는 반색을 하며 말했다.

"뭐요?"

"소환자로부터 명령을 받고 싶군요."

그레이는 잔뜩 실망한 표정으로 입술을 깨물었다. 아, 저 녀석은 내 얼굴이 보인다고 했지? 그레이는 더 험한 인상을 만들어 보이며 말했다.

"젠장, 넌 사람이 아니었지. 그래."

"그렇소. 그레이 휠드런."

"내가 주정을 늘어놓았던 모양이군. 도대체 누굴 상대로 이런 이야기를……."

"발 앞을 조심하시오."

그레이는 급하게 멈춰 섰다. 그는 그림자를 돌아보며 물었다.

"뭐?"

"발 앞에 갑주가 있소. 발을 조심스럽게 내밀어 보시겠소?"

그레이는 오른발을 앞으로 내밀어 보았다. 그러자 곧 발에 닿는 단단한 쇠붙이가 느껴졌다. 으음. 하긴 데스나이트들의 갑옷 같은 것은 수거하지도 않았지. 틀림없이 고가에 팔릴 전리품이지만, 데스나이트의 갑주에 손을 댈 만큼 용감한 경비 대원은 없었다. 그래서 데이든 평원은 다른 전장과는 달리 수많은 전리품들이 방치된 형국이었다.

그레이는 발 앞을 가로막는 갑주를 거칠게 걷어찰까 아니면 옆으로 돌아갈까 고민했다. 갑옷을 차면 발이 아플 거라는 생각 같은 것은 취해 버린 그에게는 들지 않았다.

그때 갑주가 말을 했다.

"검검을을 뽑뽑아아라라······."

그레이는 잠시 동안 얼어붙어 버렸다. 술 때문이야. 꼼짝도 하지 못하는 자신을 느끼면서, 그레이는 동시에 결론까지도 내렸다. 술이 아니라면 벌써 움직였을 텐데. 그래서 마지막 드래곤 솔저는 갑주를 후려치는 대신 그레이의 어깨를 강하게 끌어당겨야 했다. 그레이는 엉덩방아를 찧을 뻔했고 드래곤 솔저는 다시 갑주를 공격할 기회를 놓쳤다. 그레이는 드래곤 솔저의 부축을 받으며 간신히 검을 뽑아들었다.

그리고 말을 하던 갑주는 천천히 일어났다.

일어나다? 그레이는 그 말이 어울리지 않는다고 여겼다. 사람이나 동물이 일어나는 것과는 전혀 다른 모습이었다. 마치 무게가 없는 물체가 둥둥 떠오르는 것 같은 모습이었다. 이윽고 갑주는 꼿꼿한 자세로 그레이와 마지막 드래곤 솔저 앞에 섰다.

왼팔은 팔꿈치부터 떨어져나가고 없었다. 그리고 갑주에는 커다란 구멍이 뚫려 그 구멍으로 켄턴 시의 불빛이 보일 지경이었다. 조금 이상한 각도로 흔들거리는 오른팔에는 거대한 투 핸드 소드를 들고 있었다. 사람이 든다면 틀림없는 투 핸드 소드였지만 데스나이트는 그 검을 마치 롱 소드처럼 쥐고 있었다.

투구의 뿔은 부러지고 찢어진 망토가 기이한 춤을 추고 있었다. 그레이는 숨이 막히는 것을 느꼈다. 공포? 아냐, 냄새다. 그레이는 눈앞의 데스나이트에게서 지독한 냄새가 풍겨오는 것을 알아차렸다. 유황밭에 던져진 시체가 이런 냄새를 풍길 것인가. 자신을 괴롭히고 있는 것이 냄새라는 것을 깨달은 순간 그레이는 다시 뒤로 몇 발자국 물러나고 말았다.

데스나이트는 말했다.

"누누가가 먼먼저저 덤덤빌빌 것것인인가가. 동동시시에에 덤덤벼벼도도 상상관관없없다."

드래곤 솔저의 그림자가 검을 옆으로 한 번 뿌린 다음 그대로 앞을 향해 걸어가기 시작했다. 그레이는 취한 자신은 가만히 있어도 용서받을 거라는 조금 비겁한 생각을 하며 그 모습을 바라보았다.

드래곤 솔저의 강인한 어깨가 꿈틀거렸다. 그는 옆으로 서서는 수평으로 들어올린 왼손 바닥을 데스나이트에게 내밀고는 느슨하게 검을 쥔 오른손은 허벅지쯤에 적당히 떨어뜨렸다.

"오라."

"무무엄엄한한 놈놈! 데데스스나나이이트트에에게게 선선수수를를 허허락락한한다다고고? 건건방방진진 자자세세 집집어어치치우우고고 네네놈놈의의 공공포포와와 함함께께 덤덤벼벼라라! 데데스스나나이이트트가가 너너에에게게 지지옥옥을을 보보여여주주리리라라!"

드래곤 솔저는 아무 대답도 하지 않았다. 하지만 허벅지쯤을 오가던 그의 오른손이 천천히 위로 올라왔다. 그 모습을 보며 데스나이트는 흡족한 듯이 웃었다.

"핫핫하하하하! 지지옥옥에에 온온 것것을을 환환영영한한다다."

드래곤 솔저의 발이 앞으로 튕겨져 나갔다.

그리고, 그것으로 끝났다.

드래곤 솔저는 앞으로 크게 발을 내디딘 자세 그대로 정지했다. 그레이는 가슴이 서늘해지는 기분을 느끼며 검을 부여잡았다. 마법! 제기랄. 선택할 수 있는 길은 두 가지. 싸워야 되나, 킨 크라이에 올라타야 되나? 그때 데스나이트가 말했다.

"왜왜 멈멈췄췄는는가가?"

그레이는 어이가 없었다. 왜 멈추냐니? 그때 무시무시한 도약 자세 그대로 굳어 있던 드래곤 솔저가 앞으로 내디딘 발을 천천히 회수하며 똑바로 섰다. 어깨 위에서 굳어 있던 그의 팔도 천천히 내려와 허리쯤에서 고요히 정지했다. 어라? 마법에 걸린 것이 아닌가?

드래곤 솔저는 말했다.

"뭐지?"

데스나이트는 대답하지 않았다. 허공에 둥둥 뜬 것처럼 보이는 그의 갑주가 조용히 흐느적거릴 뿐 데스나이트는 꼼짝도 하지 않은 채 드래곤 솔저와 그레이를 바라보고 있었다. 드래곤 솔저는 지치고 성난 음색으로 말했다.

"왜 맞서 싸우려 하지 않는가. 싸울 의사가 없는 상대에게 검을 휘두를 수는 없다."

데스나이트의 어깨 부분이 조금 움직였다. 그 움직임을 보며 그레이는 칼자루를 쥐어짤 듯이 움켜쥐었다.

"넌넌 인인간간이이 아아니니었었지지. 물물러러나나라라. 기기사사여여, 네네가가 오오라라."

그레이의 눈이 휘둥그레졌다. 하지만 드래곤 솔저는 말없이 뒤로 물러났다. 마치 데스나이트의 말대로 그레이가 데스나이트와 싸워야 된다는 듯이. 그레이는 그 두 개의 그림자를 번갈아 바라보았다. 흐느적거리는 데스나이트의 파괴된 그림자, 그리고 드래곤 솔저의 완벽한 그림자를 번갈아 보는 그레이의 시각 한쪽으로 켄턴에서 솟아오르는 불꽃이 음험한 욕망처럼 타오르고 있었다. 전투가 벌어졌던 황야 위의 공기는 자욱한 핏방울을 머금고 있는 듯했다. 비린 냄새. 그리고 데스나이트의 냄새. 그레이는 입술을 핥고 나서 말했다.

"잠깐, 이봐, 데스나이트 경. 말이 이상하군."

"무무슨슨 말말인인가가."

"'인간이 아니었지'라고 했나? 그럼 인간은 싸울 의사가 없는 상대에게도 검을 휘두른단 말인가?"

데스나이트는 대답하지 않았다. 그레이의 목소리는 점점 노성으로 바뀌었다.

"그것은 네놈들의 이야기잖아! 단지 피해자의 공포를 즐기기 위해 맹목적으로 공격하는……."

"그그렇렇다. 형형제제여여."

"뭐라고? 잠깐, 지금 뭐라고 불렀지?"

데스나이트의 갑주가 앞으로 조금 움직였다. 하지만 여전히 익숙하지 않은 움직임이었기에 그레이는 그것이 자신에게 다가오는 모습이라는 것을 조금 늦게 깨달았다. 데스나이트는 죽어가는 사자처럼 으르렁거렸다.

"드드래래곤곤 솔솔저저들들의의 의의식식을을 따따라라볼볼까." 검검을을 뽑뽑아아라라. 형형제제여여."

"닥쳐! 아, 아니, 열어! 입을 열어 설명해! 내가 왜 너의 형제냐. 왜!"

데스나이트는 설명하지 않았다. 대신 데스나이트는 천천히 자신의 검을 쳐들었다. 억제될 대로 억제되어 있던 그레이에게 있어 데스나이트의 그 동작은 마지막 빗장을 열어젖히는 효과로 작용했다. 그레이는 거친 고함을 지르며 잔뜩 당겨진 화살처럼 달려들었다.

뜻없는 고함 소리, 그리고 그 고함 소리보다 빠른 발. 그레이는 데스나이트의 왼쪽 허리 옆을 순간적으로 돌파했다. 사고는 필요없다. 누적된 경험과 숙련은 사고보다 빠르게 그레이를 인도했고 그래서 그레이는 데스나이트의 검에서 가장 먼 곳에 있는 직선을 가장 빠르게 지나쳤다. 그레이가 자신의 행동에 망연해하며 어깨와 팔에 남아 있는 타격의 여운을 느끼고 있을 때 그의 등 뒤에서는 요란한 소리를 내며 데스나이트의 갑주가 무너져내렸다.

땡그르……, 꽝깡깡!

그레이는 몸을 돌렸다. 급격한 회전에 휘말린 앞머리카락들이 요동치며 그레이의 시야를 가렸다. 그 사이로 그레이는 땅바닥에 나뒹굴고 있는 데스나이트의 갑옷을 보았다. 그리고 그 사이에서 솟아올라 어두운 밤하늘로 솟아오르는 불길한 색깔의 연기도.

얼마간 솟아오른 연기는 상승을 멈추고 제자리에서 엉겼다. 그레이가 부릅뜬 눈으로 바라보고 있는 가운데 연기는 점점 엉기며 형체를 이루기 시작했다. 그레이는 헐떡이며 연기를 바라보았다.

연기는 이제 사람의 모습으로 바뀌었다. 그리고 그 어깨 위에는 비난하는 듯한, 동시에 조롱하는 듯한 미소를 띤 채 그레이를 바라보는 얼굴이 있었다. 그리고 그것이 바로 자기 자신의 얼굴이라는 것을 깨달으며, 그레이는 목이 졸리는 비명과 함께 무릎 꿇었다.

"으와아아아!"

머리카락이 곤두서는 느낌 속에서 그레이는 머리를 감싸쥐었다. 번갯불이 머리를 때리는 듯한 느낌. 그리고 그레이는 가슴 속에서 미친 듯이 요동치는 자신의 심장 소리를 들었다. 구역질 날 듯이 헐떡이는 자신의 호흡 소리를 들었다. 그러나 그레이는 아무 소리도 듣지 못했다.

무언가가 그레이의 어깨를 건드렸다. 그레이는 반사적으로 검을 휘두르며 튕기듯 일어났다.

"손대지 마!"

하마터면 오른팔이 통째로 날아가 버릴 뻔했지만, 드래곤 솔저는 침착했다.

"슬픈 자. 무엇을 보았소?"

"뭐?"

"무엇을 보았느냐고 물었소."

그레이는 고개를 돌려 연기가 스멀거리던 그 공간을 바라보았다. 하지만 그곳에는 깊이 없는 암흑뿐이었다. 지독한 어둠 때문에 데스나이트의 갑주조차도 보이지 않았다. 그레이는 마구 경련을 일으키는 얼굴을 돌려 핏발 선 눈으로 드래곤 솔저의 어두운 윤곽을 바라보았다. 곧은 자세로 선 드래곤 솔저에게서는 아무런 감정도 느껴지지 않았다. 동정심. 그래, 내가 필요한 것은 동정 어린 관심이야. 하지만 드래곤 솔저는 어둡고 위압적인 자세로 선 그림자일 뿐이었다.

그레이는 부들부들 떨리는 입술을 힘겹게 움직였다.

"내 얼굴을……, 내 얼굴을 봤어. 저기서."

드래곤 솔저의 머리가 조금 움직였다가 다시 원래의 위치로 돌아왔다. 순간 그레이는 지금 드래곤 솔저의 얼굴이 어떤 표정인지 알고 싶다는 지독한 욕구를 느꼈다. 드래곤 솔저는 그 부드러운 목소리 그대로 말했다.

"데스나이트의 사술을 본 것이오. 신경 쓸 필요 없는 것이오."

"제길, 내 얼굴이란 말이야!"

"당신 스스로도 알 것이오. 당신은 이런 어둠 속에서 사물을 그렇게 뚜렷하게 볼 수 없소. 내 얼굴이 보이시오?"

"뭐라고?"

"내 얼굴이 보이냐고 물었소."

그레이는 그제서야 깨달았다. 그래. 바로 눈앞에 있는 드래곤 솔저의 얼굴도 제대로 보이지 않는 이 지독한 어둠 속에서 뭔가를 볼 수 있을 리가 없어. 연기? 얼굴? 보일 까닭이 없어.

하지만 그레이의 망막에는 아직도 그 모습의 잔영이 남아 있는 듯했다. 당장이라도 웃음을, 또는 눈물을 터뜨릴 듯한 얼굴을 한 채 자신을 바라보고 있는 그레이 휠드런의 모습은 뚜렷했다. 그 얼굴을 다시 떠올리며 그레이는 무릎에 힘이 빠져나가는 것을 느꼈다.

봤어.

드래곤 솔저는 무뚝뚝하게 말했다.

"괘념치 마시오. 데스나이트는 소멸하는 그 순간까지 공포와 절망, 그리고 어둠을 선물하기 위해 못된 잔재주를 부린 것이었을 거요."

그레이는 그 순간 온몸을 치닫는 한기를 느꼈다.

"잠깐, 너는 봤나?"

"아니, 못 봤소."

"못 봤다고? 그 얼굴은? 제기랄, 그 연기는?"

"연기?"

그레이는 드래곤 솔저의 검은 윤곽을 뚫어지게 쏘아보았다. 하지만 드래곤 솔저는 묵묵하게 그를 바라보고 있을 뿐이었다. 못 봤군. 나만 봤어.

"먼저 가라."

"예?"

"저 불꽃이 켄턴이다. 밤눈이 좋으니 얼마든지 찾아갈 수 있겠지. 그곳에 도착하거든 솔로처를 찾아라. 너의 소환자다."

드래곤 솔저는 잠시 기다렸다가 말했다.

"당신은 여기 있을 거요?"

"가."

대답하는 그레이의 목소리는 낮지도 높지도 않았지만 드래곤 솔저는 검을 추스르고는 그대로 켄턴을 향해 걸어가기 시작했다. 불꽃을 배경으로 떠오르는 드래곤 솔저의 뒷모습을 바라보며 그레이는 입술을 깨물었다. 키가 큰 드래곤 솔저는 성큼성큼 걸어가 순식간에 멀어졌다. 드래곤 솔저의 모습이 손톱만해지자 그레이는 한숨을 내쉬며 말했다.

"여기엔 아무것도 없다."

그레이는 자신의 속삭임에 흠칫했다. 왜 그런 말을 한 거지? 그레이는 고개를 돌려 주위를 둘러보았다. 보이는 것은 암흑뿐, 구름이 가득 끼었는지 밤하늘엔 달도 별도 보이지 않았다. 그레이는 애타는 심정으로 주위를 둘러보았다. 그러면서도 자기가 무엇을 찾고 있는지는 알지 못했다.

그때 무엇인가가 그의 허벅지 쪽을 가볍게 스치고 지나갔.

기절할 듯이 놀란 그레이는 반사적으로 몸을 돌리며 검을 휘둘러 내렸다. 검날이 살을 파고드는 무시무시한 감각이 그의 팔을 지나 어깨를 때렸다.

"키에에엑!"

고막을 찢을 듯한 비명 소리가 울렸다. 그레이는 검을 휘두른 자세 그대로 굳어버렸다. 밤을 관통하며 울려퍼진 소리는 귀에 익은 목소리였다. 그레이는 피를 토하는 심정으로 외쳤다.

"킨 크라이!"

털썩. 거대한 덩치를 가진 생물이 땅에 쓰러지는 소리. 그레이는 손을 내뻗었으나 손아귀에 쥐어지는 것은 암흑과 그의 절망뿐이었다. 그레이는 무릎을 꿇었다. 그러고는 땅을 더듬으며 킨 크라이를 찾았다. 손바닥이 쓸리고 돌부리에 부딪힌 손가락에서는 지독한 통증이 느껴졌다. 철퍽. 손가락 끝에 따스하고 질척한 느낌이 드는 순간 그레이의 목덜미에 소름이 하얗게 돋았다. 마침내 그레이는 킨 크라이의 몸을 찾아냈다.

부드러운 깃털은 피에 젖어 서로 달라붙어 있었다. 그레이는 킨 크라이의 몸을 만지면서도 계속 가중되는 불안감에 몸을 떨었다. 왜지? 왜 움직이지 않지? 킨 크라이, 왜! 날개는, 날개는 괜찮아. 다시 날 수 있어. 이건, 다리인가? 다리도 괜찮아. 그런데 왜 움직이지 않지? 킨 크라이, 왜?

다급하게 더듬던 그레이의 손가락은 마침내 자신이 저질러놓은 비극의 상처를 찾아냈다.

미간 한가운데였다. 공포로 휘두른 그레이의 검은 킨 크라이의 정수리에서 옆으로 비스듬하게 예리한 상처를 만들어놓았다. 갈라진 두개골 사이로 흘러나온 뇌수와 피가 그레이의 손가락을 적셨다. 기다란 끈……, 이건? 둥글다. 물컹거리는 느낌. 잠시 후 그레이는 자신이 파열

된 오른쪽 안와로부터 흘러나와 대롱거리는 킨 크라이의 오른쪽 시신경을 만지고 있음을 깨달았다. 그레이는 화다닥 뒤로 물러났다.

"으아아아아!"

땅바닥에 주저앉은 채 그레이는 어둠을 향해 비명 질렀다. 눈을 부릅떴으나 보이는 것은 명멸하는 빛깔들뿐이었다. 눈을 뜨고 있는데도 마치 눈을 감은 것처럼 희고 붉고 푸른 빛살들이 그레이의 눈앞을 어지럽혔다. 그레이는 땅바닥을 움켜쥐며 목이 터져라 비명 질렀다.

"으아아, 으아아, 으아아아아!"

땅에 앉은 채 그레이는 미친 듯이 뒤로 물러났다. 그러나 어둠은 계속해서 그를 따라왔다. 그레이는 일어서지도, 몸을 돌리지도 못한 채 계속해서 뒤로 물러났다. 그때 그의 몸이 무엇인가에 호되게 부딪혔다. 그레이는 황급히 몸을 돌렸다. 바위인가?

그의 손에 닿는 것은 바위가 아니었다. 매끄럽고 진저리쳐지도록 차가운 것. 그레이는 그것을 밀어버리려고 있는 힘껏 부여잡았다. 그 순간 그의 손이 굳어버렸다.

투구다.

그레이가 움켜쥐고 있는 것은 데스나이트의 투구였다. 조금 전 자신이 쓰러뜨린 데스나이트의 투구였다. 그레이는 어느새 그것을 들어올리고 있었다. 자신의 손도 제대로 보이지 않을 정도의 암흑 속이었지만 그레이는 투구를 알아볼 수 있었다. 그것은 '보였다'.

조금 전과 같아.

그레이는 암흑 속에서도 데스나이트의 투구를 볼 수 있었다. 그래서 그레이는 투구를 버릴 수 없었다. 이 암흑, 어딘가에 킨 크라이의 시체가 쓰러져 있을 이 지독한 암흑 속에서 그 투구는 그레이가 볼 수 있는 유일한 물체였다. 그레이는 어느 새 킨 크라이의 죽음도 잊어버린 채 그것을 뚫어지게 바라보았다.

사악하기 짝이 없는 문양들과 거친 장식들. 거대한 투구의 양쪽 관자놀이에서는 조각된 뱀들이 뻗어나와 마치 눈썹처럼 눈 위를 흘러 미간에서 모였다. 그러고는 서로 똬리를 틀며 콧등으로 흘러내렸다. 추켜올려진 바이저에는 가로로 슬릿들이 나 있었다. 그레이는 그것이 사람의 갈빗대 모양으로 만들어져 있음을 깨달았다. 바이저를 아래로 내리자 인간의 갈빗대를 파고드는 뱀의 모습이 떠올랐다. 심장을 관통하는 두 마리의 뱀……. 바이저 아랫부분은 노출되어 있었다. 그렇다면 당연히 있어야 할 볼 가리개는 없었다. 대신 귀 부분에서 솟아나온 거대한 뿔들이 얼굴 앞으로 휘어지며 볼 가리개 역할을 하고 있었다. 이상한 디자인, 이상하다.

매력적이다.

그레이는 친우의 얼굴인 것처럼 투구를 뚫어지게 바라보았다. 그러나 뭔가가 모자라다. 이 투구에는 있어야 할 것이 없다.

그 안에 있어야 할 머리.

그렇다. 머리가 없다. 그레이는 그것을 채워넣기로 결심했다. 천공의 기사 그레이는 입이 온통 뒤틀리도록 사납게 미소 지으며 중얼거렸다.

"머리라면 마침 내게도 하나 있거든."

그레이는 천천히 투구를 들어올렸다. 머리에 뒤집어쓰기 직전, 그레이는 투구 속에 뭔가가 일렁이는 것을 본 것 같았다. 하지만 그의 손은 멈춰지지 않았다.

그레이는 데스나이트의 투구를 썼다.

6

 으스스할 정도로 고요해. 네리아는 침울한 표정으로 주위를 둘러보았다. 저 모든 얼굴들 색깔이 모두 각양각색. 예쁘지는 않아. 궤헤른, 당신 미소 지으면 근사할 것 같은데. 지금의 그런 얼굴로는 어떤 여자에게도 접근할 생각 하지 말아요. 주블킨 할아버지, 당신 무서워요. 저 여자는 뭐지. 흐음. 그 글레이브도 상당히 엑조틱하지만 내 트라이던트가 더 근사해. 와아, 이 기다란 한숨 소리는 뭘까. 운차이?
 영원히 계속될 것 같은 얕고 긴 한숨 끝에, 운차이는 칼로 자르듯 말했다.
 "후작을 죽인다."
 그란의 눈이 재빨리 운차이의 얼굴을 훑고 지나갔다. 제레인트는 기겁한 표정으로 말했다.
 "우, 운차이……."

"쉽게 생각할 필요가 있는 시간이야. 우리들의 오랜 추적의 목적만 생각해도 결론은 당연하다."

운차이는 쓰디쓴 표정으로 후작을 바라보다가 고개를 들어 신스라이프를 바라보았다. 싱긋 웃으며 운차이를 마주보던 신스라이프의 얼굴이 갑자기 굳어버렸다. 부르르 떨며 고개를 다시 돌리는 신스라이프의 모습을 뚫어지게 쳐다보며, 운차이는 나직하게 말했다.

"Yi youkchi ro nharphe un……, Khai!"

주위를 둘러싼 수많은 사람 중에서 자이펀 어를 아는 자들의 얼굴이 가볍게 굳었다. 그러나 주블킨과 콜리의 프리스트들 중에는 자이펀 어를 아는 사람이 없었다. 그래서 주블킨은 두 주먹을 들어올리며 탄성을 질렀다.

"당신의 결정은 정확했소! 여덟 번째 죽음은 아홉 번째 정답을 부를 것이오! 당신은 그 정답을 확인할 수 있을 것이며, 나는 약속을 이행하게 될 것이오!"

운차이의 입매가 조금 꿈틀거렸다. 그러나 그는 여전히 나직하게 말했다.

"이놈들은 우리가 맡지. 올라가서 원하는 것을 해."

"알겠소! 당신의 밤에 콜리의 가호가 영원하기를!"

광란에 젖어 부르짖는 주블킨을 바라보며 파하스는 운차이의 말을 해석해 주고 싶은 충동을 느꼈다. 자이펀 어로 이루어진 운차이의 선언에 따른다면, 신스라이프는 할슈타일 후작보다 그렇게 오래 살지는 못할 것이다. 그러나 운차이의 선언을 이해하지 못한 주블킨은 그대로 몸을 돌려 후작을 쏘아보았다. 그 옆에는 레이저와 루손이 얼떨떨한 표정을 한 채 서 있었다.

궤헤른의 귀 앞으로 급격하게 주름이 생겨났다.

이를 악문 궤헤른은 고개를 돌려 등 뒤를 바라보았다. 그곳에서는 운차이와 그란 등이 무서운 표정을 한 채 그를 노려보고 있었다. 궤헤른은 절망을 느꼈다. 어떻게 해볼 도리가 없다. 후작과 그의 사이에는 흥분한 콜리의 프리스트들이 사람의 벽을 만들고 있고, 등 뒤에는 그들 최고의 악몽이라 불릴 만한 자들이 칼과 눈빛 양쪽을 모두 맹렬하게 번득이고 있다. 니크는 거의 울음을 터뜨릴 지경이었다. 토실토실한 볼 때문에 파묻힌 것처럼 보이는 두 눈 가득 눈물을 담은 채, 니크는 애써 울음을 참느라 헐떡거렸다. 그리고 가이버는 고개를 떨군 채 땅을 바라보고 있었다.

주블킨 역시 후작의 부하들이 완전히 무력하다는 사실을 간파하고 있었기에 계단을 올라가는 그의 동작은 여유로웠다.

이제 그를 가로막고 있는 것은 두 명뿐이었다. 루손을 부둥켜안고 있던 레이저는 초조한 표정으로 주블킨을 보다가 고개를 돌려 굳어버린 후작을 쳐다보았다. 정말 이래야 되나? 레이저는 다시 말하려 했지만 주블킨이 먼저 입을 열었다.

"비켜라, 올로레인의 후예여."

레이저는 얼굴을 온통 찡그린 채 주블킨을 쳐다보았지만 주블킨의 얼굴은 완고했다. 레이저는 고개를 숙여 루손을 보았다. 아직까지도 사태를 이해 못한 채 거인에 대한 공포에 빠져 있던 루손이었지만, 그녀 역시 주위를 흐르는 진지한 분위기에 입을 다물고는 레이저를 올려다보았다. 레이저는 루손을 놓아주며 말했다.

"루손……, 거인은 사라져야 하겠지?"

"응? 그, 그래. 레이저. 그렇지."

"따라와."

레이저는 어깨를 늘어뜨린 채 계단 옆으로 걸어갔다. 루손은 주블킨을 한번 바라보고는 글레이브를 흔들며 레이저의 뒤를 따라 달려갔다.

주블킨은 벅찬 심정으로 신스라이프를 올려다보다가 후작에게 다가갔다. 이제 그를 막는 것은 아무것도 없었다.

후작은 여전히 달려내려 오던 모습 그대로 굳어 있었다. 그 모습을 보며 주블킨은 참을 수 없는 유쾌함을 느꼈다. 그는 후작의 귓가로 얼굴을 가져가며 나직하지만 열띤 목소리로 속삭였다.

"개인적으로……, 네놈이 여덟 번째 제물이라는 것에 대해 콜리에게 감사하고픈 심정이다, 후작. 의사를 존중할 줄 모르는 놈은 생명을 존중할 줄 모르는 놈이지. 네 녀석의 생명은 네 스스로 이미 포기한 것이다. 킬킬킬……."

귓가에 울려퍼지는 주블킨의 웃음소리를 들으며 할슈타일 후작은 미칠 것 같은 기분이었다. 이렇게 죽어야 하나, 이렇게 멍청하게! 꼼짝할 수도, 말할 수조차도 없는 이런 무력한 모습으로 이런 놈에게 죽어야 한단 말인가! 게다가 이미 죽은 녀석을 위해서!

주블킨은 천천히 허리를 숙였다. 그는 계단 위에 떨어져 있던 경비대원의 포차드를 들었다. 주블킨은 뒤로 몇 발자국 물러나서는 포차드를 할슈타일 후작의 가슴에 겨냥했다.

"콜리의 가호 속에!"

후작은 고함지르고 싶었다. 하지만 목소리는 나오지 않았다. 주블킨이 내지른 포차드는 그대로 후작의 복부를 꿰뚫었다. 푸욱! 날카로워질 대로 날카로워진 후작의 감각은 복부의 피부를 뚫고 근육을 자르며 뱃속을 후비는 포차드의 칼날을 그대로 느꼈다.

"후작니이이임!"

니크는 목이 터지도록 울부짖었다. 그리고 궤헤른은 무릎을 꿇고 말았다.

집어삼킬 듯이 주블킨을 노려보던 후작의 예리한 눈빛에 순간 얼룩이 번졌다. 손끝이 차갑다. 발이 차갑다. 후작은 빠른 속도로 무뎌져 가는 감각을 느꼈다. 포차드가 다시 빠져나갈 때 후작은 둔한 동통 같은 것만을 느꼈을 뿐이었다.

이제 죽음인가.

무너져내린 바위와 흙더미 때문에 도대체 얼마나 깊은지 짐작도 할 수 없는 동굴 속에 갇혀 있었으면서도, 오크는 절망하지 않았다. 절망을 느끼기엔 그의 현실 인식 능력이 너무 조악했다. 그래서 오크는 조금도 좌절하지 않은 채 한결같은 힘으로 돌을 내리치고 흙더미를 파냈다.

꽝! 꽝! 꽝!

현실 인식 능력이 떨어진다는 것이 그에게는 행운이었고 그의 팔근육에는 불행이었다. 오크는 무너진 동굴에 갇혔다는 현실을 느끼기는 했지만 그것이 큰 장애라는 추리까지는 하지 못했다. 그래서 오크는 손도끼로 바위를 내리치고 흙더미를 밀어붙이며 꾸준히 길을 냈다. 그가 땅을 파는 방식은 드워프가 보았다면 수십 대 위의 조상까지 거들먹거리며 지독한 욕설을 퍼부어 댈 만한 방식이었다. 안전 대책이라든지 붕궤의 위험 같은 것은 전혀 고려에 넣지 않은 채, 오크는 다시 손도끼를 바위틈에 끼워 넣었다. 그러고는 두 손에 침을 탁 뱉고 손도끼를 지렛대 삼아 아래로 내리밀기 시작했다.

"취, 츄아아아아악!"

바위가 움찔거렸다. 그리고 그를 아는 모든 오크들이 두려워하는 괴력이 최고 수준으로 발휘되었다. 극도로 긴장된 그의 어깨 근육에서는 핑핑 소리가 울릴 지경이었다. 크게 뒤틀리던 바위가 움직이자 오크는 재빨리 옆으로 비켜섰다.

쫘드드등!

바위가 뽑혀 나오며 어마어마한 충격음이 울려퍼졌다. 땅을 파던 오크의 상체만큼이나 큰 바위가 쑥 뽑혀 나오자 토사와 자갈들이 우수수 쏟아져내렸다. 바위는 바닥에 떨어져 꼼짝도 하지 않았다.

오크는 씨익 웃었다. 하지만 이것은 인간 광부였다면 모든 신의 이름을 부르며 광란스러운 감사를 표해야 할 장면이었다. 이토록 거대한 바위가 뽑혀나왔는데도 그 위의 바위들은 2차 붕궤 없이 절묘한 균형을 이루고 서로 맞물렸던 것이다. 그리고 이 기적은 이번이 처음이 아니었다. 오크는 지난 열하루 동안 이런 기적을 수십 차례나 만났다.

하지만 오크는 자신이 얼마나 운이 좋은지 따위는 이해하지 못했다. 게다가 열하루 동안 굽힘없이 바위를 들어내고 땅을 파게 한 그의 강철 같은 의지는 조금도 무뎌지지 않았다. 그것보다는 이제 더 이상 뜯어먹을 다른 오크의 시체가 남지 않았다는 사실이 그를 초조하게 만들었다. 동굴 속에서 발견한 오크의 시체는 모두 뜯어먹었고, 이젠 뼈다귀라도 빨아야 될 지경이었다. 그랬기에 오크는 아무 생각 없이 다른 바위에 달려들었다.

쩡! 도끼날이 바위에 부딪히며 불꽃이 튀어올랐다. 불꽃 속에서 잠시 드러난 나크둠의 얼굴은 눈살을 잔뜩 찌푸리고 있었다.

킨 크라이라 불렸던 그리폰은 머리를 들었다.

푸드덕. 날개가 무겁다. 킨 크라이는 고개를 홰홰 내젓다가 갑자기 어리둥절한 시선으로 주위를 둘러보았다. 주위는 캄캄하다. 그리폰은 어둠을 좋아하지 않는다. 킨 크라이는 불안한 심정으로 부리를 딱딱 부딪치고는 고개를 돌려 날개를 손질했다. 주위에는 깃털이 어지럽게 떨어져 있었다. 건성으로 날개를 손질하던 킨 크라이는 갑자기 주위에 자욱한 피 냄새를 느꼈다.

킨 크라이는 화드득 놀라면서 몇 큐빗 정도 날아올랐다. 비상이라기보다는 도약이다. 잠깐 펼쳤던 날개를 다시 접으며, 킨 크라이는 밤의 데이든 평원 위에 도로 내려섰다.

무엇인가에, 맞았다.

킨 크라이는 그것을 떠올렸다. 주인의 다리에 가볍게 머리를 비벼댔을 때였다. 무엇인가가 날아와 머리에 부딪히며 머릿속이 온통 번쩍였다. 지독한 아픔과 공포. 맞았어. 킨 크라이는 다시 고개를 내젓고는 제자리에서 몇 바퀴 돌았다. 뭐였지?

그러나 고통은 느껴지지 않았다. 그리고 킨 크라이의 머릿속에서 무엇에 맞았다는 의식이 점점 현실성을 잃었다. 아프지 않아. 맞았나? 자신이 공격당했다는 의식이 점점 희미해져 가자 그의 머릿속으로는 느리게 다른 의문이 떠올랐다.

'주인은 어디로 간 것일까.'

주인은 그에게 이 무거운 안장을 치워주고 씻겨주고 먹이를 가져다주는 존재다. 그런데 그것들이 가장 필요한 이 시점에 주인이 보이지 않는다. 어떻게 된 거지? 킨 크라이는 다시 뱅글뱅글 돌았지만 아무것도 보이지 않았다. 어둡고 피 냄새만 날 뿐이다. 킨 크라이는 갑자기 피로감을 느꼈다. 그러자 희미한 사고들은 흔적도 없이 사라져갔다. 뭔가를 먹고 잠자리를 찾아야 해.

'주인을 찾자.'

킨 크라이는 자신의 결정에 만족했다. 주인을 찾으면 그가 먹을 것을 주고 안장을 떼어주고 잠자리를 주리라. 주인은……, 주인의 친구들에게 간 것일까.

'주인의 친구. 딤라이트. 무스타파. 어디?'

킨 크라이의 멋진 결정은 다시 난관에 봉착했다. 주인의 친구들은 어디에 있는 것일까. 킨 크라이는 다시 어쩔 줄 모르는 동작으로 부리로 땅을 헤집고 발톱으로 흙을 긁어대며 빙빙 돌았다. 어떻게 해야 하지?

"……그리폰? 사우스그레이드에 웬 그리폰이지?"

킨 크라이는 화들짝 놀라면서 몸을 돌렸다. 이상하다. 조금 전까진 아무도 없었는데. 킨 크라이는 목소리가 들려온 방향을 향해 몸을 낮추며 날개를 좌악 펼쳤다.

어둠 속에 검은 그림자가 서 있었다. 건장한 남자의 그림자. 킨 크라이는 고개를 한껏 낮춘 채 남자의 그림자를 올려다보았다. 저건 누구지?

킨 크라이를 내려다보던 남자는 고개를 갸웃했다.

"안장? 안장이라니, 넌 길든 그리폰인가? 하지만 그리폰 라이더가 남아 있다는 이야기는 듣지 못했는데. 일스의 기사……."

사내는 흠칫하며 다시 킨 크라이를 내려다보았다. 그의 입술이 열리는 순간 킨 크라이는 조금 놀랐다.

"킨 크라이? 너 혹시 일스의 기사 그레이 휠드런의 그리폰인 킨 크라이인가?"

킨 크라이는 어떻게 반응해야 될지 몰랐다. 하지만 자신의 이름과 주인의 이름이 연달아 불리자 킨 크라이는 자신도 모르게 고개를 조금 쳐들었다. 남자는 어처구니없는 표정으로 킨 크라이를 내려다보다가 갑자기 얼굴을 감싸쥐었다.

"소, 솔로처도 돌아오셨지. 설마, 설마 그렇다면……, 천공의 기사도 부활했단……. 부활!"

남자는 갑자기 자신의 몸을 내려다보았다. 킨 크라이가 의아한 심정으로 바라보고 있는 가운데 남자는 정신없는 동작으로 팔다리를 만지며 더듬더듬 말했다.

"내…… 팔! 내 다리, 남아 있어. 붙어 있어……. 살아 있어! 나는? 나는 싸웠는데……. 살아난 건가? 나도 부활한 건가? 오오, 레티여!"

남자는 무릎을 꿇었고 그 갑작스러운 동작에 놀란 킨 크라이는 뒤로 훌쩍 뛰었다. 하지만 남자는 킨 크라이를 쳐다보지도 않은 채 어깨를 감싸쥐고 오열했다.

"맙소사, 되살아났어. 살아났어! 어떻게? 어떻게? 나는…… 나는?"

이름이 없는 레티의 프리스트였건만 그가 죽기 직전 그에게 이름을 붙인 자가 있었다. 레틴드롤스는 부활한 자신의 몸, 그 법칙의 반역물을 그러안은 채 온몸이 부서져라 떨었다.

론리 시걸의 갑판장 보타는 사납게 외쳤다.

"그, 그 부적 나도 만지게 해줘요!"

"다, 닥쳐! 가까이 오지 마!"

바바라 선장은 으르렁거리며 부적을 꽉 움켜쥐었다. 졸란의 뒷골목에서 암파린이라는 이상한 이름의 점복가에게 구입한, 도무지 어떤 효용이 있을지 의심스러운 괴상하게 생긴 부적이었지만 바바라 선장은 부적의 효용을 철석같이 믿고 있었다. 그리고 그 부적을 믿고 있는 것은 그뿐만이 아니었다. 중갑판에 몰려 있던 다른 해적들 전부가 바바라 선장이 움켜쥔 부적을 간절한 눈초리로, 혹은 무시무시한 눈초리로 쳐다보고 있었다.

공포에 빠져 있던 것은 다른 해적들과 마찬가지지만 그 눈초리를 본 바바라 선장은 정신이 번쩍 들었다. 이놈들은 어차피 해적인 것이다. 반란을 무서워할 놈들은 하나도 없다. 게다가 그들이 간절히 원하는 것을 선장이 가지고 있다면 선장의 머리를 떼는 것쯤이야 생선 머리 떼는 것보다 더 간단하게 해치울 놈들인 것이다. 바바라 선장은 보타 갑판장의 손이 칼자루 쪽으로 가는 것을 보며 황급히 외쳤다.

"조, 좋아. 내가 부적을 가지고 있으니, 내가 앞장서서 올라가 보겠다. 너, 너희들은 내 뒤만 따라오면 된다. 알았냐?"

해적들의 얼굴이 환해졌다. 그들 단순한 해적들은 역시 선장님밖에 없다는 표정으로 바바라 선장에게 찬양을 보내왔다. 바바라 선장은 침을 꿀꺽 삼키고는 말했다.

"내 뒤를 바싹 따라와라. 알겠냐? 이 부적을 가지고 있으니 나는 너희들을 막아줄 수 있다. 우리는 바다의 신사다! 아, 알겠냐? 귀신 따위 전혀 무서워할 것이 못 돼! 바바라는 악마도 두려워하지 않아. 내, 내가 놈의 목을 비틀어주지. 그러니까 너희들은 바싹 따라와야 한다. 알았지?"

일방적인 수긍만을 보내온 다른 해적들과 달리 조금 똑똑한 편인 보타 갑판장은 회의적인 눈길로 바바라 선장을 바라보았다. 하지만 지금 상갑판 위에서 기다리고 있을 존재는 보타 갑판장에게도 마찬가지의 공포를 끼치고 있었기에, 보타 갑판장은 어쩔 수 없이 바바라 선장을 믿는다는 몸짓을 해 보였다.

바바라 선장은 차마 떨어지지 않는 발길을 돌려 주승강 계단을 향해 움직이기 시작했다. 다른 해적들은 각자 무기를 움켜쥔 채 조심스러운 걸음걸이로 그 뒤를 따랐다. 승강 계단을 올라선 바바라 선장은 잠시 멈춰 서서는 뒤를 돌아보았다. 계단 아래쪽에 가득 모인 해적들의 얼굴들은 어서 올라가라는 표정을 보내오고 있었다.

'이런, 제기랄.'

바바라 선장은 부적을 왼손에 꼭 쥔 채 오른손으로는 검을 뽑아들었다. 그러자 문을 열 손이 없었다. 바바라 선장은 숨을 크게 들이쉬며 다리를 뒤로 당겼다.

"이야아아아!"

바바라 선장은 있는 힘껏 문을 걷어찼다. 그리고 그대로 뒤로 나가떨어지고 말았다. 계단을 데굴데굴 구른 바바라 선장은 긴장된 자세로 아래에서 기다리고 있던 해적들의 머리 위로 떨어졌다. 해적들은 비명을 지르거나 욕설을 내뱉으며 서로 뒤엉켜 쓰러졌다.

"우아아아! 뭐, 뭐야앗!"

"바바라, 너 이 당나귀 새끼 같으니!"

"어, 어떤 놈이, 으헉! 내 다리! 문을 잠근 거야! 이익, 눈알을 파버리겠다!"

"선장님이, 으윽! 아까 자, 잠그라고 했잖아요!"

"내가 나가기 전에 열어놨어야 되잖아!"

해적들은 헐떡이고, 욕설을 내뱉고, 서로의 머리를 짓누르고, 팔꿈치로 옆 사람의 눈두덩을 가격하기까지 했지만, 일어나지는 못했다. 위에서 떨어졌다는 이유로 가장 먼저 일어난 바바라 선장은 빨리 비키라는 선원들의 고함 소리에 허둥지둥 옆으로 비켜났다. 황급히 일어난 바바라 선장은 고개를 들고, 바로 코앞에 서 있는 보타 갑판장을 발견했다. 보타 갑판장은 다른 선원들과 조금 떨어져 서 있었기에 쓰러지지 않았던 것이다.

그러나 보타 갑판장은 바바라 선장에게 경멸 어린 눈길을 보내고 있지는 않았다. 그의 시선은 위로 한껏 쳐들려 있었다. 바바라 선장은 의아한 표정으로 고개를 돌렸고, 그러고는 굳어버리고 말았다.

주승강구 문이 열려 있었다. 바바라 선장이 걷어차는 바람에 빗장이 박살난 것 같았다. 그리고 그곳에는 푸른 하늘을 등진 탓에 시커멓게 보이는 한 사내가 해적들을 내려다보고 있었다.

사내의 다리가 움직였다. 뚜벅뚜벅. 사내는 천천히 계단을 내려오기 시작했다. 뒤엉켜 버둥거리고 있던 해적들은 숨소리마저 멈춘 채, 그러나 지금까지보다 훨씬 격렬한 동작으로 일어나려고 애썼다. 그와 동시에 해적들은 계단에서 멀어지려고 버둥거렸다. 조용하면서도 격렬한 소란이 일어나는 가운데 사내의 발소리만이 중갑판 전체로 울려퍼졌다. 뚜벅뚜벅.

바바라 선장은 무엇인가가 등을 떠밀고 있는 것을 알아차렸다. 그러나 사내에게서 눈을 뗄 수 없었던 바바라 선장은 고개를 돌리지 못했다.

"가요!"

그의 귓가로 들려온 보타 갑판장의 목소리는 낮고도 사나웠다. 바바라 선장은 침을 꿀꺽꿀꺽 삼키고 고개를 끄덕이고 부적을 움켜쥐고 다리도 좀 떨었지만, 그러나 앞으로 걸어가지는 못했다. 그 동안 일어난 해적들은 모두 바바라 선장의 뒤쪽으로 도망쳐 그의 등 뒤에 숨으려 애썼다. 그래서 다가오는 사내와 바바라 선장의 사이에는 아무도 없게 되었다. 보타 갑판장은 이제 나이프를 뽑아 바바라 선장의 등을 찔러버리고 싶다는 투로 말했다.

"서, 선장님! 부적, 부적을 내밀어요!"

"다, 닥쳐! 내가 알아서 한다. 부, 부적을 내밀어서 저 녀석을 화나게 하면 어쩔 거야?"

보타 갑판장은 그 말에 대해 화를 내고 싶었지만, 그때 사내가 멈춰섰기에 말이 목구멍에 걸려버렸다. 멈춰 선 사내는 물끄러미 바바라 선장을 바라보았다.

사내는 피식 웃었다.

바바라 선장이 조금 뚱뚱한 편이긴 하지만 그렇다고 해도 그의 등 뒤에 수십 명의 해적들이 다 숨을 수야 없다. 하지만 해적들은 그들 모두가 바바라 선장의 등 뒤에 숨을 수 있다고 믿는 것처럼 서로를 밀어대고 있었다. 사내는 그 모습을 보며 쓴웃음을 지을 수밖에 없었다.

하지만 그 웃음에 바바라 선장은 이제 최후의 순간이라고 판단해 버렸다. 그래서 바바라 선장은 발작적으로 부적을 들어올렸다. 팔을 너무 세차게 내미는 바람에 하마터면 부적을 놓칠 뻔했지만, 바바라 선장은 다급하게 부적을 움켜쥐며 말했다.

"무, 물러가라! 잡스런 귀신은 물러가라!"

사내는 잠시 어리둥절한 표정으로 바바라 선장을 보다가 그의 손에 쥐어진 부적을 쳐다보았다.

"그건 뭐요? 부적?"

바바라 선장의 얼굴이 환해졌다.

"그, 그래! 이건 부적이다. 유, 유피넬과 헬카네스의 이름으로, 잡귀는 물러가라!"

보타 갑판장을 위시한 해적 전원들은 경외감에 가까운 감정으로 바바라 선장의 등을 바라보았다. 우리 선장님이 저렇게 유식할 수가! 야, 그런데 헬카네스가 누구냐? 그 친구 싸움 잘해?

사내는 천천히 입을 열었다.

"나는 귀신이 아니오. 당신이 나를 구했잖습니까?"

"그, 그래. 아니, 그랬지. 하, 하지만……."

"하지만?"

바바라는 입술이 바짝바짝 마르는 것을 느꼈다. 이런 빌어먹을, 넌 뒈졌단 말이다! 구해 내긴 했지. 하지만 넌 결국 뒈졌고 내가 바다에 던졌어. 그런데 왜? 왜 귀신이 되어 이 배에 기어 올라온 거야. 난 할 거 다 해줬는데 왜 찾아온 거야! 왜 나를 찾아와, 네가 복수해야 할 것은……

"왜 블루 드래곤에게 가지 않고 우리 배에 온 거요!"

바바라 선장은 몸을 돌려 보타 갑판장에게 입이라도 맞춰주고 싶은 충동을 느꼈다. 그래, 바로 그거야, 내가 하고 싶었던 말은! 블루 드래곤이라는 말이 나온 순간 사내의 얼굴은 크게 일그러졌다.

"지골레이드……, 지골레이드! 으아아아!"

사내는 미친 듯이 외쳤다. 바바라는 황급히 물러나려 했지만 그의 등 뒤에는 수많은 해적들이 몰려서 있었기에 조금도 물러날 수 없었다. 그래서 바바라 선장은 지독한 공포에 빠진 채로 사내의 광분을 마주 지켜봐야만 했다.

"지골레이드! 복수!"

"놈은 어디 있나."

졸란 정화 대장 사라스는 이를 악물고, 대답하기에 앞서 먼저 주위를 둘러보았다. 광장을 둘러싼 시민들은 숨소리마저 죽인 채 광장 중앙을 바라보고 있었다. 사라스는 그것이 마음에 들었다. 왜냐하면 그 자신이 광장 중앙에 서 있었기 때문이다. 내 생애에 이렇게 많은 시선들을 한꺼번에 받은 것은 이게 처음인 것 같군. 그러나 광장 중앙에 서 있는 또 하나의 사내는 시민들의 시선에는 관심도 두지 않았다. 그는 다시 사라스를 향해 질문했다.

"사라스, 대답해! 놈은 어디 있나?"

사라스는 힘들게 입을 열었다.

"경의를 그대에게……. 신차이 선장을 찾으시는 겁니까?"

"선장? 미치광이 살인마를 찾을 뿐이다. 감히 나에게 검을 겨눌 생각까지 했다니. 놈이 저지르는 해악은 이제 더 이상 용납할 수 없다. 어디 있나!"

사라스는 이마를 닦았다. 진득한 땀이 손바닥에 묻어났다.

"그가 당신을 공격한 것을 알고 있습니까?"

"뭐야? 무슨 말을 하는 건가, 사라스?"

"예. 그는 당신을 공격했지요. 저도 압니다. 그런데……, 정말 그렇죠?"

"사라스!"

상대방은 어이없다는 감정을 넘어서서 분노가 어린 말투로 외쳤다. 사라스 역시 자신의 화법이 머저리 같다는 생각을 떠올리지 않을 수 없었지만, 이렇게밖에 말할 수 없었다. 사라스는 정화 대원들에게 살짝 눈짓을 보내고는 상대방을 똑바로 응시하며 말했다.

"예. 그건 신차이 선장도 알고 나도 알고 이 주위에 있는 시민들 모두 잘 아는 사실입니다. 결투했죠. 예. 그렇습니다. 그런데……, 그래서 어떻게 되었습니까?"

"뭐라고?"

"그 결투 말씀입니다만, 그 결과가 무엇이었습니까?"

"뭐? 그야 그가 날 쳐서……."

사내의 입은 열린 그대로였으나 더 이상 말은 나오지 않았다. 사라스는 몸을 조금 낮추며 느리게, 그러나 재촉하는 어투로 말했다.

"그렇습니다. 그건 수많은 무술 사범들이며 명가의 수장들이 감탄을 표했던 결투였습니다. 강완(强腕)도 그런 강완은 없을 것이요, 신속에 있어서는 비유할 바를 찾기도 어려운 멋진 한 수였습니다. 신차이 발탄은 당신과의 결투 끝에……, 당신을 죽였죠. 베이론 코다슈."

베이론은 꼼짝도 하지 않았으나 팔치온을 쥔 그의 손은 심하게 흔들리고 있었다. 사라스는 메마른 입술을 한번 핥고 나서는 목소리를 더욱 낮추어 말했다. 감히 그 말을 꺼내기 어렵다는 듯이.

"당신은 죽었습니다. 코다슈의 불길은 꺼졌습니다. 그렇잖습니까, 베이론 코다슈? 그런데, 그렇다면 문제가 발생합니다. 당신은 누구입니까?"

사라스가 나직하고 간곡한 어투로 보낸 질문의 답은 끔찍한 비명소리로 되돌아왔다.

"끄아아아아!"

"덮쳐!"

"우우와아악!"

정화 대원들 역시 비명을 내지르며 앞으로 달려갔고 졸란의 정화대 역사에 길이길이 남을 그런 볼썽사나운 모습을 보면서도 사라스는 꾸중을 내릴 마음이 들지 않았다. 왜냐하면 가장 커다란 비명을 지르며 베이론에게 달려든 것은 바로 사라스 본인이었기 때문이다.

절망의 색깔은 암흑. 암흑의 비릿한 냄새는 지겨워.

하얀 백색의 공포가 다가올 때, 가장 뜨거운 침묵으로 노래한다. 팔이 어깨 속으로, 어깨가 다시 가슴 속으로 말려들 것 같은 차가움 차가움 차가움 차가움 차가움 차가움.

할슈타일 후작은 눈을 떴다.

소리 없는 아우성들이 후작의 시각을 무자비하게 유린했다. 얼굴들, 표정들, 감정들, 찌르지 마. 찌르지 마. 그런 눈빛으로 찌르지 마. 너무 아파. 제기랄. 내 눈이 어떻게 된 거지? 내 눈이 '듣고' 있어. 내 눈이 '만지고' 있어.

쩡 하는 이명. 귀가 열린 것 같다.

삽시간에 끔찍하도록 많은 소리들이 '보였다'. 할슈타일 후작은 귀를 틀어막았다. 귀를 틀어막는 손바닥의 색깔은 붉었다. 태양 때문이다. 할슈타일 후작의 입술이 열렸다.

"아아아······, 아아······, 아아아아!"

찌르지 마, 태우지 마, 시끄러워! 이 피 냄새는 너무 예리해, 그 소리들은 너무 뜨거워, 그런 색깔들은 너무 시끄러워!

"아아아아! 아아아아! 아아아아!"

덜그렁. 주블킨의 손아귀에서 포차드가 떨어졌다. 그의 동공은 그대로 튀어나올 것처럼 팽창했다. 주블킨은 주춤주춤 뒤로 물러나면서도 할슈타일 후작에게서 눈을 떼지 못했다.

"죽지······, 않아?"

계단 아래에 있던 궤헤른은 덜덜 떨리는 아랫입술을 힘껏 깨물었다.

분명히 보았다. 주블킨이 내지른 포차드는 후작의 복부를 거의 관통할 정도였다. 상처에서 뿜어져 나온 피는 지독하게 붉었다. 그 냄새는 아직까지도 그의 코 안에 남아 있었다. 쓰러지는 후작을 보며 니크가 내지른 비명 소리도 아직까지 그의 귀 안을 메아리치고 있었다.

그런데 후작이 일어난 것이다.

누군가가 그의 어깨를 거칠게 잡아당겼다. 궤헤른은 무력하게 몸을 돌렸고 흥분으로 시뻘겋게 변한 니크의 얼굴을 보게 되었다. 니크의 두 볼은 그대로 터질 것 같았다.

"살아 계세요! 죽지 않으셨어요!"

"응? 어어, 니, 니크. 그래……, 응?"

"이런 우라지게 좋은! 후작님이 죽지 않으셨어요! 급소를 피했나 봐요. 이 개 같은 콜리의 프리스트 같으니, 뒈져라! 네놈의 손으로 우리 후작님을 어떻게 할 수 있을 것 같아? 보세요! 집사님! 보시라고요! 일어나고 계세요!"

니크는 궤헤른의 어깨를 붙잡고 흔들면서도 눈으로는 계속해서 할슈타일 후작을 바라보고 있었다. 궤헤른은 니크가 흔드는 대로 흔들리며 혼란스러운 머릿속을 어떻게든 정리해 보고자 노력했다. 하지만 사고는 갈피를 잃었고 이성은 헤집어놓은 흙탕물마냥 한층 더한 혼란 속으로 빠져들어 갈 뿐이었다.

운차이는 꼼짝도 하지 않은 채 계단 위의 후작을 응시했다. 할슈타일 후작은 이제 똑바로 일어섰다. 하지만 두 눈은 꼭 감겨 있었고 두 손은 귀를 단단히 틀어막고 있었다. 그런 자세로 후작은 비틀거리고 있었다. 이게 어떻게 된 거지? 분명히 죽었을 텐데, 어떻게 죽지 않는 거지? '웅' 하는 이명이 운차이의 귓속을 가득 채웠다. 이해할 수 없다. 이게 어떻게 된 일인가.

그때 운차이의 귀를 가득 메운 이명 사이로 나직한 목소리 하나가 흘러들어 왔다.

"요즘 유행하는 이야기 하나 들려드릴까요?"

운차이는 고개를 홱 돌렸다. 제레인트였다. 제레인트는 똑바로 서서는 오른손에 쥔 디바인 마크를 가슴에 붙인 채 할슈타일 후작을 바라보며 미소 짓고 있었다. 그래서 운차이는 제레인트의 귀를 바라보게 되었다.

"끝난 두루마리가 다시 펼쳐지고 이야기는 새롭게 시작된답니다."

"제레인트……?"

"후작의 두루마리도 그렇군요. 후작의 일대기의 맨 마지막 장면은 이랬어요. '쓸쓸하고 차가운 북부의 도시에서 한 광신도에게 찔려 죽다. 그리고 끝.' 그런데 말입니다, 후작에게 새로운 두루마리가 배당되었답니다. 어쩌겠어요. 비장한 죽음 장면을 바꿔야지요. '할슈타일 후작, 다시 살아남.'"

운차이는 소스라치는 기분으로 제레인트를 바라보았다. 제레인트는 히죽 웃었다. 그는 몸을 조금 돌려서는 파하스에게 경의어린 동작으로 허리를 굽혀 보였다. 얼빠진 표정으로 자신을 바라보는 파하스를 향해 제레인트는 나직하게 말했다.

"데스나이트도 살아나고, 솔로처도 살아나고, 거인도 살아나고, 파하스 님도 살아났지요."

파하스는 침을 꿀꺽 삼켰다. 제레인트는 고개를 돌려 다시 후작을 바라보며 차분하게 말했다.

"그러니까 내가 더 이상 놀라지 않는다고 하더라도 너무 이상하게 바라보지는 말아요, 운차이."

"그럼 후작도……."

"후작도 살아났습니다. 안 죽은 것이 아니라, 죽었다가 살아나 버린 겁니다."

6

"네가 누구냐고?"

아일페사스는 싱긋 웃었다. 그녀는 오른손을 가슴에 얹으며 상체를 앞으로 쑥 내밀었다.

"그래. 저는 누구냐고 물었어. 말해 보려무나, 귀여운 거인아."

아프나이델은 아일페사스가 사용하는 어휘들에 대해 상당한 교정이 필요하다고 느꼈다. 물론 지금까지도 계속 느껴왔던 것이지만 지금 이 순간처럼 절실하지는 않았다. 여기서 살아난다면 기어코 아일페사스의 어학 능력부터 손봐주리라. 그리고 아프나이델의 그런 결심과 똑같은 결심이 엑셀핸드의 마음속에서는 보다 폭력적인 형태로 수십 배 증폭되어 맴돌고 있었다.

거인은 못마땅한 얼굴로 아일페사스를 내려다보다가 팔짱을 꼈다. 거인을 올려다보던 엑셀핸드는 푸른 하늘을 흘러가는 구름이 그의 정수리에 걸릴 것 같다는 착각을 거둘 수 없었다. 그런 압도적인 높이에서 거인은 근엄하게 말했다.

"너는 인간 계집애잖아."

바로 그 대답을 기대하고 있었기에 아일페사스는 거인의 말이 끝나자마자 펄쩍 뛰었다.

"까르르륵! 틀렸어요! 틀렸어!"

거인의 얼굴이 당혹으로 물들었다.

"뭐라고? 틀리다니. 그럼 네가 무엇이란 말이냐!"

"너 까무러치지 말아요? 제가 누구냐면 말이야."

아일페사스는 잠시 말을 멈추고는 두 손을 허리에 얹었다. 그러고는 상체를 있는 대로 젖혀 거인에게 자신의 턱을 보여주려 애쓰면서 말했다.

"저는 전능한 드래곤의 하나뿐인 지배자 드래곤 로드의 이름을 계승하는 자, 카르 엔 드래고니안의 두 번째 목소리이자 드래곤들의 첫 번째 목소리, 드래곤의 별의 보호자, 알겠니? 저는 드래곤 로드의 딸 아일페사스다!"

거인의 얼굴이 딱딱하게 굳었다. 그덴 산의 거인은 하나뿐인 눈을 커다랗게 뜬 채 아일페사스를 내려다보았다. 한참 후, 거인은 겨우 입을 열었다.

"······그게 뭔데?"

일행들 중 정신적으로 엉덩방아를 찧지 않은 자는 이루릴뿐이었다. 에델린과 엑셀핸드, 그리고 아프나이델은 각 종족을 대표해서 트롤과

드워프, 인간이 각각 어떤 방식으로 황당함을 표현하는지를 여실히 나타내 보였다. 아일페사스의 경우, 그녀는 코를 크게 벌름거리며 주먹을 휘두르기 시작했다.

"야, 이 멍청한 거인이시여! 너는 너무 멍청해요! 제가 누군지 말했잖아! 얼간아! 바보야! 저는 전능한 드래곤의 하나뿐인 지배자 드래곤 로드의 이름을 계승하는 자, 카르 엔 드래고니안의 두 번째 목소리이자 드래곤들의 첫 번째 목소리, 드래곤의 별의 보호자란 말이야! 말해 줬잖아요! 이해력이 떨어지면 노력이라도 있어야 할 거 아니야!"

거인 역시 짜증스러운 얼굴로 외쳤다.

"그러니까 그게 뭐냔 말이다!"

사방이 트인 황야였지만 거인의 목소리는 메아리가 되어 울려퍼졌다. 머리를 홰홰 휘젓던 에델린은 그 메아리가 자기 귓속에서 울리는 것임을 깨달았다. 하지만 그런 위압적인 고함 소리도 아일페사스를 주눅 들게 하지는 못했다. 아일페사스는 저렇게 우둔한 녀석은 처음 보겠다는 듯한 표정으로 외쳤다.

"뭐? 이이이익! 저는 전능한 드래곤의 하나뿐인 지배자 드래곤 로드의 이름을……."

그때 이루릴이 팔을 들어올렸다. 거인은 이루릴을 내려다보았지만 아일페사스는 이루릴이 물구나무를 선 채 발로 박수를 치며 돌고래 울음소리를 낸다 해도 자신이 할 말은 끝까지 하겠다는 결연한 태도로 계속 말했다. 하지만 그때 아프나이델이 그녀를 끌어안으며 입을 틀어막았다.

"읍! 읍!"

"조용히 있어, 제발!"

아프나이델의 조력에 힘입어 간신히 고요를 얻은 이루릴은 그녀다운 태도로 말했다.

"거인이여, 그녀는 드래곤입니다."

그덴 산의 거인은 입을 열었다. 하지만 말소리는 나오지 않았다. 튀어나올 정도로 커진 눈으로 거인은 아일페사스를 바라보았다.

갑자기 거인은 상체를 앞으로 굽혔다. 휘익. 거대한 거인의 몸이 움직이며 그림자가 머리 위를 덮치자 엑셀핸드는 하늘이 무너지는 듯한 느낌을 받았다. 거인은 상체를 숙여 아프나이델의 품에 안겨 있는 아일페사스를 똑바로 바라보았다. 일행들로서는 미칠 것 같은 기분이었다. 거대한 거인의 얼굴이 땅까지 내려온 채 그들을 똑바로 응시하고 있었던 것이다. 에델린은 동굴 같은 거인의 콧구멍을 보고는 눈을 감아버리고 말았다.

그렇게 상체를 숙이는 것만으로도 일행들에게 폐소공포증 비슷한 것을 선사하던 거인은 마침내 입을 열었다.

"……사람인데?"

이루릴은 생긋 웃었고 아프나이델은 다리에서 힘이 쫙 빠졌다. 이루릴은 그런 아프나이델을 바라보며 말했다.

"아일페사스를 놓아주세요."

아프나이델은 아일페사스의 입을 열었다. 막혔던 봇물이 터지는 것처럼 아일페사스의 입에서 고함 소리가 터져나왔다.

"그러니까 저는 전능한 드래곤의 하나뿐인 지배자 드래곤 로드의 이름을 계승하는 자, 카르 엔 드래고니안의 두 번째 목소리이자 드래곤들의 첫 번째 목소리, 드래곤의 별의 보호자인 아일페사스란 말이야!"

아일페사스를 놓아주었던 아프나이델은 재빨리 몸을 돌려 이번에는 엑셀핸드를 끌어안아야 했다. 엑셀핸드는 아프나이델에게 안긴 채 저 멍청한 드래곤 로드의 여식의 머리를 두드려서라도 개선하겠다는 식의 폭언을 퍼부어 댔다. 차분한 태도로 아일페사스의 말이 끝나기를 기다리던 이루릴은 그녀의 말이 끝나자 조용히 말했다.

"아일페사스. 원래의 모습으로 폴리모프하셔서 거인의 의혹을 풀어드리세요."

"응? 아아. 그렇구나! 잘 봐요, 이 우둔한 거인아!"

거인은 크게 씨근거렸지만 남아 있는 의혹은 그의 손을 멈추게 만들었다. 혹시나 정말 드래곤 로드의 딸이라면? 그래서 거인은 아일페사스를 눌러 죽이지는 않았다. 자신이 어느 정도의 위험 속에 있는지를 도통 파악하지 못한 아일페사스는 똑바로 서서는 그덴 산의 거인을 올려다보았다.

"자! 이것이 저의 정체예요! 야하아아압!"

거인은 그 모습을 뚫어지게 바라보았다.

차츰, 그의 마음속에서 뭐라고 설명할 수 없는 복잡한 감정이 물결치기 시작했다. 거인의 조악한 어휘 수준으로는 자기감정을 정리할 단어를 찾아내기 어려웠다. 그래서 거인은 눈을 질끈 감았다가 떴다. 하지만 눈에 보이는 광경은 그대로였다. 거인은 입술을 부르르 떨며 말했다.

"그게 너의 정체냐?"

아일페사스는 씩 웃었다.

"그렇다! ……엥?"

자기 목소리에 놀란 아일페사스는 고개를 숙여 자신의 발을 내려다보았다. 작고 앙증스러운 두 개의 발이 사이좋게 서 있었다. 그리고 그 위의 다리와 아랫배, 가슴까지를 주욱 바라본 아일페사스는 손을 올렸다. 가느다란 손가락들이 펴졌다 오므려졌다 하고 있었다. 사람의 손가락은 이상해. 너무 약해 보여. 아일페사스는 갑자기 인간에 대한 동정심을 느꼈다.

문득, 그녀의 정수리를 쏘아보고 있는 시선이 느껴졌다. 아일페사스는 고개를 숙인 채로 눈을 치켜떠 훔쳐보았다. 그곳에는 볼을 크게 실룩거리며 그녀를 내려다보고 있는 거인의 얼굴이 있었다.

"오, 오……, 오아앙……. 그러니까 말이야……, 이, 이건 실수예요! 야하아아압!"

"잠깐만, 잠깐만. 이상하다? 자, 다시. 야하아아압!"

"너무 놀라지 않도록 주의해요. 이이이야압! 하이오오옵! 후압! 얍얍얍!"

"너 지금 제가 거짓말 했다고 생각하는 거죠?"

거인의 입이 무겁게 열렸다.

"아니."

"뭐? 그럼 믿는 거야! 좋아요! 그래! 믿는군요!"

아일페사스는 깡총깡총 뛰며 좋아했다. 하지만 거인의 고개는 좌우로 움직였다.

"내가 지금 생각하는 것은 내가 수수께끼 놀이에서 이겼다는 것이다."

거인은 자신이 상당히 위트 있는 말을 했다고 믿으며 기분 좋게 고개를 끄덕였다. 발끈한 아일페사스는 고래고래 고함을 지르며 자신이 드래곤이라고 주장했지만 거인은 정신이 이상한 인간 계집애에게는 별로 신경 쓰지 않았다. 그리고 아프나이델은 얼굴을 퍼렇게 물들인 채로 아일페사스의 뒷모습을 바라보았다. 이게 어떻게 된 거야? 그때 그가 묻고 싶던 것을 에델린이 질문했다.

"아일페사스, 아일페사스. 어떻게 된 거예요. 폴리모프할 수 없는 건가요?"

"뭐? 그래. 저 폴리모프가 안 돼. 이상해요……. 이이이! 왜 안 되는 거야!"

"긴장해서 그런 거 아니에요? 정신을 집중해서 다시 해보면 어떨까요?"

"이이익! 새가 긴장한다고 추락사하니? 물고기가 긴장한다고 익사하니? 린, 왜 그렇게 멍청한 말을 해요!"

"그, 그래요? 그럼……, 그럼 왜 안 되는 건가요?"

"몰라!"

엑셀핸드 역시 불안한 눈으로 아일페사스를 바라보았지만 그가 질문한 대상은 아프나이델이었다.

"어떻게 된 거지? 이봐, 아프나이델. 이게 어떻게 된 건가?"

"모르겠습니다. 왜 변신이 안 되는 건지……. 변신이……, 변화가?"

아프나이델은 가슴이 철렁하고 말았다. 자연스럽게 고개가 퀜턴 방향으로 돌아갔다.

변화가 안 된다고?

현실이 고정되었다고?

아프나이델은 목 뒤에 소름이 돋는 것을 느꼈다. 설마 그건가? 그것 때문에 이렇게 된 건가? 무서운 상황을 추리하던 그의 귓가에 거인의 목소리가 천둥처럼 울렸다.

"너희들은 졌다! 이제 말하라!"

누구 저 멍청한 거인 녀석의 입 좀 막아줄 사람 없나! 아프나이델은 허옇게 뒤집어진 눈으로 거인을 흘겨보고는 다시 턴빌을 바라보았다. 섬뜩함을 느낀 거인은 목소리를 조금 낮춰서 말했다.

"어, 이봐. 너희들이 졌단 말이다. 그러니 약속한 대로 루트에리노의 소재를……."

"이 새대가리 같은 거인아! 입 좀 다물고 있어. 생각 좀 하자!"

엑셀핸드는 눈앞이 노랗게 변했다. 이 녀석이 공포 때문에 미쳐버렸구나. 내가 거인에게 대신 사과할까? 그때 아프나이델은 들고 있던 로드를 내동댕이치며 머리를 움켜쥐었다.

"변화가 없어? 변화가 안 된다고? 고정되었다고? 제레인트! 제레인트! 갈림길을 잘못 선택한 거요?"

올바른 선택을 하라는 목적으로 제레인트를 먼저 턴빌로 보냈던 아프나이델은 가슴이 무너질 듯했다. 그가 잘못 선택한 것일까? 아니면 너무 늦었던 것일까? 아니, 잠깐만. 아직은 모른다. 이것은 시간이 느려지는 현상 때문에 발생한 한 증상일지도 모른다. 어쩌면 아직 기회가 남아 있을지도 모른다. 생각을 하자. 생각을.

턴빌로 가야 한다. 아프나이델은 자신의 결심에 고개를 끄덕였다. 빨리 턴빌로 가야 한다. 어쩌면 제레인트 혼자서는 역부족일지도 몰라. 내가 잘못 판단한 것일지도 몰라. 어서 턴빌로 가야 해. 그런데 그러려면 문제가 되는 것이 있군. 그것도 자그마치 100큐빗짜리 문제로군. 그러면 어떻게 한다?

아프나이델은 재빨리 로드를 잡더니 세레니얼의 고삐를 움켜쥐었다. 거인은 당황한 표정으로 뭐라고 말하려 했지만 아프나이델이 먼저 외쳤다.

"나를 따라와! 루트에리노의 소재를 알려주겠다!"

거인의 눈이 휘둥그레졌다. 일행들 사이에서는 빠른 속도로 시선이 교환되었다. 하지만 엑셀핸드에서 아일페사스, 그리고 에델린으로 빠르게 전달되던 시선은 이루릴에게 이르러 멈췄다. 에델린은 가슴속이 차갑게 식는 기분으로 이루릴을 바라보았다.

"이루릴 양……?"

이루릴은 이해하지 못하겠다는 표정으로 에델린을 보고 있었다. 에델린은 불경스럽게도 신의 이름을 빌려 욕설을 퍼붓고 싶은 충동을 느꼈다. 오오, 맙소사! 엘프에게 이것이 사기라는 것을 설명하려면 어떻게 해야 한다?

이루릴은 의아한 표정으로 에델린을 보며 말했다.

"에델린, 뭐하시나요? 어서 말에 타시죠."

꽝! 에델린은 뭔가에 머리를 얻어맞은 기분을 맛보았다. 그리고 그것은 엑셀핸드와 아프나이델도 마찬가지였다. 에델린이 뭔가 할말을 찾기 위해 입을 뻐끔거리고 있을 때 이루릴은 차분하게 엑셀핸드가 아프나이델의 등 뒤에 타는 것을 도와주며 말했다.

"대왕도 부활하신 줄은 몰랐군요. 뵙고 싶네요. 어서 가볼까요."

에델린은 간신히 졸도하지 않고 코스모스에 올라탔다.

네리아는 눈살을 찌푸렸다. 그녀가 알던 제레인트가 아니었다. 잠시 동안 네리아는 할슈타일 후작의 부활마저도 잊은 채 제레인트를 바라보았다. 왜 저렇게 슬픈 어조로 말하는 거지? 포기하는 것 같은, 뭐라고 하더라…….

"왜 그렇게 무력감에 젖어 말하는가."

아, 그래! 그거였어. 네리아는 운차이를 바라보았고 제레인트 역시 운차이를 돌아보았다.

"예?"

운차이는 대답하지 않았다. 더 급한 것은 할슈타일 후작과, 그리고 주블킨의 문제였다.

주블킨은 믿을 수 없다는 표정으로 할슈타일 후작을 바라보고 있었다. 모든 이성적 사고를 뛰어넘은 순수한 공포가 그를 사로잡았다. 후작을 찔렀을 때 그는 이 세상의 모든 확실한 진리를 뛰어넘는 확실함으로 후작의 죽음을 느꼈다. 그것은 살해의 감각이다. 그런데 후작은 주블킨이 느꼈던 감각을 배신하며 일어나고 있는 것이다.

"답이 뭐야!"

천둥 같은 목소리. 주블킨은 얼빠진 얼굴을 돌려 계단 아래를 바라보았다. 콜리의 프리스트들 역시 얼굴 가득한 공포로 그를 마주보고 있었다. 그리고 그 너머 후작의 전사들, 그리고 그 뒤. 아까부터 저런 식으로 고함을 질러대던 녀석.

운차이는 다시 외쳤다.

"말햇! 여덟 번째 희생자는 죽었다. 되살아났건 어쨌건 죽은 건 죽은 거야! 그럼 아홉 번째 정답이 드러나야 한다. 아홉 번째 정답은 뭐야!"

주블킨은 되살아난다는 말에 소스라치게 놀라버렸기에 그 뒤의 말에는 거의 주의를 기울이지 않았다. 되살아났다고? 그렇군! 되살아난 것이군. 죽지 않는 것이 아니야! 인식은 공포를 몰아내고 주블킨의 경직은 빠르게 사라졌다. 주블킨은 한결 편안한 표정으로 후작을 바라보았다. 주블킨의 미간에 깊은 주름이 생겨났다.

'억세게 재수 좋은 녀석. 네놈이 바로……'

숨 막히는 표정으로 할슈타일 후작을 바라보고 있던 레이저 역시 운차이의 말을 듣는 순간 딱 소리 나게 이마를 쳤다. 맞았어! 그덴 산의 거인은 되살아났지. 이 문제 때문에. 그렇다면 저 남자도 되살아난 것인가. 하지만 이 모든 사실이 말하는 바는 무엇이지? 순간 레이저는 심장이 떨어지는 충격을 느꼈다.

'나크둠도 되살아날 수 있는가?'

죽은 녀석들이 살아난다면, 그렇다면 나크둠도 되살아날 수 있는 것인가? 제기랄, 말이 돼! 나크둠이 되살아나지 못할 까닭이 없다. 이 웃기는 사태들을 보라고. 방금 복부를 관통 당했던 녀석이 멀쩡하게 살아났어.

하지만 나크둠은 깊은 동굴 안에 갇혀 있어. 오오, 이런 가져다 붙일 욕도 없는 지독한! 레이저는 잡아먹을 듯한 눈으로 주블킨을 바라보았다.

"이봐! 죽은 녀석들은 다 살아나는 거요? 말해!"

"뭐라고?"

루손은 어깨를 부르르 떨며 레이저를 바라보았다. 하지만 레이저는 주블킨만을 바라보며 외쳤다.

"말하라고! 죽은 자들은 모두 부활하는 거요? 거인도 부활했어. 파하스도 부활했어. 신스라이프도 부활했다고! 그렇다면……, 죽었던 모든 자들은 부활할 수 있는 거요?"

이 소란과 공포스러운 장면들을 보면서도 아직까지도 달아나지 않고 남아 있던 시민들 사이에서 뜨거운 바람 같은 전율이 스치고 지나갔다. 되살아난다고? 죽은 자들이? 죽은 내 어머니가, 죽은 내 남편이, 죽은 내 딸이 되살아난다고?

군중들은 스스로도 느끼지 못하는 사이에 점점 계단 쪽을 향해 걸어오기 시작했다.

운차이는 흠칫하면서 주위를 둘러보았다. 지금껏 공포 때문에 멀찌감치 물러나려고 애쓰던 군중들이 갑자기 주위를 좁혀오기 시작한 것이다. 군중들은 아직까지도 하늘에 떠 있는 신스라이프와 이상한 마법사, 그리고 목적을 알 수 없는 저 괴상한 일행들에 대해 겁을 집어먹은 상태였지만 지금까지와는 다른 표정을 지은 채 걸어오고 있었다. 그들 스스로도 걷는다는 행동을 자각하지 못하는 듯한 멍한 얼굴들이었지만 운차이의 감각은 위기를 알려오고 있었다.

"이봐, 그란. 사람들이……, 그란? 제기랄!"

손이 늦었다. 그란의 어깨는 앞으로 빠져나갔고 운차이의 손은 허공을 가로질렀다. 그란 하슬러는 맹렬한 속도로 돌진하고 있었다.

후작의 전사들 중 가이버가 가장 먼저 그란을 발견했다.

"핫 소드……!"

꽝! 가이버는 얼굴을 정통으로 가격당하고 니크와 궤헤른을 덮치는 방향으로 나가떨어졌다. 중력과 운동 에너지가 적절한 조화를 이루며 인간의 비명과 욕설을 만들어냈다. 니크와 궤헤른은 가이버의 몸에 맞아 나가떨어졌고 그란은 그 위를 훌쩍 뛰어넘었다. 뒤늦게 사태를 발견한 네리아가 찢어지는 고함을 질렀다.

"그라아안! 무슨 짓이야!"

그란 하슬러는 아무 말 없이 콜리의 프리스트들 한가운데로 돌진했다. 콜리의 프리스트들은 주춤거리며 로드를 들어올렸으나 그란은 사자처럼 외쳤다.

"막으면 죽는다!"

훌륭한 헤게모니아 어. 운차이는 속으로 악담을 퍼부으며 그란의 뒤를 따라 달렸다. 하지만 월등히 스타트가 빨랐던 그란은 이미 콜리의 프리스트들 사이를 무인지경처럼 헤치고 있었다. 담대한 프리스트 하나가 로드를 앞으로 내밀며 그란을 막아섰다. "멈춰! 뭐……!" 남은 평생 동안 후회할 결정이었다. 그란은 프리스트의 멱살을 붙잡아 들어올리며 다른 손으론 그의 가랑이를 잡아챘다. "크억!"

그란은 프리스트의 몸을 방패처럼 앞으로 내밀며 계단을 뛰어올랐다. 콜리의 프리스트들은 목숨을 걸고 몸을 날려 그란의 돌진을 피했지만, 몇몇 운수 사나운 프리스트들은 그의 진로에 서 있었다는 이유로 사람에 충돌하여 하늘을 나는 진기한 경험을 하게 되었다. 쿠앙, 꽝꽝! 몸과 몸이 부딪혀서 나는 소리라고는 믿어지지 않는 충돌음이 울려퍼지며 성스러운 프리스트들이 하늘로 치솟아 오르는 광경 앞에 네리아는 기막힌 얼굴로 말했다.

"전에도 봤던 거야. 사람 폭풍이잖아?"

단숨에 콜리의 프리스트들 사이를 돌파한 그란은 그때까지 앞을 가리는 데 사용하던 프리스트를 옆으로 팽개치고 검을 뽑아들었다. 이제 그의 앞에는 뒤로 주춤주춤 물러나고 있는 주블킨과 흐리멍덩한 눈으로 그를 바라보고 있는 할슈타일 후작만이 서 있었다. 그란은 칼자루를 부러져라 움켜쥐며 바이서스 어로 외쳤다.

"할슈타일!"

그때까지도 감각의 혼란을 겪고 있던 할슈타일 후작은 그란의 외침을 귀로 보았다. 시뻘건 분노의 색깔이었다. 그리고 그 사이로 선홍색의 불꽃이 폭풍쳤다.

"마가릿 하슬러를 기억하나!"

할슈타일 후작은 기를 쓰며 몸을 움직이려 했지만 손은 더듬거렸고 발은 맥박치고 있었다. 심장은 쩔뚝거리고 있었고 허파는 주춤거리고 있었다. 할슈타일 후작은 고함지르려 했으나 왼쪽 어깨로는 말이 나오지 않는다는 것만을 깨달았을 뿐이었다. 그리고 그 모든 감각의 소용돌이 가운데로 그란의 분노가 해일처럼 몰아닥쳤다.

"되살아난 것에 감사하겠다. 내 손으로 죽여주마!"

그란은 검을 높이 쳐들었다. 여전히 비틀거리고 있던 후작은 하늘로 높이 쳐들린 그란의 검을 눈으로 들으면서도 아무 짓도 할 수 없었다. 그란의 입술이 크게 뒤틀렸다.

"아아아압!"

"막아, 루소온!"

콰가가각!

계단 아래에 서 있던 사람들은 얼떨결에 눈을 감아버리고 말았다. 쇠와 쇠가 부딪히며 지독한 소음과 함께 눈을 부시게 하는 불꽃이 튀어오른 것이다. 그러나 운차이는 눈을 감지 않았다. 실눈을 뜬 채 계단 위를 바라보던 운차이의 입에서 신음 소리가 새어나왔다.

"맙소사……."

루손의 글레이브가 후작의 목 바로 앞에서 그란의 롱 소드를 막고 있었다. 그것은 수많은 영웅들과 수많은 전설을 탄생시킨 대륙의 검의 역사에서도 처음으로 일어난 상황이었다.

그건 글레이브의 유난스럽게 넓은 날 때문이다. 그냥 검이었다면 그란의 힘 때문에 반동강이 나버렸을 것이다. 저 글레이브는 연성이 강한, 상당히 질긴 철로 만들어진 것이겠지. 운차이는 애써 상황을 설명하려 했다. 하지만 눈으로 보는 상황은 그의 현실 감각을 완전히 뒤흔들어 놓았다.

그란의 롱 소드는 루손의 글레이브에 직각으로 꽂혀 있었다.

마치 빵에 꽂아둔 나이프 같은 꼴이었다. 그란의 매끈한 롱 소드는 루손의 글레이브를 절반쯤 절단한 위치에서 정지해 있었다. 그란도 루손도 그 자세 그대로 꼼짝도 하지 못한 채 굳어 있었다.

그러나 그란이 운차이와 같은 상황에 빠져 있는 것에 비해 볼 때, 즉 순간적으로 이 기막힌 상황을 어떻게든 납득해 보고자 애쓰고 있는 것에 비해 볼 때 루손은 상황을 설명하고 납득하고 싶은 욕망이 별로 없었다. 그리고 그런 루손의 성향은 뒤로 당겨진 그녀의 오른쪽 다리를 통해 나타났다.

"꺄아아앞!"

루손은 걷어찬다기보다는 미는 식으로 그란의 복부를 찼다. 무의식 중에 감행한 행동이었지만 가장 적절한 행동이었다. OPG를 착용한 그란을 걷어차서 물러나게 할 수는 없었을 것이다. 하지만 루손은 밀어버렸고, 그란은 주춤거리며 뒤로 물러났다. 까드드득! 귀를 틀어막고 싶어지는 마찰음이 울려퍼지며 그란의 롱 소드는 루손의 글레이브에서 뽑혀 나왔다. 그란은 뒤로 물러났고 그제서야 루손은 조금 전부터 간절히 하고 싶었던 일을 시작할 수 있었다. 루손은 글레이브를 두 다리 사이에 끼우고는 잠시 두 손을 양쪽 겨드랑이에 낀 채 팔짝팔짝 뛰었다.

"아악, 내 손! 손가락이, 손가락이 다 부러졌나 봐! 어후후후! 팔이 저려 죽겠네. 우웅, 우우웅! 왜 막으라고 그런 거야!"

취한 듯한 기분으로도 레이저는 어떻게 앞으로 걸어나올 수 있었다.

"멈춰……요. 당신 누군지는 모르겠지만, 어쨌든 멈춰요."

그란은 루손을 바라보면서 레이저의 말에 대답했다.

"왜? 마법사."

"난 대답을 듣지 못했으니까. 거기 서! 주블킨!"

계단 아래로 내려가려던 주블킨은 레이저의 고함 소리에 발걸음을 멈췄다. 레이저는 재빨리 말했다.

"질문은 모두 세 가지요. 죽은 자는 모두 다 부활하는 거요? 아홉 번째 정답은 어디 있지요? 그리고 당신이 원하는 것은 도대체 뭐지?"

주블킨의 입술이 조금씩 일그러지기 시작했다.

"미안하지만 그중 하나만 가르쳐 주지. 첫 번째 것. 모두 다 부활하는 것은 아냐. 그리고 더 이상의 부활도 없을 것이다."

"뭐?"

주블킨의 입술이 이젠 분명한 비웃음을 띠고 있었다.

"저자에게 정말 콜리의 축복이 있었던 모양이군. 어떤 행운의 이름이 저자를 설명할까. 나도 모든 것을 아는 것은 아니다. 하지만 짐작하는 바는 있지……. 정정하겠어. 두 번째 질문에 대한 대답도 해줄 수 있을 것 같군."

두 번째 질문? 그게 뭐더라? 아, 그렇지. 아홉 번째의 정답. 그게 어디 있는데? 주블킨은 갑자기 몸을 홱 돌렸다. 그는 손을 들어 가리키며 외쳤다.

"형제들이여! 그자를 보호하라!"

레이저와 루손, 그리고 그란도 황급히 몸을 돌렸다.

땅에 뚫린 구멍 옆에는 한 사람이 서 있었다. 그 사람은 처연한 표정으로 신스라이프를 올려다보고 있었다.

주블킨은 두 팔을 위로 쳐들며 목이 터져라 외쳤다.

"드디어 정답이 나왔다! 과거로 향하는 흐름과 미래로 향하는 흐름, 그 흐름의 교차점! 콜리를 대신하여 너희들의 노고에 감사하마. 형제들이여, 그자를 보호하라! 그자야말로 아홉 번째의 정답, 과거를 거부하는 자, 미래를 거부하는 자! 신스라이프의 희망이다!"

레이저는 눈을 크게 껌뻑거렸다. 맙소사, 저 사람이 그 정답이라고? 이게 도대체 어떻게 된 것인가. 그는 그자를 알고 있었다. 역시 그 사람을 알고 있던 그란도, 믿을 수 없다는 표정으로 주블킨을 보다가 다시 고개를 돌려 그 사람을 바라보았다.

그때 그런 독보적인 위치에 있으면서도 지금껏 오랜 침묵을 지키고 있던 신스라이프가 마침내 움직이기 시작했다.

신스라이프는 천천히 허공을 걸어 구덩이 옆에 서 있던 자에게 다가갔다. 구덩이 가장자리까지 다가갔을 때 그의 몸은 아까 그랬던 것처럼 다시 허공에 걸렸다. 신스라이프는 제자리에 멈춰 서서는 눈살을 찌푸렸다. 그러나 그 표정은 길지 않았다. 신스라이프는 똑바로 선 채로 손을 내밀었다. 그의 손이 허공을 만지듯이 움직였다.

신스라이프는 낮지만 강한 목소리로 말했다.

"이리 가까이 오라."

구덩이 옆에 서 있던 사람은 넋을 잃은 표정으로 신스라이프를 바라보았다. 하지만 그자의 다리는 흐느적거리듯 움직이며 구덩이 쪽을 향해 걸어가기 시작했다. 구덩이의 가장자리, 신스라이프 바로 앞에 멈춰 선 그 사람은 멍한 표정으로 신스라이프를 바라보았다.

"손을 들어라."

다리와 마찬가지로 이번에는 그 손이 떠오르듯 천천히 올라갔다. 신스라이프는 초조한 표정으로 그 손을 바라보았다. 둥둥 떠오르던 손은 마침내 신스라이프의 손바닥 바로 앞에 멈췄다.

"내 손을 잡아라."

그 사람은 초점이 잘 맞지 않는 눈으로 신스라이프를 바라보았다. 주블킨은 헐떡이면서 그 광경을 바라보았다. 그리고 다른 콜리의 프리스트들 역시 숨소리마저 죽인 채 그 손의 움직임을 주시했다.

정적이 가득한 정원 위로 누군가의 비명 소리가 울려퍼졌다.

"파! 안 돼!"

미의 목소리였다. 그리고 그 목소리가 신호가 된 것처럼 파의 눈에 갑자기 생기가 돌아왔다. 파는 바로 앞에 서 있는 신스라이프를 바라보았다. 그녀의 눈에서는 가느다란 눈물이 흘러내렸다.

앞으로 뻗어나간 파의 손이 신스라이프의 손을 움켜쥐었다.

멸망은 완성의 귀결

미는 눈물을 훔쳤다.

이팔은운 응용기라미야. 하지만. 이미 물릉 훔친 뒤지는 눈물이 보이지
않을 게 운명하시여다. 파피어스효를 차례차례로 굳이자. 하지만 곧 골다시
앉 수 잎 게 들리웠다. 처측 메이리를 부른다. 하지만 곧 답할 수 없어
게 된다. 원이 눈공저도 않 수 없었다. 하지만 파는 돋음 때마다 얼굴의 표
정, 이원이 돋는 매미 과가 달라졌다. 하지만 곧 돋지 시키아도 웃 잇
게 된다. 가는 이미 눈문을 짠 다시기보 왔음 이야.

쳉은 숨까지 멈춘 채 파를 바라보았다.
 파의 손가락들이 굽혀지며 신스라이프의 손과 깍지를 끼는 그 짧은
시간이 쳉에게는 수십 년처럼 느껴졌다. 막아야 해. 왜? 이것이 어떻
게 된 일일까. 알 게 뭐람? 모든 것이 잘 될 거야. 잘 안 되면 또 어때.
수백만분의 1단위로 구분지어진 수백만 개의 시간들을 가로질러 가며
쳉은 상념에 빠졌다. 하지만 그 상념들의 대부분은, 아니 그 모두는 다
음 상념과도 그 앞의 상념과도 연결성을 가지지 못하고 있었다. 대부
분의 사람들이 대부분의 시간 동안 느끼고 행하는 망상처럼. 쳉은 그
렇게 수백만 개의 시간들을 무의한 상념들에 낭비하고 있었다.

파에게 문신이 나타난다. 파는 돌목룡 울들 기사지 않고 둔다. 그리고 파
스라이프의 콥프이 눕는다.
'가가로아……, 눈은 것이 가가로아, 신음을 가가로아이 눈는 것이 아이아
느는 때는 많지않는데, 느는 때는 분려버터 맞지 앉았지는 것이다.

연속적이지 않은 상념의 흐름 속에서 하나의 흐름이 두드러졌다. 나뉘었던 시간들이 갑자기 연결되며 쳉은 그 생각을 포착하여 상념의 시간 속에 결박했다.

쳉은 갑자기 자신이 파에 대해 아무것도 모른다는 사실을 떠올렸다.

'파는 누구지? 미의 여동생. 꺽달진 성격이라고 생각되지만 확신할 수 없다. 마음씨 착한 호인인가? 그렇지 않은 것 같다. 나를 따라오며 내가 미를 만나는 것을 방해해 왔다. 나는 화를 내지 않아어. 감정 결핍 때문에? 아냐. 나에겐 감정이 결핍되어 있기에 파를 처리하는 데 장애물이 되는 감정도 없다. 나는 아무런 죄책감이나 감정의 얼룩 같

은 것을 느끼지 않은 채 파를 강제로 돌려보낼 수 있었을 거야. 하지만 그러지 않았어.'

다시 몇 천 개의 시간이 흘렀다. 쳉은 신스라이프의 손과 마주 쥔 파의 손에서 그 얼굴 쪽으로 시선을 옮기기 시작했다.

'너는 누구지? 난 왜 너에 대해 아무것도 떠올릴 수가 없지? 미와 만났을 때부터니까 12년 동안 너를 알아왔어. 물론 1년에 며칠씩밖에 만나지 못했지. 그것 때문인가? 그래서 나는 너에 대해 아무것도 떠올릴 수 없는 건가? 아냐. 그렇다면 미도 마찬가지야. 하지만 나는 미에 대해서라면 많은 것을 알고 있어. 감정 결핍 때문에? 내 감정은 미에게만 돌아가기 때문에? 그럴 수도 있지. 하지만, 그래도 이상해. 너는 누구지?'

몇 백 개의 시간이 빠르게 흘렀다. 쳉의 시선이 파의 볼에 도달했다.

'양털을 깎던 파. 안장을 들어올리던 파. 아달탄을 걷어차던 파. 취한 채 덤벼드는 주정꾼 네 명을 맨손으로 모두 거꾸러뜨리던 파. 시체를 보고 싶지 않아서 고개를 돌리던 파. 사이들랜드 대초원의 가장 어두운 밤, 내 볼을 쓰다듬던 파. 너는 누구지?'

가 활짝 모습을 드러내며 움직이기 시작했다.

그러자 해 밑의 미가 피어오르듯 해쑥이는가?

그러자 사각형 활짝이 시야의 양쪽 날개 끝, 해뚱 녘 부자 해 활짝 꼴을 채 움직이기 시작했다.

미가 햇 움직인다.

해 아가씨가 그림 공이 아니라 가지?

피에게는 기쁨을 나타내는 혹 사랑하는 미리가 되는 것을 이상하게 여겼다. 왕성히 남아가 피는 미리에서 파는 이 모든 것을 받아들이고 있었다. 그리고 피에게 모든 감정은 해진다는 것을 그는 시간이 지나야만 이해하게 될 것이다.

그런데 갑자기 파에게 작은 감동으로 팔에게 이르렀다.

물었다.

"네 사람들은 모두 부부 생각하며 미끄러지지 않을 것 같은 그릇이 채 물이 있고 팔 잔에서 지나 떨어지며, 자작한 잔을 따르고 물 컵을 머리 위로 들고 사람이 유수 중에 몸을 던지는 것인지를 이해하지 않는다. 그 잔을 머금아 뭉쳤다. 그리고 사만이 몸에 들어가고 있지 않아도 된 사람처럼 있는 모든 일이 이상이었다."

미, 그리로 가는 시간이다. 미미 살날이 결국 몸이 발로 그 나라는 시간 그 자신까지는 다.

계 콤로 갖은 미끄러지지에 자신이 미웅을 떨어뜨렸다.

기다 이쁘게 인사하지 않아서, 마음 인사도 모르지는 아이들 기록을 내려서 그릇을 잡아주었다. 그리고 잔을 자신이 들어갔으며 팔 옆에 두었다. 차가운 발이 아래온 잔을 다녔다. 팔라를 팔고 옆을 잔을 다음 하였다.

미는 소스라치게 놀랬다.

신스라이프의 손을 마주 쥔 채, 파는 눈물이 가득한 눈으로 그를 쳐다보았다. 하지만 신스라이프는 그녀의 표정에는 아무 관심도 두지 않고 다른 손을 들어올리며 말했다.

"다른 손도 들거라."

파의 어깨가 움찔거렸다. 축 늘어져 있던 손이 힘없이 올라가며 신스라이프의 손을 마주 쥐었다. 그렇게 두 남녀는 두 손을 깍지 낀 채 서로를 바라보았다. 레이저는 그것이 어떤 의미인지 알 수 없었다. 어떻게 해야 되지? 왜 저 여자야? 파 L. 그라시엘, 당신이 어떤 여자였기에? 싸움 잘하고 도톰한 입술이 달빛 아래에서는 놀랍도록 매력적으로 보인다는 것 이외에 당신은 또 어떤 비밀을 가지고 있었기에?

그때 레이저의 어깨를 강하게 끌어당기는 사람이 있었다.

어깨가 거의 부서지는 느낌을 받으며, 레이저는 뒤를 돌아보기에 앞서 비명을 질렀다. "으아아……." 그러나 그 비명을 억누르는 고함 소리가 터져나왔다.

"마법사……, 공격해!"

레이저는 눈물을 찔끔거리며 뒤를 돌아보았다. 멍한 표정으로 신스라이프와 파를 바라보고 있던 그란 역시 창백해진 얼굴을 뒤로 돌려 할슈타일 후작을 보았다. 할슈타일 후작은 얼굴 근육 전체를 푸들거리며 힘겹게 말했다.

"공격해. 공격……해! 저놈을……, 죽여. 저것을 마, 막!"

"할슈타일!"

그란은 짓씹듯이 외치며 다시 검을 들어올렸다. 그러나 할슈타일 후작이 취한 것처럼 흔드는 손을 보고서는 잠시 멈추었다. 후작은 힘들게, 어마어마하게 힘들게 손을 움직였다. 그의 감각에서 지금 할슈타일 후작은 왼쪽 허리를 경직시키고 있는 것이었다. 할슈타일 후작은 자신의 모든 감각에 대해 저주를 퍼부으며 오른쪽 정강이를 앞뒤로 움직였다. 즉, 말을 했다.

"저, 저놈을 공……격. 마법……사. 제발! 이유는……, 천천히……. 나를 믿고! 그란……, 제발……."

"네놈을 믿으라고?"

그란은 어이없다는 투로 말하고는 다시 검을 들어올렸다. 이 놈의 미친 소리를 더 이상 듣고 있을 수는 없다. 저 송장 녀석이 부활하든 말든, 저 여자가 살아난 송장의 손을 쥐든 말든 나는 네 녀석의 목을 따야겠어. 그란은 검을 높이 들어올렸다.

"할슈타일. 이건 살인이 아니다, 박멸이다!"

찢어지는 목소리로 외치며 그란은 검을 내리쳤다. 그러나 롱 소드의 날이 후작의 목에 닿기 직전, 그의 어깨는 무서운 경련을 일으키며 팔을 정지시켰다. 후작의 목에 칼날을 댄 채, 그란은 불가사의한 장면을 보며 입술을 떨었다.

후작의 눈에 죄책감이 떠올라 있었다.

절대로 잘못 본 것이 아니다. 잘못 보았다고 치부해 버리기에는, 그래서 그대로 검을 당겨 후작의 목을 쳐버리기에는 그 감정이 너무 역력했다. 그란은 무의식중에 말했다.

"뭐지?"

턱을 움직이는 것조차 힘든 할슈타일 후작은 침을 질질 흘리면서 애타게 말했다.

"미……안. 미안해……."

그란은 번갯불에 뒤통수를 강타당한 듯했다.

"뭐라고?"

"미안하다……. 마가릿의 일……, 미안. 나를 용서……, 그란. 나의 잘못이……다."

"그만……."

후작의 입술에서는 침방울이 튀고 기괴하게 뒤틀린 턱은 말보다는 신음 같은 것을 만들어내고 있었다. 하지만 그란은 그의 말을 똑바로 알아들을 수 있었다. 그리고 그 말을 똑바로 알아듣는 자신의 귀를 저주했다. 후작은 힘겹게 말했다.

"믿기지…… 않겠지만. 나, 내가 죽어보니……, 이제는…… 아, 알아……, 안다……. 우스운가? 나는 우습……다. 내가 죽은 다, 다음에야……. 미안하다……. 정말, 미안……. 용서를……."

"그만햇! 네놈에게 사과를 받고 싶은 게 아냐!"

그러나 후작은 멈추지 않았다. 그리고 할슈타일 후작이 온 힘을 다해 말했을 때 그란은 지금까지와는 비교도 안 되는 충격을 느꼈다.

"마가릿……, 살아날까?"

그란의 손에서 힘이 주욱 빠져나갔다. 그란은 이제 후작의 목을 겨누고 있다기보다는 그 어깨에 검을 얹어둔 것 같은 꼴로 서 있었다. 그러나 그와 후작 모두 롱 소드에는 신경 쓰지 않았다. 할슈타일 후작은 힘들게 그란의 눈동자를 '들으며' 말했다.

"너의 아내……, 되살아날……까? 그렇게 생각……하나? 응? 주, 죽은 자들……, 죽은 자들이 되사, 사, 살아난다. 그란, 그란. 너의 아내, 마가릿. 네 딸의 이름……, 에포닌? 에포닌은 어머니를……, 만날 수 있을까? 그, 그래. 네 아들. 죽은……, 네 아들은?"

"무슨 말을……."

"새, 생각해! 그……란. 죽은 자, 모, 모두 살아나, 살아난다! 네 아, 아……내, 네 아들! 살아날까? 응? 그렇, 그렇게 생각하나? 응?"

그란은 덜덜 떨면서 뭐라고 말하려 했다. 하지만 혀는 제멋대로 움직이고 목구멍에서는 바람 새는 소리만이 새어나왔다. 죽은 자들이 되살아난다. 죽은 자들이 되살아난다?

"나를, 나를 봐. 되살아……났어. 부……활했다고! 안, 안 돼. 그럴 수 없어!"

그란이 지독한 혼란으로 빠져들어 가는 것과 반대로, 할슈타일 후작은 말을 계속하며 감각이 정상으로 돌아오는 것을 느꼈다. 이제 그의 눈은 보고, 그의 귀는 듣고, 그의 입은 말하고 있었다. 할슈타일 후작은 이제 훨씬 능숙하게 말했다.

"그럴 순 없어, 그, 그란! 그래……선 안 돼. 마법사, 마법사! 저, 신스라이……, 공격해. 공격하라고!"

하지만 레이저는 꾸물거렸다. 그것은 평소의 그의 모습에서 퍽이나 벗어난 모습이라는 것을 그 스스로도 느끼고 있었지만, 그러나 레이저는 공격하지 못했다. 아무 스펠도 머릿속에 떠오르지 않았다. 어떤 판단도 내릴 수 없었다. 그저 눈앞으로 보이는 공포스러운 광경에서 얼굴을 돌리지 않는 것이 그의 최선이었다.

신스라이프는 부서지고 있었다.

언제부터였을까. 콜리의 프리스트들은 노래를 부르고 있었다. 느리고 지독하게 반복적인 노래였다. 그 노래들은 대기보다 무거운 기체처럼 바닥에 깔리는 듯했다. 둔탁하고 둔중한 음정이 불규칙적으로 반복되면서 오르락내리락했다. 파하스는 혼란스러운 머릿속 한 구석에서 그 노래를, 노래라기보다는 차라리 신음이라고 평가했다.

그리고 그 노래에 맞춰서 신스라이프가 천천히 부서지고 있었다. 넓은 옷 아래쪽으로 푸석거리는 가루들이 떨어지고 있었다. 머리에서는 머리카락이 한 올 한 올 떨어져내렸다. 그러나 그것은 구덩이 아래로 떨어지기도 전에 가루가 되어 흩어졌다. 그의 피부가 모닥불에 던져진 종이처럼 바스러지는 것을 보며 네리아는 구역질을 느꼈다.

툭. 끔찍스러운 소리가 짧게 울리며 로브 아래로 무엇이 떨어졌다. 운차이는 그것이 신스라이프의 오른쪽 정강이라는 것을 알 수 있었다. 이윽고 와스스 하는 소리가 울려퍼지며 무수한 가루와 함께 왼쪽 다리가 허벅지부터 떨어져내렸다. 그것들은 아득한 구덩이 속으로 떨어져 갔다.

풍화되고 있다……. 제레인트는 그렇게밖에 표현할 수 없었다. 지나친 세월의 무게를 견뎌내던 조각상이 마침내 부스러지듯 신스라이프의 몸은 파편과 먼지, 그리고 부서진 조각들이 되어 부스러져 나갔다. 다리가 없어지자 붕괴는 점점 빨라져 마침내 상체에까지 이르렀다. 배와 가슴은 동시에 부스러지며 조각조각이 되어 떨어졌다. 머리는 거의 눈 깜짝할 사이에 먼지가 되었다.

"마, 막아! 막으라고! 이 개 같은 마법사. 막아!"

할슈타일 후작은 울부짖고 있었지만 레이저는 꼼짝도 할 수 없었다. 할슈타일 후작은 비틀거리며 걸어가서는 그란의 어깨를 움켜쥐었다. 그란은 그 손의 뜨거움에 흠칫했다.

"그란, 그란! 막아! 멸망은……, 멸망만이……!"

스르륵. 받치고 있던 몸이 먼지가 되면서 신스라이프의 흰 옷은 아래로 떨어졌다. 아직 부서지지 않은 팔에서 소매가 쑥 빠졌다. 먼지와 함께 떨어져내린 신스라이프의 옷은 흰 나비처럼 나풀거리며 구덩이 속으로 떨어져 갔다.

이제 파는 신스라이프의 남아 있는 두 팔을 쥔 채 서 있었다. 돌연 파의 손가락이 움직였다. 파는 신스라이프의 손가락을 놓았고 그러자 남아 있던 팔들은 먼저 떨어졌던 몸의 조각들과 펄렁이는 옷을 뒤따르듯 아래로 떨어졌다. 이제 신스라이프의 몸은 아무것도 남지 않게 되었다.

파는 그러고도 한참 동안 팔을 앞으로 뻗은 채 조용히 서 있었다. 콜리의 프리스트들이 부르는 노래는 그때까지도 침울한 리듬으로 지겹게 이어지고 있었다. 잠시 후 파는 손을 치켜들었다. 나머지 사람들은 그게 어떤 뜻인지를 알지 못했지만 콜리의 프리스트들은 노래를 멈췄다.

파는 손을 내리고는 몸을 돌려 주블킨을 응시했다.

"너에게 감사한다, 주블킨."

신스라이프의 목소리였다.

아무도 입을 열지 않았다. 아무도 숨 쉬지 않았다. 파는, 아니 신스라이프는 그 정적을 바라보며 미소 지었다.

그란은 헐떡거렸다. 이건 뭐지? 그때 그란의 어깨를 움켜쥐고 있던

멸망은 완성의 귀결 525

할슈타일 후작의 손이 아래로 떨어져내렸다. 그란의 귓가로 할슈타일 후작의 힘없는 목소리가 들려왔다.
"멸망은……, 완성의 당연한 귀결인 것을……."

〈4권에 계속〉

퓨처워커 3

1판 1쇄 펴냄 2011년 12월 8일
1판 12쇄 펴냄 2024년 1월 24일

지은이 | 이영도
발행인 | 박근섭
편집인 | 김준혁
펴낸곳 | 황금가지

출판등록 | 2009. 10. 8 (제2009-000273호)
주소 | 06027 서울 강남구 도산대로 1길 62 강남출판문화센터 5층
전화 | 영업부 515-2000 **편집부** 3446-8774 **팩시밀리** 515-2007
홈페이지 | www.goldenbough.co.kr

도서 파본 등의 이유로 반송이 필요할 경우에는 구매처에서 교환하시고
출판사 교환이 필요할 경우에는 아래 주소로 반송 사유를 적어 도서와 함께 보내주세요.
06027 서울 강남구 도산대로 1길 62 강남출판문화센터 6층 민음인 마케팅부

© 이영도, 2011. Printed in Seoul, Korea

ISBN 978-89-6017-292-0 04810
ISBN 978-89-6017-289-0 (세트)

㈜민음인은 민음사 출판 그룹의 자회사입니다.
황금가지는 ㈜민음인의 픽션 전문 출간 브랜드입니다.

이영도

1972년생. 경남대학교 국어국문학과 졸업. 1998년 여름, 컴퓨터 통신 게시판에 연재했던
첫 장편 『드래곤 라자』가 출간되어 100만 부를 돌파함으로써 한국에 판타지 시대를 열었다.
『드래곤 라자』는 일본, 중국, 대만 등에서도 출간되어 베스트셀러가 되었다.
라디오 드라마, 만화, 온라인 게임, 모바일 게임 등으로 만들어졌을 뿐 아니라,
고등학교 문학 교과서에 수록되며 그 가치를 인정받았다.
이후『퓨처워커』,『폴라리스 랩소디』, 단편집『오버 더 호라이즌』을 차례로 발표하였으며,
장대한 구상 위에 집필하여 2003년 내놓은 대작『눈물을 마시는 새』는 한국적 소재를 자연스럽게 녹여낸 판타지
대하 소설로 이영도 붐을 새롭게 했다. 2005년에는 후속작『피를 마시는 새』가 출간되었다.
2009년에는『드래곤 라자』와『퓨처워커』의 뒤를 잇는『그림자 자국』이 출간되어
문화관광부 우수 교양 도서에 선정되었다.